Herbert Kapfer

1919

Fiktion

Verlag Antje Kunstmann

Fiktion

aus zerschnittenen und zusammengesetzten Texten jener Zeit
von Stephan Berghoff, Karl Matthias Buschbecker, Theophil Christen,
Hermann Cordes, Joseph Delmont, Frateco, Gregor Gog,
Oskar Maria Graf, Agnes Harder, Georg Hermann,
Rudolf Herzog, Sophie Hoechstetter, Max Hoelz,
Richard Huelsenbeck, Nathanael Jünger, Arthur Kahane,
Emil Ludwig, Erich Mühsam, Gustav Noske,
Ludwig von Reuter, Hans Roselieb,
Ernst von Salomon, Werner Scheff,
Eduard Stadtler, Ernst Toller

mit einer Schwundversion des nie aufgeführten Lustspiels
10 Tage Rätefinanzminister
von Karl Polenske

einem Privattelegramm und Skandalberichten zum Stummfilm
Kaiser Wilhelms Glück und Ende
von Willy Achsel, Ferdinand Bonn und Alfred Funke

Aufnahmen von C. W. Burrows, O. Gramkow,
Adam Hofmann, Theodor Jürgensen, Hans Mehlert
und der unbekannten Fotografin

Kommentaren von Hugo Ball für *Die Freie Zeitung*
Abfertigungen aus dem *Kleinen Briefkasten*
in Franz Pfemferts Wochenschrift *Die Aktion*
Glossen aus dem *Panoptikum des Bücherwurms*
und einigen Zeilen von Heiner Müller aus späterer Zeit

I.

So sei hier eine Geschichte aus dem
Jahre 1897 so wiedergegeben

wie sie damals von einem Zeugen aufgezeichnet worden ist. Dies
ist der Originalbericht:
»Zu der seinerzeitigen Meldung, daß Kaiser Wilhelm II. auf einer Nordlandsfahrt eine Verletzung des Auges erlitt, und der
späteren Meldung, daß Leutnant von Hahnke, als er, auf dem
Zweirade an Bord spazieren fahrend, in das Meer gefallen war,
nachstehende Details.
Kaiser Wilhelm hatte den Leutnant von Hahnke radfahren gesehen. Als der Kaiser den Offizier, der vom Rade sprang und
sofort grüßte, bemerkte, rief er ihm zu: ›Melden Sie sich sofort
beim Kommandanten zum Hausarrest.‹ Darauf entfernte sich
der Kaiser, auf die Kommandobrücke zuschreitend. Leutnant
von Hahnke schritt hinter dem Kaiser, um dem Befehl nachzu-
kommen und sich beim Kommandanten zu melden. Der Kaiser,
welcher bemerkte, daß der Offizier hinter ihm schritt, kehrte
sich um und rief: ›Warum gehen Sie hinter mir? Sie sind un-
würdig, dahin zu treten, wo mein Fuß schreitet.‹ Der Leutnant
wurde durch diese Worte ungemein erregt: das Blut schoß ihm
in die Wangen, und er rief: ›Eure Majestät, mein Adel ist so alt
wie der Ihre, und ich muß mich nicht von Eurer Majestät beleidigen lassen.‹ – Kaiser Wilhelm, der bereits einige Stufen zur

Kommandobrücke emporgestiegen war, schrie ihn laut an: ›Unwürdiger Bengel, ich reiße dir die Epauletten herab und lasse deinen Degen zerbrechen.‹ – Kaum hatte Kaiser Wilhelm diese Worte Hahnke zugedonnert, konnte letzterer seiner Erregung nicht mehr Herr werden und rief: ›Was, ich bin ein unwürdiger Bengel?‹ Er sprang auf den Kaiser zu, stürzte sich auf ihn, erfaßte ihn mit einer Hand beim Genick und versetzte ihm mit der zweiten Hand einen Schlag ins Gesicht, direkt in das Auge, so daß das Blut sofort hervorstürzte. Der aufs höchste erregte Offizier wurde bald darauf durch herbeistürmende Seeleute vom Kaiser getrennt und abgeführt. Der Kaiser forderte hierauf den

Schiffskommandanten auf, sofort ein Militärgericht einzuberufen, aber dem Kommandanten *gelang* es, die Angelegenheit in die Länge zu ziehen. In der Nacht öffnete sich plötzlich die Kabine, in welcher Leutnant von Hahnke inhaftiert war, und von diesem Augenblicke – verschwand von Hahnke überhaupt. Man *glaubte* auf dem Schiff, daß von Hahnke Gelegenheit gegeben

worden war, durch .. Selbstmord dem Militärgericht zuvorzukommen, welches gewiß auf *Todesstrafe* erkannt hätte und welches nicht hätte verschwiegen werden können. Allen an Bord
Befindlichen ist strengste Geheimhaltung dieses Vorfalls anbe-
fohlen worden ...«

1897. Der Bericht sagt nichts darüber, ob Wilhelm II. sich für
seinen Sieg über von Hahnke einen Extraorden verliehen hat.

II.

Gott als Verfasser

Bekanntlich gilt der liebe Gott als der persönliche Autor des Alten Testaments. Diese Hypothese kann vor der Textkritik wohl
kaum standhalten. Es ist, zu seiner Allweisheit, Allgegenwart
und Allgüte auch Alltalent vorausgesetzt, unmöglich, daß der
liebe Gott so ungleichmäßig arbeitet und solche Verschieden-
heiten der Handschrift, ja solche Niveauschwankungen der Begabung aufweist. Es ist unmöglich, daß ein und derselbe Autor
zugleich der Frauenkenner, der Eva und Delila decouvriert, und
der Nichtsalsjurist sein soll, der Levitikus und Deuteronomium
formuliert hat.

Der liebe Gott gilt aber nicht bloß als der anonyme Verfasser, sondern ist auch der eigentliche Held des Alten Testaments. So daß
dieses Buch sozusagen als Autobiographie, als Selbstbekenntnis
und Selbstdarstellung anzusehen ist; als Ich-Roman in der dritten
Person geschrieben. Tatsächlich geht die Figur durch, spielt die
größte Rolle und verschwindet nie vom Schauplatz. Trotzdem ist
es eigentlich kein aktiver Held, sondern mehr ein zuschauender,
beobachtender, der immer über der Situation steht, es vorzieht,
unsichtbar zu bleiben und der nur ab und zu von oben her in die
Handlung einzugreifen scheint. Es geht ihm wie jedem Autor, er
hat die Welt verfaßt, aber dann hat sie sich selbständig gemacht,
wie das Werk jedes Dichters, und lebt auf eigenen Füßen weiter:

der Autor sieht kopfschüttelnd zu, versteht sein eigenes Werk nicht mehr und nur, wenn's ihm gar zu bunt wird, erinnert er sich, daß er ja nicht bloß der Verfasser, sondern auch die Hauptperson ist und greift mit einem heiligen Donnerwetter über Sodom und Gomorrha mit einer Sintflut oder einem Weltkrieg ein.

Einwandfreies, ausgesuchtes Menschenmaterial

Im August 1916 kreuzte Kapitänleutnant Mader mit seinem U-Boot im Mittelländischen Meere. *U. 10* war kein Kampfboot, sondern eine schwimmende Werkstätte.

Am 9. August, morgens gegen 5 Uhr, bei unsichtigem, diesigem Wetter schlüpfte *U. 10* unter dem Minenkranz des Golfs von Genua durch, wo an der riffigen Küste zwischen Spotorno und Bergeggi, in der Tiefe von zehn Metern ein flacher Felsen lag, an dem vor einiger Zeit durch die zwei geschicktesten Taucher der U-Bootflottille, Schröder und Maxstadt, eine Verankerungsvorrichtung für U-Boote nach monatelanger schwerer Arbeit fertiggestellt worden war. Die Boote wurden dort festgemacht und repariert, soweit dies unter den gegebenen Umständen möglich

war. Kapitänleutnant Mader stand am Steuer und sichtete mit dem Unterwasserperiskop, dem ein Scheinwerfer den Weg auf fünfzig Meter vorleuchtete. Der Ankerfelsen kam in Sicht und sachte legte sich *U. 10* auf dem glatten Felsen fest. Die Maschine stoppte. Die Mannschaften machten sich an ihr Frühstück und verteilten sich rings auf ihren Plätzen. Mader stellte Periskop und Steuer fest, gab dem jungen Leutnant Gerber einige Befehle, als er plötzlich stockte und taumelte. Auch einige Matrosen rollten nach achtern aus. Mader sprang zum Steuerapparat. Im gleichen Augenblick legte sich *U. 10* ganz backbord und ging kielhoch, so daß alle losen Gegenstände herumkollerten, dann trieb das Boot ab. Es hatte sich von seiner Verankerung losgerissen.

Plötzlich wurde das Boot hin und her geschleudert. Wer sich nicht festzuhalten vermochte, schlug der Länge nach hin. Alle glaubten, eine Mine wäre an das U-Boot herangetrieben und explodiert. Mader hielt sich am Steuerapparat fest. Der Scheinwerfer warf trotz Umschaltens kein Licht. »Kurzschluß oder kaputt« schrie der den Apparat bedienende Maschinist. Die Magnetnadel drehte sich im Kreise. Mader blickte auf seine Uhr. Sie stand still. Der Zeitmesser über dem Pumpgehäuse ging auch nicht mehr. Leutnant Gerber zog seine Uhr, – sie war ebenfalls stehengeblieben. »Seebeben«, sagte kurz Kapitänleutnant Mader und gab Befehl, die Maschinen anzulassen. Der Tiefenmesser zeigte 18 Meter. Das Boot trieb an, schwankte aber immer noch ein wenig. Die Magnetnadel im Kompaß begann sich wieder wie rasend im Kreise zu drehen. An ein Dirigieren des Bootes war nicht zu denken. Plötzlich spürte man, wie das Boot steuerbord an dem Felsen entlangstrich. Es gab ein klirrendes Geräusch, das bald wieder verstummte. Mader gab Befehl, die Wasserventile zu öffnen. Langsam hob sich das Boot. Aufmerksam beobachtete der Kapitänleutnant den Periskopspiegel. Alles schwarz. Die Tiefenmesser zeigten nur mehr zwei Meter Tiefe an. Langsam hob sich das Boot weiter. Nach kurzem Schwanken lag es still.

Hätte die Insel- oder Landwache das Boot entdeckt, so würde man schon zu feuern begonnen haben. Auch das Radio-Horchperiskop gibt nur ein plätscherndes leises Wellengeräusch wieder. Als nach weiteren fünf Minuten alles ruhig bleibt, gibt Mader den Befehl, die Einsteigluke zu öffnen. Die dazu kommandierten Matrosen klettern in den Tubus. Leise und langsam öffnet sich der Deckel des Turmes. »Die Welt ist untergegangen. Alles ist schwarz und eiskalt!« Schreckensbleich kommen die beiden Leute die Steigleiter herunter. Mader klettert selbst nach oben. Es ist stockdunkel. Das Decklicht brennt, doch durchdringt es nicht die Finsternis. »Den kleinen Handscheinwerfer herauf!« Neben Mader steht ein Matrose mit dem kleinen Handscheinwerfer. Der Lichtkegel fällt über den schwarzen Wasserspiegel und beleuchtet weit hinten feuchte, glitzernde Felswände. Mader dirigiert den Lichtkegel nach oben. Auch dort, vielleicht in vierzig Meter Höhe funkelt eine große Felsenkuppe. Sie waren durch einen Unterwasserkanal in eine Riesenfelsenhöhle getrieben.

Der grelle große Lichtkegel zeigte die Riesenausdehnungen des Höhlensees. Weit über fünfhundert Meter zog er sich der Länge nach hin, während die Breite mindestens dreihundert Meter maß. Die Tieflotung ergab fünfzig Meter und darüber. Mader, gefolgt von zwei Leuten mit Stricken, Werkzeugen und Taschenlampen, sprang auf ein Felsplateau, eine Fläche von dreißig bis fünfunddreißig Meter Breite. Seitlich davon drang Mader mit seinen Leuten in einen riesigen Dom ein. Mächtige Tropfsteingebilde hingen von der Decke herab oder standen am Boden. Stalaktiten- und Stalagmitengebilde bizarrster Form. Säulen, hunderttausende von Jahren alt. Alabasterweiß. Kleine Stalagmiten kauerten wie Gnome und tückische Zwerge am Boden. Und jetzt, o Wunder! Ein klarer, zwei Meter breiter Bach stürzt über eine Silberwand in einen kleinen See hinab. Blinde Molche, rosig gefärbt, schwimmen träge in dem eisig kalten Wasser.

Die Mannschaften harren am Plateau und betrachten forschend ihren Kommandanten. »Wir sind durch ein Elementarereignis in ein vielleicht zwei bis drei Jahrhunderttausende altes Wunder der Mutter Natur geraten. Die Strömung hat uns hier hineingetrieben. Wir müssen jetzt versuchen, zurückzufinden!« Aller Augen haften an Maders Mund. Von den Wänden des Domes hallen die letzten Worte lauter wider, als sie gesprochen wurden. Auch das mutigste Herz schlägt schneller.

»Können wir auf dem Unterseewege unseren Ausweg nicht finden, so müssen wir versuchen, durch den Berg hindurch zu kommen. Wenn uns diese Wege verschlossen sind, – dann müssen wir uns in das Schicksal ergeben. Noch ist es nicht so weit. Verpflegung ist für sechs Wochen und noch länger vorhanden, wenn wir die Vorräte einteilen. Betriebsstoff für Licht haben wir genug, um auf Wochen die Akkumulatorenbatterien zu laden. – Und jetzt, alle Mann an Bord!«

Langsam schiebt sich *U. 10* durch die nachtdunklen Wassermassen. Mader ruft Ulitz mit überlauter Stimme plötzlich ein Kommando zu. Steuerbord! Back! Back! Schrill gehen die Klingelsignale. Ein Knirschen und Reiben wird von Backbord außen hörbar. Der Scheinwerferkegel ist länger geworden, das Wasser durchsichtiger. Das Licht kommt von oben. Das ist der Tag.

Im Marineministerium wurde hinter verschlossenen Türen verhandelt. Endlich hatte Mader es durchgesetzt, selbst gehört zu werden. Mader stand vor dem Marineminister und Obersten Chef der Flotte. Der Plan des Kapitänleutnants war gigantisch. Ein Konteradmiral mit einem großen technischen Stab begleitete *U. 10* und *U. 79* zum Golf von Genua.

Der Konteradmiral kam aus dem Staunen nicht heraus. Mader hatte eine Lichtleitung in dem großen Dom und den anschließenden Räumen legen lassen. Die Kabel wurden an die Dynamos im *U. 10* angeschlossen. Neun große Höhlen lagen in einer halbkreisförmigen Strecke von zwölf Kilometern Länge. Auf dem Plateau hatte Mader eine kleine Reparaturwerkstätte eingerichtet. Die Höhlen hatten Namen oder Zahlen erhalten. In Nummer 4 fiel ein großer Wasserfall zwanzig Meter in die Tiefe. Durch die Höhlen 5, 6 und 7 ging ein reißender Bach von sieben bis zehn Meter Breite. Trinkbares, eisiges, keimfreies Quellwasser. In Höhle 8 gab es drei heiße Springquellen, die dicke, heiße Wasserstrahlen bis zu neun Metern hochschleuderten.

Im Dom 1, der Madersee genannt, waren weit über zwanzig Exzellobogenlampen an der Decke angebracht. Das Licht spiegelte sich im Madersee und beleuchtete zehn U-Boote, die teils zur Reparatur, teils zur Aufnahme von Munition und Ladung eingefahren waren. In Dom 2 hatte sich wenig verändert. Die wunderbaren Tropfsteingebilde sollten erhalten bleiben. Dom 3 hatte sich in eine große Maschinenhalle verwandelt. Drehbänke, Fräsmaschinen, Schneide-, Bolzen-, Nieten- und Stiftenmaschinen standen in regelmäßigen Reihen. Dom 4 war auch eine Schlosser- und Schmiedewerkstatt. Holzbearbeitungsmaschinen, wie Gatter-, Kreis- und Bandsägen, Fräs-, Hobel- und Falzmaschinen standen in Dom 5, während am großen Wasserfall die Turbinenanlage angebracht war, die sämtlichen Maschinen in der Felsenhöhlenstadt als Antriebskraft diente. Dom 6 war in zwei Teile geteilt. Hier waren die Speisesäle und der allgemeine Aufenthaltsraum errichtet. Eine Abteilung diente als Magazin und Lagerraum. Abteil 2 enthielt die große elektrische Küche. Nummer 7 umfaßte die Schlafräume für Offiziere, Unteroffiziere und Mannschaften. Im Mannschaftsschlafraum standen Holzbetten in Reih und Glied. Die Riesenhalle besaß im Mannschaftslogis zwei Reihen zu 45 Doppelbetten, wie in den Schiffskabinen, also Raum für 180 Mann. Außerdem waren 100 Hängematten an den Felswänden entlang aufgespannt. Dom 8 diente als Badeanstalt mit Wannen-, Schwimm-, sowie Dampf- und Heißluftbädern. Im rückwärtigen Teile war ein Lazarett mit zwanzig Betten hergerichtet worden. Die letzte und allergrößte Höhle, die ungefähr

650 Meter lang und gegen 400 Meter breit war, diente als Sportplatz. Für Fußballspiele waren zwei regelrechte Tore vorhanden.

Die einlaufenden U-Boote brachten von den versenkten Schiffen
alle möglichen Dinge mit. Die Mannschaften arbeiteten täglich
zehn Stunden. Zweimal wöchentlich konzertierte eine Kapelle,
die sich aus zwölf Mann der Besatzung gebildet hatte. Ein Mau-
rerklavier, oder, wie der schnoddrige Berliner Koch, der Stübbecke, sagte, eine Quetschkommode, gab den zwei Gigerln der
Besatzung, Lehmann I und Hansen, Gelegenheit, ihre neuesten
Schieber zu tanzen. Der Schrittenbacher Max, ein Feinmecha-
niker ersten Ranges aus Feldafing in Bayern, hatte einen Ge-
sangverein gegründet und in Stimmung gebracht. Dieser Max
plattelte, wenn Stübbecke ihm den *Heitauer Doppelschlag* auf der
Ziehharmonika vorspielte.

Mader stand nackt in seiner Badekoje und ließ die kalte Dusche
über seinen Kopf brausen. In der Nebenkoje plätscherte Ulitz.
»Möchte gerne einmal wissen, wie die liebe Sonne aussieht.
Wir werden noch eine Haut über die Pupille bekommen, – wie
die Molche.« Mader mußte über den ewigen Brummhumor des
kleinen Ulitz lachen. Er wurde aber gleich wieder nachdenklich. Draußen ging das blutige Ringen weiter. Die Menschen zer-
fleischten sich, und ein Ende war nicht abzusehen. Wie schwierig
war es doch gewesen, hier tief unter der Erde all dies erstehen
zu lassen. Die Kunst der Marineingenieure hatte hier ein Wun-
derwerk vollendet. Wie schwer war das Finden der richtigen
Leute gewesen. Jeder Einzelne mußte ein Vollkommener in seinem Fache sein. Die Leute hatten sich für die Zeit des Krieges
zu verpflichten. Es wurde keinem gesagt, wohin es ging. Jeder
erfuhr nur, daß er nach einer Werkstätte käme, die versteckt im
Lande des Feindes läge, und daß es keinen Urlaub gäbe. Jedem
Manne wurde zwei Tage Bedenkzeit gelassen. Erklärte er sich
dann einverstanden, so wurden ihm zwei Wochen Urlaub bewil-

ligt und strengste Verschwiegenheit aufgetragen. Da nur ganz einwandfreies, ausgesuchtes Menschenmaterial in Frage kam, so war ein Verrat kaum zu erwarten. Den Angehörigen ward eine Adresse im Marineministerium aufgegeben. Dorthin mußte alle Post gesendet werden, und von dieser Stelle ging sie erst wieder auf Umwegen zur *Stadt unter dem Meere.*

In der ganzen Welt wurde von einer geheimen U-Boot-Basis im Mittelmeer gesprochen. Ganze Geschwader der Gegner suchten die Küsten immer und immer wieder ab. Nichts! Nichts! Niemand in Italien hatte eine Ahnung, daß sich im eigenen Lande eine unterirdische deutsche Werkstätte befinde, die Granaten und Torpedos herstellte. Kein Mensch vermutete, daß ein kleiner Typ feindlicher U-Boote sich unter heimischer Erde im Bau befand und daß eine kleine Schar von Menschen in treuester Pflichterfüllung seit Jahren nicht mehr die Sonne sah und fern von ihren Liebsten weilte, die nicht wußten, wo sich Vater, Sohn, Bruder, Gatte oder Bräutigam aufhielten.

Millionenheere können nicht an einem Tag erledigt werden

In Aachen hielt Kaiser Wilhelm im Sitzungssaale der Stadtverordneten folgende Ansprache:
»Im Westen habe ich das *halbverwüstete Frankreich besichtigt.* Da gewinnt man erst den richtigen Eindruck von dem Grausigen, von dem unser Vaterland verschont geblieben. Wer etwa kleinmütig werden sollte, der möge einmal einige Tage an die Front gehen und sich die Verwüstungen ansehen. Dann wird er nicht mehr klagen und mit seinem Los zufrieden sein. Die Offensive geht gut vorwärts; 600000 Engländer sind bereits außer Gefecht gesetzt, 1600 Geschütze erbeutet. Die Franzosen müssen überall einspringen. Hart werden die Gegner mitgenommen; *sie haben's auch nicht besser verdient.* Die Sache im Westen wird ge-

macht; aber wir müssen Geduld üben. Millionenheere können nicht an einem Tag erledigt werden. Wir werden unser Ziel erreichen. Schwere Arbeit ist zu leisten; aber dafür haben wir ja auch tüchtige Schmiede. *Den Osten haben wir geöffnet.* In der Krim geht es auch vorwärts. Aus der Ukraine sind die ersten Lebensmittelzüge in Berlin eingetroffen. Dadurch wird unsere Lebensmittelversorgung gebessert. In Sebastopol haben wir eine starke, reich beladene Handelsflotte erbeutet; dort werden wir uns den Verkehr auf dem Schwarzen Meer wieder ermöglichen. Also *es steht gut.*«

Begriff der Propaganda

Das Wort selbst stammt aus der altkirchlichen Institution *Collegium de propaganda fide* und wurde als Gerundium in den Sprachgebrauch übernommen. Der *Verbreitung des Glaubens* diente dieses Collegium und dem *Worte der Heiligen Schrift*. Heute ist es nicht mehr die Kirche, sondern der Staat, der es für wichtig hält, Prinzipien durch eine organisierte Verbreitung zur Geltung zu bringen. Und nicht Gottes und der Völker, sondern abkommandierter Skribenten Stimme ist es, die den Begriff der Propaganda in Verruf gebracht hat. Moral oder Unmoral der Propaganda hängen von den moralischen oder unmoralischen Absichten des Staates ab.

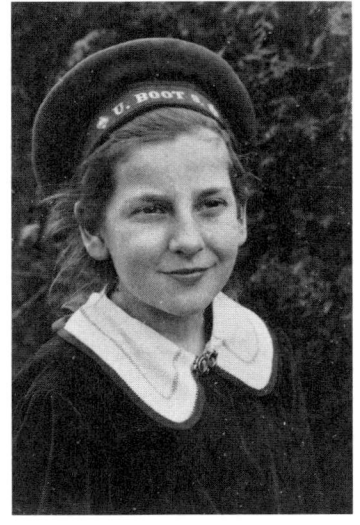

Ganz klar sah die Reichsleitung von Anfang an ein, daß sie vor der Alternative stand: entweder alles zu gewinnen, um, im Rausche des materiellen Erfolges vergöttert, über die Schuldfrage hinwegzukommen, oder, nach einer Niederlage in ihrem Betruge durchschaut, unterzuge-

23

hen. Deshalb von Anfang an die Behauptung, Deutschland führe einen Verteidigungskrieg. An einen Mittelweg kann und konnte diese Regierung nicht denken. *Deshalb auch ist ein Verständigungsfrieden nicht möglich. Er würde gewisse Freiheiten bringen, die für das alte System verhängnisvoll wären.* Wenn die hermetisch verschlossenen Landesgrenzen wieder geöffnet, der Belagerungszustand mit all seinen Unfreiheiten aufgehoben wären; wenn die Zensur und die Bedrohung mit Schutzhaft wegfielen: die brutal und mit allen Mitteln unterdrückte Wahrheit würde sich elementar einen Weg zum Lichte schaffen. *Kein Friede ist möglich, der nicht einen vollständigen Sieg der Moral oder der Unmoral mit sich bringt.*

Nun endete der Krieg
mit einer zerschmetternden Niederlage

die der rücksichtslose U-Bootkrieg nicht hatte aufhalten können. Manchem Seemann mag es danach verlangt haben, mit seinem Schiff beim letzten Schlag nach dem Gegner in den Fluten unterzugehen. Für eine solche heroische Geste, die am Ausgang des Krieges nichts mehr ändern konnte, war die Mannschaft nicht zu haben. Antimilitaristische Agitation in beträchtlichem Umfange war schon im Jahre 1917 auf den Großkampfschiffen betrieben worden. Zwei Mann büßten für den Plan einer Erhebung mit dem Leben, andere mit schweren Zuchthausstrafen. Den Schiffsbesatzungen wurde der öde Dienst etwas erleichtert und das Essen verbessert. Auf den Geist der Truppe verstand man aber nicht richtig einzuwirken. Nach beendetem Dienst ging der Offizier in seine Räume, der Unteroffizier in sein Abteil, in drangvoller Enge saßen die durch vierjährigen Dienst mißmutig gemachten Leute ohne Aufsicht beieinander. Die Agitation war leicht und fand einen günstigen Nährboden. Für eine verlorene Sache zu sterben, in dem Augenblick, wo die Entlassung zur Familie bevorstand, waren die vielen verheirateten Leute nicht gewillt. Als am 28. Oktober die Flotte in See gehen sollte, rissen

Heizer die Feuer heraus und verhinderten dadurch die Ausfahrt. Eine größere Anzahl der Meuterer wurde verhaftet. In Kiel fand am 1. November eine große Versammlung von Marinesoldaten statt, in der die Freilassung der Inhaftierten gefordert wurde. Deputationen wurden von den Kommandanten abgewiesen. Eine zweite Versammlung am Sonnabend den 2. November wurde durch Truppenaufgebot verhindert. Jedoch kamen schon Gehorsamsverweigerungen vor. Mannschaften versammelten sich auf dem Exerzierplatz; es wurde lebhaft diskutiert, wobei sich Mitglieder der unabhängigen Sozialdemokratie beteiligten. Verabredet wurde eine neue Versammlung für Sonntag nachmittag 5½ Uhr auf dem Exerzierplatze. Durch Handzettel wurde dazu eingeladen. Nachmittags 2 Uhr ließ das Stadtkommando Alarm schlagen; Patrouillen forderten alle Soldaten auf, sich sofort zu ihren Truppenteilen zu begeben. Der Befehl wurde nicht befolgt. In der Versammlung wurde zur Befreiung der Gefangenen aufgefordert. Ein großer Demonstrationszug setzte sich in Bewegung. Patrouillen und einzelne Offiziere wurden entwaffnet. Schließlich feuerte eine starke Patrouille auf die Meuterer. Es gab eine Anzahl Tote und Verwundete.

Sie brauchten keinen Fahnenjunker mehr

Der Novemberhimmel, von Wolken überfetzt, grau, melancholisch und trübe, brachte dem kein Lustgefühl, der hoffte, draußen im Freien könnte es besser sein.

Waldemar näherte sich wieder der Stadt. Die Menschen hatten ein paar flackrige Tage lang geglaubt, ihre Rufe nach Amerika würden mit Engelsstimmen beantwortet. Ein gepeinigtes und halb verzweifeltes Volk schien plötzlich den Verstand verloren zu haben. Es bekannte sich zu Idealen, deren Träger es gestern noch verlacht hatte, und hoffte, wenn es sich nun mit seiner wunden und zerquälten Seele den Pazifisten entgegenwarf, wäre ein Fest wie einst in biblischen Zeiten bei der Heimkehr des Sohnes.

So fühlte Waldemar Ring. Er ging durch die Straßen von Danzig. Es war nun nichts mehr mit den Husaren. Sie brauchten keine Fahnenjunker mehr. Waldemar merkte an der Leere in seinem Innern, wie sehr er sich eingerichtet hatte auf den Krieg. Er war so bereit gewesen, seine achtzehn Jahre hinzugeben, weil es nicht anders ging, weil man seinem Vaterlande angehörte.

Gewiß, die Bücher, von jungen Deutschen aus schönen Alpentälern oder Städten der Schweiz heraus gegen den Krieg geschrieben, würden große Kulturdokumente bleiben. Waldemar besaß ein starkes Selbstgefühl und der Krieg war ihm nie anders als ein Ungeheuer erschienen. Doch zu einer Sicherheitsreise in die Schweiz mußte man aus traditionslosen Gegenden stammen.

Es war völlig sinnlos für ihn, noch in Danzig zu bleiben. Es galt, sich anderswie einzurichten. Ein Studium natürlich. Aber was denn, wie denn? Wie können die Weisheiten noch wahr sein, die man vor diesem Zusammenbruch für richtig hielt? Waldemar erfuhr, abends um neun Uhr würde wahrscheinlich ein Zug nach Berlin gehen. Den wollte er benutzen. Das Vaterland hatte sich seines Stolzes begeben, die Mutter heiratete einen neuen Mann. Ganz frei, ganz allein ging man nun seines Weges.

Der Zug war angstvoll überfüllt. In den Korridoren kauerten ermüdete Soldaten auf hochgeschwollenen Gepäckstücken. Manche trugen die rote Kokarde an der Mütze, anderen waren die Achselstücke abgerissen. Aber auch die Revolutionäre besaßen kein Feuer. Stumpf und dumpf, mit geschlossenen Augen und offenen Mündern lehnten die meisten da, erschöpft von langer Fahrt oder von dem Entsetzlichen, dem sie entronnen. Waldemar zwängte sich durch die Korridore. Es waren auch viele Flüchtlinge im Zuge. Die Wagen hatten schlechte Beleuchtung, eine trübselige Kälte breitete sich aus, Gerüche aller Art beklemmten den Atem. Waldemar fand endlich am Durchgang zu einem andern Wagen noch ein Stückchen leere Wand, an die er sich lehnen konnte. In trauriger Finsternis lag draußen das westpreußische Land. Der Zug hatte wohl ein- bis zweimal gehalten, und es entstand ein Geschrei um Plätze, die es nicht mehr gab. Die Soldaten fuhren dann für einen Augenblick aus ihrem Schlaf und sanken erleichtert zurück, als kein Weckruf kam und kein Feuergeknatter. Ein Herr zwängte sich durch den Harmonikaweg des Zuges, stieß Waldemar unsanft mit einem Koffer an und bat dann um Entschuldigung. Der Herr hatte blanke, dunkle Augen und sprach Thüringisch. Ob er erfahren könne, wie die nächste Station hieße? Weit und breit sei kein Schaffner zu finden. Doch der Fremde, der schon seit Königsberg mitführe, könne es im Zuge nicht mehr aushalten. Lieber bleibe er im elendesten Gasthaus eines bis jetzt noch unbekannten Ortes. Ob der junge Herr so gut sein möge, ihm sein Gepäck hinaus zu reichen, sobald der Zug mal wieder hielte? Der Zug hielt nach einer Weile. Der Herr schlüpfte an einem schnarchenden Soldaten vorbei zur Türe hinaus und Waldemar reichte ihm das Gepäck. Er sah flüchtig, daß auf den Koffern und Taschen eine Krone war, und er bemerkte auch, die gelbliche Pelzdecke, die er als letztes Stück beförderte, hatte ein sehr schönes, lichtblaues Futter. Waldemar hörte noch ein Weilchen den Singsang der Räder, dann schlief er stehend ein.

Dann stand Waldemar vor einem Schaffner, der den Gang versperrte. Neben diesem wuchtigen Mann befand sich eine junge Dame. Ihre seltsam großen Augen waren bernsteinfarben und blickten über die Dinge hinweg, während sie mit einer dunkeln, eintönigen Stimme sagte: »Die Koffer sind mit einer Krone und v. E. gezeichnet, die Pelzdecke ist mit hellblauem Tuch gefüttert.« Es ging wohl nicht an, daß Waldemar sein ihn bestürzendes Wissen zurückhielt. Der Dieb war erst an der vorigen Station ausgestiegen. Die junge Dame wandte in einer fast trägen Bewegung ihr Gesicht Waldemar zu. Er fühlte sich unter ihrem Blick erröten, überstürzte sich in bedauernden Worten, wurde aber von dem Schaffner unterbrochen, der eine Beschreibung der gestohlenen Sachen in sein Notizbuch machte. Wie die Damen hießen? Frau und Fräulein von Envers. Woher sie kämen? Von einem Landgut bei Riga. Gut, der Schaffner würde von der nächsten Station telegraphieren, daß man die Koffer, wenn sie ermittelt, an den Anhalter Bahnhof, Berlin sende.

Aus dem Halbabteil, vor dem Waldemar noch unschlüssig neben der jungen Dame stand, kam eine etwas ängstliche Stimme: »Ellen, es ist kalt. Gib mir doch die Decke.«

Da zog Waldemar Ring seinen Überzieher aus. Es war eine kurze, hübsche, pelzgefütterte Jacke und sein ganzer Stolz. Doch er entledigte sich dieses Beweises seiner Eleganz beglückt. Denn die junge Dame war überaus apart, und er konnte zeigen, daß es ihm nicht an Ritterlichkeit gebrach. Er blieb vor der Türe des Abteils stehen und überlegte, was nun weiter seine Pflichten gegen die Damen waren, an deren Beraubung er sich mitschuldig fühlte. Da kam Fräulein v. Envers und bat Waldemar, einzutreten.

Das Abteil war schwach beleuchtet – in der Ecke schlief sitzend eine Dame, die weißes Haar hatte, und das Gesicht in ein Kissen versteckt. Waldemars Überzieher lag auf den Knien der alten Dame. Die junge Dame an seiner Seite schlief ein. Sie bog sich ein wenig von ihm weg, nach einer Stütze für den Kopf, legte ihre Hände sonderbar still und langgestreckt in den Schoß und schloß die Augen. Er betrachtete die Hände. Sie waren schmal, sehr weiß und vollkommen ringlos. Von den Händen ging der Blick zu der Schlafenden. Sie hatte sehr dunkles Haar mit einem sehr reingezeichneten Stirnansatz. Es fiel in einer schlichten Welle über die Schläfen. Der Mund, schmal und mit sehr roten Lippen, hob sich in starker Abgrenzung aus dem blassen Gesicht. Der junge Mensch fühlte sich lebhaft erregt und wartete angestrengt auf ihr Erwachen, bis er selbst schlief.

Es mochte viele Stunden später sein, als ihm Worte ans Ohr klangen. »Du warst noch nicht in Großpapas Wohnung am Augustaufer, Ellen. Aber wir gehen nicht gleich zu ihm. Was würde er erschrecken, wenn wir so ohne Gepäck ankommen. Wir steigen im *Kaiserhof* ab –«

»Ohne Gepäck, Mama?«

»Wir fahren erst in Läden, ich habe etwas deutsches Geld, es ist eingenäht.«

Eine Pause entstand. Waldemar besann sich, ob er nun aufstehen sollte. Da klang die angstvolle Stimme wieder: »Wir müssen uns ein paar farbige Dinge kaufen. Wir dürfen nicht vor Großpapa hintreten, schwarz wie Raben von einem Schlachtfeld.«

»Aber liebe Mama – wir können ihm doch nicht etwas vortäuschen –«

»Doch – doch. Ich kann nicht so vor meinem alten Vater stehen und ihm sagen: Meinen Mann und Ellens Vater, den haben die Bolschewisten mit einer Axt in Stücke gehauen, und mich hielten vier von den Teufeln fest, und ich mußte zusehen –«

Die arme Frau bekam von ihren Worten einen Weinkrampf – der klang noch schrecklicher, als die Worte. Waldemar verließ das Abteil. Ihn schauderte. War das eine Irre? Aber dann fiel ihm ein, solche fürchterlichen Dinge hatte man ja so oft in den Zeitungen gelesen – gefühllos fast, stumpf, wie die Menschen in den vier Kriegsjahren geworden waren, weil kein Hirn und kein Herz imstande war, auch nur den tausendsten Teil all des Fürchterlichen, was geschah, sich ganz begreiflich zu machen. Er drängte sich durch die Korridore. Es ging dem Morgen zu. Waldemar stieß auf eine Gruppe von bärtigen Landwehrmännern, die gerade ihre Stullen auspackten. Er bot Zigaretten und Geld an und erhandelte ein paar Brote. Die befreite er von schmutzigem Zeitungspapier, in das sie gewickelt waren und riß Notizblätter aus seinem Taschenbuch ab, welche die Teller vorstellen sollten. Frau v. Envers hatte sich beruhigt. Sie sah Waldemar durch eine Stielbrille flüchtig an und sagte: »Mein Herr, ich wäre Ihnen sehr zu Dank verpflichtet, wenn Sie uns an der nächsten Station etwas Kaffee besorgen würden.«

Waldemar stand an der Wagentür – öffnete das Fenster und fand, die Kälte, die eindrang, war immerhin besser als die verbrauchte Luft des Wagens. Das Land lag noch im Dämmern. Plötzlich fühlte Waldemar einen leichten Aufstrom, eine Frische in sich – und wußte sofort, was es sei: Fräulein v. Envers war zu ihm herausgekommen. Dunkel und schlank, fast ebenso groß wie er, stand sie neben ihm.

»Sie müssen Ihre Frau Mutter nicht in ein Hotel bringen, sondern gleich zu dem Großvater,« sagte er und errötete, denn er verriet sein Zuhören. Die sonderbare Entgegnung kam: »Haben Sie sich nicht auch die Befreiung anders gedacht? Der Anfang war nicht schön. Aber vielleicht wird es in Berlin anders sein. Wir warten doch alle so –«

Er sah in das blasse Gesicht des jungen Mädchens, fühlte sich von rätselhafter Anziehung erregt, und blieb doch gehemmt, sich zu äußern. Sie standen minutenlang stumm nebeneinander, den Blick voneinander gerichtet, hinaus auf die dämmernde Ebene, über der ein trauriger Himmel stand, dessen Gestirne erloschen. Da fuhr der Zug in einen Bahnhof ein und Waldemar gedachte des Wunsches nach Kaffee, sagte hastig, er wolle mal nachsehen und sprang aus dem Wagen. Es war eine Station, von der eine andre Linie abzweigte, und die Bewirtung befand sich auf einem Bahnsteig, der erst durch eine Unterführung zu erreichen war.

Als Waldemar wieder durch den Tunnel rannte, rollte sein Zug über ihm hinweg. Er hatte gerade noch den Anblick des letzten Wagens und sah seine roten Lichter in den Morgennebel hineinfahren. Waldemar blickte dem Zuge nach, als sei er ein entschwindendes Phantom. Dann, um doch etwas zu tun, trank er wenig von dem schrecklichen Kaffee und schleuderte Glas und Inhalt achtlos über den Bahnsteig hinweg. Sechs Stunden später ging ein andrer Zug und kam am frühen Nachmittag in Berlin an.

»Unter seinen Führern und Generalen wird das Heer in Ruhe und Ordnung in die Heimat zurückmarschieren, nicht aber unter dem Befehl Eurer Majestät.«

»Schwarz auf weiß will ich die Meldung aller kommandierenden Generale haben, daß das Heer nicht mehr hinter seinem Obersten Kriegsherrn steht. Hat es mir nicht den Fahneneid geschworen?!«

»Der ist in solcher Lage eine Fiktion.«

Niemand kann das alte Preußen mehr retten

Waldemar nahm eine Droschke und fuhr nach dem *Kaiserhof.* Er sagte sich vor, daß er alles Recht besäße, den Damen, die durch seine Mithilfe ihr Gepäck verloren hatten, seinen Beistand anzubieten. Im *Kaiserhof* war ein alter, höflicher Portier. Ja gewiß, die Damen waren heute morgen vorgefahren. Jedoch wäre jedes Zimmer besetzt, der letzte Winkel, die unmöglichste Kammer. Wohin die Damen sich gewendet, könne er leider nicht sagen. Der alte Mann bekam ein Trinkgeld, wußte auch ein Hotel zu nennen, das dem Augustaufer gegenüber, ganz nahe am Kanal lag.

Waldemar hatte ein wenig ausgeschlafen, sich gewaschen, umgekleidet, schön frisiert, er schritt in den kleinen Speisesaal hinunter. Er überblickte den Raum. Es saßen viele Marineherren mit ihren Damen da. Dann überflog er den Anzeigenteil der Zeitungen, um endlich bei der Ankündigung eines Vortrags zu haften. Doktor August Wilhelm Ring: Siedlungspläne. Für Siedlungspläne hatte Waldemar nicht das geringste Interesse. Aber August Wilhelm Ring? Natürlich, das mußte Papas jüngster Bruder sein.

Der Saal, in dem der Vortrag sein sollte, lag ganz nahe, an der Lützowstraße. Es war eine Kleinigkeit, hinüber zu gehen. Waldemars Unerschrockenheit bahnte sich einen Weg bis in die Nähe des Redners, obwohl der Vortrag schon im Gange war. Oh, dachte Waldemar, gefesselt von einer schönen Stimme, mein Onkel sieht ja sehr anständig aus. Und er hat ein Kreuzbändchen, also war er im Feld. Und Waldemar begab sich in der tändelnden Sicherheit seiner achtzehn Jahre am Schluß der Sache in das sogenannte Künstlerzimmer. Dort hatte der Onkel noch eine Weile mit Fremden zu reden.

Sie schritten am Kanal entlang und Waldemar fiel ein, daß da der alte Herr wohnen müsse, zu dem Ellen v. Envers gegangen. Er sah nach den Fensterscheiben hinauf, aber überall war es schon dunkel. Morgen mußte er Ellen v. Envers suchen.
Der ältere Ring schien seinen Gefährten vergessen zu haben. »Niemand kann das alte Preußen mehr retten,« sagte er dann. »Denn es hat seine Mission beendet. Millionen von Menschen werden es im Erinnern behalten, wie Heldenlieder und einen frommen Glauben.«
»Soll man es beklagen?« fragte Waldemar. Aber er möchte gerne noch wissen, ob es denn mit uns so schlecht stünde, daß man fürchte, alles wäre in einer Auflösung begriffen – und es würde eine Epoche kommen, die alle bisherigen Gliederungen verschöbe. Er stünde im Augenblick vor einer Berufswahl. Und nach diesem unglücklichen Krieg wisse man nicht, wo beginnen. »War das königliche Preußen nicht schon lange dahin? Ist das Kaiserreich nicht ein Aufputz von Großtuerei und irgendwo sehr unwahr. Denn wie könnte es sonst so aus der Liebe des Volkes gestürzt sein –«
»Ach, das Volk,« antwortete Ring und ließ seine Worte in der Luft hängen.

Die beiden Leutnants sind noch sehr jung. Der eine fuchtelt, leise
sprechend, dem anderen mit der Hand vor dem Gesicht herum.
Aber diese Hand hat nur den Daumen und die beiden anderen
Finger daneben. Der kleine und der vierte Finger sind so sauber
und so glatt, wie mit einem Rasiermesser abgeschnitten.
»Also wie es vorjehn soll, raus aus'n Wald, da schmeißt sich doch
der eine Kerl, so ein dickes Schwein ... ein Familienvater von
mindestens achtunddreißig, statt dessen im Dickicht hinter einen
Baum, und is nich von der Stelle zu bringen. Und der Russe funkt
so mit seinen beiden Maschinengewehren, einfach wie 'n Fächer,
janz niedrig über 'n Boden hin. Also, es war jradezu ein Anblick
für Jötter: wie nun das dicke Schwein da, wie ein Kahn, den sie
an den Pfahl jebunden haben, und der nu in der Strömung hin
und her schwankt, mit den Jarben so mitgeht. Ich zieh' meinen
Dienstrevolver und halt 'n über ihn. Aber in dem Augenblick
kommt eine neue Garbe. Und der Mann, der sich schon halb aufgerichtet hat, schmeißt sich wieder hin. ›Auf, du Hund‹, schreie
ich und will abdrücken. Ehe ich also noch den Finger krumm
machen kann, geht der Kerl hoch wie so 'ne Spannerraupe, und
dann streckt er sich. Ich wundere mich noch, mein Revolver
liegt auf seinem Rücken. Aber mit den zwei Fingern hier dran.
Beide Schüsse also erstmal durch den dicken Baum. Ihm der eine
mitten in die Stirn und hinten an der Wirbelsäule wieder raus.
Und mir haut's meine zwei Finger hier weg.«
Ein Matrose steigt am Savignyplatz ein und setzt sich still in die
Ecke. Er hat keine Fahrkarte. Aber das macht nichts mehr. Die
beiden jungen Leutnants sehen zu ihm hinüber. Er grüßt nicht,
sieht über sie fort. In Charlottenburg klettert er wieder heraus
mit Bewegungen, als ob das Abteil ein Mastkorb wäre.
»Also ich sage dir«, meint der Dreifingrige: »Diese Schweine-
flotte hält keine Disziplin mehr. Das kann den schönsten Kladde-
radatsch noch jeben.«

In einem fernen Rückblick war vielleicht
diese Stunde einmal schön

Es lag so etwas Sonderbares, Tragendes, Unruhiges in der Atmosphäre. Der Alexanderplatz war von erregten Menschen bestanden. Waldemar hörte immer wieder den Ruf: der Kaiser. Kam der Kaiser? Was ging vor? Wie, der Kaiser sollte gezwungen werden, abzudanken? Waldemar begriff nichts. Es hatte sich in ihm festgeankert, daß er Ellen v. Envers suchen müsse. Jemand sagte ihm, das Augustaufer begänne in der Nähe der Von der Heydt-Brücke. Ein Auto fuhr ihn die Leipziger Straße hinunter. Es stoppte am Potsdamer Platz, eingekeilt in schreiende, verwahrloste Soldaten. Eine Menschenflut war da, wie sie Waldemar noch nie gesehen hatte. Ihm schauderte vor allen diesen ärmlichen, schlechtgekleideten, mühseligen und erregten Hungergestalten. Und in einem heftigen Gefühl dachte er wieder: wenn Fräulein v. Envers unter diesen Menschen sein mußte!

Berlin lag in dem fieberhaften Aufruhr einer ungeheuerlichsten Erwartung. Man hatte dem Kaiser noch zwei Stunden Frist gegeben zu seinem Verzicht. War es noch eine Höflichkeit, daß man ihm gestattete, selbst die fünfhundertjährige Geschichte seines Hauses zu beenden? Wie beispiellos mußten diese Stunden für ihn sein! Und wenn er alles wäre, was ihm Feinde und Widersacher tausendmal vorgeworfen: ein schlechter Schauspieler, ein Schuldbeladener und ein Feigling: wie mußte ihn selbst dann diese Stunde treffen. So dachte August Wilhelm Ring. Er stand auf der Straße, las Extrablätter, eingekeilt in eine tobende Menge, unter Portier- und Waschfrauen, unter rüden Jungens, die sich amüsierten, und er vernahm die Stimmen kleiner Ladenmädchen, die ihren Esprit an »Aujustens« Spitzenwäsche verschwendeten. O ja doch, alle großen Revolutionäre mußten sich schlechter Gesellschaft bedienen, ihr Ziel zu erreichen. Wer gegen die Korruption der Ehe schreibt, findet feurige Anhänger in hysterischen Jungfrauen. Wer gegen Gewissenszwang der Kirche redet, bekommt all die Mißratenen zu Freunden, die den Gottesbegriff als einen Mumpitz erkennen. Und wer heute ging, ein Kaiserreich zu stürzen – der fand Mithelfer, die sich von einem Freistaat die Zügellosigkeit versprechen. In einem fernen Rückblick war vielleicht diese Stunde einmal schön. Im Fresken-stil der Geschichte sah man vielleicht diesen 9. November als den Beginn einer großen Erneuerung.

August Wilhelm Ring bahnte sich den Weg in eine stillere Straße, stieg mehrere Treppen eines Hauses hinauf und wurde in eine alte, weitläufige Wohnung eingelassen. In einem großen, hellen Gelehrtenzimmer, dessen Wände fast nur aus Büchern bestanden, saß ein schöner, weißhaariger Herr.

»Oh, Sie kommen August.« Welche Höflichkeit, dachte Ring, dem Mann brennen Fragen auf den Lippen, aber zuerst denkt er dran, daß mir eine Zigarette brennen muß.

»Bis vier Uhr – eine Stunde noch – hat der Kaiser Zeit, seinen Entschluß zu fassen. Ich möchte diese Stunde mit Ihnen verleben, wenn Sie erlauben, Herr Geheimrat.«

Die Hände des alten Mannes begannen zu zittern. Er fuhr sich hilflos über die Augen.

»Wo ist der Kaiser?«

»Im großen Hauptquartier.«

»So. Und ist er nicht auf dem Weg nach Berlin? Friedrich Wilhelm der Vierte war in Berlin bei der Revolution. Er ist von seinem Schloßhof hinunter gestiegen und hat vor den Leichen der Aufrührer salutiert. Ein bitterer Weg für einen König. Warum ist heute der König nicht da?«

August Wilhelm Ring antwortete: »Er ist bei seinen Generalen.« Der alte Herr fragte in der Hartnäckigkeit seiner Greisenjahre: »Warum ist der Kaiser nicht in Berlin? Warum ist er nicht auf seinem Platz?« Und er hob seine Stimme: »Warum ist er nicht da, und steht auf dem Schloßbalkon, wo er am 1. August gestanden hat? Und sagt: Hier stehe ich, ich kann nicht anders? Dreißig Jahre habe ich mich von Gottes Gnaden auf meinem Platz gefühlt, und diesen Platz verlasse ich nicht als ein Lebendiger.« Der alte Herr sah leer in die Luft. Die alte Wirtschafterin stürzte ins Zimmer. Ihre hagere Gestalt schien in dem doch so dürftigen Kleid zu schlottern: »Herr Geheimrat –«

Hinter der Wirtschafterin erschien eine junge Dame, schlank, groß, in dunkeln Kleidern – mit einem sehr weißen Gesicht, aus dem ein roter Mund und bernsteinfarbene Augen sonderbar leuchteten.

»Wo kommst du her, Kind – wo sind deine Eltern?« Wieder hörte August Wilhelm Ring in sonderbarer Betroffenheit diese Stimme, die wie aus einer tiefen Ferne klang.

»Mama und ich mußten fliehen. Um dich nicht zu erschrecken, wollte Mama in ein Hotel.«

August Wilhelm Ring versuchte, die Türe zu erreichen und unbemerkt sich zu entfernen. Da rief ihn der alte Mann: »Ich kann nicht zu meiner Tochter – lieber August Wilhelm, würden Sie nicht in das Hotel gehen und meine Tochter holen?«

August Wilhelm war mit der fremden Dame auf der Straße. Die Dämmerung lag über Berlin. Schreiende Menschenhaufen zogen die Potsdamer Straße hinunter. Weit und breit sah man kein Gefährt. Diese Menschenknäuel ließen sich nicht durchrasen. Man stand Brust an Brust mit feindselig oder frech Blickenden – man kam ihnen nahe, als wollte man sie küssen, man wurde wie ein Quirl gedreht und sah andern in die müden, heischenden oder flackrigen Gesichter. Auf dem Potsdamer Platz johlten Soldaten. Sie trugen denselben grauen Rock, in dem die Todgeweihten des August einst auszogen. Jetzt barg der Rock Gesindel oder verzweifelt Enttäuschte, Straßenläufer, Aufwiegler, Zerbrochene. Die Entscheidung des Kaisers mußte noch nicht da sein, fühlte Ring. Er drängte hinunter nach der Bellevuestraße. Sie war ein wenig leerer – und der Weg der Siegesallee gestattete wieder ein leidliches Gehen. Vom Brandenburger Tor her hörte man das Knacken der Maschinengewehre.

»Es ist Revolution,« sagte sie. »Das große Wecken, das große Erwachen, Weltreveille. Sie bangen um einen einzelnen Menschen – um Wilhelm. Und es ist doch Menschheitsfrühling.«

Pathos. Altes Pathos. Neu von jungen Lippen, dachte August Wilhelm Ring. Und begriff plötzlich, das war nicht Phrase bei seiner Begleiterin. Mit ihren Augen, die in der Farbe des Bernsteins, der im Meeresgrund liegt, über alle Dinge so blicklos forschten, konnte sie wohl einen Menschenfrühling erträumen. In Hunderte von Gesichtern hatte er heute schon geblickt. Gab es einmal den Glauben, die germanische Rasse sei schön?

Sie waren in der Nähe des Brandenburger Tores. Gebrüll, Lärm, Schüsse hallten von den Linden herüber. »Ich würde Sie nicht bemühen,« sagte Fräulein v. Envers, »wenn es möglich wäre, mit meiner Mutter die kommende Nacht hier Unter den Linden zu verbringen. Wir sind Flüchtlinge. Unser Landhaus, unser Park bei Riga brennt vielleicht noch. Mein Vater ist ermordet worden, trotzdem er so fest an die Menschenrechte glaubte. Er begriff nur nicht, daß die Tiere, die das heilige Wort brüllten, Geld damit meinten – «

Verwirrt blickte August Wilhelm Ring in das blasse Gesicht mit dem roten Mund. Was für ein Singsang, fühlte er. Unser Haus brennt, mein Vater ist ermordet, die heiligen Menschenrechte – oh, nun begriff er plötzlich, warum alles, was dieses Mädchen sagte, so aus weiter Ferne klang. Sie hatte es gesehen, zuschauend mitgelebt, aber es war noch nicht zu ihrem Herzen gedrungen.

Durch die Linden rasten Lastautos, mit Maschinengewehren besetzt. Zum Schloß – zum Schloß. Durch das Brandenburger Tor rasten Autos mit treulosen Soldaten, die auf die Volksgenossen schossen. Wo waren Seiner Majestät Offiziere? Noch an den Grenzen? Wo war der Bürger von Berlin? Ein Flackerrot stieg in August Wilhelms kühnes Gesicht. Und wo bin ich? Ich tue das nächste – ich beschütze ein junges Mädchen. Vorher stand ich müßig in den Gassen. Vorher war ich bei Hindenburgs Fahnen und dann mit dem lahmen Arm ein Kriegsberichterstatter! Wir konnten nicht schreiben, was wir wollten. Sonst hätten wir geschrieben: Gebt euren letzten Pfennig, damit ihr noch euer Haus behaltet. Gebt dem Volk den Traum der Freiheit, sonst gibt es euch den Terror. Man mußte schreiben: Wir siegen auch im Rückzug.

Ein Matrose versperrte Fräulein v. Envers den Weg. Das wüste Gesicht verzog sich zu einem Lächeln. Man mußte stehen bleiben, die Menschenmauer gab keine Möglichkeit, sie zu durchdringen. Der Matrose hatte ein feistes Gesicht und bläuliche Backen. »Du willst wohl Wilhelm beistehen,« sagte er durchaus nicht spöttisch, nur wie feststellend zu Ring. »Da biste zu weit weg, der türmt. Der tigert.«
»Er türmt nicht,« antwortete Ring.
Der Matrose lächelte. »Wirste sehen, daß er türmt. Du – du Freilein – ist der dein Schatz? Haste dich schon versprochen für den hübschen Abend –«
Ein Rätselhaftes geschah. Fräulein v. Envers sah den Matrosen an. Sie hob den Kopf, streckte das sonderbar geformte Kinn ein wenig vor und blickte dem Matrosen in die Augen. Er verfärbte sich. Wich zurück – Und wie in einer Spukgeschichte schien sich die Menschenmauer zu öffnen und doch nicht zu öffnen – sie nahm den Matrosen auf. Er war nicht mehr da.

Also, nu gibt's erst Mal zur Abwechslung son bißchen Revolution

zum Schluß wird der arme Hund wieder in die Gefängnisse wandern und an die Mauer gestellt werden, genau wie in der Kommune einundsiebzig. Denn das haben die andern immer noch besser gekonnt. Aber wat jeht des mich an?! Ich bin Arzt. Ich verbinde de Weißen wie de Roten. Ich kenne keine Parteien, nur Patienten!!

Unsere Zukunft liegt auf dem Wasser

Waldemar erwachte sehr spät. Er hatte viel und heftig geträumt. Der Kellner stand da. Er war von großer Jugend und sah wie ein Konfirmand aus. So feierlich in dem schwarzen Anzug, dem Vorhemdchen und dem wässerigen Scheitel. Seine Augen glitzerten, seine Hände fuhren in die Luft, seine Stimme war von Aufregung erfüllt. »Es ist Revolution! Der Kaiser hat abjedankt. Der Kronprinz ooch. Überall hängen schon die roten Fahnen heraus. Und ich habe gleich Ausjang. Es ist Revolution.« Revolution! Von dem Wort ging eine Bezauberung aus. Waldemar stürzte den gräßlichen, bitteren Kaffee hinunter, zerkaute ein wenig muldrig schmeckendes graues Brot und war voll Eile. Und der junge Mensch lief die Siegesallee hinunter, lief dem Knacken der Maschinengewehre nach, frei von Nervosität und Furcht. Er wollte die kommenden Dinge sehen. Das Volk war auf den Platz gezogen, wo Bismarck, Moltke und der eiserne Hindenburg von der Geschichte des letzten halben Jahrhunderts erzählten. Kam die Menge hierher, diese Geschichte auszulöschen? Das Schießen wurde heftiger. Ab und zu wichen mit lautem Kreischen Frauengruppen zurück. Aber die Lücken, die sie ließen, schlossen sich rasch wieder. Unter dem Knattern von Maschinengewehren, die den Platz überstrichen, drängten sich die Menschen dem Reichstagsgebäude zu. Waldemar kam nahe genug heran, um einzelne Sätze zu hören, die ein Redner stoßweise in die Menge warf.

»Unsere Zukunft liegt auf dem Wasser, hat der Kaiser gesagt, der als siegreicher Held hier nach dem furchtbaren Krieg durch das Brandenburger Tor einziehen wollte. Und Matrosen sind es gewesen, die von Hamburg aus die Befreiung, die Revolution über Deutschland trugen.« Ein neues Knattern und Krachen von Schüssen ließ die Stimme des Redners zerflattern.

Deutschland muss untergehen!

Die Matrosen lassen sich nicht lumpen. Jahrelange Unterdrükkungen, rücksichtslosester Menschenmord, ein Nebel von Gemeinheit und Lüge, der jedes menschliche Wort im Munde erstickte, werden in einem Anlauf erledigt, und die Masse, seit langer Zeit durch die Entbehrungen aufs äußerste erschüttert, klatscht Beifall und macht Revolution. Das Ding ist zu groß, als daß man es sogleich glauben könnte. Brüder, ist endlich die Stimme der Instinkte erwacht, habt ihr euch endlich auf euern gesunden Haß gegen die Kerle besonnen, die Deutschland repräsentieren, gegen die »Immer feste druff«, die Reuter und Forster, die Kindermörder Belgiens, die U-Bootskommandanten, die ihre Brigantenzüge in gefälligen Ullstein-Bändchen verherrlichen? Ist es eine Revolution der Wahrheit, ein Aufstand des Geistes gegen den zum Himmel stinkenden Lügenberg der vierjährigen Kriegspresse, gegen die Hindenburgs, Ludendorffs, gegen die Aufrufe »An mein Volk«, die Denkmalsnagelungen, gegen die Sieger insgesamt, die Handhaber der Macht, die Unterdrücker von Beruf, die niemals auch nur einen Augenblick Zeit fanden, Geistiges zu werten, Menschliches, und sei es von Ferne, zu verstehen? Ist es ein Aufstand des guten Geschmacks gegen die schimmernde Wehr, die uns mit offizieller Kunst und offizieller Religion versah? Es scheint, daß die große Abrechnung gekommen ist. Das ganze Land steht auf. In Bayern wurde der Trottel und Jesuiter, der nach mittelalterlichem System sein Volk in Dunkel und Unwissen halten wollte, vom Thron gejagt. In ganz Deutschland fallen die Dynastien wie Jahrhunderte alte Gebäude, die nur eines Anstoßes bedürfen, um in sich zusammenzukrachen. Und die Matrosen immer vorne weg. Schienen aufgerissen, Bahnhöfe gestürmt, Maschinengewehre gerichtet. Die Matrosen sind die

wahren Hüter der Revolution, sie sind die Einzigen, die die voll-
kommene Nebensächlichkeit des menschlichen Lebens in dieser
Angelegenheit erfaßt haben, sie lassen sich von der Macht ihrer
Instinkte werfen, sie brüllen Wut. 1916 hat man sie zu maßlosen
Zuchthausstrafen verurteilt, als sie sich gegen den Massenmord
wehren wollten: sie haben gelernt, Blut spielt keine Rolle. In Köln
genügen fünfzig Mann, um die Stadt in Aufruhr zu bringen.
– Hannover, die Erzzitadelle der Lutherpfaffen und Dunkel-
männer ist schon von ihnen besetzt. Aber Berlin harrt noch
der Eroberung. Berlin, wo man den Weltkrieg losrasen ließ, das
Hauptnest der unmenschlichsten Banditen und Bluthunde, der
Zentralpunkt des Völkerschlachthauses, von wo aus Millionen
um Millionen in den Tod gejagt wurden, das »Spreeathen«, in
dem die Menschen wie Eulen und die Eulen wie Menschen lebten. – Berlin ist noch nicht frei. Von allen Seiten werden Vorstöße
versucht. Kein Zug darf herein, rings um die Hauptstadt sind die
Schienen verbarrikadiert; man kann es nicht glauben, daß ein
Volk, das immer auf Befehl stramm gestanden hat, gegen seine

Herren und Meister zu den Waffen greift. Man denkt noch im letzten Moment, wo im Lande schon über das fernere Schicksal der Nation entschieden ist, sich hier, wo der Unteroffizier seine tollsten Orgien gefeiert hat, einen Altar rein kaiserlicher Anschauung zu bewahren. Noch am Rande des Grabes, bedroht von dem Wutgeschrei der ganzen Welt, haben die Linsingen das Vertrauen, die Welt nochmals von Berlin aus zu unterdrücken. Ludendorff mußte gehen, aber jeder Leutnant macht sich eine Ehre daraus, ein Vertreter dieser Eisenfresser-Weltanschauung, ein Priester der Religion der »Realpolitik« zu sein, auf die man schwört, als ein heiliges Vermächtnis Bismarckischer Generationen. Aber es zeigt sich die Wahrheit, daß gegen eine Idee und wäre es eine falsche, alle Schußwaffen machtlos sind. So sind die Generäle am Ende gezwungen zu kapitulieren, rote Fahnen über der Menge, die Revolution siegt. Nur selten fallen Schüsse, der Reichstag wimmelt von Abenteurern und Stellungsjägern, die mit der Geste lange verkannter Fähigkeiten eine neue Regierung stützen möchten, um möglichst viel für sich dabei zu gewinnen. Der Elan des Volkes erscheint elementar, sodaß alle diejenigen, die den Deutschen nichts zutrauten, am wenigsten ein revolutionäres Gefühl, an ihre Brust schlagen und plötzlich an die Erscheinungen der deutschen Geschichte glauben möchten, die in geistigem Sinne etwas bedeutet haben. Das Bild der Stadt ist für uns Phantasten nicht weniger bunt als Paris zur Zeit seiner klassischen Revolution, und die Autos, die Maschinengewehre, die Bahnhöfe machen das Ganze furchtbarer, unheimlicher, wüster. Die Autos mit Bewaffneten werden zum Charakteristikum: vor dem Schloß stauen sich Menschen und Wagen zu unübersehbarem Knäuel, aus dem die Gracchen und Catilinas, die sich an Laternenpfosten hochziehen, blecherne Stimmen schmettern. Schon sieht man die befreiten Sträflinge und die Kriegsgefangenen, die sich mit deutschen Soldaten photographieren lassen – dann ein Schuß oder das beginnende Gehämmer eines Maschinengewehrs und die Menge ist verschwunden. Es ist keine

Hyperbel, wenn man sagt, sie fliehen schneller als der Wind. Das staut, ballt und klebt wieder zusammen, sobald sich der Nachklang der Schüsse verliert.

Schamloser, empörender Verrat!

»Die Folgen für die Marine sind unabsehbar, wenn sie keinen höchsten Kriegsherrn mehr hat.«
»Ich habe keine Marine mehr!«

Wir schießen die Hafenstädte in Grund und Boden und sterben einfach mit unseren Booten

Mader, inzwischen zum Kapitän befördert, befand sich in größter Unruhe. Seit zwei Tagen war kein Boot eingelaufen. Plötzlich klingelte die Signalleitung. Von Dom 1 wurde das Einfahren von *U. 174* gemeldet. Mader und Ulitz setzten sich auf die elektrische Dräsine und fuhren eiligst ab. Kapitän Zirbeltal zog sich mit Mader sofort zurück. Mader stand mit weit offenen Augen vor dem Kameraden. Er konnte es nicht fassen. »Revolution?! Waffenstillstand?! Rückzug?!« Stoßweise kamen die Worte aus seinem Munde. Man mußte leise sprechen. Ulitz blieb am Rande des Plateaus und unterhielt sich flüsternd mit einem Offizier von *U. 174*. Innerhalb der nächsten sechs Stunden liefen weitere vier U-Boote ein. Die Arbeit ruhte. Nur die Lichtanlage und die Küchen arbeiteten. Die Offiziere berieten. Möller hatte am Fußballplatz die gesamte Besatzung zusammen gerufen und in kurzen Worten einige Erklärungen abgegeben. Noch wüßte man nichts Gewisses; aber jetzt hieße es: Kopf hoch halten. Keiner sollte murren, innerhalb von ein oder zwei Tagen würde sich alles entscheiden. Der Schrittenbacher Maxl fühlte sich auch veranlaßt, einiges zu sagen: »A Haxen reiß' i an jedem aus der wo sie a nur trauet und dö Goschen aufmacht. Weißwürscht mach i aus eahm. Kimmt's her, wenn's eich traut's!«

Bis zum folgenden Mittag waren im ganzen elf U-Boote im Domsee eingefahren. Die Mannschaften blieben eingeschlossen. Möller hatte seine Getreuen bewaffnet, um auf alle Fälle gerüstet zu
sein. Mader hielt mit den Offizieren eine Versammlung ab. Man
hatte *U. 174* wieder hinausgeschickt und wartete auf Nachricht.
Endlich ertönte das Signal. Die Funker von *U. 174* brachten die
letzten Neuigkeiten. Zusammenbruch. Rückzug. Revolution im
Reich – und was das Schlimmste von allem für die Offiziere war
– die Flucht des Kaisers. Tiefe Stille herrschte im Kreise, als diese
Botschaft kund ward. Flucht! Flucht des obersten Kriegsherrn.
Die Herren von der Marine waren im Grunde niemals so außerordentlich *kaiserlich* wie die Landarmee. Dies lag wohl daran,
daß das Landheer viel eher Berührungspunkte mit dem Herrscher hatte, und daß die Herren von der Kriegsmarine durch
ihre Auslands- und Überseereisen einen weiteren Gesichtskreis
bekamen und überdies auch gebildeter waren. Insbesondere die
U-Boot-Offiziere waren ausgesuchtes Material.

Mader blickte im Kreise der Offiziere umher. »Wer von den Herren in die Heimat will, der möge sich entscheiden. Ich muß dies
nachher auch meinen Mannschaften anheimstellen! Ich bleibe
hier, bis weitere Nachrichten aus der Heimat eintreffen. Ich kann
diesen Posten nicht verlassen!« Die Herren schwiegen und warteten auf weitere Erklärungen.
»Ich schlage vor, wir fahren alle aus, schießen die nächsten befestigten Hafenstädte in Grund und Boden und sterben einfach
mit unseren Booten,« rief ein exaltierter junger Leutnant.
»Das wäre eine böse Geschichte. Die Oberste Heeresleitung hat
einen Waffenstillstand geschlossen. Wir täten unserer armen
Heimat keinen Gefallen mit einem solchen Streich.«

Tags darauf verließen am frühen Morgen fünf Boote die *Stadt
unter dem Meere*. Alle U-Boote hatten ihre überflüssigen Lebensmittel, Uniformstücke und alles sonst Entbehrliche für die Ka-

meraden in der Höhle zurückgelassen. Im Dom 9 standen die Höhlenbewohner, die sich entschlossen hatten, in die Heimat zurückzukehren, in Reih und Glied auf einer Seite, während die anderen, die bleiben wollten, zwanglos auf dem rechten Flügelende hielten. Kurz darauf fuhr die Miniaturbahn mit Kapitän Mader und den anderen Offizieren ein. »Stillgestanden! Augen rechts!«

Mader trat vor und ließ »Rührt euch« kommandieren. Die Männer blickten schweigend auf ihren Kommandanten.

»Was auch geschieht, gedenkt eures Eides. Also verratet uns nicht. Grüßt unser armes Vaterland. Eins, zwei, drei!« Und brausend hallte es, von über zweihundert Männerstimmen, zur Decke des Domes empor: »Deutschland, Deutschland über alles, über alles in der Welt!« Viele konnten nicht weitersingen. Tränen traten ihnen in die Augen. Jeder einzelne Mann trat vor und gab seinem Kapitän die Hand. In Maders Brust war ein wehes Gefühl.

»Auf Wiedersehen! Auf Wiedersehen!«

»Auf Wiedersehen! Auf Wiedersehen!«

Möller hatte sich davongeschlichen, saß im Ziegenstall und weinte wie ein Kind. Er hatte sich entschlossen, hierzubleiben. Seine Mutter war vor Monaten gestorben und sonst besaß er niemanden. Mader umarmte seine Offiziere, die in die Heimat zurückkehrten, dann schlossen sich die Einstiegluken, und ein Boot nach dem andern verschwand in der Tiefe.

Erwartungsvoll blickten die Mannschaften auf ihren Kommandanten. Mader holte tief Atem und sprach mit ruhig sachlicher Stimme: »Es gibt keine Armee und auch keine Kaiserliche Marine mehr. Ihr seid also freie Männer und keine Untergebene.«

Aufmerksam lauschten die Leute, zum Teil mit Entsetzen. Mader machte eine kurze Pause.

»Da Ihr euch aber entschlossen habt, zu bleiben, so muß naturgemäß eine Einteilung unseres ferneren Lebens hier unten geregelt

und beschlossen werden! Es muß gearbeitet werden, und es muß auch eine Befehlsstelle geben.«

Zustimmend nickten die Leute.

»Wir haben Lebensmittel für über zwei Jahre in Konserven, Hülsenfrüchten und Gewürzen; wir haben unsere Ziegen- und Kaninchenzucht und unseren Geflügelhof, die uns auf lange Zeit hinaus mit frischem Fleisch, Eiern und Milch versorgen. Es sind noch Zigarren, Zigaretten und Kautabak in großer Menge vorhanden! Was die Arbeit betrifft, so werden wir in kleinerem Maßstabe weiter fabrizieren. Wir müssen uns eine kleinere Turbinenanlage herstellen und den Betrieb mit den Motoren vereinfachen. Seid Ihr einverstanden mit meinen Ausführungen?«

»Jawohl,« tönte es von allen Seiten überzeugt zurück.

Man stand hier außerhalb des Gesetzes.

Es waren keine Memmen, sondern ganze Männer.

Über Berlin stand der graue Novemberhimmel. Die Straßen sahen aus, als wären sie wochenlang nicht gekehrt worden. Mit
dem Sieg des Volkswillens schien sich eine Schicht von altem
Papier, von verwehtem Schmutz, von Unwirtlichkeit herabge-
senkt zu haben. Der besiegte Bürger hat noch nicht gelernt, daß
er nun die Straßen fegen soll, dachte Waldemar. Aber vielleicht
griffen viele erlöste Volksgenossen bald wieder lieber zu einem
Besen, als zu Schreibfedern und Büchern, war seine leichtsinnige
Meditation. Die schmutzigen Straßen, die plötzlich die reinlich-
ste Stadt der Welt zeigte, machten ihm Unbehagen. Auch die
verwahrlosten Soldaten, die Menge schlechtgekleideter, nach-
lässiger Müßiggänger. Dann fiel ihm wieder ein: das Volk glaubt,
es hat seine großen Tage. Die rissen es aus Druck, Sorge, Not, aus
aller Tiefe von greifbarstem Elend. So schnell war das gekommen, daß sie keine Feierkleider herbeisuchen konnten und keine
frohen und lichten Gebärden unter diesem Novemberhimmel
erfassen. Waldemar überschritt die Potsdamer Brücke und bog
in die Straße am Ufer ein. Es blieben ihm, wie er sich auf einem
Stadtplan unterrichtet hatte, vielleicht noch zwanzig Häuser zu
besuchen. Wenn er da Ellen v. Envers nicht fand, mußte ihre
Existenz ein Traum gewesen sein, oder sie hatte die Stadt wieder
verlassen, in neuer Flucht. Dieser Gedanke begann ihn zu peinigen. Wieder war das vergebliche Treppensteigen, das sinnlose
Fragen, die erschrockenen oder mürrischen Antworten. Endlich
sah Waldemar an einer Straße einen Blumenkeller. Chrisanthemen standen vor seinen Stufen in die Tiefe und Grabkränze aus
tiefrotem Buchenlaub und Moos und bunten Tuffs luden zu
pietätvollen Handlungen ein. In der Tiefe des Verkaufsraumes
roch es heftig nach Thujazweigen, die Waldemar peinlich waren. Eine Frau unterhandelte mit der Inhaberin und erging sich
in entsetzten Ausrufen über den Preis von Totenblumen. Die
kam auch schon heran. Sie hatte den wie ausgeleierten Mund

der Berliner Portierfrau, der viel redet, viel keift, viel jammert, glattes schwarzes Haar und schiefes Lächeln. Waldemar hatte nicht mehr die Kraft, neue Frische in seine Frage zu legen. Sein: »Wohnt hier ein alter Herr, zu dem dieser Tage zwei Damen, Flüchtlinge gekommen sind,« klang matt und wie ohne Interesse. Doch über das Gesicht von Frau Brandenburg breitete sich ein Lichtschein.

»Die Damen sind aus Rußland, aus Riga, nicht wahr? Und es ist ihnen alles gestohlen, nur det nackte Leben haben sie noch.«

Er stürzte mit Chrisanthemen behaftet zwei Stockwerke des Hauses hinauf. Ein paar Minuten später stand er in einem unbeschreiblich ruhigen, altmodischen und hellen Zimmer vor der Gefährtin der sonderbaren Nacht. Er fühlte bei ihrem Anblick, er hatte es nicht mehr für möglich gehalten, sie wieder zu finden. Er hatte geglaubt, sie wäre ein Phantom. Und in der sonderbaren Nacht war der Wunsch, sie möchte ihn küssen, wie eine Flamme über ihn hingeflogen. Es war sein erster solcher Wunsch gewesen. Sekundenlang sah er die Fremde an. Er machte ein paar Schritte vorwärts, lächelte kindlich, breitete seine Arme aus und umfaßte die Schultern des schönen Mädchens. Er konnte nichts dafür. Bei Gott, nein. Taumelnd trat er zurück, halb fröhlich, halb entsetzt über sich selbst. »Verzeihen Sie tausendmal, ich habe Sie so sehr gesucht. Wie ein Verfolger lief ich hinter Ihnen her.«
»Kind,« antwortete sie mit leisem Erblassen. Es störte ihn nicht, daß in diesem Wort, das sein Ungestüm verzieh und verwischte, eine große Überlegenheit lag. Er sah die Fremde mit seinen lebhaften, unruhigen, blauen Augen an. Wohlgefühl überkam ihn. Das Phantom war ganz Dame. Kleidung, Haltung, Gebärde, nichts störte seine Verwöhntheit. Fräulein v. Envers fragte: »Wie heißen Sie denn? Neulich dachte ich, Sie wären ein Erwachsener, ein Student. Nun sehe ich – –«
Aber sie mußte lächeln. »Es ist doch hübsch, ein Junge zu sein. Waldemar Ring?« Mit ihrer Stimme, die so aus Fernen klang,

wiederholte sie ein paarmal den Namen. Es war ein sonderbares Lächeln um ihren Mund dabei.

»Bleiben Sie zum Tee,« sagte sie. »Ich kann Ihnen freilich keine Soldatenbutterbrote geben.« Sie klingelte. Der Tee kam ins Zimmer. Sie bot Waldemar Zigaretten an, sie behandelte ihn als Knaben. Er nahm das hin. Er fragte nach dem Ergehen der Mutter und blieb noch, als schon die müde Dämmerung des Novembertages an die Scheiben geschlichen kam.

Waldemar fühlte, er wäre ganz allein mit der Fremden – irgendwo im Grundlosen jenseits der Konvention, des Zwangs. »Sie kamen von einer Revolution in eine andre – aber hier werden Sie bleiben, nicht wahr? Sie werden nicht wieder fliehen. Nicht in Ihr schreckliches Land zurückgehen?«
Sie senkte das Gesicht. »Mein Vater begriff die Zeit nicht. Er war so streng mit den Leuten. Er hatte die Ideale eines andern Jahrhunderts. Er ist an ihnen gestorben.« Ihre Stimme klang suchend. »Ist es nicht so, daß die Masse immer liebt, weil sie verkennt? Welche Liebe ertrüge ganze Erkenntnis und ganze Nähe?«
Er antwortete pathetisch und aus der Vergangenheit herüber, in der ihm sein siebzehntes Lebensjahr lag. »Ich habe den Abgrund noch nicht gefunden, in den ich mein ganzes Gefühl stürzen könnte – « aber er wurde rot dabei.
»Noch nicht?« antwortete Fräulein v. Envers. Und er sah die Bernsteinfarbe ihrer Augen leuchten.
Sie lächelte schwer und ihm unerträglich. Unerträglich überlegen, unerträglich fern. Er wurde dringlicher. Er warf Worte aus Knabenjahren in die Stunde. Jene Worte, die lächerlich für solche sind, die sie nie gefühlt haben. »Was tun Sie hier?« fragte er dann. »Sehen Sie den Menschen zu, die die Straßen erfüllen? Oder wollen Sie Redner hören?«
Sie hatte sich zurückgelehnt. Er sah das weiße Gesicht sonderbar erhoben. Stark verschönt durch die Schatten der Dämmerung. Er sah die Bernsteinfarbe der Augen leuchten.

»J'attends,« antwortete sie lässig. Es war nicht das deutsche: ich warte. Es war das siegessichere Beharren fanatischer Menschen. Wie in einem Zorn ging er nahe zu ihr. Was quälte sie ihn? Was peinigte sie ihn? Warum hatte ihn das Erinnern an sie seit jener Nacht zwischen Danzig und Berlin nicht verlassen, ihn unstet gemacht, ihm alles andre so nichtig gemacht? Böse Knabenfinger umfaßten die schmalen Gelenke des jungen Mädchens. Es war Zorn in diesem Griff.

»Ich kann Sie auf der Stelle fortschicken lassen,« sagte das junge Mädchen mit herrischer Stimme. »Was fällt Ihnen ein?« Der Zorn löste sich in eine weiche, süße Welle. Waldemar kühlte seine Lippen an kühlen Händen. Er war taumelnd vor Glück, daß ihm diese Hände gelassen wurden.

»Sie müssen gehen, Waldemar Ring.«

Wieder stürzten hundert Worte hervor. Er wollte Bücher bringen. Er wolle Blumen bringen. Er müsse von einem Plan erzählen, den er soeben gefaßt. Der Plan beträfe ein neues Drama. Er wolle den Schatten Wilhelms des Zweiten auf die Bühne bringen. Ob sie wisse, was er damit meine? Einen Menschen, der das unentrinnbare Geschick habe, immer anders zu wirken, als er sei. Oder er wolle die Revolution malen.

Vor dem kleinen Schauspieler, der sein Hirn ausrasen ließ, um zu gefallen, um eine Zärtlichkeit zu erbetteln, stand kühl und schlank, schmalhüftig und unberührt, aus tiefer Ferne ein melancholisches Lächeln holend, das russische Mädchen.

»Auf Wiedersehen,« sagte sie.

Waldemar kam von der Wannseebahn her gegen den Potsdamer Platz. Er fand Menschenaufläufe, ein Getriebe, das die Straßen verstopfte. »Was ist denn?« fragte er jemand und hörte, – es war ja heute die Beerdigung der Revolutionsopfer. Der große Demonstrationszug ging durch die Stadt. Er würde wohl gleich auf dem Potsdamer Platz eintreffen. Waldemar drängte sich durch die Menge. Vielleicht war es noch möglich, den Platz zu überschreiten. Doch es gelang ihm nicht. Er ließ sich zwar wie einen Quirl vorwärts treiben und hatte seine Schultern an hundert andern gerieben, doch zuletzt gab es eine Mauer von kleinen Tischen, Buden, die man nicht wie Menschen beugen konnte. Soldaten der großen Armee standen da als Straßenbummler, als Leierkastenmänner, als Ausrufer. Da kam ein andrer Ton. Ein Trauermarsch klang auf – rote Fahnen zogen heran – Reiter des Sicherheitsdienstes sprengten vor: Der Leichenzug der Revolutionsopfer kam von der Königgrätzer Straße her auf den Potsdamer Platz. Schwarz oder bunt gekleidete Männer gingen in müder, lässiger Haltung, sie trugen Kränze mit roten Schleifen. Sie trugen oft zu dreien und mittels frischer, greller Latten Kränze wie kolossale Räder, mit Schleifen von Menschenlänge. Dann kamen Wagen. Alle alten Droschken von Berlin, mit armseligen und mageren Rossen schienen aufgeboten, Deputationen zu ziehen. Frauen und Mädchen folgten diesen Wagen, Ladenmädchen, Arbeiterinnen, in den kurzen Röcken der Mode, die schonungslos die schiefgetretenen Stiefel enthüllten. Kleine Mädchen mit ein bißchen Ernst, andre mit der unzerstörbaren Frechheit derer auf den Gesichtern, die seit frühesten Kindertagen im Menschen den Feind und Konkurrenten sehen sollten. Männer gingen, die wickelten ihre Stulle aus Zeitungen und bissen in das freudlose Brot. Andre rauchten ihre Zigarettenstummel neu an. Die kleinen Mädchen aus den Fabriken trugen die Köpfe hoch und schauten unter grünen, blauen, roten Hüten ermunternd auf die Menge. Sie waren vollhüftig, breit, kurz, oder sie waren aufgeschossene, haltungsarme Gestalten in Mänteln und Jacken mit ausgebeulten Taschen. Zuweilen kam eine neue Musikkapelle. Kläglich klangen die jammervollen Töne einer süßlichen Melodie, die Mendelssohn erfunden, Gefühl zu peinigen: »Es ist bestimmt in Gottes Rat –« Durfte man Logik verlangen? War die Revolution in Gottes Rat bestimmt? »Ich weiß, daß mein Erlöser lebt,« blies die nächste Musik. Es gab noch keine Revolutionstrauermärsche.

Plötzlich schossen Waldemar Tränen in die Augen. Er fühlte vor all diesen schrecklich gekleideten, körperlich häßlichen, mit stumpfen oder gemeinen Gebärden Behafteten, die den Särgen ihrer Genossen voranschritten, die Armut, das Elend, die jammervolle Gebundenheit des Proletariats. Er hatte noch niemals solche Menschenmassen gesehen. Und niemals eine ähnliche Demonstration. Da gingen sie, jeder einzelne in seinem Wesen vielleicht doch betroffen oder verändert vom Gefühl der Stunde: und waren so erbarmungslos vom Fluch der körperlichen Niedrigkeit gezeichnet. Dies ist ein Teil des Volkes, das wir berufen glauben, um die höchsten Güter der Menschheit zu ringen? Knechtsgestalten, ohne Anmut, ohne Würde – und doch in ihrem Empfinden Vereinte zu einem gewollten Gefühl? Oh, es war eine Demonstration. Es war eine Heerschau von greller Deutlichkeit für den, der vielleicht noch nie begriffen, was es heißt, der Tiefe anzugehören – –

Ein flacher Spediteurwagen zog heran. Er war mit rotem Stoff eilig umwunden, er hatte Gerüste aus frischen weißen Brettern: auf denen standen drei Särge. Armselig und wie nackt, trotzdem die Kränze mit den roten Blumen, den roten Schleifen um sie schwankten.

Zwei schwarze Särge, ein weißer Sarg.

»Das war ein Mädchen,« sagte ein Soldat neben Waldemar.

Ein Reiter der Sicherheitswache sprengte heran: »Hüte ab,« rief er –

Und dann kamen wieder die endlosen Wagen mit den müden, alten Pferden. Und es kamen wieder die kleinen Mädchen in den dünnen, kurzen Röckchen, durch deren elendes Gewebe man die Kälte eindringen fühlte –

Hanebüchen

Hauptmann Mandelsloh litt unsäglich. Hatte sein Haus, sein Volk dazu diese Opfer gebracht? Seine Schwiegertöchter merkten es ihm an, daß er das nahe Unglück seines Vaterlands bereits jetzt wie eigne Schmach empfand, daß ihn die Ohnmacht, es fernzuhalten, fast umwerfen wollte. Er flüchtete sich in seinen Goethe. Er las jetzt die Wanderjahre und fand im zweiten Kapitel des zweiten Buches eine Stelle: »Das israelitische Volk hat niemals viel getaugt, wie es ihm seine Anführer, Richter, Vorsteher, Propheten tausendmal vorgeworfen haben: es besitzt wenig Tugenden und die meisten Fehler anderer Völker. Aber an Selbständigkeit, Festigkeit, Tapferkeit und, wenn alles das nicht mehr gilt, an Zäheit sucht es seinesgleichen. Es ist das beharrlichste Volk der Erde; es ist, es war, es wird sein, um den Namen Jehovah durch alle Zeiten zu verherrlichen.«

Außerdem las Hermann Mandelsloh in diesen Tagen den Bericht über das Gespräch, das der Kanzler von Müller am 23. September 1823 mit Goethe gehabt hat, als im Großherzogtum Sachsen-Weimar ein in Preußen bereits seit über einem Jahrzehnt geltendes Gesetz eingeführt werden sollte, das die Eheschließung zwischen Juden und Christen gestattete. Im leidenschaftlichen Zorne hatte der alte Goethe sich über das neue Judengesetz geäußert. Im Judentum erkannte auch Hermann Mandelsloh die Wurzel des Elends, das sich mit verderbenschwangeren Wetterwolken über Deutschlands Erde zusammenballte. Schon Fichte hatte seine Stimme warnend erhoben, als er mit dem Blicke des Propheten die Staaten Europas überschaute. War es nicht wie für das Deutschland des zwanzigsten Jahrhunderts geschrieben? Er las am Familientische vor: »Fast durch alle Länder von Europa verbreitet sich ein mächtiger, feindlich gesinnter Staat, der mit allen übrigen im beständigen Kriege steht, das Judentum. Fällt euch denn hier nicht der begreifliche Gedanke ein, daß die Juden, welche ohne euch Bürger eines Staates sind, der fester und gewaltiger ist als die eurigen alle, wenn ihr ihnen auch noch das Bürgerrecht in euren Staaten gebt, eure übrigen Bürger völlig unter die Füße treten werden?«

Er besprach gerade diese Sätze Fichtes mit seinen Damen, als es draußen laut und herrisch schellte. Was war denn das? Wer erdreistete sich, in seinem Hause neue Sitten oder besser gesagt Unsitten einzuführen? Er sprang auf, öffnete die Tür und sah dem Eindringling mit gefurchter Stirn entgegen. Aber das Wort blieb ihm im Munde stecken, als er eine bekannte, jugendliche, in der letzten Zeit eigenartig männlich gewordene Stimme hörte: »Melde mich bei dem Herrn Hauptmann Mandelsloh wieder zur Stelle!«

»Junge,« schrie jetzt Hermann Mandelsloh, daß seine Damen im Zimmer auch aufsprangen und auf den Flur liefen: »Gerhard, wo kommst du denn auf einmal her? Ich denke, du bist in englischer Gefangenschaft?«

»War,« antwortete, ein Schelmenlachen im spitzbübischen Auge, der Junge. »Da bin ich ausgebüxt. Sie wollten mich nämlich nach England verschiffen, weil meine Wunde nachgerade selbst unter ihren Quacksalbern geheilt ist. Und da bin ich ausgebüxt und habe gar kein Lebewohl gesagt.«

»Kerl, Junge, Gerd, das ist ja famos,« rief der Vater. Er reichte ihm die Hand und wurde erst jetzt der Lage seines Sohnes inne, als dieser ihm zu kräftigem Drucke seine linke Hand entgegen-streckte und in gleicher Weise auch seine beiden Schwägerinnen begrüßte. Sie geleiteten ihn ins Zimmer. Wie sah er aus! Er mußte erzählen. »Als ich durch Berlin kam, habe ich Dinge erlebt, daß ich mich gefragt habe: Leben wir eigentlich noch in Deutschland? Und stehen wir noch in einem Kriege mit vier Fünfteln der Erde? Ich will mich wieder zur Verfügung stellen, denke besonders an Flandern, und bin nur gekommen, um euch erst einmal durch persönlichen Augenschein davon zu überzeugen, daß mich die Tommys doch nicht auf die Dauer geschnappt haben. Aber in Berlin! Hanebüchen, sage ich euch! Juden und Judengenossen. Um sie herum aber Volksversammlungen, Straßenaufläufe. Wo geputscht wird, steckt ein Jude dahinter und jüdisches Geld. Ganz Berlin macht ja den Eindruck, Neu-Jerusalem zu sein.«

Seine Beobachtungen trafen ins Schwarze. Juda herrschte schon jetzt in Berlin. Ganz Deutschland befand sich im Zustande eines Taumels, der Ordnung und Zucht beseitigte, die übelsten Erscheinungen an die Oberfläche brachte, die zuverlässigen Bürger von der Straße verscheuchte und Verbrechernaturen die Herrschaft einräumte. In den Zügen, auf den Bahnsteigen, – überall führten Matrosen mit roten Schleifen das große Wort, hetzten die fast tobsüchtigen Massen zu den verderblichsten Unbedachtsamkeiten auf und raubten ihnen den letzten Rest von Besinnung. In Berlin hatte der Janhagel am Bahnhof Zoologischer Garten einem der verdientesten Heerführer aus dem Kriege 1870/71 die Generalsachselstücke vom Rocke gerissen und dem völlig betäubten und wehrlosen Greise die unflätigsten Gemeinheiten nachgeworfen. Das war wie der Auftakt zu den unerhörtesten Ausschreitungen gegen jeden Offizier gewesen, der sich im Waffenrocke öffentlich blicken ließ. Und von Berlin pflanzten sich die Ausschreitungen bald durch das ganze Land fort.

Hauptmann Hermann Mandelsloh, der nach wie vor Dienst tat, – jetzt erst recht, – und die Genugtuung erlebte, daß seine Leute auf die sonst jetzt überall beliebte Wahl eines Soldatenrates verzichteten, ging nur noch mit entsicherter Dienstwaffe auf die Straße und trug eine überaus wirksame Reitpeitsche in der Hand. Eines Tages traten ihm drei Matrosen entgegen und forderten in unverschämtem Tone von ihm die augenblickliche Entfernung seiner Achselstücke. Er donnerte sie an, daß sie unwillkürlich zusammenzuckten, und schlug, als der eine von ihnen eine Bewegung machte, als ob er sich auf ihn stürzen wollte, diesem blitzschnell mit einem wuchtigen Schlage seiner nervigen Faust zweimal die Peitsche durch das freche und gedunsene Gesicht, daß er mit einem Wehlaut jegliche Angriffsabsicht aufgab. Im gleichen Augenblicke trat Mandelsloh drei Schritte zurück, holte seine entsicherte Dienstwaffe aus der Tasche, legte an, forderte die drei Gesellen barsch und schroff auf, sich auf der Stelle zu entfernen, widrigenfalls er unweigerlich von seiner Waffe Gebrauch machen werde, und erreichte, daß die dreifache Übermacht sich verzog. Das geschah so schnell, daß Leute aus seinen Mannschaften, die aufmerksam geworden waren und ihrem Hauptmann zu Hilfe eilten, nicht mehr einzugreifen brauchten. Er sagte nur:»Sie wollten eurem Hauptmann die Achselstücke herunterreißen, Leute. Da habe ich dem einen Gesellen mit meiner Peitsche zwei heruntergehauen. Und dann sind die feigen Hunde ausgerissen wie Schafsleder.«

Einer dieser Infanteristen sah den davongehenden Matrosen nach und bemerkte erbittert:»Natürlich mal wieder von die dicken Schiffe welche, Herr Hauptmann, die vom Kriege fast nix nich erlebt haben. Herr Hauptmann dürfen nicht denken, daß wir mit diese Brüder übereinstimmen.«

Am Abend besprach er mit den Seinen die Erlebnisse dieses Tages und die eben eingelaufenen Nachrichten aus Berlin. Sie zeigten, daß die Reichshauptstadt völlig in den Händen der Juden war. Allüberall waren Juden die leitenden Männer. Von Völkerbund, Weltverbrüderung, Abrüstung wurde gefaselt.

»Dafür haben wir nun gekämpft und geblutet, Vater!« rief Gerhard Mandelsloh ingrimmig.»Dafür sind zwei Millionen deutscher Männer für ihr Vaterland in den Tod gegangen! Man möchte ausspucken vor seinem eignen Volk!«

Die deutsche Flagge ist um 3,57 nachmittags niederzuholen

Am 10. November war in Wilhelmshaven bekannt geworden, daß mit den Ententemächten der Waffenstillstand zum Abschluß gelangt sei. *Die Kriegsschiffe der deutschen Hochseeflotte, welche die Alliierten und Vereinigten Staaten bezeichnen, werden sofort abgerüstet und alsdann in neutralen Häfen oder in deren Ermangelung in Häfen der alliierten Mächte interniert. Die Bezeichnung der Alliierten erstreckt sich auf: 6 Panzerkreuzer, 10 Linienschiffe, 8 kleine Kreuzer* (*davon 2 Minenleger*), *50 Zerstörer der neuesten Typen. Alle zur Internierung bezeichneten Schiffe müssen bereit sein, die deutschen Häfen sieben Tage nach Unterzeichnung des Waffenstillstandsvertrages zu verlassen. Die Reiseroute wird ihnen durch Funkspruch vorgeschrieben.* Die Nichterfüllung der Waffenstillstandsbedingungen würde von den Alliierten mit der Besetzung von Helgoland beantwortet werden. Einige Tage später wurde in Wilhelmshaven verbreitet, daß auch die der Nordseeflußmündungen angedroht sei.

Für die Abrüstung und für die Überführung mußten die Offiziere der Schiffe, die sich bis auf wenige Ausnahmen infolge ihrer Ablehnung durch die Mannschaften oder bei dem Hissen der roten Flagge von Bord begeben hatten, wieder in ihren Dienst eingesetzt werden. Voraussetzung war, daß ihnen ein gewisses Maß an Autorität zugesichert werden konnte, daß die Mannschaften nicht weiter Offiziere ablehnten und daß deren Verhältnis zu den regierungsseitig eingesetzten Soldatenräten ihrem Offizierstandpunkt entsprechend geregelt wurde. Der Flottenleitung gelang es, mit dem 21er Ausschuß in Wilhelmshaven ein Abkommen zu treffen: die Offiziere behielten nach ihm allein die seemännische Führung der Schiffe, in Angelegenheiten des inneren Dienstes hingegen mußte die Mitwirkung der Soldatenräte in Kauf genommen werden; den Mannschaften wurde das Recht, Offiziere selbständig abzulehnen, entzogen.

Die Forderung, die unbesiegte deutsche Hochseeflotte nach einem Hafen des Feindes zu überführen, stellte das Offizierskorps dieses Verbandes vor eine neue, eigenartige Aufgabe. Es wurde eine Dienstleistung von ihm verlangt, die außerhalb der durch Beruf und Stand übernommenen Pflichten lag. Sie stellte die Offiziere vor eine Gewissensfrage von außerordentlicher Bedeutung und Schwere! Die Beantwortung der Frage war davon abhängig, wie der einzelne Offizier den Begriff »Ehre« verstand: ist die Ehre des Offiziers ein Ding an sich oder ist sie mit dem

Staatswohl verbunden, diesem untertan? Für beide sind Vorgänge in der Geschichte des preußischen Offizierskorps vorhanden. Für die erstere sei angeführt: das Verhalten des von der Marwitz, der im Siebenjährigen Krieg den Befehl Friedrichs des Großen, das Schloß Hubertusburg zu plündern, als gegen seine Ehre verstoßend ablehnt; er quittierte den Dienst. Für letztere: der Vertrag von Tauroggen, den York mit dem Feind, dem Russen, abschließt; das preußische Offizierskorps forderte vom König, York vor ein Ehrengericht zu stellen; der König lehnte das ab. Ich persönlich entschied mich, als die Frage durch Anforderung eines Admirals für Überführung des Verbandes nach dem Firth of Forth für mich brennender geworden war, dafür, daß die Ehre in diesem Falle dem Staatswohl zu dienen habe. Die Besetzung von Helgoland und der Nordseeflußmündungen hielt ich für so schwerwiegend, daß gegenüber dieser Schädigung des Deutschen Reiches, wenn ich sie verhindern konnte, meine Person keine Rolle spielen durfte.

Zunächst forderte die Entente nur, daß die Hochseeflotte zur Prüfung ihrer Entwaffnung nach einem englischen Hafen überführt würde. Von dort aus sollte sie zur Internierung in neutrale Häfen entlassen werden.

Der Verband erhielt die Bezeichnung *Überführungsverband*. Zum Flaggschiff wurde das Linienschiff *Friedrich der Große* genommen. Am Abend des 18. November schiffte ich mich mit meinem Stab auf *Friedrich der Große* ein. Er brachte uns noch in der Nacht nach Schilligreede. Am 19. November morgens wurde festgestellt, daß der Verband gesammelt sei. In einer Sitzung unterrichtete ich die Unterführer und Kommandanten der Schiffe kurz über die Grundsätze, nach denen der Verband geleitet werden würde. Eine noch ungeklärte Frage war bis dahin die Flaggenführung; kein Offizier wäre unter der roten Flagge in See gegangen; es wurde angeordnet, daß die Kriegsflagge zu setzen sei, nebenbei würde im Vortop wohl ein rotes Zeichen geheißt werden, es sei nach Vorgang des Flaggenschiffes niederzuholen. Nach dieser Sitzung fand noch eine solche der Soldatenräte statt, um den Verband-Soldatenrat zu wählen. Gewählt wurden ein Obmann mit zwei Mitgliedern. Ersterer war noch nie an Bord gewesen. Er soll durch irgendwelche Machenschaften der revolutionären Gewalt in Wilhelmshaven mit einem gefälschten Befehl des Hochseekommandos an Bord des Flaggschiffes geschmuggelt worden sein.

Für die Auffassung, die die Soldatenräte von ihrer Stellung hatten, sind die Worte charakteristisch, mit denen er sich dem Chef des Stabes nach der Wahl vorstellte: »Also ich habe jetzt den Verband übernommen und Sie sind mein technischer Berater.« Der Chef des Stabes klärte die Soldatenräte über die Folgen, die ein Führen der roten Flagge mit sich brächte, auf: sie sei Piratenflagge und zöge sofortige Beschießung und Vernichtung des Schiffes nach sich, welches sie auf hoher See führe. Diese Aussicht schwächte die Begeisterung, unter roter Flagge die Nordsee zu befahren, erheblich ab, und die Soldatenräte kehrten reumütig zu der besseren Schutz gewährenden alten Kriegsflagge zurück; nur auf ein rotes Zeichen im Vortop glaubten sie nicht verzichten zu können; auch für dieses war bereits beim Verlassen der Jade die Begeisterung geschwunden, und es wurde niedergeholt.

Die lange Reihe der Schiffe und Torpedoboote setzte sich in Formation, an der Spitze die fünf Panzerkreuzer *Seydlitz, Moltke, Hindenburg, Derfflinger* und *v. d. Tann*, dann das IV. und III. Geschwader, geführt von *Friedrich der Große*, ihm folgten die kleinen Kreuzer und diesen die Torpedoboote. Sie dampften wie so oft im Kriege hinaus in die Nordsee, lautlos, majestätisch, nur diesmal nicht zum Kampf für Land und Volk. Beleuchtet von den Strahlen der sinkenden Herbstsonne wurde Helgoland passiert – es glühte in allen Farben. Dann ging es über das Gefechtsfeld vom 17. November 1917, immer weiter englandwärts – – –

Der uns vorgeschriebene Weg führte durch minenverseuchte Gewässer. Er war kurz vorher für unsere Fahrt auf Minen abgesucht und durch ausgelegte Feuerschiffe für die Nacht fahrbar gemacht worden. Trotzdem stieß das Torpedoboot V 30 auf eine Mine und sank. Der Verlust betrug 2 Tote und 3 Verwundete; die Besatzung wurde von anderen Torpedobooten aufgenommen.

Und nun graute der Morgen des 21. heran, des Tages, der uns zum Einlaufen im Firth of Forth gesetzt war. Auch er war sonnig, aber doch auch stark diesig. Pünktlich acht Uhr war die Verbindung mit den englischen Streitkräften, die uns durch die Sperren geleiten sollten, hergestellt. Ein englischer Kreuzer setzte sich an die Spitze der Linie von großen Kreuzern und Linienschiffen, und mit gesteigerter Fahrt ging es dem Firth of Forth entgegen. Immer mehr englische und Ententeschiffe tauchten aus dem nebligen Hintergrunde hervor, sich vor uns setzend oder uns auf beiden Seiten umschließend und geleitend. Sogar ein französisches Kriegsschiff wurde sichtbar, ein ungewohnter Anblick in der Nordsee. Über uns kreisten Luftschiffe und Flugzeuge. Alle englischen Schiffe waren gefechtsklar. Immer wieder trug der Wind die englischen Hurras zu uns herüber. Gegen 3 Uhr nachmittags ankerte der Verband auf dem für ihn bestimmten Ankerplatz; das Ankern selbst verlief ohne weitere Störung.

Gegen 4 Uhr nachmittags traf der Funkspruch vom englischen Flottenchef ein: *Die deutsche Flagge ist um 3,57 nachmittags niederzuholen und darf ohne Erlaubnis nicht wieder gehißt werden.* Des Ansehens des Verbandes wegen und weil es nach den bisherigen internationalen Gepflogenheiten, z.B. im japanisch-russischen Krieg, nicht üblich gewesen war, internierten Schiffen die Flagge zu nehmen, wurde mündlicher und schriftlicher Protest gegen das Flaggenstreichen eingelegt. Wir beriefen uns in ihm auch auf das Ritterlichkeitsgefühl, daß zwischen sich achtenden Gegnern eine derartige Zumutung nicht üblich sei. Gleichzeitig wurde der deutsche Hochseechef mit Funkspruch in Kenntnis gesetzt: *Eng-lischer Flottenchef hat am 21. November angeordnet, daß die deutsche Kriegsflagge mit Flaggenparade niederzuholen und ohne Erlaubnis nicht wieder zu setzen sei. Ich habe hiergegen protestiert: es handle sich um eine Internierung. Englischer Flottenchef hat ablehnend geantwortet: Nur Feindseligkeiten seien eingestellt, Kriegszustand bestehe weiter.*

Die Untersuchung auf Entwaffnung wurde gründlich durch-geführt. In den Bunkern wurden z.b. die Kohlen umgeschau-felt, in den Munitionskammern zufällig dort stehende Kisten und Kasten geöffnet. Die Soldatenräte hatten sich mit weißen Armbinden und roten Schleifen an den Fallreeps aufgestellt. Ihr Vordrängen fand seitens der englischen Offiziere und Mann-schaften absolute Ablehnung. Während der Tage unseres Auf-enthaltes auf dem Firth of Forth hüllte uns meist ein mehr oder weniger dicker Nebelschleier ein, der unsere Schiffe den Augen des englischen Publikums entzog. Es zeigten sich nur wenige Vergnügungsdampfer. Das englische Publikum verhielt sich, soweit wir es vom Flaggschiff aus beurteilen konnten, still und zurückhaltend; nur eine »Lady«, die an uns vorüberfuhr, erhob drohend die Faust.

Die Bucht von Scapa Flow

wird von sieben größeren und kleineren Inseln der Orkney-Gruppe umschlossen. Das Becken ist geräumig. Mehrere enge Straßen verbinden es mit der See. Der außen herrschende außer-gewöhnlich starke Strom macht sich innerhalb der Bucht kaum bemerkbar. Die Inseln sind bergig und felsig. Die unteren Par-tien des Landes zeigten etwas kümmerlichen Ackerbau, Bäume und Sträucher waren nirgends wahrzunehmen; die mittleren waren mit Heidekraut bewachsen, über sie hinaus herrscht rau-her Felsen. Mehrere Fischerdörfer waren an Land, in weiter

Ferne von uns, sichtbar – sonst stand hier und da an der Küste ein aus grauen Feldsteinen erbautes, unfreundlich aussehendes Bauernhaus. Mehrere militärische Bauten, wie Baracken, Flugzeugschuppen oder Ballonhallen fristeten ein einsames Dasein. Eine Wetterwarte ziert die Koppe eines der vielen Hügel. Die deutschen Schiffe und Torpedoboote waren um die kleine Insel Cava im südwestlichen Teil der Bucht verankert oder an Bojen gelegt worden. Zu ihrer Bewachung lag ständig ein englisches Geschwader und eine Zerstörerflottille in der Bucht. Eine Anzahl armierter Drifter und Fischdampfer, die Tag und Nacht um unsere Schiffe herumfuhren, bildeten die engere Bewachung. Schon das stärkere Qualmen eines Schornsteins konnte ihren Argwohn erregen. Ohne viel Aufsehen nach außen war aus dem *Überführungsverband nach dem Firth of Forth* der *Internierungsverband Scapa Flow* geworden.

Den Post- und Personenverkehr erhielten kleine Kreuzer oder Torpedoboote aus der Heimat aufrecht. Sie sollten wöchentlich einmal zum Postaustausch Scapa Flow anlaufen. Zur Erhaltung der Fahrtbereitschaft der Schiffe wurden Kohlen, Wasser, Öl, Materialien und Inventarien aller Art benötigt. Kohlen und Wasser lieferte England gegen Bezahlung, alles übrige mußte von Deutschland herangeschafft werden. Den deutschen Besatzungen war englischerseits jeder persönliche Verkehr untereinander und mit den englischen Besatzungen sowie mit dem Lande verboten. Für den Verkehr mit dem Engländer bot sich wenig Gelegenheit: die den Postverkehr vermittelnden englischen Fahrzeuge legten nicht an den Schiffen an, sondern warfen die Postbeutel im Vorbeischeren an Bord, sofern sie nicht ins Wasser fielen; nur längsseits des Flaggschiffes lagen vormittags englische Verkehrsfahrzeuge. Hier hatte sich dann bald auf Grund eines üppig emporschießenden Tauschhandels ein gewisser Verkehr zwischen den Besatzungen der beiden feindlichen Länder angebahnt, und als im weiteren Verlauf der Internierung sich die strenge Ordnung englischerseits etwas abgeschliffen hatte, kam es nicht selten vor, daß einzelne Bewachungsfahrzeuge nachts an deutschen Schiffen längsseit gingen und mit den Besatzungen Handel trieben.

Die revolutionäre Propaganda, die von einem Teil der deutschen Schiffsbesatzungen betrieben wurde, insbesondere das Hetzen gegen die Offiziere, hatte die Verbandsleitung das Verbot des Verkehrs von deutschem Schiff zu deutschem Schiff nicht gerade drückend empfinden lassen, diente es doch zur Aufrechterhaltung einer, wenn auch bescheidenen, Zucht und Ordnung. Dagegen empfand ich mit jedem einzelnen der Besatzungen das herabwürdigende Gefühl, das im Versagen des Landganges lag.

Um die Schiffe in unserem Besitz zu erhalten, mußten die englischen Anordnungen befolgt werden. Dies war nur zu erreichen, wenn der Offizier wieder die Leitung der Besatzung voll zurückerhielt und seine Autorität wieder hergestellt wurde. Die Soldatenräte mit ihrem radikalen Anhang würden aber derartigen Bestrebungen nicht nur feindlich gegenüberstehen, sondern sie bis aufs Messer bekämpfen.

Briefpost unterlag der geheimen Überwachung radikaler Elemente. Diese Überwachung hat mich u. a. veranlaßt, von jeglicher Art schriftlicher Berichterstattung an die Heimatbehörde abzusehen. Unser Schriftverkehr nach außen und innerhalb des Verbandes wurde, dem Talleyrandschen Spruch folgend: »Ein geschriebenes Wort – und ich bringe den Mann an den Galgen!« auf das äußerste eingeschränkt und das Unvermeidliche auf etwaige politische Wirkung hin scharf nachgeprüft.

Ich nahm mir vor, bei allem Überlegen und Tun den Blick auf die englische Admiralität gerichtet zu halten – sie würde in letzter Linie doch immer den Ausschlag geben. Sie mußte in uns

Offizieren das England feindliche und in den Radikalen das im Ententesinne arbeitende Element sehen. Auch mußte mich ein leidliches Verhältnis zum englischen Admiral in meiner Stellung stärken, während ein schlechtes die radikalen Elemente im Verband zu Herren über mich gemacht hätte. Vor die Wahl, welche Art von Verhältnis ich zum englischen Seebefehlshaber und zu dem Obersten Soldatenrat wählen wollte, war ich bereits gestellt worden. Der Obmann des letzteren hatte mir einige Tage nach dem Einlaufen in Scapa Flow gemeldet, daß die ersten Schritte zur Annäherung an ihn von englischen Unteroffizieren und Mannschaften getan seien, ob er nun zur Aufwiegelung der englischen Flotte die nötige Propaganda treiben sollte. Wir Offiziere hatten mit der Revolution nichts gemein, wir wollten auch mit ihren Machern, die unser Land in unabsehbares Unglück und in tiefste Schande gestürzt hatten, nichts gemein haben. So verbot ich die Propaganda.

Die neue Zeit

So heißt der Titel einer Broschüre, die soeben aus München eintrifft. Sie enthält die Reden Kurt Eisners, Ministerpräsidenten des bayrischen Volksstaates, vom Ausbruch der Revolution, 8. November, bis zur Versammlung der bayrischen Soldatenräte am 30. November, und ist das erste authentische Programm einer größeren Gruppe Sozialisten und Demokraten, die die provisorische Regierung einer deutschen Provinz übernommen haben. Wo nichts zu sozialisieren da ist, da hört der Marxismus von selbst auf. Diese so einfache Wahrheit ist keineswegs Allgemeingut, und man braucht nur nach Berlin zu sehen, um keinen Augenblick darüber im Zweifel zu sein, daß man, wie Eisner sagt, in Berlin zwar radikaler redet, in München aber radikaler handelt. Eisner kennt *keine Angst vor dem Bolschewismus*. In Süddeutschland liegen ja wohl die Verhältnisse auch anders als in Berlin, dem eigentlichen Herde der Intelligenz. »Meine Herren«, sagt

Eisner, »Bolschewismus! Ich will Ihnen sagen, worin der Gegensatz der äußersten Linken mit mir besteht. Wenn einmal die Not groß ist, und wenn Hunger ist, und Arbeitslosigkeit, dann nimmt sich eben jeder seinen Unterhalt, wo er glaubt, ihn zu finden. Der Verhungernde plündert die Bäckerläden. Das ist aber kein Bolschewismus, weder theoretisch, noch praktisch, das ist die Verzweiflung vor dem Untergang. Der theoretische Unterschied zwischen mir und den Bolschewisten besteht darin, daß ich mir gar kein Hehl daraus mache, daß es mir *utopisch* erscheint, wenn wir im gegenwärtigen Augenblick des Zusammenbruchs die Produktion, die Industrie und die Produktionsmittel zu vergesellschaften anfangen.«

Er fühlt einen neuen Enthusiasmus des Schaffens rings im Lande, als ob die Millionen nur darauf gewartet hätten, um befreit vom Druck nun mitzuhelfen. »Wir rufen über unser Land hinaus zu den Völkern, die gestern noch unsere Feinde waren: *Wir bekennen unsere Schuld!* Und bahnen damit den Weg zu innerer Verständigung und Versöhnung.«

Man darf nicht vergessen, daß so zu den Leuten noch niemand in Deutschland gesprochen hat. Eisner rechnet ganz richtig: Würden die Massen in Berlin erwachen – sie sind entkräftet und unterernährt, außerstande zu handeln –, so ließe sich rasch eine Verständigung über ganz Deutschland im Eisner'schen Sinne erzielen. Aber die in Berlin machen Weltrevolution und haben nicht einmal die Kraft, das Auswärtige Amt auszuräuchern, bekämpfen den Weltkapitalismus und brauchen doch auswärtige Kredite, wenn sie nicht verhungern wollen.

Das Volk mit Bajonetten wieder zur Arbeit treiben

Waldemar stand in der Nähe des Brandenburger Tors. Es war ein graukalter Dezembertag. Schon lange, lange wartete Waldemar mit tausend, tausenden andrer Menschen. Die Truppen hatten den Einzug durch das Brandenburger Tor gefordert. Inschriften schwankten im Wind – sie sprachen von Brot und Frieden, vom Gruß der Heimat. Die Menschen standen wie Mauern. Der Platz mit den schrecklichen Steinbildern Friedrichs und Viktorias war von Menschen erfüllt – in der alten Triumphstraße, den Linden, drängten sie sich und warfen ihre Fülle bis gegen die Häuser: auf Treppen, Gesimse, ja bis auf die flachen Dächer des Pariser Platzes. Die Bäume trugen sonderbare Früchte: kleine Jungen. Die schönen Kugelbuchse des Platzes wurden bestiegen, als seien sie aus Malachit. Ganz aus weiter Ferne hörte man das Aufklappen von Hufen, das Rollen der Geschütze – den Tritt der Mannschaften. Die Kinder auf den Bäumen wurden wie flinke Eichkatzen, die Menschen an den Fenstern sehen aus, als wollten sie sich herunterstürzen, die Leute auf der Straße wuchsen höher. Musik zog heran. Hinter ihr die Soldaten. Waldemar sah nur Helme, Gesichter und Fahnen. Die fröhlichen, leuchtenden Sommerhimmelsfarben der Bayern, Württembergs schwarz-rot, Sachsen-Ernestinerfarben und die Banner Preußens. Das Bundesbataillon eröffnete den Einmarsch. Sie standen fest vorm Brandenburger Tor, wie es zu grüßen. Es gelang Waldemar, ein wenig näher zu kommen. Da sah er, Männer, die ihre Kinder mit auf den Pferden gehabt, ließen sie absteigen. Hier, vorm Brandenburger Tor. Und die Menge jubelte – vielleicht sah sie in dieser Geste die neue Freiheit – sah es wie einen alten Germanenzug – der Weib und Kind umfaßte. Und Waldemar sah, diese begrüßenden Menschen weinten – fassungslos manche, die andern so still. Sie sahen dieses Heer heimkommen zu unglücklichster Stunde – sie sahen schöne und kühne Gesichter unter den Stahlhelmen – sie sahen aufrechte Gestalten im Sattel.

Waldemar schlängelte, drehte sich durch die Massen – kam an den Mauern des Tores vorbei – kam wie ein Quirl durch die Aufgeregten des Pariser Platzes bis in die Nähe der großen Tribüne.

Friede und Freiheit grüßten Worte in die Luft. Die Soldaten faßten wieder Tritt, und zogen auf dem alten Königsweg herein nach dem Pariser Platz. Sie machten Halt an der großen Tribüne. Dort waren die Vertreter der neuen Regierung, die Volksbeauftragten, die Männer, denen heute die Mehrzahl der Nation ihr Vertrauen gegeben. Waldemar sah einen Untersetzten, Lebhaften, Temperamentvollen den Zylinder schwenken – er verstand auch ein paar Worte der Begrüßungsrede: »Eure Opfer und eure Taten sind ohne Beispiel.«

Es klang warm, stark empfunden, bewegt – gewiß dachte er nicht der Geschichte, die Preußen groß gemacht hat. Und plötzlich begriff Waldemar: aus Tradition und Treue wird nie eine neue Gesellschaftsordnung, nie eine Umwälzung des Staates geboren. Die Erneuerer müssen immer erst Zerstörer sein.

Es drängte ihn zu Ellen. Sie saß mit dem Großvater beim Tee. Es war ein hübsches Bild, der weißhaarige Alte und die seltsame Enkelin in dem stillen, wie weltabgeschiedenen Zimmer. Wie hält es Ellen hier aus, fühlte Waldemar und ihr »j'attends« kam ihm in den Sinn.

Waldemar schilderte den Einzug des Heeres. Dies interessierte den alten Herrn sehr. Er wurde belebt, angeregt und begann nun seinerseits von politischen Erinnerungen zu sprechen. »Ich bin schon dreiundachtzig Jahre alt. Als vierzehnjähriger Gymnasiast habe ich die Märzrevolution von achtundvierzig in Berlin miterlebt. Sie scheint vielleicht wie ein Kinderspiel gegen die furchtbaren Umwälzungen von heute. Aber damals waren es Ideen, die die Menschen trieben, Ideen für ein neues Deutschland, Bildungsideen verknüpft mit freiheitlichen Wünschen. Es war doch Klang und Schwung im Jahre Achtundvierzig. Heute ist es nur der Schrei nach Geld und Macht – –«

Die Enkelin lächelte unmerklich. »Der Bolschewismus ist wohl eine große Idee –« sagte sie, aber der alte Herr verstand sie wohl nicht, er fuhr fort. »Preußen haben seine Bajonette groß gemacht, das läßt sich nicht leugnen. Und gegen die Crapule, die heute obenauf ist, werden die Machthaber, die heute von Freiheit und Gleichheit reden, auch wieder die Bajonette gebrauchen. Sie werden sonst endlich eine unübersehbare Horde von frechen Müßiggängern sehen – denn keiner von den Arbeitern wird mehr arbeiten wollen, wenn er erst merkt, der Staat bezahlt auch das Nichtstun –«

Waldemar wurde interessiert. Konnte es in Deutschland wirklich so weit kommen, daß man das befreite Volk mit Bajonetten wieder zur Arbeit treiben mußte?

Der alte Herr kam wieder auf seine Erinnerungen von Achtundvierzig. »Wie hat das die Menschen erschüttert! Der König wurde gezwungen, die toten Revolutionäre zu grüßen. Sie schleppten die Leichen der Märzgefallenen in den inneren Schloßhof und Friedrich Wilhelm mußte vor ihnen salutieren. Es war so unerhört.«

Sie waren allein. Der alte Herr hatte sich in sein Zimmer zurückgezogen, um ein wenig zu schlafen. Nun stand sie mitten im Raum – sie bog die Schultern ein wenig zurück – die Linie ihres Halses stand steil und reckte das Kinn. Ein Ton von Hochmut und Überdruß war in ihrer Stimme: »Oh, wie ihr euch alle einspinnt in Erinnerungen – das ewige Gestern ist euer Glück –«

Er stand neben ihr, verliebt, heftigen Wollens, in hingelöster Empfindung.

»Ich habe keine Erinnerungen. Mein Leben geht an in der Nacht von Danzig nach Berlin –«

Und von ihrem Lächeln kühn gemacht, breitete er seine Arme aus wie beim erstenmal des Wiedersehens – lachte kindisch und glücklich auf und riß ihr Gesicht an seinen Mund. Feuer sprang von einem zum andern.

»Du bist so jung,« sagte sie.

Dann wieder losgelöst, von Lebhaftigkeit erfüllt, begann Waldemar plötzlich wie ein Händler seine Waren auszulegen. Gebärdenvoll, wie ein Akteur durch das Zimmer laufend, schilderte er seinen heranfließenden Reichtum, sprach er von dem Strom der Möglichkeiten, die kamen, die alles eröffneten, was man vom Leben wollen konnte. »Magst du das?« fragte er zärtlich. Und er fabelte: »Der Friede wird sein – die Grenzen der Länder schwinden. Wir können durch das ganze alte Europa fahren zu all den kostbaren Städten, die es gibt – «

Doch Ellen saß plötzlich zusammengeknickt da, hatte das Gesicht in den schmalen Händen und schwieg zu all den stürzenden Erzählungen des Erben. Sie fragte nicht einmal, wieso und warum er plötzlich ein so reicher Jüngling sein würde.

»Was hast du, Liebste?« Sie erhob ein wenig das Gesicht. Ihre Augen waren ganz dunkel geworden. »Denkst du nicht an die tausend Brüder, die in Ketten liegen? Denkst du nicht daran, wie sich durch die Welt die Wüste dehnt? Die Wüste der Gleichgültigkeit? Was ist denn am Ende von all dem Sein?«

»Was gibst du dich dem Fremden so hin?« fragte er weich. »Alles, außer uns ist doch das Fremde. Wenn sich die Wüste durch die Welt dehnt, glaubst du nicht, daß sie eine Bestimmung hat? Daß alles Unglück und Quälen Namenloser, Vergangener, Künftiger nur wie der Nebel ist, der manchmal zur Nacht unser eigenes Licht ersticken will? Alles Leben ist ein Kampf mit diesem Nebel. Verstehst du, ganz im Unbewußten.«

»Woher weißt du solche Dinge?« fragte sie erstaunt.

Er stand in der großen Ahnung seiner achtzehn Jahre vor ihr, lächelte und sagte: »Von dir.«

Und dann bog er sein Gesicht zu dem ihren.

Als er ging, waren die Straßen schon stiller.

»Auf morgen,« hatte Ellen zu ihm gesagt – auf morgen –

Freiwillige für M.G.-Ss.-Abteilung

Dringender Bedarf an Schützen, Unteroffizieren und Waffen-
meisterpersonal für neuaufzustellende M.G.-Ss.-Abteilung im
Ostschutz. Abzeichen der Abteilung: Silbernes Eichenlaub am
Kragen, M.G-Ss.-Abzeichen am linken Arm. Bedingungen: wie
bei den übrigen Grenzschutzformationen; straffste Disziplin und
Unterordnung ist Vorbedingung. *Eiserne Kreuze werden wieder
verliehen.*
Frh. v. Liliencron, Hauptmann, im Felde Kommandeur der M.G-
Ss.-Abt. 31.

**In Berlin, der Stadt wovon man bisher
wohl sagen hörte, daß sie das Hirn wäre**

woher das deutsche Volk geleitet würde, hatten sich die Hauptstraßen und Plätze verwandelt. Wo früher der Strom eines
bunten Verkehrs in der Großartigkeit eines ebbenden und steigenden Lärms wie von einer unsichtbaren Hand geregelt dahin floß, stauten sich jetzt die strömenden Menschenmassen,
bildeten kleine, wimmelnde Gruppen, stoben auseinander zu
der Wirrheit eines Haufens schwarzer Punkte, wohinein eine
Handgranate geplatzt ist. Verhandelt zu werden schien nur, was
nach den noch bestehenden Gesetzen verboten war: Lebens- und
Genußmittel aller Art zu Wucherpreisen und zum Nutzen jener,
die sich alles kaufen konnten, gegen die aber die Staatsumwälzung gerichtet war. Dieser Handel wurde an allen Ecken und
Plätzchen, in allen Kaffeehäusern und Wirtschaften schamlos
betrieben, sodaß Geschäftshäuser ihre Bedeutung verloren zu
haben schienen. Laster, die ehedem nur in den dunkelsten Win-
keln und Vierteln oder an anderen Orten ganz geheim unter
den spitzfindigsten Vorsichtsmaßregeln sich selbst förderten,
entfalteten sich in ihrem blendenden Glanz und giftigen Dunst
im Zentrum der Riesenstadt. An Tischen, die aus den nahen

Kaffeehäusern, Bars und Wirtschaften geholt waren, wurden Haufen Papiergeldes verspielt, verloren und gewonnen, und Soldaten der Regierung, spartakistische Hetzer, Greise, Frauen, Jünglinge, ja Knaben standen trotz der beginnenden Winterkälte gierig herum, schrien, wenn einer verlor oder gewann, bis daß sie selbst einen freigewordenen Platz wie im Rausch einnahmen, setzten eine Summe, deren Papierbetrag sie krampfhaft in der Hand hielten, verloren oder gewannen. Mädchen, behangen von blinkendem Geflitter, strömten unnennbare Parfüme aus und boten sich mit bedeutungsvollen Blicken oder mit vieldeutigen Worten der Männerwelt an. In gewissen Raumabständen stand ein Mann oder eine Frau in einem Kreise, worum es sich wie um den Sitz eines Bienenschwarmes bewegte, und sprach heftig mit vernichtenden Gebärden gegen das, was um hundert Meter weiter eine andere Person in einem ähnlichen Kreise als das Heil für Deutschlands Errettung anpries mit derselben Leidenschaftlichkeit oder Schlauheit, wie in nächster Nähe die Schieber ihre erschacherten und die Gauner ihre gestohlenen Waren feilboten. Auf den Fahrdämmen zwischen dem sausenden Gewirre spiegelblanker Schieberautos und verbrauchter Mietskutschen rasselten gewaltige Lastautos, bewaffnet mit Maschinengewehren und besetzt mit finsteren oder grinsenden Gesichtern unter Stahlhelmen, ohne daß sich jemand, der ihnen nicht ausweichen mußte, sonderlich darum gekümmert hätte. So schamlos, so würdelos war dieses Treiben, daß der verächtliche Blick, womit Offiziere in französischer, englischer und italienischer Uniform hie und da die Menge streiften, berechtigt schien.

Auf beiden Bürgersteigen schossen sich vorwärtsstoßend, sich windend, jetzt stillstehend, wie um zu handeln, dann aufspringend und sich bückend durch die gehenden, auseinanderlaufenden, sich ballenden, sich drängenden Menschen ein paar Jungen. Da, wo sie liefen, stieg eine lang schrillende Stimme auf. »Freiheit! Freiheit!« rief sie. Merkwürdig zauberhafte Worte, denn jeder hörte sie trotz des Lärms, und jeder bekam einen Augenblick lang einen anderen Zug ins Gesicht – wie ein Spottlächeln war es oder wie eine Hoffnung oder wie eine Zuversicht, stets aber geheimnisvoll. Freiheit! Freiheit! schwebte es schrill, aber herrschend über allem Betriebe. Die Schattenrisse der Jungen verschwanden. In der Hand flatterte ihnen ein Fetzen Papier – eine Zeitung.

Wir sind jung, sagte Waldemar Ring.
Zerbrich, was hinter dir liegt

Der Bürger las mit Schaudern in den Morgenblättern, daß die Matrosen die Nacht zum Christtag benutzt, aufs neue das Schloß zu stürmen. Der Bürger las voll Grauen, daß man den Stadtkommandanten mit den Leichen der gefallenen Aufrührer in dieser Nacht im Marstall eingesperrt habe. Las man diese Zeitungen in der Provinz, so mußte man denken, die Berliner hätten sich in dieser Nacht gefühlt, wie die Unglücklichen einer beschossenen Festung. Man mußte denken, niemand schlief im Aufruhr der Kannonade, niemand dachte mehr, seines Lebens sicher zu sein. Doch die Bürger von Berlin, soweit sie nicht in der Nähe des Schlosses wohnten, erfuhren das Gräßliche durch die Zeitung.

Waldemar ging am Schloß vorüber, sah die neuen Zerstörungen aus den Weihnachtsnächten, sah die alten vornehmen Plätze von Neugierigen bestanden und doch wie verödet. Er kam in die Gegend hinter dem Schloß, las, eine schmutzige, belebte, ihm unbekannte Straße hieß Rosenthalerstraße – und ging weiter, plötzlich von einer Neugier befallen. Er war immer nur im schönen, eleganten, stillen, vornehmen Berlin gewesen. Ein enger, häßlicher Platz kam. Von dem zweigten Straßen ab, die Grohmann-, die Gipsstraße. Drehorgeln klangen auf, mit heiseren Stimmen boten Verkäufer Eßwaren an. Kleine Buden waren da mit abscheulichen, fast grellroten Würsten, Pferdeware, um die sich die Leute rissen. Grüne Torten von einer scheußlich schillernden

Farbe, mit rosa Schaum bekrönt, Gebilde, bei deren Anblick es einem übel wurde, waren von Arbeiterfäusten umkrampft, von Mädchen mit glänzenden Augen gegessen. »Der Mensch ist, was er ißt,« dieses Wort fiel Waldemar ein, er war angeekelt, und doch wie festgebannt, diese Leute anzusehen.

Soldaten mit roten Kokarden, Matrosen mit den Gesichtern von Seeräubern standen hier, verwahrlost, verschmutzt, wie eine Horde Zuchthäusler anzusehen und boten Dinge zum Verkaufe aus: alte Stiefel, alte Hosen, Frauenstrümpfe, Hemden, Nähfaden. Zuweilen fuhr eine Hand in die Tasche und zog aus den grauen Kleidern irgend ein Wertstück: Silberzeug, Schmuck, eine Uhr und dergleichen. In der Mitte der Gasse stand ein Glücksrad. Lachend warfen Männer und Frauen schmutzige Scheine hin. »Ich habe schon zweihundert Mark verloren,« sagte ein wenig kläglich ein junger Mensch zu einem Soldaten. Der antwortete wegwerfend: »Ich habe sechshundert verloren, was macht det denn? Du kannst dir ja doch nischt koofen –«

Und die schmutzigen, stumpfen Hände warfen neue Geldzettel hinüber zu dem freudigen Rad. Waldemar faßte sich ein Herz. Er sprach einen Burschen an, der ihm ein besseres Gesicht zu haben schien als seine Umgebung. »Was machen Sie denn hier?« sagte er. »Wir warten auf die russischen Brüder.«
»Aber glaubt ihr denn, die russischen Brüder meinen es besser mit euch, als die Berliner?«
Der Soldat lachte freundlich. Er war nicht auf Dialektik einge-richtet. Mit einem kindlich frohen Gesicht sah er gutmütig auf Waldemar und wiederholte: »die russischen Brüder.« In Walde-mar erwuchs der Drang zu einer Verständigung. »Sind Sie in Berlin zu Hause? Finden Sie keine Arbeit?«
Der Soldat verlor nicht die freundlichen Züge. »Wollen Sie rau-chen?« fragte er und bot Waldemar eine Zigarette –
Beschämt lief er die Gasse hinunter. Er sah in Gesichter, vor denen ihm ein leiser Schreck kam: feiste, freche Matrosengesich-ter, mit grell lichternden Augen – trübselige Landwehrmänner, jämmerliche, verbeulte Gestalten, die eine Hand an die Tasche gekrampft hielten, in der wohl Wertvolleres zum Verkauf bereit lag, als die alte Hose, welche die andre Hand schwenkte –
Das waren die Soldaten des großen Krieges – –
Waldemar rannte davon –

Er überschritt die Potsdamerbrücke. Er stürzte hinauf zu Ellen. Sie empfing ihn wie einen sehnlich Erwarteten. Wärme, Heiter-keit, Lachen ging von ihr aus. Lachend erwiderte sie seine stür-mische Umarmung. Der Grund dieser rätselhaften Heiterkeit war ein Brief von Rosa Luxemburg. Sie forderte Ellen auf, ihre Erfah-rungen aus Rußland in einem Vortrag auszusprechen. Waldemar erregte sich. Nein, er wolle nicht, daß sie das täte. Sie gehöre ihm. Sie sei seine Herzliebste und sollte nicht zu vielen Leuten ihre schöne Stimme reden lassen. Ellen v. Envers lachte. Er hatte sie noch nie so herzlich und froh lachen sehen. Er küßte sie stürmisch und von dem Brief der Luxemburg war nicht weiter die Rede.

74

Waldemar hielt in seinen schmalen und sehr schlanken Händen Ellens Gesicht. So nahe war er ihr, daß die Linien fast erloschen, nur noch die Farben wirkten. Der rotrote Mund, die bernsteinfarbigen Augen. Sie hatten heute den Blick in die Ferne verloren. Sie gehörten der Stunde und spiegelten Waldemars Augen.
»Wir sind jung,« sagte Waldemar Ring. »Zerbrich, was hinter dir liegt. Wie ich es zerbreche. Wir wollen auf einen fernen Stern miteinander ziehen und alles neu beginnen.«
Sie lächelte, entzog sich seinen Händen, ließ spielerisch die ihren durch sein braunes Haar gleiten und fragte ihn, was er denn zu zerbrechen habe. Es waren so unzählige Dinge, daß Waldemar nicht ein einziges nennen konnte.
Sie neigte ihm ihre Lippen zu –
Aber er küßte sie nicht. Aller Wille in ihm spannte seine Züge, sein Bewußtsein.
»Wirst du mir angehören – ganz – ganz angehören –«
»Ich will,« antwortete sie.
Er mochte nicht heim die Nacht.

Die Braut des wahren Revolutionärs! Hebt sie nach vorn!

Es war gegen 10 Uhr morgens, als unter einem grauen Schneedunste, den man als feuchten Schleier fühlte, eine ordnende Bewegung unter den Wirrwarr von Menschenströmen und Menschengruppen, Autos und Wagen der Straße Unter den Linden kam. Sie nahm die Richtung nach dem Denkmal des Alten Fritz, wo ein Mann in Matrosenkleidung hinaufkletterte bis zum Sockel, worauf die stolz trabenden Beine des Pferdes standen. Zwischen das rechte Vorderbein, das in die Erde gestemmt, und das linke Vorderbein, das mit seinen bewegten Muskeln die Luft mit ihren Widerständen majestätisch zu verachten schien, stellte sich der Matrose, nahm seine Mütze mit den wehenden Bändchen ab, und sie in der Luft schwenkend, rief er mit einer Riesenstimme, die nach den ersten Lauten die Menschenmasse des großen Platzes zu einer seltsamen Ruhe zwang: »Freunde der Freiheit! Genossen! Wenn wir auf allen Straßen Schieber am Werke sehen, die Fleisch, Mehl, Zucker, Fett, Öl, Tabak, Zigarren, Zigaretten, Schokolade, Kleider, Wolle an die Reichen verhandeln, obgleich dies alles den Armen zugute kommen sollte, dann gibt es dafür eine Ursache. Wenn wir auf allen Straßen schon morgens die Geilheit in verführerischen Kleidern Opfer werben sehen aus Furcht, sonst für den Abend leer auszugehen, dann gibt es eine Ursache dafür. Wenn auf allen Straßen Soldaten und Zivilisten gehen und heimlich oder offen Waffen tragen, wenn man nicht weiß, ob man in der nächsten Minute in einem blutigen Zusammenstoße von Menschen derselben Sprache, derselben Herkunft, derselben Not seinen Tod finden wird, dann gibt es dafür ebenfalls eine Ursache. Der Mensch ist gut! Er ist gut von Geburt. Aber dann wird er nicht gleichmäßig zum Guten erzogen, sondern zum Bösen; dann wird das Kind reicher Leute zum Genuß, zur Herrschgier, zur Ungerechtigkeit, zur Grausamkeit herangezüchtet; dann lernt das Kind armer Leute den Neid, die Habgier, den Trotz, das Mißtrauen, den Haß, die Rache. Die Klassengegensätze, die ungerechte Verteilung des Besitzes, die Wohnställe der Armen, die Paläste der Reichen, die ungerechte Ausbildung der Menschen, die nicht etwa nach der Größe der Begabung, sondern nach der Größe des Geldhaufens vorgenommen wird, das hat den Menschen böse gemacht. Und das ist die Ursache unseres Zusammenbruchs, unseres Aufruhrs, unserer Hoffnung ...«

Er warf seine Sätze wie Feuerbrände in die Gesichter der Lauschenden, und es war, als ob er tiefste Abgründe damit grauenhaft erhelle. Er schien ganz ruhig, groß und gewaltig wie eine vor den grünlichen Bronzeleib des Denkmalpferdes aufgerichtete ebenfalls aus Bronze gegossene Gestalt, denn nur die Lippen bewegten sich aus nächster Nähe sichtbar an diesem Redner. Er forderte die Gleichheit der Klassen, die Aufteilung der Vermögen, die Sozialisierung der Wirtschaft; er kämpfte gegen die

Revolutionsregierung, denn diese paktiere mit den Kapitalisten, weil sie zu schwach wäre, den ganzen Sozialismus zu wollen.

Niemals konnte ein Redner so lange unwidersprochen reden. Zwar schienen die Zuhörer nicht jene zu sein, die sich sonst auf den Straßen herumtrieben und nur danach lüsterten, wie sie sich vergnügten und wie sie das Geld dazu bekommen könnten. Die Gesichter, die der Rede lauschten, waren nicht zügellos vor Habgier, Wollust und Herrschgier; solche Gesichter gab es ja auch, aber in ihnen war alles zu einem Grinsen verzogen. Die meisten Gesichter waren voll abgehärmter, zerbissener Linien und Furchen, waren nichts wie fleischlose Muskeln, die eine sonderbare Hoffnung strafft, die ein harter Wille spannt, waren entweder Sorgengesichter, mit Augen leuchtend wie die von Kindern, die die Wirklichkeit eines Märchens erwarten, oder waren entschlossene Gesichter, die für das Leiden vieler Jahrzehnte Entschädigung heischten und mit finsterer Unerbittlichkeit darauf bestehen wollten wie auf einen Schein. Die Menschen stammten aus fernen Vierteln der Millionenstadt, aus armen, kalten Wohnungen, die mehr Schlupfwinkel des Elends als Wohnzimmer für Menschen sind. Seit der Staatsumwälzung waren sie gewohnt, ihre Meinung ohne Furcht hinauszubrüllen, wenn es sein mußte. Warum schwiegen sie jetzt und preßten die Lippen fester aufeinander? Lag es daran, daß des Redners blaue Matrosengestalt, von Ferne gesehen, sich mit dem grünen Bronzeleib des Denkmalpferdes in der Farbe verwischte, daß man sie also nicht erblickte, sondern nur vom Denkmale her eine rätselhaft gewaltige Stimme erhitzende Gedanken durch grauen Schneedunst niederwerfen hörte, eine Stimme, deren Gesicht geheimnisvoll blieb, furchtbar drohend, Seelen aufreißend – eine Stimme aus der Höhe, so klar und wuchtig – Posaunenstöße – eine Rede wie ein Gericht?

Da fiel durch den Schneedunst, der alles verschleierte, von der Sonne her ein gelbroter Lichtstreifen auf den in eiserner Ruhe stehenden Matrosen. In demselben Augenblick schrie, ohne daß sich der Redner dadurch im mindesten stören ließ, eine Mädchenstimme grell auf: »Das ist er ja! Er, er! Jan!«

Sofort wurden zischende und fluchende Stimmen laut, um das Mädchen, das so außer aller Gepflogenheit ihr Begegnis und plötzliches Wiedererkennen hinausschrie, zur Ruhe anzuweisen. Ein junger Mann, der auf das Fräulein einen Blick gerade im Augenblicke geworfen hatte, als es außer sich ihre Rufe ausstieß, und der dabei den außerordentlichen, fast blendenden Jubelglanz in seinen Augen gesehen hatte, wendete sich zu ihm und meinte, um den Zorn der Umstehenden erklärend zu mildern, daß sie alle nichts von den Worten des größten Redners der Revolution verlieren wollten, und daß das Fräulein aus diesem Grunde ruhig bleiben möge. Als er darauf sah, wie das Fräulein versuchte, sich zwar langsam und geschickt, aber dennoch vergebens mehr nach vorn zu schieben, augenscheinlich um dem, den sie mit viel Freude wiedererkannte, näher zu kommen, vielleicht gar um ihn nach der Rede sprechen zu können, flüsterte er ihm zu, daß es die Mühe nur lassen solle, denn es wäre leichter, durch eine steinerne Mauer zu brechen als durch die Mauer von Menschenleibern, die vor ihnen wäre und die so dick und fest wäre, daß man es nicht sagen könne. In dem Gesichte des Fräuleins sah er da plötzlich eine solche Angst und Sorge, daß er in einem flinken Entschlusse sagte, es solle den wiedergefundenen Liebsten trotz alledem nach der Rede sprechen können. Er nahm dabei sein rotes Asternblümchen, das er als Sinnzeichen der Revolution im Knopfloche trug, und steckte es ohne Umschweife dem darüber erstaunten und verlegenen Fräulein zwischen die blaßroten Lippen, ergriff die jugendlich sehnige Gestalt unter die Arme, hob sie im Schwung seiner kräftigen Arme vergnüglich hoch und rief seinen Vordermännern zu: »Achtung, die Liebe unseres Jan Wetter! Die Braut des wahren Revolutionärs! Hebt sie weiter nach vorn! Sie will bei ihm sein!«

Und schon fühlten die Vordermänner eine weiche Frauenlast auf ihren Schultern, lachten leise und hoben sie schäkernd trotz der Schimpfe einiger Frauen etwas mehr nach vorn. Obgleich überall einige da waren, die diese seltsame Beförderung eines jungen Mädchens über das Köpfemeer der Versammelten hinweg der dadurch entstehenden Störung wegen empörte, ging es immer weiter nach vorn, bis die durch tausend starke Männerarme wie auf Federn vorwärts Geschnellte am Sockel des Denkmals vom Alten Fritz, da wo Jan Wetter von seinem hohen Sitz heruntersteigen mußte, sich wieder fand, noch immer das rote Asternblümchen zwischen den Lippen gepreßt, den Hut verschoben, die Züge aus Freude und Scham lieblich verwirrt. Nachdem sie ihre Kleider, die durchaus in Ordnung waren, nach Frauenart bestrichen hatte, ordnete sie ihre schwarzen lockigen Haarsträhnen, die ihr ins heiße Gesicht fielen, und fand sich dann, ohne zu bedenken, daß ihr Hut schief sitzen und der ordnenden Hand am meisten bedürfen könne, langsam in eine ruhige, abwartende Haltung, indem sie ihren glänzenden Blick hinauf zum gewaltig ansteigenden Reiterstandbilde richtete und nach dem Matrosen spähte. Aber sie erblickte nur eine große, blutrote Fahne, die eine kleine, überaus kräftige Hand in der grauen Schneeluft, die kein Sonnenstrahl mehr durchleuchtete, mit Leidenschaft hin und her flattern ließ, und sie hörte eine Stimme, die sie wegen ihres orgelnden Brausens kaum als die ihres Jan wieder erkannte, mächtig rufen: »Vergesset nie, Proletarier, daß ihr zum ersten Male seit Jahrhunderten die ganze Macht über eure Zukunft in Händen habt!«

Während der Redner an der Hand des Alten Fritz die rote Fahne befestigte, schrie eine Stimme aus der Menge. »Wir handeln! Waffen! Waffen!« und ein Arm wies auf die Panzerautos, die den Platz umstanden. In demselben Augenblicke geschah es, daß tausend und aber tausend Werbezettel, die bestrickende Einladungen zum Beitritt zu der spartakistisch-kommunistischen Partei als das erste Erfordernis zum tatkräftigen Handeln enthielten,

alle zehn Meter, wie aus einem Füllhorn von einer Hand geworfen, über das Köpfemeer flatterten. Während zahllose Arme sich
wie Fänge danach ausstreckten und die verschiedensten Rufe
die Luft in einem betäubenden Lärm durchschwirrten, war Jan
Wetter vom Denkmal heruntergeklettert.

Als das junge Mädchen den strammen Burschen, der eine große
Persönlichkeit geworden war, nicht weit von sich auf Beinen, die
leise bebten, stehen, die offene, nackte Brust heftig atmen, das
eckige Gesicht mit dem Bocksbarte ganz grau und mit Schweiß
bedeckt der wogenden Menge zugerichtet sah, entfloh ihr eine
Gebärde des Schreckens. Da kam er auf sie zu, schaute sie, als
ob ihre Anwesenheit ihn weder erstaunte noch erfreute, an mit
starren, glanzlosen Augen, die von ganz etwas anderem wie von
Liebe erfüllt schienen, rückte ihr mit einer rauhen Handbewegung den Hut, der ihr lächerlich schief saß, gerade und sagte mit
heiserer Stimme, die das verlangende Mädchen so schmerzte,
daß sich die glatte, anmutig gewölbte Stirn vielfach und häßlich
runzelte: »Warum bist du aus dem Kohlenrevier nach Berlin gekommen? Du Kleine! Ich werde in ein paar Tagen bei euch sein
und den Willen der Bergarbeiter organisieren.« Hastig rief sie,
denn die Menge sang rauschend die Internationale, daß sie alle in
Sorge um ihn gewesen wären, da er als Hochverräter in Kiel im
Gefängnis gesessen und hingerichtet werden sollte, sie ihn doch
noch einmal sehen, sprechen ... da unterbrach er sie mit einer zerschneidenden Handbewegung und befahl ihr: »Du fährst gleich
wieder heim. Du grüßest alle und sorgst dafür, daß ihr euch beruhigt.« Begierig auf ein wärmeres Zeichen der Liebe, flehte sie
ihn mit den Augen an, aber er schoß mit den Blicken schon nach
verschiedenen Gruppen von Männern, die sich aus den auseinandertreibenden, singenden Menschenwogen gebildet hatten und
die auf ihn zu warten schienen, und mit den Lippen murmelte er,
wie unbewußt ergriffen, die Worte des Liedes, das Tausende von
Stimmen sangen: »Das Recht wie Glut im Kraterherde nun mit

Macht zum Durchbruch dringt!« Da drückte sie ihm schnell die Hand, die leise bebte, und rief des allgemeinen Lärmens wegen laut und dann noch lauter: »Jan, Jan, mach alles gut, wir lieben dich noch immer!« Dann verschwand sie in der Menge, ehe er, der mit den Gedanken wo anders weilte, es bemerkte.

Seine Lieblosigkeit beklomm sie so, daß sie wie in einem Schauer, der kälter war als der Schneedunst in der Luft, fröstelnd ausschritt. Sie mußte sich den richtigen Weg nach ihrem Hotel des öfteren neu erfragen, irrte doch und gelangte mühsam an. Dort ordnete sie ihr geringes Reisegepäck, zwang sich, etwas aus ihren Vorräten zu essen und fuhr dann mit dem nächsten Zuge, der, ein Bummelzug, so überfüllt war, daß sie zwischen Tür und Angel stundenlang stehen mußte, nach Hause. Schneeblaken fegte ein eisiger Wind durch die offene Tür eines alten Wagens vierter Klasse gerade ihr in den Nacken oder ins Gesicht, wenn ihr der Nacken zu kalt geworden war und sie sich deswegen umgedreht hatte; Qualm von Rauchern, vermischt vom Atem und Dunst vieler Menschen schwadete stinkend und würgend an ihr vorüber in den Zug des Winterwindes. Um sie herum saßen, hockten, standen, preßten sich Soldaten, Zivilisten, Männer, Frauen, türmten und klemmten sich große und kleine, runde und eckige Säcke, Beutel, Kisten, Kasten, Tornister. Hitzige Gespräche über Politik, heftiges Gerede über die Fragen des Streiks, der Putsche, Drohungen mit Totschlag, Bombenwurf, Brand, Vernichtung der Eisenbahnen, Giftworte über einen neuen Krieg, den die Revolutionsregierung heimlich vorbereite, Entrüstungsstürme über die zurückkehrenden Frontsoldaten, die noch nicht genügend revolutioniert wären, Verwünschungen über die schlechte Ernährung, Flüche gegen die Kapitalisten, gegen die Gebildeten, gegen jeden, der einen besseren Anzug trug, Prophezeiungen von Plünderungen der Villenviertel in den Städten, der Höfe in den Bauerndörfern; das platzte, schwirrte, bohrte durcheinander, und ihm, dem Fräulein, das seinen vom Tod bedrohten Geliebten gesucht hatte, war es, als ob es unter einem Geschwirre von Säbeln, Messern, Granaten stände.

Es ist eine Freude zu leben

Es herrscht eine Nervosität, die man miterlebt haben muß, um sie zu begreifen. Es darf nur jemand auf der Straße ein lautes Wort rufen, sogleich flüchtet die Menge in die Eingänge der Häuser, es ist ein Laufen ums Leben, gleich kann das Maschinengewehrfeuer aus einer versteckten Luke hämmern oder eine Handgranate fällt von einem Dach und ihre Splitter reißen Dir den Bauch auf. Die Straße ist überfüllt mit fliegenden Händlern. Es ist ein Jahrmarkt von Händlern, wie man ihn nur auf Kirmessen und Volksfesten sehen kann. Die Kerle mit den heißen Würsten, die einen heizbaren Blechkasten schleppen müssen, können nur mit Mühe und unbeholfen in die Hauseingänge hinein. Halb lachen sie, halb hat sie die Todesangst gepackt. Das Maschinengewehrfeuer kann gleich die Straße herabrattern und der ganzen Herrlichkeit ein vorzeitiges Ende machen. Es liegt die Atmosphäre eines großen Geschehens über der Stadt. Man sieht, sie werden nur Menschen, wenn ihnen der Tod im Nacken sitzt, sie wissen ihre primitiven Bedürfnisse nur primitiv auszudrücken, wenn der Tod ihren Ärmel streift. Es ist eine Freude zu leben. Das Bürgerschwein, das während des ganzen vierjährigen Mordens nur seinen Bauch gepflegt hat, kann sich der Situation nicht mehr entziehen, es steht mit prallen Beinen mitten in der Hölle. Und die Hölle rast: es ist eine Lust zu leben. Leben ist Qual, Leben ist Angst, Hast und Gemeinheit; nie hat man es mehr erfahren, darum sei das Leben gelobt. Die Kerle werden durch ihre Nervosität fast zu edlen Bestien, ihre Augen, die stets erloschen wie Kieselsteine in den Höhlen gelegen haben, werden aufmerksam und rege. Sie werden alle zu Schülern des großen Weltgeschehens, sie begreifen dunkel, daß sich etwas abwickelt, daß etwas passiert außerhalb der engen sozusagen von Gott gegebenen Privat- und Familienzirkel. An Ecken, auf dem Fahrdamm, überall, wo der Zufall einen freien Fleck ließ, hacken sie mit giftigen Reden aufeinander los. Ein Publikum bildet sich rasch um jeden Dialog. Hier, meine Herren, werden Dramen agiert. Wir befinden uns in homerischen Zuständen.

Aber vielleicht verstehen Sie, daß manches schlimmer ist als sterben

Waldemar wanderte ziellos durch die Straßen. Er sollte heute abend nicht zu Ellen. Nun, was sollte er denn dann? Ins Theater gehen? Er las die Ankündigungen an den Litfaßsäulen, entschied sich für Peer Gynt, war überzeugt, auch wenn er nicht nach einer Karte anstand, würde für ihn schon noch ein Platz sein – und sah noch zwei leere Nachmittagsstunden vor sich. Ob er ins Zeitungsviertel ging? Sie schossen dort. Es gab noch Kämpfe um Mosse und Scherl. Leichtsinnig machte er sich auf den Weg. Da kam er an einem Blumenladen vorüber, der die wundervollsten dunkelroten Rosen hatte. Die Geldscheine flatterten auf einen Tisch. Ein Fräulein begann erst zu lachen, dann wurde sie von stiller Hochachtung erfüllt. Sie reichte Waldemar die letzten roten Rosen ihres Ladens mit einer Verbeugung. Gab es Prinzen der Revolution, dachte vielleicht das Fräulein.

Waldemar hatte die Arme voll dunkelroter Rosen. Ihr Duft stieg auf. Es waren die feinen und süßen Arten, die etwas von ihrem Blühen und Duften auch in die Blätter geben. Aus diesem Geruch kam Waldemar eine seltsame Faszination. Er wollte sie Ellen bringen. Aber er fühlte, sie war nicht zu Hause, er würde sie nicht finden. Er hatte das Gefühl, sie war zu dieser Stunde an einem Ort, den er nicht kannte. So ging er mit seinen Rosen weiter, bis er auf eine der Brücken kam, die den Kanal überspannen. Dort blieb er stehen und sah auf das dunkle Wasser hinab, bis langsam ein Spreekahn gezogen kam. Sein Kiel schnitt eine weiße, schaumige Furche – machte das Wasser zu fröhlichen Wellen. Da fiel Waldemar ein, diese hellen Wellen zogen an Ellens Haus vorüber. Oh, sie war wohl glücklich. Sie liebte es doch so, wenn Aufruhr in der Luft lag. Die Revolutionäre zogen durch die Stadt, er sah mit den Augen Ellens ein Volk im Aufbruch zur Freiheit. Und überflammt, von dem Fluidum fortgerissen, das über Berlin lag, von dem Rausch ergriffen, den das Wort Freiheit vermittelt, hob er ein wenig die Arme. Ein paar der roten Rosen fielen auf das Brückengeländer, die schweren Blütenkelche neigten sich, glitten, taumelten dem Wasser zu in die hellen Wellen.

Da wurde er von einer knabenhaften Leichtigkeit erfüllt. Das Wasser trug die roten Rosen an Ellens Haus vorüber – Und da er ihr Bett noch nicht mit Rosen bekränzen durfte, gab er die Blumen den lichten, frohen Wellen – er warf sie aus vollen Händen – die Wellen nahmen sie auf und trieben sie wieder hoch – und führten sie in schneller Bahn dem Zug des Schiffes nach –

Die Klingel hatte ein seltsames Schrillen, als töne sie in einer Leere.

»Wo ist Ellen?«

Sie war fort. Sie hatte bald nach dem Mittagessen das Haus verlassen, um ins Kunstgewerbemuseum zu gehen, wo sie alte Vasen ansehen wollte, um eine Nachbildung zu formen. Jetzt, abends hätte sie längst, längst zurück sein müssen. Im Kunstgewerbemuseum? An der Albrechtstraße? Dem Zeitungsviertel der Straßenkämpfe so nahe? Wie leicht hatte sie Bekannte treffen können! Die Stadt war voll von Balten. Es mochten Freunde aus Riga, aus Libau, aus Mitau des Wegs gekommen sein und sie mit in ein Kaffee- oder Speisehaus genommen haben. Nicht wahr, hier in der Wohnung gab es doch kein Telephon. Sie hätte natürlich sonst vom Kaffeehaus angeklingelt.

Der Beamte nahm das Tuch ab und trat taktvoll zur Seite.

»Heute nachmittag, etwa nach vier Uhr, ist ein Fräulein auf der Treppe des Kunstgewerbemuseums von einem versprengten Maschinengewehrgeschoß in den Rücken, in die Lunge, getroffen worden. Als sie hierher gebracht wurde, war sie nicht mehr bei Bewußtsein. Sie ist bald darauf gestorben.«
Die Leiche, die da auf dem Holzschragen lag, hatte nur das Gesicht verhüllt.

Sie begruben Ellen v. Envers um die Mittagsstunde, und ein seltsam hellblauer Himmel stand über Berlin. In den Zeitungen waren nicht nur die Anzeigen des Großvaters, sondern auch Reporternotizen von dem schönen jungen Mädchen, das von bolschewistischen Horden aus der Heimat vertrieben, hier einer Kugel der Revolution zum Opfer gefallen. Es hatte sich ein großes Gefolge von Menschen auf dem Kirchhof versammelt. Wohin sollte man Waldemar nach dem Begräbnis bringen? Zu seiner Mutter, die neben ihm stand, auffallend in ihrer hochgewachsenen Gestalt, in ihrer formalen Vornehmheit? Würde er mit zu dem Großvater gehen? Doch Waldemar tat nichts dergleichen. Vor der Friedhofstür stieg er wortlos in ein Auto, grüßte kaum und fuhr davon.

Waldemar hatte irgendwo das Auto halten lassen. Er befand sich in einem Teil des Tiergartens, der ihm nicht geläufig war. Kleine, kümmerliche Steinbilder standen da, und an der Seite der Straße floß der Kanal. Er wollte den Chauffeur entlohnen und es zeigte sich, daß er kein Geld bei sich hatte. Er zog seine Uhr heraus und gab sie. Der Mann bat um die Adresse, er wollte die teure Uhr nicht behalten.
»Warum, das ist doch ein ganz gutes Geschäft?«
»Ich bin ein königlich preußischer Leutnant außer Dienst,« sagte der Chauffeur. Waldemar griff unwillkürlich an seinen Zylinder. Vielleicht sah der Fremde das Verzweifelte durch Waldemars Augen irren. Er sagte: »Verzeihung. Die Leute sagten es. Ver-

lobte von Spartakisten erschossen. Ein Wort: ich habe meine Verlobte in Mainz wiedergesehen. Ich kam aus Etappenlazarett. Sie saß dekolletiert und mit einem französischen Offizier in einer Theaterloge. Man kann jemand um ein Grab gewiß nicht beneiden – aber vielleicht verstehen Sie, daß Manches schlimmer ist als Sterben.«

»Wie heißen Sie?« fragte Waldemar. Der Leutnant verzog den Mundwinkel. »Bitte nehmen Sie Ihre Uhr. Seinen Namen muß man zu einer solchen Geschichte nicht sagen –«

Er kurbelte los. Waldemar war plötzlich ganz wach, er las die Nummer des Wagens ab. Langsam ging er weiter. Er dachte an Ellen. Er dachte, wo ist sie? Aber dabei sah er immer einen jungen Offizier, der in eine Theaterloge hinaufstarrte und dort seine Verlobte mit nackten Schultern neben einem französischen Freund sah. Die Besiegten zu lieben, ist nicht jedermanns Sache, dachte er hohnvoll.

Er kam nach einer Weile durch die Bellevuestraße nach dem Kemperplatz. Er achtete nicht auf den Weg, nicht auf Menschenansammlungen, denn sie waren das Alltägliche in der Stadt. Erst als ihn ein Soldat mit einer roten Binde um den Arm, höflich fragte, ob er sich dem Trauerzug anschließen wollte, wurde er aufmerksam. Nein – er wolle sich nicht anschließen. Dann müsse er hier auf der Trottoirinsel stehen bleiben, sagte sehr freundlich der Soldat. Und Waldemar sah die Siegesallee hinunter: Die steinerne Galerie Wilhelms des Zweiten schien zum Spuk, zum Wahnbild geworden.

Unter den weißen Marmorbildern standen Kopf an Kopf unzählbare Menschen. Über ihnen aber schwebten in der Farbe des Blutes, in der Farbe von Kirschen, in der Farbe leuchtenden Zinnobers die Banner der Revolution. Es war ein Strom, ein Meer von Rot – eine Aufhäufung aller Abtönungen der Farbe. Dunkelrote Flecke, glänzende Zinnoberstücke, von Goldborten umflackert, mit goldenen Inschriften versehen, leuchtend, schreiend, aufdringlich, triumphierend die Apotheose eines Willens zur Macht. Die weißen Marmorbilder leuchteten. Die roten Banner waren wie ein Mohnfeld unter sie gebreitet. Und über dem Aufzug des Proletariats, das heute den weißen toten Hohenzollern seine blutroten Banner zeigte, stand ein Frühlingshimmel, hellblau, licht, von weißen Wölkchen überschwommen. »Liebknecht spricht,« hörte Waldemar jemand neben sich sagen. »Auch Rosa Luxemburg spricht. Dann geht der Zug die Linden hinauf.«

Waldemar stand wie ein Hypnotisierter vor diesem Jubelbild der Farben. Der weiße Marmor, die mohnroten Banner, der blaue Himmel – es war ein so unerhörter Eindruck für seine Augen, daß er hinsah wie ein Andächtiger. Bewegung kam in das Bild. Die roten Banner begannen zu schaukeln, sich scheinbar noch zu vermehren, zu wachsen. Nun sah man auch noch rote Kränze, riesenhaft, Räder an Größe, geschleift von Pöbelgestalten – von Menschen, mit dem Stigma der körperlichen Niedrigkeit. Sie waren zu einem Begräbnis da. Und es schien doch, daß sie einen Freuden- und Triumphtag hatten.

»Kränze, wenn du lebtest, dir beschieden
Nie erreichte – –«
Oh, all diese Menschen hier, sie mochten tausendmal Leidende, tausendmal Geknechtete, des Rechts beraubte sein: Ekel stieg in Waldemar hoch. Ihre schöne, schöne Revolution hatte Ellen den Tod gebracht. Ihre schöne, schöne Revolution hatte ein Mädchen – nein, seine Geliebte, seine Verlobte, den Sinn seines Lebens als ein totes Nichts in die nasse, kalte Erde geworfen. Haß flackerte in seinen Augen auf. Haß krampfte seine Hände zusammen. Ein so brennender, so wühlender Haß, wie ihn der Mensch nur für das findet, was ihn einmal bezaubert hat.

Am 8. Januar starb den Heldentod

auf dem Rückmarsche des Regiments aus der Ukraine von feigen
Bolschewisten überfallen unser lieber, braver Sohn, Bruder und
Enkel

Max Freiherr von Lerchenfeld

Leutnant I. Bayr. Ulanen-Regiments Ord.-Offizier 4. Kav.-Brig.
im Alter von 23 Jahren.
Mit Begeisterung hat er 4½ Jahre für sein Vaterland gekämpft,
dessen selbstverschuldeter Ohnmacht er jetzt zum Opfer fiel.
Wohl ihm, daß die Heimkehr ihm erspart blieb.
Die Hinterbliebenen.

Aber Edu! Das war für mich Weltgeschichte!

Am 9. Januar, vormittags, fand im Auditorium Maximum der
Berliner Universität eine antibolschewistische Kundgebung statt.
Überfüllter Saal. Über 1000 Studenten. Viele, wie es den damali-
gen Verhältnissen entsprach, in feldgrauer Soldatenuniform. Ich
hielt eine fulminante Rede gegen Spartakus und rief die Studenten zu den Waffen auf. Alles meldete sich zu den Freikorps. Gleich
im Anschluß daran fuhr ich mit Freund Siebel per Auto nach
Dahlem, wo die frischen Truppen konzentriert wurden, und
hielt vor dem neugebildeten Studentenbataillon der Technischen
Hochschule Charlottenburg einen weiteren zündenden Vortrag.
Aber das Erlebnis des Tages war die gegen Abend auf 5 Uhr
angesetzte Unterredung mit dem Oberbefehlshaber Noske in
Gegenwart seines Stabschefs v. Gilsa. Siebel und ich wurden in
einem kleinen verräucherten, barackenähnlichen Zimmer eines
Sanatoriums empfangen. Da saß Noske mit seinem Stabschef v.
Gilsa. Nervös war er auch: beim Zigarettenrauchen klopfte er
ununterbrochen die Asche auf ein leeres Blatt Papier ab, auch
wenn gar keine Asche daran war. Ich ging gleich in *medias res.*
Das deutsche Volk sehe in ihm einen Erretter. Er müsse das Ver-

trauen des Volkes durch den Willen zur *Nationalen Diktatur der sozialen Revolution* in geschichtlichen Taten wahr machen. *Er müsse nicht nur mit den Truppen einmarschieren, sondern sofort nach der Eroberung Berlins feierlichst von seiner eigenen Partei sich lossagen und die nationale und soziale Solidarität des deutschen Volkes in einer unabhängigen diktatorischen Staatsführung realisieren.* Noske hörte immer gespannter zu und sagte dann zum Schluß: »Das ist eine große Aufgabe, die Sie mir zuweisen, ich werde sehen.« Freund Siebel, mein begeisterter und treuer Mitkämpfer, war von der Unterredung so bewegt, daß er mir im Korridor in überschwenglicher Freude um den Hals fiel und ausrief: »Aber Edu!« – wir duzten uns – »Was hast du diesem Mann in dieser Unterredung beigebracht! Das war für mich Weltgeschichte!«

Am Tag darauf bekamen die Truppen von Dahlem von Noske den Befehl zum Einmarsch. Am gleichen Tag fand die nicht minder bedeutsame Sitzung des *Führertums der Wirtschaft* im Flugverbandshaus statt. Als ich Punkt 4 Uhr nachmittags im kleinen Saal erschien, waren etwa 50 Herren da: Hugo Stinnes selbst, Albert Vögler, Ernst Borsig, Siemens, Geheimrat Deutsch, Mankiewitz, Salomonsohn, Gen.-Direktor Otto Henrich usw., die ganze *haute volée* der Industrie-, Handels- und Bankwelt. Als einziger Punkt auf der Tagesordnung stand: Referent Dr. Eduard Stadtler über *Bolschewismus als Weltgefahr.* Ich habe in meinem Leben Tausende von politischen Vorträgen gehalten. Aber eine der größten rednerischen Leistungen, die ich je vollbracht, war jene mehr als zweistündige Rede vom 10. Januar 1919 vor den Führern der deutschen Wirtschaft. Ich war für sie alle »irgendein« Dr. Stadtler, der da, aus russischer Gefangenschaft zurückgekommen, sehr wirksam die bolschewistische Gefahr zu schildern wisse, und der eben »Berliner Sensation« geworden war.
Ich ließ nun eine Kampf- und Mahnrede auf die 50 Herren niedersausen, wie sie es in dieser Form wohl ihr ganzes Leben hindurch noch nicht vernommen hatten. Zuerst setzte ich ihnen das

Wesen und die Entwicklung der russischen Revolution auseinander, schilderte den Übergang von der Kerenski-Revolution zum Bolschewismus, den Zusammenhang des Bolschewismus mit den Zusammenbruchserscheinungen des Weltkrieges, den schleichenden bolschewistischen Charakter der deutschen Revolution, die Gefahr, daß jeden Augenblick das gemäßigte mehrheitssozialistisch-demokratische Regime in Deutschland in ein radikal bolschewistisches Regime ausarten könnte, den kommenden Zusammenbruch der deutschen Wirtschaft, die unerhörten außen- und innenpolitischen Gefahren dieses Zusammenbruchs für die Nation, die besondere Gefahr des Umstandes, daß die besten Soldaten noch alle an der Front, die »Etappenschweine« aber als »Revolutionäre« in der Heimat seien, die Notwendigkeit des sofortigen und großzügigsten Handelns. Ich rüttelte und schüttelte sie durcheinander und sank nach der großen rednerischen Leistung erschöpft zusammen. Nun war, das fühlte ich, der historische Moment eingetreten. Stille herrschte im Saal. Alle waren sichtlich betroffen. Da erhob sich in der Ecke rechts hinter mir ein kleiner Mann. Auf der kurzen, gedrängten Gestalt saß ein energischer, mächtiger Kopf, darinnen wundervolle, ja seltsam dunkle Augen glänzten. Der Mann sah äußerlich aus wie ein mittlerer Kaufmann, aber sein Wesen strömte ein geheimnisvolles Fluidum aus, das sofort auf die ganze Versammlung übersprang. Ich kannte ihn nicht, aber die Anwesenden zeigten mir sofort durch ihr Verhalten, daß sie ihn nicht nur kannten, sondern respektierten, irgendwie als Autorität empfanden. Es war Hugo Stinnes. In die geheimnisvolle Stille des Saales hinein sagte er mit einem Minimum von rednerischem Aufwand, aber mit einer sehr klaren und bestimmten Stimme: »Ich bin der Meinung, daß nach diesem Vortrag jede Diskussion überflüssig ist. Ich teile in jedem Punkte die Ansicht des Referenten. Wenn deutsche Industrie-, Handels- und Bankwelt nicht willens und in der Lage sind, gegen die hier aufgezeigte Gefahr eine Versicherungsprämie von 500 Millionen Mark aufzubringen, dann sind sie nicht wert, deutsche Wirtschaft genannt zu werden. Ich beantrage Schluß der Sitzung und bitte die Herren Mankiewitz, Borsig, Siemens, Deutsch usw. usw. (er nannte etwa acht Namen), sich mit mir in ein Nebenzimmer zu begeben, damit wir uns sofort über den Modus der Umlage klarwerden können.«

Zivilisten waren nicht zu sehen

Karl Liebknecht und Rosa Luxemburg sind am Abend des 15. Januar 1919 in das Eden-Hotel beim Stabe der Garde-Kavallerie-Schützen-Division eingeliefert worden. Sie waren von der Wilmersdorfer Bürgerwehr unter Führung zweier Mitglieder, Lindner und Möhring, festgenommen worden. Es bestand kein Haftbefehl. Rosa Luxemburg ist bereits beim Eintritt ins Hotel beschimpft worden. Ein Hauptmann Hoffmann tat sich besonders hervor dabei. Er war es, der zuerst die geplante Tat ankündigte. Er erklärte in der Halle des Hotels: »Den beiden wird heute abend das Maul gestopft.« Karl Liebknecht wurde gegen halb 11 Uhr vom Hotel weggebracht. Er sollte, wie man erklärte nach Moabit gebracht werden. Er wurde begleitet von dem Kapitänleutnant Horst von Pflugk-Hartung, dem Leutnant Stiege, dem Leutnant Liepmann, dem Leutnant v. Ritgen, dem Leutnant zur See Schulze, dem Leutnant Heinz von Pflugk-Hartung (einem Bruder des Kapitänleutnants) und dem Jäger zu Pferde Clemens Friedrich. Die sämtlichen waren schwer bewaffnet, trugen Handgranaten und entsicherten ihre Pistolen, die Liebknecht gezeigt wurden. Zu derselben Zeit standen als Doppelposten vor dem Hotel die Jäger zu Pferde Runge und Träger. Gegenüber dem Hotel hielt ein Automobil, dessen Führer ein Chauffeur namens Göttinger war, nebst einem Beifahrer. Sie besprachen, die zwei dürften nicht lebendig aus dem Hotel. Sie besprachen, man dürfe sie nicht erschießen, das mache zuviel Lärm. Sie besprachen, man müsse sie mit dem Kolben erledigen. Sie besprachen, man müsse das Gewehr entladen, damit beim Zuschlagen kein Schuß losgeht. Karl Liebknecht kam aus dem Hotel. Er wurde nicht durch den Hauptausgang am Kurfürstendamm geführt, sondern durch einen Nebenausgang in der Kurfürstenstraße. Runge lief um das Hotel herum und schlug den bereits im Auto sitzenden Liebknecht zweimal von hinten mit dem Kolben auf den Kopf. Liebknecht sank halb bewußtlos zusammen. Auf der Straße war kein Mensch. Nur ein paar Soldaten. Die Offiziere standen und saßen um Liebknecht herum.

Am 15. Januar, abends, hatte ich Wachdienst als Befehlsempfänger bei der Garde-Kavallerie-Division im Eden-Hotel. Als ich in der Wachstube auf meinem Lager lag, hörte ich plötzlich ein Geräusch, als wenn sich Menschen ansammeln. Meine Kameraden und ich stürzen vor die Tür, wo wir dann hörten, daß man soeben Karl Liebknecht fortgebracht hätte.

Das Auto fuhr weg. Es fuhr nicht den Weg nach Moabit. Es fuhr am neuen See entlang in der Richtung nach der Charlottenburger Chaussee. Der geplante Mord vollzog sich in der Weise, daß das Automobil an der Stelle, von der ein völlig unbeleuchteter Fußweg abging, hielt, daß Liebknecht in diesen Fußweg hineingeführt und nach etwa zwanzig Schritt aus allernächster Nähe erschossen wurde. Den ersten Schuß gab der Kapitänleutnant von Pflugk-Hartung ab.

Ich hörte ferner noch von den Mannschaften, daß auch Frau Rosa Luxemburg in dem Hotel sein sollte. Deshalb hörte ich bei den wachhabenden Kameraden herum, wo sich denn Frau Rosa Luxemburg befände. Zu dieser Zeit kam ein Offizier herein, welcher zwei Mann der Wache aufforderte, mitzugehen. Ich vermutete sofort, daß diese beiden Leute zur Abführung der Frau Luxemburg verwandt werden sollten, deren Abführung durch den Hinterausgang erfolgen sollte, wie mir vorher die Kameraden sagten. Ich ging nun gleich mit hinaus. Rosa Luxemburg kam die Haupttreppe des Hotels herab und schritt durch den Hauptausgang.

Vor der Tür stand ein Auto und um das Auto herum etwa 15 bis 20 Soldaten.

Dicht hinter ihr ging der Oberleutnant Vogel, der den Transport führen sollte.

Zivilisten waren nicht zu sehen, da ja sämtliche Zugangsstraßen für den Verkehr gesperrt waren.

Vor der Drehtür standen Runge und Träger. Als sie durch die Drehtür schritt, drehte Runge das Gewehr um und schlug ihr auf den Kopf. Sie sank um. Runge schlug ein zweites Mal auf den Kopf. Von einem dritten Schlag sah er ab, weil er sie für tot hielt.

Ob sich im Hotel Zivilpersonen befunden haben, kann ich nicht sagen. Der vor der Ausgangstür des Hotels stehende Posten hob in dem Augenblick, als er Frau Luxemburg herauskommen sah, sein Gewehr und schlug mit dem Gewehrkolben auf sie ein. Frau Luxemburg stürzte nach hinten über, der Posten holte trotzdem zu einem zweiten Schlage aus, den er auch ausführte. Der Posten hatte sich immer noch nicht beruhigt und wollte auch noch ein drittes Mal zuschlagen, kam aber nicht mehr dazu, da man den fast leblosen Körper bereits in das Auto legte. Aus der Menge der Soldaten fiel ein Ruf: »Ihr seid wohl verrückt.« Hierauf erfolgte der Abfahrtsbefehl. Die 15 bis 20 Mann, die das Auto umstanden, setzten sich hauptsächlich aus Offizieren, Aspiranten usw. zusammen. In dem Augenblick, als das Auto sich in Bewegung setzte, sprang ein Soldat, wahrscheinlich ein Chargierter, von hinten auf das Auto und schlug mit einem Gegenstand, anscheinend einem Revolver, auf den leblosen Körper der Frau Luxemburg ein. Wie das Auto 100 Meter entfernt war, fiel ein Schuß. Das Auto verschwand in der Richtung Halensee.

Der Oberleutnant Vogel hat unterwegs der Leblosen alsdann die Pistole gegen die Schläfe gehalten, ihr noch einmal eine Kugel in den Kopf gejagt. Man fuhr mit der Toten zwischen Landwehrkanal und Zoologischem Garten entlang. Auf der Straße war kein Mensch. Rosa Luxemburg hatte, als sie leblos in das Automobil gezerrt wurde, einen Schuh verloren. Dieser Schuh wurde von Soldaten im Edenhotel als Trophäe herumgezeigt.

Ich war 16 Jahre alt und Obersekundaner
der Königlich Preußischen Hauptkadettenanstalt

Aufrufe hingen an den Straßenecken. Freiwillige wurden gesucht. Formationen sollten zusammengestellt werden für den Grenzschutz im Osten.
Ich wurde genommen, ich wurde eingekleidet, ich war Soldat.

Wir standen einsatzbereit in langer, grauer Kolonne. Ein Auto kam, ein Herr erhob sich aus den Polstern und musterte uns. Der Herr war groß, vierschrötig, mit eckigen, etwas hochgezogenen Schultern und einer ulkigen kleinen Brille unter dem Schlapphut. Unsere Offiziere grüßten mit betonter Nonchalance und wandten sich mit verzogenen Mundwinkeln um. Einer sagte, das sei der neue Oberbefehlshaber, Noske.

Das Haus, das wir absuchen sollten, war eine Mietskaserne im Norden der Stadt, mit vier Höfen und Hunderten von Bewohnern, hoch, grau, mit Wänden, von denen der Putz abgefallen war, und mit unzähligen, nicht eben blanken Fensterscheiben. Die Straße war noch in der Dunkelheit von beiden Seiten abgeriegelt worden durch je zwei Gruppen, dann war noch ein Bereitschaftszug da, von dem wir jeden Augenblick Verstärkung anfordern konnten.
Der Unteroffizier sagte im Torweg: »Immer zusammenbleiben, niemals einer allein in einen Raum. Alle Schränke und Betten nachsehen. Wände abklopfen. Zwei Mann bleiben immer im Treppenflur. Verschlossene Türen aufbrechen, wenn die Leute nicht freiwillig aufschließen. Die Leute ausfragen, wer im Hause noch im Besitz von Waffen ist. Keine Provokationen! Im Falle der Gefahr: einen Schuß zum Fenster hinaus.«
Wir verteilten uns. Die Gruppe Kleinschroth sollte in den hintersten Hof. Wir stolperten über das buckelige Pflaster und merkten es kaum, wenn wir aus dem Torbogen in einen Hof kamen,

denn die finsteren, steilen Schächte ließen das Licht des Morgen-
himmels nicht bis zur Erde gelangen. Das Haus war noch ganz
still, und wir verhielten an einer kleinen, schmalen Tür. Kleinschroth klopfte an ein Fenster, das Fenster klirrte, eine Frau
schaute heraus und fuhr zurück, als sie unsere Stahlhelme sah.
»Aufmachen!« sagte Kleinschroth. Und im selben Augenblick
war das Haus lebendig.

Es war in den ersten Sekunden lebendig, wie etwa ein Bienen-
stock, in den eine Hand hineinfuhr. Da war ein bedrohliches
Summen, das klein begann, dann plötzlich sich zu schrillem,
gefährlichem, bis zur Hysterie gesteigertem Vibrieren schraubte,
zu einer bösartigen Bereitschaft in höchstem Diskant. Da trat der
Unteroffizier mit dem Stiefel die Tür ein. Das war, als stöhnte das
Haus. Fenster klirrten, Türen schlugen hallend zu, auf einmal
begann ein Grammophon zu jaulen und hoch oben schrie eine
Frau. Sie schrie gellend, daß es in den Höfen hallte, daß es die fin-
stersten Ecken und Winkel wie mit spitzen Nadeln füllte, und die
Luft begann zu zittern, diese feuchte, dumpfe Luft voll muffiger,
gemischter Gerüche. Das drang uns in die Brustkästen, spritzte
unerträgliche Spannung in die Adern, so daß sich das Blut mit
kurzen und harten Stößen gegen die Haut drängte. Wir stießen
die Helme in die Stirn und rannten in den dunklen Schlund, der
sich vor uns geöffnet. »Die Noskes kommen! Die Noskes kommen!« so schrie nun die Frau und ein Fenster schepperte und ein
Geschirr krachte herab, barst und schleuderte dunkle Tropfen
und Wellen üblen Gestanks.

Wir waren im Hause. Der Treppenflur war so dunkel, daß ich
über einen Eimer stolperte. Hoffmann riß eine Tür auf, sprang in
das Zimmer, und ich hörte ihn sagen: »Mach keine Dummheiten,
Mensch, gib die Knarre her!« Da drinnen saß ein Mann, eben
aus dem Bette gefahren, und hatte ein Gewehr in der Hand. Das
drehte er einen Augenblick unschlüssig und sah uns an. Er saß
auf dem Rande eines wackeligen Bettgestells, das Stroh unter
buntgewürfeltem Überzug ragte zerzaust, Strohhalme hingen

ihm noch im Haar. Die Stube war klein, ein winziges Fenster, mit halbblinden Scheiben, ließ kaum einiges Licht herein, ein Herd war noch in der Stube, an dem feuchte Wäsche hing, und in der Ecke stand eine noch junge Frau, in einem langen, zerknitterten, an den Säumen schmutzigen Hemd; sie stand wie gepreßt an der Wand und sagte nichts. Über dem Bett aber hing ein gerahmtes Bild, wie es die Reservisten nach Hause nahmen, in Buntdruck ein Soldat, der Kopf eine aufgeklebte Photographie. Der Mann gab zögernd das Gewehr herüber, dann sprang er plötzlich auf, ergriff das Bild und schmiß es uns vor die Füße, daß der Rahmen sprang und das Glas splitterte. Dann hob er beinahe bedächtig den nackten Fuß, als wolle er noch einmal das Bild mit der Ferse zermalmen, hielt aber inne und sagte nur: »Nun aber hinaus!« Wir gingen.

Wir suchten Wohnung für Wohnung ab. Wir drangen in jede Kammer, wir klopften an jeden Verschlag. Da waren dunkle Flure, in denen Eimer standen und zerbrochene Besen, Lampen hingen rußgeschwärzt so niedrig, daß mehr wie eine gegen unsere Helme pendelte, die Dielen stöhnten bei unseren Tritten und knackten, der Fuß trat zuweilen in Mörtel und Sparren, von den Decken – und wie niedrig waren die Decken – hing nacktes Mauerwerk, bröckelte der Kalk. Tür stand neben Tür. Wenn uns eine geöffnet wurde, dann fuhren auch die anderen auf, und plötzlich stand der Gang dicht voll Menschen. Männer, Frauen und viele Kinder, Kinder in allen Größen, halbnackt die meisten und unsäglich schmutzig und mit Gliedern, so dünn, daß man meinen könnte, sie müßten zerbrechen, packte man sie an, Kinder mit unheimlich großen Köpfen und wirren, stacheligen blonden Haaren, – sie standen an den Schwellen ihrer kargen, düsteren Stuben, und viele Augenpaare starrten uns an. Wenn die anderen hineingingen, dann stand ich allein vor der Tür, stand allein ihnen gegenüber, und der Haß prallte mir entgegen wie eine Wolke, entgegen prasselte mir das Gezischel höhnischer

Rufe, Weiber strichen an mir vorbei und lachten und spuckten dann auf den Boden, und die Männer, mit offenen Hemden daß man die krausen Haare ihrer Brust sah, riefen einander zu: »Totschlagen müßte man die Bande!« und »Nehmt dem Affen doch die Knarre ab!«

Unten begannen sie die Internationale zu singen. Das griff von Tür zu Tür, das drang durch alle Wände und teilte sich den Höfen mit. Dazu trampelten sie im Rhythmus mit den Füßen auf den Boden, so daß das Haus zitterte und wir umbraust im finsteren Gange standen. Und wir suchten weiter. In ein Zimmer kamen wir hinein, da saß ein alter Mann am Tisch und eine alte Frau stand am Fenster. Und der alte Mann erhob sich langsam und trat mit zitternden Knien auf uns zu. Dicht vor uns stand er und hob dann langsam die Hand und röchelte: »Hinaus!« und noch einmal »Hinaus!« und kroch mit Augen, in denen rote Äderchen schwollen, immer näher und hob den Arm mit einer schwärzlichen, zerfurchten Greisenhand und öffnete wie mit letzter Anstrengung den faltigen Mund und keuchte heiser: »Hinaus!« Der Unteroffizier wollte den Mann beruhigen, da taumelte der plötzlich und schwankte und drehte sich und fiel mit dem Oberkörper auf den Tisch. Die Frau aber nahm den Unteroffizier am Arm, wie man ein unfolgsames Kind am Arme nimmt, und führte ihn schweigend hinaus.
Der Unteroffizier war sehr bleich, als er mit uns sich zur nächsten Tür wandte. Wir pochten, und es öffnete niemand. Wir pochten nochmals und pochten stärker, wir klopften mit nervöser, immer mehr gesteigerter Hast, dann sprang Hoffmann vor und trat die Tür ein.

Doch wir, wir klammerten uns an den Befehl, wir schritten mit stumpfen Gesichtern durch die Räume, wir griffen gleichmütig in die Strohsäcke, stocherten unter die Betten, öffneten die Schränke, fuhren mit dem Arm durch die armseligen Kleidungsstücke, und doch war es so, als handelten wir wie die Diebe. Unter der Prüfung stets starrender Augen, die uns im Rücken brannten und das Kreuz steiften, klopften wir an die Wände, pochten an die Türen, rissen Bettzeug auseinander und suchten. Und fanden nichts. Fanden nichts im ganzen, vielstöckigen Hause, außer dem einen Gewehr.

Am 20. Januar 1919, am Tage nach der Wahl zur verfassunggebenden Nationalversammlung, kamen die Kommandeure der in Berlin stehenden Truppen zum Oberbefehlshaber Noske. Sie erklärten, sie könnten für den Bestand der Truppen keine Garantie übernehmen. Die Agitation der Unabhängigen und Spartakisten unter den Soldaten sei derart intensiv, daß ein längeres Verbleiben der Formationen in der Stadt für den Geist der Truppe gefährlich sei. Es sei zu erwägen, ob die Formationen nicht wieder auf die Übungsplätze, Vororte und Dörfer zurückzunehmen wären.

Die Regierung der Volksbeauftragen beschloß, die Nationalversammlung in Weimar tagen zu lassen.

Das Freiwillige Landesjägerkorps Maercker galt als die bestdisziplinierte Truppe, und es sollte wohl eine Anerkennung bedeuten, daß General Maercker den Auftrag bekam, die Tagung der Volksvertreter in Weimar zu schützen. Der Arbeiter- und Soldaten-Rat von Thüringen aber war nicht einverstanden mit dieser Anerkennung und sandte ein gekränktes Telegramm an den Oberbefehlshaber Noske. Die Garnisonen von Thüringen seien allein imstande, die Sicherheit der Volksvertreter zu garantieren, und fremde Truppen seien in Thüringen durchaus unerwünscht.

Die Unabhängigen und Spartakusleute sahen im Zusammentreten der Nationalversammlung eine unmittelbare Bedrohung der revolutionären Errungenschaften. Der von ihnen erstrebte und in den Anfängen durchgeführte Räteaufbau des Staates mußte, das wurde scharf erkannt, dem bürgerlich-demokratischen Prinzip gegenüber, durch welches allein die Nationalversammlung und die in ihr zu schaffende Verfassung ihre Geltung erhalten konnte, mit allen Mitteln behauptet werden, sollte nicht aus der Revolution ein Gebilde erwachsen, das deren Sinn verfälschte.

Im Reiche war die Herrschaft der Räte noch fast völlig unangetastet. Nur in Berlin war sie gebrochen. Aber schon marschierten Truppen nach Bremen, schon schufen in Wilhelmshaven Offiziere und Soldaten unter dem Korvettenkapitän Ehrhardt eine neue Ordnung, in der die Räte ausgeschaltet waren. Es beruhte

jedoch die Macht der Arbeiter- und Soldaten-Räte im Reiche einfach auf der Tatsache, daß sie ihnen bislang noch niemand streitig gemacht hatte. In den Betrieben waren die Belegschaften zersplittert und die Arbeiter-Räte keineswegs einer unbedingten Gefolgschaft sicher, die bewaffneten Kampfkräfte klein an Zahl und nicht gehärtet. Selbst in Berlin waren es immer nur die Einzelnen, die den letzten Einsatz für die Revolution wagten, Versprengte, Unbestechliche, und freilich konnten sie unter günstigen Umständen die Masse mit sich zwingen. Aber es rief niemand anders sie, als die Stimme ihres Blutes, sie fanden sich auf den Barrikaden zusammen, wie sich diese Männer immer zusammenfinden dort, wo Gefahr ist, aber sie waren nicht geeignet als blitzende Werkzeuge einer zu bildenden Macht, sie erkannten keine Führung an, sie gehorchten keinen Räten.

Die Freikorps aber, geworben für den Schutz der Grenze im Osten, der Stamm der Frontsoldaten, freiwillige Studenten, Schüler, Kadetten, Offiziere, Arbeiter, Bauern, Handwerker und ewige Soldaten, sie standen im Solde der Regierung, marschierten, wie es Noske befahl.

Als die kleine Gruppe der Quartiermacher des Landesjägerkorps nach Weimar kam, befahl der Weimarer Soldatenrat, sie zu entwaffnen. Aber die Quartiermacher eilten vor das Hauptquartier des Rates; der Vorsitzende, zwischen zwei Maschinengewehren stehend, erklärte, er weiche nur der Gewalt. Da warfen die Landesjäger die Maschinengewehre um und drangen in das Gebäude. Der Vorsitzende des Soldatenrates Weimar aber wich. Dies war die einzige kriegerische Handlung, die in Weimar geschah.
Wir erfuhren davon, als wir in die schlafende Stadt einrückten. Am Bahnhof mußten wir die Seitengewehre aufpflanzen. Unsere Quartiere lagen in Ehringsdorf, wir zogen fröstelnd und übermüdet von der langen, nächtlichen Fahrt durch die dunklen Straßen. Am Nationaltheater machten wir Halt. Wir setzten die Gewehre zusammen und warteten. Neugierig standen die Soldaten um das Denkmal herum. Der Leutnant Kay kletterte auf den Sockel und setzte sich zwischen die Füße der beiden Bronzegestalten. Das Theater stand weiß und geruhig, mit einfachen Linien, wie ein klarer, stiller Tempel in der Nacht. Leutnant Kay sagte: »Der Tag ist wirklich zu absurd. Konfuse, verwirrende Lehren und verwirrter Handel walten über der Welt.« Und klopfte Goethe kameradschaftlich auf den Schenkel.

Die größte Lüge, die man je in die Welt gesetzt hat: in Deutschland sei Revolution gewesen. Die tollste Phantastik, die je einer
ausgedacht hat: in Deutschland sei man dabei, der Wahrheit die
Ehre zu geben. (Wann hätte sich dieses Volk überhaupt je einmal aufgerafft, die Wahrheit zu erfassen?) Die ungeheuerlichste
Verdrehung, wenn jemand behauptet, man sei in Deutschland
zu ehrlichem Frieden bereit. Niemand macht Revolution, niemand will Wahrheit, niemand sucht Frieden. Es ist alles anders
als deutsche Tatsachen sagen. Deutsche Tatsachen sind gestellt,
Kulissen sind zurecht gemacht. Eine feiste, breitärschige Verlogenheit dreht hier das Wort im Munde herum, ein infantiles Wissen um die Schlechtigkeit der Welt schafft das Katastrophale:
Es werden immer Scheidemänner in diesem Volk bestimmend
sein. Am Ende findet sich immer ein Dioskurenpaar, das man
in Bronze gießt: Goethe-Schiller, Ebert-Scheidemann. Etwa so:
Das stets Verlogene, hier wirds Ereignis, das schlau Verborgene,
hier wirds getan. Noch der Bauch Eberts täuscht eine Fülle vor,
die nicht vorhanden ist. Alles was die Deutschen ihre Kultur (la
culture par un) nennen, ist verlogen. An den ganzen Errungenschaften der Dichter und Denker kein wahres Wort. Das sind die
Leute, die mit einem Goetheband im Tornister ihre Mitmenschen
auf Bajonette spießten. Der Goetheband im Tornister bleibt ein
für allemal vernichtend, selbst wenn man das Spießen und Morden für etwas hielte, was man nolens volens der Bestie Mensch
als eine Charaktereigenschaft zugestehen muß. Wer das Unglück hat, einen Bericht über die Knallbude in Weimar zu lesen,
schwitzt Wut. Eine Selektion feister Kleinbürger, Handschuh-
macher und Mittelmässer, pfui Deubel. Jeder Gedanke dieser
Revolution ist zusammengestohlen aus Frankreich, aus Rußland,
aus England. Jede Geste dieser Müllkutscher-Emeute ist abgesehen und abgelernt. Dabei wollen diese traurigen Imitatoren
von der Welt für anständige Rüpel gehalten werden. Sehen Sie,

wie sie jetzt versuchen, den Arsch in die Luft und den Kopf in den Sand zu stecken. Die Kerle faseln von Revolution, Frieden und Sozialismus, ohne den Mut zu haben, ihre Schuftereien einzugestehen. Revolution ist Wahrheit. Jawoll! Revolution ist Arbeit, sagt Scheidemann. Immer weitergeschuftet, mag der Geist zum Teufel gehen. Ist ja längst gegangen. Ist nie dagewesen. Das »Deutschland über alles« paukt schon wieder durch den Höllenlärm. Ja, es ist der Grundbaß, den sie nie verloren haben: Teutschland über alles! Weiß der Teufel, sonne Revolutschon macht Spaß und schließlich muß ein kultiviertes Volk sozusagen doch auch eine Revolutschon gehabt haben, zumal um hinter Frankreich, das ganz degeneriert ist, und hinter Russland, das unkultiviert und barbarisch ist – nicht wahr? – nicht zurück zu bleiben. Ja – Revolutschon muß sein. Der Kaiser zum Beispiel – ja wir wollen keinen Soldatenrat, Ordnung muß sind, aber der Kaiser, schön wars doch, aber hin ist hin. Indessen Ludendorff, wenn er zum Beispiel zufällig auf die Straße kommt. Heil Ludendorff im Siegerkranz – du demokratischer Kerl: sollst leben. Das Volk der Richter und Henker streckt sich im Glanze seines Ruhmes. Furchtlos, nach der Vernichtung des letzten Spartakusbombenmannes, der, infamer Heuchler, in der Maske des bei der Regierung so beliebten Tirpitzes auf der Siegessäule entdeckt wurde. Moralisch erschauernd, Abscheu speiend, weil hundertundfünfzig Polizeimänner in Lichtenberg hätten ermordet werden können, wenn sie den königlich-demokratischen Mut gehabt hätten, nach Lichtenberg zu gehen. Ja – heil der deutschen Republik. Auf das Kommando: Los! befreite sich das deutsche Volk am neunten November 1918 von seinen häßlichen Bezwingern. Wir wollen Frieden und Brot. Ja – Ordnung muß sind. O, Krieg, haben wir gemacht, eine Organisation des Mordens, ein System der Bestialität. Das ist alles unser Verdienst. Wir sind ein kultiviertes Volk. Nehmen Sie zum Beispiel Goethe oder Schiller oder gar den Scheidemann. Krieg haben wir gemacht, aber wenn man uns jetzt keinen anständigen Frieden geben will, rufen wir unsere Feinde vor das Forum der Menschheit und der Menschlichkeit, wo Kaiser Wilhelm präsidiert und alle fünfzehn Minuten das Publikum auf Kommando Hurrah brüllen muß. Schöne Sache das. Sie sollen nur kommen. Vom Fels zum Meer. Hurrah! Hurrah! Hurrah!

Was gehört auf Deutschlands Rumpf?

Das Haus, worin Martha Stavenhagen mit Mutter und Brüdern wohnte, erhob sich in eine graue schmutzige Nacht, hoch und kahl, eine Kaserne gewaltsamer Mietsausbeute, ein riesiger Steinwürfel, umgeben von dem starrenden Dreck halbfertiger Vorortsstraßen, von Zeit zu Zeit beflackert vom roten Widerscheine eines in der Nähe lohenden Hochofens, wodurch es dann wie in Blut getaucht erschien.

Martha Stavenhagen war ein schönes, schlankes Mädchen, das während der Kriegszeit als Schreiberin auf dem Geschäftszimmer einer Zeche arbeitete. Als sie ihren Verlobten besuchen wollte, hatte sie um Urlaub gebeten, der ihr aber auf den Einfluß eines eifersüchtigen Bürovorstehers verweigert worden war. Da sie dennoch gefahren war, wurde ihr auf das Anstiften desselben Bürovorstehers, der nicht überwinden konnte, daß Martha so wenig von ihm wissen wollte und so sehr an dem aufwieglerischen Matrosen hing, die Stelle, deren Lohn sie nötig hatte, gekündigt. Zwar wurde ihr durch einen jungen Betriebsführer, der ihre Schönheit und Munterkeit nicht ohne große Freude sehen konnte, eine ähnliche Stelle an einer anderen Zeche angeboten. Doch diese lehnte Martha ohne Angabe von Gründen ab. Ihrer Mutter, die darob anzuklagen begann, erklärte sie, daß sie am Bahnhofe Zeitungen verkaufen würde, was die Mutter, die eine Beamtentochter war, erst recht in Ärger brachte, sodaß sie ausrief, daß ihre Tochter verludere, seitdem sie mit Arbeitern, Handwerkern, Sozialisten, Aufrührern und Gottlosen verkehre, daß sie nur Zeitungsverkäuferin am Bahnhofe werden wolle, um ihn, den Jan, glücklichen Falls höhnisch vorbeifahren zu sehen, diesen verfluchten Matrosen, der sich aus ihr nichts mache, der auch nicht, wie er versprochen habe, komme, denn schon seien über vierzehn Tage verflossen, und keinen Matrosen hätte sie bisher an ihrem Bette gesehen, oder ob er sie vielleicht heimlich besuche. Und sie erregte sich so, daß sie heftig an zu husten fing, wodurch die Wunde auf ihrer Brust aufbrechen konnte, weshalb Martha, ohne ein Wort zu sagen, ihr den Zipfel des Kopfkissens in den Mund steckte und ihr wie einem kleinen Kinde in beruhigend aufeinander folgenden Schlägen den Rücken beklopfte, wobei sie ihre innere Erregung über die Verdächtigungen der Mutter zurückdämmte und sich bemühte, als die Mutter zu husten aufhörte, sanft und bestimmt zu sagen, wie sehr die Mutter sich durch die Einsamkeit, worin sie ihrer Krankheit wegen verharren müsse, Grillen in den Kopf setzen lasse. Recht habe sie ja darin, daß Jan immer noch nicht gekommen sei, aber das hänge ja nicht mehr wie früher vom Urlaub und seinem Willen ab, sondern von den politischen Umständen; auch wäre es wahr, daß sie hauptsächlich deswegen Zeitungsverkäuferin werden wolle, um schneller etwas über ihn zu hören, ihn günstigen Falls auch in einem Zuge sehen und sprechen zu können; sie würde aber auch Zeitungsverkäuferin, weil sie als solche zwölf bis fünfzehn Mark den Tag verdienen könne, wogegen sie als Schreiberin nur sieben Mark verdienen würde. Auch hätte sie Gelegenheit, Rauch- und Kautabak und sonstige Sachen, die die Bauern entbehrten, einzukaufen, um dafür Butter, Fleisch, Speck einzutauschen. Sie müßte doch für eine gute Ernährung sorgen. Ob ihr das gleichgültig wäre? Ob sie ihr da alles erschweren wolle?

Da erhob die Kranke ihre magere Hand, tastete nach den Wangen ihrer Martha, fühlte glücklich die schwellenden Bäcklein und sagte, jäh in Tränen ausbrechend, daß sie ja mit allem einverstanden wäre, wenn sie nur nicht so große Angst hätte, ihre einzige Tochter könne den schlechten Menschen vertrauen und dadurch ihren Glauben, ihre Unschuld, ihr wahres Glück verlieren, worauf Martha seltsam schön lächelte, den welken Mund der Mutter küßte und erwiderte, daß das die heilige Jungfrau nie zulassen würde. Sie hoffe im Gegenteil, daß auch Jan sich zu ihren Ansichten, die er ja früher geteilt habe, wieder bekehre, wenn er, was sie keineswegs wüßte, von ihnen abgefallen sei. Die Rede, die sie gehört hatte, wäre schön und wunderbar gewesen, denn darin habe er von den Menschen als von geliebten Brüdern gesprochen und sie alle aufgefordert, für die Zukunft des Guten zu kämpfen. Nein, von Jan fürchte sie nichts. Jan habe eine Mission; er bereite, ähnlich wie Johannes der Täufer das Reich Christi, das neue Reich der Freiheit, Gleichheit, Brüderlichkeit vor.

Schon mehrere Tage hatte Martha Stavenhagen Zeitungen am Bahnhofe verkauft und dies mit Erfolg, denn was sie mit ihrer Stimme, die einer Bubenstimme an Kraft weit unterlegen war, an Wirkung verlor, erzielte sie in reicherem Maße durch ihr schelmisches Lächeln, ihre Munterkeit und Aufmerksamkeit. Auch die Widerstände ihres Berufes, den bisher junge Leute ausgeübt hatten, lernte sie jeden Tag mehr kennen, denn jeden Tag kamen stets neue Menschen, die über ihre Erscheinung witzelten, ihr unflätige Bemerkungen zulispelten, sich auch Freiheiten nehmen wollten, die sie oft nur durch kräftige Handschellen abwehren konnte. Neuigkeiten über Streike, Putsche, Brandstiftungen, Plünderungen regneten jeden Tag neu wie Feuerraketen, die keine Spuren hinterlassen. In der Richtung, woher die Züge kam, und wohin ihre Blicke oft sehnsüchtig starrten, war nichts wie graue Ferne, oft rauchig bewölkt, stets leer und weit.

Da bemerkte Martha Stavenhagen eines Morgens einen starken, gebückt gehenden Mann mit kurzem Vollbart in abgenutzter Arbeiterkleidung aus einem Abteil steigen, an dem oben Eiszapfen wie blinkende Glasfransen hingen. Martha sah, wie er stutzte, sah ihn, wie um sein Erstaunen zu verbergen, mit einer kleinen, muskelstarken Hand über die Augen fahren, wobei er sie erst finster anblickte, ihr dann mit einem Male freundlich zublinzelte, wonach er langsam mit einer gewissen schaukelnden Beinbewegung auf sie zukam. Ach, sie hatte ihn trotz der Larve, in die er sich gesteckt, wieder erkannt, aber die Freude, die übermächtig heiß in ihr ausplatzen wollte, gefror ihr, und es war ihr schaurig zum Verzweifeln, als er zu ihr trat und tat, als wäre sie irgendein Mädchen, das er eben begrüßen wollte. Nicht mal die Hand reichte er ihr, als er mit gedämpfter Stimme sagte, daß er sich freue, sie gerade als Zeitungsverkäuferin an diesem Bahnhofe herumlaufen zu sehen. Die Revolutionsfeinde wären ihm wegen eines Berliner Krawalls, wobei Blut geflossen wäre, auf den Fersen, fuhr er weiter fort, während er eine Zeitung kaufte, sie öffnete und tat, als ob er daraus halb murmelnd, halb sprechend vorläse. »Martha,« sagte er, »du wirst jedem, der von morgen ab zu dir kommt und fragt: Sag mal, Mädel, oder sag mal, oder: was meinst du, oder ähnlich fragt: Was gehört auf Deutschlands Rumpf? Dem wirst du antworten: Ein Kopf, der handelt, und eine Mütze, die rot ist. Und wenn er weiter fragt, wo man einen solch seltenen Kopf wohl fände, dann sagst du verschmitzt und lachend: Es heißt im russischen Bären!«

Die Anspielung an politische Verhältnisse war in diesen Worten so deutlich, daß Martha sich sofort klar darüber war, zu welchem Zweck Jan sie gebrauchen wollte. Da fühlte sie seinen Blick sich in den ihrigen stechen und hörte ihn mit seiner kühlen Metallstimme hart fragen: »Du weigerst dich?« Und als sie darauf wie in einer Erregung erwiderte, daß sie nicht wüßte, ob es recht oder unrecht wäre, was er forderte, da stürzte er wieder seinen Blick in den ihrigen; aber es war eine solche weiche, werbende, liebkosende Glut darin, daß es sie heiß erregte, und mit schwankender Stimme hauchte sie: »So ist es, Jan,« worauf er ihre Hand nahm und sie dadurch wie mit Feuer berührte und flüsterte: »Martha, das sagst du? Du bist ja meinetwegen Zeitungsverkäuferin geworden. Und da weißt du nicht, daß alles, was man aus Liebe tut, nur gut sein kann! Martha, es handelt sich um mein Heil, um die Zukunft Deutschlands.« Da murmelte sie, übermannt von einer übermächtigen Angst um sein Leben und um sein Glück mehrere Male: »Ja, ja, ja! Wenn nur alles gut wird; ich will es ja tun!« – »Gut, also von morgen ab,« antwortete er und war, als sie mit feuchtem Blicke sein glühendes Auge suchte, verschwunden, worüber sie so erschrak, daß sie ihren Zeitungsständer zu Boden fallen ließ, was unter einem Trupp vorbeistrauchender Bahnarbeiter ein großes Hallo und eine große Ulkerei erregte, worauf sie kräftig entgegnen mußte, was ihr wohl tat und ihr half, die innere Ruhe wiederzufinden.

»Was gehört auf Deutschlands Rumpf, süßes Mädel?« tönte ganz früh am nächsten Morgen leise eine Frage. Und sie antwortete doch, und ihr Herz klopfte schneller: »Ein Kopf, der handelt, und eine Mütze, die rot ist!« Als der Mann weiter fragte: »Und wo findet man wohl einen solch seltenen Kopf?«, da erwiderte sie mit all ihrer Munterkeit mit blanken Augen und neckischer Stimme: »Man sagt, beim russischen Bären.« Da lachten beide, so daß in der Kälte Wirbel von Atemhauch aus ihren jugendlichen Mündern strömten und tumultisch um ihre Köpfe strudelten.

Kein Platz für Schweinekerls

Über die schneeverwehte Landstraße marschierte ein Trüpplein abgedankter Offiziere. Vier hagere Gestalten, über der bürgerlichen Kleidung den dicken Soldatenmantel, tauchten sie wie gespensternde Schatten in dem Schneegestöber auf und ab. Die Dämmerung verschlang sie, der weiße Wirbel, die endlose niederrheinische Landstraße, die in der öden Fläche nur durch die Doppelreihe der himmelhohen Pappeln gezeichnet erschien. Der dahinjagende Wind war auf Sekundenlänge zerrissen. Ein dünnes Kinderweinen schnitt in die Luft. Für einen Augenblick verhielten die vier Männer ihren Schritt.

»Hagen, geben Sie mal den Jungen her. Das Bengelchen wird Ihnen zu schwer.«

»Herr Oberstleutnant, ich schaff's leicht.«

»Los! Wir bilden einen schützenden Kreis. Wie vor tausend Jahren die flüchtenden Thüringer Ritter und Herren um ihr Fürstensöhnchen, als ihm die Amme das Brüstchen gab.«

Der andere knöpfte über der Brust seinen Mantel auf, hob einen schwächlichen, sechsjährigen Knaben heraus und reichte ihn dem Oberstleutnant hin. »Er fiebert. Verdammtes Weib – – «

Der Schnee ließ den Marschtritt langsamer und schwerer werden. Über die weiten Wiesen und Felder wälzte sich die Dunkelheit.

»Dort drüben, Herr Oberstleutnant! Halb rechts!«

Jetzt liefen langgestreckte Hecken neben ihnen her, ein Baumhof tauchte auf, dahinter die schwarze Masse der Wirtschaftsgebäude. Die heulende Stimme des Hofhundes schnappte über.

»Fritz! Schlag mal ans Tor.«

Der junge Leutnant trat an das mächtige, von innen verrammelte Hoftor. Er hob die Faust und schlug sie gegen die dröhnenden Planken. Pferde wieherten. Der Hund sprang wie besessen am Hoftor empor, dann öffnete sich im quergelegenen Gutshof ein Fenster.

»Ein paar vom Weg abgekommene Offiziere bitten um ein Nachtquartier.«

»Sieh mal, Offiziere! Vielleicht gar die Fahne herumgeschmissen auf Berliner Befehl, daß Schwarzweißrot in den Dreck kam? Für solche Schweinekerls habe ich keinen Platz!«

»Mensch,« brach der Oberstleutnant los, »hätten wir hier nicht das kranke Kind, ich wär' schon über die Mauer!«

Das Fenster wurde zugeklappt. Dann ertönte ein Pfiff auf dem Hof. Im geöffneten Hoftor stand ein großer, starker Mann mit ergrautem, ungepflegtem Bart.

»Sie sprachen von einem kranken Kind. Wo steckt denn das Wurm?«

Der Oberstleutnant wies auf den Mantelschlitz über der Brust.

Der Alte lachte. »Ich sah's schon mal in Australien bei den Känguruhweibchen.«

Der Oberstleutnant nannte kurz seinen Namen. »Oberstleutnant Volker.«

»Nebensache,« sagte der Alte, »das Wurm scheint mir die Hauptsache. Im übrigen bin ich für Gott und die Welt der Freiherr von Dülkingen.«

In ihren schweren Mänteln standen die vier Offiziere auf dem alten Parkett eines Jagdzimmers. Der Oberstleutnant öffnete seinen dicken Mantel, und hob behutsam den fieberheißen Jungen heraus. Der Vater wollte ihn mit ungeschickter Bewegung entgegennehmen. Der Freiherr, der ihn überragte, bemerkte es und sah, daß dem Mann ein Arm lahmte. Er griff über ihn hinweg. »Fräulein Westerland!« rief er. Aus der Ecke des Zimmers löste sich eine weibliche Gestalt und trat rasch näher. Ihre feingliedrigen Hände strichen dem Bübchen über das torkelnde Köpfchen. »Fieber. Er muß schleunigst ins Bett. Geben Sie schnell her.«

Hagen vertrat ihr den Weg. Seine Stimme flackerte. »Das Kind hat nur mich – seinen Vater.«

Sie sah ihn mit weitgeöffneten Augen an. »Das Kind braucht jetzt eine Mutter,« sagte sie und schritt schnell an ihm vorüber. Die Herren standen in den kleinen Wasserlachen, die von den schweren Stiefeln sickerten. Der Hausherr tat, als sähe er nichts. »Ist es sehr neugierig zu fragen, was für einen Reiz diese gottverdammte Landschaft auf Sie ausgeübt hat, daß Sie bei Nacht und im Schneesturm mit einem kranken Kind darin spazierenlaufen?«

»Wir kamen mit der Bahn und dachten, heute noch ein gut Stück weiter zu kommen. Da bleibt der Zug mitten in Moor und Heide stecken. Strecke durch Schneeverwehung gesperrt. Da das Kind fieberte, entschlossen wir uns zum Fußmarsch.«

In der Tür stand die Wirtschaftsmamsell. Sie hielt die Hände unter der schweren, miederlosen Brust gefaltet und wartete in Ruhe.

»Eva! Hier sehen Sie einen Tisch. Und nun nehmen Sie mal unter Ihrem gedeihlichen Busen die Hände weg. Mein Gott, sie hat mich verstanden.«

Der Hausherr trat an einen eingebauten Wandschrank. Er suchte eine Handvoll großer Gläser zusammen. »Bitte anfassen,« gebot er, als der Rum aus der Jamaikaflasche die Gläser drittelte, und die Herren halfen den Kupferkessel aus dem Kaminhaken heben und mit dem sprudelnden Wasser die Groggläser auffüllen.

»Unser altes Vaterland,« sagte der Hausherr. Sie stießen mit ihm an.

»Nun schauen Sie sich, bitte, aber mal um. Front gegen den Tisch.«

Die kleine, beleibte Wirtschaftsmamsell stand mit einem breiten Lächeln neben ihrem Werk.

»In der Hauptsache kaltes Wildbret. Aber die Eva hat eine heiße Tunke dazu hergerichtet.«

Er klopfte der Alten wohlwollend auf die Schulter. »Und nun erlaube ich Ihnen sogar, wieder die Hände unter Ihrem Pudding zu falten. Gehen Sie mit Gott.«

Oberstleutnant Volker wandte sich gegen den Hausherrn. Seine Hand beschrieb einen Halbkreis.

»Herr Hauptmann Bartenstein. Herr Oberleutnant Hagen. Leutnant Volker – mein Sohn.«

Messer und Gabeln klapperten auf den Tellern, und kein unnötig Wort wurde gewechselt. Der Graubärtige beobachtete unter schweren Lidern hervor. Er las in den verzerrten Mienen des Oberleutnants Leid, gemischt mit Ekel und Grauen, in den verträumten Augen des Hauptmanns irgendein fernes Hoffnungsbild, in dem Gesicht des jungen Leutnants den verheimlichten Sturm und Drang ins langentbehrte, lockende Leben. Aber immer wieder kehrten seine Blicke zu dem schmalen, in Wettern scharf und kantig gewordenen Kopf des Oberstleutnants zurück. »Ein Mann,« sagte er sich. »Hart wie Eisen, sehnsüchtig wie ein Knabe. Ein Mann, der seine Mannheit kennt. Ja, das wäre ein Kumpan.« Er erforschte die Augen. Es waren Jägeraugen, blau wie die seinen.

»Ein Tobak, meine Herren?«
Der Oberstleutnant warf einen Blick auf die abgespannten Gesichter der Kameraden.
»Der lange Marsch macht sich geltend,« sagte er, wie entschuldigend.
»Bei Ihnen auch?« fragte der Hausherr ein wenig enttäuscht zurück.
»Bei mir nicht.«

Der Oberstleutnant schlürfte den Wein, rauchte und blickte in den Kamin. »Wir sind vom Jägerbataillon – wir vier. Der Rest vom Offizierskorps. Ich hab's von Anfang an bis zum Ende geführt, als die Schweinerei kam, dieser hirnverbrannte Waffenstillstand, dieses Wettkriechen, dieses Hinschmeißen der letzten Manneswürde um des bißchen kläglichen Lebens willen.«
»Im Urwald sucht selbst die todwunde Bestie mit dem letzten Prankenschlag dem Gegner noch eins zum Abschied auszuwischen.«
»Die Geschichte hat sich überall in derselben Form abgespielt. Nur daß wir Jäger uns bis auf die allerletzte Minute geschlagen haben und darum noch nicht ganz blutscheu waren, als wir endlich im Dezember über den Rhein rückten, in das Vaterland der neuen Freiheit. Die Waffen sollten wir niederlegen, vor einem Haufen zusammengelaufener Burschen. Die Waffen, die wir noch in letzter Abwehr und zum Schutze deutscher Bürger dem Feind durch die Fresse gezogen hatten. Da gab ich den Befehl: Legt an! Es gab ein paar blutige Köpfe. Wir vier wurden wegen Beleidigung der neuen Volksseele ins Verhör genommen. Von

den Volksblättern durch den Dreck gezogen. Endlich sang- und klanglos abgedankt.«

Der Oberstleutnant lachte. Es war ein Lachen, das keine Miene in seinem Gesicht bewegte. »Es ist immer dasselbe Lied. Seit Menschengedenken nach jedem langen Feldzug. Schon der alte Homer hat uns die lieblichsten Familiengeschichten darüber aufgetischt.«

Der Hausherr hatte seinem Gast die Hand aufs Knie gelegt. »Werter Freund, von den grauen Griechensängern weiß ich natürlich genau so viel, wie jeder andere gebildete Jüngling wissen muß. Nur sind mir die Einzelheiten da draußen in den Prärien und Baumwollfeldern ein wenig abhanden gekommen. Nehmen wir uns noch eine Brasilzigarre. Und erzählen Sie. Beginnen Sie mit Ihrem Oberleutnant Hagen, der sein Kind mitschleppt.«

»Er war mein Adjutant,« sagte Volker. »Jeder von uns hat draußen seine Schüsse weggekriegt, aber dem Hagen nahm's auch noch den halben Armknochen. Der Mann war vor dem Kriege Bergwerksdirektor in Mexiko. Als sein Junge geboren wurde, kannte er nur noch den einen Wunsch: heim ins deutsche Vaterland, alle Erziehungsmöglichkeiten ausschöpfen. Ein Jahr vor Kriegsausbruch kam er an und nahm Stellung bei einem oberschlesischen halbpolnischen Grafen. Als Guts- und Bergwerksverwalter. Als der Krieg ausbrach, eilte er als Leutnant der Reserve zur Fahne. Da er kaum ein Jahr seinen Posten hatte versehen können, zahlte ihm der halbpolnische Graf einen Vierteljahreslohn auf dem Gnadenwege. Hagen gehörte zu den edlen Schwärmern, die die Opfer für das Vaterland als gar keine richtigen betrachten, sondern als eine Selbstverständlichkeit. Durch meine Vermittlung konnte er Frau und Kind am Heimatstandort unseres Jägerbataillons unterbringen. Monat für Monat schickte er seine gesamte Löhnung an die Frau und gönnte sich im Graben keinen Schnaps.«

»Ich nehme alles zurück, was ich je über das brave deutsche Familienleben zusammengeschimpft habe,« murmelte der Hausherr.

»Die ferne Gefährtin aber trieb sich herum, und ließ den Jungen verkommen. Als wir heimkehrten fand Hagen sein Kind in Lumpen und seine Frau in seidenen Strümpfen vor.«

»Da nahm er den Jagdriemen,« grimmte der Alte.

»Die Augen gingen ihm wohl erst auf, als er auf der Bataillonsstube die Abwicklungsgeschäfte besorgte und der kleine, hungernde und frierende Bursche zu ihm gelaufen kam: ›Mutter ist nicht zu Haus. Hast du was zu essen?‹ Da merkte er, was die Glocke geschlagen hatte, und stellte die Frau. Die aber überschüttete ihn mit Spott und Hohn. Todernst kam er zu mir. Er wußte, daß ich mich mit Auswanderungsplänen trug, und bat um Mitnahme. Heute morgen wollten wir reisen. Gestern abend traf der Vater den Jungen alleingelassen in seinem Bett. Die Frau hatte aus Angst vor einem Leben voll Arbeit Reißaus genommen,« schloß der Oberstleutnant kurz.

»Und Ihr Sohn? Und Ihr Hauptmann Bartenstein? Ich hoffe, sie sind unbeweibt.«

»Beide Junggesellen.«

»Und wollen doch den Staub der deutschen Erde von ihren Füßen schütteln?«

»Bartenstein hatte immer künstlerische Neigungen. Wär's Friede geblieben, so säße er wohl heute als Hoftheaterintendant in einem Herzogtümchen.«

»Unsinn,« sagte der Hausherr. »Er tut's aus Kameradschaft zu Ihnen.«

Der Oberstleutnant stand auf und ging durch das Zimmer bis zum Fenster.

»Also auch ich erlebte so etwas wie Odysseus' Heimkehr. Nur waren die Freier besonderer Art. Es waren die Brüder und Vettern meiner Frau, die einem Berliner Großhandelshaus entstammt. Sie hatten als gewichtige Leute der Börse feinste Witterung für den nahenden Umschwung gehabt und darum schon beizeiten das Steuer links gelegt. Meine Frau hat einen starken geistigen Ehrgeiz, und als die Brüder und Vettern angereist kamen, um mit ihr zu beratschlagen, griff sie gleich nach der politischen Führerschaft. Das alte preußische Offiziershaus war zum politischen Redeklub umgewandelt worden, und von meinem eigenen Dache begrüßte mich bei der Heimkehr die umgefärbte Fahne. Es war vielleicht nicht ganz höflich, aber ich habe die Herren Brüder und Vettern mit der Pistole gezwungen, die Fahne herunterzuholen. Der Rest ist offener Kampf.«

Der Alte erhob sich schwerfällig aus seinem Sessel und reichte seinem Gaste die Hand. Ein paar Sekunden lang sahen sich die beiden geradeaus in die Augen.

»Wir könnten Zwillinge sein, so denken wir immer dasselbe. Es ist arg düster geworden im Vaterland. Und Sie wollen schon absatteln? Wollen nach Holland, und wohl gar in den westindischen Krämerkolonien den Diener der Mynheers spielen, wo Sie hier, hol's der Geier, doch wenigstens den Diener an Ihrem Volk spielen können?«

Wegen seelischer Einsamkeit im fremden Lande

Um diese Zeit wurde der Industrieort am Rhein, in dem Lolo Schöll lebte, von der Entente besetzt. Sie stand nicht mehr so gut mit ihrem Freund wie damals, als sie seinetwegen ihren Weihnachtsurlaub abgekürzt hatte. Die Sicherheit ihres Verhältnisses war getrübt, als sich die Schwierigkeiten der Großindustriellen von Tag zu Tag mehrten. Sie waren schon beim Nachtisch. Lolo rauchte eine Zigarette, stieß den Rauch durch die Nase und sah zu dem Nachbartisch, wo die fremden Offiziere saßen. Sie hatte während der ganzen Mahlzeit ein lebhaftes Augenspiel dorthin unterhalten.

»Du willst wohl ins feindliche Lager übergehen«, sagte er spöttisch.

Sie streifte die Asche von der Zigarette und sah mit ihren leuchtenden Augen in den Speisesaal, wo die Kellner die Platten mit den dampfenden Fleischstücken vorbeitrugen, an die Tische der Engländer.

»Ich bin für klare Abschlüsse. Auch in der Liebe. Zudem reisest du ja morgen früh in den Grubenbezirk, das erleichtert die Sache.«

»Besonderes Mitgefühl mit meiner Sendung scheinst du nicht zu haben.«

Sie zuckte die Achseln. »Vergiß nicht, daß unser Fonds an Mitgefühl durch den Krieg aufgezehrt ist.«

Zu Hause sah Lolo noch einmal aufmerksam eine Annonce durch, die im gestrigen Abendblatt gestanden hatte. Ein fremder Offizier, der seine äußeren und inneren Vorzüge kräftig betonte, suchte den Verkehr mit einer gebildeten, eleganten Dame »wegen seelischer Einsamkeit im fremden Lande.« Sie hätte gern gewußt, ob es der flotte Kanadier wäre, der sich heute offenbar nur ihretwegen wieder an den Nebentisch gesetzt hatte. Es wäre ein angenehmer Zufall gewesen; aber gleichviel. Schließlich hätte sie auch mit dem Kapitän mit dem Bulldoggengesicht vorlieb genommen, der ihr seit ein paar Tagen folgte, wenn er sie auf der Straße traf. Die Frauen gingen ja von jeher mit der Macht. Sie dachte an all die Schilderungen von Tierkämpfen, die sie gelesen, bei denen das ruhig wartende Weibchen den Sieg im Zweikampf ohne weiteres auch als Sieg über ihre Person genommen hatte. Wir sollen ja aus der Natur lernen, sagte sie zu sich selber. Mit ein paar kühnen Zügen ihrer schönen leserlichen Sekretärinnen-Handschrift beantwortete sie die Annonce, steckte ihr hübschestes Photo zu, das mit der Hand in der Hüfte, auf dem sie wie eine Kinoschönheit aussah, und trug den Brief noch selber herunter, um ihn in den Kasten zu stecken. »So bereite ich die Verbrüderung auf meine Weise vor«, dachte sie, ganz sicher, in der bevorstehenden Konkurrenz sämtliche Bewerberinnen zu schlagen.

Ich werbe! Ich werbe!

Die Dämmerung, die wie dickes, weiches Tanggestrüpp alle Dinge umwickelte, wich vor einem Lichte, das im Osten der Stadt hinter den Spitzen einiger kohlschwarzer Riesenschornsteine, zwischen schieferblauen Wolkenungetümen sich wie eine gelbe Flamme züngelnd Bahn fraß. Junge Burschen mit roten Armbinden oder roten Papierblumen strolchten um zwei spartakistische Soldaten, wovon einer ein weißes Plakat trug, auf dem in roten Riesenbuchstaben stand: »Jan Wetter stellt das Arbeiterheer zusammen. Arbeiter, meldet euch zur Eroberung Deutschlands. Hohe Löhnung bis zur allgemeinen Abschaffung des Geldes. Meldung im Hauptquartier der spartakistischen Heeresleitung in der Fabrik Ming.« Der andere Soldat hielt in der linken Hand eine rote Flagge und in der rechten eine Glocke: »Wer Spartakist ist, schließe sich an. Ich werbe! Ich werbe!« worauf die ganze Bande, die hinter ihm her trottete, gröhlte: »Wer nicht mitgeht, ist ein Verräter und kriegt eine Kugel durch die Brust!« Ein vom Schreien betrunkener, halbwüchsiger Kerl faßte Asseweeth, dem er bis an die Brust reichte, an den niedrigsten Mantelknopf und brüllte zu ihm aufglotzend: »Mitgehen, marsch!« Im Nu umringt von der ganzen Bande, stand Asseweeth einen Augenblick lang, wie um sich zu besinnen; dann sagte er entschlossen: »Kennt ihr mich denn nicht? Ich bin der Asseweeth. Fragt Wetter selbst, ob ich nicht immer bei ihm bin, wenn auch nur als Sanitäter.« – »Laßt ihn,« rief einer, »es ist ein Narr. Ich sah ihn im Hauptquartier!« Schon stürzte die Rotte auf einen anderen Straßengänger zu, der von den Soldaten angekeilt worden war, und den sie nun einwickelten und mitzerrten. Nach einigen Minuten war der lärmende und läutende Zug in einer Nebenstraße verschwunden.

Truppenparade und Tingeltangel

Jan Wetter saß zu Pferde, trug mit dem größten Ernste seine Marineuniform, seine Marinemütze und seine breite, blutrote, revolutionäre Hüftenbinde. Als Zeichen seines Ranges leuchteten auf dem rechten Oberarm drei große rote Sterne. Neben ihm hielt, ebenfalls zu Pferde, der finstere Krämmler in Artillerieuniform. Es ertönte eines von den nervenaufrüttelnden spartakistischen, langgezogenen, fast heulenden Trompetensignalen, und der letzte Teil der Truppen Wetters begann vorbeizustampfen. Zum Teil waren sie bekleidet mit alten Uniformen aus der Kriegszeit, die übrigen trugen Zivilkleider, Arbeitshosen oder Arbeitskittel und Mützen, einer sogar einen Strohhut; das alles bildete ein toll-scheckiges Durcheinander von fünfhundert Arbeitersoldaten. Voran marschierte die Führerabteilung, Sturmtruppen genannt, die keine Gefangene zu machen sich geschworen hatten. Es galt für unheimliches Schicksal, dieser Leibtruppe Wetters anzugehören, denn alle Leute dieses Trupps, so ging das Gerücht, enthielten sich der Politik, der geistigen Getränke und der Weiber, entschlossen, alle Abenteuer und Schicksalsschläge des spartakistischen Krieges gemeinsam im höchsten Rausch der Kameradschaft für ihren obersten Führer Wetter zu bestehen.

Die Hand an der Mütze grüßte Wetter und hielt die Hand in dieser Gebärde, so lange der Vorbeimarsch dauerte, schloß dabei die Augenlider etwas und wälzte in Gedanken die Landkarte der Umgebung und all die kriegerischen Pläne, die er siegreich ausführen mußte, wenn er und die anderen Düsseldorfer und Berliner Parteiführer nicht in den Abgrund fallen sollten. Es donnerten die Schritte der Arbeitersoldaten niederwuchtend durch die Zucht, die ihnen preußische Schwere in jahrelangem Kasernen- und Kriegsdienst eingedrillt hatte, befeuert aber durch den Gesang, der aus Hunderten junger Kehlen brauste: »Die Internationale erkämpft das Menschenrecht.«

Jetzt waren die Soldaten rund um den Platz aufmarschiert, und der Gesang sowie der Donnerschritt riß ab. Wetter lächelte grausam abwesend, machte eine zerreißende Handbewegung, und sein sich aufbäumendes Pferd mit den Beinen mächtig in die Flanken pressend, so daß es zur Ruhe versteinerte, schmetterte er in die Menschenmassen mit seiner metallenen Stimme die Worte: »Frauen! Männer! Jünglinge! Der Kommunismus erhebt jeden Arbeiter zum Mitbesitzer der Grube, worin er Kohlen fördert, der Fabrik, worin er Maschinenteile macht oder wo er webt, oder wo er näht. Er wird ein wahrer Beamter. Die Räte wachen. Wehe jedem Schieber, Betrüger, Verräter! Mein Geist wacht, auch wenn ich nicht unter euch bin. Dieser da,« und Jan Wetter wies mit weit ausgestreckter Hand auf Krämmler, der wie ein Henker finster und wach auf seinem verschlafenen Gaule steif aufgerichtet saß, »dieser da«, wiederholte Jan Wetter, »ist mein Auge und mein Schwert.« Brausend schrien die Soldaten, Frauen, Männer, Jünglinge: »Hoch Wetter! Hoch Wetter!« Wieder schnitt die metallene Stimme des spartakistischen Generals durch den von Rufen durchstürmten Platz: »Befolgt die Gesetze, die ihr euch selbst gegeben habt! Heute aber feiert die Morgenröte der wahren deutschen Freiheit!« Da schrie eine einzelne Stimme überschwenglich, fast singend: »Wetter, der starke Mann, besiegt alle Feinde! Der starke Mann! Der starke

Mann!« Und wie brausendes Hoch, das folgte, beugte sich in den vielen Menschen etwas aus Lust zur Unterwerfung. Der Blick Wetters blieb hängen an zwei Mädchengestalten, die in der vordersten Reihe der Zuschauer nebeneinander standen, doch ohne augenscheinlich zusammen zu gehören. Die beiden jungen Mädchen aber waren Martha Stavenhagen und Margot Ming, die sich beide vom unmutigen Blicke Wetters erkannt und getroffen fühlten. Martha preßte die Hände vor ihr Gesicht. Sie fiel in ihren Liebeskummer zurück. Asseweth merkte Marthas Gramversunkenheit. Durch ihr Bestreben, ihren Kummer durch spassige, irrlichtende Bemerkungen über Erscheinungen in der Volksmenge zu bemänteln, zeigte sie Geistesabwesenheit.

»O, ist das ein Hahn,« rief Martha mit gezwungenem Lachen, »ein schwarzer Hahn! Dieser schwarze Steißrock! Dieser Umlegekragen aus rotbraunem Tuch! Eine grünliche Krawatte bauscht aus ihm auf das rotbraune Oberhemd herunter in die weit ausgeschnittene schwarze Weste. Und eine schwarze Hose, so weit wie ein Frauenrock! Dieser bräunliche Kopf mit den Sommersprossen und der kühnen Hahnennase! Ein schwarzer Hahn! Wie er stolziert!!« Sie prustete sich vor künstlichem Lachen. Asseweth ging auf ihre Possen ein, so weh es ihm tat, denn er sagte sich fortwährend: Du liebst sie, trotzdem es Sünde gegen sie und gegen dein Weib ist; du verdienst nicht mal ihre Achtung; diene ihr, erniedrige dich für sie.
»Er bringt den Menschen des kommunistischen Staates eine neue Mode,« scherzte Asseweeth. »Das ist der Schriftsteller des *Spartakus*, einer der wenigen lustigen Spartakisten. Werner Drachenstein heißt er.« Ein derber Mann, der von Asseweeths geraunten Neckereien etwas aufgeschnappt hatte, rief, offenbar nur um seinen eigenen etwas eitlen Putz alter Mode vor Zurücksetzung zu schützen, laut aus: »Seht, jetzt schaffen sie auch die Kleidung ab, als ob sie die Herren der Welt wären, und wissen kaum unser Leben zu sichern!«

Eine kleine Stille folgte diesem Rufe, und hinter ihm her riß der Schrei: »Reaktion!« einen Tumult auf von Schreien, Menschenarmen und Fäusten, die alle auf den unvorsichtigen Verteidiger der bürgerlichen Mode niederfielen. Der Mann verschwand blutend in die Arme einer herbeieilenden Wache. In der Öffnung, die dadurch in dem Menschenhaufen entstand, erhob plötzlich der Russe Peter Fedorowitsch, der neben dem Herrn der neuen Mode armverschlungen stand, seine aufhetzend sprühende und zischende Stimme: »Recht so,« rief er, »seid auf der Hut! Die alte preußische Machtgier schlummert nur. Nicht dadurch, daß Wetter mit den Soldaten des Volkes vor die Tore eurer Stadt gezogen ist; nicht dadurch, daß man euch Schlummerreden hält wie jene: der Mensch ist gut, nicht dadurch laßt euch beruhigen. Ist in Wahrheit der Mensch gut?« Der Russe machte eine Pause. Den rechten Arm, den er frei hatte, erhob er, als ob er schwören wollte, was, wie der ganze Auftritt des Redners, der den neuen Modemenschen mit dem linken Arm immer noch brüderlich umschlungen hielt, im ersten Frühlingssonnenschein und am ersten Feiertage der neuesten Republik gar nicht die beabsichtigte ernste, sondern nur die heiterste Wirkung hervorbrachte, so daß ein großes Gelächter aufschwoll und eine rheinische Stimme neckte: »Nee, nee! Dä Mensch is bös,« womit aber das Gegenteil gemeint war, was auch so verstanden wurde und ein neues Gelächter entfesselte. »Der Mensch ist entweder gut oder er ist böse!« rief Peter Fedorowitsch mit furchtbarer Stimme und mit ernstem Gesicht, in dem ein Zittern lief aus Wut, mißverstanden zu werden. »Habt ihr schon mal gesehen, daß ein Mensch, der böse war, sich gebessert hätte?«

»Nee, nee!« rief wieder dieselbe Stimme mit derselben, unwiderstehlichen, rheinisch-tänzelnden Tonfolge. Aber ehe noch ein allgemeines neues Gelächter schwellen konnte, schnitt Peter Fedorowitsch dem rheinischen Sprecher das Wort ab, indem er leidenschaftlich weiterredete, daß der Mensch, der gut wäre, gut bliebe, der Mensch, der böse wäre, bliebe böse. Da die Bösen sich nie aufrichtig zum guten sozialistischen Menschen bekehren könnten, deshalb müßten sie ausgerottet werden.

Asseweeth sprang auf die Deichsel eines Militärdepotwagens, der wegen der Menschenansammlung nicht weiter fahren konnte, und rief, indem er sich der lustigen Stimmung der Masse frisch anpaßte, zur Abwehr der Gedanken des Russen aus: »Männer und Frauen, auch ich rufe euren Verstand auf!«

»Jo, dat tu; du büs dä dolle Asseweeth!« rief wieder der Rheinländer gemütlich. Alles freute sich und scharte sich um den Wagen, von dessen Bock Asseweeth weiterredete: »Ist in Wahrheit der Mensch nur gut oder böse? Wetter sagt, er sei gut, nur die Erziehung und die kapitalistischen Einrichtungen hätten ihn schlecht gemacht. Wenn Peter Fedorowitsch, der seit der russischen Staatsumwälzung so viel erfahren hat, das Gegenteil sagt, dann muß er es wissen; aber er spricht gegen euren großen Jan Wetter, der nicht den russischen, aber dafür den deutschen Menschen kennt.«

»Pfaffenlehre – Magenle-e-e-e-r-e,« gröhlte jemand. Peter Fedorowitsch lachte und zeigte starke, gelbe Zähne. Sein Arm wies nach der nächsten Straßenöffnung, wo wie auf ein Zeichen mit einem Mal ein ohrenbetäubender Trommelwirbel wie aus dem blauen Himmel fiel. Alles wurde verblüfft; dann schnellte mit dem Körper jeder im Ruck einer Massenbewegung nach jener Richtung, woher der ungeheure, anschwellende Lärm erschallte. Es waren sechs Neger, die zu aller Überraschung Tonnentrommeln vor sich hielten und sie mit ihren Stöcken rasend bearbeiteten, indessen sie mit ihren Beinen, die mit gelben Hosen bekleidet waren, in demselben raschen Tempo unglaublich schnell heranflogen. Hinter ihnen folgten sieben andere Neger, gehüllt in leichte, rote Mäntel, die sich in dem mehr düsteren als bunten Straßenzuge malerisch blähten. Einer hielt eine Riesenstange, woran ein Plakat befestigt war mit der Aufschrift: *Das neueste Tingeltangel. Vom Verkehrskommissar genehmigt. Der neueste Tanz. Auf der Bockswiese im Zelte. Zu jeder Zeit!* In den wahnsinnigen

Takten der Trommler rasten schwarzglänzende, schön gebaute Menschen mit Beinen, Armen, Brüsten und Köpfen auf und ab, kreuz und quer in einem Zickzack von Bewegungen, daß es sich wie ein Schwindel auf die Zuschauer legte.

»Die Barbarisierung der Sinne!« schrie Asseweth und kehrte sich um in der Meinung, es den beiden jungen Mädchen im Tohuwabohu der Trommeln zugeschrien zu haben. Aber Martha, die neben ihm stand, schaute träumerisch nach der Richtung, wo Wetter zu Sieg oder Untergang in den Bürgerkrieg geritten war; ihre Augen weinten und ihr Mund zuckte. Heftig wendete sie sich ab und verbarg trotzig ihr Gesicht, als sie Asseweeths traurigen Blick auf sich fühlte. Ohne ihn eines Wortes zu würdigen, machte sie kehrt und stürzte wie ein Kind grollend davon.

Auf dem Platze aber tanzten und trommelten die Neger. In Schlangenwindungen drehte sich einer auf dem Boden, und es war, als reize er die fünf übrigen Neger. Diese warben mit weichen, lockenden, wilden und quälerischen Gebärden um seine Gunst. Es entspann sich ein getanzter wilder und fürchterlicher Kampf der fünf untereinander um die Gunst dessen in der Mitte, der durch tanzende Gebärden und Bewegungen die Kämpfer verhöhnte. Die Trommeln rasten, schwarze Leiber rangen, weiße Zähne blinkten aus schwarzen Mündern, runde Augen rollten weiß und gleißend. Nacheinander wurden alle Neger besiegt. Einer blieb als Sieger, stürzte auf den Schlangentänzer zu, und in einem Wirbel von Trommeln, schwarzen Menschen, roten Laken und einem leichten, riesig aufschwingenden Staubschleier waren Tänzer, Musiker und Plakatträger verschwunden.

Schon am frühen Nachmittag begann nicht nur in den Zelten der Neger auf der Bockswiese, sondern auch in jedem Lokale der Stadt ein Tanzvergnügen, das gegen Abend zu einem Taumel sich erhitzte. Dabei wurde verzehrt und geschmort, was seit dem Kriege sich nur bürgerliche Schlemmer leisten konnten: französische Gänseleberpasteten mit weißem Krankenbrot, Hummer, Basler Leckerli, norwegisches Heringsfilet, Braten von Zunge, Leber und Keule. Süße und herbe Weine flossen in lachende Münder. Holländische und französische Liköre wurden wie Wasser von frischen und welken Lippen getrunken. Geld schien jeder so viel zu haben, daß er froh war, sich dessen für so schöne Dinge entledigen zu können. Überall hieß es: Heute herrscht nichts anderes wie Fröhlichkeit. Festlichkeit ist für uns Verschiebung der Klassen.

Die Russen waren kurze Zeit überall. Sonja Weretschagin tanzte einen Tanz der sieben farbigen Schleier, und bekannte mit einem Luchsblick, wie gut die neue Freiheit sei, sich offen mit aller Schönheit hingeben zu können. Deninski schlug in die weichen, schmalen Hände und erklärte den Tanz Sonjas, indem er psalmodierte: »Einer muß sich hingeben für den anderen. Das allein erneuert uns.« Die Stimme eines Betrunkenen schwang sich aus dem Tummel witzigen, spöttischen und lustigen Gelärms und sang: »Wer weiß, ob Wetters Soldaten siegen! Wer weiß, was morgen droht! Wir zechen auf einem tanzenden Berge! Das ist die wahre Lustigkeit, Wurschtigkeit, Tüchtigkeit. Hurra!«

»Acht Uhr!« brüllte grob ein stiernackiger Kellner. »Die Polizeistunde! Wir wollen nicht dem Gericht des Spartakus in den Rachen laufen. Es ist acht Uhr!« Schon standen spartakistische Soldaten an der Tür, wovon einer schnarrend zum Verlassen des Lokals aufforderte. Es wurde ihm von allen Seiten entgegengebrüllt, daß er einen jeden einzeln herausbugsieren müsse, wenn er Gehorsam haben wolle. Da er dagegen eiferte, daß eine solche Narrheit jedem, der sie wagte, den Hals kosten könne, schrie man ihm und seinen zwei Kameraden zu, er solle sich vorher den Hals mit Sekt begießen, dann ginge er leichter vom Rumpf herunter. Einer der Soldaten drohte mit der Waffe. Sie wurde ihm sofort lachend entrissen: »Wir wollen Frieden! Wir wollen Lust! Sonja, die Russin hat es uns gelehrt. Genießt einander!« Man riß die drei Soldaten hinein in den Trichter des Vergnügens.

Ein Frauenzimmer, das die Schuhe ausgezogen hatte, gröhlte: »Ich habe Hut, Mantel, Handschuh verspielt. Jetzt will ich aber diesen teufelhaft hübschen Kerl von Soldaten, der von uns nichts wissen will, zum Lachen bringen. Kellner, zwei Flaschen Sekt für dieses allerfeinste Paar Schuhe!« Sie hob ein elegantes Paar Stiefelchen in die Höhe. Schnell fand sich einer, der den Tausch ausführte, und gleich darauf saß der sich noch wehrende Soldat, von vielen Armen umschlungen, bewegungslos auf einem Stuhle, den Mund auf, wohinein das wahnwitzige Frauenzimmer zierlich Sekt goß, daß der Soldat prustete und lachte.

Wenn man sein Weiberzeug gut an der Leine hat

Der kalte, rote Schein der Sonne schob sich über den Dülkinger Hof. Der Alte stand schon seit dem ersten Frühlicht draußen. Das Vieh war gefüttert, das Melkgeschäft besorgt. Während die Mägde im Stall misteten, schüttelten die Knechte im Obsthof die Schneelasten von den jungen Bäumen. Kurz gab der Gutsherr seine Befehle. Vor dem Gutshaus rieb er mit gehöhlter Hand der Dogge die Nase, trampte den Schnee von den Stiefeln und trat ein. Im Jagdzimmer stand der Frühstückstisch gedeckt. Bauchige, buntbemalte Kaffeetassen auf Hausmacherleinen. Brotkörbe und Butterfäßchen. Alles in Reih' und Glied. Der Gutsherr stülpte die Kappe über ein Geweih, rieb sich die Hände warm und blickte um sich. Ein fester Knöchel hatte an die Tür geklopft. »Melden uns gehorsamst zum Frühstück.«
»Na, das ist doch ein Manneswort. Menschheitsmutter Eva! Laß deine Versucheräpfel im Verborgenen und bring Speck und Eier.«

Hanna Westerland stand in ihrer weißen Kittelschürze in der Tür. Sie wirkte wie ein helles Licht in der dunklen Umgebung, und Volker blickte sie an und wunderte sich, daß die ernsten Augen lachen konnten wie frische Mädchenaugen.

»Der Karlmann ist aufgewacht, Herr von Dülkingen. Der Vater soll kommen.«

»Gewiß soll er das. Also, Herr Hagen.« Er schlug ihm auf die Schulter und schob ihn dem Fräulein zu. »Ach so,« unterbrach er sich, als er die klaren Mädchenaugen auf sich gerichtet sah. Er stellte mit einer Handbewegung vor. »Die Letzten vom Jägerbataillon Volker: Herr Oberstleutnant Volker, Herr Hauptmann Bartenstein, Herr Oberleutnant Hagen, Herr Leutnant Volker. Und die Letzte vom Hause Westerland: Fräulein Hannah Westerland, zurzeit Haustochter auf dem Dülkinger Hof und Märtyrerin aller meiner Junggesellenlaunen.«

Die Herren strafften sich. Sie verneigten sich und standen wieder kerzengerade.

»Abgedankte Offiziere,« sagte Volker kurz. »Wir führen nur noch Namen, keine Titel.«

Der Gutsherr hatte dem Gewehrschrank ein paar Büchsenflinten entnommen. »Nur zum Zierat,« meinte er, als er die eine der Waffen dem Oberstleutnant in die Hand drückte. »Ich komme mir immer halbnackt vor ohne ein Schießeisen.« Auf dem Vorplatz hingen Jagdtasche und Feldflasche, beide wohlgefüllt. Dülkingen schob Tasche und Flasche über die Achsel. »Wenn man sein Weiberzeug gut an der Leine hat!« Und er führte den Gast über den Gutshof zu den Pferdeställen. »Komm heraus, Juno! Darfst mit! In den Wald und auf die Heide! Jawoll, mein Mädchen! Darfst du!« Und er kuschelte einer wie wild ihn umtanzenden Kurzhaarhündin beide Ohren. Mit hellem Geläut stob das Tier vor ihnen her in den weißen Morgen.

Nun zog sich der dunkle Wald näher heran, rings umgeben von Moor und Heideland. Volker merkte es an dem Splittern und Schlürfen unter seinem Fuß, obschon die Schneedecke die gleiche war. »Aha,« sagte er, »Moorboden.«

»An die zweitausend Morgen, Gott sei's geklagt.«

»Spricht das der Jäger?«

»Der Jäger spricht: Gott sei's gedankt. Wenn der Birkhahn balzt, das Moorhuhn rennt, Entenvögel und wilde Gänse einfallen, daß es klatscht – wem lachte da nicht das Herz im Leib. Aber wir sind in Notzeit, in Notzeit des Volkes. Da gilt ein Zentner Korn und Kartoffeln mehr als eine Jägerfreud'.«

»Das Volk hat's gewollt. Wer die Waffen an die Wand stellt, um sich wehrlos ohrfeigen zu lassen –«

»Das Volk?« wiederholte Dülkingen. »Ich hab's kennen gelernt seit meiner Kindheit auf dem Dülkinger Hof, in meiner etwas heftigen Leutnantszeit bei den Deutzer Kürassieren, unter den Ausgewanderten jenseits des großen Teiches, und gerade da draußen, in Weltenferne, habe ich mir den rein sachlichen Wirklichkeitsblick für die Dinge im alten Vaterland zugelegt. Und als ich dann heimkehrte, gleich nachdem das große Jagen auf Deutschland angeblasen war – als ich wieder auf dem Erbe meiner Väter saß, da hat dieser sachliche Wirklichkeitsblick angehalten: das Volk hat's so gewollt? Den Frieden hat's gewollt, aber nicht diese gottverfluchte Art der feigen und bedingungslosen Waffenstreckung.«

»Herr von Dülkingen,« stieß Volker hervor, »ist es darum nicht um so schlimmer?«

»Aha,« grollte die Antwort, »wir haben uns mal wieder sozusagen im Fluge verstanden. Daß sich eine Handvoll Männer, Ehrliche, Selbstsüchtige und Schmutziane, aufwerfen konnten und in Deutschlands Schicksalsstunde behaupten, sie seien die erwählten Führer des Volkes! Dann schritten sie zu den Waffenstillstandsverhandlungen.«

»Und was – was hätten Sie getan?«

»Nee, lieber Volker, jetzt möchte ich mal ein Wort von Ihnen hören.«

»An den Rhein, Dülkingen, den Kampf in der Rheinlinie aufnehmen! Jeder Tag furchtbarsten Widerstandes hätte den Feind ernüchtert, hätte uns bessere Friedensbedingungen gebracht. Nur die jammernde Feigheit schlägt man ins Maul, daß sie kuscht. Keinen Mann, der Blut gegen Blut setzt.«

126

»Recht, Volker, recht. Und wenn die Rheinlinie nicht zu halten war – ?«

»Hinter die Weser! Hinter die Elbe! Zähe, zähe; Schritt für Schritt. Wir lernen's ja nicht zum erstenmal in unserer Geschichte. Dülkingen, ich sage es Ihnen, der ich im Felde so oft Ähnliches erlebt habe: die Regierung – die Führenden als Vorbild, als Aufrufer zum heiligen Kampf bis auf den letzten Brocken deutscher Erde, und es wäre eine wilde und todesverachtende Begeisterung in Männer, Weiber und Kinder gefahren, und der Feind hätte das Grauen gelernt.«

Über den weiten, schneeverwehten Flächen sang und seufzte es. Unter ihren Füßen lief ein quarkendes Geräusch. »Gestern und heute war es der Schnee, der Sie festhielt. Morgen und in den nächsten Tagen wird es das Wasser sein. Am Abend wird es aus allen Schleusen gießen. Dann steigen die Grundwasser aus den Tiefen der Rheinebene, die Kanäle laufen über, die Eisenbahndämme werden überschwemmt, und wo Sie jetzt noch die weite, auftauende Schneelandschaft sehen, werden Sie nichts mehr gewahr werden als eine einsame Wasserwüste.«

Volker deutete auf einen kleinen schwarzen Punkt in der Ferne, der sich vorwärts bewegte.

»Es ist der Niklas. Er bringt das Gepäck.«

»Ihr ehemaliger Bursche?«

Sie kauerten nieder und spähten. Der Birkenbaumschlitten stand auf der Landstraße. Mitten im Schnee lag der Mann und hob sich nun behutsam auf den Ellbogen. Seine scharfen Augen huschten blitzschnell umher. Er schien ein Wurfgeschoß zu suchen, aber der Schnee hatte Stock und Stein zugedeckt. Da krümmte sich der Mann lautlos zusammen. Ein Griff, und er wog einen seiner eisenbeschlagenen Stiefel in der Hand. Und schon sauste der Eisenbeschlagene wie ein Tomahawk durch die Luft und fuhr mit Wucht in eine tiefe Ackerspalte. In wilden Sprüngen schnellte der Mann ihm nach. Stand in der Ackerspalte. Bückte sich. Griff zu. Hob am Hinterlauf einen erschlagenen Hasen hoch. Hinter dem Buschwerk pfiff Volker das alte, verwehte, aufrüttelnde Sturmsignal.

Alles ist frei! Auch die Liebe! Hurra!

Krämmlers Stadtwache war unfähig, den Befehl Wetters über den Schluß der Schankzeit durchzuführen. Wo irgendeine Wache es mit Gewalt versuchte, wurde sie hinausgeworfen, der Waffen beraubt und blutig verhauen. Krämmler aber erkannte, daß man ihn nicht für voll nehme, zumal als er merkte, daß man sich über den heftigen Ton und das schlechte Deutsch, womit er einen Aufruf zur Ordnung im *Spartakus* veröffentlichte, lustig machte. Neuen Ansporn bekam sein Mißtrauen, als auf die Berichte Wetters, die von Anfang an nur Schwierigkeiten meldeten und zur Vergrößerung und Verstärkung des Heeres mit flammenden Worten aufforderten, seltsame Gerüchte um sich griffen, die behaupteten, Wetter könne wohl siegen, täte es aber nicht, weil er sich absichtlich von den kapitalistischen Regierungstruppen übermannen lassen wolle, denn er sei ein Verräter und habe sich von Ming bestechen lassen. Sei sein Verrat reif, dann ließe man ihn mit dem Judaslohn nach Holland entfliehen, wo er wie ein Kapitalist leben und prassen werde. Mit diesem Gerücht lief aufreizend ein anderes durch die Stadt. Es seien viele Nahrungsmittel angekommen, diese aber halte man auf Befehl Wetters zurück, um sie teuer zu verkaufen. Am fünften Tage nach Wetters Ausmarsch kostete ein Pfund Brot zehn Mark. Die Arbeiter wollten kein Papiergeld zur Zahlung mehr annehmen, da gefälschtes haufenweise vertrieben wurde. Die Bürger verhandelten in Schanklokalen, an dunklen Straßen-Ecken bisher versteckt gehaltenes Silber und Gold; sie verkauften Ringe, Kleider, Möbel, Bilder. Da ging Simon Silverstein, der schon verschiedene Male Krämmler zugesetzt hatte, wieder zu

ihm und kündigte Hungerrevolten an, die den Bestand der Räte-
macht erschüttern könnten, zumal da Wetter auf sich und seine
Truppen allein angewiesen blieb und weder von Berlin noch von
anderen Städten unterstützt würde. Die widerspruchsvollsten
Gerüchte schwirrten herum und fraßen sich in die Seelen, je
nachdem sie die Partei Wetter, Krämmler oder Webster begün-
stigten; denn von dem letzten wisperte man am hartnäckigsten,
daß er Wetter besiegt habe und sich der Stadt mit treuen Regierungstruppen nahe. Die grimmigsten unter den Nörglern und
Aufhetzern gehörten keineswegs der Arbeiterklasse an, sondern
stammten aus den Beamten- und Handwerkerkreisen, die infolge
des ungleichmäßigen Ernährungsverfahrens der gegenwärtigen
Räte durch Hunger verwildert waren.

Krämmler hatte die Aussicht auf blutige Kämpfe in eine spann-
kräftige Begeisterung gestürzt. Mit seinen raufgierigen Leibtruppen, die er sich nach dem Vorbilde Wetters angeschafft
hatte, rückte er den Menschenmassen zu. Obgleich er in einer
schnauzigen Ansprache das Volk aufforderte, auseinander zu gehen, bekam er nur gehässige oder auch höhnisch aufmunternde
Zurufe. Aufgeregt wie ein Tier in einem Gefängnis, trampelte
Krämmler im Kreise hin und her. Alles um sich und in seiner
Not vergessend, rief er laut in die immer mehr schimpfende und
ihn bewitzelnde Menge. Ein Esel wäre das Volk! Wetter hätte
es sich leicht gemacht. Der hätte sich, als es brenzlig in der Räteherrschaft zu riechen anfing, aus dem Staube gemacht. So fuhr
er immer erregter fort zu stöhnen, so daß immer mehr Zungen
ihn bissig aufzogen, bis daß einer schrie: »Dieser Mann ließ so
viel Menschen töten und strampelt jetzt wie ein Hampelmann!
An den Strang mit ihm!«
»Ist das nicht Aufruhr?« heulte Krämmler auf. »Feuer, ihr lieben Soldaten!« trompetete er. »Macht Platz für euren Diktator!«
Keiner von den Soldaten rührte sich. »Feuer!« hallte es aus der
Menge zurück. Es knallte ein Schuß. Krämmler warf, »o weh! o

weh!« jammernd, seine Arme in die Luft und fiel zu Boden, wo er, vor Schmerz brüllend, sich hin und her wand, sich erbrach und seinen Wanst in seinem Unrat viehisch wälzte, so daß ein Schrei des Ekels aus den ersten Reihen der Menschen flog. »Krämmler ist getroffen. Hurra!«

»Webster! Die Militaristen kommen! Wetter hat uns verraten!« Die Worte, Rufe, Schreie sprangen von Mund zu Mund, und es kreischte und wogte vor Angst, Wut, Haß, Verzweiflung. Wie von übermenschlichen Gewalten beherrscht, erlag die Menge plötzlich ganz unverständlich einer Totenstille. Da wimmerte eine Frau um ihr Kind. Die Masse, wie gelähmt vor Unwissenheit, Ahnung, Erwartung, starrte. Peter Fedorowitsch ließ seine Blicke gierig über die Menge gleiten. »Es gelingt, es gelingt!« hauchte er. »Ihre tiefste Leidenschaft ist aufgeweckt. Ihr Eigenwille ist zerbrochen. Sie sind eins. Ah, ah!« rief er, sprang auf. »Ah, ah!« schrie er im Übermaße des Glücks, denn es drang zum Himmel auf ein Schrei, so ergreifend fürchterlich: »Proletarier aller Bekenntnisse, vereinigt euch zum Kampfe! Waffen! Waffen!« Fanatisierte Menschenhaufen, Männer und Weiber, Knaben und Greise, die brüllten in einem gellenden Takte: »Waffen! Waffen!«

»Nach dem Bahnhofe!« befahl Peter Fedorowitsch viele Male und entfaltete seine rote Fahne. Und eine Masse, gestoßen von einer ungeheuren Gier, wälzte sich, wobei sie die Internationale brauste, von der Stelle und wuchtete voran und wollte kein Ende nehmen. Eine halbe Stunde nach diesem Ereignis wurde das Hotel *Zum weißen Lamm*, das man im Volke *Zum roten Wolf* umgetauft hatte, denn nach ihm brachten die Arbeiter Lebensmittel, die der Wirt mit steigendem Wuchergewinn an die wohlhabenden Bürger gegen Schmuckgegenstände, Kleider, Schuhe, Silbergeschirr vertauschte, ein Raub der Menge. Unter wilden Schreien wie: »Eigentum ist Diebstahl! Hebet das Eigentum auf, und die Gerechtigkeit ist da!« und ähnlichen Rufen, die von Peter Fedorowitsch in Umlauf gesetzt worden waren, erbrach man die Räume, die Keller, die Vorratskammern, die Schränke, Truhen, die Kisten und Kasten des Wirtes, der geflüchtet war, und schleppte in Säcken, in Tischtüchern, in Bettlaken, in Mänteln, in Händen, auf Karren fort, was man erraffen konnte, mit Waffen das geraubte Gut gegen Lüsterne verteidigend und schreiend: »Gibt es nicht noch andere reiche Häuser?« Porzellan wurde zerschellt, viel Leinen, Tuch, Seide zerrissen, viele Flaschen Weins, Likörs, Schnaps zerstoßen. Bunt durcheinander lagen die Trümmer neben zerbrochenen Stühlen, Tischen, Türen am Boden, worauf sich der Rest der Plünderer balgte. Es waren kaum die Arbeiter, sondern eigentlich Verbrecherbanden, verbunden mit den Handwerkern, Beamten, kleinen Kaufleuten, Angestellten, mit jenen, die infolge Aushungerung durch die Räteherrschaft rasend geworden waren. »Endlich sind wir alle einig!« gröhlte eine Bande besoffener junger Leute, die sich mit Fetzen seidener Damenmäntel wie zum Fasching verkleidet hatten. »Alles ist frei! Auch die Liebe! Hurra!« quietschte einer und tanzte. Ein anderer, sich an Peter Fedorowitsch wendend, fragte, während er sich an seinem Mantelknopf festhielt: »Du, mit dem russischen Gesicht, du mußt es wissen, ist jetzt auch die Ehe aufgehoben? Sind alle schönen Frauen frei für jedermann?« Peter Fedorowitsch lachte ihm höhnisch in die geil blitzenden Augen: »Alles ist den Wölfen recht,« hetzte er. »Ihr werdet den schönsten Frau unwiderstehlich sein, jetzt, wo die Militaristen kommen; denn die Kraft eines Tieres, das einen geraubten Knochen in der Klaue hält, verdoppelt sich, wenn es angegriffen wird.« Dann schleuderte er in eine andere vorbeitorkelnde Rotte von Spießgesellen den Ruf: »Auf nach dem Kapitalisten Ming!«

Die Tochter Mings, Margot, die in der Stadt gewesen war, lag in den Armen ihres Vaters, und totenbleich vor Entsetzen rief sie heftigen Atems: »Sie kommen! Verteidige uns, Vater!« Dieser aber kümmerte sich nicht um sie, denn er hörte auf die Stimme eines Boten, der von seinen Eisenwerken gekommen war und der, die Augen ängstlich auf das junge Mädchen gerichtet, seinen Bericht nur hervorstotterte. Das Unternehmen sei in Gefahr. Von den fünf Kohlenzügen, die heute nach Holland gehen sollten, ständen drei bereit, auch wären die Wagen mit den Eisenschienen und Schrauben dazwischen gekoppelt, keiner von diesen Zügen sollte abgehen. Die Stimmung der Arbeiter sei umgeschlagen. Sie hätten Furcht vor den Kameraden in der Stadt. Die Kameraden wären bewaffnet und sie nicht. »Erst kümmerte sie der Lohn, jetzt das Leben, nie war es das Werk,« sagte Ming und war ganz ruhig mit all seinen Sinnen bei seinen Güterzügen, während er mit der Tochter auf dem Arm auf und abging, aber trotzdem nichts von ihr zu wissen schien und auch ihre verglasten Schreckensaugen, die sie auf ihn richtete, nicht bemerkte. »Ich muß selbst hin, ich werde alles retten!«

Als die von Schnaps und Wein, Plünderei und Mord besoffenen Banden sich in ihrem verrückten Putz auf das Schienengelände der Mingschen Fabriken ergossen, standen alle Schienen voll Züge, die sich nacheinander wie eine Schlange ohne Ende in Bewegung setzen sollten. Die Lokomotivführer, die, mit Revolvern und Handgranaten bewaffnet, im Kreise um den sie weit überragenden Ferdinand Ming standen, erschraken beim Anblick der plötzlich mit indianerhaftem Geheul heranspringenden, Gewehre, Revolver, Messer, Eisenknüppel toll schwingenden Banditenbande. Es pfiffen Schüsse, platzten Granaten, fauchten die bedrohten Maschinen. Nach einer Viertelstunde waren die Lokomotiven an den wichtigsten Teilen zerstört. Die erste hatte den mächtigen Bauch geplatzt. Ferdinand Ming lag von einer Kugel getötet am Platze des Lokomotivführers. Die rechte Hand umkrampfte einen Hebel, mit dem linken Arme umspannte er wie in einer letzten Liebesumarmung das lockende, schimmernde Leitwerk. Paul Ming, sein Sohn, hing in dem Riesenrade, dessen weißgleißende Speichen er mit den Armen aufzuhalten suchte, obschon es stille stand. Mit dem schäumenden Munde hatte er sich in den harten Stahl verbissen. Er biß, würgte und lallte unverständliche, tierische Laute. Aus der Bande, die sich müde gerast hatte, meinte einer, daß man ihn so verrecken lassen könne; er sei doch nur ein bürgerlicher Hanswurst und offenbar kindischen Verstandes. Dann kamen nach und nach Vorschläge, schlafen zu gehen, da man des Nachts seine Beute in Sicherheit bringen müsse. Man plante, sich in weiche Bürgerbetten schlafen zu legen und sich zierliche Damen dazu mitzunehmen. »Die Hochzeit der wahren Revolutionäre, die Freiheit der Ehe!« jauchzte einer. Im lärmenden Geschwätz fielen Ausdrücke, wie sie nur Verbrecher, berufsmäßige Mörder, Diebe und Dirnen gebrauchen. »Es lebe die Anarchie!« schmetterte vergnügt ein fuchsbärtiger ehemaliger Student und reckte die kleine, zu einem spitzen Schädel fliehende Stirn gewaltig aus dem ihm auf der Schulter hängenden Kranz einer zerrissenen, überaus fein gemusterten Spitzendecke, »es lebe das wahre Leben, ohne Lüge, ohne Maske, ohne Duckerei! Auf zur Ruhe vor der letzten Tat: der Einsetzung eines Vollzugsrates zur vollkommenen Anarchie! Im Namen Christi!«

Im Hauptzentrum der rheinisch-westfälischen Industrie in Essen

Die *Antibolschewistische Liga* besaß dort ein Büro, und die Zweigstelle hatte den Auftrag bekommen, in der Stadthalle einen großen Stadtler-Vortrag zu inszenieren. Die Vermischung illegaler militärischer und geistig-politischer Arbeit hatte die Herren des Büros so verdächtig gemacht, daß sie sich kaum sehen lassen durften. Die großen Plakate trugen denn auch nur die Unterschriften unserer Berliner Zentrale. Der gewaltige Saal war bis auf den letzten Platz besetzt, auch die Ränge überfüllt, das große Podium zwischen Orgel und Vorstandstisch von Rotgardisten besetzt, der ganze Vorstandstisch, das Rednerpult von Gegnern beschlagnahmt. Ich zögerte nicht eine Sekunde, erkundigte mich, wer hier der Führer sei und stellte mich ihm dreist als Führer der *Antibolschewistischen Liga* vor. Der Mann war so verblüfft, daß er zunächst nicht wußte, was er sagen sollte. Ich erklärte ihm, daß der Saal von mir gemietet sei, daß ich selbstverständlich reden würde, und daß ich ihn für die Ruhe im Saal verantwortlich machen müßte. Nun hatte er die Sprache wiedergefunden, schrie mich zuerst an: ob ich wohl verrückt sei, ich hätte gar nichts zu sagen, ich solle froh sein, wenn ich nicht in Stücke zerrissen würde. Daraufhin machte ich ihm folgenden Vorschlag: Ich überließe die Leitung der Versammlung ihm und seinen Genossen; ich würde mich mit einer dreiviertelstündigen Rede begnügen, dann stünde es ihm ja frei, mich zu widerlegen und zu erledigen.

Ich legte also los. Da hier heißes politisches Wollen gegen politische Massenleidenschaften stand, gab es schon nach 10 Minuten eine vulkanische Explosion. Plötzlich stand die Versammlung drohend auf. Es hagelte gemeine Zwischenrufe. Dann sprach ich wieder fünf oder zehn Minuten, und wieder brausten und tosten die Wogen der Erregung. Auf den Rängen oben entstand, wer weiß warum, ein Handgemenge. Es fielen sogar Schüsse. Manchmal gelang es mir, so zu sprechen, daß die ganze gegnerische Meute in den Bann meiner Beredtsamkeit geriet. Dann riß plötzlich der gespannte Faden wieder auf Grund eines blöden Zwischenrufes entzwei. Die Uhr in der Hand schloß ich meine dreiviertelstündige Ansprache mit einem heißen Appell an das deutsche Gewissen der deutschen Arbeiterschaft. Direkt neben dem Rednerpult machte mir ein junger Spartakist höflicherweise einen Stuhl frei. Und nun mußte ich eine eineinhalbstündige Hetzrede des Bolschewistenredners auf mich niedersausen lassen. Er apostrophierte mich manchmal, als ob der ganze Saal in kochende Wut gegen mich gebracht werden sollte. Ich bekam auch mehrmals während der langen Rede die Faust irgendeines

Nachbarn zu verspüren. Kleine Affekthandlungen! Zum Schluß brauste aus Tausenden von Männerkehlen der Sturmgesang der *Internationale* hoch. Alles schob den Ausgängen zu. Es fiel mir auf, wie sich ein Kordon von Leuten um mich herum zusammenzog, wie sie mich fixierten, mich von allen Seiten her drückten und mit gespanntem Willen in ihrem Ringe festhielten. Aha, dachte ich, Rollkommando! In diesem seelisch höchst gespannten Zustand wurde ich durch die Vorhalle, die Treppe hinunter, auf die Straße geschoben, immer die 20 Mann um mich herum. Erst als wir ungefähr hundert Schritt von dem großen Haupteingang entfernt waren, löste sich die Gruppe, es verschwand der eine, dann der andere, zum Schlusse blieben nur noch drei Mann übrig. Davon machte endlich einer den Mund auf und sagte: »Herr Dr. Stadtler, wir sind Kommunisten. Schon während der Versammlung haben wir uns zusammengetan und untereinander überlegt, wie wir Sie schützen und nach Hause bringen würden. Wo wohnen Sie? Wir bringen Sie ins Hotel!« Ich war sprachlos, nannte das Hotel und versuchte, langsam zu mir selbst zu kommen. Und nun war ich auch so weit, daß ich meinerseits die drei Kommunisten bat, mich nicht nur bis zum Hotel zu begleiten, sondern mit mir auf mein Hotelzimmer zu gehen, damit wir bei Bier oder Schnaps miteinander reden könnten. In jener Nacht setzte ich den drei Kommunisten meine Gedankenwelt über Arbeitsgemeinschaft, Betriebsräte, berufsständischen Aufbau der Wirtschaft, Beseitigung des Parteienwesens, Eingliederung der Arbeiterschaft in die Wirtschafts- und Gesellschaftsordnung eines nationalen volkstümlichen Staates auseinander. Ihre einzige Antwort war immer nur: »Herr Dr. Stadtler, Sie gehören zu uns! Sie müssen Kommunist werden! Solche Führer wie Sie können wir gebrauchen! Was machen sie bei den Bürgerlichen? Das ist doch nur feiges Gesindel! Nicht mal in die Versammlung sind sie gekommen, um Sie zu schützen!«

Mit einem Sturmangriff ist nichts getan

Bis zum Morgendämmern hatte Volker wachgelegen. Der Regen rauschte auf die Dächer der Gutsgebäude, trommelte wie unaufhörliches Maschinengewehrfeuer gegen die Fensterscheiben seiner Stube, sein Gehör, sein Hirn. Alle Gedanken schienen ihm durcheinandergeworfen von diesem peitschenden Gedröhn, zerrissen und auseinandergefetzt, bevor er auch nur einen zu Ende gedacht hatte. Jetzt setzte er seine Jäger zum Sturm ein. Sprung auf! Niederwerfen! Eine Mine flattert auf. Fünfzig, hundert seiner Leute tanzen einen Reigen hoch in der Luft, klatschen in blutigen Klumpen nieder. Halali, ihr Geendeten. Horrido, ihr Überlebenden. Drauf und dran! Einen Kolben her – ich führe. Auf die Kuppe! Auf die Kuppe! O ihr Braven, ihr Brüder, ihr Blutzeugen. Was schreit der Niklas? Wir schmeißen's? Keucht er's? Wo ist der Atem? Oben sind wir! Oben! Sieg! Schwarzweißroter Sieg! Himmel und Herrgott – wer hat sich erdreistet – die Fahne unserer Blutzeugen – unserer Toten herunterzuholen? Du, Franziska? Würdeloses Geschmeiß! Für euch hat die Fahne vier Jahre und mehr geblutet. Und ihr speit sie an? Fort, übers Meer, irgendwohin, wo man unsere Scham nicht sieht. Das sind doch Glocken? Ich will schlafen – auf lauter blühendem deutschen Land – – –

Volker lehnte sich weit hinaus. Sein Blick schweifte über die Felder und Wiesen. Die jähe Schneeschmelze hatte Sümpfe erzeugt, unter dem Druck des nahen Rheines war das Grundwasser gestiegen, quirlte aus dem Boden, strömte als breite Bäche zwischen den Feld- und Wiesensümpfen. In der Ferne, dem Rhein zu, schimmerten schon die zusammenbrodelnden Grund- und Schneewasser wie weite Seeflächen. Kanäle brachen aus und verbanden die Seen. Über ein kurzes, und sie bildeten ein einziges Meer. Und der Regen strömte, der Föhn juchheite über die Niederungen, und vom Rhein her kam anschwellend ein Brausen und Grausen.

Die Herren mußten das Frühstück stehend einnehmen.

»Darf ich Ihren Arbeitsplan wissen? Wo werden wir eingesetzt?«

»Lieber Volker, mit einem Sturmangriff ist nichts getan, wenn der Sturm selbst angreift. Die Dämme in den Feldmarken halten stand. Nur die Abzugskanäle müssen wirksam bleiben. Die Überschwemmung als solche schadet nicht soviel, wenn sie langsam steigt und wieder wegsackt. Die Ackerkrume, das angebaute Land, darf nicht weggerissen werden.«

»Ich bin ein Landwirtssohn, Dülkingen. Mein älterer Bruder bekam das Gut, ich den Degen.«

»Ausgezeichnet,« sagte Dülkingen. Und hinaus ging's in den rauschenden Regen. Der alte Freiherr führte. Spannkräftig wie der Jüngste schritt er voran. Über die endlosen Dämme und Deiche. Neben sich, zur Linken und zur Rechten, das leis glucksende Grundwasser. Die Gestalten seiner Knechte nebelten in der weiten Gemarkung wie Striche und Punkte durch den Regen. Paarweise tauchten sie an den Abzugskanälen auf, mit riesigen Hakenstangen bewehrt, blitzschnell herauszufischen, was angeschwommen kam, was den Durchlaß verstopfen konnte. Oft hieß es, bis an die Lenden ins Wasser hinein, mit den Armen, mit den Leibern nachhelfen, daß keine Stauung kam.

Der Gutsherr spähte vom Damm aus über den geruhsam steigenden Wasserspiegel. Nun schob er die Finger in den Mund. Ein paar gellende Pfiffe gaben verabredete Zeichen. Die Pfiffe wurden von den Nächststehenden aufgenommen und weitergegeben. Nach einer Viertelstunde hatte sich die Mannschaft um den Gutsherrn versammelt. »Die Gefahrstellen liegen nur noch an der Waldgrenze. Dorthin alle als Beobachtungsposten. Marsch.« Der Trupp setzte sich in Bewegung. Die gefällten Stämme lasteten tief im Boden, das Astholz lag in Geviertmetern zwischen den Bäumen verrammelt. Nur vom Windbruch drohte Gefahr. Der Föhn raufte den Wipfeln das Dürrholz aus, als kämmte er aus wuscheligen Weiberschöpfen das falsche Haar. Dülkingen übergab den Befehl an Volker. »Das verstehen Sie vom Schlachtfeld her besser.« Und Volker ließ unverzüglich das Unterholz vom Gröbsten säubern und die Waldgrenze durch Posten sichern.

Der Atem des Verbrechens weht

Gegen Abend betraten die Späher der Vorhut der Wetterschen Leibtruppen zu je zweien jeden Straßeneingang und sahen, wie die Stadt dalag in einer Dämmerung, die wie mit grauen Spinnfäden sie erdrosseln zu wollen schien. Von Grauen gepackt, meinten sie, die Stadt wäre am Sterben. Sie meldeten ihre Ansicht Wetter selbst, worauf dieser eine Falle witterte, mit einigen Hauptleuten den Truppen voran sich der Stadt vorsichtig näherte, nachdem er seine Soldaten durch vorgeschobene Posten nach allen Seiten gesichert hatte. Als er von Nordosten her die Hauptstraße betrat, stieg ihm die kühle Dämmerung aus düsteren Räumen entgegen. In einer Stille wie nach einem Morde winkte er den hinter ihm katzenweich schreitenden Auerberg zu sich an seine Seite, nur um seine Menschenwärme beruhigend zu fühlen. Während sie weiterschritten und mit außerordentlicher Spannung die Fensterreihen der vereinzelt stehenden Häuser musterten, ob dort kein Gewehrlauf, kein verstecktes Licht, kein Leben zu entdecken wäre, sahen sie plötzlich ganz fern sich etwas bewegen. Auerberg machte Wetter aufmerksam, und beide unterschieden einen Mann, der sie ebenfalls bemerkt zu haben schien, denn er hob die Hände wie jemand, der sich ergeben will, und kam langsamen, schweren Schrittes näher. Bald sahen ihre scharfen Augen, daß er den linken Arm verbunden hatte und an beiden Oberarmen eine Binde des roten Kreuzes trug. Nach einer Weile flüsterte Wetter fast froh: »Es ist Asseweeth, von dem ich dir als von einem nützlichen Christen erzählt habe.«

»Was ist geschehen?« fragte Wetter mit gedämpfter Stimme. »Die Anarchie.«

138

Wetter wußte nichts zu sagen, bis daß er aus finsterem Sinnen plötzlich unvermittelt knirschte, um sich Luft zu machen: »Ich schritt von Erfolg zu Erfolg. Man unterschlug meine Nachrichten. Vor mir der Sieg, hinter mir in meinen Spuren Aufruhr, Verrat, Anarchie, Verbrechen, Zusammenbruch. Mein armes deutsches Reich, ich ...« Asseweeth, der Wetters wahre Seele hatte aufglühen sehen, war ergriffen von Liebe und Trauer zu diesem tatbegierigen Manne, dessen phantastische Ideen nichts Geringeres waren als ein Traum von Deutschlands Erneuerung. Wetter zog ihn und die mehr rückwärts stehenden Anführer zu einem Rat heran. Einem Anführer, den Wetter mit besonderer Höflichkeit behandelte und den er Kerstenberg nannte, vertraute er die Aufgabe an, den Bahnhof und seine Geleise nach Süden zu gegen die nahenden Regierungstruppen zu besetzen. Dieser Kerstenberg war von kleiner, schlotteriger Gestalt, trug einen zerfetzten Mantel, worunter aber elegante Lackstiefel im Nachtdunkel weiß auflichterten. Sein von Leidenschaften zerrissenes Gesicht war schmal und knochig. Das rechte Augen blieb starr und gläsern; es war blind; das linke wie in Fieberglanz, flackerte stechend und voll Gier, beachtet und gefolgt zu werden. Er verlangte zu seiner Hilfe den jungen Adjutanten Wetters, dessen Vertrauen sprühende Strammheit er für seine wichtige Aufgabe nicht entbehren zu können erklärte. Asseweeth, der die Zusammenhänge mehr erriet als verstand, wunderte sich, daß Wetter nachgab.

»Dieser Kerstenberg ist ein Abtrünniger,« bemerkte Wetter, als er etwas später, seine Truppe in Abständen hinter sich herziehend, mit Asseweeth langsam, durch Späher gesichert, dem Stadtinnern zustrebte. »Kerstenberg fand bei den Seinen, die in Behäbigkeit erstarrten, nicht genug Arbeit für seinen Ehrgeiz. Er ist vom Adel, und wurde in der roten Armee das, was er früher als Generalstabsoffizier schien: nämlich Frei–herr. Er fühlt sich als Außenseiter. Aber das stachelt ihn an, uns zu beweisen, daß wir keinen besseren Kämpfer haben als ihn.«

Von der Stille der finsteren Nacht, aus der tausend geschlossene Augen furchtbare Dinge zu verheimlichen schienen, bis zum Herzklopfen bedrückt, antwortete Asseweeth auf Wetters Reden mit Schweigen. Da raschelte ein Flattern. Gespensterhaften Gesichtes, ein brennend leuchtendes rotes Kreuz am Arm, flog eine Gestalt aus dem Dunkel; und ihre Hände wie zum Gebete verschlungen, hauchte sie in größter Angst: »Jan, hüte dich!«

»Weg!« wehrte Wetter aufgeschreckt und gehässig. »Martha! Du weißt, daß du mir verhaßt bist.« Mit eines Seufzers wehem Laut und auch so leise verflog sie, folgte aber, wie Asseweeth beobachtete, den Schritten der Männer von ferne.

»Sie kann es nicht lassen!« ärgerte sich Wetter. »Sie ist die unnütze Leidenschaft meiner Jugend. Damals war ich blind und kannte meine Aufgabe noch nicht.«

Asseweeth erklärte, daß Martha Stavenhagen wohl die einzige Person sei, die ihn, den Spartakistenführer, uneigennützig liebe.

»Sie ist aufdringlich. Sie hat vielleicht schwätzen hören, daß man mich umbringen will. Sie hat vielleicht auch nur schlecht geträumt, wie alle Weiber, die unglücklich lieben,« erwiderte Wetter grob und meinte dann: »Sie, Asseweeth, Sie machen aus einer Pfütze, nur weil sich Sterne darin widerspiegeln, einen Himmel.«

Unvermittelt wurde er lebhaft und gestand seine geheimen Absichten und Ansichten: »Noch wirft das Glück mir seine Gaben zu. Vorgestern hielten wir im Lager der roten Armee die Versammlung der Räte aller Bezirke, wo man nicht wie hier zerstörte, sondern die Einheitsfront aller wahren Sozialisten aufrichtete, stützte, erweiterte. Die Bewegung durchzittert die Städte, läßt die Schwachen erbeben, die Sehnsüchtigen erglühen. Deutschland ordnet sich neu. Wir werben. Erzählen Sie von den Verrätern. Es regt mich zu neuen Einfällen an und zu neuer Stärke. Schön ist diese Nacht,« schloß er plötzlich und verstummte. Schön? fragte sich Asseweeth, statt der Aufforderung Wetters zu entsprechen. Wie seltsam das alles doch ist, sann er für sich hin, wir schreiten in der Finsternis, und der

Widerhall unserer vorsichtigen Schritte klingt wie Klage. Ein Schrei stößt weit von uns auf. Ein Schuß kracht, verschlungen von einer Totenstille. Eine Mädchenliebe geistert und fleht »hab acht!« und verschwindet wie der Wehlaut eines Windes. Alles sei im Fluß, sagt der Mann neben mir. Deutschland ordne sich neu. Das Herz der Menschen scheint aber stille zu stehen. Der Atem des Verbrechens weht. Jener Schatten da ... Neben sich hörte er Wetters Stimme: »Wer da? Halt!« Eine andere antwortete: »Achtung, das war die Stimme Wetters!« Der Lichtkegel einer Taschenlampe sprang, heftete sich auf Wetter, der gleichfalls seine Taschenlaterne aufknipste und mit ihrem Licht das angespannte Gesicht des Peter Fedorowitsch traf. Zwei Schüsse spien Tod. Neben Asseweeth sackte, während um ihn herum ein Knäuel von Menschen huschte, sprang, rang, während Lichterstreifen schossen und erloschen, während Taschenlämpchen am Boden zerschmetterten, ein Körper nieder. Asseweeth beugte sich, fühlte. Es war ein Frauenkörper. »Martha!« rief er. Rief es laut, erschüttert durch die Gespensterhaftigkeit des Geschicks, betastete das Gesicht, wie um sich durch die Finger zu überzeugen, daß die Augen nicht logen, schrie auf im Grauen vor dem Spott des Todes, im Ekel, ihr schönes Gesicht so zerrissen, so besudelt, ihr Opfer für den Geliebten so entstellt zu wissen. »Tot!« Was war das für eine Ruhe! Er fühlte sie, obschon er ganz aufgerissen wurde von Todesfurcht und Schmerz. Sinnlos schrie er, brüllte er »Tot! Tot!«

Da unterbrach ihn eine metallene Stimme, schwoll und schwang: »Ein Zeichen ist geschehen, Brüder! Der Ausländer, der Russe, der sich Kommunist schimpft, aber ein Anarchist ist, der Todfeind des deutschen Sozialismus, er konnte mich nicht erschießen, obschon er richtig gezielt hatte.« Er machte eine kleine Pause; es war, als ob er auf seinen eigenen Atem in Freude am neuen Leben selig lausche. »Ich sollte noch nicht sterben. Meine Aufgabe soll ich erst erfüllen. Was ihr hier erlebt, was die Russen euch predigen, ist die Gier, daß der einzelne ausführen könne, wozu er Lust habe. Das ist Kampf aller gegen alle. Das ist Anarchie, ist Wirrwarr. Aber gehorchen zum Wohle der Brüder, sich Opfer auferlegen, kämpfen, arbeiten für eine bessere Lebensordnung, das ist leben und sterben für die Gemeinschaft. Meine Truppen sammeln sich, wie vorher befohlen. Wir halten die Stadt besetzt. Es lebe die gerechte Internationale! Nieder mit der Anarchie!« Warum stimmte niemand ein in den Ruf? Es raunte durch die Finsternis. Schritte schlürften. Stille schnürte alles ab. Asseweeth sah niemanden vor sich. War alles, was geschehen, ein Gespenst seiner Einbildung? Aber da lag doch der Körper Marthas. Seufzend bückte er sich und nahm ihren Körper auf, bettete ihren Kopf sorgsam liebevoll auf seine Schulter, was ihm wegen seines verwundeten Armes Mühe über Mühe, Schmerzen über Schmerzen bereitete, und trug ihn, als es endlich gelungen war, fort, ins Krankenhaus. Während er so beladen, mühsam und vorsichtig seines Weges einherschritt, war es ihm, als ob jemand folge, als ob jemand höhnend kichere. Blieb er aber stehen, um zu lauschen, so hörte er nur die kühle Nacht atmen, wendete er sich um, damit er seinen Verfolger erblicke, so zeigte sich ihm nur der schwarze Abgrund der Finsternis.

Am Fenster Hanna Westerland, den kleinen Karlmann hoch auf dem Arm

In früher Morgenstunde hatte Volker seine Herren in das Jagdzimmer bitten lassen. »Wir wünschten nicht über See ein neues Glück zu suchen, sondern das alte Glück, mit Stolz ein Deutscher gewesen zu sein, zu vergessen. Die unfreiwilligen Rasttage auf dem Dülkinger Hof haben mich anders sehen gelehrt. Daß die flammende Verwahrung, die wir gegen die Verelendung Deutschlands einlegen, eine leere Geste ist, wenn wir nicht gegen diese Verelendung an irgendeiner Stelle Hand anlegen. Das habe ich in diesen Tagen vom alten Dülkingen gelernt, ich möchte, daß Sie es auch lernen.«

»Vater – « sagte der junge Volker fragend und erhob sich zögernd.

»Ich weiß, Fritz. Ihr seid mir ohne weiteres gefolgt. Jeder von uns begrub eine Hoffnung. In Deutschland liegt Land brach. Und Deutschland muß verhungern, wenn es sich nicht selber ernährt. Tag für Tag können wir mit einem Stück Arbeit ein Stück Zukunftsleben wachsen sehen und Herren sein auf der eroberten deutschen Scholle. Ich kann von Herrn von Dülkingen Ödland übernehmen – wenn Sie meines Glaubens sind.«

Bartenstein erhob sich. Er lächelte. »Auch mir ist die Heimaterde lieber.«

»Man hat mir hier mein Kind gesund gepflegt,« sagte Hagen rauh. »Das verpflichtet.«

Fritz Volker trat an den Vater heran und preßte ihm die Hand.

Volker suchte Dülkingen auf dem Gutshof. Die Regenwolken waren über Nacht auf die Nordsee hinausgeblasen worden. Er klopfte an eine Tür und trat auf einen Anruf ein. Am Fenster stand Hanna Westerland, den kleinen Karlmann Hagen hoch auf dem Arm. Der Junge hielt seine Beinchen fest um ihr Mieder geschlungen und seine Arme um ihren Hals. »Wir sind Freunde geworden, der Karlmann und ich. Und damit ist in unserer heutigen Zeit wohl alles gesagt.«

»Du, ach, du!« jauchzte der Knabe und küßte sie ins Haar.

»Verzeihung – ich suchte Herrn von Dülkingen,« sagte Volker verwirrt und trat zurück.

»Gegenüber die Tür,« hörte er ihre Stimme aus den Liebkosungen heraus, denen sie nicht wehrte.

Dülkingen paffte aus seiner Zigarre ein paar große Ringe heraus und ließ den einen durch den anderen gleiten. »Anpassen können ist alles, lieber Volker. Und so heißt es nun bei Ihnen: mit allen Mitteln ein lebenswertes Leben aufrichten.«

»Sie sagen doch, daß die Mark noch immer tiefer sinkt.«

»Gerade darum sollen Sie mir so schnell wie möglich Ödland abkaufen. Dann bin ich der Dumme.«

Des Alten Augen funkelten vor Vergnügen. »Ich möchte mal,« sagte er, als entlocke er sich ein Geheimnis, »anständige Gesellschaft haben,« und er blickte sein Gegenüber mit jäh aufgerissenen Augen an, als hätte er ihn überrumpelt.

»Nennen Sie Ihre Bedingungen, Dülkingen.«

Der lächelte wie überlegend vor sich hin. Sein Auge traf sich mit Volkers Auge. »Sie beginnen mit der Arbeit. Zunächst so, als ob Sie die Arbeit für mich verrichteten. Wollen Sie eines Tages das urbar gemachte Land in Eigentum übernehmen, so gilt der heutige Tag mit seiner Wertfestsetzung als Ankaufstag. Ich berechne den Vorkriegswert, weil sich der Wert erst durch die Urbarmachung steigert. Dafür, daß ich Ihnen eine genügende Zahl Hektar altes Kulturland zum sofortigen Anbau der notwendigen Lebensmittel überweise und Ihnen für die Bearbeitung der Ödländereien die Betriebsmittel liefere, beanspruche ich den zehnten Teil des urbar gemachten Landes. Dagegen können Sie nichts haben. Der Zehnte war schon unter den alten Juden gebräuchlich. Sie werden die Werbetrommel rühren und eine ganze Ansiedelung da draußen schaffen müssen. Geben Sie den Ansiedlern denselben Vertrag, den ich Ihnen gebe. Jeder soll die Möglichkeiten haben, sein eigener Herr und ein freier Mann zu werden. Denn Arbeit ist Befreiung.«

Wenige Tage später gingen sie hinaus und schritten nach der Karte die vorläufige Grenze ab. In Hagens Augen aber brannte zum erstenmal ein Licht, als er mit Niklas die Landmessergeräte handhabte und von Schritt zu Schritt eine Heimat näher kommen sah für sich und seinen Jungen. Die Knechte des Dülkinger Hofes übten Schmiede- und Schlosser-, Schreiner- und Zimmermannshandwerk, wie es auf einem so großen Gutshof gebraucht wurde. Dülkingen stellte sie auf eine kurze Spanne zur Verfügung, und sie fanden in Hagen, der das Bauwesen studiert und

Bergwerke und Güter geleitet hatte, den unermüdlichen Führer und Helfer. Die Offiziere griffen zu Hacke und Grabscheit und warfen den Boden aus, die Knechte behauten die Baumstämme zu Balken. Über Nacht wuchsen die ersten Behausungen unter den Dachfirst, denn die Menschen schauten nicht nach der Uhr, sondern auf die Fäuste.

Als die gröbste Arbeit geschehen war, brachte Niklas aus der nahen Festung Wesel das erste Dutzend Leute heran. Er hatte sich den Posten eines Werbers ausgebeten, weil er nicht nur die Sprache der Leute verstand, sondern auch ihr Schweigen. Er hatte mit Jägeraugen ausgesucht. Kriegsverletzte in der Mehrzahl, darunter Vater und Sohn aus ein und derselben Kompagnie.

Preußen und Kant

Dem preußischen Pflichtideal liegt noch heute eine Art stillschweigenden Vertragsverhältnisses zugrunde zwischen dem

Fürsten und seinem Untertanen. Der Untertan verpflichtet sich, zu »dienen«, der Fürst »schützt« ihn dafür. Überall, wo es Fürsten gibt, hat es einen ähnlichen Vertrag gegeben. In Preußen aber kam dazu folgendes: Das Elend des dreißigjährigen Krieges hatte vagabondierende Soldaten hinterlassen, die marodierend, raubend und wohl auch mordend das Land durchstreiften. Vielleicht aus Frömmigkeit – Armenwesen und Polizei gehen in protestantischen Staaten Hand in Hand – schuf Friedrich Wilhelm, der Große Kurfürst, den miles perpetuus, das stehende Heer. Der Pflichtvertrag wurde zur »verdammten Pflicht und Schuldigkeit« aus Anerkennung gegen die kurfürstliche Güte. Der miles perpetuus ist ein tief verworfenes Geschöpf; er kann seinem Herrgott danken, daß der Kurfürst ihn nicht aufknüpft, sondern lebenslänglich »dienen« läßt. Der Kurfürst war kein gelinder Herr. Aufs strengste ging er gegen das Raufen und Balgen seiner Offiziere vor: Duellanten und Sekundanten bestrafte er mit dem Tode. Durch hinreichenden und »regelmäßig ausgezahlten« Sold fesselte er die Offiziere an sich. Auch durch die Macht seiner »christlichen« Persönlichkeit. Der preußische Militarismus in seinen Grundlagen ist »gottesfürchtig«. Die von Gott eingesetzte Obrigkeit begnadet den Sünder. Es ist ein religiöser Militarismus.

Die preußische Armee in ihrem Ursprung ist ein Verbrecherinstitut, dem die Gnade des Fürsten zuteil geworden ist, und noch der Sadismus heutiger Unteroffiziere und preußischer Offiziere beim Drill, der eine absolute Inferiorität des ihm ausgelieferten »Menschenmaterials« voraussetzt, zeigt Parallelen mit dem Gefängniswesen, die Gegenstand theologischer Dissertationen werden könnten. Die Rache ist Ausgangspunkt einer brandenburgischen Hausphilosophie, der auch Kants Rigorimus sich nicht zu entziehen vermochte und der alle strengeren Naturen ihr spekulatives Interesse nicht versagen können.

Ist es ein Zufall, daß Kant schrieb: »Wir stehen unter einer Disziplin der Vernunft. Pflicht und Schuldigkeit sind die Benennungen, die wir allein unserem Verhältnisse zum moralischen Gesetze geben müssen.«

Er fühlte als Mensch und Preuße sich verpflichtet, der teuflischen Wirklichkeit eine göttliche Wurzel zu suchen. Und er fand diese Wurzel, die Würde, in der freiwilligen Zustimmung zu Gebot und Befehl: in der Antizipation des Befehls, und er nannte sie »kategorischer Imperativ« im Namen der »Persönlichkeit«.

Kant schreibt: »Hält nicht einen rechtschaffenen Mann im größten Unglück des Lebens (dem Militärdienst), das er vermeiden konnte, wenn er sich nur hätte über die Pflicht wegsetzen können, noch das Bewußtsein aufrecht, daß er die Menschheit in seiner Person doch in ihrer Würde erhalten und geehrt habe; daß er sich nicht vor sich selbst zu schämen und den inneren Anblick der Selbstprüfung zu scheuen Ursache habe?«

Er hat dem preußischen Untertanen das gute Gewissen gegeben, sich knuten und knebeln zu lassen.

Da warf das Nordlicht scheinwerfergleich seine Strahlen über die Wolken

Was Scapa Flow für uns Internierte gewesen, das kann nur der voll und ganz verstehen, der selbst monatelang Tag für Tag auf seinem Schiff so und so viele Schritte vorwärts und die gleiche Anzahl rückwärts hin und her gependelt ist, der monatelang keinen persönlichen Verkehr von Schiff zu Schiff gehabt hat, obwohl die Schiffe in Rufweite beieinander lagen und und ohnmächtig an ihren Ketten rüttelten.

Es waren erhebliche Ruhestörungen vorgekommen, u. a. war, wenn auch nur auf Stunden, der Kommandant des Flaggschiffes abgesetzt und an dessen Stelle ein Deckoffizier ausgerufen gewesen; der bisherige Oberste Soldatenrat war durch einen noch radikaleren ersetzt worden; auch hatte sich eine Anzahl von Leuten, etwa ein Fünftel der Besatzung des Flaggschiffes, unter Führung eines spartakistisch gesinnten Oberheizers zu einer *Roten Garde* zusammengeschlossen. Für solche Vorkommnisse hatte die Internierung den günstigen Boden geschaffen. Die Abgeschlossenheit von der Außenwelt und der geistig nicht anregende, körperlich nicht ermüdende und viel freie Zeit lassende Arbeitsdienst hatten das vorhandene, schon an sich nicht geringe Sensationsbedürfnis erheblich gesteigert. Der Funkdienst, Presse und Briefe hatten mit ihren Schilderungen von den Straßenkämpfen, die im Januar 1919 in Berlin und anderen Orten Deutschlands stattgefunden hatten, besonders aber durch die Nachricht vom Umkommen Liebknechts und Rosa Luxemburgs allgemeine Erregung hervorgerufen. Diesem Seelenzustand war dann eine starke Gereiztheit gegen alle Personen entsprungen, von denen die Menge annahm, daß sie ihre übertriebenen Wünsche nicht verstehen, vertreten und erfüllen würden; zu diesen Personen rechneten natürlich in erster Linie die Offiziere.

Der Offizier erschien als die verkörperte Reaktion. Ihm galt der Kampf. Diesen führten der Oberste Soldatenrat und die vielen radikal gesinnten Soldatenräte der Schiffe, getrieben von ihrem Anhang unter den Mannschaften und gestützt auf ihn. Die Soldatenräte wollten keinesfalls zulassen, daß der Offizier in seine frühere vorherrschende und ausschlaggebende Stellung zurückkehrte. Am liebsten hätten sie ihn ganz ausgeschaltet; doch war dies nicht zu erreichen, weil für den englischen Admiral der Offizier der Repräsentant des Verbandes und der Schiffe war, zu welchem Amt sie – zu ihrem großen Leidwesen – vom englischen Admiral nicht mit zugelassen worden waren, und weil die Berufskenntnisse, in denen auch die große Menge die einzige Gewähr für die Sicherheit ihres Lebens an Bord sah, den Offizier unentbehrlich machten. So mußten sich die radikalen Elemente mit dem Fortbestehen des Offiziers abfinden, doch bemühten sie sich, den Offizier sich unterzuordnen, ihn zu ihrem Organ zu machen. Abgesehen vom Standesinteresse forderte es die Wahrung unseres Besitzrechtes an den Schiffen, den Offizier in seine alte Stellung zu den Mannschaften wieder einzusetzen, seine Autorität wiederherzustellen. Die Ziele der Offiziere und der radikalen Soldatenräte standen sich mithin feindlich gegenüber.

Die völlige Absperrung von Land mußte die Besatzungen mit der Zeit trotz aller Bemühungen, Ablenkung zu schaffen, seelisch mitnehmen. An Bord der großen Schiffe war das Leben immer noch erträglicher als auf den T-Booten. Auf ersteren war wenigstens Raum für Vorträge, für geistige und berufliche Fortbildung, für Bewegung und Sport aller Art, und die Besatzung hatte bei ihrer größeren Zahl immer das eine oder andere Mitglied mit der Gabe, andere zu unterhalten und aufzufrischen. Lagen bei den T-Booten die Verhältnisse an sich schon ungünstiger, so trat hier noch der besondere Übelstand hinzu, daß die aneinander festgemachten Boote bei dem meist herrschenden Seegang auf ihren Liegeplätzen stark gegeneinander schlugen und daß diese schweren stoßartigen Erschütterungen sowie die Sicherungsarbeiten hiergegen die Besatzungen auch nachts häufig nicht zum Schlafen kommen ließen.

Die Internierung lastete auf den Mannschaften, sie rief in ihnen einen Zustand der Gereiztheit hervor, der nur eines geringen Anlasses bedurfte, um es zu Ruhestörungen und Ausschreitungen kommen zu lassen. Nur zwei besonders schwere Fälle seien aus der großen Zahl der Ausschreitungen genannt. In dem einen hatten sich auf einem sonst an Haltung bewährten Linienschiff mehrere Leute zusammengetan und nachts unter erheblichem Lärm die rote Flagge am Göschstock gehißt, hatten sie aber, als sich das wahrscheinlich durch den Spektakel angezogene englische Wachfahrzeug näherte, wieder niedergeholt. Die Besatzung, empört durch diesen Vorfall, verlangte strenge Bestrafung der Übeltäter. Da die Vollstreckung der verhängten Arreststrafe im

Verband wie in der Heimat nicht genügend sichergestellt schien, verbüßten sie ihre Strafe auf meine Veranlassung in einer englischen Arrestanstalt in Perth und wurden danach, weil diese Art der Verbüßung, verbunden mit einer Fahrt durch das schottische Hochland, als angenehme Unterbrechung der Internierung aufgefaßt werden und zu weiteren Vergehen herausfordern konnte, nach Deutschland zurückgesandt. Der zweite Fall ereignete sich auf einem anderen Linienschiff. Er spitzte sich schließlich zu einer schweren Meuterei zu; Anlaß hatte eine mit Recht verhängte Arreststrafe gegeben, deren Vollstreckung ein großer Teil der Besatzung, getrieben von einigen kommunistischen Hetzern, verhindern wollte. Die Anstifter wurden bald entlarvt und auf meine Veranlassung als kriegsgerichtlich in Haft befindlich bis zum Abgang des nächsten Postfahrzeuges nach Wilhelmshaven an Bord eines englischen Linienschiffes untergebracht.

Der Drang, der Internierung zu entfliehen, war so stark geworden, daß viele Leute wohl nur deshalb Vergehen begingen, um auf Grund eines kriegsgerichtlichen Verfahrens, das in Scapa Flow bis zum Spruchgericht nicht durchgeführt werden konnte, nach der Heimat gesandt zu werden. Dieser Weg aus der Internierung schien ihnen um so unbedenklicher, da sich herumgesprochen hatte, daß die in kriegsgerichtlicher Untersuchung Befindlichen bei Rückkehr in die Heimat zunächst einen längeren Urlaub erhielten und das Kriegsgericht dann auch nicht so genau genommen würde. Da auch Disziplinararreststrafen an Bord der meisten Schiffe nicht vollstreckbar waren, so blieb dem Verbande häufig nichts anderes übrig, wenn die Abgänge nach der Heimat zur Strafverbüßung nicht die teuer behütete Fahrtbereitschaft in Frage stellen sollten, als ein Auge zuzudrücken; so entgingen eine ganze Anzahl Leute ihrer wohlverdienten Strafe.

Die Internierung drückte auf uns alle. Doch was Kameradenliebe uns nicht geben und was Feindeshaß uns nicht rauben konnte, das waren die Wunder der Natur in Scapa Flow. Gewiß, die Szenerie um uns her war rauh und öde. Wasser, Berge, sonst nichts. Und doch hatte auch dieser vergessene Erdenwinkel seine Reize, seine Schönheiten – nicht tagsüber, bei grellem Sonnenlicht oder wenn Regenwolken alles grau in grau malten; die Abende und Nächte brachten sie. Da warf das Nordlicht scheinwerfergleich seine Strahlen über die Wolken und ließ sie in gelbem Lichte aufleuchten, dann wieder ergoß es sich in einem einzigen Feuermeer über das ganze Firmament. Und die Sonnenuntergänge: herrlich in ihrer Farbenpracht! – – Es ist doch ein Gott! –

Vorbei die Tage, wo der Kampf fein wie Liebe war

Mit dem Lichte der klaren Sonne, die sich in der Morgendämmerung auf die Stadt herniederließ und Schornsteine, Fabriken, Häuser, Straßen von den Verschlingungen und Erdrückungen der grabschwarzen Nacht in langsamer Gewißheit erlöste, ging es durch die Brust Tausender von Menschen wie ein Erwachen zu neuem Leben. Je mehr das Grauen der todesstillen Finsternis entwich, verschwebten die Würgengel der Nacht, und es war, als ob die Greuel und Verbrechen, die lustvoll wie gute Taten vollführt worden waren, die grauenhaften Bosheiten eines höllischen Spuks gewesen seien. Aber kaum verscheuchte das schwache Sonnenlicht die letzten Nebel, als von den Kirchtürmen durch die kühle Luft ein Sturmläuten brauste, das neue Unruhen verbreitete und die Menschen, die die Ursache nicht kannten, in ihre Wohnungen erneut wie in Gefängnisse bannte.

Wetter verschluckte einen Fluch. Das drückende Gefühl von einem nahenden Untergange verstärkte sich und reizte ihn, als er ganze Haufen Arbeitersoldaten vom Bahnhof her herantrotten sah und erfuhr, daß diese Leute nicht mehr unter dem Freiherrn von Kerstenberg kämpfen wollten. Er hatte vor, sie zur Zucht und zum Gehorsam aufzufordern, und plante, sie auf ihre Posten zurückzuschicken. Er merkte aber, daß sie sich offen weigern würden, wenn er es ihnen befehle. Da kam ihm der Gedanke, einen Sturm auf die Post, den Sitz der letzten Anarchisten, zu wagen. Er hoffte so in seinen Leibtruppen das Feuer für die große Sache wieder anzufachen, um sie danach neu zu gruppieren und gegen die Militaristen, deren Nahen ihm seine Spione gemeldet hatten, erfolgreich in alter Weise zu verwenden.

Er ließ im Winde eine große rote Fahne mit einem Totenkopfe sich aufrollen, und seine erregte Stimme braust wie nie über die Menschen. »Brüder,« rief er, »es gilt den letzten Kampftag. Ein Sturm, und die Anarchisten sind verweht. Ihr besitzt die Stadt. Ihr werdet sie verteidigen gegen die Militaristen.« Hier wurde er unterbrochen durch einen Boten, der mit der eiligen Meldung kam, daß die christlichen und rechtssozialistischen Arbeiter, die nur das Rathaus und die umliegenden Fabriken und Zechen beschützen sollten, ihre Stellungen verlassen und den Bahnhof besetzt hätten. Die Truppen Wetters hätten sich aufgelöst und streiften nach der Stadt, plünderten und raubten, denn, so sagten sie, sie wollten es auch so gut haben wie ihre Brüder. Bisher hätten sie nur gekämpft und gehorcht. Höherer Lohn wäre ihr Ziel. Das wäre Vernunft. Ideale aber wären Narrheiten, die den Tod brächten. Sie bildeten Trupps, wählten ihre Anführer und drängen in Privathäuser ein und erzwängen sich durch Scheine das, was noch vorhanden und nicht versteckt wäre: Bettwäsche, Taschenuhren. Sie brüllten: »Die Bürger zahlen alles!« Selbst wenn die Regierungstruppen siegten. Alle könnten nicht bestraft werden, deshalb müsse man plündern, den Reichen beklauen; der Diebstahl am Reichen sei Ausgleich für die Armen. Der Bote wies rote Hetzzettel vor, an denen Wetter den zerstörerischen Geist und die Gerissenheit der Russen wiedererkannte. »Meine Leute, auf die ich baute, sind von der Anarchie angesteckt. Sie wollen nicht arbeiten, sie wollen nur fressen, saufen, huren, spielen, schlafen.« So fegte es durch Wetters Kopf, aber er polterte und schrie den Boten an: »Niemand durfte mich unterbrechen! Wer befahl es dir? Der Wachoffizier? Er ist ein Esel! Er soll dafür erschossen werden. Ich war daran, euch alle vor einem großen Unheil zu bewahren, vor Tod, vor Strafe, vor Elend – und nun hört ihr, wie sie unten gröhlen?«

Von unten schrie einer: »Er kann nichts mehr zusammenhalten! Das schöne Leben der Sorglosigkeit hört auf!« Ein anderer brüllte dazwischen: »Er wird besiegt! Jetzt muß jeder wieder für sich sorgen!« Eine andere Stimme höhnte: »Vorbei sind die Tage, wo der Kampf fein wie Liebe war!« Viele reizten auf: »Schlagt ihn tot, der uns so viel versprach – tot – tot …« Neu gepackt vom Willen, die Massen zu zähmen, stürzte Wetter wieder zum Fenster und wollte über die Einigkeit sprechen, die die Arbeiter unüberwindlich machte, wie in der ersten Revolution. Aber kaum hatte man erraten, was er wollte, da schrie es von unten, und es waren jene, die er bisher als besonders ergeben kannte: »Wir sind einig! Die stärkste Waffe gegen den Kapitalismus ist die Plünderung!« Sie wiesen rote Zettel der Russen vor. »Du, Wetter, bist verkappter Kapitalist! Verräter!« Von allen Seiten rief es: »Nieder mit Wetter! Nieder mit Wetter!«

Schüsse krachten, ein Ruck und Wetter lag auf einem Teppich. Er war nicht durch eine Kugel hingestreckt worden, sondern durch die schnelle Hand eines bartlosen Mannes, der den verblüfften und wütenden Wetter schlau anblinzelte, ohne Umschweife den Teppich zusammenrollte, wobei er sagte: »Der Wetter ist kein Bösewicht. Ich rolle Sie ein und verstecke Sie.« Wetter, der es sich wegen der treuen Augen des Mannes gefallen ließ, wurde irgendwohin gewälzt, blieb liegen und hörte durch den Teppich gedämpft eine Weile lang lärmen und schießen. Plötzlich brach es ab, und eine große Stille drang durch seine weiche Umhüllung. Da dieselbe lange währte, schob und drückte er sich vorsichtig vom Teppich frei, und als er dann endlich offen dalag, schaute er durch die große gesplitterte Glasscheibe auf eine leere Straße, auf Häuser mit geschlossenen Fenstern und auf einen grauen Himmel, an dem ein schwarz-blauer Wolkenballen seinen Ballast an Regen in Strömen rauschend herniedergoß. Nachdem er sich überzeugt hatte, daß die nächsten Straßen leer von Menschen seien, entschloß er sich, nach der Wohnung Asseweeths zu fliehen. »Die Militaristen werden schon im Kommen sein,« dachte er, vertauschte seine bekannten Matrosenkleider mit dem Anzuge eines toten Arbeiters, schnitt sich den verräterischen Spitzbart ab und versuchte, indem er Nebenstraßen benutzte, seine Flucht.

Asseweeth berichtete, was er gesehen und zum Teil gehört hatte, daß Webster, der Rechtssozialist, an der Seite eines Majors soeben daran sei, in die Stadt einzuziehen. Die Regierungstruppen fänden kaum Widerstand, denn Stunden vorher wären auf den Ruf: »Die Militaristen kommen!« die Soldaten der roten Garde nach allen Richtungen geflüchtet. »Die Verräter!« sagte Wetter mit gehässigem Nachdruck. »Ich muß mich schminken, mich etwas unkenntlich machen. Und dann muß ich irgendeinen Ausweis haben.« Als Asseweeth ihm seinen eigenen Ausweis und auch einige Mittel gegeben hatte, um sich ihm in etwa ähnlich zu stutzen und zu schminken, bedankte sich Wetter so, als ob er schon morgen wieder ein mächtiger Mann in Deutschland sein würde. »Es wird Ihnen alles reichlich vergolten werden.« Die Haut brannte ihm unter der Schminke.

Als Wetter auf seiner Flucht, die der Vorsicht wegen mehr einem Bummel glich, schon die schwarzen Ackerfelder zwischen Fabriken und ihren Schornsteinspitzen grüßen sah, mußte er bemerken, daß aus einer Nebengasse ein ehemaliger Rotgardist Hals über Kopf in ein Haus stürzte und wie ebenfalls ein ehemaliger Rotgardist, den er als einen der wütendsten Schreier und Draufgänger kannte, die nachstürzenden websterschen Regierungssoldaten auf das Haus, in das der Rotgardist geflüchtet war, hinwies und lachend ausrief: »Da hineingeflitzt! Wie du mir, so ich dir!

Es lebe Webster! Hurra!« Er schwenkte seine Mütze, bekam aber von Wetter, den eine Wut packte, eine solche Ohrfeige, daß er schlank hin zu Boden schlug, während Wetter, aus Freude, seinen in den letzten Stunden aufgespeicherten Groll äußern zu können, die Vorsicht außer acht ließ und schrie: »Tot sollte ich dich hauen, du Verräter, du Wechselbalg!« Er puffte ihn weiter, was der Mann sich seltsamer Weise gefallen zu lassen schien, bis daß der Mann, als er die Soldaten die Straße wieder betreten sah, auf einmal sich auf Wetter warf und mit vollem Halse den Soldaten zuschrie: »Das ist Wetters Stimme! Ich halte ihn!« Wetter ließ sofort von ihm ab, ging auf die Soldaten zu, zeigte seine Papiere, während der Mann schrie: »Glaub ihm nicht! Das Teufelsbärtchen hat er sich abrasiert! Es ist Wetter!« Auf die vernünftige, scherzhaft ruhige Einsprache Wetters wollte schon der Führer der Gruppe, ein Unteroffizier, sich mit dem Ausweis zufrieden geben, als der Schreier ganz entsetzt brüllte: »Was? Das ist Wetter, der Spartakistengeneral!« Da bekam der Unteroffizier, der Wetter weiter gar nicht kannte, weil er in den Zeitungen nur den Anzeigenteil las und Soldat nur aus Stellenlosigkeit war, eine große Angst, sich einen wichtigen Fang fahrlässig entgehen lassen zu können. Er warf sich mit feurigem Kopfe auf Wetter, der die Fesselung hoheitsvoll, wie Asseweeth selber es nicht besser vermocht hätte, über sich ergehen ließ.

Die Hoffnung, sich doch noch befreien zu können, mußte Wetter aufgeben, als er in jenen Saal geführt wurde, wo er früher als Präsident des Vollzugsrates gewaltet, wo die Bürgermeister der Stadt vorgestanden hatten, denn in diesem Saale sah er jetzt Webster, der seinen falschen Ausweis in Händen hielt, sitzen neben einigen Herren, die er nicht kannte. Kaum hatte Webster, der ganz der alte, hohe, knorrige Mann mit der schnarrenden Stimme geblieben war und dieselbe Uniform wie früher trug, einen Blick auf ihn geworfen, als er zu dem Herrn zu seiner Rechten bemerkte, während die Schwertnarbe auf seiner Stirn

rot aufglühte: »Die Schminke, der kahle Kopf täuschen mich keinen Augenblick. Es ist Jan Wetter. Führt ihn ab und verhaftet
den Idioten Asseweeth.«

Auf dem Wege ins Gefängnis sah Wetter eine solche Menge ver-
hafteter Spartakisten, daß er seinem Begleiter zurief, man könne
meinen, es bräche eine noch schlimmere Herrschaft an, als zur
Zeit der Russen, worauf der Wachmann stramm und froh, eine
gute Antwort zu haben, entgegnete, daß dies der Ordnung wegen geschehe, während die Spartakisten der Mißordnung wegen
grausam gewesen seien. Wetter, der im Namen der Ordnung und
der Ordnung selbst wegen gewaltige und nach seiner Überzeugung heilsame Dinge geplant und versucht, aber schlecht geendet
hatte, verfiel, da er durch die Worte des Wachmannes daran
erinnert wurde, in Nachdenken über die Bedeutsamkeit des
Wortes Ordnung. Er neigte ernst den Kopf, was der Wachmann
als einen Sieg seiner Worte empfand, so daß er überlegen neben
ihm einherschritt und später allenthalben verkündete, der ge-
fürchtete Wetter sei gar nicht so gefährlich, sondern ein Mensch
wie jeder andere, der nur in Freiheit ein großes Maul hätte, in
Handschellen aber kaduk wäre.

Als Wetter kurz darauf in der Untersuchungshaft hörte, daß er
nicht vor ein Standgericht, sondern vor ein außerordentliches
Kriegsgericht gestellt werden würde, löste sich die Dumpfheit,
die er im Kopfe gefühlt hatte, in erneute Spannkraft. Er hielt
es nicht für ausgeschlossen, daß er an dem Tod vorbeikomme.
Aus einer lebenslänglichen Zuchthausstrafe hoffte er beizeiten
befreit zu werden.
Zweimal hatte Wetter schon vor seinen Richtern gestanden. Als
er aus der zweiten Sitzung zurückkam und gemerkt hatte, daß
man mit ihm schnellen Prozeß machen wolle, um ein abschrek-
kendes Beispiel für die Aufrührer des ganzen Landes zu geben,
war er wütend auf seinen jungen, sehnigen Körper, der sich gar

nicht zum Tode bequemen mochte. Er ahnte einen schrecklichen und seiner unwürdigen Todeskampf, wenn er die Binde
vor den Augen tragen und sein Körper zum letztenmal die Luft,
den Raum, das Sein erleben müßte. Brütend hockte er auf seiner
eisernen Bettstelle.

Leutnant Kay hatte eine Mischung erfunden, die nannten wir den Geist von Weimar

Weimar wurde vom Landesjägerkorps zerniert. In der Stadt
selbst lagen nur wenige Kompagnien, im Schloß, am Theater.
Wir exerzierten in Ehringsdorf und in Oberweimar, wir schoben
Wache in Umpferstedt und in Süßenborn, wir kampierten in
Tiefurt und in Hopfgarten. Wenn der Dienst zu Ende war, hatten
wir nicht immer Lust, nach Weimar hineinzugehen; denn die
geruhsame Stadt verlor nichts von ihrer Farblosigkeit durch das
schwärzliche Gewimmel der Volksvertreter und deren mannig-
faltige Reden, – und uns brannte noch Berlin im Blut.

157

Wir waren zu plötzlich herausgerissen aus dem Strudel der tollen Wochen, die hinter uns lagen. Der Abmarsch aus Berlin, der nie bezwungenen Stadt, erschien uns wie Flucht und Verzicht. Und zwischen Dienst und Wache, zwischen Suff und Schwoof verloren wir uns in übersteigerten Gesprächen.

Leutnant Kay hatte eine Mischung erfunden, die nannten wir den Geist von Weimar. Nur war diese Mischung sehr fade und man mußte viel trinken, ehbevor man sich berauschte. Aber viel trinken, das wollten wir, viel tanzen, das wollten wir auch, und vor allen Dingen wollten wir nichts davon hören, was in der Nationalversammlung besprochen und beraten wurde.

Das harmlose Städtchen spreizte sich in dünner Wichtigkeit. Als der Volksbeauftrage Ebert zum Reichspräsidenten gewählt wurde, war es ausfüllendes Stadtgespräch, daß er mit weichem, grauem Hut die Ehrenkompagnie abschritt, nicht mit Zylinder. Die sechzig Berliner Schutzleute repräsentierten mit Würde Weltstadt. Jede Rede der Frau Zietz fand in den Damenkränzchen aufgeregte Besprechung. Wenn Pfarrer Traub sprach, flaggten einige Häuser schwarz-weiß-rot. Die Läden wurden fast gestürmt, als es hieß, die ersten Waggons italienischer Apfelsinen seien eingetroffen. An Sonntagen spielte die Landesjägerkapelle. Die jungen Mädchen der Stadt ließen sich in öffentlichen Lokalen nur mit Offizieren sehen, allenfalls mit Feldwebeln. Die Herren Abgeordneten tranken abends ihren Wein im Elefanten oder im Schwan und betrauerten die Zukunft Deutschlands.
Im März kamen die Nachrichten von dem Aufstand in Berlin. Gleichzeitig begann es in Mitteldeutschland zu brodeln. Eine Abteilung des Landesjägerkorps rückte nach Gotha, andere rüsteten zum Marsch nach Halle. Im mitteldeutschen Industrierevier drohte der Streik. In den Städten zogen hungernde Massen demonstrierend durch die Straßen. In München war am 21. Februar Kurt Eisner erschossen worden. Daraufhin bemühten sich die

Abgeordneten im bayrischen Parlament nicht ohne Erfolg, sich gegenseitig auszurotten. Im Ruhrgebiet herrschte Anarchie, aus den Seehäfen liefen die Lebensmitteltransporte nur spärlich ein. Im Osten knallten sich schwache Grenzschutzformationen mit vorrückenden polnischen Banden herum.

Und langsam wurden die Friedensbedingungen bekannt.

Wir strichen unruhig durch die Straßen. Es war für uns Soldaten kein Zweifel, daß die Weimarer Herren annehmen würden. Wir aber hoben die Nasen witternd in den Wind, gleich als ob wir die Vielfalt röchen, um die uns das Leben noch niemals betrog.

Leutnant Kay nahm einzelne von uns beiseite. Er sprach mit der Gruppe Kleinschroth, er suchte sich die Kadetten zusammen, er saß in den Kompagniequartieren mit den Unteroffizieren, in den Kantinen mit Leuten des anderen Bataillons, in den Weinstuben Weimars mit Offizieren und Fähnrichen und flüsterte herum.

Langsam fanden sich einige zwanzig Mann. Die erkannten sich an einem Blick, an einem Wort, an einem Lächeln, die wußten voneinander, daß sie zusammengehörten.

Aber sie waren nicht regierungstreu, sie waren beileibe nicht regierungstreu, nichts weniger als das. Sie konnten keineswegs den Mann und den Befehl achten, dem sie bislang gehorchten, und die Ordnung, die sie schaffen helfen sollten, erschien ihnen ohne Sinn.

Sie waren Herde der Unruhe in ihren Kompagnien. Der Krieg hatte sie noch nicht entlassen. Der Krieg hatte sie geformt, er ließ ihre geheimsten Süchte wie Funken durch die Kruste schlagen, er hatte ihrem Leben einen Sinn gegeben und ihren Einsatz geheiligt. Ungebärdige, Ungebändigte waren sie, Ausgestoßene aus der Welt der bürgerlichen Normen, Versprengte, die sich in kleinen Gruppen sammelten, ihre Front zu suchen.

Wo war Deutschland? In Weimar, in Berlin? Einmal war es an der Front, aber die Front zerfiel. Dann sollte es in der Heimat sein, aber die Heimat trog. Es tönte in Lied und Rede, aber der

Ton war falsch. Man sprach von Vater- und Mutterland, aber das hatte der Neger auch. Wo war Deutschland? War es beim Volk? Aber das schrie nach Brot und wählte seine dicken Bäuche. War es der Staat? Doch der Staat suchte geschwätzig seine Form und fand sie im Verzicht.

Deutschland brannte dunkel in verwegenen Hirnen. Deutschland war da, wo um es gerungen wurde, es zeigte sich, wo bewehrte Hände nach seinem Bestande griffen, es strahlte grell, wo die Besessenen seines Geistes um Deutschlands willen den letzten Einsatz wagten. Deutschland war an der Grenze. Die Artikel des Versailler Friedens sagten uns, wo Deutschland war. Wir waren für die Grenze geworben. In Weimar hielt uns der Befehl. Wir schützten ein raschelndes Paragraphenwerk, und die Grenze brannte. Wir lagen in madigen Quartieren, aber im Rheinland marschierten französische Kolonnen. Wir schossen uns mit verwegenen Matrosen herum, aber im Osten brandschatzten die Polen. Wir exerzierten und stellten Ehrenkompagnien für Regenschirme und weiche Filzhüte, aber im Baltikum traten zum ersten Male wieder deutsche Bataillone zum Vormarsch an.

Am 1. April 1919, dem Geburtstage Bismarcks – die Rechtsparteien hielten patriotische Feiern ab –, verließen wir, achtundzwanzig Mann, Leutnant Kay an der Spitze, Weimar und die Truppe, ohne Kündigung und Befehl, und fuhren nach dem Baltikum.

Meine Gedanken sind meine Kinder

Während dieser Zeit fand die letzte Gerichtssitzung über Tod und Leben Jan Wetters statt. Als die Beweisaufnahme geschlossen war, hielt er jene große Rede, die alle erwarteten. Aus dem Sinn der ersten Sätze und aus dem merkwürdig ruhigen Ton, der alle Hörer spannte, ward es klar, daß es keine Verteidigungsrede, sondern eine Abschiedsrede und ihr Inhalt ein Vermächtnis war. Das weckte viel mehr Erregung und Neugier, als die erschienenen Vertreter der großen Presse erhofft hatten. Diese Rede hatte eine Sachlichkeit, die wahrhaftig die Erfüllung will. In ihr wurde gefragt: Was wollten wir? Was haben wir nicht erreicht? Warum haben wir es nicht erreicht? Was müssen wir tun, um es später zu erreichen? Auf diese Fragen wurden so eigenartige Antworten gegeben, daß Zuhörer und Richter und Beisitzer während der Rede streckenweise vergaßen, daß sie einem auf den Tod angeklagten Menschen zuhörten.

Schon am nächsten Morgen des Tages nach der Urteilsverkündigung sollte das Todesurteil an Jan Wetter tatsächlich vollstreckt werden. Jan Wetter, der durch seine Rede eine erhabene Freiheit vor dem Tode ausgeatmet hatte, überfiel im Augenblick, als sich ihm die kühle Binde um die heißen Augen dunkel legte und der kalte Morgenwind seine nackte Matrosenbrust, worin ein starkes Leben sich mächtig sammeln und wie zur Todesabwehr ausbrechen wollte, ein Schwindel, wogegen er sich wehrte. Ein verächtliches Lächeln schien sich mehr auf seinem straffen Gesicht zu spiegeln als sich ihm aufzuprägen. Er dachte: »Meine Gedanken sind meine Kinder. Weit sind sie verbreitet. Sie tragen das Feuer des Lebens in sich. Sie werden neue Gedanken erzeugen. Nichts geht verloren. Ich weiß, daß wir unsterblich sind.« Da trafen fünf Kugeln die lebenskräftig atmende Brust. Er fiel nicht um, sondern blieb an der Wand, wovor er stand, lehnen, streng und groß mit einem Zuge von Überlegenheit selbst dem Tod gegenüber. »Er sieht so aus«, sagte einer der Soldaten, »als ob er noch immer Recht hätte, selbst noch, da er tot ist. Schnell weg mit ihm! Das ist eine nicht erlaubte Frechheit. Zum Gruseln!«

Nach Neuland

Es ging gegen die österliche Zeit. Von den Weidenbüschen stob der goldene Samenhauch, und über den weißen Birken im Walde lag ein grünes Flimmern. Auf den Wiesen in den Rheinniederungen spielte ein verräterischer, weicher Wind, der das Blut zur

Unrast verlockte. Die Ansiedler waren untergebracht. Und während sie tagsüber das Sommerkorn auswarfen, Kartoffeln und Bohnen setzten und die langen Gemüsestreifen vorbereiteten, werkten und bastelten sie des Abends an ihren Wohnungseinrichtungen. »Was dem einen ein Buch oder eine Blume, ist dem anderen ein Pfeifenkopf oder ein Bierkrugdeckel,« sagte Volker frohgelaunt. Unfroh aber machten ihn die Zeitungsmeldungen über den beständigen Rückgang des deutschen Geldwertes. Er dachte an Dülkingen und seine Lieferungen an Saatgut, Werkzeugen und Lebensmitteln.

»Wie weit kann ich es noch verantworten, Dülkingen? Sagen Sie es offen.«

Da zog ein teuflisches Grinsen über des Alten Gesicht. »Ich sagte Ihnen doch, ich habe mein Geld in vollwertigen Dollars. Und wenn die Mark auf den Nullpunkt sinkt, kauf' ich mir für einen Dollar einen Ochsen.«

Der Himmel strahlte im Sternenglanz. Volker fröstelte in den Schultern. Er atmete tief. »Also morgen, Dülkingen. Morgen siedeln wir über. Nach Neuland. Und über uns glückliche Sterne.«

Guter Rat ist Goldes wert!

Vermögensabgabe-Gesetz in Sicht! Kapitalisten können sich einen *sehr wertvollen* Rat u. Vorschläge von ält. Bankfachmann erholen. Honorar mäßig. Anfragen m. Rückporto an Phönix-Verlag, Kempten i. Bayern.

Waldemar Ring fliegt über einer Dunstschicht nach Dresden und weiter nach München

Waldemar Ring fuhr über das aufrührerische Aprilland hin. Es war schön, so ganz allein zu sein. Es war schön, nichts als den Wind und das Knattern des Flugzeugs zu hören. Und es war fast schöner noch, ins Unbegrenzte hinaus die Gedanken fliegen zu lassen – ins Unermeßliche. Der Führer hatte Karten und Zeitenrechnungen. Gewiß. Aber das ging Waldemar nichts an. Er bestimmte nur im Ungefähren die Richtung, ohne Pedanterie, ohne Eigenwillen. Es war ihm gleich, wie die Stadt hieß, in der Nachts ein Bett für ihn stand. Es war ihm gleich, ob er in der Abenddämmerung im Geläut der Glocken von St. Marien, St. Rochus, St. Peter oder St. Lorenz ging.

Er wußte heute, man flog über Schlesien hin. Er kannte das Land nicht. Er wußte nur, hier gab es sehr arme und sehr reiche Leute. Die großen Magnaten, die großen Hüttenbesitzer, die armen Weber und die armen Kinder des Gebirges.

Es war Nacht. Er wollte unter dem Sternenhimmel wegfahren und über den schlafenden Städten. Wie nahe hier beieinander die Städte sind, dachte er, oder wie rasend schnell die Fahrt ist – oder wie sehr man da oben das Zeitmaß verliert. Denn immer wieder, in fast bestürzender Eile tauchte unten jene himbeerrötliche oder gelbe Dunstschicht auf, die man als den Lichtatem großer Siedlungen kennt. Er wandte sich endlich doch an den Führer. Man verstand einander nicht gleich. Unnütze Gespräche konnten nicht aufkommen. Doch endlich begriff Waldemar: Hochöfen brennen – Natürlich, natürlich. Das gehörte sich doch so. Warum machte der Führer ein so sonderbares Gesicht?

Den andern Vormittag verschlief Waldemar in Dresden. Dann fiel ihm ein, diese Stadt konnte man sich wohl ansehen. Träge nahm er ein Auto. Die Brühlsche Terrasse. Er sah auf den Fluß hinunter, erinnerte sich: Revolutionäre hatten Menschen in diesen Fluß geworfen und dann auf die Verzweifelten geschossen. Ob die Leute vielleicht auch den Bildern in der Galerie die Augen ausgeschossen hatten, oder die Hände abgehackt?

Er ging durch die kühlen Räume, fand das Bildnis Karl des Ersten, der »das Leben geliebt und die Krone geküßt und den Frauen das Herz gegeben – und den letzten Kuß auf das schwarze Gerüst –« wie es gebräuchlich bei den Stuarts – Dann flackerte aus diesem gemalten Gesicht plötzlich eine Qual zu ihm herüber: es waren die hochmütigen Augenlider, die ihn an Ellen erinnerten. Er wandte sich, lief Treppen hinauf, durchquerte den Ecksaal am Ende eines langen Korridors – blieb betroffen stehen vor der seltsamen Haltung eines Galeriebesuchers, wandte sich und sah die Sixtina.

Jeder Mensch hat ihre Abbilder hundert- oder tausendmal gesehen, gelangweilt oder ohne Eindruck. Es geht ihr, wie allen Menschen und Dingen, die zu laut gepriesen sind, man meint, sie wäre etwas für die Vielzuvielen. Nun stand er vor dieser erschütternden Urschrift. Nicht vor einer Madonna, nicht vor Heiligen. Vor einem Menschenwerk, so groß, so erlaucht, so hinübergreifend in das Unirdische, daß man vor seinem Anblick die Überzeugung zurückbekommt von der vornehmen Geburt der Menschheit. Der Mensch ist gut. Der Mensch kann Schöpfer sein. Der Mensch wird die Krone des eigenen Lebens tragen. Der Mensch kann die Menschen zur Erlösung führen – »was wir als Schönheit hier empfinden, wird einst als Wahrheit uns entgegen gehen –«

Dies sagte Waldemar die Sixtina. Er saß in dem Raum. Aufgerüttelt und zugleich zurückgeworfen in sich selbst. Was bin ich? Nichts noch als eine Hoffnung? Was kann ich tun? Werden und wirken. Wie kann ich wirken? Bis ich selbst etwas bin, andre erkennen. Andre erkennen. Die Idee beschäftigte ihn noch, als Dresden längst hinter ihm lag. Du kannst die feinsten Hirne deiner Zeit in Bewegung setzen. Du kannst der Mensch sein, der das Schönste und Sublimste, was in deiner Zeit gedacht und gefühlt wird, mittels deines Geldes so lange für deine Mitwelt wie in der Beleuchtung eines Scheinwerfers herausstellen, bis er sich zur Gültigkeit, zum Wert eingeprägt. Und ein Rausch überkam ihn bei dieser Idee – Unten, im nächtlichen Land, waren wieder die vielen Feuer.

»Was ist das?« fragte er wieder den Führer.

»Es brennen Fabriken,« sagte der verbissen.

Fabriken brannten? Was ging ihn das an? Ihm brannte ja das Herz.

Es brannte ihm auch an den andern Tagen. Sie waren über München hingefahren – in der aufrührerischen Luft des April. Der Führer wollte nicht landen – Aber er fuhr langsam. Ganz tief. Man konnte hineinsehen in die Straßen der Stadt. Es war, als bewegten sich endlose, häßliche, graudunkle Schlangen durch sie – oder kolossalische Würmer, die sich fußlos fortwälzten. Dieser Anblick hatte etwas Ekelhaftes – und daß Waldemar ihn sich umsetzte in Züge von streikenden Arbeitern, machte ihn nicht schöner –

Man hörte auch bis herauf in die klare Luft das einförmige, so harmlos scheinende Geräusch von Maschinengewehren –

Das Siegestor kam. Waldemar überflog die breite Straße Ludwig des Ersten, die Dächer strenger Kirchen, den wilden, grünen Fluß. – Zuletzt kam ein Kirchhof. Man sah eine Unmenge von Kaplänen und Priestern um ein Grab – man glaubte das Miserere zu hören. Dann zerfloß die Stadt. Die eintönige Mooslandschaft kam.

Ernst Toller startet bei südlich blauem Himmel von München Richtung Leipzig

Ich sollte in jenen Tagen an einer Konferenz der Unabhängigen in Berlin teilnehmen, ich versäume, durch Arbeit im Zentralrat aufgehalten, den Zug, am nächsten Morgen fliege ich nach Berlin. Ein Kampfflieger, geschmückt mit dem Eisernen Kreuz Erster Klasse und dem goldenen Fliegerabzeichen, ist mein Pilot. Bei südlich blauem Himmel starten wir. Ich sitze hinter dem Piloten in einem kleinen offenen Raum, durch das viereckige Loch warf man im Krieg Bomben auf Häuser und Menschen, jetzt dient es mir als Fenster zur entschwindenden Erde. Es ist mein erster Flug. Die schwarzen Wälder, die grünen Wiesen, die braunen Berge und Schluchten werden flache, farbig abgezirkelte Quadrate aus einer Spielzeugschachtel, im Warenhaus gekauft, von Knabenhänden zusammengestellt. Wolkengebirge türmen sich, die Erde überflutet eine weiße weiche Nebeldecke, die mich anzieht mit unheimlicher Lockung, der Wunsch, zu fallen, zu versinken, verwirrt meine Sinne.

Der Himmel klärt sich auf, die Sonne steht im Zenit, ich sehe nach der Uhr, wir sind Stunden geflogen wir müßten in Leipzig sein, dort will der Flieger Benzin tanken.

Ich schreibe auf einen Zettel: ›Wann sind wir in Leipzig?‹ und reiche dem Piloten das Papier.

Der zuckt die Schultern, er hat die Richtung verloren.

Plötzlich sinkt das Flugzeug im Gleitflug zu Boden, ehe ich mich noch anschnallen kann, saust der Apparat senkrecht herunter und bohrt sich mit der Spitze in den Acker. Ich fliege mit dem Kopf gegen die Bordwand und bleibe betäubt liegen. Als ich wieder zu mir komme, sehe ich Menschen, nicht in Leipzig sind wir gelandet, sondern in Niederbayern, in Vilshofen.

Die Bauern helfen uns, das Flugzeug ist nur leicht beschädigt.

– Können wir weiter nach Berlin fliegen? frage ich den Piloten.

– Nein.

– Was sollen wir tun?

– Ich getraue mich, nach München zurückzufahren, aber für Sie übernehme ich nicht die Verantwortung.

– Ich fahre auf eigene Verantwortung mit.

Wir landen abends auf dem Flugplatz Schleißheim. Am nächsten Morgen fliege ich zu früher Stunde mit anderem Flugzeug und anderem Piloten. Der Himmel bewölkt sich, Strichregen näßt unsere Gesichter, Stunden um Stunden fliegen wir, ohne daß Leipzig zu sehen ist, ich denke an den Sturz von gestern und schnalle mich fest. Minuten später senkt sich das Flugzeug zur Erde. Wir landen in einem aufgeweichten Lehmacker, sausen etliche Meter vorwärts, an einer Böschung überschlägt sich der Apparat, ich hänge im Gurt, das Flugzeug über mir, der Pilot ist herausgeklettert, aus Mund und Nase strömt Blut.

– Nichts Schlimmes, ruft er und zieht mich unter dem Flugzeug hervor.

Wir sehen in der Nähe ein Dorf, von allen Seiten laufen Bauern herbei, sie kümmern sich nicht um uns, in ihren Händen tragen sie Flaschen, Kochtöpfe, Eimer, große und kleine Gefäße, um das Benzin, das aus dem Tank fließt, aufzufangen, denn Benzin ist in dieser Zeit kostbarer als Gold, kostbarer als Menschen.

Der Pilot und ich stolpern in unseren schweren Fliegeranzügen zum Dorf, wir finden ein Gasthaus, legen uns auf die Bänke und schlafen, vom Schreck erschöpft, sofort ein.

Ich muß Stunden geschlafen haben, als ich aufwache, dämmert der Abend. Ich sehe wie durch einen Nebel Bauern um den Wirtshaustisch sitzen, ich stehe auf, an der Tür erblicke ich einen Gendarmen.

– Nix Franzos, ruft er und bedeutet mir, daß ich das Zimmer nicht verlassen darf.

– Ich bin kein Franzose.

Aus der Tasche ziehe ich meinen Ausweis und reiche ihn dem Gendarmen. Seine Augen weiten sich, er macht mir ein Zeichen, ich folge ihm auf den Korridor.

– So, der Herr Toller sans. Des dürfen wir fei nöt den Bauern sagn. Die moana, Sie san a Franzos, wenn die wüßten, daß Sie einer von die Roten san, die täten Eahna auf der Stell totschlagen. Hier in Wertheim sans alle schwarz.

Ich fahre mit der Kleinbahn nach Ingolstadt.

– Fährt heute noch ein Zug nach München? frage ich den Bahnhofvorsteher.

– Des scho.

– Ich fahre mit.

– Des nöt.

– Warum?

– Nur der Landtagszug fährt, und der hält nicht.

– Der Zug muß halten.

– Und wenn's der König von Bayern san, der Zug hält nöt.

– Der König von Bayern bin ich nicht.

Ich zeige ihm meinen Ausweis.

– Dös geht mi an Dreck o.

– So, sage ich, stecke meine Hände in die Tasche, packe das Taschentuch, als ob ich eine Waffe umkralle und sehe ihn scharf an.

– Sie werden den Zug zum Halten bringen.

Er läßt die hochgezogenen Schultern fallen, die Achselblätter rollen aufgeregt, dann zieht er den Bauch ein, wirft die Brust vor, legt die Hände an seine Mütze und brummt:

– Zu Befehl, Herr Toller.

Zehn Minuten später steige ich in den Zug nach München, die Konferenz in Berlin habe ich versäumt, wäre ich in Berlin gelandet, hätte ich dort bleiben müssen, zwei Tage später herrscht Krieg zwischen Berlin und München.

In der Nacht vom sechsten zum siebenten April 1919 versammelt sich der Zentralrat, versammeln sich die Delegierten der Sozialistischen Parteien, der Gewerkschaften, des Bauernbundes im Wittelsbacher Palais. Wo früher Zofen und betreßte Lakaien herumwedelten, stapfen jetzt die groben Stiefel von Arbeitern, Bauern und Soldaten, an den seidenen Vorhängen der Fenster des Schlafzimmers der Königin von Bayern lehnen Wachen, Kuriere, übernächtigte Sekretärinnen.

Die Volksbeauftragten werden gewählt, es zeigt sich auch hier das Unwissen, das Ziellose, die Verschwommenheit der deutschen Revolution. Sylvio Gsell, der Physiokrat, der Theoretiker des Freigeldes und der Freiwirtschaft, wird Finanzminister. Zum Präsidenten des Zentralwirtschaftsamts bestimmt man den Marxisten Dr. Neurath. Wie sollen diese beiden Männer miteinander arbeiten?

Als ich das Wittelsbacher Palais verlasse, dämmert der Morgen. Die Revolution hat gesiegt. Hat die Revolution gesiegt? Diese Räterepublik ist ein tollkühner Handstreich verzweifelter Arbeitermassen, die verlorene deutsche Revolution zu retten. Was wird sie schaffen, wie wird sie enden?

10 Tage Rätefinanzminister, Lustspiel in drei Aufzügen

Gestalten:
Huber, Diener im Finanzministerium, Fünfziger.
Compagnie, der Verfasser des Lustspiels, Univ.-Prof.,
Rechtsbeirat Gesells, Physiokrat, Ende Dreißig.
Gesell, Silvio, Volksbeauftragter für die Finanzen, Physiokrat,
Fünfziger.
Christen, Dr. Th., sein Rechnungsbeirat, Physiokrat, Vierziger.
Ein **Ministerialdirektor,** aus der alten Zeit.
Sondinger, ein Geheimrat, erneuerungsfähig, Mitte Fünfzig.
Oberhummer, Luitpold, ein Regierungsrat, konservativ,
Ende Dreißig.
Ein **Angestellter der Firma Magnus,** S.P.D.
Fulda, Siegfried, U.S.P.D., mehrfacher Sachverständiger,
Mitte Dreißig.
Kaser, Joseph, Kupferschmied, Kommunist, Anfang Vierzig.
Jeiteles, Bolschewist, direkt aus Rußland, Anfang Vierzig.
Eine Gipsbüste.
Ein Soldat.
Heuer, Naturmensch.
Das Weib **Liselott,** ohne nachweisbares Alter.
Der Bankbeamte, Ende Dreißig.
Beamte, Soldaten, Genossen.

Eins, Donnerstag, den 10. April 1919, vormittags 10 Uhr

Arbeitszimmer des Finanzministers.

Für Anfänger in Finanzsachen

Huber: Der Vortrag des Herrn Befolgsbeauftragten ist noch nicht zu Ende.

Compagnie: Ja, es ist die Stimme Silvio Gesells: Was sagt man denn in München, daß Herr Gesell Finanzminister ist?

Huber: Das Beste ist, man saget gar nix.

Compagnie: Weiß man schon, was der Gesell eigentlich will?

Huber: Bei die früheren Finanzminister hat man nie gewußt, was sie gewollt haben. Aber der neue Herr Befolgsauftragte, der drückt ja jedem so ein Büchel in die Hand, vom Freigeld, das er einführen will.

Compagnie: Wen hat denn der Herr Minister jetzt zur Belehrung vor?

Huber: Die höheren Beamten vom Finanzministerium, mit dem Ministerialdirektor an der Spitze.

Gesell: Meine Herren! Fast alle Mißstände, die zu Revolutionen geführt haben, sind aus verkehrtem Finanzwesen erwachsen, und fast immer war es verkehrtes Finanzwesen, durch das die Errungenschaften der Revolutionen wieder verloren gegangen sind.

Der Minsterialdirektor: Herr Volksbeauftrager, was wäre denn »richtiges« Finanzwesen? Wohl verstanden, im Gegensatz zu »verkehrtem« Finanzwesen.

Gesell: Richtig ist ein Finanzwesen dann, und nur dann, wenn es auf Freiland und Freigeld aufgebaut ist. Andernfalls ist es verkehrt, immer verkehrt. Hier habe ich eine kleine Schrift, die Freigeld-Fibel. Sie ist für Anfänger in Finanzsachen geschrieben.

174

Gesell: Herr ... Wie heißen Sie doch?

Oberhummer: Oberhummer, Luitpold, Regierungsrat.

Gesell: Auch Sie sollten eine Freigeldfibel mitnehmen, und auch eine Freilandfibel –

Oberhummer: Herr Volksbeauftragter, ein offenes Wort? Ich werde mir gestatten, diese Schriften nicht zu lesen!

Gesell: Dann fort mit ihnen in den Papierkorb! Werfen Sie sie – in Ihren Papierkorb!

Compagnie: Oberhummer! Mensch!

Oberhummer: Du – hier!?

Compagnie: Nee!

Oberhummer: Wieso nee?

Compagnie: Seit ick Dir sehe, bin ick janz weck.

Oberhummer: A geh! Uns hier ist verteufelt ernst zu Mute!

Gesell: Da sehen Sie gleich, wie hier die Dinge stehen: Verteufelt ernst! Darf ich bekannt machen: Professor Polenske – Doktor Christen.

Christen: Herzlich willkommen! Sie sind der erste, der zu uns stößt.

Compagnie: Nichts natürlicher! Zeitungstelegramm: In München Räterepublik! Noch ein Telegramm: Silvio Gesell Finanzminister! Tag und Nacht gefahren, da bin ich!

Gesell: Die Lage ist Ihnen bekannt? Also am 7. April ist das Ministerium Hoffmann nach Bamberg übergesiedelt. Auch der Landtag dürfte sich dort versammeln. Hier hat sich aus allen drei sozialistischen Parteien ein Zentralrat gebildet und zwar durch Wahl seitens der Betriebsräte. Es ist also eine Räteregierung, und die hat mich zum Volksbeauftragten für die Finanzen ernannt. Christen ist mein Rechnungsbeirat. Sie sollen mein Rechtsbeirat sein.

Christen: ... und Leiter der Abteilung für finanzielle Aufklärung.

Gesell: Unsere Arbeitszeit ist früh von 7–10 Uhr.
Von 10–12 Uhr empfangen wir Besuche. Dann wird gegessen.
Von 3–5 Uhr sind wir wieder hier. So! Hier ist die Mappe mit
den bisher erschienenen Aufklärungsartikeln. Der nächste soll
von *absoluter Währung* handeln.

Huber: Herr Befolgsauftragter, es sind da zwei Herren von
der Firma Magnus u. Co.
Gesell: Das ist schön, Genossen! Welcher Partei gehört Ihr an?
Magnus: Ich S.P.D., der U.S.P.D.
Gesell: Die Inhaber Ihrer Firma haben mir mitgeteilt, die
Stempelmarken würden 10 bis 12 Tage in Anspruch nehmen,
das Geld 5 bis 6 Wochen.
Magnus: Aber um was handelt sich's eigentlich – finanz-
politisch? Schau'n S', immer mehr neues Papiergeld, das stärkt
doch bloß die Macht der Großkopfeten!
Gesell: Nicht: mehr neues, anderes! Sehen Sie, das ist ein
Hundertmarkschein. Ich nehme an, Sie haben von solchen
Scheinen dreißig bis vierzig Stück gehamstert und ebenso
Ihr Kollege, und dann sind da Kaufleute, die haben viele
hunderte solcher Scheine, und bei den Reichen geht's in
die hunderttausende. Wie lange denkt nun jeder von Euch
Hamstern das Geld zurückzuhalten?
Magnus: Bis die Zeiten besser werden. Bis man was Gescheites
kaufen kann für sein Geld.
Gesell: Wenn aber die Zeiten gerade deshalb nicht besser
werden, weil Ihr alle Geld hamstert?
Magnus: Wie könnt denn das sein?
Gesell: Geld ist Nachfrage nach Arbeit und Waren.
Hält man das Geld zurück, so bedeutet das Arbeitslosigkeit
und Warenmangel.
Magnus: Dann müßt' man also rausrücken mit dem Geld?
Gesell: Ja! Aber tut Ihr das von selbst?
Magnus: Nein, das tun mer net.

Gesell: Und woran liegt das? Da, an dem Hundertmarkschein liegt's!

Magnus: An dem Schein liegt's?

Gesell: Ja. Weil er heut, morgen, übermorgen, in einem Jahr, weil er immer und zu allen Zeiten einhundert Mark bedeutet.

Magnus: Freili, freili, des is scho so. Kartoffeln beispielsweis, die halten sich net so lang. Die muß deswegen der Bauer zu Markt bringen.

Gesell: Sehr gut, Genosse, deshalb müßte man dafür sorgen, daß sich das Geld ..

Magnus: .. auch net so lang hält! Wie die Kartoffeln! Aber wie macht man das?

Gesell: Mit den Stempelmarken! Schau'n Sie, wenn ich bestimme: Vom 1. Mai ab muß Woche für Woche je eine Marke von 10. Pfg. auf den Schein geklebt werden, sonst wird er an den Kassen des Staats, der Gemeinden, der Eisenbahn, der Banken usw. nicht für voll angenommen ..

Magnus: .. dann hält sich das Geld net! Und dann kann man's net hamstern. Des muß ja durchgedacht werden bis zum End'! Genosse Gesell! Den Auftrag, wenn S' der Firma Magnus u. Co. geb'n: In zehn Tagen haben S' die Stempelmarken!

Gesell: Schön! Da, nehmen Sie sich diese Schriften mit!

Aber's hat'n Haken!

Oberhummer: Also Karl! Wie kommst Du in die Gesellschaft?!

Compagnie: Also Luitpold! Warum bist Du nicht mit in der Gesellschaft?!

Oberhummer: In der Gesellschaft von Russen, Spitzbuben, Bolschewisten und Narren!

Compagnie: Wenn Du, Gesell, Christen und ich dabei sind!

Oberhummer: Mir sagt mein Gewissen: Halte Dich fern von dieser Gesellschaft!

Compagnie: Und mir sagt das meinige: Verbessere die Gesellschaft! Notabene: Soweit sie der Verbesserung bedarf, jedenfalls müssen in dieser Räteregierung vom 7. April 1919 sehr gütige und gescheite Leute Einfluß gehabt haben. Wie hätte es sonst gelingen können, einen Mann wie Silvio Gesell an diese Stelle zu bringen! Wie denkst Du über Freiland, Freigeld?

Oberhummer: Die selbe Frage hat vorgestern eine gemeinschaftliche Freundin von uns gestellt. Ich antworte Dir wie ihr: Zur Zeit gar nicht, Karl!

Compagnie: Wozu ist denn dann jetzt Zeit?

Oberhummer: Ordnung schaffen! Darum ist die Hauptfrage jetzt die Militärfrage! Soldaten, Gewehre, Kanonen, Geschosse, Geld! Aber die Sozialisten meinen, Staatsbetrieb und Gemeindebetrieb wären die Heilmittel, und die Kommunisten wollen das Geld sogar ganz ausschalten.

Compagnie: Das wollen die Zwangssozialisten. Aber auf Freiland mit Freigeld wird in gar nicht ferner Zukunft das schöne Wort erfüllt: »Hier ist das Wohlbehagen erblich, die Wange heitert und der Mund, ein jeder ist an seinem Platz unsterblich, sie sind zufrieden und gesund.« Luitpold, so hat es Goethe im Geiste gesehen.

Compagnie: Huber! Hier, das ist die Hauptschrift des Herrn Gesell, *Die natürliche Wirtschaftsordnung*.

Huber: Das Buch hat der Herr Befolgsauftragte geschrieben?!

Compagnie: Ja, und das Buch sollen Sie dem Regierungsrat Oberhummer auf den Tisch legen.

Huber: Jawohl! Herr Professor .. I hab' mit meiner Frau die G'schicht mit dem Freigeld durchgesprochen. Die meint halt, unsereins, der sein Gehalt sowieso alleweil gleich ausgeben muß, unsereins spürt das Schwinden ja fast gar nicht. Schau'n S', Herr Professor, da hab' ich zu ihr gesagt: Recht hast, Alte!

Aber die Großkopfeten, die wo viel Überschuß hab'n, den sie net brauchen zum Lebensunterhalt, die merken's. Und die sollen 's auch merken!

Gesell: Genosse Fulda, U.S.P.D., Genosse Kaser, Kommunist, Genosse Jeiteles, Bolschewist, direkt aus Rußland.
Kaser: 's hat'n Haken! 's hat'n Haken!
Fulda: Aber Genosse, Seien Sie doch nicht so aufgeregt!
Kaser: Aber's hat'n Haken! 's hat'n Haken!
Fulda: Ja, aber wo denn? Genosse – darauf kommt's an!
Kaser: Was weiß i, wo? Sie sind der Studierte! I weiß, 's hat'n Haken, Sie müssen wissen, wo! Verrückt kann's einen machen, das Freigeld, mitsamt dem Freiland.
Compagnie: Verrückt?
Kaser: Genosse, da wär' doch die Zwangskommunisierung der Großindustrie, der Banken, da wär' doch alles überflüssig, was wir seit so vielen Jahren und Jahrzehnten erstrebt haben!
Gesell: Überflüssig? Sie müssen so sagen: Überhaupt erst möglich ohne Schädigung all der Menschen, und das sind freilich die meisten, die nicht kommunistisch veranlagt sind.
Kaser: Also, daß sie net ausgerottet zu werden bräuchten, wie wir immer gemeint haben. Ja, Genosse Gesell, wenn's so wär'! Aber's geht net; es hat'n Haken!
Gesell: Er sollte sich lieber mit den Haken beschäftigen, die der formelle Kommunismus hat.
Fulda: Es würde sowohl für den Genossen Jeiteles wie für mich von großem Interesse sein, zu hören von den vielen Haken des Kommunismus.
Gesell: Einer der schlimmsten ist dieser: In allen Menschen lebt die Sehnsucht nach dem vollen Arbeitsertrag. Nun muß ihn der Einzelne aber nicht nur bekommen, sondern auch glauben, daß er ihn bekomme. Meinen Sie, daß im genossenschaftlichen Betrieb der Einzelne je glauben wird, er bekomme ihn?

Fulda: Ich habe das nicht zu entscheiden. Ich bin Sachverständiger für Landwirtschaft. Erst muß mal Ordnung da sein! Darum: Soldaten, Gewehre, Kanonen, Pulver, Geld!

Compagnie: Genosse Fulda, was Sie da sagen, das hat vor 5 Minuten fast mit den selben Worten ein sehr weit rechtsstehender Mann zu mir gesagt. Bloß verstand er unter Ordnung: Rechtmäßiger König, während Sie darunter verstehen: Die Diktatur des Proletariats.

Fulda: Nun also!

Compagnie: Sie wollen mit äußerer Gewalt äußere Ruhe erzwingen. Wir wollen es umgekehrt. Erst die innere Ordnung! Dann kommt die äußere ganz von selbst.

Fulda: Erst Ordnung, dann reformieren!

Kaser: Kommunisierung – ohne Kommunismus, das ist es, was der Silvio Gesell will!

Jeiteles: Sie können auch sagen, Kapitalismus – ohne Kapitalisierung.

Compagnie: Ah, Sie kennen unsere Ziele und Wege?

Jeiteles: Kenne sie, kenne sie! Bin ich seit vierzehn Tagen in München, mitzuerrichten de kommunistische Räteregierung nach russischem Muster. Hab' ich gehört von Herrn Gesell vor neun oder zehn Tagen. Hab' ich mir gekauft sein großes Buch: *Die natürliche Wirtschaftsordnung*. Und hab's studiert. Wenn's kommt, das Freiland und das Freigeld, dann ist es aus mit den großen Geldbaronen und ihrer Herrschaft. Aber's wird nicht kommen durch diese Regierung vom 7. April. Diese Regierung wird fallen, und es wird eine kommen, die wird kommunisieren formell.

Compagnie: Und Sie werden zu dieser Regierung gehören?

Jeiteles: Kann sein. Kann auch sein nicht. Genosse Jeiteles, werden Se sagen, warum bieten Sie nich auf allen Einfluß, daß diese neue Regierung aufnimmt Silvio Gesells Finanzprogramm? Weil alles is vorbereitet für eine formelle Kom-

munisierung mit Revolutionstribunal und mit grausamer
militärischer Gewald, und ich bin nicht des Willens, umzu-
stoßen einen Plan, den meine Freunde und ich haben aus-
gearbeitet mit so viel Mühe und so viel List.

Der preußische Pflichtbegriff in uns Bayern

Compagnie: Huber, einen Augenblick! *Weist zu der Gipsbüste.*
Sagen Sie mal, was ist denn das da eigentlich für ein Grantiger,
der da auf uns herunterschaut?
Huber: Das ist der ehemalige Finanzminister. Ein sehr ver-
dienstvoller Herr. Das haben alle gesagt, so lang er im Amt war.
Compagnie: Als Mensch mag der Mann wirklich ganz nett
gewesen sein. Aber jetzt sabotiert er.
Gesell: Was tut er?
Compagnie: Er sabotiert. Oder ist das keine Sabotage, uns
durch grantigen Gesichtsausdruck die Stimmung verderben
zu wollen? Sondinger und der Oberhummer werden auch
sabotieren. Und darum muß das Volk aufgeklärt werden. Ich
will von Montag an in den fünf größten Bierkellern Münchens
volkstümliche Vorträge über Freiland-Freigeld halten.

Gesell: Nehmen Sie bitte Platz, meine Herren! Es handelt sich
um zwei Statistiken. Ist Ihnen schon bekannt, was *absolute*
Währung ist?
Sondinger: Bedaure.
Gesell: Wenn sich, bei gleichbleibender Menge von Waren,
das Geld vermehrt, so steigen die Preise. Geben Sie das zu?
Oberhummer: Ich gebe es, bedingt, zu.
Gesell: Vermindert sich die Menge des Geldes, so müssen die
Preise sinken.
Oberhummer: Ich gebe es, ebenfalls bedingt, zu.
Gesell: Nun drittens: Im hiesigen Finanzministerium hat
man nie auch nur das Geringste getan, um die Geldmenge

der Warenmenge angepaßt und dadurch die Preise dauernd gleich zu halten.

Oberhummer: Das gebe ich zu.

Gesell: Unbedingt?

Oberhummer: Unbedingt!

Gesell: Meine Absicht ist nun diese: Fallen die Preise allgemein, so wird die Geldmenge vermehrt –

Oberhummer: Assignatenwirtschaft!

Gesell: Steigen die Preise allgemein, so wird die Geldmenge entsprechend vermindert. Assignatenwirtschaft?

Oberhummer: Pardon, nein, nicht Assignatenwirtschaft.

Gesell: Vielleicht: Systematische Papiergeldwirtschaft?

Oberhummer: Vielleicht.

Gesell: Schön. Sie sehen nun ein, wenn auch nur bedingt und vielleicht, daß ich eine fortlaufende Statistik der allgemein begehrten Waren brauche. Bitte, Herr Regierungsrat, hier ist die Liste nebst Anweisung! Und nun zu Ihnen, Herr Geheimrat! Von Ihnen erbitte ich einen Vorschlag, wie man die land-wirtschaftlichen Grundstücke am raschesten nach den hier verzeichneten Grundsätzen abschätzen könnte. Ich denke, in einer Woche werden Sie mir die Arbeitspläne vorlegen können.

Oberhummer: Übrigens bestehen sowohl formelle wie Gewissensbedenken. Wir haben uns der neuen Räteregierung nur vorläufig zur Verfügung gestellt. Also sollten uns auch bloß vorläufige Aufträge gegeben werden. Bedenken Sie die Folgen, wenn die Landtagsregierung zurückkäme ..

Gesell: .. und Sie hätten diese Woche benutzt, um den Arbeitsplan zu entwerfen! Nun, was für Folgen sind denn da zu bedenken?

Sondinger: Zum mindesten wär' die ganze Arbeit umsonst.

Gesell: Und wie steht es mit den Gewissensbedenken, Herr Regierungsrat?

Compagnie: Mensch! So geh' doch endlich über zur Gewissensbetätigung!

Oberhummer: Auch Unterlassungen können – Taten sein!

Gesell: Die Herren wollen also nicht. Die Herren sabotieren. Dann lassen Sie sich auf Folgendes aufmerksam machen: Das Ersuchen, diese Arbeiten auszuführen, tritt eigentlich in zweierlei Gestalt an Sie heran – als meine bloße persönliche Anregung, und als Dienstbefehl. Mir liegt nun nichts daran, Sie mittels Dienstbefehls zu zwingen. Erzwungene Arbeit taugt nie viel. Erlauben Sie mir aber eine Frage: Üben Sie Ihre Amtstätigkeit eigentlich aus als Pflicht – oder als Recht?

Sondinger: Als Pflicht natürlich.

Oberhummer: Der preußische Pflichtbegriff des kategorischen Imperativs ist – Gott sei Dank – auch in uns Bayern lebendig!

Zwei, Sonntag, den 13. April 1919, nachmittags 3 Uhr

Arbeitszimmer des Finanzministers.

Seit zwei Stunden stehen wir hinter der Regierung

Soldat: Die Herren werden so gut sein und entschuldigen. Ich hab' Befehl, den Herrn, wo hierherkommt, in Schutzhaft zu nehmen.

Christen: Von wem haben Sie den Wisch?

Soldat: Vom Kommandanten und von der Regierung.

Gesell: Von der Räteregierung?

Soldat: Kann auch sein, daß der Befehl von der Landtagsregierung ist.

Christen: Und Sie wissen das nicht?

Soldat: Ich weiß es nicht. Uns hat's der Kommandant so gesagt.

Christen: Aber Ihr habt Euch doch am 8. April einmütig hinter die Räteregierung gestellt?

Soldat: Seit zwei Stunden stehen wir aber hinter der Regierung, hinter der der Kommandant steht.

Christen: Ja, wieso denn aber?

Soldat: Das ist doch klar! Wir hab'n Zulag' bekommen!

Gesell: Hat der Kommandant – auch Zulag' bekommen?

Soldat: Wird scho' so sein. Heut, wo jeder so sehr sozialistisch ist!

Gesell: Sozialistisch? Was heißt denn das, mein Freund?

Soldat: Was das heißt, sozialistisch? Hm .. na .. eigensüchtig!

Gesell, Christen, Compagnie: Eigensüchtig!

Soldat: No jo, heut denkt doch jeder zuerst an sich selbst.

Compagnie: Sagen Sie mal, Genosse, Sie sollen den Herrn verhaften, der wo hierherkommt. Wer ist denn dieser geheimnisvolle Herr?

Soldat: No, der wo hierherkommt. Wissen S', ich halt' mich an meinen Befehl.

Compagnie: Wenn nun der, wo hierherkommt, heut garnicht hierherkommt! Am Sonntag nachmittag?

Soldat: Davon steht in meinem Befehl nix drin.

Christen: Hat denn der Herr, der wo hierherkommt, keinen Namen?

Soldat: Is mir nix von gesagt worden.

Gesell: Na, dann kommt er vielleicht noch. Wir drei – andern können bis dahin ja hier arbeiten.

Soldat: Da hab' i nix dawider z' hab'n.

Compagnie: Und seh'n Sie mal her! Das ist ein Flugblatt *An die Geldhamster!* Das lesen Sie mal mit Ihren Kameraden durch da draußen im Vorzimmer! Da, nehmen Sie die vier Stück mit!

Soldat: Scho' recht! Scho' recht!

Gesell: So wendet sich das Blättchen. In Schutzhaft bei der Landtagsregierung – oder den kommunistischen Räten.

Compagnie: Nu werden wa ooch noch Märtyra!

Christen: Noch sind wir nicht verhaftet. Wenn wir z.B. durch die Tür da hinausspazierten! Es ist ein zweiter Ausgang, der ist sicher nicht besetzt. Denn ob uns die Landtagsregierung bestätigt, ist noch die Frage.

Gesell: Wer wüßte diese Finanzen in Ordnung zu bringen außer uns? Die selber können höchstens noch mehr Papiergeld drucken oder teure Anleihen aufnehmen und Währung und Wirtschaft noch mehr ruinieren.

Compagnie: Wer hat heut Sonntagsdienst von den höheren Beamten?
Huber: Der Geheimrat Sondinger.
Compagnie: Ausgezeichnet. Sabotiert er oder ist er da?
Huber: Wenn der Herr Professor erlauben: Beides! Er ist da und sabotiert.
Compagnie: Wie macht er das?
Huber: Wenn der Herr Professor erlauben: Er schläft.
Compagnie: Dann wecken Sie ihn höflich, und bitten ihn zu einer Rücksprache mit mir!

Christen: Herr Gesell, wir müssen die Dinge nehmen wie sie sind: Die erste Finanzära Gesell geht ihrem Ende entgegen.
Compagnie: Kurz, schmerzlos, aber nicht hoffnungslos.
Christen: Wir brauchen einen Abgang, der zeigt, daß von uns her die größte Hoffnung winkt.
Gesell: Sehr gut! Entwerfen Sie die Tabelle für die große Vermögensabgabe und den Wortlaut dazu! Ich entwerfe das proletarische Aktionsprogramm, das wir gestern fertig sprachen! Und dann stellt Compagnie alles, was wir hier veröffentlicht haben, in einer packenden Broschüre zusammen.

Compagnie: Herr Geheimrat, ich hätte mich mit Ihnen gern über die Bodenfrage unterhalten.
Sondinger: Wir haben hier in Bayern gar keine Agrarfrag', Gott sei Dank.
Compagnie: Verzeihung, ich meine nicht die bayerische Agrarfrage, Herr Geheimrat ..
Sondinger: .. Die es überhaupt nicht gibt, Herr Professor!

Compagnie: .. sondern die Bodenfrage.

Sondinger: Ja, wenn Sie die städtische Bodenfrag' meinen! Die haben wir auch hier in Bayern. Wenn auch die Wohnungsfrag', wie ich sie zu bezeichnen vorzieh', bei uns herunten net so brennend ist, wie bei Ihnen in Preußen da droben.

Compagnie: Ich meine weder die Agrar- noch die Wohnungsfrage, sondern die Bodenfrage.

Sondinger: Ich als Bayer bin gewöhnt, grad heraus zu reden und zu sagen, was is. Da kommen die Herren aus Schwabing und Rußland, aus Wien und aus dem Rheinland, aus der Schweiz und Pommern daher und drängen uns hier die Räteregierung auf.

Compagnie: Herr Geheimrat! Wir drei aus Rheinland, Schweiz und Pommern haben Ihnen nichts aufgedrängt, sondern Herr Gesell ist von der Regierung berufen worden und Herr Christen und ich von Herrn Gesell.

Sondinger: Also wie dem auch sei – die Herren kommen daher, drängen uns die Räteregierung auf, kennen sich in den bayerischen Verhältnissen nicht im Geringsten aus, und nun wolln Sie sich mit mir über die bayerische Bodenfrag' unterhalten, ausgerechnet am Sonntag nachmittag, wo ..

Compagnie: .. man sonst schlafen würde. Aber ich will mich nicht über die bayerische Bodenfrage mit Ihnen unterhalten, sondern über die Bodenfrage überhaupt.

Sondinger: Also bitte, Herr Professor: Die Bodenfrag' umfaßt die Agrar- und die Wohnungsfrag'. Eine bayerische Agrarfrag' gibt's net und eine bayerische Wohnungsfrage nur in den großen Städten. Demnach gibt's eine bayerische Bodenfrage gar net, ganz und gar net. Z' was weg'n soll denn da i mit Ihnen über die Bodenfrag' überhaupt red'n?

Christen: »Z' was wegen« waren Sie denn so hart zu ihm?

Compagnie: So ein Brett vor'm Kopf!

Gesell: Beziehungen und Begriffe muß einer selbst fragen und finden. Aus Zufall gerät er an die.
Compagnie: Helf' ihm also der Zufall!

Huber: Der Herr Geheimrat Sondinger möcht' den Herrn Professor sprechen.
Gesell: Hm, hm!
Christen: Das geht ja schnell!
Compagnie: Ich lasse bitten.

Sondinger: Entschuldigen die Herren, daß ich noch einmal komm'. Ich als Bayer bin gewöhnt, gerad' heraus zu red'n. Eigentlich ist es Zufall. Schon das war Zufall, daß ich vorhin so verschlafen war. Und danach abermals ein Zufall: Denn unerklärlicherweis', treff ich auf dem Gang den Regierungsrat Oberhummer, und nun der dritte Zufall: Statt zu fragen, was zum Deixl er sonntagsnachmittags dahier zu tun hab', frag ich ihn: Was hat der Herr Professor eigentlich gemeint mit der Bodenfrag' überhaupt? Aber da war ich an den Unrechten gekommen: Er wird beinah' wild, hält ein dickes, rotes Buch in die Höh, und sagt: »Frag'n Sie'n doch selbst, den Herrn Professor!« Und nun bitte, Herr Professor, was versteh'n Sie eigentlich unter der Bodenfrag' überhaupt?
Compagnie: Sie sind Jurist. Wollen Sie die Güte haben, mir zu erlauben, die Bodenfrage so mit Ihnen durchzusprechen, wie ich es in der Universität mit den Studenten mache?
Sondinger: Also ein akademisches Privatissimum? Ich bitte darum!
Compagnie: Sie kennen den Begriff des Eigentums? Ich bitte um Ihre Formulierung.
Sondinger: Eigentum ist das Recht, nach Belieben mit einer Sache zu verfahren und jeden andern von ihr auszuschließen.
Compagnie: Schön. Was bedeutet das nun für den Eigentümer von Boden?

Sondinger: Nun, er kann mit dem Grundstück nach Belieben verfahren und jeden anderen davon ausschließen.

Compagnie: Auch wenn er es selber gar nicht braucht?

Sondinger: Auch dann.

Compagnie: Setzen Sie nun den Fall, andere brauchten das Grundstück notwendig – was dann?

Sondinger: Dann kann er sie trotzdem ausschließen. Aber er kann es ihnen natürlich auch überlassen.

Compagnie: Umsonst?

Sondinger: Da wär' er dumm!

Compagnie: Dumm – hm. Wie hoch wird er das Entgelt bemessen? Etwa: Herstellungskosten plus zehn vom Hundert?

Sondinger: Für den nackten Boden? Da hat er ja gar keine! Er wird das Entgelt so hoch bemessen, wie es der Benutzer gerade zahlen kann.

Compagnie: Das Selbe versucht nun doch auch z.B. der Bäcker bei den Semmeln. Trotzdem nehmen die allermeisten Bäcker nie mehr ein, als daß sie gerade existieren können. Der Bäcker muß sich mit Mindestpreisen begnügen. Der Bodeneigentümer aber erzielt auf die Dauer immer Höchstpreise. Woher kommt das? Das ist die Bodenfrage.

Sondinger: Das scheint mir daher zu kommen, daß beliebig viele Leute Bäcker werden und beliebig viel Semmeln backen können, Boden hingegen gibt's nur in bestimmter Menge, und dann ist der auch in festen Händen.

Compagnie: Wenn es nun ungerecht ist, daß auf diese Weise der Bodeneigentümer für nichts und wieder nichts vom Bodenbenutzer die höchsten Abgaben erpressen darf –

Sondinger: Dann muß natürlich was dagegen gescheh'n!

Compagnie: Aber was? Wird man das Bodeneigentum überhaupt abschaffen müssen?

Sondinger: Vielleicht ging es auf weniger grobe Weise.

Compagnie: Soll man ihm vielleicht verbieten, die Benutzer seines Bodens so auszubeuten?

Sondinger: Verbote, die werden umgangen! Schleichhandel! Das kennen wir!

Compagnie: Soll man versuchen, es ihm unmöglich zu machen?

Sondinger: Ich sehe keinen Weg dahin. Wüßten Sie einen?

Compagnie: Es gibt keinen. Es geht nicht.

Sondinger: Dann müßte man dem Kerl also wirklich den Gewinn lassen? Den ungerechtfertigten?

Compagnie: Das freut mich, Herr Geheimrat, daß Sie da auf den Rechtsbegriff der ungerechtfertigten Bereicherung kommen.

Sondinger: Ich fange nun aber auch an, auf die Bodenfrage so etwas wie eine Antwort zu vernehmen: Es gilt, ein Verfahren auszufinden, um dem Bodeneigentümer diese ungerechtfertigte Bereicherung wieder abzuknöpfen, oder noch lieber, zu verhindern, daß sie ihm erst zufällt.

Compagnie: Der Geheimrat ist auf dem Wege, ein ausgemachter Freiländler zu werden.

Sondinger: Können Sie mir Literatur über Freiland nachweisen?

Compagnie: Sie haben ja die Freilandfibel.

Sondinger: Nichts für ungut, die ist in den Papierkorb geflogen. Aber ich werde suchen lassen.

Gesell: Hier, Herr Geheimrat, ist noch ein Heftchen.

Jeiteles: Wahrhaftig, da sind die Herren! Gott der Gerechte, was für ein Aufgebot, zu fangen den einen Mann! Acht starke Soldaten, und trinken Bier und lesen grüne Plakate über die Geldhamster!

Gesell: Was bringen Sie?

Jeiteles: Wollt' ich wissen, ob Se auch sind verhaftet, oder ob Se sich haben zur Verfügung gestellt der Regierung des Landtags. Der Kaser, der sagt heut früh zu mir: Vielleicht hat die Freiland-Freigeldlehre doch keinen Haken. Aber den

Haken hat se, daß jede Regierung, die soziales Gewissen hätte, die Sache machen könnte. Und er hat Recht, der Mann.

Heimlichkeit und Freigebigkeit

Huber: Herr Befolgsauftrager, es ist ein Mann da, der wo den Herrn Befolgsauftragtn kennen will, aber .. Keinen Hut trägt er net, und an den Füßen, da hat er Sandalen.
Gesell: Und heißt Heuer? Nun, er mag kommen, aber, Compagnie, den empfangen Sie! Kommen Sie, Christen, wir gehen in's Nebenzimmer, und können ja mal nachsehen, ob wir wirklich ungesehen entweichen könnten!
Compagnie: Lassen Sie mir wenigstens ein paar Tipps für den Mann!
Gesell: Tipps? Seine beiden Grundgedanken sind: Heimlichkeit und Freigebigkeit.

Heuer: Ich grüße Sie, Herr Professor!
Compagnie: Ich grüße Sie wieder! Bitte! Womit kann ich dienen!
Heuer: Viele Leute meinen, es sei etwas Großes um die Macht.
Compagnie: Ja, das ist die Meinung sehr vieler Leute.
Heuer: Ist das auch Ihre Meinung, Herr Genosse?
Compagnie: Wenn Vernunft und Güte die Macht haben, ja, wenn Unvernunft und Bosheit, nein.
Heuer: Ha –! Es kann sein, daß Sie das Selbe wollen, was auch ich – will.
Compagnie: Was auch Sie wollen? Wollen, das ist ein weites Feld.
Heuer: Mein Wollen ist dies: Jeder Mensch hat seine Heimlichkeit.
Compagnie: Aha! Heimlichkeit – sehr gut! Aber was heißt das?
Heuer: Jeder Mensch hat sein Tiefes, sein Verborgenes, seinen Urquell, seine Seele. Und das ist es, Herr Genosse, was ich will:

Jeder Mensch soll für seine Heimlichkeit Zeit, Raum, Freiheit haben, daß er sie pflege, ja, wenn Sie mich recht verstehen, daß sie ihn pflege.

Compagnie: Die Seele den Körper!

Heuer: Ich sehe, wir kommen aufeinander zu. Und nun frage ich Sie: Wie wird es bei Freiland-Freigeld um diese Heimlichkeit bestellt sein?

Compagnie: Wenn der arbeitende Mensch nicht mehr Zinssklave des Geld- und Bodeneigentümers ist, wenn jedem, der arbeiten kann und will, Zeit, Raum und Mittel bereit sind, seinen Körper und Geist zu bilden, dann, Herr Genosse, sollte doch auch Stätte und Freiheit für die Heimlichkeit des Menschen da sein – für jede Heimlichkeit.

Heuer: Jede Heimlichkeit. Ja, das ist es. Vielleicht noch für ganz andere, kühnere, freiere Heimlichkeiten als bisher .. hm .. hm .. Aber da ist noch ein Zweites. Es gibt Menschen des reinen Denkens, die eben nicht geeignet sind zu solchen Arbeiten, für die man entlohnt zu werden pflegt. Wird nun die Steigerung der Gütererzeugung die Menschen nicht habgieriger machen? Wird Freiland-Freigeld nicht die Freigebigkeit unterbinden? Richten Sie diese Frage, diese Moralfrage im Diamantsinne des Wortes, einmal ganz persönlich an sich selbst! Wie steht es bei Ihnen mit der Freigebigkeit?

Compagnie: Bis zum Kriege bestand meine liebste Heimlichkeit – in der Freigebigkeit. Aber die Entwertung des Geldes, die die Währungspolitik unserer Reichsbank mit sich gebracht hat, hat mich darin ganz verwandelt. Jetzt ist Kargheit meine unliebste Heimlichkeit .. Nun stellen Sie sich vor, Freiland und Freigeld gewährleisteten jedermann den vollen Ertrag seiner Arbeit, und so mir für meine Vorträge, Schriften und Dichtungen das, was unverbildete, aufgeklärte und selber gut bezahlte Hörer und Leser dafür zu zahlen bereit wären, wie freigebig könnt' ich da wieder sein! Unheimlich freigebig!

Wer Schutzhaft kennt und sich nicht drückt

Sondinger: Entschuldigen S', daß ich schon wieder da bin! Aber Sie können sich denken, das wühlt! Vor ein paar Tagen hat der Herr Gesell uns hier einen Vortrag gehalten über Finanzwesen – und ungefähr so geschlossen: Staatsfinanzen, die nicht auf Freiland-Freigeld aufgebaut sind, sind verkehrt, immer verkehrt. Hernach, beim Frühschoppen, da haben wir alle zusammen über diese »Anmaßung« net schlecht gelacht. Jetzt fang i an, zu begreifen: Das jetzige Bodenrecht und das jetzige Geld bewirken, daß die Reichen ihre Abgaben an den Staat aus dem Überfluß entrichten, den sie aus andrer Leut' Arbeit haben. Ist das die Meinung?
Compagnie: Ungefähr so, ja!
Sondinger: Und das, meint der Herr Gesell, sei ungerecht. Damit ist aber jedes Finanzwesen, das nicht auf Freiland-Freigeld aufgebaut ist, verkehrt. Das ist logisch! Zwingend logisch!

Huber: Eine Dame ist da!
Compagnie: Liselott! Wie alles wieder auftaucht. Elf Scharfrichter. Frank-Wedekind-Abend ...
Die Dame: Englischer Garten.
Compagnie: Ja, ja, englischer Garten, Liselott' ... und der Starnberger See.
Die Dame: Kufstein, Hinterbärnbad, Gaudeamushütte.
Compagnie: Ja, Pfingstferien auf der Hütte .. weißt Du noch?
Die Dame: Es war der schönste Sommer meines Lebens. – Du bist verheiratet?
Compagnie: Ja!
Die Dame: Ich auch. Seid Ihr glücklich?
Compagnie: Ja, natürlich! und Du?
Die Dame: Ich? Hm – lassen wir das.

Compagnie: Dann scheinst Du also den Oberhummer doch nicht geheiratet zu haben?

Die Dame: Du, ich habe alle Eure Schriften gelesen, auch Deine über Goethe und den Umsturz. Das sind ja großartige Gedanken und Pläne! Du, weißt Du noch, damals in Tutzing? Ihr Mannsleut' solltet jedes sagen, was er in zwanzig Jahren sein würde. Da sprangst Du auf den Tisch und riefst: »Minister bin ich dann!« Und nun bist Du mit noch nicht achtunddreißig – Ministersgehilfe! Du, wie ist eigentlich Deine »Stellung«, Dein »Titel«!

Compagnie: Saupreußischer Rechtsbeirat des königlich bayerischen Volksbeauftragten der Räteregierung für die Finanzen und Leiter der Abteilung für finanzielle Aufklärung!

Die Dame: Famos! Saupreußischer Rechtsbeirat! Du darfst mir die Hand küssen.

Compagnie: Liselott'!

Die Dame: Das letzte Wort behalt' aber ich!

Jeiteles: Sind die Herren abgefaßt worden, beim Ausbrechen?

Gesell: Bewahre! Wir waren frei auf der Straße und konnten fort, wohin wir wollten. Aber wir wollen ja garnicht fort! Und darum sind wir auf dem natürlichen Wege wieder hereinspaziert.

Christen: Die Soldateska machte Augen! Die halten uns für verrückt.

Compagnie: Vielleicht stimmt das auch! Wer Schutzhaft kennt und sich nicht drückt, der ist verrückt.

Der Soldat: Die Sache ist jetzt aufgeklärt. Hier ist ein neuer Verhaftsbefehl: Es sind alle drei Herren zu verhaften!

Gesell: Da hat der Befehl schon wieder ein Loch: Wie Sie sehen, sind wir jetzt vier!

Der Soldat: Teufi noch a mal! Hier steht drei und da sind vier! Gehört der da auch zu Ihnen?

Christen: Nein, der Herr ist Teppichhändler!

Der Soldat: Teppichhändler? Ja, das ist glaubwürdig. 's wird eh Zeit, daß das Gelump aus den Regierungsgebäuden hinauskommt.

Gesell: Recht so, mein tiefblickender Freund! Und es ist vernünftig, nicht wahr, wenn der Finanzminister selber durch Verkauf dieses Teppichs die Reichsfinanzen aufbessert!

Der Soldat: Siehgst?! Ich kenn' mi aus! Aber jetzt kommt's gutwillig mit, meine Herren!

Gesell: Herr Teppichhändler! Sie sehen ein, unter diesen Umständen hab' ich nicht mehr die Macht, Ihnen diesen Teppich zu verkaufen.

Jeiteles: Nu, vielleicht a ander Mal!

Jeiteles: Kluger Gedanke .. Teppichhändler. Und e guter Mensch, der Christen. Hat gelogen, um zu retten den Jüd, den Bolschewik vor der bayerischen Schutzhaft. Aber se werden die Macht bekommen, uns zu erlösen voneinander durch Freiland und Freigeld. Scheener Teppich. Sehr scheener Teppich. Nun, woll'n seh'n, vielleicht verkauft'n der Nachfolger.

Oberhummer: Wo sind die Herren?

Huber: Herr Regierungsrat: Verhaftet!

Oberhummer: Verhaftet? Durch wen?

Huber: Durch Soldaten der Regierung!

Oberhummer: Welcher Regierung? Der Räteregierung? Der Landtagsregierung?

Huber: Mir scheint, sie wußten's selber net so genau.

Oberhummer: Wie haben denn die Herren die Verhaftung aufgenommen?

Huber: Gelacht haben's, und zum Schluß noch einen Vers gemacht. »Minister kommen, Minister gehen, das Personal, das bleibt bestehen.«

Oberhummer: Werden net lang z' lachen haben, die Drei!

Huber: Aber Herr Regierungsrat! So gute Leut', so gescheite Leut'!

Oberhummer: Ich will Ihnen was sagen, Huber! Gegen böse und dumme Menschen, wenn s' die Regierungsgewalt in Händen haben, da hilft ka Güte und da hilft ka Gescheitheit net.

Huber: Aber Herr Regierungsrat, darf man so von einer Regierung sprechen? Und noch dazu, wenn's die Landtagsregierung sein könnt', wo wieder einzieht in München?

Drei, Mittwoch, den 16. April 1919, vormittags

Arbeitszimmer des Finanzministers.

Umsturzeleganz

Christen: Montag – nichts. Dienstag – nichts. Heut' ist Mittwoch: wir kommen nicht vom Fleck.

Gesell: Wir können nichts tun, als warten.

Compagnie: Hören Sie zu, meine Herren! Broschüre! Preis: Eine Mark! Überschrift, dick, groß: An Alle! Dann: Das proletarische Finanz- und Wirtschaftsprogramm – darunter und kleiner: Des Volksbeauftragten der ersten baierischen Räteregierung vom 7. April 1919 – nun wieder dicker: Silvio Gesell. Punkt. Nun wieder kleiner: Den deutschen Arbeitern, Bauern und Bürgern dargestellt von seinem Rechtsbeirat und Leiter der Abteilung für finanzielle Aufklärung, nämlich mir. Nun den Inhalt! Er zerfällt in zwei Teile. Erster Teil: Kommunismus, Freiwirtschaft und die Aufgaben Silvio Gesells. Von mir. Zweiter Teil: Dokumente der Finanzära Gesell. Das sind unsere vierzehn Veröffentlichungen. Den einleitenden Aufsatz kennen Sie noch nicht. Hier ist er zur gefälligen Beurteilung. Aber wir wollen erst morgen weiter darüber reden. »Heut – mag i nimmer.«

Christen: Was mag man überhaupt heut! Wir sind lahmgelegt.

Gesell: Aber Zehntausende von Münchenern haben »unsers Geistes einen Hauch« verspürt.

Christen: Und andere Zehntausende, die Compagnie's Vorträge hören sollten, werden daran verhindert. Statt dessen Generalstreik, Versammlungsverbot, Tamtam für rote Garde, Fliegerbeschießung, Revolutionstribunal und anderer Zauber. Wir aber sind mundtot gemacht.

Huber: Es sind zwei Abgesandte vom neuen Zentralrat da, und dies wäre der Zettel.

Gesell: Lesen Sie vor, Rechtsbeirat!

Compagnie: »Auftrag des Zentralrats an den Volksbeauftragten für die Finanzen Gesell, sofort 500 000 M. zur Bezahlung von Gehältern usw. flüssig zu machen und ihre Auszahlung zu veranlassen. Das Geld wird sofort gebraucht. Für den Zentralrat .. zwei Unterschriften ..«

Christen: 500 000 M. Das ist happig!

Compagnie: Die vorige Räteregierung machte es billiger.

Christen: Und wofür sollte es sein?

Compagnie: Für »Gehälter – und so weiter«!

Gesell: Stenographieren Sie beide mit, was ich Ihnen sagen werde.

Zwei Jünglinge. Umsturzeleganz.

Gesell: Sind Sie vom neuen Zentralrat? Ich erkenne Sie doch wieder. Sie sind doch vom alten Büro. Hm. Hm. Sagen Sie Ihren Auftraggebern *Christen und Compagnie schreiben mit*: So viel Geld ist im Augenblick nicht da. Aber auch wenn es heut da wäre, so wäre mit der Ausgabe dieses Geldes der Bestand der Kassen erschöpft, und wir müßten die sechs Millionen angreifen, die ich für die Kriegsbeschädigten und Hinterbliebenen gesperrt habe. Wenn ich jedoch ermächtigt würde, umgehend mit der Stempelung des Geldes zu beginnen und Freigeld einzuführen, so könnte ich das Geld anweisen. Ohne diese Ermächtigung kann ich es – dem Volke gegenüber – nicht verantworten.

Compagnie: Machen Sie Ihre Auftraggeber auch noch auf Folgendes aufmerksam! Erstens, die Unterschriften auf diesem Zettel sind uns nicht vertraut. Zweitens: Die neue Räteregierung hat Herrn Gesell noch nicht zum Volksbeauftragten für die Finanzen ernannt.

Gesell: Sie müssen Frau Liselott sein – und wollen vermutlich ..
Liselott: .. zu Ihrem Rechtsbeirat, dem saupreußischen.
Karl, diese Blumen und meine herzlichsten Glückwünsche zu Deinem achtunddreißigsten Geburtstag!
Compagnie: Herzlichen Dank!
Gesell: Wir kennen Sie schon, Frau Liselott! Compagnie, so nennen wir ihn seit einigen Tagen, hat uns von Ihnen erzählt. Sonntag Nacht in der Schutzhaft.
Liselott: Diese Schutzhaft muß doch schrecklich gewesen sein. Wie sind Sie denn aber schließlich freigekommen?
Christen: Also: Vom Abend an furchtbares Maschinengewehrgeknatter! Noch furchtbareres Kanonengebrüll! Allerfurchtbarstes Minengedröhn! Plötzlich: Schläge an's Haustor, Stimmen, Tritte, viele, immer mehr, nun draußen im Flur, Tür auf: Politische Gefangene? Gesell? Ja! Christen! Compagnie! Ihr seid frei! Es lebe die Revolution! Hinaus, hinunter! Viele Mann ringsum! Zum Bahnhof! Brot, Wurst, Bier, Käse! Blutlache! Auto! Nach Hause! Zu Bett!
Liselott: Aus diesem Umsturz muß das Neue kommen!
Was will eigentlich die neue Regierung?
Gesell Das wissen wir am allerwenigsten!
Christen: Wir vermuten, sie will formell kommunisieren.
Liselott Mein Mann scheint auch dabei zu sein.
Gesell: Was ist Ihr Mann?
Liselott: Bankbeamter. Ich habe ihn seit Sonntag kaum zu sehen bekommen.

Compagnie: Ich schätze, Ihr seht Euch überhaupt nicht viel.

Liselott: Ich hoffe, wir sehen uns bald überhaupt nicht mehr. Die neue Regierung will ein neues Scheidungsrecht einführen. Schriftlicher Scheidungsvertrag vor drei Zeugen. Dann muß der Standesbeamte die Ehe als geschieden eintragen.

Compagnie: Liselott! Ist das Dein Interesse an der Revolution?

Liselott: An dieser vom 13. und 14. April? Na, das hast du ja schon gemerkt. Du, erinnerst Du Dich an Oberhummer, Luitpold?

Compagnie: Jetzt Regierungsrat im Finanzministerium! Längst Wiedersehen gefeiert!

Liselott: Du, hat er mit Dir über mich gesprochen?

Compagnie: Nein!

Liselott: Du, wie steht der Luitpold zu Freiland-Freigeld?

Gesell: Hier hab' ich etwas von ihm zu dieser Frage. Es wird eine Broschüre von einem Druckbogen geben: *Das Beamtentum im Freiland-Freigeldstaat.* Sehr sorgfältige und kluge Arbeit; zieht noch nicht alle Folgerungen; ist zum Teil etwas amtsmäßig trocken geschrieben.

Liselott: Was, so weit ist er schon? Und es soll gedruckt werden?

Gesell: Solche Spezialschriften, die brauchen wir!

Liselott: Ich möchte gern mit ihm sprechen. Ich erwarte etwas ganz Bestimmtes von ihm. Aber – er müßte von selber darauf kommen.

Gesell: Soll ich ihn herbeiklingeln?

Oberhummer: Guten Tag, meine Herren! Sie haben meine beiden Briefe bekommen, Herr Volks .., Herr Gesell?

Gesell: Ja, und den an mich als Herrn Gesell gerichteten habe ich auch geöffnet und gelesen. Sie werden gleich Näheres darüber erfahren. Den andern, den Sie an den Volksbeauftragten Gesell gerichtet haben, habe ich noch nicht geöffnet, da zur Zeit nicht feststeht, ob ich das noch oder schon wieder oder nicht mehr bin.

Huber: Herr Befolgsauftragter, es sind zwei Herren von der neuen Räteregierung da.

Gesell: Herr Regierungsrat Oberhummer. Was ich Ihnen über Ihren Aufsatz *Das Beamtentum im Freiland-Freigeldstaat* zu sagen habe, sollen Sie aus anderem Munde erfahren. Es wird ferner noch ein Mehreres von Ihnen erwartet. Doch scheint sich das nicht für unsere Ohren zu eignen. Auch hierüber werden Sie mit dem anderen Munde verhandeln. Seien Sie so gut, sich ins Nebenzimmer zu bemühen.

Oberhummer: Liselott!

Liselott: Das erste Mal seit seiner Studentenzeit, daß der Bengel wieder meinen Vornamen kennt!

Einwand des Lotsen

Der Bankbeamte: Guten Tagen, die Herren!

Gesell: Guten Tag!

Der Bankbeamte *überreicht ihm zwei von den Blättern.*

Gesell: Das eine ist der Zettel wegen der 500 000 M. »für Gehälter und so weiter.« Der andere Zettel sagt, daß diese beiden Herren ermächtigt seien, mir »den Willen der neuen Regierung mitzuteilen.«

Der Bankbeamte: Nun, Genosse Gesell, heraus mit der Anweisung auf die 500 000 M.!

Gesell: Ich vermute, Sie sind der Herr, der da auf dem Zettel als Bankbeamter bezeichnet ist. Ich darf also einige Sachkunde bei Ihnen voraussetzen?

Der Bankbeamte: Ich bin der Bank- und Finanzsachverständige der neuen Regierung. Also machen Sie's kurz mit den 500 000 M.!

Gesell: Ich muß bedauern. Es fehlt mir noch dreierlei. Erstens meine Ernennung oder Bestätigung als Volksbeauftragter für die Finanzen, zweitens meine Ermächtigung, alles Geld in Freigeld umzuwandeln, drittens die Beglaubigung der Unterschriften.

Der Bankbeamte: Genosse Gesell! Wir in der neuen Regierung sind Männer von schnellen Entschlüssen. Also heraus mit der Anweisung!

Gesell: Sie kennen ja meine Bedingungen.

Der Bankbeamte: Nun, Genosse Gesell *er nimmt ein weiteres Blatt vor und reicht es ihm,* dann sind Sie abgesetzt.

Gesell: Ich kann nicht gut abgesetzt werden, denn ich bin noch gar nicht eingesetzt.

Der Bankbeamte: Ha, ha, ha! Sie sind doch im Amt!

Christen: Nicht im Amt, sondern im Amtsraume!

Der Bankbeamte: Das ist der neuen Regierung ganz egal. Solche witzigen Unterscheidungen machen wir nicht.

Liselott: Eugen!

Der Bankbeamte: Liselotte!

Liselott: Ist das neue Scheidungsrecht schon in Kraft?

Der Bankbeamte: Ja, es ist in Kraft.

Liselott: Hm, hm, hm, erklären Ihre am hm, hm, hm geschlossene Ehe für aufgelöst. Liselott hm, hm. So! Da! Unterschreiben Sie, mein Herr! Und nun als Zeugen Sie, und Sie, und Du! So! Nun fort damit zum Standesamt und dann schleunigst mit der Ausfertigung wieder hierher! Dalli, dalli!

Der Bankbeamte: Die Herren gestatten wohl, daß ich diese kleine persönliche Angelegenheit zur Befriedigung aller Beteiligten schleunigst erledige. Wir haben ein Auto unten. Inzwischen überlegen Sie sich die Sache mit den 500000 M. noch mal, Genosse Gesell. Der Finanzminister bekommt ja wohl 34000 M.?

Liselott: Hat der Mensch denn gar keinen Sinn für Größe?

Der Bankbeamte: Nein.

Compagnie: Du, Liselott, wie steht es denn mit Luitpold?
Liselott: Ja, denk Dir nur, der Luitpold, der Bengel, ist zuerst
auf das Dritte gekommen!
Christen: Darf man fragen, was dies Dritte war?
Liselott: Fragen darf man. Aber man bekommt Antwort
nicht eher, als daß der Luitpold auf das Zweite und Erste
gekommen ist.

Gesell: Wir müssen beraten. Hätte es Sinn, die 500 000 M.
anzuweisen, mich im Amt zu halten und ohne Ermächtigung
das Freigeld einzuführen?
Compagnie: Wenn die Sache in einer oder zwei Wochen
getan wäre! Aber das ist sie nicht!
Christen: Es ist auch nicht das Freigeld allein. Es gehört auch
noch Freiland dazu!
Compagnie: Man könnte aber auch so rechnen: Ist erst zwei
Wochen lang gestempelt, so hat das Volk die Sache begriffen
und wird das Freigeld für immer wollen.
Christen: Aber diese kommunistische Regierung sabotiert
uns ja jede finanzielle Aufklärung. Wir müssen entweder alles
durchsetzen, oder uns mit nichts begnügen.
Gesell: So ist es richtig. Wir kehren also in's Privatleben
zurück. Rechtsbeirat, was schmunzeln Sie?
Compagnie: Weil Sie vergessen haben, fortzufahren: »Und
sehen nach Wiederherstellung der Landtagsregierung unserer
gesetzmäßigen Bestrafung entgegen.«
Christen: Ja, was für gräßliche Verbrechen haben wir
eigentlich begangen?
Compagnie: Vielleicht Hochverrat, oder Beihilfe dazu, sicher
Amtsanmaßung, und Herr Gesell wird sich auch wegen der
Gelder zu verantworten haben, die er der ersten Regierung
angewiesen hat.

Gesell: Hätt' ich sie nicht bewilligt, so wären die Kassen und Banken gesprengt und geplündert worden. Aber wie ist das mit dem Hochverrat und der Amtsanmaßung, Rechtsbeirat?

Compagnie: Ich empfehle folgende Verteidigung. Also erstens: Wir waren überhaupt nicht dabei! Zweitens: Waren wir doch dabei, so haben wir nichts gegen die Landtagsregierung unternommen! Drittens: Haben wir doch etwas gegen die Landtagsregierung unternommen, so verteidigen wir uns mit dem Einwand des Lotsen.

Christen: Einwand des Lotsen? Was ist das?

Compagnie: Nun, der Fall liegt so: Meuterer haben Gewalt über das Schiff erlangt. Soll da der Lotse sagen müssen: Ein Schiff mit Meuterern lotse ich nicht? Oder darf er nicht, muß er nicht rufen: Wohl bring' ich das Schiff durch die Klippen: Um seiner kostbaren Ladung willen!

Von schnellen Entschlüssen

Jeiteles: Gut, daß wer se noch treffen. Wer hatten gemeint, se wären schon fort.

Kaser: Ich hab's net verhindern können, Genosse Gesell! Die neue Regierung wird formell kommunisieren. Sie wird auch das Geld ganz abschaffen. Ich hab' in der Vereinigung dagegen gesprochen, gestern nachmittag. Ich hab den Antrag gestellt, folgenden Satz in die Statuten aufzunehmen: »Die kommunistische Vereinigung erstrebt zur Vorbereitung ihres Endzwecks Freiland-Freigeld als die wesentliche Voraussetzung freiwilliger und wirtschaftlich rentabler genossenschaftlicher Betriebe und Gemeinden.«

Jeiteles: Aber da sind se aufgesprungen und haben geschrieen: »Nein, nein, nix da!« und einer hat gerufen: »Raus mit dem Kaser! Es ist ein Verräter!« Da ist dem Kaser sein Kopf hochrot geworden, und ganz stille is alles gewesen, wie er gesagt hat:

»Einundzwanzig Jahr' bin ich Kommunist gewesen. Von heut ab ...« Da ist er gefallen in Ohnmacht und mir in die Arme.

Kaser: Der Jeiteles hat mich heimgebracht. Daheim, da ist mir immer das mit dem Haken durch den Schädel gegangen, und ich hab' mir gesagt: »Nicht das Freigeld hat den Haken, sondern du, Kaser, du hast den Haken, indem daß du nicht hast einseh'n können, daß deine eigene saudumme Dummheit der ganze Haken war! Was soll der Gesell mit dir?« Und da .. Jeiteles ..

Jeiteles: Nu, als er hat verzweifelt an sich, da ist er gegangen in die Kammer. Und ich hör' was poltern in der Kammer, als fällt um ein Stuhl, und spring' auf und lauf', und reiß auf die Tür: Da hängt an dem Haken ein Strick und an dem Strick, da hängt der Kaser. »Kalt Blut, Jeiteles,« sag' ich, tret' hinzu und fass' ihn bei den Beinen und stemm' ihn hoch, und schrei' um Hilf', und stemm' und höre Leut', und mir vergehen de Sinnen.

Huber: Herr Befolgsauftragter, die beiden Herren sind wieder da.

Der Bankbeamte: Es ging wie der Blitz. Drohung mit dem Revolutionstribunal machte dem Burschen Beine. *Reicht Liselott eine Urkunde:* Das ist der Wisch. Wir sind nun geschieden. *Zu Compagnie:* Sie waren der Herr, den sie duzte? Na, viel Vergnügen! *Zu Gesell:* Nun, wie steht es mit der Anweisung auf die 500000?

Gesell: Sie kennen meinen Standpunkt.

Der Bankbeamte: Dann bleibt es also dabei, daß Sie abgesetzt sind.

Christen: Nicht eingesetzt.

Der Bankbeamte: Ich sagte schon einmal, daß die neue Räteregierung für solche witzigen Unterscheidungen keinen Geschmack hat. Nachdem Herr Gesell nun abgesetzt ist, trete an seine Stelle ich. Hier ist die Ernennungsurkunde! Auch die Anweisung auf die 500000 ist bereits da. Wollen Sie so gut sein, dem Diener zu klingeln? *Gesell tut es.*

Der Bankbeamte: Dies Blatt hier muß sofort ins Wittelsbacher Palais! Und dies hier lassen Sie sofort bei allen Beamten im Ministerium herumtragen und sofort unterschreiben! Sofort, Mensch, sonst kommen Sie vors Revolutionstribunal und werden auf der Stelle abgeurteilt!

Compagnie: Herr Volksbeauftragter, was haben Sie eigentlich für ein Finanzprogramm?

Der Bankbeamte: Luxus, mein Herr, Luxus! Mein heutiges Finanzprogramm ist, 500 000 Mark anweisen. Mein morgiges Finanzprogramm ist, die Privatschließfächer der Banken aufbrechen, falls sie nicht freiwillig geöffnet werden. Ich habe ein täglich wechselndes Finanzprogramm. Und wer sich widersetzt, der wird vor das Revolutionstribunal gestellt und auf der Stelle abgeurteilt. Leben Sie wohl!

Gesell: Für diesen neuen Volksbeauftragten war Oberhummers Brief an den Volksbeauftragten Gesell sicher nicht. *Öffnet ihn.* Rechtsbeirat, ich habe doch das Recht, ihn zu öffnen?

Compagnie: Nachdem Sie ihn geöffnet haben, hat es nicht viel Zweck, darüber nachzudenken, ob Sie es dürfen. Jedenfalls können Sie seiner Zustimmung gewiß sein.

Gesell: Hören Sie! Oberhummer reicht seine Entlassung ein, nachdem er die Überzeugung gewonnen hat, daß sich die gegenwärtige Regierung nicht halten werde und daß er in seiner Stellung unter einem Vorgesetzten von anderer Richtung als der unsern nichts für Freiland-Freigeld tun könne. Rechtsbeirat *er schreibt,* darf ich dazu schreiben: »Entlassung bewilligt. München, den 16. April 1919. Silvio Gesell.« – Darf ich das?

Compagnie: Nachdem Sie es geschrieben haben, hat es keinen Zweck, darüber nachzudenken, ob Sie es schreiben dürfen. Geben Sie das Schreiben mir! Ich besorge das Weitere.

Gesell: Schön, aber erst, nachdem ich Ihnen den letzten Satz vorgelesen habe: »Ich übernehme die Buchhandlung meines

Vaters in Nürnberg und werde sie zur Hauptstelle des Vertriebs der Freiland-Freigeldschriften in Nordbayern machen.«

Liselott: Ist das Scheusal weg? Komm, Luitpold! Und nun hört zu! Die drei Dinge, auf die der Luitpold kommen sollte, waren: Erstens mir endlich sagen, daß er mich über alles liebe. Zweitens, daß er unter allen Umständen darauf bestehe, mit mir zusammenzuziehen. Drittens, daß wir von nun an gemeinschaftlich für Freiland-Freigeld arbeiten wollen! So, Luitpold, nun wirst Du für den hohen sittlichen Mut, mit dem Du alle Lästerung der Welt auf Dich und mich nehmen wolltest, herrlich belohnt. Da, lies! Ich bin geschieden, frei und für immer Dein!

Compagnie: Es ist außerordentlich erfreulich, zu beobachten, wie ein konservativer Regierungsrat aus dem Zustand der Gewissensbedenken zur Gewissensbetätigung übergeht. Was meinen Sie zu der Verlobung?

Christen: Sie scheint das positivste Ergebnis der ersten Finanzära Gesell zu sein.

Kaser: Diese Verlobung dürfte eine sein, die wo keinen Haken hat.

IV.

Du hast mich auf der Landstraße getroffen, basta!

Am ersten Mai 1919 frühmorgens kroch der Mann, von dem hier die Rede sein wird, aus einer Torfhütte im Dachauer Moos und schnupperte wie ein Hund in die regenverschleierte Luft. Dumpf und lang donnerten mitunter Kanonenschüsse in der Ferne, und ab und zu konnte man auch dünnes Maschinengewehrgeknatter vernehmen. Die Regierungstruppen kämpften in und um München mit den weichenden Räterepublikanern.

Der Mann schien weiter kein Interesse an diesen Geschehnissen zu haben. Er lauschte nicht einmal sonderlich, und sein rotes, stoppelbärtiges, mulattenähnliches Gesicht mit den lefzig aufgeworfenen Lippen blieb völlig gleichgültig. Es war nicht anzunehmen, daß der Mann ein flüchtiger Räterepublikaner sei, viel eher vermutete man in ihm einen gewohnheitsmäßigen Walzbruder, den der pure Zufall hierher verschlagen hatte. Er war ziemlich groß, sah zwar gar nicht ausgehungert, aber sehr verwahrlost aus und hatte ungewöhnlich breite Schultern, wodurch seine Gestalt etwas Viereckiges, grobschlächtig Mächtiges bekam. In seinem Gesicht steckten zwei sonderbar kleine graue, ein wenig stechende Augen, sein kurzes, borstiges Haar war blond, riesige Hände und Füße hatte er und trug einen abgewetzten, verschlampten, schmutzigen Manchesteranzug. Es schüttelte ihn ein paarmal fröstelnd, so ungefähr wie einen naßgeregneten, erwachenden Vogel. Er reckte und streckte sich gähnend, wippte mit seinen Füßen prüfend auf dem nachgiebigen Torfboden hin und her, schlug endlich die dürren Binsen- und Heureste von seinem Anzug und schaute eine Weile griesgrämig in die trostlose, verlassene Gegend. Vom Hüttendach herab fielen schwere, dicke Tropfen auf seinen unbedeckten Kopf und rannen als dünne Rieselbäche aus dem Haar über die Stirn.

»Mistwetter verdammtes!« knurrte er ärgerlich und hing dieser Feststellung etliche Flüche an. Er fuhr mit der Hand über die Stirn und wischte die Nässe weg. Alsdann tappte er wieder in die Hütte zurück und baute sich aus einem alten Brett und Torfstücken eine Art Bank unter der Tür. Er zog einen offenen, zerschlissenen Rucksack aus dem Dunkel, nahm eine große Wurst und ein Trumm Kommißbrot daraus, hockte sich hin und fing gemächlich zu essen an. Während er abwechselnd einen Bissen Brot oder Wurst zerkaute, las er aus einem zerknitterten Zeitungsblatt unter anderen kleinen Lokalnachrichten dies:

»Bestrafte Eisenbahnmarder.

Ingolstadt, 24. April. – Gestern nacht bemerkte das Wachtpersonal des Lebensmittelzuges, den die Reichsregierung für die Münchener Bevölkerung nach Aufhebung der Räteherrschaft bestimmt hat, zwei unbekannte Männer, welche eben aus einem Waggon in den davorliegenden stiegen. In diesem Waggon befanden sich hauptsächlich Wurst- und Fleischwaren, und es war kein Zweifel, daß es sich bei den zwei Verdächtigen um Diebe handelte. Das Personal nahm sofort die Verfolgung auf und gab Schüsse ab. Kurz darauf sprangen die zwei Männer aus dem in voller Fahrt befindlichen Zug, den man leider nicht gleich zum Halten bringen konnte. Nach eiligem Absuchen der Strecke und der Böschung machten die dem Zug zubeorderten Reichswehrsoldaten eine gräßliche Entdeckung. Ungefähr zweihundert Meter von der Stelle, an welcher der Zug stand, lagen zwei abgefahrene Beine und auf halber Höhe der ziemlich steil abfallenden, felsigen Böschung fand man die fast unkenntliche, zerfetzte Leiche des einen der Diebe. Wieder weiter unterhalb lag ein Rucksack, der außer vier Dauerwürsten nur ein Paar gänzlich durchgelaufene Militärschuhe enthielt. Die gründliche Durchsuchung der Kleidung des unbekannten Toten förderte weiter nichts zutage als einen etwa fingerlangen Bleistift, neunzig Pfennige Metallgeld und ein blaugeblumtes Schnupftuch. Von dem anderen Dieb fehlt jede Spur. Sachdienliche Mitteilungen an die Eisenbahndirektion Ingolstadt oder an die zuständige Polizei.«

Der Vagabund schaute einige Sekunden dösig vor sich hin und verzog seine Mundwinkel ein wenig. Er zerknüllte das Zeitungsblatt und warf es ins Hütteninnere. Der Tag bleichte mehr und mehr aus und ließ den Torfstich noch trister erscheinen. Da und dort trillerte ein Vogel im zwergigen Gebüsch, mit dem leisen Regenrieseln vermischte sich das plätschernde Rauschen des Gröbenbaches, und immer und immer wieder erdröhnte das ferne Donnern.

Als der Vagabund jetzt wiederum die dicke Wurst in sein breites Maul steckte und abbiß, vernahm er plötzlich irgendein anderes Geräusch und hob, im Kauen innehaltend, das Gesicht. Drüben, rechter Hand von der seinigen, schlüpfte ein kleiner Mensch in hellem Sportanzug aus einer schiefen Torfhütte, hielt erschreckt inne, verharrte zögernd in seiner kriechenden Stellung und sah kläglich, ja fast bitthaft auf seinen geruhig beobachtenden Nachbarn. Er wagte nicht aufzustehen, war angstblaß bis auf die Lippen und schaute.

»Guten Morgen«, sagte der Vagabund endlich und fing wieder zu kauen an: »Ausgeschlafen, ja?«

»Gu – guten Morgen! We – wer bist du denn?« stotterte der andere hastig und richtete sich in die Höhe. Verstört war sein hageres Gesicht, zerlegen und voller Dreck sein Anzug, unruhig flimmerten seine dunklen Augen hinter den hervortretenden Backenknochen.

Der furchtsame Ausdruck auf seinem bartlosen Gesicht wich nicht, und als nunmehr die Kanonen in der Ferne heftiger donnerten, erzitterte er kurz, glotzte in die Luft und schluckte.

»Da, friß!« rief der Mann in der Torfhütte und hielt ihm ein abgerissenes Stück Wurst hin: »Die da drinnen wollen dir jetzt nichts. Die haben mit den Dummen zu tun, die geblieben sind.«

Gierig aß der Bursche. Er erzählte, daß er bei der roten Armee gewesen sei, vorgestern alles liegen und stehen gelassen und sich davon gemacht habe. Von Zeit zu Zeit schnaubte er schwer auf, lauschte und redete nervöser weiter.

»Verspielen tun wir ja doch! Weiterkämpfen ist jetzt glatter Unsinn. Rauskommen tut absolut nichts mehr dabei, im Gegenteil«, sagte er und setzte bekümmerter dazu: »Herrgott, Herrgott, wenn ich bloß wüßte, wie ich weiterkomme! Diese weißen Hunde stellen ja jeden an die Wand, den sie erwischen.«

»Bist du im Krieg gewesen?« fragte endlich der Vagabund und prüfte den verdatterten Menschen schräg.

»Ja«, nickte dieser ein wenig belebter. »Bei den Dreiunddreißigern im Osten und in Flandern. Bis sie mich siebzehn durch die Lunge geschossen haben. Dann haben sie mich zwanzig Wochen in Lazaretten rumgezogen und schließlich garnisondienstfähig auf die Schreibstube getan.«

»Und wie's losgegangen ist, hast du bei der Revolution mitgemacht, was?« erkundigte sich der Vagabund leicht spöttelnd.

»Nee mein Lieber, so ein Mitläufer bin ich nicht«, erwachte da der Flüchtling prahlerisch. »Ich? ... Ich hab schon beim Kommiß im illegalen Spartakusbund mitgemacht.« Er schielte auf seinen Nebenmann und fragte geschwind: »Wo stehst du denn eigentlich?«

»Augenblicklich sitz ich, wie du siehst«, gab dieser plump und witzlos zurück, und ein finsterer Schatten huschte über seine Miene. Der Revolutionär wurde verdutzt.

»Warst du im Krieg?« fragte er interessierter.

»Auch«, antwortete der Befragte knapp.

»An der Front?«

»Länger als du ... bis zum glorreichen Rückzug.« Das Wort »glorreich« klang höhnisch.

»Hm«, schüttelte der Räterepublikaner den Kopf. »Und nachher? Bei der Revolution hast du nicht mitgemacht, oder?«

»Auch«, brummte der Vagabund wiederum. »Ist ein Schlamassel wie das andere. Seit vierzehn haben sie uns auf Räuberei und Umbringen dressiert, jetzt sollen wir wieder ordentlich sein und für die anderen rackern. Ich hab rausgebracht, der Dumme bin immer bloß ich gewesen.« Er sagte es grantig hin. Es war aber weder Bitterkeit noch Rebellion in den Worten.

»Wohin willst du denn abhauen? Hast du denn überhaupt Flebben und Zaster?« Er sah hämisch auf das zerfahrene Männchen hernieder.

»Hm, Zaster? Ja so, ja so – Geld? Ja ja, soviel hab ich schon, daß ich von Augsburg mit der Bahn weiterfahren kann ... Oder von Ulm aus oder von sonstwo ... Aber Flebben?« meinte der Flüchtling und schaute fragend aufwärts. »Da, einen einwandfreien Militärpaß hab ich«, sagte er und reichte dem Stehenden den Ausweis. »Ich glaub, der ist am unverdächtigsten. Da komm ich sicher weiter, meinst du nicht?« Ohne zu antworten, ziemlich uninteressiert blätterte der Vagabund in dem blauen Büchlein und gab es zurück: »So so, Lausitzer bist du? Und Student auch noch? Besserer Mensch also? Deine Alten blechen und du kannst Revolutionär spielen, was? ... Hm, dann ist das natürlich ganz was anderes!«

Der Student stand auf und war schamrot.

»Die meisten Studenten sind reaktionär, ja ja, da hast du recht! Ich zähl mich absolut zum Proletariat und hab mit diesem Pack nichts zu tun!« rief er wichtig, aber der Vagabund hörte kaum hin und unterbrach ihn sachlich: »Na ja, kannst ja mit mir tippeln. Ich mach sowieso Augsburg zu, aber ich sag dir, wenn sie uns schnappen, bring mich nicht in Kalamitäten, Mensch! Halt dein Maul mit deinen Sprüchen von wegen Proletariat und so ... Wir kennen uns weiter nicht ... Du hast mich auf der Landstraße getroffen, basta!« Das letzte klang fast streng. Der im Sportanzug nickte wie geborgen.

Der Regen hatte nachgelassen. Der Himmel und das flache Torfland wurden lichter. Der Vagabund band seinen Rucksack zu und warf ihn über seine Schultern. Sie brachen auf und stolperten über die verwachsene, unwegsame Fläche, verschwanden im dichter werdenden Gebüsch und wanderten auf versteckten Wegen westwärts.

»Wieviel Zaster hast du denn?« erkundigte sich der Vagabund nach langer Zeit ziemlich unvermittelt, und das kam dem Studenten gerade recht. Er hielt erschöpft inne und gab bereitwillig Auskunft. »So an die vierzig Mark ungefähr ... Herrgott, du, ich kann nicht Schritt halten mit dir. Wo sind wir denn ungefähr? ... Wie weit ist's noch nach Augsburg?«

»Na, so drei, vier Stunden wird's schon noch hergehen«, meinte der Vagabund. »Aber wenn du meinst, wir können ja auseinandergehen. Mir macht's nichts aus ... Kannst ja vielleicht da drüben von einer Station aus losfahren.« Man hörte unschwer heraus, daß er den Jammerlappen von einem Begleiter los haben wollte. Den aber traf der mitleidslose Vorschlag schwer. Er bekam eine trübselige Miene und wimmerte weinerlich: »Mensch? ... Mensch, wir sind doch Genossen!«

»Ha, Genossen?« brummte der Vagabund unbewegt. »Genossen? Dafür, daß du krank bist, kann *ich* doch nichts! Ich hab mich auch ewig allein durchschlagen müssen und jedesmal, wenn ich mit so einem ›Genossen‹ mitgemacht hab, bin ich reingesaust! Geh mir zu mit diesen Lamentationen! Im Krieg hat man's ja am besten sehen können! Wer nicht mitgekommen ist, ist liegengeblieben. Keine Sau hat sich drum geschert. Und wer sich durchgefrettet oder wer schlau den Drückeberger gespielt hat, der ist zum Schluß der große Held gewesen. Und jetzt ist's genau so! Geh zu, geh zu! Mich fängt keiner mehr mit so einer Jammertation!« Es klang dumpf polternd.

»Du bist – ja, was bist du eigentlich? Ein Anarchist oder ein Spießbürger, ein Vieh oder ein Nihilist?«
»Ich? ... Gar nichts! Ich bin bloß das, was die andern aus mir gemacht haben«, gab der Vagabund zur Antwort, und ungeduldiger setzte er dazu: »Jetzt red schon nicht so lang! Geh weiter oder tipple allein.« Er trottete weiter. Es war ein unbehagliches, wortkarges Nebeneinandergehen. Eine große Fremdheit, eine verschwiegene Feindschaft stand zwischen den zweien. Der Intelligenzler aus der Räterepublik dachte sicher nur: »Herrgott, wenn er mich bloß bis nach Augsburg bringt, der Kerl! Wenn ich bloß ohne Gefahr davonkomme!«

Und der Vagabund? Was ging dem im Kopf herum? Leicht war's aus seiner Miene zu lesen.
»Wart ein bißl oder geh langsam weiter. Ich muß scheißen«, sagte er nach längerer Zeit und drückte sich ins Dickicht. Der Flüchtling nickte nur und wurde betroffen bleich. Er trippelte auf dem Platz hin und her. Er war zum Umfallen müde, aber er setzte sich nicht, lehnte sich nicht an einen Baum. Er hörte das Knacken der Äste, die schlurfenden Schritte des anderen auf dem weichen Waldboden. Dann war es still. Er wartete mit klopfendem Herzen. Er fing auf einmal schüchtern zu pfeifen an, nach und nach aber wurde alles an ihm grenzenlos traurig.

Mittlerweile war es auch dunkel geworden, berichten Leutnante zur See von München

nur der in Brand geschossene Kiosk am Stachus erhellte die Gegend schaurig schön. Wir formierten uns jetzt als Stoßtrupp und liefen einzeln über die Straße, dann durch das Karlstor bis zur Ecke am Stachus, wo wir nicht weiterkonnten, da der ganze Platz unter MG.-Feuer lag. Zehn Schritte vor uns stand ein alter Herr als *Weißgardist* hinter einer Litfaßsäule und schoß in aller Seelenruhe einen Schuß nach dem anderen ab; ob er bei der Dunkelheit etwas getroffen hat, bleibt allerdings dahingestellt. In dem herrschenden Dämmerlicht hob sich der brennende Zeitungskiosk auf dem Karlsplatz gegen den dunklen Abendhimmel ab. Der schwach erleuchtete Hintergrund war schwarz und umsäumt von einer nach Hunderten zählenden Menschenmenge. War sie uns freundlich gesinnt? Jedenfalls waren es nur typische Verbrecherphysiognomien, die in fieberhafter Erregung dem Kampf zusahen, um im Falle eines Fortschritts der *Rotgardisten* sofort deren Partei zu ergreifen.

Beim Passieren der Schommerstraße wurden wir von einem unserer *Weißgardisten* darauf aufmerksam gemacht, daß am Ende dieser Straße ein 10,5-cm-Langrohrgeschütz stände, das Spartakisten am Nachmittag dieses denkwürdigen Tages Regierungstruppen abgenommen hätten. Jetzt fand auf offener Straße ein Kriegsrat statt, sollten wir das Geschütz mit unseren paar Mann holen oder nicht? Fischer sagte z. B. nur ganz stur: »die Kanone holen wir«, und so wurde es auch gemacht. Nach diesem kurzen Intermezzo wurde der Stoßtrupp in zwei Hälften geteilt, und der Vormarsch wurde im Schutze der beiden Häuserfronten im Eilschritt angetreten. Rufe wie »Fenster dicht« fanden bei der nicht seemännisch geschulten Bevölkerung nur nach mehrmaliger Wiederholung Gehör. In jedem Torbogen der Gasse stand eine Menge fragwürdiger, finster dreinblickender Gestalten. Aber keiner wagte zu mucksen. Überschätzte das Gesindel unsere Stärke oder waren es lauter Waschlappen? Wir kamen jedenfalls unbelästigt die Straße entlang, passierten die Zweigstraße im Laufschritt und entdeckten endlich am Ende der Schommerstraße das gesuchte Geschütz, an dessen Lafette ein Wischstock mit roter Fahne befestigt war. Tillessen, Sauermilch und noch ein bis zwei Mann stießen bis zur nächsten Querstraße, der Schillerstraße, vor, während der Rest der Gruppe unter Fischers bewährter Führung an das Seeklarmachen des Geschützes ging. Mitten in den Vorbereitungen wurden wir durch ein wahnwitziges Geschieße gestört. Tilly war nämlich auf die Schillerstraße gekommen, als aus einem schräg gegenüberliegenden Hause ein MG. im Verein mit etwa 30 Schützen auf uns ein nicht erwartetes Schnellfeuer eröffnete, das an Heftigkeit nichts zu wünschen übrigließ. Der Kalk spritzte in Funkengarben gehüllt aus den Einschußlöchern der meist zu hochgehenden Geschosse. Durch schnelles Abschießen der Parabellumpistolen wurde von uns MG.-Feuer nachgeahmt, dabei immer in eine Menschenmenge reingehalten, die gerade zum Sturmanlauf ansetzte.

Aber das Unheil nahm seinen Lauf, so Dr. Christen, nicht: Dr. Kreß

Als die Straßenkämpfe noch mitten im Gange waren, wurden wir am frühen Nachmittag in unserer Wohnung verhaftet. Ein Soldat führte Gesell ab, ein anderer mich. Durch die Beethovenstraße wurde geschossen. Am Bavariaring bekamen wir plötzlich Flankenfeuer von der Theresienwiese her. Als die Schießerei beendigt war, wurde ich ins Stielerschulhaus verbracht und fand dort Freund Gesell wieder. Mehr und mehr füllte sich der Raum mit Arrestanten. Am Boden kauerte ein kleiner Russe mit blutendem Kopf, der anscheinend nicht wußte, wie ihm geschah. Ein Unteroffizier machte sich dick und wichtig und prophezeite bald diesem, bald jenem, er werde an die Wand gestellt und erschossen werden. »Ja, Birschle,« höhnte er zwei verdächtige Halbwüchsige, »Ihr hand heit zum letschte Mal gsch ...«
Ein neuer Zug von Gefangenen trat ein, geführt von einem schnauzigen Unteroffizier. Die bereits vorhandenen Arrestanten mußten sich in den Hintergrund zurückziehen und erhielten ein strenges Sprechverbot. Einer der Unglücklichen scheint das Ver-

bot übertreten zu haben. Wütend drängt sich der Unteroffizier zu ihm hin, stellt sich dicht vor ihn, glotzt ihn an und schreit: »Vafluchta Hund! Noch ein Wort und ich haue dir in die Fresse. Vastanden? Vafluchta Hund!«

Gegen 8 Uhr wurden wir endlich zum Hauptmann geführt, der uns erklärte, er lasse uns wieder frei, da die angekündigte Klage gegen uns nicht eingegangen sei; wir sollten uns aber zu seiner Verfügung halten.

Eine telephonische Verbindung mit Landauer, um dessen Schicksal wir besorgt waren, gab es nicht. Wir beschlossen daher, am Sonntag – es war der 4. Mai, ein schöner Frühlingstag – einen Ausflug nach dem beliebten *Forsthaus Kasten* zu unternehmen und unterwegs bei Frau Eisner vorzusprechen. Aber die Straße nach dem Waldfriedhof war an der Stadtgrenze durch Militärposten gesperrt. Wir schwenkten ab, um uns nach dem Tiergarten Hellabrunn zu begeben. Vor Thalkirchen standen wieder Posten. Einer der wachhabenden Soldaten erkannte Gesell und meldete seine Entdeckung dem kommandierenden Leutnant. Dieser bekam einen richtigen Wutanfall und behandelte uns in übler Weise. Nachdem sein Unwille sich etwas gelegt hatte, kommandierte er drei Mann an und führte uns in die Stadt ab. Unterwegs hetzte er überall, wo Bürgergruppen standen, die Leute gegen uns auf. »Schauts euch nur die saubern Brüder an! Der rechts mit dem Schlapphut ist der Finanzminister Silvio Gesell, der andere ist der Dr. Kreß, der Freund von Gandorfer.« Meinen Namen hatte er offenbar falsch verstanden, und ich stand unter Sprechverbot. Schon auf dem Sendlingertorplatz schlug die durch den Hetzleutnant geschürte Erregung höhere Wogen. »Pfui Teifi!« tönte es von links; »an die Laterne aufg'hängt g'hörens« von rechts. »Warum habt ihr sie nicht gleich an die Wand g'stellt?« riefen andere. Durch die Sendlingerstraße wird das Getümmel zusehends größer. »In der Stadt drin nicht schießen«, befiehlt der Leutnant. »Wenn einer ausreißen will, dann

sofort mit dem Kolben drauf, aber glei mitten auf den Schädel.«
Die Erregung steigerte sich, und es kam so weit, daß ein beson-
ders mutiger Münchner Spießer vortrat und mir ins Gesicht spie,
ohne daß der Leutnant es ihm verwehrte. Ein anderer schlug
mit dem Stock Gesells Hut vom Kopf. Endlich wurden wir in die
Residenz eingeliefert, noch im Eingang von der aufgebrachten
Menge umjohlt. Der Leutnant traktierte uns noch mit ein paar
Gewehrstößen.

Die dritte Woche meiner Untersuchungshaft ist angebrochen
und noch weiß mein Rechtsanwalt nichts über den Verhand-
lungstermin. Heute früh wurde uns wieder einmal der bekannte
Spaziergang im Hof gewährt. Beim »Antreten« wurden nochmals
unsere Taschen auf Messer und Revolver untersucht. Als wir in
unsere Zelle zurückkamen, lag alles drunter und drüber: Heu-
säcke, Bücher, die Brotration, alles auf dem Boden. Man hatte
auch hier nach verheimlichten Waffen gefahndet. Was doch der
Militarismus für Mittel anwenden muß, um sich im Sattel zu
halten! Wie recht hat Gesell mit seinem *Abbau des Staates*.

Jeder Gefangene darf jetzt an drei Nachmittagen der Woche
Besuche empfangen. Da hiervon sehr ausgiebig Gebrauch gemacht wird, müssen die Besuchenden vor dem Gefängnis oft
stundenlang anstehen. An einem dieser Besuchstage ereignete
sich ein Auftritt, der unverkennbar zeigt, welcher Groll im Volke
gegen das verhaßte Militärregiment unter der Asche glimmt. Ein
langer Zug von Besuchern hat schon geraume Zeit angestan-
den. Unter den weiter hinten Stehenden ist eine Großmutter mit
ihrem Enkelkind auf den Armen. Da erscheint oben an einem
Zellenfenster der Kopf des Vaters zwischen den Gitterstäben.
Die Großmutter hebt das Kind hoch und es winkt mit seinen
Händchen dem Vater zu. Solche Zeichensprache ist natürlich
verboten. Ein Soldat tritt auf die Großmutter zu, verwehrt ihr
solch unvorschriftsmäßiges Gebaren und macht mit dem gelade-

nen Gewehr eine drohende Bewegung gegen das Kind. Geschossen hätte er ja gewiß nicht, aber seine Drohung allein genügte, um die Zuschauer in Wut zu bringen. Ein ganzer Schwarm von wartenden Besuchern stürzte sich auf jenen Soldaten. Die Menge war so aufgebracht, daß der Soldat gelyncht worden wäre, hätte sich nicht der wachthabende Offizier ins Mittel gelegt. Er tat das klügste, was er tun konnte, indem er selbst das Kind auf den Arm nahm und es dem Vater entgegenstreckte.

Meine Vermutungen über das Ende Landauers haben sich bestätigt. Die *Neue Zeitung* brachte folgende Meldung: »Von Augenzeugen erhalten wir folgende Schilderung über die schauervoll tierische Hinschlachtung Landauers: Es war am 2. Mai. Ich stand noch als Wache vor dem großen Tor zum Stadelheimer Gefängnis. Gegen 1½ Uhr. Unter Schreien: ›Der Landauer, der Landauer!‹ brachte ein Trupp bayrischer und württembergischer Soldaten Gustav Landauer. Auf dem Gang vor dem Aufnahmezimmer versetzte ein Offizier – es soll Leutnant Geisler gewesen sein – dem Gefangenen einen Schlag ins Gesicht. Die Soldaten riefen inzwischen: ›Der Hetzer, der muß weg. Derschlagts ihn!‹ Landauer wurde dann mit Gewehrkolben an der Küche vorbei in den ersten Hof rechts hinausgestoßen. Landauer sagte zu den Soldaten: ›Ich bin kein Hetzer, ihr wißt selbst nicht, wie verhetzt ihr seid.‹ Im Hofe begegnete der Gruppe ein Major in Zivil, der mit einer schlegelartigen Keule auf Landauer einschlug. Unter Kolbenschlägen und den Schlägen des Majors sank Landauer zusammen. Er stand jedoch wieder auf und wollte zu reden anfangen. Da rief ein Vizewachtmeister: ›Geht mal weg!‹ Unter Lachen und freudiger Zustimmung der Begleitmannschaft gab der Vizewachtmeister zwei Schüsse ab, von denen einer Landauer in den Kopf traf. Landauer atmete immer noch. Da sagte der Vizewachtmeister: ›Das Aas hat zwei Leben, der kann nicht kaputt gehen!‹ Unter dem Ruf: ›Geht zurück, dann lassen wir ihm noch eine durch!‹ schoß der Vizewachtmeister Landauer in den Rücken, daß es ihm das Herz herausriß und er vom Boden wegschnellte. Da Landauer immer noch zuckte, trat ihn der Vizewachtmeister mit Füßen zu Tode. Dann wurde ihm alles heruntergerissen und seine Leiche zwei Tage lang ins Waschhaus geworfen.«

Geht doch zu Hoelz

Das Städtchen Falkenstein in der sächsischen Kreishauptmannschaft Zwickau hatte damals etwa 15 000 Einwohner, die im wesentlichen auf die Beschäftigung in der Spitzenindustrie des Ortes angewiesen waren. Aber gerade die Kunststickereien und Gardinenfabriken hatten unter den Wirkungen des Krieges furchtbar zu leiden, und als Max Hoelz Vorsitzender des Falkensteiner Arbeitslosenrates wurde, vertrat er die Ansprüche von nicht weniger als fünftausend Arbeitslosen: ein volles Drittel der Einwohnerschaft lag ohne Erwerb auf der Straße.

Die nicht einberufenen Sticker und Weber, sowie die Frauen und Mädchen waren gezwungen, zu feiern, da der Import der Rohstoffe und der Export der Fertigfabrikate vollständig lahmgelegt war. Tausende von Existenzen waren ruiniert. Das aber, was der Krieg nicht zerstört hatte, vernichtete nun die Engherzigkeit des Bürgermeisters Queck. Wenn die hungernden Kriegerfrauen dem Bürgermeister Vorhaltungen machten, daß zum Beispiel in dem nur eine halbe Stunde entfernt liegenden Städtchen Auerbach die wirtschaftlichen Zustände bedeutend besser waren als in Falkenstein, dann griff Queck zum Stock und drohte, die ausgemergelten Frauen zu schlagen und die Treppen hinabzuwerfen.

Die seit langem herrschende Erbitterung gegen den Bürgermeister machte sich an diesem Tage in drastischen Ausfällen Luft. Er hatte am Vormittag eigenhändig vom Rathaus ein Plakat abgerissen, durch das die Arbeitslosen zu einer Versammlung

aufforderten. Nach Schluß der Versammlung bewegte sich ein
langer Demonstrationszug nach dem Rathaus. Angesichts der
fünftausend Arbeitslosen erklärte er: »Ich wußte nicht, daß die
Not so groß ist.« Es war notwendig, ihm zu zeigen, daß Dutzenden von Kindern und halbverhungerten Frauen Zehen und Füße
erfroren waren. Sie hatten sich halbe, ja ganze Tage lang in här-
tester Kälte in Schlangen anstellen müssen, nur um einen halben
Zentner Kohlenstaub oder ein paar Pfund Kartoffeln zu erlangen. Jetzt waren es die Frauen, die einstimmig die Forderung
stellten, der Bürgermeister müsse Abbitte leisten oder an der
Spitze des Demonstrationszuges mit den fünftausend Arbeitslosen einen Spaziergang durch die Stadt machen. Er weigerte sich,
Abbitte zu leisten, also mußte er den Spaziergang mitmachen.
Rechts und links hielten ihn zwei Frauen fest, damit er nicht
fortlaufen konnte. Der Bürgermeister erreichte, daß noch in der
Nacht Militär nach Falkenstein kam und fast alle Mitglieder des
Arbeitslosenrats aus den Betten heraus verhaftete.

Die verhafteten elf Mann des Arbeitslosenrates waren in Mili-
tärautos nach Plauen transportiert worden, damit sie in Falkenstein nicht von der Masse aus dem Gefängnis befreit werden
konnten. Militärpatrouillen durchzogen die Straßen, und Kom-
mandorufe erschallten. Sofort sammelten sich Arbeitslose, die
empört den niederträchtigen Überfall besprachen. »Wollt Ihr,
daß die Soldaten noch eine Stunde länger in der Stadt bleiben?«
Die einstimmige Antwort war: »Nein, sofort raus mit ihnen!«
Nun merkte der Offizier, daß die Situation ungünstig stand, er
verlangte für seinen Abzug eine Frist von zwei Stunden. Aber
die wurde ihm nicht gewährt; die Menge stürmte die Stufen zum
Rathaus empor, drängte das Militär zurück, nahm Gewehre und
Maschinengewehre und warf sie – so harmlos waren bei aller
Erbitterung diese Menschen – auf die Lastautos der Soldaten.
Unter dem Druck der Arbeitslosen kletterten die Soldaten auf
die Lastautos.

Nach dem Abzug setzten die Arbeitslosen den Bürgermeister gefangen. Er mußte an die Regierung in Dresden telephonieren, daß er und mehrere einflußreiche Bürger der Stadt im Rathause solange festgehalten werden sollten, bis die verhafteten Mitglieder des Arbeitslosenrates ihre Freiheit erhielten. Nach langem Hin und Her gab die Regierung an die Plauener Staatsanwaltschaft Anweisung, die Verhafteten schnellstens freizulassen. Unter ungeheurem Jubel der Menge, die von früh acht Uhr bis nachmittags in strömendem Regen gewartet hatte, zogen die Freigelassenen in Falkenstein ein.

Hoelz sorgt zuerst für bedeutende Erhöhung der Unterstützungssätze, die er teilweise bis zur Verdoppelung durchzudrükken vermag. Ebenso erreicht er für die Frauen der verwundeten und gefallenen Kriegsteilnehmer eine wirksame Vermehrung ihrer Bezüge. Die Forstverwaltung muß Holz schlagen lassen und es zu äußerst niedrigen Preisen an die arme Bevölkerung abgeben. Bei etlichen Fabrikanten wird auf das entschlossene Verlangen des Arbeitslosenrates behördliche Haussuchung gehalten und die beschlagnahmte Hamsterware, Speck, Fleisch, Mehl, Eier usw. an Kranke und Wöchnerinnen verteilt.

»Es kam vor, daß an einem einzigen Tage im Rathause ganze Berge von fettem Schinken usw. aufgestapelt wurden. Unter den vielen Hunderten von abgearbeiteten Frauen kam eines Tages eine alte, vergrämte Mutter, deren sechsundzwanzigjähriger Sohn, für den sie etwas erbat, seit einem Jahr an Skorbut darniederlag; sie wurde aufgefordert, am nächsten Tag bei der Verteilung da zu sein. Zur festgesetzten Stunde erschien sie im Rathaus und sagte unter tiefer Bewegung, daß es zu spät sei, ihrem Sohn zu helfen, er sei am Vormittag gestorben. Bei einer großen Versammlung in Treuen kam ein alter Tagelöhner auf die Bühne und brachte stotternd und ungeschickt ein Anliegen vor. Er arbeitete seit vierzig Jahren bei dem Rittergutsbesitzer in Pfaffengrün. Auch sein Sohn wurde dort beschäftigt. Sie erhielten einen Stundenlohn von fünfzig Pfennigen. Das waren fünfundzwanzig Friedenspfennige. Der alte Mann hatte seinen Arbeitgeber gebeten, ihm eine Zulage zu gewähren, da er mit dem Gelde weder leben noch sterben könne. Da hätte der Rittergutsbesitzer geantwortet: ›Geht doch zu Hoelz und laßt Euch von ihm etwas geben.‹ Ich schrieb dem Rittergutsbesitzer noch am selben Abend, er habe unverzüglich zehntausend Mark an den Boten auszuhändigen, damit wir seinen Taglöhnern eine Lohnzulage gewähren könnten; sollte er unseren Wunsch nicht erfüllen, so würden wir ihm die Pferde aus dem Stall ziehen, sie verkaufen und den Erlös seinen Arbeitern geben. Das Geld wurde pünktlich abgeliefert.«

Dem einsamen Köhler im Walde

Hieß es irgendwo: Max Hoelz ist im Anmarsch, dann erlosch in den Palästen der Reichen das Licht und zitternd duckten sich die Bewohner hinter die damastenen Vorhänge; aber in den Hütten der Armen sprangen die Türen auf, die Augen der Frauen und Kinder strahlten und auf den kleinen Herden ward Feuer gemacht, den Freund, den Helfer zu empfangen und zu bewirten. Bandit! Blutmensch! Verbrecher Hoelz! Räuberhauptmann Hoelz! Es hat schon Banditen und verwegene Räuber gegeben, die ein mildes Herz für die Armut hatten, die als Wegelagerer die in üppigen Karossen reisenden großen Herren plünderten und dem einsamen Köhler im Walde ein Gläschen Ziegenmilch mit zehn Dukaten aufwogen. Lebt nicht Rinaldo Rinaldini in hundert Volksliedern fort? Und glänzt nicht das Gesicht jedes bayerischen Hopfenzupfers, wenn ihm noch aus den Tagen der eigenen Kindheit der Name jenes Kneißl ins Gedächtnis fällt, der damals der Schrecken der Sparkassen und zugleich der bewunderte Held jeder Dorfschenke war? Als er dann gefangen und aufs Schafott gebracht wurde, da tat einem der unerschrockene

Räuber schon leid, aber man fand's doch in der Ordnung, daß er dran glauben mußte; denn schließlich: Recht muß Recht bleiben, und für dieses Leben empfand man die Enthauptung auch als den würdigsten und passendsten Abschluß. Die Regie, die Max Hoelz in der deutschen Presse als Räuberhauptmann anprangern ließ, benutzte also gar nicht ungeschickt die romantischen Neigungen breiter Volksmassen, um in sie die politischen Sympathien für den revolutionären Tatmenschen abzuleiten. Hier schwingt im Unterbewußtsein ein sehr gesunder Neid des gehorsamen Staatsheloten auf den Teufelskerl von Rechtsbrecher, der es wagt, mit seinem Ich aus der Gesellschaft zu springen und nach selbstherrlichen Gesetzen ein Leben in der Freiheit zu führen, wie eben der Kleinbürger sich die Freiheit denkt. Wer wollte jedoch bezweifeln, daß dieser Neid in nicht geringem Maße mitbewegt wird von den materiellen Träumen des primitiven Inhabers eines sechzehntel Loses der Staatslotterie? Daß der Räuber bei jedem großen Wagnis an die Pforten des Goldhimmels klopft, daß jedes Gelingen ihm die Taschen mit den Schätzen blanker Seligkeiten füllt, daß sein Gewerbe die Möglichkeit unvorstellbarer Einträglichkeit bietet, das bewirkt das ehrfürchtige Gruseln des in geebneten Pfaden wandelnden, seine Steuern redlich zahlenden und kirchlich getrauten Spießers. Ihm wurde Hoelz als Räuberhauptmann serviert, zugleich ein wohliger Kitzel für seine abseitigen Gelüste, wie eine gemeine Verleumdung des selbstlosen Stürmers und Rebellen.

Lehrbuch des deutschen Bürgerkrieges

Bei der Abteilung Lüttwitz der Reichswehr ist für den Hausgebrauch der Noskegarden ein kleines *Lehrbuch des deutschen Bürgerkrieges* erschienen. Wir hoffen, daß die anständige Welt ihre Verachtung, ihren Abscheu jenen Bankerotteuren in Uniform bekundet, die da neben anderen Perfidien als *Lehrsätze* aufstellen, im bevorstehenden Bürgerkrieg »Forderungen ohne lange

Verhandlungen mit Gewalt durchzusetzen«, »Handgranaten und Minen oder auch nur Leuchtpatronen auf die weiter hinten stehenden Hetzer und Antreiber abzugeben«, weil das »oft besonders wirkungsvoll« ist: »Schreckschüsse unbedingt zu vermeiden« und »nur gezielte Schüsse abzugeben«, weil beispielsweise »Zielen auf die Beine die größte moralische Wirkung hat.«

Um dieses *Lehrbuch des deutschen Bürgerkrieges* in seiner ganzen Infamie genügend zu würdigen, muß man sich vor Augen halten, daß es einen solchen »Bürgerkrieg« trotz des gelegentlich lauten weltrevolutionären Gebarens oppositioneller Blätter bis jetzt nicht gegeben hat; daß die Klique jener wüsten Burschen, die es noch heute als eine Ehre bezeichnen, preußischer Offizier zu sein, tagtäglich auf nichts anderes sinnt, als: wie sie Unruhen und Aufstände größeren Stils provozieren könnte; muß man wissen, daß vier Fünftel der Nation noch heute das Naturburschentum der preußischen Methoden bewundert und gerade jenen Generälen Devotion bezeugt, die nicht nur den Ruin verschuldeten, sondern sich noch 1919 ihre Rechtfertigungsschriften von den Geprellten zehntausendmarkweise bezahlen lassen.

Rebellen in Deutschland sind ja so neu und naiv, daß sie noch heute die Macht verkennen, mit der sie zu tun haben, jene satanische, jesuitische, mathematisch brutale Gewalt preußischer Henker, der alle die trefflichen Führer und Menschen *Liebknecht, Luxemburg, Landauer, Eisner* wie Kinder ins Feuer liefen. Der Opfertod jener Männer bestärke den Irrtum nicht, sie seien die Urheber des von der Regierung provozierten Bürgerkrieges gewesen. Jeder neue Standrechtsprozeß in Deutschland mehrt das Material, wonach die Aufstände in Berlin, München, Hamburg, Bremen auf Provokationen zurückzuführen sind. Die Hauptspitzelabteilung befand sich anfangs in den jetzigen Räumen des Großberliner Vollzugsrates. Offiziere und Unteroffiziere sichteten unter falschen Namen das von den Zuträgern einlaufende Material und leiteten es unter entsprechender Redaktion an den Herrn Reichswehrminister, das Garde-Kavallerie-Schützenkorps und die Reichsregierung weiter. Daneben besteht eine weitverzweigte Spitzelabteilung und ein selbst denunzierender Nachrichtendienst der Garde-Kavallerie-Schützendivision, für die auch ein besonders in Hamburg akkreditiertes Reptilienbureau Fahrendorff-Kreusch arbeitet.

Gäbe es aber sonst keine Beweise dafür, daß die Reichsregierung von diesem Treiben unterrichtet ist, so wäre Beweis genug jener aus 22 Punkten zusammengesetzte *Anhang für den in eine unsichere Stadt entsandten Späher* aus dem oben zitierten *Lehrbuch des deutschen Bürgerkrieges*, datiert vom 14. Mai 1919 und unterschrieben vom »Chef des Generalstabes, Major *von Stockhausen*«.

Triumpf der Spießer

An allen Ecken blinzelt er vergnügten Gesichts, mit kurzen Beinen und Bismarckhut stampft er unter den Linden, er sitzt wieder in den Cafés auf quadratigem Gesäß und mit hängender Unterlippe, wieder erscheint er mit dem Goetheband unter dem Arm in den Vorträgen und Hörsälen, wo seinesgleichen unter

einem Donner verwitterter Gesten vom Katheter Gelehrsamkeit paukt – der deutsche Spießer ist wieder da, er hat die Revolution überstanden. Der Atem der Weltgeschichte, der Sturm des Temperamentes, der einen Augenblick vergessen ließ, daß man in Gottes auserwähltem Volk ein armseliges Dasein geführt, der Schrei, der nach einem Schrei der Befreiung und Menschlichkeit klang, die Wut, die eine Explosion des Geistes zu verkünden schien – sie alle sind erstickt und erdrosselt worden: der deutsche Spießer ist wieder da, gesünder als vorher, blonder als vorher, teutscher als vorher. In allen bekannten Formen und Ausgaben ist er wieder da. Als Offizier schnarrt er seine bekannten Phrasen, als Kaufmann treibt er dieselbe Ausbeutung, als Student ist er derselbe Tölpel und Feind aller Geistigkeit. Wir können uns freuen, unser Deutschtum ist gerettet. Die Ruhe und Ordnung ist wieder hergestellt. Von allen Seiten eilen die Herren herbei, um dabei zu sein, wenn man gegen Bezahlung auf dem Boden der Regierung steht. Es lebe die Regierung Ebert-Scheidemann. Die Idee der Revolution ist in Ordnung gebracht, reglementiert und rationiert. Der deutsche Spießer, gegen dessen Vitalität alle antiken Ungeheuer zusammengenommen anämische Jungfrauen sind, hat das getan, was er seiner Natur und seinem Beruf nach seit Jahrhunderten (solange es eine deutsche Geschichte gibt) getan hat – er hat sich einer Idee, die ihm gefährlich wurde, mit erstaunlicher Heimtücke bemächtigt, um sie zu verwässern und zu erledigen. Die Erledigung der Revolution vom 9. November ist das Glanzstück des deutschen Spießers – da reicht nichts heran, meine Herren. Es lebe die Freiheit, meine Herren; denn wie sagt schon unser großer Dichter: Nichts für ungut.

Worauf es ankommt

Das ist eine schwierige Frage für den ruhig essenden Bürger angesichts chaotisch sich überstürzender Dinge, labyrintisch verzerrter Hinweise, einer Zukunft, die über Glacis, Falltreppen und Wolfsgruben erreicht werden muß. Es ist aber heute Gott sei Dank so, daß man seine Legitimation bei sich tragen muß, sei es ein Reiseerlaubnisschein nach Kötzschenbroda, sei es ein Testament mit dem Vermerk, daß Kondolenzbesuche dankend verbeten sind. Es ist eine herrliche Zeit für den Mann, der seine Entschlossenheit als Plakat auf seinem Bauch tragen kann; durch seine Männerbrust hindurch sieht man das Löwenherz schlagen oder die Leber pulsieren, die, wie Sie wissen, schon bei den Alten hinsichtlich der Aufrichtigkeit eines Mannes ausschlaggebend war. Worauf kommt es aber an – frage ich Sie, geneigter Zuschauer, der Sie im Besitze einer Freikarte sind. Worauf kommt es an – fragen mich die zahllosen Scharen der Halbwüchsigen und Unentschlossenen, die täglich mit der untergehenden Sonne wandern. Es kommt darauf an – sagt mir der Piccolo des Hotels Exzelsior am Anhalter Bahnhof, daß meine Braut noch vor Ostern niederkommt. Es kommt darauf an – sagt mir Frl. B., die Tippfräulein beim Rechtsanwalt Joelsohn ist, daß man Goethes Faust II. Teil begriffen hat. Vielleicht denken Sie, Verehrtester, dies alles sei der unsinnige Palaver eines Mannes, der mit 40° Fieber besser täte, sich am Rummelplatz Bahnhof Friedrichstraße eine Karte für die Berg- und Talbahn zu nehmen: – oder Sie denken vielleicht, es handele sich hier um ein Interview mit dem Reichspräsidenten Ebert, dessen Frau Luise zu Zeiten, als ihr Mann noch ein kleiner Sattlermeister war, sich die Kohlen selbst aus dem Keller holte. Das alles ist ein reiner Irrtum Ihrerseits. Worauf es ankommt? Es kommt in der Tat darauf an, *Dadaist* zu sein.

Gehirnerweichung

Dadaismus ist Gehirnerweichung, markierte Gehirnerweichung plus Schieberei, man organisiert den Blödsinn, kalt mit bemerkenswertem Geschäftssinn und gebärdet sich bewußt geistlos-kindisch gegen ansehnliches Eintrittsgeld, wenn z. B. einer auftritt (Sitzplatz einschließlich Garderobe und Luxussteuer 10 Mark 65) einen Nachttopf auf dem Kopf und Klosettpapier im Knopfloch stammelt: Mann – Flasche – Tischschublade – Blöde – dada – dada – so, ist es ein Dadaist. – Dadaist = geistiger Hochstabler. Dadaisten = die leider den Krieg überlebt haben.

Die ganze Nation ist Soldat

Der deutsche Soldat wollte nicht mehr. Der militärische Apparat hatte sich übernommen. Der deutsche Soldat streikte. Schlechte Löhnung, schlechtes Essen und Strapazen Tag und Nacht, – es war ihm zu viel. Von Ideen keine Spur. Der Soldat war im Gegenteil überfüttert mit alldeutscher Literatur. Er wollte im Grunde nur – bessere Arbeitsbedingungen. Die Niederlage half nach. Eine ganz unglaubliche Niederlage. So etwas von Niederlage gab es in der ganzen Weltgeschichte noch nicht.
Der deutsche Soldat kam streikend zurück in die Heimat und fand – Leute, die rote Fahnen schwenkten und »Revolution« schrieen, während tatsächlich nur die Maschine stehengeblieben war. Die hohen und allerhöchsten Herrschaften aber schlotterten, flüchteten, dankten ab, als man es von ihnen verlangte. »Bolschewismus« fürchteten sie. Auch die Bürger. Sie fühlten sich schon an die Wand gestellt. Ihr schlechtes Gewissen täuschte sie. Doch das Problem blieb bestehen: Was fängt man mit den Soldaten an? Die ganze Nation ist Soldat, die ganze Wirt- und Wissenschaft Militärdienst. Was macht man damit? Man muß neue Arbeit schaffen, dekretierte Berlin. Etwa einen kleinen Spartakus-Aufstand. Man provozierte ihn und rächte sich für die Niederlage. Aber das reichte nicht aus. Das genügte nicht. Die Lohnfrage des Soldatenstandes verlangte ein größeres Absatzgebiet für Kriegsarbeit, als die Stadt Berlin es ist. Etwa eine Freiwilligenarmee gegen Rußland. Milderung des Arbeitsverhältnisses, 5 Mark Handgeld, bessere Verpflegung. »Grenzschutz Ost, zur Verteidigung der Kultur des Abendlandes«.

Schütternd und ächzend rollt der Transportzug durch die Nacht. Ab und zu quietscht es verdächtig unten in den ungeschmierten Achsen. Viel tausend Männer haben sich in diesem schmutzigen Abteil zweiter Klasse der ehemals Königlich Preußisch-Hessischen Bahnen geräkelt vor dem Alarmeinsatz auf den Schlachtfeldern der Welt. Jahrelang standen diese Wagen keinen Tag still. Durch die Fenster- und Türritzen zieht es. Sechs Offiziersoldaten schnarchen in dem Raum. Ab und zu stöhnt einer. In der Ecke atmet Hagen wieder schwer unter dem Mantel auf. Das machen die schlecht verheilten Wunden von Verdun.

Nur schwach zeichnet sich die Landschaft durch die Fenster, deren Vorhänge längst den Weg aller Fußlappen und Handtücher gegangen sein mochten. Kein Stern zu sehen! Trostlos eintönig das Land! Rolf Weigand träumt mit wachen Augen. Gestern, das war doch eine Stimmung: Nach Ostland wollen wir reiten! Vorwärts in das fruchtbare Land in Kurland und an der Düna! Hoch die Fahne an den alten Grenzen der Deutschen Ritter! Ein Land von deutschen Bauern und Soldaten! Eine neue Heimat! Als wir gestern nachmittag im Kaffeehaus in Tilsit mit den freundlichen Mädchen mit den lachenden Augen, den blonden Haaren und den großen Füßen, mit dem selbstbewußten Gang scherzten, da haben wir genug geschwärmt von dem Neuen, von frischfröhlicher Schlacht mit den Bolschewiken, von neuem Herrentum! Die Neujahrsnacht taucht wieder auf, als das neuzusammengestellte Detachement im Eilmarsch zur Bahn rückte, um auf behelfsmäßiger Rampe verladen zu werden. Nach Berlin! Die heimtückische Dachschützenkugel, die am hellen Tage auf offener Straße nur Millimeter am Kopf vorbei in die Wand schlug. Aufgelöste Volksversammlungen. Maschinengewehre im Wahllokal, als die »Nationalversammlung« gewählt wird. Spartakisten werden frech. In den Städten wird gehungert, geschoben, getanzt. Die jämmerlichsten Phrasen regieren. Am Rhein stehen die Neger. Kulis, die nie einen Feind gesehen, strunzen und geben an. Waffen und Munition muß man stehlen oder mit Gewalt aus den Depots holen, die noch nicht geplündert sind. Es war eine Erlösung, als wieder die Maschinengewehre tackten. Dutzendfach gaben sie Echo in den Straßen der Großstadt. Dutzendfach schwirrten Querschläger auf Asphalt und von Häuserwand zu

Häuserwand, um endlich glühendheiß, grotesk verzerrte Bleifetzen, einen warmen Körper zu finden oder liegenzubleiben. Straßenkampf! Deutsche gegen Deutsche!
Und dann Süd-Litauen! Feldwachen am Bobr. Überfall im Morgengrauen. Verzweiflungsakt: Sprung in der Unterhose zum Holzhaus, in dem sich einige im Blut wälzten, andere Deckung nahmen, während Einschlag auf Einschlag lange Splitter an den Wänden aufriß. Zwischenspiel in den sumpfigen Seen um Augustowo, wo die Mädchen am Schabbes und am Sonntag mit dün-

nen Mückenschleiern spazierengehen und gar nicht spröde sind ... und nun? Nach Hause? Nein, heute nicht, morgen nicht, nie, bis wir vor die Hunde gehen oder es anders aussieht in Deutschland! Wir bleiben auf der Wacht. Kein Bolschewik soll Ostpreußens Boden betreten! Und die Abrechnung mit den Vaterlandsverrätern kommt. Sie ist nur aufgeschoben, solange wir leben ...

Die Wagen rucken rasselnd aufeinander. Draußen wird es langsam Tag. Die Sonne steht noch hinter dem Horizont, aber sie hat ihr Licht schon hoch in den Himmel geworfen. Die Kameraden räkeln sich und schauen sich gähnend an. Hagen fährt sich mürrisch mit der Hand durch die dichten Haare. Der lange Grenadier hakt sich den hohen Kragen zu. Olrich schaut aus dem Fenster. Sein Blick wird plötzlich starr. Das ist ein schlechtes Erwachen in dem neuen Land! Haushohe dunkle Holzkreuze recken sich vor ihnen im Zwielicht des jungen Tages. Olrich läßt das Fenster herunter. Bucher schüttelt sich, als ob er fröre. Ein leeres Gefühl macht sich im Magen breit. Es ist das Gefühl, das sie immer hatten, wenn sie bei Tagesanbruch mit rumorenden Därmen und brennenden Augen auf die Minute zum Sturmangriff aus nassen Gräben warteten. Noch immer spricht keiner ein Wort. Lautes Wiehern schallt von hinten aus den Güterwagen. Hagen dreht sich als erster um.

»Unsere letzte Akquisition aus Süd-Litauen«, wirft Rolf hin. Seine Stimme klingt heiser. »Es fehlte beim Abmarsch ein Pferd. Da traf es sich gut, daß der Gemeindevorsteher bei dem Überfall die Hand im Spiel hatte. Meine Leute brachten in der Nacht den Gaul und den Mann, der reif war zum Erschießen. Seine Alte und seine Tochter weinten und jammerten. Sie beteten und warfen sich vor mir auf die Erde. Es ging an die Nerven. Überfallen konnte der doch niemand mehr, dachte ich, wenn wir abrücken. Na, ich ließ die Wache abtreten und besah mir die Heiligenbilder in der Stubenecke. Es dauerte zwei Minuten, bis der Mann begriffen hatte und verschwand.«

Die Offiziere haben die Uniformen in Ordnung gebracht und springen aus dem Wagen, um nach ihren Kompanien zu sehen. Ein Eisenbahnbeamter kommt am Zuge entlang: »Gleich geht es weiter, meine Herren!« Hinten rauchen die Feldküchen auf den offenen Wagen. Die alte Lokomotive macht sich mit einem Pfiff wieder Mut. Die Friedhofsmauer unter den schwarzen Riesenkreuzen ist in rötliches Licht getaucht. Sechshundert gutbewaffnete Soldaten, die eine neue Heimat suchen, fahren ihr entgegen.

Steif stand die Knarre auf ihren Insektenbeinen

Im Zielfernrohr stand die Silhouette eines Gehöftes. Ich lag mit meinem Gewehr auf einem buschbewachsenen Hügel, dicht am Bahndamm. Neben mir lag Leutnant Kay, seinen zum Stutzen umgearbeiteten Karabiner vor sich und behängt mit Leuchtpistole, Handgranatensäcken, Munitionsgürtel, Zeißglas und Kartentasche. Um uns herum, in samtener Dunkelheit, kauerten dichtgedrängt die Hamburger, leichte Maschinengewehre zwischen sich. Die Minenwerfer in der Senke standen mit drohend aufgerichteten Mäulern da. Vor uns klickerte dunkel die Eckau, einzelne Sterne spiegelten sich zitternd im schwarzen, schmalen, leichtbewegten Wasser. Hinter der Waldecke stand der Panzerzug unter sacht strömendem Dampf. Am Bahndamm mußten die Geschütze stehen, von den Pionieren gedeckt. Alles lag in der vordersten Front. Alle Waffen drohten nach vorn. Menschen und Sprengstoff lauerten in geheimnisreicher, mit wütender Spannung geladener Nacht auf Erlösung. Von der Rigaer Bucht bis Bauske lagen dicht nebeneinander die gekrümmten Körper bereit zum Ansprung. Der Bolschewik ahnte nichts.
Hinten, über Tetelminde war der Himmel gefärbt mit gedämpftem Rot. Kein Postenruf erscholl, kein Schuß weckte die Nacht. Ich betastete noch einmal mein Gewehr. Der Gurt war eingeführt, die erste Patrone im Lauf. Steif stand die Knarre auf ihren Insektenbeinen. Die Hebel fest, der Mantel gefüllt. Selbst das

eine Ende des Schlauches war sorgfältig vergraben, wie es die Vorschrift befahl. Ich legte den Kopf auf die Arme. Wir warteten. Wir warteten auf das Signal.

Die Balten, die drüben hinter jener vorspringenden Waldecke an der Straße massiert lagerten und auf das Signal zum Angriff warteten, fragten nicht nach dem Sinn ihres Einsatzes. Ihnen war der Kampf, zu dem sie sich gesammelt, geweiht, war ihnen das einzige Gebot der Stunde. Sie drängten erbittert, Riga zu nehmen; denn dies war ihre Stadt, und dort in der Zitadelle waren die baltischen Geiseln, denen ein ähnliches Schicksal drohte wie den Geiseln Mitaus. Leutnant Kay hatte mich mitgenommen zu baltischen Familien, die uns von der Bolschewistenzeit in Mitau berichten konnten. Und da war nicht eine Familie, von der nicht mindestens ein Mitglied verschleppt, gemartert oder hingerichtet wurde, und viele Familien waren mitsamt den Dienstleuten ermordet worden, und von vielen lebten nur manche Frauen noch, und von den Frauen nur die älteren. Es war aber so gewesen, daß es genügte, auf der Straße Deutsch zu sprechen, um erschlagen zu werden, und daß das Wort »deutsch« als ungeheuerlichstes Schimpfwort galt und der Deutsche als die verhaßteste Ausgeburt dieser Welt.

Die baltischen Mädchen aber, aus ihren Häusern gerissen, galten in ihrer straffen, gepflegten Herbheit als begehrte Beute, wert, zu schänden und ihren edlen Willen in toller Brunst zu brechen, bis sie, von ganzen Horden gefoltert, nackt und zerrissen im Kot der Straßen lagen oder im Hofe des Gefängnisses, indes über ihren Leichen die baltischen Männer zusammengeschossen wurden. Als die baltische Landeswehr, ohne Befehl, gepeitscht vom wahnsinnigen Aufschrei ihres Blutes, den letzten Stoß nach Mitau wagte, von Tuckum her im Sturm die Stadt anfiel, da wurden die Geiseln in die Höfe ihrer Kerker getrieben, und in die dichtgedrängte Masse der gepferchten Leiber flogen gebündelte Handgranaten, zuckte aus der Mündung schnell gerichteter Gewehre Schuß auf Schuß, daß die geballten Körper immer wieder in die Höhe schnellten und schließlich nichts von ihnen übrigblieb als ein einziger blutiger, formloser Brei. Andere Geiseln aber wurden von roten Reitern an die Gäule gebunden und mit Kantschuhieben aus der Stadt nach Riga geschleift. An der Straße bis zur Eckau konnte die Landeswehr noch viele Leichen ihres Stammes zählen. Das Grab der Herzöge von Kurland war erbrochen, die Mumien, mit deutschen Stahlhelmen auf den Köpfen, standen aufrecht an den Wänden, durchsiebt von sinnlos hingeknallten Schüssen. Es waren lettische rote Regimenter, die so in Mitau Rache an ihren früheren Herren nahmen.

Was uns aber aus dem geruhigen Mittelpunkte Weimar des kreisenden Deutschlands nun an die Peripherie geschleudert hatte, in dieses Land, in dem wir nun schon sechs glühende Wochen im Gefechte standen, das dünkte uns nur schwach erklärt durch jene nüchternen Versprechen, die zum Schall der Werbetrommeln uns geboten wurden. Als in den Tagen der Revolte die Front der deutschen achten Armee in den Ostseeländern zusammenkrachte, plündernd, zuchtlos, aufgelöst auf allen Wegen der Heimat zuströmte, drang prahlend und im mächtigen Rausch eines wilden Überlegenheitsglaubens die Rote Armee, in der sich die Elemente eines neuen nationalen und sozialen Stolzes mit asiatischer Willkür seltsam mischten, in das preisgegebene Land. Riga fiel und Mitau, und bis zur Windau strichen die zerlumpten, siegessicheren Partisanengruppen. Da sammelten sich die Balten und boten den ersten Widerstand. Und zu ihnen stießen schwache deutsche Grenzsschutztrupps. Die lettische Regierung Ulmanis, geflohen von Riga nach Libau, aber versprach den deutschen Freiwilligen Land zur Siedlung, achtzig Morgen Land und gewichtige Kredite und erhöhten Sold, wenn sie das Land zurückeroberten. Die deutschen Truppen hatten Auftrag, Ostpreußen und mit dieser Provinz des deutschen Ostens Grenzen zu schützen. Der deutsche Führer, General Graf Rüdiger von der

Goltz, glaubte, den Befehl nur durch die Offensive erfüllen zu können. Und der Feldzug begann in Schnee und Eis, indes die ersten Frühlingsstürme durch die Wälder heulten, mit wilden und verwegenen Patrouillenritten, mit kurzen, jauchzenden Stößen, mit Überfall und Gewaltmarsch. Mitau wurde befreit. An der Eckau bildete sich die neue Front. Riga, die baltische Stadt, lag wild ersehnt hinter den dunklen Wäldern. Aus ihr drang wirre Botschaft bis zur deutschen Front, hervorgekeucht aus den erschöpften Lungen baltischer Flüchtlinge, aufgefangen vom sowjetischen Funkspruch, gewaltsam erpreßt von gefangenen Rotgardisten. Aber die deutsche Regierung, fürchtend die Drohung der Entente, verbot den deutschen Truppen, die Stadt zu befreien.

Der Aufbruch der deutschen Bataillone im Baltikum glich dem Aufbruch eines neuen Völkerstammes. Jede Kompagnie führte ihr eigenes Feldzeichen mit sich und focht ihr eigenes Gefecht. Das Feldzeichen der Kompagnie Hamburg war die Flagge der deutschen Hansestadt. Aber über der Flagge wehte noch ein schwarzer Wimpel, und als ich einen der Hamburger fragte, ob dies ein Zeichen der Trauer sei – und ich war selbst verlegen ob dieser Frage –, da pfiff der die ersten Takte des Seeräuberliedes. Nein, keine Trauer also, den schwarzen Wimpel hatte schon Klaus Störtebeker am Maste der *Bunten Kuh* geführt, und er wehte einstens über den Kriegskoggen der Viktualienbrüder. So hatte also die Flagge der Hamburger im Baltikum ihren besonderen Sinn, und sie flatterte an jedem Panjewagen der Kompagnie und auch an der Feldküche, ja, bei manchen Gefechten – das war möglich im Baltikum, da war alles möglich – bei manchen Gefechten wurde sie vorangetragen, und sie leuchtete blutigrot mit ihren schmalen weißen Türmen und dem düsteren Strich darüber. So konnte es wohl vorkommen – und es war gewiß ein gut Teil Absicht der Hamburger dabei –, daß die Bolschewiken zauderten zu schießen, ungewiß, ob es nicht rote Truppen seien, die da anrückten, und es konnte auch vorkommen, daß die Balten auf die Hamburger schossen – denn die Balten konnten kein Rot sehen, ohne gleich zu schießen –, dann aber brauchten die Hamburger nur »Hummel, Hummel« zu rufen, und das Geballer hörte auf; denn die Hamburger waren bekannt in ganz Kurland und ihr Schlachtruf auch.

Sie waren so bekannt, daß die Juden und Krämer ihre Läden bedachtsam schlossen, wenn die Hamburger zu kurzer Ruhe in Mitau einrückten, ihr traditionelles Lied singend, das Seeräuberlied, oder irgendeine Unflätigkeit. Die Soldaten der anderen Truppenteile traten dann auf die Straße hinaus und sahen sich die Hamburger an, kopfschüttelnd zumeist, denn diese marschierten etwa nicht, wie es sich gehört, beileibe nicht, sie kamen daher, rechts und links der Straße in je einer langen Reihe und trugen das Gewehr, wie es ihnen bequem war, und schritten, braungebrannt und mit offenen Röcken und Knüppeln in den Händen. Die Haare und die Bärte hatten sie sich lang wachsen lassen, und sie grüßten nur Offiziere, die ihnen bekannt und genehm waren. Es war eine große Ehre für einen Offizier, von den Hamburgern gegrüßt zu werden. Denn diese verdrehte Formation stand unter keinem der gültigen militärischen Gesetze, kein Zwang hatte sie gebildet und keinen Zwang erkannte sie an.

Es konnte wohl vorkommen, daß einer aus der Schar gegen die eisernen Gesetze des Clans verstieß, dann trat die Kompagnie zu kurzem Feldgericht zusammen, und nachdem der Meuterer begraben war, zogen die Hamburger weiter, das Seeräuberlied singend und in wütender Verachtung jeden Aktenkrams.

Die Kompagnie Hamburg war früher ein Bataillon gewesen. Aber schon in den ersten Gefechten des verwegenen Vormarsches von der Windau bis Mitau wurde das Bataillon so zusammengeschossen, daß Leutnant Wuth, der Führer, froh sein konnte, einen Bestand zu wahren, der wenigstens noch knapp eine Kompagnie darstellte. Der Stamm der Hamburger bestand aus Niedersachsen der früheren Hansa-Infanterie-Regimenter, die Leutnant Wuth schon während des Rückmarsches um sich gesammelt und durch das verwirrte Deutschland an die ostpreußische Grenze und dann nach dem Baltikum geführt hatte.

Und wenn es nun bei den Hamburgern irgend etwas gab, das Disziplin zu nennen war, dann kam es aus der Witterung für dieses Mannes Wesen und sein Glück. So stellten die Hamburger, zu denen ich mich gesellte, eine besondere Klasse von Kriegern dar inmitten der Heerhaufen des Baltikumkrieges.
Da gab es viele Kompagnien im Baltikum, geordnete Formationen unter sicheren Führern, geworben und marschierend nach zwingendem Befehl. Da gab es Haufen unruhgepeitschter Abenteurer, die den Krieg suchten und mit ihm die Beute und das Losgelassensein. Da gab es patriotische Korps, die den Niederbruch der Heimat nicht verwinden konnten und die Grenze wahren wollten vor der brandenden roten Flut. Und es gab die Baltische Landeswehr, formiert aus den Herren dieses Landes, die ihre siebenhundertjährige Tradition, die ihre überlegene, kräftige Filigrankultur, die das östliche Bollwerk deutschen Herrentumes um jeden Preis zu retten entschlossen waren, und es gab deutsche Bataillone, gebildet aus bäuerlichen Menschen, die siedeln wollten, die nach Land hungerten, die den Boden rochen und nach den Kräften tasteten, die dieser herbe Boden ihnen bot. Truppenteile, die für die Ordnung kämpfen wollten, gab es keine.

Die zehn Gebote

Wie weite Kreise die gewissenlose Tätigkeit der Werbestellen zieht, geht aus einem besonders schwerwiegenden Fall hervor, der uns zur Kenntnis gebracht wird. Ein armer Heimkehrer wurde eines Tages dadurch in Verzweiflung getrieben, daß sein Sohn spurlos verschwand. Alle Bemühungen, Schicksal und Aufenthalt des jungen Mannes zu erforschen, blieben vergeblich. Bis er in dem Notizbuch seines verschwundenen Kindes eine

Anschrift entdeckte, die ihm die richtige Spur zu weisen schien: Werbebureau, 8. Bezirk, Fuhrmannsgasse 3. Sofort begab er sich dahin und erfuhr von dem dort anwesenden Oberleutnant, daß sein Sohn tatsächlich weggeschickt wurde, und zwar nach – Passau! Angesichts des väterlichen Jammers, wohl auch aus Angst vor den Folgen, versprach der Oberleutnant, die sofortige Zurückberufung des Mannes zu veranlassen. Der Umstand, daß der Junge noch nicht das 16. Lebensjahr vollendet hat, zeigt von der verantwortungslosen Leichtfertigkeit der Werber, die nachgerade eine gefährliche Stadtplage zu werden beginnen. Die Werbekanzlei Fuhrmannsgasse verteilt an die Angeworbenen *Zehn Gebote für Deutschösterreicher.* Die Zettel sind hektographiert, das erste und der Schlußsatz des zehnten Gebotes sind mit Blaustift bis zur Unleserlichkeit dick durchgestrichen. Es gelang uns aber doch, die Schrift zu entziffern. Die zehn Gebote lauten:

1. Du fährst als deutscher Heimkehrer weg, um die Paßschwierigkeiten zu übergehen. Deshalb mußt du dich auf der Fahrt auch so verhalten.

2. In Passau wirst du durch Herrn Leutnant Gröger in Empfang genommen, der die Vermittlungsstelle leitet.

3. In Passau erhält jeder Mann seine Gebühren und Verpflegung.

4. Davonschwindeln von der Fahrt wird gerichtlich verfolgt und unbarmherzig bestraft.

5. Du fährst nach Jüterbog zum Freikorps v. Weickmann. Und hast dich dorthin zu melden.

So geht es bis zum zehnten Gebote weiter.

Der betroffene Heimkehrer teilt uns weiter mit, daß er Gelegenheit hatte, mit vier gleichfalls sehr jungen Burschen zu sprechen, die sich hatten anwerben und wegschicken lassen. Sie machten einen verwahrlosten Eindruck und beklagen sich über rohe Behandlung, weil sie sich in Berlin – bis dorthin waren sie gekommen – geweigert hatten, eine ihnen vorgelegte Schrift zu unterzeichnen, durch die sie sich hätten verpflichten sollen, gegen Spartakisten und Kommunisten zu kämpfen.

Reimann ist Zugführer in Rolfs MGK. Er sollte sich umsehen in der Heimat und Wäsche, Mäntel und Decken mitbringen. Er will dem Kompanieführer lieber allein sagen, was er in Deutschland sah, als sie langsam ihren Weg durch die Felder gehen. »Die Roten machen, was der Feind will. Ein wenig Protest gegen das Versailler Diktat. Aber die unterschreiben, sag ich dir! Ententeoffiziere von den Kommissionen bewegen sich in Berlin ganz ungeniert auf der Straße. Kein Mensch denkt an Gegenrevolution. Wohl haben die Freikorps noch ihr Eigenleben. Aber auch da kannst du hören, der Noske sei der Schlechteste noch lange nicht. Wir haben die beste Heeresorganisation der Welt gehabt. Jetzt geht es nicht einmal mehr, ein paar hunderttausend Mann auf eine Linie zu bringen.«

Rolf sieht eine weiche trockene Stelle am Wegrand und wirft sich hin. »Aber hier geht es auch nicht vorwärts. Seit Wochen kein scharfer Schuß. Da hinten das verbrannte Gut sagt mir schon nichts mehr, trotzdem sein Herr mit deutschem Namen von den Bolschewiken halb totgeschlagen in die Flammen geworfen wurde.«

»In Deutschland erzählen sie, das Landesversprechen sei rückgängig gemacht.«

»Und wenn! Wir dürfen hier nicht weggehen, sonst bricht die rote Armee in Ostpreußen ein. In zwei Stunden ist Appell. Und jetzt kannst du zum Tee zu meiner Quartierwirtin mitkommen.« Der Kompanieführer springt auf die Beine. »Wenn sie ihre Blicke schmeißt, die abgetakelte Fregatte, es ist zu lächerlich! Die Bauernmädchen auf unserem Rückmarsch waren appetitlicher.«

Reimann lächelt. »In der Bahn erzählte ein Artillerist von Weiberbataillonen bei den Bolschewiken. Es sollen hübsche Biester dabei sein!«

Der Adjutant entfaltet eine Generalstabskarte. »Die Lage: Der Feind ist mit starken Kräften in unserer Flanke vorbeimarschiert und schneidet, wenn er bis hier zur Bahnlinie nach Mitau kommt, die ganze Dünafront ab. Seine Infanterie hat eine Reihe von Dörfern besetzt und steht nach den letzten Meldungen nur zehn Kilometer von hier. Wir greifen morgen in großem Verband an und gewinnen hier diese Höhenlinie.«

Rolf reitet an der Spitze seiner Scharfschützenkompanie in den frischen Morgen. Hinter ihm folgen die drei vierspännigen Gewehrwagen mit je zwei Maschinengewehren. Die Freiwilligen fiebern dem Gefecht entgegen. Die eisenblechernen Wagen mit den drohenden Kugelspritzen klappern ihr metallenes Lied. Der

Major mit der Kürassierpaspelierung gibt ein klares Bild von der Lage und von der Aufgabe. Anschluß Freikorps von Brandis. Und jetzt der Befehl: »Die Infanterie des Detachements entwickelt und geht bis zu der Höhenlinie vor! Sichtdeckung! Aufstellung! Der Angriff beginnt, wenn im rechten Nachbarabschnitt

der Panzerzug mit lebhaftem Feuer einsetzt. Die Offiziere der
zur Verfügung stehenden Schwadronen haben gemeldet, daß sie
eine Attacke auf den linken Flügel des Gegners für das Richtige
halten. Drei Bodenwellen liegen zwischen uns und dem Feind.
Die Eskadrons nehmen, wie befohlen, Aufstellung und reiten die
Attacke auf den weit auseinandergezogenen Gegner. Die Infante-
rie folgt! Die Dörfer sind zu nehmen! Der Feind ist bis über den
Bach dahinter zu werfen und die Linie zu sichern!«
Hagen beherrscht nur schwer seine Gesichtsmuskeln. Die Kompanieführer haben flüchtige Blicke getauscht. Die Augen der Ka-
valleristen blitzen. Der lange Ulan klemmt wieder einmal das
Monokel fester. Rolf strafft sich auf: »Herr Major, ich bitte um
Befehle für meine zwölf Maschinengewehre!«
»Ach so! Ein Zug folgt der Infanterie. Der Rest bleibt zu meiner
Verfügung mit den Fahrzeugen in Gefechtsbereitschaft. Also
führen Sie Ihre Einheiten in die Ausgangsstellung, meine Her-
ren! Ich bin am linken Flügel.« Die Hand geht kurz zum Helm-
rand hoch.
»Messieurs, faites vos jeux!« spottet Hagen einen Steinwurf wei-
ter. »Das riecht nicht nach Praxis.«
Rolf hat eine Sauwut. »Wo haben sie den Onkel bloß ausgegra-
ben? Kavallerieattacke auf besetzte Dörfer! Keine Artillerie da!
Überhöhendes Schießen Fehlanzeige. Ortskommandantenstra-
tegie!«
Hagen flucht weiter: »Um so einen Mist zu erleben, mußte ich
Freikorpssoldat werden.«
»Meine Herren, begeben Sie sich in Ihre Ausgangsstellungen«,
meckert Rolf. »Ich befinde mich dort oben an dem Gebüsch am
rechten Flügel, falls Sie mich brauchen sollten«, streckt er den
Arm aus. »Zieh mir das Ding aus dem Leib, oder ich schrei«,
singt er laut das Kavalleriesignal und galoppiert wie ein Wilder
los. Die Schützen am Waldrand springen hoch und ziehen den
Sturmriemen ihrer Stahlhelme an. »Quatsch, liegenbleiben! Der
Portepeeträger zu mir! Also, meine Herren! Unsere Kavallerie

attackiert. Wir bleiben in Reserve! Leutnant Reimann, Sie ziehen die Kompanie so weit wie möglich vor, ohne den Nordrand des Waldes ganz zu verlassen. Ich reite dort vorn rechts auf die Anhöhe zu dem Gebüsch. Ständige Gefechtsbereitschaft! Futtermeister, kommen Sie mit.« Der Wachtmeister sitzt auf und trabt an seine Seite. »Konrad, ich halte diese Gefechtslage für Blödsinn«, beginnt der Kompanieführer, als sie aus Hörweite sind. »Sobald die Sache schief geht, greifen wir ohne Befehl ein!« Von dem Gebüsch an der Höhe aus sieht man Freund und Feind. Die Kavallerie steht abgesessen in einer Bodenfalte. Das Gelände ist tatsächlich günstig, aber die Entfernung zu groß. Dreimal müssen die Reiter über deckungslose flache Höhenrücken. Rechts über dem sumpfigen Tal erkennt man nur schwer die Brandisleute. Beim Feind ist nicht viel zu sehen. Rechts zackelt Infanteriefeuer. Maschinengewehre greifen ein. »Wenn das nur – richtig, die Kavallerie sitzt auf!« Schon preschen sie los. Unerhört, fabelhaft! Aller Zorn ist verflogen bei der Schönheit des Bildes. Infanteriefeuer flackert auf. Weg sind die Reiter in der ersten Bodenfalte. Nun donnert und knattert der Panzerzug los. Die Sturmtrupps der Anschlußtruppen springen hoch und gehen im Eiltempo vor. Da sind die Reiter wieder! Maschinengewehre, Salvenfeuer. »Konrad, die Mauer links am Dorfrand, da sitzen sie Kopf an Kopf. Rechts weiter die Hecken sind besetzt.« Ein Pferd überschlägt sich, ein zweites. Reiter stürzen aus dem Sattel. »Faites vos jeux!« zischt Rolf. Nervenprobe! Böse zugerichtet verschwinden die schneidigen Reiter in der nächsten Bodenfalte. Jetzt knattern auch die leichten Maschinengewehre der Kompanien in kurzen Feuerstößen auf. Wütend antwortet der Gegner. Die ersten Gruppen springen vor, die erste Kompanie erhebt sich wie ein Mann. Drüben bei Olrich geht es noch nach der alten Schule in durchgehenden Schützenlinien. Gott, wo soll der Mann das herhaben mit seinem kleinasiatischen Segelschiffgeschwader, daß man das nicht mehr macht, daß diese starren Schützenlinien unnötige Verluste bringen! Da unten fallen die

Kameraden. Der Kompanieführer der Ersten, der vor der Front war, steht nicht mehr auf. Bei Olrich gibt's Lücken. Drüben eilen aus dem Dorfrand Klumpen von braunen Uniformen, werfen sich hinter den Hecken nieder, fluten hinter die Kirchhofsmauer. Ein rasendes Feuer flackert auf.

»Rien ne va plus!« murmelt mit heißen Wangen Rolf. »Befehl oder nicht Befehl, scheißegal! Konrad, hinunter zur Kompanie, die drei vierspännigen Wagen im Galopp hier rauf auf die Höhe!« Der hochbeinige Fuchs des alten Wachtmeisters setzt in mächtigen Sprüngen querfeldein, über Gräben und Zäune. Den rechten Arm hat er hoch in die Luft gereckt. Da unten haben sie ihn verstanden. Schon traben die Gewehrwagen an, um gleich darauf in einen wilden Galopp überzugehen. Auf dem schlechten Feldweg rasen sie in einer dichten Staubwolke die Höhe hinauf. Weit vornweg Reimann, der gleich wieder kehrt macht und die beiden letzten Wagen in voller Deckung anhält. Die ausgeruhten und gut gefütterten Ostpreußen des ersten Gewehrwagens halten ein unerhörtes Tempo. Die Tiere haben Schaum vor dem Maul und an den Flanken weiße Flocken. Die Bedienung hat sich auf den Protzen festgekrallt. Die Männer hängen an dem Wagen wie Wespen an überreifen Früchten. Nun schwenken sie ein und halten. »Gewehre frei!« Mit unerhörter Präzision klappen die Griffe, fliegen die Munitionskästen im Bogen in die Wiese. »Gewehr eins hierher, Gewehr zwei zwanzig Meter weiter rechts in die Heckenlücke!« Während die Scharfschützen nach vorn rennen, setzt das Gespann schon wieder zum Galopp an und rast in weitem Bogen über das Feld hinter den deckenden Hang. »Geradeaus ein Dorf, an der linken Ecke dieses Dorfes eine Mauer! Visier neunhundert, Achtung, Dauerfeuer!« Die MGs bellen auf. Sie feuern über die Köpfe der eigenen Infanterie hinweg. In Bruchteilen von Sekunden sitzen die Garben in der Mauer. Rolf galoppiert nach rechts und stößt zweimal den rechten Arm in die Luft. Da rasselt schon der zweite Gewehrwagen heran.

Nun pfeifen Kugeln von drüben durch das Gebüsch. Ein Pferd springt verwundet im Geschirr hoch. Die Maschinengewehre sind im Nu frei und verlängern. Und schon setzt Dauerfeuer auf die dichtbesetzten Hecken ein. Die schweren Maschinengewehre hämmern heraus, was die Läufe hergeben wollen. Von rechts hört man Geschützdonner. Es muß eine feindliche Batterie sein. Rolf ist vom Pferd gesprungen und beobachtet. Kopf auf Kopf verschwindet drüben. Das feindliche Feuer wird immer schwächer. Es fällt dem Offizier wieder ein, daß er gegen den Befehl gehandelt hat. Aber er hat keine Hemmungen mehr. Er schickt einen Melder zurück und läßt den nächsten Halbzug in Stellung gehen. Die sechs schweren Maschinengewehre in dem Gebüsch auf der Höhe beherrschen das Gefecht. Unter anfeuernden Rufen treten die Infanteriekompanien zum Sturm an. Sie verschwinden in der letzten Geländefalte und gehen nun gebückt mit schnellen Schritten die Höhe hinauf. Im Nachbarabschnitt hört man Hurragebrüll. Jetzt sind auch die Unseren auf Sturmentfernung heran. Die Bajonette blinken in der Sonne. Noch einmal setzt ein pausenloses Dauerfeuer aus den glühenden Läufen aller Maschinengewehre ein. Der Feind antwortet nur schwach. Die Kirchhofsmauer raucht von abgebröckeltem Mörtel und Stein, der von den Kugelgarben losgebrasselt wird. Jetzt erheben sich die Stürmer. »Stopfen!« Die Maschinengewehre schweigen. Mit angehaltenem Atem verfolgen die Schützen das Gefecht. In der linken Ecke der Mauer krachen Handgranaten los, und nun ist das Feld von Hunderten von Gestalten übersät, die mit großen Sätzen und tierhaftem Hurragebrüll vorstoßen. Jetzt brechen sie ein. Hinten durch die Bäume flüchten die braunen Uniformen. Das Dorf ist genommen. Stehend feuern die Schützen hinter dem fliehenden Gegner her. »Die Wagen vor!« Wieder rasen die Gespanne im Galopp die Höhe hinauf. Hinter ihnen kommen die Panjewagen. Schon sind die Gewehre wieder aufgeladen. »Aufgesessen, Te-rapp! Galopp – Marsch!« Die wilde Jagd geht an dem Schlachtfeld vorbei. Da sind sie zu Dutzenden liegengeblieben,

die Toten und Verwundeten des eigenen Korps. Auf der Höhe,
die sie verlassen haben, schlagen jetzt Granaten ein.

Es gibt nichts auf der Welt außer mir

Noch immer gloste der Himmel über Tetelmünde. Das Gewirr
der Äste zeichnete sich dunkel ab. Ahnte der Bolschewik wirklich nichts? Schon die ganzen letzten Tage war Unruhe an der
deutschen Front. Gerade wollten die Formationen auf eigene
Faust losbrechen, den Sturm auf Riga wagen, als die deutsche
Regierung verschmitzt dem Oberkommandierenden auf dessen
Drängen hin hatte mitteilen lassen, sie könne es nicht hindern,
wenn die Baltische Landeswehr Riga erobere, die deutschen
Truppen dürften dann die eigenen Linien sichern.

Das Zifferblatt der Armbanduhr leuchtet. Gleich halb zwei. Ich
sehe zu Leutnant Wuth hinüber, der unweit hinter einem Baume
steht und durch das Glas nach vorne stiert. Nun macht er eine
Bewegung. Er bückt sich halb und führt eine Leuchtpatrone in
den Lauf der Pistole ein. Er schiebt den Lauf zurecht, es knackt.
Drüben im Gehöft kräht ein Hahn. Es ist, als ob die ganze Front
den Atem anhält. Ein Rauschen geht durch den Wald. Unzählige
linke Beine ziehen sich zum Leib. Im Osten beginnt es zu däm-
mern. Auf einmal hebt Leutnant Wuth den Arm und jagt das
Signal hoch in die Luft.
Die Front brüllt auf. Ich reiße mich herum und drücke auf den
Hebel. Schon höre ich das Rattern des Gewehrs nicht mehr. Der
Panzerzug ist da und greift mit blitzenden Armen nach vorn.
Alle Rohre speien, und da liegt Mann an Mann, Geschütz an
Geschütz, MG an MG. Alles versinkt in wahnsinnigem Getöse.

Schwerfällig erst, dann immer schneller, taumeln, springen wir
über dampfgefüllte Trichter, stolpern über Ackerfurchen, und
die Beschleunigung des Schrittes reißt uns zwingend in das

Sprühen, steigert mit dem Lauf die hemmungslose Erbitterung, läßt uns den Widerstand als dreisten Hohn erscheinen, den in toller Hatz zu brechen einzig Ziel des Augenblickes ist.

Die Hamburger sind schon heran. Ich sehe, wie am Graben die Bälle der Handgranaten fliegen, wie sich Gestalten von der Erde lösen und nach hinten eilen. Ich reiße den Karabiner herunter und schieße laufend einen Rahmen leer. Die zuckenden Bänder des Stacheldrahtes zerren an meinen Beinen. Daß in diesem Augenblick der Schütze drei mit Kopfschuß fällt, das ungefüge Gewehr auf sich stürzen lassend, empfinde ich mit springender Wut als einen mir persönlich angetanen Akt der Rache. »Laß liegen«, schreie ich dem Schützen zwei zu, der sofort die Sporen des Schlittens fahren läßt, so daß die Knarre polternd niedersaust. Wir springen in den Graben. Quer liegt auf der Sohle ein unförmiger brauner Körper, ich trete auf eine ausgestreckte Hand, ich breche in eine holzverschalte Höhle, Stöhnen schlägt mir entgegen, erdfahle, dumpfe Gesichter mit wirrem Haar liegen eingebettet in glitschigem Lehm, halbaufgerichtet hockt unter den Toten einer, der mir den blutenden Arm entgegenstreckt. Ich muß weiter; hinter der Brustwehr krachen dumpf die Detonationen der Handgranaten. Ich laufe wie im Rausch. Der Graben öffnet sich. Drei, vier Hamburger schlüpfen aus qualmenden Unterständen. Wir klettern über quergestürzte spanische Reiter, tauchen aus den Sappen auf, gelangen in dürftiges Unterholz, das sich zwischen Birken breitet. Ein MG tackt aus nahem Busch. Die Hamburger brechen durch die Zweige. Eine Lichtung tut sich auf, und plötzlich, unwirklich, stehen zehn, zwölf erdbraune, zerlumpte Gestalten vor uns, werfen klirrend die Gewehre weg, stoßen die Arme hoch und kommen zögernd auf uns zu. Aber die Hamburger, mit vorgestreckten Gewehren, springen an, sie knallen blindlings in die Gruppen, kaum verweilend. Die Gruppe steht, es lösen sich aus ihr ein paar Gestalten, sinken in die Knie, fallen, einer bricht zusammen mit hohem, langgezogenem Schrei. Murawski, Schütze zwei, springt vor, sein Kolben saust in steilem Bogen, da reiße ich den Karabiner hoch und schieße auch. Ich fahre durch die letzten Stehenden der Gruppe, knacke durch das Unterholz, dem Schall des tackenden Maschinengewehrs entgegen.

Mitten im Forst, geschmiegt an eine schmale Lichtung, duckt sich ein Gesinde. Von dort her kommt das Feuer. Wir hasten durch den Wald, von keinem anderen Drang erfüllt, als die Gelüste unseres Blutes zu stillen in blitzschnellem Ansprung auf das besetzte Haus. Neben mir keucht Hoffmann mit seinem Gewehr. Das Rad des Minenwerfers knarrt auf einem Waldwege. Murawski läuft zurück, unser Gewehr zu holen. Wir raffen durch den Hummelruf zusammen, was an Hamburgern in der Nähe ist. Am Waldrand werfen wir uns hin. Eine Gruppe setzt von der Flanke aus zum Sturme an. Wütend haut das MG Feuer vom Gehöft in ihren ersten Sprung. Doch indes sie zum zweiten Sprung rüsten, indes der Gurt durch das Gewehr Hoffmanns rattert, verläßt auch schon die erste Mine grell den kurzen Lauf. Bevor die hochgespritzten Balken und Sparren wieder zur Erde kommen, wachsen drei, vier Tulpen vorm Haus, schwarze Ballen, die den wahnsinnigen Krach durch den hallenden Wald senden. Da sehe ich schon die dunklen Punkte der Hamburger um das Gesinde wuseln. Wir lassen das Gewehr im Stich und rennen los.

Der helle Tag ist da. Schon sind wir an den ersten Zäunen, da kommt einer aus dem Hofe gelaufen. »Wir haben Gefangene!« schreit er, und er schreit: »Dort im Gebüsch soll Kleinschroth liegen!«

Kleinschroth war vor zwei Tagen von einer Patrouille nicht zurückgekehrt. Ich renne auf die Sträucher zu, da knackt Hoffmann durch die Büsche, und da liegt Kleinschroth.

Ist das Kleinschroth? Dies blutrote Bündel da? Wie, das war ein Mensch? Auf braunem Boden ein Gemisch von Erdbrocken, Blut, Knochen, Därmen, Kleiderfetzen. Der Kopf allein, abgeschnitten, daß der Schlund gen Himmel ragt; ein dünner Faden Blut, aus dem Mund zum Kinn, getrocknet, die Augen offen, so daß nur das Weiße starrt, so liegt der Kopf. Und der Boden rund um den armen Leib zerstampft, zertrampelt, aufgewühlt – und weiß und körnig kleine, fast verwehte Häufchen zwischen Blut und Schleim – was ist das? Salz!

Es sind im ganzen acht Gefangene, davon sind drei Letten, zwei Tschechen, einer Pole, einer Wolgarusse, einer Ukrainer und dann der Deutsche. Der Deutsche ist aber Kriegsgefangener gewesen, in Sibirien, hatte sich den roten Truppen eingefügt und gehört nun zum Regiment Liebknecht, das zumeist aus deutschen und österreich-ungarischen Kriegsgefangenen zusammengesetzt ist. Er stammt aus der Provinz Sachsen und war früher Monteur. Nein, sagt er im kurzen Verhör, Angehörige habe er keine in Deutschland. Ja, er sei Kommunist. Er hatte den Befehl über die Besatzung des gestürmten Gesindes. Kleinschroth sei angeschossen in ihre Hände gefallen und auf seine Anordnung getötet worden. Was nun mit ihm geschähe, sei ihm gleichgültig.
Hoffmann schaufelt schon in wütender Hast an Kleinschroths Grab. Die Gefangenen werden an die Mauer der Scheune geführt. Sie treten ruhig vor die Gewehre. Die Letten und die Tschechen gehen fast eilfertig an ihren Platz, sie sehen starr, finster und gequält in die Mündungen. Der Russe und der Ukrainer, beides Bauern mit völlig zerfetzten Uniformen und verwilderten blonden Bärten, nehmen die Mütze ab, als wollten sie sich bekreuzigen. Sie lassen es aber. Der Pole zittert und fängt leise an zu weinen. Der Deutsche schiebt sich gleichgültig hin.
Leutnant Kay, der sich beim Sturm zum Gehöft gefunden hatte, dreht sich plötzlich um und geht davon. Ich sehe zu Hoffmann hin, der an Kleinschroths Grab schaufelt. Ich zaudere, ob ich zu ihm gehen soll. Da kracht die Salve.

Am 22. Mai 1919, des Nachmittags um 4 Uhr, war Riga in deutscher Hand. Leutnant v. Manteuffel, der baltische Nationalheld, fiel vor der Brücke durch Kopfschuß im Augenblick seines höchsten Triumphes.

Dies erfuhren wir auf der Straße. Wir erfuhren dies und noch mehr. Denn während wir über Rigas Fall uns irre Worte der Freude in die Ohren schreien, flattern dumpfe Gerüchte über bitterbösen Kampf im Südosten, bei Bauske. Dort sollte Hauptmann v. Brandis mit seinem Korps den rechten, ungedeckten Flügel der deutschen Front nach vorne tragen. Aber gerade dort hatte der Bolschewik für diesen Tag seine Offensive angesetzt. Bei Bauske wollte die Rote Armee durchstoßen bis zur Bahn Mitau–Schaulen, der Lebensader der deutschen Front. Dort traten die roten Regimenter an zum Sturm und stießen mitten hinein in den deutschen Aufmarsch. Brandis und seine Leute lagen vor Bauske auf freiem, ungedecktem Feld, und an der dünnen Linie brandeten unaufhörlich die Sturmwellen der Roten Armee.

An den ersten Häusern der Vorstadt Thorensberg erreicht uns der Befehl. Wir werden aus dem Angriff herausgenommen und nach Südosten abgedreht.

In aller Frühe weckte mich Leutnant Wuth. Eine Patrouille solle nach Neuguth vorfühlen, eine Gruppe Hamburger und mein Gewehr. Die Kompagnie rückte auf Panjewagen, die noch in der Nacht requiriert wurden, sogleich nach. Es war drei Uhr morgens und schon taghell, als wir auf den Hof traten und die drei Panjewagen bestiegen, die dort standen. Die Gruppe der Hamburger fuhr voraus. Ich mußte noch die Munition verpacken und trabte dann hinterher. Am Aussichtsturm von Bad Baldon rief mir einer herunter, Neuguth sei wahrscheinlich schon geräumt. Man könne oben vom Turm aus die Ortschaft mit ihrer zerschossenen Kirche deutlich sehen.

Wir hockten ein bißchen stumpfsinnig und nachlässig, ohne Koppel, auf unseren Karren. Der Panjegaul stockerte lustig unter seinem hohen Kumt voran. Die kleinen waldbestandenen Hügel von Bad Baldon lagen frisch und anmutig im erwachenden Tag. Es war doch schön so, in den Morgen hineinzufahren, in diese wundervolle, friedliche Landschaft. Die Spannung der Vormarschtage hatte sich wohltuend gelöst. Alles war sehr selbstverständlich. Hinter mir, auf der Rückseite des Karrens, unterhielten sich Bestmann und Gohlke, zwei Mann meines Gewehres, gedämpft und einschläfernd über den Krieg.

Vor mir zuckelten die beiden anderen Panjewägelchen. Nach einer langen Weile machten die vorne Halt. Unteroffizier Ebelt von den Hamburgern kam zu mir heran und meinte, wir müßten jetzt wohl runter von den Wagen und uns ranpirschen an Neuguth.

Die ersten Häuser tauchten am Wege auf. Wir trabten vergnügt drauflos. Einige Hühner flatterten über den Zaun. »He, Panje«, schrie Ebelt und knallte mit der Peitsche. Aus der Tür des ersten Hauses kam ein verstrubbelter Bauer und verschwand sofort wieder, als er uns sah. Ebelt lachte und wir fuhren weiter. Bald waren wir in der Ortschaft. Kein Mensch war zu sehen. Doch, in einem der Häuser dicht am Markt stand ein Mädchen am Fenster; Ebelt rief sie an, und sie kam auch sogleich heraus. Es war ein sehr hübsches Mädel, städtisch gekleidet, keine lettische Bauerntrampel. Wir rissen alle die Augen auf. Und das Mädel sprach Deutsch! Herrgott, hatte sie eine klingende Stimme! Nein, die Bolschewiken seien weg, Gott sei Dank, gestern abend schon.

Ich saß ganz vorne auf der Leiste des Karrens. Die anderen hockten tief drinnen und ließen gemütlich die Beine baumeln. Da war schon die Apotheke in Sicht. Ich knatterte über das dürftige Pflaster auf das Haus zu.
Da schnitt ein Knall alle Fäden durch. Aus unmittelbarer Nähe, dicht am Ohr riß es uns hoch. Der Panjegaul stieg plötzlich, raste dann mit einem Satze los. Ich flog vom Wagen, stolperte, fiel in den Dreck und war umtanzt, umringt von zerlumpten Rotgardisten, die ihre Gewehre schwangen und stehend dem davon-

hetzenden Wagen Schüsse nachpfefferten. Drei, vier stürzten sich auf mich, prügelten mich hoch und zerrten mich fort. Ich war gefangen.

Ich wußte kaum, was geschehen war. Einer hieb mir mit einer Peitsche oder einem Stock quer übers Gesicht und fragte mich was. Ich verstand ihn nicht, ich verstand überhaupt nichts, es sauste mir nur durch das Hirn: »Ich bin gefangen, das ist unmöglich, ich bin gefangen.« Sie brüllten auf mich ein; ich wurde hin und her gezerrt, und auf einmal stand ich an einer Mauer. Sie war weiß und die Sonne flimmerte auf ihr. »Was soll ich an der Mauer?« dachte ich, ich verstand gar nicht, was ich an der Mauer sollte. Ich drehte mich um und sah in die Mündungen der Gewehre. Da wußte ich, was ich an der Mauer sollte.

Die Mündungen stehen vor mir, kleine runde, schwarze Löcher. Es gibt nichts auf der Welt als diese Mündungen. Ach, Unsinn. Es gibt nichts auf der Welt außer mir. Die schwarzen Löcher aber werden größer, immer größer, jetzt fangen sie an zu kreisen, werden runde, schwarze Scheiben. Die Scheiben aber werden rot, nein gelb, und weiß und blau und grün. Sie teilen sich plötzlich und alles fängt an, sich langsam zu drehen. Das hebt sich auf der einen Seite und darunter ist nichts und dann schwenkt die ganze Welt einfach um, mit einer einzigen großen, gütigen Gebärde. Und ich bin entsetzlich einsam. Das ist so kalt um mich. Ich bin wirklich ganz allein. Es ist ja niemals etwas gewesen außer mir, ich müßte es ja doch sehen, wenn irgendetwas außer mir jemals gewesen wäre. Ich will doch die Augen aufmachen, aber da merke ich, daß ich sie gar nicht zugemacht habe. Bloß, mein Bauch ist eine gläserne Kugel. Wenn daran getippt wird, dann ist Weltuntergang. Dann muß der Bauch ja platzen, wie eine Seifenblase. Und das ist unmöglich. Ich verstehe gar nicht, daß ich je gelebt habe. Das war ja alles Unsinn. Sicher habe ich mir das nur eingebildet, daß ich gelebt habe. Leben ist Unsinn. Und Tod gibt es natürlich nicht. Wenn es nur drinnen nicht so brüllend heiß wäre und draußen so kalt. Irgendwo muß an mir Wasser sein.

Oder Eis. Ich weiß nicht. Es ist ja auch ganz gleich. Eigentlich ist es ganz schön, zu wissen, daß man ganz allein auf der Welt ist und daß es im Grunde gar keine Welt gibt. Nun weiß ich auch, welche Farbe alles hat. Lila. Einfach Lila. Es ist nur dumm, daß man gar kein Glied bewegen kann. Ich glaube, ach natürlich, ich habe ja auch gar keine Glieder. Das ist jetzt zu Ende. Was ist zu Ende? Was? – –

Das? – – –

Schüsse, Schüsse, Schüsse ... Brausen in der Luft.

Auf einmal stürzt der Strom in meine Adern, packt mich, rüttelt, öffnet alle Poren.

Die Hamburger sind da – da ihre Fahne! Vor mir liegt ein dunkles Häufchen, ein toter Bolschewik.

Die letzte Enttäuschung,
die Deutschland der Welt bereitete

ist seine Revolution. Es ist kein Zweifel, daß der Versailler Friedensentwurf das Produkt dieser Enttäuschung ist; kein Zweifel, daß der Friede anders hätte ausfallen können, wenn die Ereignisse seit November 1918 einer modernen europäischen Gesinnung in Deutschland zum Durchbruch verholfen hätten, populär und stark genug, um die Abrechnung mit dem alten System zu vollziehen und eine Gewähr zu bieten für die künftige enge Zusammenarbeit mit der übrigen Welt. Leider, eine solche Gesinnung kam nicht auf.

Wenige Deutsche, ohne Partei, ohne Resonanz, ohne größere Hilfsmittel, waren Idealisten genug, zu glauben, der ungeheure Druck der Kriegsjahre werde ihre Landsleute den außerordentlichen Weg der Empörung, Enttäuschung, der beleidigten Selbstachtung finden lassen. Wir verkannten nicht die tiefe Gebundenheit unseres Volkes, seinen Mangel an Temperament, an menschlichem Wissen, an Schwung und an Wahrheitssinn. Aber wir glaubten, maßlose Leiden der Kriegsjahre müßten zu plötz-

254

licher Vernunft, zu soviel Erwachen und Helligkeit führen, daß die Nation in erbittertem Aufstand den Alpdruck ihrer Heroen und Blutsauger abschütteln würde.

Wir täuschten uns. Die Erschöpfung dieses Volkes, seine Verkümmerung zwischen Kaserne und Oberlehrer ist weiter gediehen, als man gemeinhin glaubt. Je länger der Revolutionszustand anhielt, desto deutlicher zeigte sich die Kläglichkeit. War es schon unmöglich, während der Kriegsjahre die wenigen wahren Rebellen in gemeinsamem Ziel zu vereinen, so zersplitterten jetzt die Parteien.

Der Marxismus schien eigens erfunden zu sein, um die Schuld nationalen Verbrechens verschwinden zu lassen in der Schuld des »internationalen Kapitals«. Weltrevolution und zwar sofort, lautete die Parole, und doch betrieb man damit nur die eigene Niederlage.

Tatsache bleibt, daß sich in den fünf Monaten von Beginn der Revolution bis heute eine wesentliche Gesinnungsänderung in Deutschland nicht zeigte. Im Gegenteil: zwei Drittel des Volkes sprechen von den Neuerungen der »Umwälzung« mit Worten schlimmster Despektierlichkeit. Niemand ist begeistert, täglich steigt der Haß.

In Versailles versichert Herr Brockdorff-Rantzau die Unschuld Deutschlands, eine Kühnheit, die uns teuer zu stehen kommen wird, bedeutet sie doch die Verteidigung des Kaiserismus und seiner Methoden.

Bericht des Führers der Torpedoboote über die Versenkung in Scapa Flow

Heute, Sonnabend, den 21. Juni 1919, mittags, läuft der Waffenstillstand ab! Wir sind durch die Beschlagnahme der funkentelegraphischen Apparate von der Heimat abgeschnitten. Der deutsche Admiral ist auf die englischen Zeitungen angewiesen, deren Nachrichten mindestens vier Tage alt sind. Reichspräsident und

Ministerpräsident haben emphatisch erklärt, die Unterzeichnung von Versailles sei unmöglich! Das englische Geschwader geht zu unserem Erstaunen mit sämtlichen Zerstörern zu Übungen in See, verläßt die Bucht und überläßt unsere Bewachung zwei Wachzerstörern und den üblichen Driftern! 11 Uhr 20 Minuten vormittags kommt von *Emden* das Signal: »Sofort versenken!« Soweit von unserem Standort festzustellen, gehen auf allen Torpedobooten neue Kriegsflaggen und untadelige Kommandozeichen hoch! Die Ventilschlüssel der geöffneten Bodenventile und die Eintrittsschieber der Kondensatoren fliegen über Bord; das mit Macht eindringende Wasser gurgelt und rauscht, halb sind in allen Räumen die Flurplatten überspült. Die Boote krängen! Die geöffneten Seitenfenster nähern sich ruckweise der Wasseroberfläche. Das Wasser stürzt gierig hinein! In der offenen Scapa-Bucht kentern und sinken die Schiffe. Die Besatzungen treten auf sinkendem Schiff an, bringen drei Hurras auf das deutsche Vaterland aus und besteigen in Ruhe mit dem erlaubten, seit Tagen klar gestellten Gepäck die Kutter. Der Befehl, sich ohne jeden aktiven oder passiven Widerstand zu ergeben, nötigenfalls auch

weiße Flaggen zu zeigen, wird überall aufs genaueste befolgt. Gleichwohl wird von den in höchster Eile herandampfenden Driftern, den längsseit der Mutterschiffe *Sandhurst* und *Victorious* liegenden und in panikartiger Hast ablegenden bewaffneten Fischdampfern, von Schleppern und Hilfsfahrzeugen und von den beiden Wachzerstörern *Vesper* und *Vega* mit Gewehren, Pistolen und Maschinengewehren auf die waffenlosen deutschen Rettungsboote ein jedem Völkerrecht hohnsprechendes Feuer eröffnet! Die englischen Seeleute gebärden sich wie toll. Matrosen, Heizer, Offiziere und Zivilpersonal schreien und brüllen durcheinander. Sie schießen wild in die Gegend, stellen ein Rettungsboot, lassen im nächsten Augenblick wieder von ihm ab, um von einem in der Nähe untergehenden Boot in letzter Minute die deutsche Kriegsflagge niederzuholen und wahllos aus Kammern und den unteren Decks zu stehlen und Beute zu machen. Sie halten durch gezieltes Gewehrfeuer ein zweites und drittes Ruderboot mit Deutschen an, setzen rücksichtslos das Schießen auf die über Bord springenden und im Wasser mit dem Tode ringenden Leute fort und überlassen die Getroffenen ihrem Schicksal, um auf ein anderes halb untergegangenes Torpedoboot zu stürzen. Dazwischen heulen die Dampfpfeifen der Drifter in Morsezeichen: »German ships are sinking.« Das einzige, was man aus der Schießerei, dem wüsten Geschrei und den Gestikulationen entnehmen kann, ist der Befehl: »Sofort auf eure Schiffe zurück! – Stoppt das Sinken oder fahrt zur Hölle!« Einzelne Besatzungen werden zur Rückkehr auf ihre Schiffe gezwungen. Rettungsboote und angelegte Schwimmwesten werden fortgenommen, und die Besatzungen werden, auf die Erklärung, kein Mittel zu besitzen, das Versenken rückgängig zu machen, mit dem Zuruf an Bord der sinkenden Boote zurückgelassen: »Then you shall die on board.« Der mit höchster Fahrt aus See einlaufende Flottillenchef Captain Mac' Cean legt mit seinem Zerstörer *Spenser* längsseit von *S 132* an, befiehlt den deutschen Chef, Kapitänleutnant Oskar Wehr, zu sich an Bord, eröffnet ihm, daß jeder deutsche Offizier, dessen Boot sinkt, auf dem Fleck erschossen wird, und läßt ihn und alle übrigen Offiziere dieser Gruppe auf die Back von *S 132* stellen, ihnen gegenüber eine Abteilung *Royal Marines* mit geladenen Gewehren. Ein englischer Zivilist setzt dem Leutnant zur See Lampe, als dieser seinen Leuten etwas zurufen will, die Pistole an die Stirn und drückt ab. Der Lauf gleitet ab, die Kugel streift seine Schläfe. Der Kutter von *V 126* wird von einem nahebei befindlichen Drifter und von zwei englischen Matrosen, die auf *V 45* geklettert waren, beschossen und getroffen. Hierbei wird der Torpedomaschinist Markgraf durch Kopfschuß, der Obermaschinistenmaat Beike durch Brustschuß getötet, der Obermaschinistenmaat Pankrath so schwer verwundet, daß er am gleichen Tage stirbt; drei weitere Unteroffiziere und zwei Heizer werden verwundet. Dem Oberleutnant zur See Karl Hoffmann wird nach erzwungener Rückkehr an Bord seines Bootes die Pistole auf die Brust gesetzt, er soll das Sinken verhindern; Teile seiner Besatzung werden mit vorgehaltenen Pistolen in die überfluteten Maschinenräume und Munitionskammern gepreßt, um Gegenmaßnahmen zu treffen oder zu ertrinken. Die drei Kutter der Gruppe des Leutnants zur See Klüber werden von dem englischen Zerstörer *F 09* gestellt und von Offizieren von der Kommandobrücke herab durch Pistolenschüsse aus nächster Nähe zur Umkehr gezwungen. Der dazukommende Zerstörer *F 15* schießt ebenfalls, begleitet das Überbordspringen der Mannschaft mit brüllendem Hurrageschrei, nachdem eine auf 150 m abgegebene Vollsalve einen Kutter getroffen hat, und setzt das Feuer auf die zum Teil bereits verwundeten Schwimmer, die laut um Hilfe schreien, fort. Ein Heizer wird durch Bauchschuß schwer, der Torpedomaschinist Peil durch Beinschuß, ein anderer Heizer durch Handschuß weniger schwer verwundet.

Im Hintergrund kämpfen
die großen Kreuzer ihren Todeskampf

Sonnenwende. – Sonnenschein und Windstille kündeten einen
herrlichen warmen und stillen Sommertag an. Gegen 10 Uhr
vormittags meldete mir Fregattenkapitän Oldekop, daß der englische Admiral mit Linienschiffen und Zerstörern den Hafen,
seewärts gehend, verlassen hätte; daß laut englischer Presse-
nachrichten der Kauf der deutschen Schiffe von der Entente
abgelehnt und bedingungslose Auslieferung gefordert sei, und
daß das deutsche Posttorpedoboot am nächsten Tage nachmittags in Scapa Flow erwartet werden könne. Ich gab den Befehl,
das verabredete Signal zu heißen: »Schiffe sofort versenken!«
Gegen 11½ Uhr vormittags liefen die Bestätigungen ein. Kurz
nach 12 Uhr neigte sich *Friedrich der Große* unter gleichzeitigem
Tiefersinken mehr und mehr zur Seite – jetzt tönten laut und
markig Einzelschläge seiner Schiffsglocke zu uns herüber, das
Signal: »Alle Mann aus dem Schiff.« Wir sahen die Mannschaft
in die Boote steigen und von Bord absetzen. *Friedrich der Große*
legte sich weiter über, in die offenstehenden Seitenfenster ergie-
ßen sich Ströme von Wasser ins Innere, – noch einige Minuten,
er kentert und sinkt in die Tiefe, die aus den Schornsteinen aus-
tretende Luft wirft noch zwei große Wasserstrudel auf – dann
ist alles still, einige Trümmer treiben auf dem verlassenen Liege-
platz. Die Uhr zeigt 16 Minuten nach 12. Das Glockensignal
schien mit einem Schlage alle übrigen Schiffe zum Leben erweckt
zu haben, hier wurden Boote zu Wasser gebracht, dort schleppten Mannschaften ihre schweren Kleidersäcke auf die Schanze,
wieder wo anders wurden die Boote bemannt und legten unter
»Hurra«-Abschiedsgrüßen von den Schiffen ab. Auch ein englisches Wasserfahrzeug, das schon einige Zeit in der Nähe vom
Friedrich der Große gelegen hatte, wurde durch das Glockensignal
und das sich ihm anschließende Bemannen der Boote unsicher
gemacht. Es wurde, als plötzlich das Riesenschiff dicht vor sei-

nen Augen umschlug und versank, so von Schrecken gepackt, daß es ein wildes Feuer auf die unbewaffneten, wehrlosen Insassen der Boote eröffnete, obgleich diese ihm die weiße Flagge entgegenhielten. Gleichzeitig hatte es seine Dampfpfeife in Tätigkeit gesetzt – ihre ängstlich klagenden Töne schreckten die Besatzungen der übrigen englischen Wasserfahrzeuge aus ihrem Hindämmern auf, das an einem warmen Sommermorgen und bei Abwesenheit des Admirals nur zu verständlich war, und wie es bei derartig jähem Wechsel von idyllischer Ruhe zu äußerster Aufregung in rohen Gemütern einzutreten pflegt: sie verloren den Kopf und wüteten blindlings gegen alles, was ihnen mit der gewohnten Ordnung nicht übereinzustimmen schien. Eine Panik war unter ihnen ausgebrochen, der auch die englischen, im Hafen zurückgebliebenen Zerstörer anheim fielen. Unter der Einwirkung dieser Panik sind gegen die wehrlosen deutschen Besatzungen Grausamkeiten verübt worden, die England jedes Recht nehmen, sich über deutsche Kriegsverbrecher zu entrüsten. Ein Glück war, daß mit dem Ingangkommen des Sinkens – *König Albert, Moltke, Brummer* waren dem *Friedrich der Große* schnell gefolgt, andere standen dicht vor dem Untergang – die Zahl der auf dem Wasser treibenden Boote mit Schiffbrüchigen derart wuchs, daß die englischen Fahrzeuge in ihrer Verwirrung oft nicht zu wissen schienen, welches Boot sie zuerst unter Feuer nehmen sollten. Der Untergang des *Friedrich der Große* und von *Brummer*, der dicht hinter *Emden* lag, hatte auch die bei dieser längsseit liegenden englischen Fahrzeuge in Aufregung versetzt. Die *Emden*-Besatzung selbst hatte, da sie beim Mittagessen unter Deck war, von den Vorgängen im Hafen noch nichts wahrgenommen; nun war es aber Zeit geworden, auch für *Emden* den Befehl zur Versenkung zu erlassen. Unter Leitung des Kommandanten wurden die Ventile und Unterwasserbreitseitrohre geöffnet, das Wasser strömte ein. Da das englische Feuer auf die deutschen Boote trotz hochgehaltener weißer Flagge nicht nachließ, beschloß ich zu dem an Land das Kommando führenden englischen Admiral zu fahren. Unbekannt mit dem Amtssitz dieses Admirals bestieg ich mit meinem Stab das andere englische Verkehrsfahrzeug, das für meine Besuchsfahrten bereit gehalten wurde. Es landete uns in einer klippenreichen Bucht. Von weitem schon hatten wir gesehen, daß ein Auto in vollster Fahrt heranraste. In ihm saß ein im Tennisanzug gekleideter junger Herr. Ihn bezeichnete der Drifter-Führer als Kommandierenden an Land. Ich ersuchte ihn, das Feuer sofort einstellen zu lassen. Er war entsetzlich aufgeregt, hörte kaum zu und hat sicher keines meiner Worte verstanden; er rannte weg, kehrte nach kurzer Zeit mit einer Kamera zurück, warf sich in ein bereitliegendes Schnellboot und jagte aus der Bucht; ich nahm an, daß er das Feuer einstellen würde. Doch sah ich mich darin getäuscht. Der englische Drifter sollte uns wieder an Bord der *Emden* zurückfahren. Beim Heraussteuern aus der Bucht – es lief noch Ebbe – rannten wir auf einer Bank fest. Alle Bemühungen, das klobig und schwer gebaute Fahrzeug wieder flott zu bekommen, scheiterten. Die Hügel der Bucht verbargen unsere Schiffe, nur meine Admiralsflagge auf *Emden* leuchtete einsam über einer Hügelgruppe – sie wollte und wollte nicht verschwinden! Ungefähr eine Stunde mochten wir so abseits von allem Weltgeschehen auf der Bank gesessen haben; endlich mit Einsetzen der Flut trieben wir auf und konnten aus der Bucht steuern. Welches Bild! Vor uns bäumte sich der *Große Kurfürst* steil in die Höhe. Klirrend brachen beide Ankerketten, schwer fiel er nach Backbord über und kenterte. Der rote Anstrich seines Bodens leuchtete weit über die blaue See. Englische Zerstörer mit Schaum vor dem Bug steuern in die Bucht. Einer von ihnen legt sich längsseit *Emden* und bemüht sich, die Ankerkette zu sprengen und *Emden* auf flaches Wasser zu schleppen. *Emden* ging erst wenig tiefer. Ich gab den Kurs nach der *Emden* auf und befahl dem Drifter, nach *Bayern* zu steuern, deren Mannschaften, auf Rettungsbojen liegend und sitzend, in der Nähe ihres Schiffes auf dem Wasser trieben. Wir nahmen sie an Bord. Gleich darauf legt sich die

38 cm-Kanonen auf die Reste meines Verbandes gerichtet. Nun gilt es zu diesem englischen Admiral zu fahren, um die Einstellung der feindlichen Handlungen zu erlangen. – Das Feuer wird schwächer und verstummt allmählich. Im Hintergrund kämpfen die großen Kreuzer ihren Todeskampf. *Seydlitz* kentert. *Derfflinger* und *Von der Tann* sind bereits auf Schanze oder Back überflutet. Nur *Hindenburg* liegt noch vierkant auf dem Wasser. Von den Linienschiffen sind nur noch *Baden* mit Schlagseite und *Markgraf*, dieser scheinbar intakt, über Wasser. *Emden* schwimmt, ebenso *Nürnberg*. *Frankfurt* scheint dicht vor dem Sinken zu stehen. Da kentert im Schlepp englischer Zerstörer die *Bremse*. Ihrem wackeren Kommandanten ist die Versenkung noch gelungen, trotzdem sein Schiff bereits von englischen Mannschaften besetzt ist. Auf meiner Fahrt zum englischen Flaggschiff werden noch Boote mit Geretteten in Schlepp genommen. – Alle diese herrlichen Schiffe und Torpedoboote waren dahingegangen, gesunken, einstmals der Stolz des deutschen Volkes: gewaltige Werke deutscher Schiffsbaukunst, wieviel Geist, wieviel militärische Sachkunde und Erfahrung hatte sich in ihnen vereint! Ich steige an Bord der *Revenge* und werde vom englischen Vizeadmiral Sir Sidney R. Fremantle empfangen. Ich eröffnete dem englischen Admiral, ich hätte die Flotte versenkt, die Verantwortung für alles, was geschehen, trüge allein ich. Der englische Admiral erklärte mein Handeln für einen *Act of Treachery* und erklärte mich zum Kriegsgefangenen. Ich ersuchte den englischen Admiral, mir meinen Flaggleutnant, Oberleutnant zur See Schilling zu belassen. Es wurde genehmigt. Die Steuerbordschanze wurde für mich freigemacht. Nach etwa zehn Minuten wurde ich von einer Wache von drei *Royal Marines* mit aufgepflanztem Seitengewehr in die Mitte genommen und nach meinen Gemächern geleitet. Es waren die Räume des Admirals auf der Kommandobrücke. Mein Flaggleutnant und ich genossen durch die großen Fenster des Admiralraumes die weite Aussicht über das nun leere Scapa Flow. Nur *Baden* und *Markgraf* und einige

kleine Kreuzer waren noch sichtbar. Nicht weit von uns ragte das Wrack der gekenterten *Seydlitz* aus dem Wasser. Als wir nach einer halben Stunde uns wieder nach den noch schwimmenden Schiffen umsahen – es mochte 4½ Uhr geworden sein, – konnten wir auf dem Platz von *Markgraf* nur noch zwei große Wasserstrudel wahrnehmen. *Markgraf* mußte diesen Augenblick gesunken sein. Zu dieser Zeit wurde ein langes Signal des englischen Admirals neben uns vom Signaldeck aus an den englischen Verband gegeben. In dem Signal wurde den englischen Offizieren unter anderem befohlen, den geborgenen deutschen Besatzungen, weil sie durch ihr verräterisches Verhalten sich jede gute Behandlung verscherzt hätten, nur das angedeihen zu lassen, was durch äußerste Menschenpflicht geboten wäre; ihr Gepäck sollte gründlich nachgesehen werden. Das hieß also auf deutsch, die Besatzungen sollten möglichst schlecht behandelt und ihr Gepäck überplündert werden. Das erwähnte Signal veranlaßte mich, den Vorwurf *Treachery* jetzt aufzuklären. Ich ließ den englischen Admiral fragen, wie er zu dem Vorwurf *Treachery* käme. Aus unserem bisherigen Verhältnis heraus könnte ich nicht verstehen, wie er mir einen solchen Vorwurf machen könnte. Ich wäre der Ansicht, daß der Krieg wieder ausgebrochen sei. Das hätte mich nach unseren Vorschriften: »Allerhöchste Willensmeinung der Versenkung der kampfunfähigen Schiffe« zur Versenkung der Flotte verpflichtet. Durch den Dolmetscher ließ mir der englische Admiral antworten, daß das gute Verhältnis zwischen uns sowohl von ihm als von den anderen englischen Seebefehlshabern anerkannt würde – doch nur bis zum heutigen Tag! Er müßte den Vorwurf *Treachery* aufrechterhalten, weil ich den Waffenstillstand, der um zwei Tage, also bis Montag, verlängert worden sei, gebrochen hätte.

Das Geräusch des Einhievens der Ankerkette weckte uns. Der englische Linienschiffsverband ging Anker auf und verließ Scapa Flow. Als wir gegen Mittag wieder ankerten, waren wir im Cromarty Firth. Mittags wurden die deutschen Seeoffiziere aufs Achterdeck des Flaggschiffes *Revenge* gerufen. Dort waren in Viereckform aufgestellt eine Abteilung Seesoldaten mit aufgepflanztem Seitengewehr, ferner das Offizierskorps und die Besatzung der *Revenge*, sowie die Kommandanten der deutschen Schiffe, der Führer der Torpedoboote und mein Stab – auch ich erhielt eine Aufforderung zur Teilnahme. Nach einiger Zeit erschien der englische Admiral. Er las folgende Ansprache vor, die der Dolmetscher uns in Deutsch wiederholte: »Admiral von Reuter! Bevor ich Sie als Gefangenen den militärischen Behörden übergebe, möchte ich Ihnen gegenüber meine Entrüstung über Ihre Tat zum Ausdruck bringen. Sie ist eine verräterische Handlung, ein Treubruch und eine Schande für die, die sie begingen! Sie haben durch das Setzen der Kriegsflagge und die Versenkung der Schiffe zu einer Zeit, wo der Waffenstillstand volle Geltung hatte, eine Kriegshandlung vollzogen. Man sieht hieraus, daß der Geist des neuen Deutschland kein anderer ist als der des alten. Wie Ihre Tat in Ihrem Vaterlande aufgefaßt werden wird, entzieht sich meiner Kenntnis. Wenn Sie aber, Admiral von Reuter, meinten, der Waffenstillstand sei abgelaufen, so war das eine durch nichts berechtigte falsche Annahme. Die Briefe waren bereits ausgefertigt und von mir unterschrieben, die Ihnen nach Anweisung meiner Regierung die Nachricht übermitteln sollten, ob der Friede unterzeichnet sei oder nicht. Wie dürfen Sie glauben, daß ich mit meinem Geschwader zu Übungen in See gegangen wäre, wenn dieser Tag ein solch kritischer war?! Wie Deutschland den Krieg mit dem Einfall in Belgien durch ein militärisches Verbrechen begonnen hat, so haben Sie durch ein maritimes Verbrechen den Krieg beendet! Sie werden jetzt den

weitab lag. Es mochte 5 Uhr abends sein, als wir im Abteil erster Klasse bequem und anständig untergebracht, irgendeinem
neuen Ziele entgegendampften. Vormittags am 24. Juni trafen
wir im Oswestry-Lager ein. Ein Auto brachte mich von der Bahn
zunächst zum englischen Lagerkommandanten. Dann steuerte
mich eine Auto-Amazone nach dem eigentlichen Lager. Ich hatte
sie als solche zuerst gar nicht erkannt, denn die Merkmale ihres
Geschlechtes waren entweder unter dem Einfluß des U-Boot-
krieges oder unter dem des männlichen Gewandes zurückgetre-
ten. Sie und ein Tommy nahmen dann die Besichtigung meines
Handkoffers vor. Meine Zelle lag in einer Baracke: wie alle Barak-
kenzimmer war es kalt, zugig, doch nicht unwohnlich. Der Ofen
mußte bei der herrschenden naßkalten Witterung Tag und Nacht
in Glut erhalten werden. Mein Bleiben in Oswestry währte nicht
länger als eine Woche. Schon am 30. Juni begleitete mich der
englische Lagerkommandant nach dem Musterlager Donington
Hall, einem Schloß, das ungefähr in der Mitte Englands liegt, in
einem großen Park mit uralten Eichbäumen, in dem allerlei Rot-
und Dammwild, Kaninchen, Krähen und Fliegen ein beschauli-
ches Dasein führten. Nach einer mehrstündigen Fahrt, diesmal
dritter Klasse, und nach reichlich vielem Umsteigen fuhren wir
unter den Hurras der deutschen Offiziere in Donington Hall ein.
Hinter mir und meinem Flaggleutnant schlossen sich die Tore.
Die englische Admiralität hatte gleich nach meiner Abfahrt vom
Oswestry-Lager einzelne Offiziere und Mannschaften über die
Versenkung vernehmen lassen. Ich selbst bin nie verhört worden.

In der Stadt unter dem Meere herrschte
eigentlich der wahre Kommunismus

U. 10 lag im Morgengrauen weit draußen im Meere. Die Anten-
nen vibrierten über dem Boot und leise klangen die Drähte zur
Melodie der plätschernden Wellen. Die ganze Besatzung war
an Deck und sog die frische Morgenluft ein. Weit in der Ferne

war die Rauchfahne eines Dampfers sichtbar. Nördlich, fast verschwindend zog sich die Küste der italienischen Riviera hin. Capo di Noli steckte seine Hügelnase ins Meer. Zwischen dem U-Boot und der Küste trieb eine Unzahl kleiner Fischerboote, von denen nur die Mastspitzen und ein Fetzen Segel sichtbar waren.

Mader starrte weit offenen Auges zur Küste hin. Sein Gesicht war bleich und eingefallen. Die Welt war seit dem »Frieden« mehr aus den Fugen geraten als während des großen Völkerringens. Ein Land sollte für das bestraft werden, was eine kleine Zahl von Diplomaten, Industriellen und Militaristen vieler Nationen verbrochen hatte. In Versailles wurde Gericht gehalten. Ein ungerechtes Richten war es. Die Leichenfledderer waren an der Arbeit und rissen, mit Hilfe der Geschichtsfälscher, blutige Fetzen aus dem gefesselten Körper des deutschen Reiches. Die Staatsmänner und Diplomaten logen, wie immer, weiter. Offenkundige Tatsachen wurden abgeleugnet, und die öffentliche Meinung weiter vergiftet. Niemand trat dem entgegen.

Mader gab Befehl, die Netze einzuziehen und im Beiboot steuerbord von *U. 10* befindliche Männer kamen mit den Korkgewichten an den Netzrändern langsam an das U-Boot heran. Die kleinen und die ungenießbaren Fische wurden in die See zurückgeworfen. Ebenso die Tintenfische, die sich wie immer in großer Zahl in den Netzen fanden. Die Antennenmaste wurden umgelegt und festgeklemmt; die Drähte nach unten gebracht. Langsam verschwand *U. 10* in der Dünung.

Am Plateau beim Anlegeplatz im Seedom standen die diensttuenden Wachen und vertauten *U. 10.* Die Fische wurden auf eine kleine Lowry verladen und der Miniaturzug fuhr ab. Eine Kolonne war beim Bau von *U-Vaterland,* dem neuen Riesen-U-Boot, beschäftigt. Die Leute arbeiteten mit Lust. Der physische Gesundheitszustand ließ, von wenigen Ausnahmen abgesehen, nichts zu wünschen übrig. Der psychische jedoch um so mehr. Die Leute wurden von Woche zu Woche stiller und in sich gekehrter. Die Natur forderte ihr Recht und auch die vielen niederschlagenden Mittel halfen nichts, die Dr. Katzberg heimlich ins Essen praktizierte.

Die Funkstationen brachten Berichte über die Auswüchse des Kommunismus, der ganz im Fahrwasser des russischen Bolschewismus segelte. Durch Vorträge waren die Leute in der *Stadt unter dem Meere* aufgeklärt worden, daß man mit der sogenannten allgemeinen Verbrüderung der Völker einen allgemeinen Zusammenbruch erlebt hatte. Mader dachte häufig über diese Dinge nach. In dieser kleinen Gemeinde, in der *Stadt unter dem Meere*, herrschte eigentlich der wahre Kommunismus. Doch hier überwog die Liebe zum Vaterlande alles.

Mader seufzte. Hyänen saßen in der Heimat und saugten am Mark des Volkes. An der Spitze des Landes schwache Männer. Der Steuermann fehlte, der es mit sicherer Hand wagte, das Schiff der Heimat aus den Wellen der Gefahr zu retten und aus dem Morast der Korruption herauszuführen. Der eiserne Besen mangelte, der die Allerweltbeglücker in den Orkus und zum Teufel fegte. Der Messias fehlte, der imstande war, Deutschland zu einigen. Der es fertig brächte, den Weg zu gehen, der beschritten werden mußte, wenn es auch Opfer kostete. Du arme, arme Heimat! Die du unter feindlichem Druck so leiden mußt! Daß du nicht imstande bist, die Parasiten im eigenen Fleische unschädlich zu machen. Du armes Vaterland, wann wird über dir die Sonne aufgehen?

U-Vaterland, Schiff der tausend Wunder!

Der Sternenhimmel wurde im Kreise der Einsteigluke sichtbar. Mader kletterte auf Deck von *U-Vaterland*. Es war die erste

Fahrt dieses Riesen unter den U-Booten. Drüben leuchteten die Lichter von Livorno. Die Blinkfeuer warfen ihre Strahlenbündel weiß und rot durch die Nacht. Mader gab den Befehl, die vier Motorpinassen flott zu machen. Diese Pinassen waren neuerer Konstruktion, mit Dieselmotoren aus den alten U-Booten, sogenannte Blitzboote, die mit ungeheurer Schnelligkeit auf den Wellen dahinflogen. An Bord blieben nur Mader, zwei Maschinisten, und die Konstrukteure des Unterseeriesen. Ein Boot nach dem andern fuhr ab. Auf jedem stand diesmal ein englischer Name. Schon nach einigen Minuten waren die Boote weit ab von *U-Vaterland.*

U-Vaterland fuhr westwärts und warf die Fischernetze aus. Mader stand neben Ulitz am Steuer und blickte sehnsüchtig nach Norden. Dort lag die Heimat. Dort lag Deutschland. Eine innere

Stimme sagte ihm, daß eines Tages *U-Vaterland* für die Heimreise fertig gerüstet sein müsse. Mader sah vollkommen klar, daß eine

Rückkehr unter den jetzigen Umständen für die Heimat verhängnisvoll und unmöglich sein mußte. Es würde internationale
Verwicklungen geben. Die ehemaligen Gegner würden mutwil-
lige Verfehlungen feststellen und neue Sanktionen verhängen.
Man würde behaupten, daß Deutschland, trotz der Friedensbedingungen und trotz aller Versicherungen, daß alle U-Boote
abgeliefert, resp. demontiert wurden, eine geheime U-Boot-Basis
in fremdem Lande unterhalten hätte und noch Waffen und Munition besäße.

Unten, in der *Stadt unter dem Meere*, wurde fieberhaft geschafft.
Große Aufregung rief die Erfindung des Friesen Gabert hervor.
Er werkte seit zwei Jahren an einem pyrotechnischen Apparat,
der es ermöglichte, durch das Torpedorohr eine Flüssigkeit aus-
zustoßen, die, an der Oberfläche des Wassers angelangt, durch
die Vermischung von Wasser und Luft, sich in schwarzen, dicken
und zähen Rauch verwandelte, der sich zu einem Vorhang bis
zu zwanzig Meter Höhe und beliebiger Breite, je nach Quantität
des ausgeschossenen Materials, ausdehnte. Die Wolke blieb zehn
bis fünfzehn Minuten undurchdringlich und löste sich nur langsam auf. Das Projektil konnte auf beliebige Distanz eingestellt,
die Rauchwolke bis auf zweitausend Meter vom Boot entfernt,
entwickelt werden.

Ingenieur Neugebauer arbeitete an der Verbesserung des von
ihm erfundenen Quarzglases. Ein neues Bindemittel ermöglichte
es ihm, die Platten bis zu fünfzig Zentimeter ganz durchsichtig
wie dünnes Fensterglas zu machen. Ein Zerbrechen dieser Platten war ausgeschlossen. Felsing, ein Waffeningenieur, hatte ein
kleines Geschoß von der Größe einer Revolverpatrone konstruiert, das eine ungeheure Durchschlagskraft besaß. Die Patrone
hatte bei einer Probe eine eineinhalbzöllige Stahlplatte durchge-
schlagen. Neugebauer versuchte in Dom 8 seine Quarzlinsen mit
einer neukonstruierten Reflektorlampe. Die bläulichen Licht-

strahlen schossen durch die Fünzigzentimeterlinse. Felsing kam, um Schießübungen zu machen. Wie im Scherz zielte er auf eine Linse. Als er die Linse in Mitte des Visiers hatte, drückte er ab. Der Schuß versagte. Neugebauer ließ eine andere Waffe holen. Wieder versuchte es Felsing. Er legte eine neue Patrone ein, ging hinter den Reflektor und zielte gegen die Felswand im Hintergrund. Er drückte ab und ein großes Stück Felsen flog aus der Wand. Neugebauer ließ sich einen gewöhnlichen Revolver geben, feuerte zwei Schuß gegen die Felswand, die glatt einschlugen. Den dritten Schuß zielte er gegen die Linse und – der Schuß versagte. Er warf den Revolver weg und schrie: »Schnell, holt den Kapitän! Den Strahlen der Quarzlinse wohnt eine wunderbare Kraft inne. Sie verhindern die Explosion der Kapsel in der Patrone!«

Die letzten Montagen an *U-Vaterland* wurden in ununterbrochener Tag- und Nachtarbeit vollendet. Die Ingenieure und Maschinisten nannten es: das Schiff der tausend Wunder! Hier gab es für die Psychologen ein Phänomen zu beobachten. Daß es gerade die Abgeschlossenheit war, die auf die Erfindungs-, Kombinations- und Arbeitskraft von solch unermeßlichem Einfluß war, konnte nicht bestritten werden. Hier hatten sich Kräfte betätigt, die durch nichts abgelenkt wurden. Wenn vielfach behauptet wird, daß das Weib für den geistig Schaffenden unumgänglich zur Inspiration, zum Anreiz notwendig sei, so wurde hier der Beweis für das Gegenteil erbracht. Diese These wird immer von denen aufgestellt, die abhängig vom weiblichen Geschlecht sind oder eine Ausrede benötigen.

Die gesamte Mannschaft war am Plateau des Seedoms versammelt. Mader beabsichtigte, der Mannschaft die wunderbaren Erfindungen und Verbesserungen vorzuführen. Die Techniker und Erfinder übernahmen die Führung. Eine neue Art von Eskalator oder wandernder Treppe ermöglichte den Mannschaften, im Nu auf Deck zu sein. Ingenieur Hellwig hatte eine neue Akkumulatorenbatterie von ganz kleinem Umfang konstruiert, die imstande war, einen großen Motor auf achtundvierzig Stunden zu treiben. Automobile werden nach Bekanntwerden der Erfindung von dem Zündmotor abkommen und die neue Hellwigsche Akkumulatorenbatterie einbauen. Die so verpönten Elektromotore werden in einer neuen Form ihre Auferstehung feiern und eine viel größere Geschwindigkeit für weit geringere Mittel ermöglichen.

An Bedienungsmannschaft gebrauchte *U-Vaterland* nur acht Mann. Das Periskop war unten am Sehschlitz mit neuen Vergrößerungsquarzlinsen ausgestattet, die auf riesige Entfernungen alles deutlich erkennen ließen. Durch eine sogenannte Schwimmerantenne, die am Heck des Bootes an einer wasserdichten Litze befestigt war und den oberen Steuerraum mit einer Freileitung verband, war es bei untergetauchtem Zustand möglich, drahtlose Nachrichten aufzugeben und zu empfangen. Mit Staunen und Bewunderung hatten die Mannschaften alles wahrgenommen, und als jetzt Mader von *U-Vaterland* mit dem ungefähr dreihundert Meter entfernt liegenden *U. 10* drahtlos telephonierte und erklärte, daß mittels der Antennenschwimmer auch im untergetauchten Zustande gesprochen werden könne, brachen die Leute spontan in ein dreimaliges Hurra aus.

Philosophie der Landstraße

Dieses Buch ist bewußt negativ. Lieber ein ganzes Leben zu gottverfluchtem Dasein in der Gosse verurteilt sein, als einen einzigen Tag lang Bürger sein! Am Ende dieser Welt steht ein Irrenhaus. Was ein Beamter werden will, krümmt sich beizeiten. Toleranz: das Feldgeschrei der Impotenten. Gott ist überall. Nur für ein Bürgerhirn ist er zu groß! Das Gleichnis vom verlorenen Sohn ist die Vorgeschichte jedweden echten Revolutionärs. *Die*

Vorgeschichte! Was nachher kommt, hat noch keiner zu Ende gelebt. Der Schutzmann ist die wohlgelungenste demonstrative Kritik an der *Freiheit des Willens*. Der *neue* Mensch – das ist nur ein Hemdenwechsel. Bürger sind Luftblasen an der Oberfläche des Lebens. Die bürgerliche Schule ist die Abortgrube des Geistes. Wo der Bürger aufhört, beginnt das Paradies. Man muß schon ein großer Lump sein, um anders als mit Haß auf *diese* Welt zu reagieren! Breitarschig hingeschwemmt, als gehörte die ganze Welt ihm – wenn du einen von weitem so in der Welt dasitzen siehst, sei versichert, es ist ein Bürger! Die Freiheit gerecht verteilt, ergibt die Gleichheit. Das heißt, von der Freiheit bleibt danach für den Einzelnen nicht mehr viel übrig. Wer das weiß und das Gewußte lebt, der lebt – *die Brüderlichkeit*. Und langt dir nicht *eine* Flasche Schnaps, den aufkommenden *Weltschmerz* kleinzukriegen, sauf *zwei*. Und langen auch zweie nicht, so werde in Gottes Namen halt ein *Säufer!* Ein rechter Säufer ist immer noch Gott wohlgefälliger, als ein chronischer Kirchgänger oder ein Theaterschlecker. Auf *Weltschmerz* reagiert man am besten mit Welt-Revolution. Bürger reagieren auf *Weltschmerz* auch mit Sanatorium, Wohltätigkeit und Börsenspiel. Manchmal auch mit Krieg. Paradoxe sind leichtsinnige Gedanken. Am begabtesten ist der Mensch, wenn er Hunger hat. Selig sind die Hungernden, denn sie werden einmal alle Verbotstafeln zerschlagen! Wer zum Leben verurteilt ist, dem ist die Welt ein Zuchthaus. Revolten sind revolutionäre Trainings. Wer sich durch Niederlagen verblüffen läßt, taugt nicht zum Revolutionär. Sammelt Euch keine Schätze, die der Rost auffrißt, noch die Motten verzehren oder die Diebe ausgraben und stehlen können. Darum: kommet her zu uns alle, die Ihr mühselig beladen seid! Wir wollen Euch – erleichtern! Sei dir ein guter Freund und nicht dein eigener Tyrann! Wer aus der Fremde heim will und sich scheut, in die Irre zu gehen, der findet nie heim. Unter den Händen des Bürgertums wird selbst Gott zum winselnden Hund, und das heiligste Wort, von einer Bürgerfresse gemauschelt, wird zu Gift und Dreck!

und als erst einmal die Schuhe zerrissen waren und der Anzug
in Fetzen an meinem hageren Leibe hing, wagte ich überhaupt
nicht mehr, mir Arbeit zu suchen. Ich wanderte und wanderte.
Ein herrlich Land, das ich durchzog. Ich wanderte vom Boden-
see kommend durch Bayern Österreich zu. An einem Juniabend
lag der Königssee vor mir. Am grünen Hang ließ ich mich unter einem schneeig blühenden Kirschbaum nieder und träumte
hinein in den Abend. Über die schneebedeckten Häupter der
Bergriesen ging ein stilles Leuchten, und an den Wänden des
Watzmann stieg dunkelviolett die Dämmerung empor. Von St.
Bartholomä klang Abendläuten. Plötzlich stand ein Almer vor
mir und starrte mir ins Gesicht.
»Mach, daß d' abbi kommst, du Gauner!«
Wie ein Peitschenhieb trafen mich diese Worte. Ich schlich von
dannen wie ein Hund, den man verprügelt hat.

Nacht war geworden. Voll und rund wie eine mongolische Fratze
entschwebte der Mond dem Farbendunkel der Bergmauern.
Warme, weiche Lüfte. Herber Blumenduft.
Ein leise girrendes Lachen unterbrach die Stille.
»Wer da?« rief ich.
»Gut Freund«, kam's aus dem Schilf zurück, gleich darauf fiel
der Schatten eines Menschen über den Weg. Ein Penner war's.
Vorsichtig bog er das Schilf zurück. »Ich hab' Besuch von holder
Weiblichkeit.« Und gleich darauf lachte das Weib jenes girrende
Lachen, das ich zuerst gehört, als ich auf der Straße stand.
»Ein feiner Platz hier! Man überschaut die ganze Straße und
kann selber nicht gesehen werden«, begann der Fremde. Seiner
Sprache nach mußte er von Tirol sein. Schnell hatte ich mich
an die beiden gewöhnt, und bald ging es ans Fragen: »Woher?
Wohin?«

Die Zeit verrann. Noch immer rauschte das Schilf, die Wellen plätscherten leise am Rande des Ufers. Lange schwiegen wir. Und hingen unsern Gedanken nach. Einem Gedanken, der uns alle drei beherrschte, alle drei unruhig machte. Ich begann zu reden. Irgend etwas. Von meiner Sehnsucht. Da lachte das Weib laut auf. »Quatsch! Wenn man nur was zu fressen hat. Und dann – muß ich noch Männer haben. Männer! Verstehst du das? Hampelmänner. Hahahahaha.«

»Nicht Kinder?« Die Frage floß mir so über die Lippen. Das Lachen verstummte. Ihre Stimme polterte los. »Die Gören mag der Staat füttern. Zwei hab' ich in Leipzig, eins in Bielefeld.«

Dann schwieg sie plötzlich und starrte vor sich hin. Diese Dippelschickse war doch nicht ganz so herzlos, wie ich dachte. Oder täuschte ich mich?

Ein unsanfter Rippenstoß weckte mich. Mitternacht war vorüber.

»Du, ich habe Hunger«, flüsterte mein Kumpel. »Bauern wohnen in der Nähe. Geizhälse. Trocken Brot gab man uns und ließ die Würste im Schornstein hängen. Wie ist's, machst du mit?«

Vorsichtig schlichen wir die Straße hart am Walde entlang. Bald lag das Dorf vor uns. Ein reiches Dorf. Wir sahen uns an. In diesem Punkt verstehen sich Dippelbrüder fast immer. Prüfend ließ ich meinen Blick durch die Weite schweifen, ob reine Luft war. Rechts an der Straße zog sich ein Tannenwald bergwärts. Ein Sprung, und wir waren im Waldesdunkel verschwunden. Vorsichtig, in weitem Bogen umkreisten wir das Dorf und machten in der Nähe des Hofes halt, in dem wir das Ding drehen wollten. Ich hatte Hunger, nagenden Hunger.

Unheimliche Stille lag über dem Land. Das Weib keuchte: »Komm, mach zu!« Ruhig war ich, ganz ruhig. Nur flüchtig dachte ich an Gefahr, Polizei und Gefängnis. Man hat dir alles genommen, du hast nichts mehr zu verlieren. Nichts mehr zu verlieren, nichts mehr zu verlieren. Es war wie eine leise Melodie in mir, deren Rhythmus mich in Sicherheit wiegte und meine angespannten Nerven beruhigte. Schwarz, wie ein unheimlich drohender Schatten, lag das Haus vor uns. Fast lautlos schlichen wir näher. Dunkel die Fenster. Eine Katze huschte über den Weg. Dumpf brüllte eine Kuh in den Stallungen. Dann war es still. In einer Entfernung von zehn Meter stand ich Schmiere. Die beiden andern schlichen bis zur Seitenfront des Hauses. Ein Weinspalier reichte bis zum oberen Stock. Im Giebel, in einer Höhe von etwa fünf Meter, stand ein Fenster offen. Da in unmittelbarer Nähe ein Schornstein das Dach krönte, nahmen wir an, daß dort oben die Räucherkammer lag.

Im Stall! Die Gänse! Ich schrak zusammen und zog mich hinter einen Busch zurück. Undeutlich hörte ich, wie mein Kumpel ein paar Worte flüsterte. Dann sah ich ihn dem Schatten einer Mauer zueilen. Das Weib kletterte am Spalier empor. Bald war sie am Fenster angelangt. Scharf und kantig hob sich die Silhouette vom hellen Nachthimmel ab. Ach, die Gänse, wenn die nur ruhig sein wollten. Mit angehaltenem Atem beobachtete ich das wagemutige Weib. Vorsichtig brachte sie ihren Kopf bis zur Augenhöhe zur Fensterbank empor. Eine Hand, ins Riesenhafte schien sie gesteigert, griff in den Haarschopf unserer Gefährtin. Ein Wehgeheul durchdrang die Nacht. »Diebe! Diebe! Hilfe! Hilfe! Diebe!« gellte es durch das Haus. Im unteren Stockwerk wurden Stimmen laut. Fluchen und Schreien. »Licht, wo ist denn Licht? Licht her!« Ein Köter bellte auf. Stimmengewirr. »Wo sind die Diebe?« »Hier! An den Haaren hab i dös Weibsbild. I laß se fallen, fangt's auf und verbläut sie guat und ruft den Schendarm.«

Noch immer saß ich wie gelähmt hinter meinem Busch. Da huschte ein Schatten an mir vorüber. Leben kam in meine Glieder, und wie von Furien gehetzt, keuchte ich hinter meinem Kumpel her. Stunde um Stunde liefen wir im angestrengten Dauerlauf. Das Blut jagte durch unsere Adern. Die Kniee zitterten. Doch weiter, nur weiter.

Das Gewehr bebte zwischen meinen Knien wie ein Tier

Vier Wochen lang marschierten wir ziellos hin und her. Wir marschierten in der glühenden Junihitze durch die weiten Wälder, über die würzigen Heiden, auf den dunstigen Sümpfen dieses wunderlichen Landes, badeten in der Aa, in der Eckau, in der Düna, stießen von Friedrichstadt aus bis weit nach Lettgallen hinein und von Bauske aus bis weit nach Litauen. Wir befuhren mit den winzigen, immer trabenden Panjewägelchen das ganze Land, besuchten die dumpfen litauischen Dörfer, die einsamen kurländischen Gesinde, die schlicht sauberen baltischen Herrensitze, fragten und erzählten, suchten und tasteten, aber jene versprengten Rotarmisten von Neuguth, die mich vor ihren kalten Läufen hatten, waren die letzten Bolschewiken, die wir sahen.

Nach Riga aber waren wir nicht gekommen. Als die ersten Gerüchte von der unglücklichen Schlacht bei Wenden zur Truppe kamen, waren die Hamburger fast befriedigt darüber, daß den hochnäsigen Balten eins auf das Dach gegeben wurde, und vernahmen mit dem Stolze, der alten Kriegern so wohl ansteht, von dem Befehl, der das Bataillon gegen Ende des Monats Juni 1919 nach der neugebildeten Front am Jägelsee berief.

Die Landeswehr eilte ihren Kameraden zu Hilfe, deutsche Bataillone schlossen sich den Balten an. Ulmanis organisierte eine estnisch-lettische Armee, und diese Armee hatte englische Ausrüstung, hatte englische Waffen, englische Offiziere und englisches Geld. In der Bucht von Riga kreuzten plötzlich englische Kriegsschiffe, und englische Kommissionen saßen in Riga herum. Der »Bürgerkrieg« war da.
Die Landeswehr und starke Teile der Eisernen Division, das Badische Sturmbataillon und die Abteilung Michael rückten auf Wenden zu. Sie nahmen Wenden, der Gegner wich aus. Er wich hier aus und dort, er war nirgends zu fassen, niemand wußte, wie

stark er war, wo er stand, wer er war. Und auf einmal war Wenden eingezäunt. Auf einmal war Artillerie da, links, rechts, vorn und hinten, auf einmal krachte es zwischen sorglos ziehende deutsche Kolonnen, auf einmal war das Badische Sturmbataillon umzingelt, überrascht und überfallen von Truppen, die deutsche Stahlhelme trugen und deutsch sprachen und aus Deutschland stammten und doch keine Deutschen waren und auch keine Letten oder Esten oder Engländer, sondern Soldaten des Oberleutnants Goldfeld, der mit seiner Truppe im Baltikum meuterte und dann zu den Letten übertrat. Auf einmal war die Landeswehr angegriffen, stand in tollem Kreuzfeuer auf offenem Feld, verlor ihre Kolonnen, überstand mühsam eine Panik und mußte zurück. An der Livländischen Aa, an den Seen vor den Toren der Stadt Riga bildete sich die neue deutsche Front, und an dieser Front wurden alle verfügbaren Bataillone eingesetzt. –
Leutnant Wuth wetzte seinen Zahn und sagte: »Herrschaften, mal herhören: Wir sollen jetzt an die Jägelfront. Da ist dicke Luft. Der Este hat angegriffen. Wie er dazu kommt, weiß ich nicht. Wie kommt Spinat aufs Dach? Wahrscheinlich steckt der Engländer dahinter. Jedenfalls, die deutsche Regierung hat verboten – Maul halten dahinten –, hat verboten, daß deutsche Truppen Riga betreten. Darum sind wir jetzt lettische Staatsbürger. Daher der Name Bürgerkrieg.«

Am Aa-Übergang zwischen den Seen bezogen wir eine notdürftig vorbereitete Stellung. Zurückflutende Abteilungen riefen uns zu, die Esten drängten mit allen Kräften nach. Wir gruben uns ein, besetzten Wald- und Uferrand und befestigten die zerschossene Zuckerfabrik, so gut es in der Dunkelheit ging.
Am nächsten Morgen schon, in aller Frühe, waren die Esten da. Ein leichter Regen fusselte. Ich lag in meiner Mulde und hatte die Zeltbahn über mich gedeckt. Bestmann hatte Wache. Wütendes Krachen weckte mich. Ich fuhr hoch und steckte den Kopf über die Deckung. Sofort spritzte MG-Feuer in den Sand. Wir legten

uns platt in die Mulde, und Bestmann begann ruhig, sich tiefer einzugraben. Vier bösartig krachende Einschläge dreißig Meter vor uns im feuchten Wiesenhang zur Aa überschütteten uns mit klatschenden Brocken und surrenden Splittern, ohne vorherige Ankündigung durch das Gejaule der Flugbahn. »Was ist denn das?« fragte ich. »Ratscher«, sagte Bestmann lakonisch. Ich hob vorsichtig die Augen über die Deckung. Schon schleuderte es mich zurück. Hinter uns barst es viermal. Man hörte Abschuß und Einschlag fast gleichzeitig. »Die nächste Salve sitzt!« sagte Bestmann und schmiegte sich dicht an die Deckung. Das fing ja lieblich an, dachte ich, und plötzlich hatte ich eine rasende Angst. Die nächste Salve ... dachte ich und preßte mich bebend an den Boden. Da ... »Zu weit«, stellte Gohlke fest, aber etwas pfiff und flitzte dicht vor meinem Kopf glupschend in den Boden, und es war, als ob eine gespenstische Riesenhand mir einen Ballen gepreßter Luft ins Kreuz geschmissen hätte. Ich war hier zum ersten Male in Granatfeuer. Also, so war das? Da, schon wieder ... Mein Gott! »Die müssen da, hinter der Waldecke, stehen«, sagte Bestmann und lugte behutsam hinüber. »Das is man bloß eine Batterie.«

Dies Wort beruhigte mich etwas, aber ich hatte das unklare Empfinden, daß ich jetzt vor den alten Frontsoldaten meines Gewehres irgendwie einen besonderen Mut zeigen müßte. Ich hob also den Kopf und sagte: »Die können ja nischt« – »Kopp weg, Mensch«, brüllte Bestmann, »biste denn total verrückt? Meinste, wir wollten allen Dunst abkriegen?«

Und dies war sein letztes Wort. Ja, denn plötzlich tat sich die Erde auf, sie riß vor uns auseinander mit einem brutalen Ruck, der mich beiseite schleuderte, die Stichflamme der Sprengung krachte betäubend hoch, Eisen, Knall und Geheul und Platzen aller Adern, ein Hammerschlag aus zerflatterndem Himmel, stinkender Qualm, Stein, Stahl und Glut. Mein Kopf hieb in den Boden, und alles war schwarz und rot.

Wir lagen vier Tage in dieser Stellung am Jägelsee.

Die Essenholer kamen nur nachts nach vorn, und die Kompagnie hatte in diesen vier Tagen zwölf Tote.

Wir konnten deutlich den Donner der Einschläge in Riga hören und sahen den roten Feuerschein. Vor uns lag der Este, in unserem Rücken eine beschossene, aufrührerische Stadt; die Dünabrücke, unsere einzige Rückzugsader, lag unter englischem Beschuß. »Übrigens«, sagte Leutnant Wuth, »daß ich's nicht vergesse, die deutsche Regierung hat die Baltikumtruppen aufgefordert, sofort nach Deutschland zurückzukehren, widrigenfalls – ja, weiß der Teufel, ich glaube Verlust der Staatsangehörigkeit, Sperren der Löhnung und der Grenzen und Gefängnisstrafen glaub' ich, wer für die Baltikumer in Wort oder Schrift wirbt. Hat vielleicht einer Lust, nach Deutschland zurückzugehen?«

Die Brücke lag nun scharf links von uns und konnte in ihrer ganzen Länge bestrichen werden. Ich richtete das Gewehr ein, zog alle Hebel fest, legte die ganze Munition parat, und dann warteten wir.
Auf der Brücke und dem Stückchen Straße, das in unserem Schußbereich lag, war nun kein Mensch zu sehen.
Wir horchten auf den Gefechtslärm an der Straße, im Wald. Ganz wohl war uns nicht. Wie, wenn es den Hamburgern nicht gelang, die Esten zurückzudrängen? Gohlke schien dasselbe gedacht zu haben, denn er sagte: »Helm ab zum Gebet.« – »Ist das immer noch kein Krieg?« fragte ich ihn. – »Noch nicht«, meinte er, »aber es kann noch einer werden.« – »Danke«, sagte ein Dritter, »soviel Zunder wie heute haben wir in Rußland auch nur selten gehabt.«
Wir hörten »Hummel, Hummel« und »Slah doot«. Gedämpft klang es herüber, vom Walde aufgefangen, und schien voll einer dumpfen und gefährlichen Wut. Kam es nicht näher? Gohlke, kommt es nicht näher? Verdammt, es kommt näher! Da, da ka-

men sie! Erst einzelne, dann immer mehr; der Waldrand bewegte sich von den Zurückhastenden, an der Straße kamen sie in dikken Klumpen. Nun ratterten die Maschinengewehre im Wald, an der Straße war Tumult, deutlich sahen wir Durcheinanderwuseln, Sichhinschmeißen, Wiederaufspringen, Zurückrennen. Nun kamen wirre Haufen. Ich hockte mich mit klammen, flatternden Händen an mein Gewehr. In uns raste die Spannung des Jägers; ha, da hatten wir sie endlich vorm Gewehr, und wie hatten wir sie. Ruhe, Ruhe, Warten, das sind noch nicht genug. Immer noch nicht genug. Abwarten, abwarten, jetzt sind sie an der Brücke. Teufel, die ganze Straße wimmelte. Jetzt sind es genug! Ich drückte auf den Hebel.

Das Gewehr bebte zwischen meinen Knien wie ein Tier. Auf der Brücke purzelten sie, fielen sie, platschten ins Wasser. Dicke, geballte Haufen spritzten auseinander, fielen zusammen, wurden von hinten gedrängt. Ja, sie mußten durch, sie mußten alle durch; da stand die Garbe mit Hebeln fest, und das Wasser kochte im Lauf. War es nicht, als spürte ich an den zuckenden Metallteilen des Gewehrs, wie das Feuer in warme, lebendige Menschenleiber schlug? Satanische Lust, wie, bin ich nicht eins mit dem Gewehr? Bin ich nicht Maschine – kaltes Metall? Hinein, hinein in die wirren Haufen; hier ist ein Tor errichtet, wer das passiert, dem wurde Gnade. Wann bot sich je einem Gewehre solch ein Ziel? Und dann war der Gurt alle, und ein neuer flog in den Zuführer, doch schoß Gohlke jetzt, und ich lag erschöpft und fröstelnd am Boden und sah nicht einmal mehr auf. –

Später lagen wir in der Stellung. Die Hamburger kamen nicht gleich, sie hatten erst Beute gemacht im Wald. Fünfzehn Gefangene wurden eingebracht; vier davon waren Engländer und drei Letten. Zwei Tote hatten die Hamburger, – wieviel die Esten hatten, machte sich niemand die Mühe zu zählen. Allein an der Brücke lagen so viel, daß man den weißen Staub der Straße kaum sehen konnte. Und von der estnischen Front kam den ganzen Tag nicht ein Schuß. Ja, die ganze Front schien erstarrt, und wir wunderten uns, daß niemand mehr schoß. Wir wunderten uns nicht mehr, als Leutnant Kay kam und sagte, es wäre Waffenstillstand. Die Kompagnie war die einzige, die noch vorne lag.

Heimatscholle unter den Füßen

In Heide und Moor stand Volker mit seinen Gesellen. Der Wind fegte ihr Haar, und der Regen näßte sie bis auf die Haut. Wenn sie am Abend mit schwerem Bauernschritt heimgingen, freute sich der eine auf die Feierabendarbeit im Haus und der andere auf die in den Gemüse- und Blumengärten. Der kleine Karlmann kam den Heimkehrenden im Abendrot wie ein junger Rehbock entgegengesprungen. Tagsüber war er bei Hanna Westerland auf dem Dülkinger Hof. Wenn der feine, geschmeidige Knabe über die Gräben setzte, dem Vater entgegen, sprang in den Augen Hagens ein Leuchten auf, und er schritt schneller aus, die warme Hand seines Knaben in der seinen zu fassen. Er war der Unermüdlichste im Schaffen draußen und daheim. Er nahm nicht Buch noch Zeitung zur Hand, kannte nicht Sonntag noch Feiertag. Wenige Stunden Schlaf genügten seinem abgehärteten Körper. Seine tiefe Anhänglichkeit galt Volker, er sah in ihm den Retter, der ihm, dem Verarmten und Stellungslosen, die Heimatscholle unter den Füßen zurechtgeschoben hatte. Oft und oft sah er das Bild der vier abgedankten Offiziere im Schneesturm, Volker mit vorgestrecktem Kopf voran, unter dem Mantel an der Brust den fiebernden Knaben. Hanna Westerland begegnete er mit aller schuldigen Achtung. Doch hielt er sich ihr fern, soweit es die Höflichkeit zuließ. Der Anblick einer jungen Frau verfinsterte ihn auf Tage hinaus.

Herr Nachbar, waren Sie auch im Feld?

In einem Wirtshaus bei Magnetsried kehrte der Vagabund ein, ließ sich Bier und Käse geben und kam mit der dicken Wirtin, einem zufällig anwesenden Hausierer und dem Brotzeit machenden Wegwart ins Gespräch. Vom guten Erntewetter, über die Hitze, kam man auf das dünne Bier zu sprechen, von da aus geriet der Diskurs über die schöne frühere Zeit ins jetzig Politische. »Die Roten hörn noch lang nicht auf«, sagte der Münchner Hausierer mit seiner verrosteten Stimme: »Wenn sie s' gleich allsamt an die Wand stellen, es wird einfach keine Ruh' damit ... Erst vorig's Monat haben s' den Saujudn, den Leviné, derschossen bei uns drinn', und jetzt kommen nachher die Geiselmörder vom Luitpoldgymnasium dran, aber das Gesindel gibt keine Ruh', absolut nicht ...« Aus einem komischen Hochdeutsch fiel er immer wieder halbwegs in den Dialekt. Dürr und unscheinbar klein war er, in seinem Ziegengesicht blinkte ein scharfer Zwicker vor den kaltgrünen Augen, und sein dünner Spitzbart erzitterte bei jedem Wort. Mit einer gewissen aufdringlichen Neugier schielte er immer wieder auf den essenden Vagabunden. Der tat aber gar nicht dergleichen, als suche er eine Unterhaltung. Er las das zerlesene Wochenblatt, das auf dem besudelten Tisch lag. Dicke Überschriften hagelten ihm entgegen: »Geiselmordprozeß in München bevorstehend. – Das Volk steht auf gegen den Schmachfrieden. – Ungarn säubert sich vom roten Schrecken. – Kampf um die Ordnung in Mitteldeutschland und Sachsen. Blutige Straßenkämpfe in Chemnitz. – Max Hölz, der Spartakus aus dem Vogtland, macht Schule. Die Räuberbande Plättner.« – »Wer regiert uns denn überhaupt? Die Judn und die Sozi! Lauter Bagasch!« hetzte der Hausierer weiter: »Sattlerg'sell ist er g'wesn, der jetzige Reichspräsident Ebert! Und mit der Arbeit hat er's überhaupt nie g'habt, aber jetzt schiebt er denselb'n G'halt ein wie der Kaiser ...«

»A wehleidige Zeit! A elendige Zeit jetzt!« brümmelte der Wegwart mehr für sich, und die Wirtin, die gemächlich an ihrem Strumpf strickte, sagte ebenso: »Dös bessere hobn mir schon hinter üns ... Der Mensch, der wo heuntzutog ehrlich arbat, is nix mehr ...«

»Jaja, bloß d'Lumpen sind obenauf, weil die Regierung selber eine Lumperei ist«, fiel der heftige Spitzbart ein: »In Sachsen droben, der Räuberhauptmann Hölz, *den* laßt man ruhig laufen! Der brandschatzt ganze Ortschaften und haust um wie im Kriag ...« »Bloß daß im Krieg alles seine kaiserliche Genehmigung gehabt hat«, warf jetzt auf einmal der Vagabund hin. Baff glotzten Hausierer, Wegwart und Wirtin auf den Fremden und fanden das Wort nicht gleich.

»Herr – Herr Nachbar«, faßte sich der Hausierer als erster wieder und wollte auf den Vagabunden zurücken: »Waren Sie, wenn man fragen darf, auch im Feld?«

»Auch?« musterte der Vagabund das Männchen geringschätzig: »Vier Jahr im größten Schlamassl!« Wirtin und Wegwart sahen noch immer unverwandt auf ihn.

»So, jaja, die Soldaten haben ja nichts Schönes g'habt«, lenkte der Hausierer ein und wurde lebhafter: »Wissen S' was, Herr? Wir braucherten bloß einen richtigen Diktator, nachher wär' gleich a Ruh' ... Ein richtig's Mannsbild geht ab, das ist's! Sagen Sie's nicht selber?«

»Vielleicht machen Sie's«, spottete der Vagabund offen und zahlte. Eilsam ging er aus der Stube. Die drei Zurückgebliebenen schauten sich einen Moment verdutzt an.

»Hm, recht hat er schon«, meinte der Wegwart: »Der ganze Kriag is aa bloß a Schwindl g'wesn! Dö, dö wo regiern, geht's allweil guat und dö andern san jedsmoi ausgschmiert ...«

»Das – – das, mein' ich, das wär' gleich gar ein Roter«, mumelte der Hausierer überschlau, aber er fand keinen sonderlichen Anklang.

»Sei' Zech hot er zoit (bezahlt) ... Dös andere geniert mich nix«, schloß die Wirtin. –

Als der Vagabund das Fahrrad des Hausierers an der Wirtshaustür lehnen sah, überlegte er kurz. Dann huschte seine Gestalt an den Fenstern vorüber. Er ging auf der Dorfstraße weiter und verschwand hinter einer Hausecke. Am Rand des Dorfes sah er im Gang eines Hauses abermals ein Fahrrad stehen. Hinten und vorne stand die Tür offen. Ein offenbar blinder, uralter Mann saß auf der Sonnenbank, rechter Hand vor der Tür, und schnitt von einem Brotlaib kleine Stücke in eine umfängliche Emailleschüssel, die er zwischen die Schenkel geklemmt hatte.

»Wo geht's denn da weiter?« erkundigte sich der Vagabund nebenher. Der Alte aber hörte auch allem Anschein nach nicht recht gut, denn er hob nicht einmal den Kopf und plapperte nur: »Nana, es is' koa Mensch bei üns dahoam ... Ois's (alles) is an Feld draußn ...«

Über das Gesicht des Landstreichers lief eine sichtliche Befriedigung. Er überprüfte hastig die Runde, ging die vordere Hausfront entlang, schaute wiederum spähend auf die etwa eine Wurfweite abliegenden Nachbarhäuser, und als er nichts Verdächtiges daran entdeckte, bog er um die Ecke, verschwand durch die Hintertür im Hausgang und kam kurz darauf mit dem Fahrrad zum Vorschein. Er schob es frech und ungeniert in die Straßenmitte, schwang sich in den Sattel und fuhr eilsam ostwärts weiter.

Er sah nicht links und nicht rechts. Durch Seeshaupt, über Sankt Heinrich, aufwärts nach Filzbuch und Mandl kam er, und langsam wanderte die Sonne gen Westen. Der Vagabund schwitzte dampfend und mußte das Rad viele Mal schieben. Er war seltsam erregt, grinste manchmal und schnalzte mit der Zunge.

»Und wenn's mit dem Teufel zugeht«, brummte er einmal wie triumphierend: »Nauf muß ich! So was kann sich rentieren.« Es sah aus, als habe er plötzlich einen verwegenen Entschluß gefaßt und wolle ihn möglichst bald in die Tat umsetzen. Trotz des Schwitzens schien er erfrischt zu sein. Im Gehölz vor Beuerberg bog er von der Straße ab, setzte sich in verhangenes Dickicht, knöpfte seine Joppe auf und zog den verschwitzten, viereckigen, ledernen Brustbeutel hervor, welchen er nach alter Soldatenart an einem Barchentband um den nackten Hals trug. Er leerte dessen Inhalt auf die rechte Handschale. Vierhundertundachtundzwan-

zig Mark besaß er. Er fing halblaut zu rechnen an: »Fahrt und Spesen? Na, sagen wir – sagen wir – fünfzig – oder siebzig alles in allem ... Meinetwegen.« Er breitete einen Fünfzigmarkschein und eine Zwanzigmarkbanknote auf den weichen Moosboden. »So, also dann Anzug, Hemd, Stiefel, Mütze oder Hut?« überlegte er weiter: »Sagen wir zweihundert oder zweihundertfünfzig ...« Wieder häufelte er diese Summe auf den Boden und zählte den Rest. Nachdenklich hockte er eine Weile da. Dreihundertundzwanzig Mark tat er in seinen Geldbeutel, hundertundacht Mark knitterte er wieder in den Brustbeutel und ließ ihn unter dem nassen Hemd verschwinden. Er lauschte umher, zog seinen Revolver aus der Tasche, nahm ihn schußgerecht in die Hand und prüfte die Sicherung, das Korn und die Ladung. –
Es lag schon weicher Dämmer über den Feldern, als er die Häuser von Beuerberg erblickte. Er fuhr schneller.

Die letzten Deutschen überhaupt

Am Bahnhof in Mitau standen Soldaten des 1. Kurländischen Infanterie-Regimentes mürrisch herum. Es war der 24. August 1919. Der erste Transport sollte nach widerwillig aufgenommenem Befehl ins Reich abgehen. Die Offiziere gingen bleich hin und her und antworteten mit verbissenen Mienen auf die drängenden Fragen der Leute. Langsam füllte sich der Zug. Noch war es Zeit. Alles wartete wie auf ein Wunder auf das erlösende Wort.
Plötzlich entstand Bewegung an der Sperre. Ein großer braungebrannter Offizier trat auf den Bahnsteig. An seinem Halse blinkte der Pour le mérite. Es war der Führer der Eisernen Division, Major Bischoff. Er sah zum Zuge, die Soldaten drängten sich, getrieben von dumpfer Hoffnung, um ihn herum. Offiziere kamen hinzu. Der Major hob die Hand.
»Ich verbiete hiermit den Abtransport der Eisernen Division!«

Das war Meuterei. Vielleicht blitzte in diesem Augenblick im Hirne dieses Mannes der Name Yorck. Wir brachten ihm am Abend einen Fackelzug.

Damals sangen die Soldaten im Baltikum ein Marschlied, dessen erster Vers begann: »Wir sind die letzten Deutschen, die am Feind geblieben.« Nun fühlten wir uns als die letzten Deutschen überhaupt.

Man schreibt uns aus Riga

Wie aus den amtlichen Meldungen der kurländischen Kreischefs hervorgeht, hat sich in Mitau in der letzten Zeit das Verhältnis zwischen der Bevölkerung und dem deutschen Militär sehr zugespitzt. Während das deutsche Militär früher hauptsächlich auf dem flachen Lande plünderte, ist in der letzten Zeit die Plünderung auch in der Stadt zur gewohnten Erscheinung geworden. Das deutsche Militär begnügt sich nicht mit Gelegenheitsdiebstählen, sondern unternimmt planmäßig vorbereitete

288

Einbruchdiebstähle und Raubüberfälle. Eine wirksame Bekämpfung dieser Verbrechen wird den lettischen Behörden durch das Verhalten der deutschen Militärgewalt verunmöglicht. Das *deutsche Heer*, das sich stets mit seiner Disziplin brüstete, hat sich in Kurland in einen *desorganisierten Söldnerhaufen* aufgelöst. Als wahre Landplage zieht es raubend und plündernd durchs Land und terrorisiert die Bevölkerung, die mit verzweifelter Ungeduld auf die längst angekündigte, aber noch immer nicht durchgeführte Abberufung ihrer Peiniger wartet.

In verlausten Panjebuden
von der Düna bis zur Grenze

Die Stühle in dem großen Zimmer des früheren kaiserlich-russischen Verwaltungsgebäudes, in dem die Offiziersbesprechung stattfinden soll, sind schon sämtlich besetzt. Man sieht die Nummern vieler alter Regimenter der deutschen Armee.

Auf den Straßen herrscht großer Betrieb. Eine Masse von Freikorpssoldaten und Unteroffizieren ist in der Stadt, deren Truppenteile weit draußen an den Fronten und Demarkationslinien liegen. Die Dämmerung macht langsam dem regnerischen Herbsttag ein Ende. Juden im schwarzen Kaftan gehen in ruhigem Schritt zur Synagoge. Es ist Schabbes.

Ab und zu erklingt Hufschlag draußen auf dem holprigen Pflaster. Dann geht bald wieder die Tür auf, und neue Gesichter füllen das Zimmer, das unter Tabaksqualm immer dunkler wird. Die Frage geht rund, wer diese Versammlung überhaupt einberufen hat. Der Panzerzugkommandant klopft nervös die Zigarettenasche auf den Boden. »Es ist ja ganz wurscht, wir wissen doch alle, um was es hier geht!« Ein junger Jägeroffizier breitet das infame Plakat auf dem Tisch aus. »Da steht es schwarz auf weiß: Wer nicht bis zum neunten November – dem Tag der Revolte, die der Front das Genick brach – zurückkehrt, ist fahnenflüchtig, verliert sämtliche Ansprüche, macht sich strafbar, verliert sein

Vermögen, verliert – die deutsche Staatsangehörigkeit. Unterschrift: Die Deutsche Reichsregierung.«

Die Freikorpsoffiziere schreien sich Flüche zu. »Wo ist von der Goltz?« ruft jemand von hinten aus der Ecke. Alles schweigt. »Wer hat diese Versammlung einberufen?« fragt die scharfe Stimme zum zweiten Male. Der hagere Hauptmann hüstelt: »Meine Herren, wir sind nun einmal hier. Ich kann Ihnen mitteilen, daß der Kapitän zur See Siewers oder einer seiner Offiziere diese Nacht eintrifft. Es bedarf keiner Frage, daß sich der Führer der Eisernen Division dem infamen Befehl der Revolutionsverbrecher nicht beugen wird. Wenn sich hier Kameraden beleidigen sollten, weil der eine nach Deutschland zurück und der andere mitkämpfen will, so werde ich das Zimmer verlassen.« Die Stimme des hageren Hauptmanns, der an der linken Brustseite das goldene Abzeichen für fünf- und mehrmalige Verwundung trägt, zittert leicht. »Meine Kameraden, die Art, wie dieser Befehl an die letzten kämpfenden Truppen herausgebracht wird, verrät die Vaterschaft der Novemberlinge. Diese Laffen in Berlin bilden sich tatsächlich ein, daß die Soldaten, die hier blutige Kämpfe hinter sich haben, für Leute, die nicht die Knochen unseres letzten Bagagefahrers wert sind, ihren Offizieren weglaufen, wenn sie ein zudem jeden letzten Soldaten beleidigendes Plakat ankleben. Die Etappenhengste und Geschäftemacher werden zurückgehen.«

»... und das kann uns sehr recht sein«, wirft jemand ein. Es wird wieder unruhig im Raum, und der Hauptmann fährt schnell fort: »Etwas anderes ist es, ob wir diesen Winter die Front halten können. Die Sperrung des Nachschubes aus Deutschland ist angekündigt. Die angeforderten Mantelsendungen sind schon in Lauzargen an der Grenze festgehalten worden. Wenn die Regierungsbehauptungen stimmen, daß die Entente die Räumung wünscht, dann dürfen wir uns nicht wundern, wenn nicht nur englische Schiffsgeschütze wie beim Sturm auf Riga in unsere Kompanien hineinfeuern, sondern daß Ententetruppen in Libau

und in Riga landen werden. Über den Verlust der Staatsangehörigkeit, des eventuellen Vermögens und dieser Dinge abstimmen zu
lassen, halte ich unter meiner Würde. Ich bitte, sich zu äußern.«
»Oberleutnant Hans, aktiver Offizier, Detachementsführer der
Deutschen Legion! Meine Leute sind größtenteils Ostdeutsche.
Ich habe sie vor der Front befragt. Niemand geht zurück. Solange ich tief in Rußland stehe, besteht keine Gefahr, daß die
ostpreußischen Bauernhöfe zusammengebrannt werden. Wenn
wir zurück sollen, dann gehen wir kämpfend zurück und lassen
uns an der Grenze totschlagen, ehe einer der roten Mordbrenner
hinüberkommt!«
»Leutnant Schlageter! Badischer Feldartillerist! Offiziere und
Mannschaften des ganzen Sturmbataillons, bei dem ich stehe,
werden sich dem Befehl der Schweineregierung nicht beugen.«
»Oberleutnant Dietrich, ostpreußischer Grenadier! Ich weiß,
daß man schon Fanatiker und Desperado sein muß, wenn man
hier bleibt. Mein Vater besitzt ein Gut im Memelgebiet. An der
Grenze stehen sogenannte regierungstreue Truppen, die uns hier
abschließen. Der Offizier, über den man in der Revolution so
geschimpft hat, ist, pardon, ein so harmloses und gutmütiges
Schaf, wie man es selten in der Welt findet. Wir haben es uns
gefallen lassen, daß man unseren verwundeten Kameraden die
Kokarden herunterriß. Wir sagten ›Zu Befehl‹, als wir die Spartakisten niederschlagen sollten. Wir kamen, als die Regierung
zur Bildung von Freikorps im Osten aufforderte. Wir haben die
Bolschewisten von Deutschland ferngehalten und treiben uns
hier in verlausten Panjebuden von der Düna bis zur Grenze
herum. Manche von uns werden auch jetzt wieder ›Zu Befehl!‹
sagen. Ich werde hier bleiben!«
»Bitte ums Wort!« Von hinten drängt sich einer zwischen den
Kameraden vor an den Tisch. Wie mit dem Säbel gezogen sitzt
der knappe blonde Scheitel über dem Auge, das durch eine Verwundung an der Schläfe größer erscheint. Knapp schließt der
Waffenrock. Die Haltung, die beherrschten energischen Züge,

jeder Zoll der Typ des aktiven preußischen Offiziers, der so rar geworden und dessen meiste Vertreter auf den Schlachtfeldern liegen, irgendwo! »Meine Herren, wir haben das Rheinland geräumt. Wir werden es nie wiedersehen! Wir haben Polen geräumt, ohne Not.« Er hebt das Kinn kurz höher. »Wenn wir hier räumen, sind wir die Memel los und Ostpreußen und Westpreußen dazu. Die Regierung beruft sich auf die Entente. Aber wenn Sie nur ein paar Seiten des sogenannten Friedensvertrages lesen, dann wird Ihnen klarwerden, daß die Männer in Berlin nicht nur Verbrecher, sondern ausgemachte Esel sind. Es sollte mir eine Ehre sein, dies gelegentlich auch einmal vor einem deutschen Kriegsgericht zu sagen.«

Der Hauptmann hatte nicht mit der Wimper gezuckt, als er mit disziplin- und autoritätsgewohnter Stimme die letzten Worte sprach. Nur seine Augen blitzten, und die Adern an den Schläfen sprangen schattenwerfend heraus, während eine ganz leichte Rötewelle das ledergegerbte Gesicht mit den spielenden Backenmuskeln einen Ton dunkler färbte.

»Ich bitte jetzt die Herren das Wort zu nehmen, die dafür sind, daß wir uns dem Befehl der Reichsregierung beugen!«

»Niemand! Niemand!«, greifen ein paar Heißsporne vor. Die Kameraden drehen sich mißtrauisch um. Einige werfen scheue Blicke auf die Nachbarn. Niemand meldet sich. Im Hintergrunde macht jemand das Fenster auf. Die dichten Rauchschwaden ziehen ab, und ein frisches Lüftchen füllt die Lungen. Drüben aus der Baracke jenseits der Straße, aus der früheren Eisenbahnerkantine, kommt Lärm. Gesang hebt an: »im Felde, da ist der Mann noch was wert, da wird das Herz noch gewogen.«

Papa, kommst du vom Kaiser?

Der Abend sank nieder auf das deutsche Land. Es war kühler geworden, aber auf dem Gemüt Thor von Torntens lag die drükkende Schwüle überstandener Stunden und Erlebnisse. Vor sei-

nen Blicken verblaßten anfangs die Farben und verschwammen
später zu einförmigem Grau, aus dem vereinzelte Lichter hervor-
blitzten, in ihm aber war es hell und klar wie an einem Frühlings-
morgen. Er starrte noch immer hinaus auf die Gegend, die der
Schnellzug durchraste, und umfing sie verlangend und liebevoll
mit dem Auge wie mit dem Empfinden. Die Heimat!
Seit er die holländische Grenze hinter sich gelassen, dachte er
immer wieder an die Worte, die der Kaiser beim Abschied zu ihm
gesprochen hatte: »Grüßen Sie mir die Heimat, Tornten!« Und
er verstand nun den Wunsch, der in diesem Zuruf gelegen, und
wußte sich das Beben zu deuten, das dieser sonst so selbstsiche-
ren und festen Stimme beigeklungen hatte. Gottlob, er war seit

Stunden allein im Kupee und niemand störte ihn in seinem Grü-
beln. So ließ er seine Gedanken noch einmal nach Amerongen
zurückkehren und fühlte, wie schwer ihm das Scheiden gefallen
war. Aber er besaß Weib und Kind und die deutsche Sehnsucht
nach der Heimat.

Als der Schnellzug Hannover erreicht hatte, war es mit der Ungestörtheit Thors vorbei. Die Tür des Kupees wurde geöffnet, ein Träger beförderte einen hellbraunen Lederkoffer in eines der Netze, und ein kleiner, bärtiger Herr nahm Thor gegenüber Platz. Gleich darauf entfaltete sich vor den Blicken des blonden Hünen, der gerade im Begriffe war, den Mitreisenden einer raschen Prüfung zu unterziehen, die neueste Nummer des *Vorwärts* und der Fremde entschwand den forschenden Blicken Thors, als hätte er zwischen sich und dem Kapitänleutnant eine Scheidewand aufgerichtet. Bevor sich aber der Zug wieder in Bewegung gesetzt hatte, schien sich Torntens Gegenüber daran erinnert zu haben, daß die Revolution an den Gesetzen der Höflichkeit wenigstens offiziell nichts geändert hätte, denn er ließ seine Zeitung sinken und verneigte sich leicht gegen den hochgewachsenen Zivilisten, dem man unschwer ansah, daß seinen schlanken Körper vor kurzem noch des Kaisers Rock umkleidet hatte. Allein die wenigen Worte, die der Fremde dieser Begrüßung wohl hatte hinzusetzen wollen, dieses flüchtige »Guten Abend«, es kam nicht über seine Lippen. »Tornten!«

»Grotthauser!« bestätigte der Kapitänleutnant dieses rasche Erkennen. Sie drückten einander die Hände und freuten sich ihres Wiedersehens.

»Daß ich dich einmal wieder treffe,« meinte der kleine Herr mit dem goldumränderten Zwicker, während er den *Vorwärts* zusammenfaltete und beiseite legte, »sechs Jahre mögen es nun wohl schon her sein.«

»Ganz richtig,« sagte Thor, »damals begegneten wir uns in Berlin. Wie ist es dir seither ergangen? Was hast du in Hannover zu tun?«

»Ich bin im Hinterland gesessen, weil mich mein altes Fußleiden unbrauchbar machte. Du aber hast dir einen großen Namen geschaffen. Damit du aber erzählen kannst, will ich dir gleich mitteilen, daß ich inzwischen unsere Fabrik in Hannover übernommen habe. Verheiratet bin ich auch.«

Er hob die Linke und ließ den einfachen Goldreif vor den Blikken des Jugendfreundes funkeln. Der tat das Gleiche und beide lachten wieder hell auf.

»Ich habe sogar einen Jungen von vier Jahren«, sagte der Kapitänleutnant.

»Ich ein Mädel von zwei!«

Der Fabrikant war dem Kapitänleutnant ein alter Freund. Als Jungen hatten sie oben in Schleswig, wo die Güter ihrer Väter aneinandergrenzten, die seligen Zeiten gemeinsamer Dummheiten Seite an Seite durchlebt und waren erst viel später durch das Leben getrennt worden. Thor ging zur Marine, Grotthauser aber durfte auf den Reichtum seines Vaters bauen und widmete sich anfangs historischen Studien, um später in die Firma einzutreten, deren große Gummifabriken über das Reich verteilt waren. Die Torntens waren ein verarmtes Adelsgeschlecht. Thors Vater war nach Königgrätz, wo er als Offizier gekämpft und geblutet hatte, invalid in den Ruhestand getreten. Hatte im Lazarett die Tochter eines schleswigschen Gutsherrn kennen und lieben gelernt und war hinaus auf die Klitsche gewandert, um dort seinen Kohl zu bauen. Erst acht Jahre später kam Thor zur Welt, wuchs auf dem väterlichen Gute auf und verlor frühzeitig Vater und Mutter. Seine Verwandten bestimmten über sein Schicksal, wie es der heiße Jugendwunsch des Knaben verlangte, und er kam zur Flotte. In den Jahren vor dem Krieg hatte ihn Jakob Grotthauser selten gesehen, nie aber seinen Namen nennen hören. Das änderte sich, sobald die große Raserei über die Völker kam. Eines Tages war Thor von Tornten ein berühmter Mann. Zuerst tauchte er in der Nordsee auf, buchstäblich, denn er war Führer eines U-Bootes, das viel von sich reden machte. Das deutsche Volk in seiner Begeisterung jubelte ihm zu, der viele Tausende feindlicher Tonnen in die Tiefe sandte. Doch das heimische Meer ward ihm bald zu eng. Plötzlich erschien er mit seinem Fahrzeug vor den Dardanellen. Zwei gewaltige Panzer, einen Engländer und einen Franzosen, bohrte er in den Grund. Blieb aber nicht lange, und trieb ein Jahr hindurch sein Unwesen in den irischen Gewässern. Bis er schließlich zu den Helden zählte, die drüben an der amerikanischen Küste den Kampf gegen das aufnahmen, was die alliierten Mächte Völkerrecht nannten.

In all dieser großen Zeit hatte Jakob Grotthauser den Jugendfreund nie gesehen. Doch als empfinde er die Verpflichtung, von seiner Ehe zu erzählen, nahm Thor von Tornten nach einer kurzen Pause das Wort, in der der Fabrikant erwartungsvoll geschwiegen hatte. »Gleich nach unserem letzten Zusammentreffen habe ich geheiratet, meine Frau ist eine geborene Baronesse Ballendorf. Wir lernten uns in Ostende kennen. Als der Krieg seinen Anfang nahm, war es natürlich mit unserem Glück zu Ende, denn ich mußte meine Frau und den Jungen, der damals gerade geboren war, in Berlin zurücklassen.«

»Das ist traurig«, meinte Grotthauser bewegt.

»Wenige Wochen vor dem Zusammenbruch wurde ich ins Hauptquartier befohlen. Der Kaiser hatte mich vorher bei einem Besuch der U-Bootleute kennen gelernt. Ich glaube, er wollte mich in seiner Nähe wissen, um in einigen Dingen meinen Rat zu hören. So kam der Tag, an dem der Herrscher sein Heer und sein Land im Stiche lassen mußte, um den Ausbruch des Bürgerkrieges hinter der Front zu verhindern. Unter den wenigen, die ihn nach Amerongen begleiteten, befand auch ich mich. Und von dorther komme ich soeben, um nach Berlin zurückzukehren.«

»Aus Amerongen? Mensch, dann bist du ja eine der interessantesten Persönlichkeiten, denen ich in den Weg laufen konnte.«

»Ich glaube, daß ich einer der unglücklichsten Menschen bin, denen du begegnen konntest. Ein Mensch, Jakob, der die Heimat so wiederfindet! Herrenlos, rechtlos, hoffnungslos.«

»Ich fürchte, du bringst ein wenig falsche Ansichten von dort mit, woher du kommst,« sagte Grotthauser, »in der Heimat wirst du umlernen müssen. Wir durchleben jetzt die schwere Erschütterung, die dem Besiegten niemals erspart blieb. Da finden sich Schwache, die glauben, daß es eine gewaltsame Lösung dieses

Knotens gibt. Daß uns aber nur ein Ausweg bleibt, der der Arbeit aller unter der Herrschaft aller, das sehen nur die Klugen ein. Und die sind gottlob am Ruder.«

»Wollte Gott, du hättest recht,« meinte der Kapitänleutnant, »mein innigster Wunsche wäre, es käme so, wie du es voraussagst. Aber einfacher wäre gewesen, man hätte nicht erst die eine Autorität verdrängt, um jetzt mit Mühe und Not eine neue zu schaffen.«

Grotthauser lachte auf. »Du meinst natürlich den Kaiser? Bist du denn blind dafür, Thor, daß er und seine Umgebung die Schuld an all unserem Unglück tragen?«

»Nicht er und nicht allein seine Umgebung,« Tornten sprach eindringlicher und mit dem Eifer eines überzeugten Verteidigers, »ihr alle überseht etwas. Er ist ein Mensch mit allen Fehlern und allen Vorzügen eines solchen. Ich leugne nicht, daß in seinem Namen viel Unrecht begangen wurde, doch geschah es nicht bewußt, nicht in der Absicht, unrecht zu tun. Daß aber im Namen des Kaisers diesem Lande auch viel Gutes geschah, das wollt ihr jetzt nicht mehr wissen.«

Der kleine Herr mit dem klugen Gesicht wurde nachdenklich. »Man legt nicht die Entscheidung über das Wohl und Wehe eines Staates in die Hände eines einzelnen.«

»Du bist Demokrat?«

»Noch ärger. Ich bin Sozialdemokrat.«

Der Schnellzug hatte schon vor Minuten Hannover verlassen und setzte seinen Weg nach Osten fort. Die beiden Männer saßen stundenlang und tauschten ihre Ansichten über Vergangenheit, Gegenwart und Zukunft ihres Volkes aus. Und zwei Weltanschauungen gerieten aneinander. Aufgewachsen im Glauben an die Unnahbarkeit einer Majestät, die er noch jetzt anerkannte, wo ihr der Glanz und die Höhe geraubt waren, wußte Thor für jede Anklage des Freundes, die der Person des Einsamen von Amerongen galt, eine Erwiderung, eine Entschuldigung. Und fand er keinen anderen Einwand, so sagte er nur: »Er ist ein Mensch!«

Als sie in Berlin anlangten, hatten sie alles durchgesprochen, was in diesen Tagen nicht allein sie beide, sondern mit ihnen Millionen Deutsche bewegte: die Schuld am Kriege, die Verantwortung für die Fehler der Führung, den gnadenlosen Frieden, den Deutschland vor wenigen Wochen erst unterzeichnet hatte, die Zukunft des Reiches und das, was Thor von Tornten am tiefsten ging: das Verlangen der Feinde, über den Kaiser und seine verantwortlichen Berater zu richten. Vor dem Bahnhof nahmen sie voneinander Abschied. Grotthauser war in der Hauptstadt ein Fremder, ein Provinzler, wie er lachend meinte. Er wohnte in einem Hotel Unter den Linden, wohin er sofort fuhr. Thor aber hatte gerade den Ärger darüber, daß weder Ilse noch sein Kammerdiener ihn erwarteten, ein wenig unterdrückt, als er dem Jugendfreunde die Hand schüttelte. Gleich darauf war er allein, winkte einem Automobil und ließe seine Koffer aufladen. Unmutig saß er in dem Kupee und sah die hell erleuchteten Straßen Berlins vorüberziehen.

Das Heim Thors lag im Parterre eines eleganten Hauses am Kurfürstendamm. Der Kapitänleutnant hatte dem Freunde verschwiegen, daß er kein armes Mädchen gefreit, sondern der vielbeneidete Eroberer einer mehrfachen Millionärin gewesen war, als er Ilse von Ballendorf heimgeführt hatte. Nur an zwei Fenstern seiner Wohnung sah der Kapitänleutnant Licht, als er das Automobil verließ und auf das Haus zuschritt. Gleich darauf hatte er den Hausmeister durch das Klingelzeichen herbeigerufen und übergab ihm die Koffer. Er selbst trat ein und stand bald im Vorzimmer seines Heims, wo ihm Toman mit unverhohlener Verwunderung entgegenkam. »Herr Kapitänleutnant«, brachte der Diener in hellstem Erstaunen hervor, »Sie hier!«
»Habt ihr denn meine Depesche nicht erhalten?« fragte Thor, während ihm der untersetzte, breite Mann den leichten Sommermantel von den Schultern nahm, »ich habe doch telegraphiert, daß ich komme. Wo ist meine Gattin?«

»Die gnädige Frau ist heute nach Kolberg gefahren.«

»Nach Kolberg? Ah, wahrscheinlich des Kindes wegen?«

»Nein, Herr Kapitänleutnant, das Kind ist hiergeblieben.«

Thor horchte auf. Aber er hütete sich, dem Diener seine Gefühle zu verraten. »Und wer ist bei dem Kinde?«

»Miß Bolton.«

»Richtig, die Engländerin«, sagte sich Thor. Ilse hatte ihm ja geschrieben, daß es ihr gelungen sei, für den kleinen Otto eine Britin zu engagieren. Thor verlangte, daß sein Sohn die Sprache der früheren Feinde Deutschlands wie seine Muttersprache erlernen müsse.

Der Kapitänleutnant trat durch die Tür. Der Kammerdiener folgte ihm in den Salon, schritt hinter ihm drein, als Thor sein Arbeitszimmer aufsuchte, und drehte dort das Licht über dem Schreibtisch an. »Ist der Junge noch wach?« fragte Tornten, während er an den Zigarrenschrank trat und ihn öffnete. »Wenn es möglich ist, möchte ich das Fräulein sprechen.«

Toman verschwand. Thor entnahm dem Schrank eine Zigarre und zündete sie an. Er ließ sich in dem Luthersessel vor seinem Schreibtisch nieder und blies dichte Rauchwolken vor sich hin. Dabei überlegte er, wie anders er sich seine Ankunft in Berlin ausgemalt hatte. Narr, der er war! Was aber Ilse dazu veranlaßt haben mochte, gerade an diesem Tage, an dem er nach so langer Abwesenheit heimkehrte, Berlin zu verlassen, konnte er sich nicht erklären. Thor von Tornten fühlte, wie der Unmut sich ihm wieder aufdrängte, den er vorhin am Bahnhof mühsam abgeschüttelt hatte. Er war kein glücklicher Gatte und Ilse gewiß keine allzu glückliche Frau. Thor meinte, der Krieg habe seine Ehe zerstört. In all der langen Zeit war er nur fünfmal zu Hause gewesen. Stets auf wenige Tage, immer von dem Bewußtsein gehetzt, daß es für ihn kein längeres Verweilen gab. Da war denn keine Zärtlichkeit zwischen den Gatten aufgekommen. Und daß der eine Teil, der Mann, das ehrliche Bestreben zeigte, der reizenden, dunkellockigen Frau wieder das zu werden, was er ihr einst gewesen, hatte wenig an Ilses Verhalten zu ändern vermocht. Sie blieb spöttisch kühl. Ilse war eine Dame von Welt, die nur eigene Wünsche und Sorgen kannte. Sie hatte seinerzeit in Ostende Thors Werbung erhört, weil es ihr schmeichelte, den prächtigen Seeriesen zu besitzen, dem viele andere sehnsüchtig nachblickten, sobald er sich zeigte. Aber bald hatte sie eingesehen, daß er nicht ihresgleichen war. So überdachte Thor gerade sein Mißgeschick, als eine Tür ging und eine schlanke Frauengestalt die Schwelle des Gemachs überschritt.

Der Kapitänleutnant sprang auf. Er verneigte sich leicht und sein Gruß wurde erwidert. Die blonde Erzieherin legte leicht ihre Hand in die Rechte, die ihr der Hüne entgegenstreckte. Sie sah ihm gegenüber wie ein Kind aus, obwohl sie nicht klein war. Thor merkte, daß ihr die Verlegenheit die Röte in das liebliche Gesichtchen trieb. Gleich darauf steigerte sich seine Anerkennung für die Schönheit der Engländerin. Er fand sie entzückend und bewunderte sie.

»Meine Frau hat Ihnen unseren Knaben anvertraut,« nahm endlich der Kapitänleutnant das Wort. »Darum bitte ich Sie, mir zu erzählen, wer Sie sind und welches Schicksal Sie hierher nach Berlin verschlagen hat.«

»Ich bin eigentlich keine Engländerin,« erwiderte sie lächelnd, »ich bin eine Deutsche. Mein Vater war bei Ausbruch des Krieges Trainer in Hoppegarten. Meine Mutter war eine deutsche Erzieherin. Vater ist jetzt aus Ruhleben fort, wo er lange interniert war, und sucht in England eine Stellung. Ich bin geblieben, weil ich ihm nicht zur Last fallen wollte.«

»Papa,« rief der Junge, »kommst du vom Kaiser? Fräulein Bolton hat mir gesagt, daß du beim Kaiser wohnst.«

Thor legte seine Hand auf das blonde Haupt des Kindes, sah gedankenvoll auf das frische Gesichtchen, das so unverkennbar seine Züge trug und erwiderte: »Ich habe bei dem gelebt, der unser Kaiser war, mein Junge. Aber er ist es nicht mehr.«

»Gibt es denn das, Papa, daß ein Kaiser nicht mehr ein Kaiser ist?«

Dem Kapitänleutnant gab es einen Stich. Er wußte nicht, was er antworten sollte.

Im Gang, der nach den vorderen Räumen führte, rannte Toman seinem Herrn entgegen. »Herr Kapitänleutnant,« rief er, »man wünscht Sie am Telephon zu sprechen.«

Rittersdorf hieß ihn in Berlin willkommen. Thor erkannte die helle Stimme des Kameraden, als er die Hörmuschel anlegte.

»Guten Abend, Tornten,« klang es ihm entgegen, »welche Freude, Sie wieder in der Heimat begrüßen zu können.«

»Danke, Rittersdorf. Haben Sie also mein Telegramm erhalten?«

»Schon am Vormittag. Ich telephoniere von Schwanbach. Wir sitzen hier unserer sechs von der Waffe und denken vergangener, besserer Tage.«

Thor zuckte zusammen. »Wer ist dabei?« fragte er und warf einen Blick auf seine Uhr.

»Kammitz, Rieth, Sellenkamp und die beiden Waldings. Man tauscht Erinnerungen aus, Tornten. Na, es ist eigentlich traurig.«

Die Rolle als Mensch

Die Firma *Völkerbund-Film*, in Berlin versendet nachstehende Notiz, die ein schlimmes Zeichen der Sensationslust und Geschmacklosigkeit ist: »Bei der Völkerbund-Filmgesellschaft wurden die Vorarbeiten des großen Films *Kaiser Wilhelms Glück und Ende* mit Ferdinand Bonn in der Titelrolle beendet. Die Uraufführung des gut gelungenen, von Willy Achsel inszenierten Werkes findet in kürzester Zeit in einem ersten Berliner Theater statt. Die Nachfrage nach diesem interessanten Film, der jeden Besucher befriedigen wird, ist eine ganz enorme.« — Ganz »enorm« ist auch die Rolle, die Ferdinand Bonn hier nicht nur als Schauspieler, sondern als Mensch spielt. Der ehemalige Schützling des

Kaisers mimt nun dessen Schicksal. Dieser Film hieße besser: *Ferdinand Bonns Glück und Ende.*

In Kino veritas!

sagt sich der Mensch, wenn er in einer Filmzeitschrift Probebilder aus *Kaiser Wilhelms Glück und Ende* von Ferdinand Bonn zu sehen kriegt. Man erblickt den alten Komödianten mit den Feldherrnschnüren und dem Großkreuz des E.K., und es ist ein noch größeres Kreuz, zu erkennen, daß seine »Haltung« der des verblichenen Monarchen vielleicht sogar annähernd entspricht. Aber nicht das ist es, sondern die Übereinstimmung des fürchterlichen Kitsches in Film und Weltgeschichte ist das Grauenhafte –

Ein Kreuzverhör mit dem Verfasser

und, obwohl der Film noch nicht fertiggestellt und infolgedessen noch nie vorgeführt worden war, wurden von verschiedenen Seiten heftige Angriffe gegen ihn gerichtet und das der Vollendung entgegengehende Filmwerk in den Kot gezogen. Sollte die Zerrüttung deutschen Geistes und die Trübung deutscher Urteilskraft soweit vorgeschritten sein, daß man einen noch nicht gesehenen Film als *Pamphlet* verschreit und ihn *pornographischen Inhalts* bezichtigt? Die Namen Ferdinand Bonn, der als Verfasser zeichnet und die Rolle des Kaisers spielt, Dr. Funke, der bekannte Bismarckforscher, der die historischen Grundlagen zum Manuskript gab, sowie der des Regisseurs, Willy Achsel, bürgen dafür, daß dem deutschen Volk kein Filmwerk vorgesetzt wird, das etwa eine Schande bedeuten würde. Weder durch *Duellandrohungen ehemaliger Offiziere*, noch durch die Ankündigung, Bonn bei der nächsten Freiaufnahme niederzuschießen, ließen die Schöpfer des Films sich von ihren Arbeiten zurückhalten. Um Klarheit über die unerhörten Angriffe auf den Kaiserfilm der Firma Völkerbund-Film zu verschaffen, beschloß ich, als Zeitungsmann um Besichtigung der bereits hergestellten Filmteile und Einsichtnahme in das Manuskript zu ersuchen. Ich sah als erster Journalist, ja überhaupt als erster an der Herstellung des Films nicht Beteiligter, das Filmwerk, führte über mehrere, mir mitgeteilte, anstößig empfundene Atelierszenen ein Kreuzverhör mit dem Verfasser, Regisseur und Firmeninhaber herbei und kann berichten, daß die *Angriffe vollkommen haltlos* sind. Wohl berührt es denjenigen, der streng monarchistisch erzogen wurde, und der kaum eine Kaiserparade versäumte, eigentümlich, Kaiser Wilhelm, der sich ja oft und gern filmen ließ, einmal anders als in *Messterwochen*, nämlich im Mittelpunkt einer dramatischen Filmhandlung zu sehen. Das ganze ist ein historisches Filmwerk, das neben erfreulichen auch die unerfreulichen Handlungen des Kaisers darlegt, um, aneinandergereiht, uns ein Bild von der temperamentvollen Art seines Wesens zu geben, das so viel dazu beitrug, uns die politische Situation zu verderben. Und wenn der Kaiser z.B. Bismarck einen »Handlanger« nannte und nach Kriegsausbruch die Berufung Hindenburgs mit den Worten: »Ich mag das Feldwebelgesicht nicht leiden!« zu erledigen suchte, so sind das historische Tatsachen, die neben anderem in einem *objektiven* Kaiserfilm nicht fehlen dürfen. Wenn man diejenige Szene des Film betrachtet, die den inneren Kampf des Kaisers vor Unterzeichnung der Mobilmachungsorder darstellt und wie er dann, nach langem Zögern, bei einem Temperaments-Ausbruch das Schriftstück plötzlich unterschreibt und den Federhalter hinfeuert, so hat man jedenfalls das Empfinden, daß der Film objektiv zu zeichnen bestrebt ist. Daß in den Film auch lustige Episoden eingeflochten wurden, z.B. zur Charakterisierung des Militarismus, die Geschichte vom Hauptmann von Köpenick, über dessen Streich seiner Zeit alle Welt lachte, bringt die notwendige humoristische Abwechslung in die sonst sehr ernsthafte Filmhandlung.

Befriedigung des Instinktes

Baron Rittersdorf rannte, als er vom Telephon kam, beinahe einen Kellner über den Haufen, der, eine Platte balancierend, aus der Küche trat und den vorderen Räumen des Weinlokals zustrebte. Aber der Kapitänleutnant in Zivil besaß glücklicherweise soviel Geistesgegenwart, trotz seiner freudigen Erregung den Stoß abzuschwächen, so daß es mit ein wenig Sauceverlust ablief. Gleich darauf stürzte Rittersdorf in das gemütliche Hinterzimmer von Schwanbach, wo Sellenkamp gerade eine seiner unkontrollierbaren Kriegsgeschichten zum besten gab, diesmal die Ente von der U-Bootsfalle, die er im Eismeer versenkt hätte, nachdem es ihm gelungen wäre, sich ihr in Gestalt eines Walfisches zu nähern.

Es war der Augenblick, wo Rittersdorf in die von leichten, bläulichen Rauchschwaden durchzogene Atmosphäre rief: »Meine Herren, wir erhalten erfreulichen Zuwachs. Tornten kommt«, während er den hochlehnigen, altdeutschen Sessel vom Tische fortschob, um seinen Platz an der kleinen Tafel wieder einzunehmen.

»Tornten! Aus Amerongen?« riefen einige. Den U-Bootsoffizieren war es, als sei ein Bote aus einer anderen Welt im Begriffe, unter sie zu treten. Kaum zehn Minuten waren seit der Rückkehr Rittersdorfs in das Stübchen verstrichen, da öffnete sich die Tür und an dem höflich zur Seite tretenden Kellner vorbei schritt der Erwartete über die Schwelle. Man sprang auf und umringte den Riesen, der sie alle um Haupteslänge überragte. Er schüttelte jedem die Hand. Zuerst Kammitz, der ihn umarmte, als habe er einen Bruder vor sich, dann Rieth, Rittersdorf, Sellenkamp, Heinz von Walding und schließlich sogar Paul, dessen »Ganz besondere Ehre, Herr Kapitänleutnant!« er mit einem herzlichen Lächeln quittierte. Und sie lauschten, als er begann, das Leben des Kaisers zu schildern. Als spräche er von etwas Heiligem, so zuckten sie zusammen, wenn er von dem erzählte, dessen Namen sie seit ihrer frühesten Kindheit in Ehrfurcht und Anbetung genannt hatten. »Fluch denen, die es so weit kommen ließen«, schrie Rittersdorf in die eintretende Stille, als Thor von Thornten schwieg.

»Ruhe, Rittersdorf«, mahnte Kammitz mit einem besorgten Blick zur Tür.

»Wer ist schuld an unserer Niederlage?« nahm Rittersdorf wieder das Wort, »doch nicht etwa der Kaiser und seine Berater? Nicht der Feind hat uns besiegt, sondern das Hinterland! Und heute? Heute speit jeder englische Junge auf unser Banner.«

Thor von Tornten sah mitleidig auf den Gequälten. Wohl hing auch er an der Person des Verbannten, vielleicht sogar an dem ganzen System, das mit ihm gestürzt war. Aber er war zu ehrlich, um sich über die Fehler des Gewesenen zu täuschen. So kam es, daß er das Wort zu widerlegen begann, was Rittersdorf soeben in wildem Zorn hervorgestoßen hatte. Er gebrauchte kaum seine eigenen Gedanken. Jakob Grotthauser hätte nicht anders reden können, wäre er, der Sozialist, unter den ehemaligen Marineoffizieren gesessen. So entwickelte Thor die schweren Vergehen des alten Regimes und legte klar, wen die Schuld träfe, nicht eine einzelne Person, in deren Namen alles geschehen sei, sondern den ganzen Apparat, an dessen Spitze allerdings der eine gestanden hatte .. der Kaiser.

Anfangs verblüfft, später in Erregung und Ärger sahen die Kameraden auf den blonden Hünen. Zuerst warf Rittersdorf ein zorniges Wort dazwischen, später kamen von allen Seiten Einwendungen. Aber der Sprecher ließ sich nicht beirren, und beendete schließlich seine Rede, indem er ausrief: »Ich liebe den Kaiser mehr als ihr, denn für mich ist er nicht mehr der strahlende, unnahbare Gott, der er euch sein mag, sondern ein Mensch wie jeder andere. Daß er aber so ist wie andere, entschuldigt ihn und belastet die, die ihn beraten sollten. Und wir selbst, seine Trabanten? Sind nicht auch wir zu den Schuldigen zu zählen? Waren wir nicht gefügige Werkzeuge einer Macht, die ihre ganze Berechtigung zum Dasein aus dem Gottesgnadentum schöpfte?«

»Wahnwitz!« schrie Rittersdorf, »so spricht ein Offizier der alten deutschen Marine?«

»Hören Sie, Tornten, damit bin ich aber ganz und gar nicht einverstanden,« erwiderte Rieth sanfter, wie es eben in seiner Art lag, »und daß gerade Sie solche Gedanken hegen, wundert mich.«

»Der erste rote Kapitänleutnant«, sagte Heinz von Walding halblaut zu seinem Bruder, und der Kadett, der an ein paar unterdrückten Worten beinahe erstickte, nickte eifrig dazu. Nur Graf Kammitz blickte nachdenklich vor sich hin, sog an seiner Zigarre und stimmte nicht in das Feldgeschrei der Kameraden ein. Ihm wandte sich Thor zu. »Habe ich dich wenigstens überzeugt, Kammitz?«

Der Kapitänleutnant mit dem Denkergesicht sah ihm ruhig in die Augen. »Ne, Tornten, absolut nicht. Und weißt du weshalb? Weil es mein und meiner Sippe Nachteil wäre, siegten diese Ideen im Lande. Ich möchte sagen, daß ich hiebei vom Standpunkte des reinsten Egoismus ausgehe.«

»Die Philosophie der reinen Vernunft«, meine Tornten traurig.

»Die aber auf Erden herrscht. Und deshalb habe ich die Hoffnung noch lange nicht begraben, daß einmal derjenige wiederkehren wird, der heute in Amerongen fern der Heimat lebt und von Millionen zurückersehnt wird.«

»Bravo, Kammitz«, rief Rittersdorf. Und plötzlich stand er mit erhobenem Glas am Tisch und fuhr fort: »Es lebe der Kaiser!« Alle sprangen empor und stießen mit ihm an. Thor zögerte nicht, er tat das Gleiche. Er ließ sein Glas gegen das Rittersdorfs tönen und sagte: »Es lebe Wilhelm von Hohenzollern, den ich liebe und verehre wie einen Vater!«

Nun setzten sie sich wieder und das Gespräch nahm seinen Fortgang.

»Ich fürchte, wir machen die Rechnung ohne den Wirt,« ließ sich Sellenkamp vernehmen, »denn wie ich die Entente kenne, wird sie dafür sorgen, daß an eine Rückkehr des Kaisers nie gedacht werden kann. Holland wird gezwungen werden, ihn auszuliefern.«

»Das ist heute leider so gut wie sicher,« antwortete Thor.

»Das Recht der Schwachen,« spottete Kammitz erbittert, »als ob den Siegern etwas daran liegen könnte, den Kaiser vor einem Gerichtshof seiner Feinde zu sehen.«

»Du irrst, wenn du glaubst, daß sie ihren Völkern ein Schauspiel bieten wollen, was unnötig für sie wäre,« erklärte Tornten, »wie alles, so ist auch dieser Schritt der Verbündeten gut berechnet. Die Verurteilung des Kaisers, sie soll gewissermaßen das Siegel bilden, das noch immer unter dem Friedensvertrag, wenn wir ihn so nennen dürfen, fehlt. Dieses Schuldig soll der Öffentlichkeit zeigen, daß die Alliierten unschuldig wie die Lämmer in den Krieg gehetzt wurden.«

»Die Hunde,« knirschte Rittersdorf. »Und den Kaiser werden sie wie einen Verbrecher behandeln.«

»Fällt ihnen nicht im Traume ein,« lachte Tornten auf, »man wird mit ihm umgehen wie mit einem rohen Ei. Dafür sorgt das englische Königshaus, das sich hüten wird, im eigenen Lande eine Majestät, wenn auch eine gestürzte, mit Füßen treten zu lassen.«

»Du hast Recht,« rief Kammitz, »man wird den Kaiser wie einen Gentleman aburteilen. Und dann?«

» ... bringen sie ihn nach St. Helena,« ergänzte Rieth.

»Wieder gefehlt,« belehrte in Thor von Tornten, »nie und nimmer werden sie ihn mit Napoleon auf eine Höhe stellen. Eine Insel wird sich allerdings finden, auf der er leben kann.«

»Vielleicht die Robinsoninsel,« lachte der ältere Walding, »auf Juan Fernandez könnte sogar ein Kaiser Aufenthalt nehmen.«

»Wäre noch nicht das Schlechteste,« nahm Sellenkamp eifrig das Wort, »es mögen so ungefähr acht Jahre her sein, da besuchte ich Juan Fernandez und fand es ganz verlockend, es dem Matrosen Selkirk nachzumachen, vor dessen Gedenktafel ich gestanden bin.«

»Dem Urbild des Robinson,« krähte der Kadett vom Ende der Tafel, denn auch er wollte Anteil an der Unterhaltung haben. Es war keiner unter den Kapitänleutnants, der die Inselgruppe im Stillen

Ozean nicht gekannt hätte. Auch Thor hatte vor Jahren dort geweilt. Gern plauderte er von den Erinnerungen an jene sonnenhellen Tage, da er seinen Fuß auf dieses verlockend schöne Land gesetzt hatte. Daß Sellenkamp allerdings gleich darauf die Behauptung aufstellte, er habe am Grabe Freitags gestanden und mit einem Nachkommen Robinson Crusoes gesprochen, stimmte die kleine Runde wieder heiter. Bis plötzlich Kammitz meinte: »Mit einem Unterseekreuzer könnte man den Kaiser von dort befreien und nach Südamerika bringen.«

Da war man wieder beim alten Thema. Die Aussichten einer solchen Befreiungsfahrt wurden besprochen und Pläne geschmiedet, die, so schien es Thor, völlig müßig waren.

»Wozu ihn nach Südamerika führen,« schrie Rittersdorf, »nach Berlin wäre besser!«

»Hurra, wir führen den Kaiser nach Deutschland zurück,« stimmte Heinz von Walding so laut dem Vorschlag des Barons bei, daß Graf Kammitz als der Älteste an der Tafel verweisend drohte, »und jubelnd wird man ihn hier willkommen heißen.«

»Vielleicht hier in Preußen,« widersprach Thor von Tornten, »was aber wird das übrige Reich dazu sagen?«

Der Kellner verbeugte sich gegen Thor. Draußen im Korridor stand ein hagerer, bartloser Bursche von etwa fünfundzwanzig Jahren, hielt die Mütze in der Hand und begrüßte den Kapitänleutnant mit einer stummen Verneigung.

»Sie wünschen?« fragte Tornten kurz.

»Ich bitte um eine Unterredung unter vier Augen«, kam es mit vor Erregung heiserer Stimme zurück. Thor von Tornten wandte sich an den Kellner, der verständnisvoll eine Tür öffnete und die beiden Männer in eine leere Stube des Weinhauses eintreten ließ.

»Kennen Sie mich nicht mehr, Herr Kapitänleutnant? Erinnern Sie sich nicht an Anton Künst?«

Thor trat zurück und lachte. Wahrhaftig, er wunderte sich jetzt sogar, daß er den langjährigen Burschen Unstetts nicht sogleich erkannt hatte. Damals war Unstett noch Leutnant gewesen und hatte den Gefährten nächtlicher Streifungen durch das vergnügliche Berlin gern bei sich aufgenommen. Daß es später nach dem Sommeraufenthalt in Ostende zu einem Zerwürfnis, nein, zu einer Entfremdung zwischen den beiden Kameraden vom Heer und der Marine gekommen war, daran trug wohl die unheilvolle Neigung des Ulanenoffiziers für die Baronesse Ballendorf die Schuld. Nachdem die Werbung Thor von Torntens erhört worden war, hatte der Tiefgekränkte plötzlich das Feld geräumt und war ohne Abschied von Thor nach Berlin zurückgereist.

»Ich habe Ihnen eine wichtige Mitteilung zu machen.«

Tornten maß den rotblonden Menschen mit forschendem Entsetzen.

»Herr Kapitänleutnant,« rief da Anton Künst mit Aufgebot seiner ganzen Entschlossenheit, »kommen Sie mit mir und schlagen Sie ihm ins Gesicht, dem Schuft.«

»Von wem sprechen Sie?«

»Von meinem Rittmeister.«

»Und weshalb sollte ich ...«

»Weil Ihre Frau bei ihm ist«, knirschte der Bursche.

Sekundenlang war es still in dem Hinterstübchen des Weinhauses. Dann aber gellte ein Schrei der Wut von den Lippen Thors und im nächsten Augenblick saß seine Faust an der Kehle Künsts.

»Reden Sie«, stammelte Thor. Schwer atmend lehnte der Offizier an einem Tische, als müsse er sich festhalten, um nicht zu Boden zu sinken.

»Seit Monaten schon kommt die gnädige Frau zu dem Herrn Rittmeister in die Wohnung. Sie sind sehr zärtlich zueinander und haben sich vor mir nie geniert.«

In Thor von Tornten glühte ein Vulkan von Zorn und Scham. Am liebsten hätte er Künst niedergeschlagen, den Mitwisser seiner Schande. Aber er bezwang sich.

»Wenn Sie wollen, Herr Kapitänleutnant, so führe ich Sie sofort in die Wohnung des Herrn von Unstett und gebe Ihnen Gelegenheit, die zwei zu überraschen.«

Nur für Sekunden zögerte der blonde Riese. Dann war sein Entschluß gefaßt.

»Wo wohnt der Rittmeister?«

»In Dahlem.«

»Wie lange fahren wir im Automobil dorthin?«

»Zwanzig Minuten.«

»Gehen Sie voran und halten Sie ein Auto an. Ich folge Ihnen sofort.«

Thor winkte dem Kellner, der gähnend an einem Serviertisch stand. »Sagen Sie den Herren, daß ich mich bei ihnen entschuldigen lasse, es ist daheim jemand plötzlich erkrankt.«

So trat er auf die Straße, wo Künst bereits seiner am Schlag eines Automobils harrte. Tornten stieg ein, winkte Künst, sich ihm gegenüber zu setzen und lehnte dann, erschöpft von den Erlebnissen der letzten Minuten, in der Polsterung des Gefährts, das in voller Fahrt die Straßen Berlins passierte, um seine beiden Passagiere hinaus nach Dahlem zu befördern. Was während dieser Minuten in der Brust des Kapitänleutnants vorging, es war ein wildes Stürmen und Drängen gegen die eigene Ruhe und Kraft der Zurückhaltung, mit denen gewappnet Thor von Tornten bisher durchs Leben geschritten war. Er empfand vielleicht keine Liebe zu der Frau, die ihn betrog, aber die Scham vor anderen und vor sich selbst, sie drohte ihn wahnsinnig zu machen. Er, der Stolze, den die Frauen anbeteten, er sollte sich hintergehen lassen wie irgend ein Schwächling, der nicht fähig ist, ein Weib an sich zu fesseln? So durchtobte ihn noch immer die Leidenschaft, als der Kraftwagen plötzlich an der Ecke einer jener Straßen hielt, die hier im Villenort zwischen wohlgepflegten Vorgärten hinliefen.

Künst öffnete ein Gittertor und ließ den Kapitänleutnant in den Garten treten. Gleich darauf gelangten sie vor die Haustüre. Sie standen im dunklen Flur. Künst faßte seinen Begleiter an der Hand und tappte mit ihm die Treppe empor.

»Weiter gehe ich nicht mit,« flüsterte Künst ihm zu, »hier nebenan liegt ein Speisezimmer und daran grenzt das Schlafzimmer des Herrn Rittmeisters.«

Aber schon hatte Thor die Tür aufgeklinkt, ließ sie offen stehen, um im Nebenzimmer Licht zu haben, und schritt weiter. Er lauschte und glaubte ein leises Lachen aus dem Raum jenseits der trennenden Holzverschalung zu vernehmen. Wieder durchraste ihn der Zorn und seine Hand lag auf der Klinke. Nur noch für den Bruchteil einer Sekunde schien er zu zögern, dann öffnete er. Das Schicksal hatte ein Drama geschaffen und den unglücklichen Helden der Tragödie gerade im richtigen Augenblick auf die Bühne geführt. Denn es war der Moment, da der Rittmeister von Unstett seine Geliebte lachend umarmte und im Begriffe war, ihr unter leidenschaftlichen Zärtlichkeiten die Bluse zu öffnen. Ein Schrei der Wut kam von den Lippen Thors, dann stürzte er vorwärts. Er wollte Worte rufen, aber es kam nur ein unverständliches Gurgeln aus seiner Kehle. So stand er vor den beiden Schuldigen, die entsetzt auseinanderfuhren.

»Thor!« Die junge Frau stammelte seinen Namen.

»Dirne«, knirschte er und stieß sie von sich.

Der schlanke, elegante Rittmeister in Zivil sprang zur Seite. Er sah, wie sein Widersacher blitzschnell einen Stuhl ergriff, der ihm gerade zunächst stand. Schwer fiel die Waffe des Augenblicks nieder. Aber Fritz von Unstett hatte den Hieb mit den Armen abgeschwächt. Wohl taumelte er, wohl drohte er zusammenzusinken, aber noch einmal war er gerettet. Nicht die Furcht aber war es, die ihn bewog, zu flüchten. Die Scham überfiel ihn. Was er getan, es war ihm ebenso klar wie die furchtbaren Folgen, welche dieses Wiedersehen mit Thor von Tornten nach sich ziehen mußte. Denen aber wollte er nicht ausweichen, als er auf die weit geöffnete Balkontür zueilte, um ins Freie zu gelangen. Ohne auf das Weib zu achten, das in scheuer Angst hinter das breite Bett geflüchtet war, stürmte Tornten dem Gegner nach. Der fand das Ende seiner Flucht an dem Eisengitter des Balkons. Dort wandte er sich und stellte sich dem Verfolger in wütender Verzweiflung. »Tornten ... bedenken Sie ... unsere alte Freundschaft!«

»Schuft ... daran erinnere mich nicht,« kam es zurück, »das gibt dir den Rest!«

Schon hatte der Angreifer den Rittmeister umschlungen. Unter den Männern lag der Garten und gerade unterhalb des Balkons zogen sich die Gitterstäbe eines eisernen Zauns hin. Ein Sturz in die Tiefe bedrohte das Leben des Fallenden. Thor war dem Gegner an Kräften überlegen. Er hob ihn empor, er setzte ihn wie ein Kind auf die Brüstung des Balkons. Aber der Rittmeister schlang die Arme um den Hals des Wahnwitzigen und klammerte sich dort fest. Er hielt auch weiterhin, als ihn Thor über das Gitter stieß. Weit beugte sich der Kapitänleutnant mit dem Körper des Verhaßten über die Brüstung. Unstett suchte ihn abzuschütteln. Und plötzlich hatte der Oberkörper des Kapitänleutnants das Übergewicht. Thor fühlte, wie seine Füße den Halt verloren, wie er kopfüber dem stürzenden Körper Unstetts hinab zur Erde folgte. Zwei gellende Schreie hallten über den Garten an der Rückseite der Villa dahin, dann war der Balkon leer und aus der Tiefe klang das schwere Stöhnen der beiden Männer.

Mio sposo, mio sposo!

Die Spannung und Nervosität stieg in der *Stadt unter dem Meere* aufs höchste. Im See-Dom standen die Wachen bei den Maschinengewehren im Anschlag. Auf *U. 1000* flog der Einsteiglukendeckel hoch. Ein starker Scheinwerfer beleuchtete jetzt grell das Deck. »Hände hoch!« Scharf klang das Kommando von Maders Lippen. Verstört blickten Göbel und Herdigerhoff ins Dunkel. Zögernd gingen die Hände hoch. Jetzt erschien Maxstadt, von Rinseler gefolgt, auf Deck.

»Herunter vom Boot! Acht Mann vor und nehmt sie in die Mitte!«
Die acht Mann folgten und langsam kamen die vier Ausreißer
auf das Plateau.

»Marietta! Francesca! Linda! Venire! Rapido!« Die Mannschaften wandten ihre Köpfe dem Boot zu. Ein junges, schwarzhaa-
riges Weib stand in der Einsteigluke und schrie die Namen vor
sich hin. Sie sprang herunter und ein zweiter Mädchenkopf, rot-
haarig, erschien in der Öffnung. Starr, wie versteinert standen
die Männer auf dem Plateau. Mittlerweile erschienen noch zwei
Mädchen auf Deck. Die Mannschaften drängten mit Glutaugen
näher. Frauen! Junge Mädchen! Mader sah, daß schnell etwas
geschehen mußte oder die Männer würden in Kürze aufeinander
losstürzen und sich gegenseitig zerfleischen. »Die vier Männer
in Arrest! Die vier Frauen in Dom 6, ins Magazin!«

Rinseler wurde als erster vernommen. Schon vor mehr als einem
halben Jahr hätten sie die Bekanntschaft der Mädchen gemacht.
Bei einer Wallfahrt. »Wir hatten keine Ahnung von dem Wall-
fahrtsbrauch und dem Pinienorakel. Die drei Mädels kamen auf
uns zu, lachten uns an und riefen in einem fort: ›Mio sposo!‹ ›Mio
sposo!‹ (Mein Verlobter! Mein Verlobter!) Sie liefen mit uns den
Berg hinab, immer wieder ›Mio sposo!‹ rufend! Die Mädels sind
sehr ehrbar. Wir sind verliebt, Herr Kapitän. Wir haben ihnen
immer vorgelogen, daß wir auf einer Insel wohnen. Die haben
ja keine Ahnung von ihrem eigenen Land. Wir werden sofort
heiraten, wenn wir nach Deutschland zurückkehren.«
»Und in der Zwischenzeit werden wohl die Frauen einen Keusch-
heitsgürtel tragen müssen?«

Unheimlich war es in der *Stadt unter dem Meere*. Hatten die
Männer zuerst erregt die Sache besprochen, so waren sie nach
und nach still geworden. Sie waren alle aufgerüttelt. Daß die
vier mit dem U-Boot, das sie gestohlen, zurückgekehrt, darum

ging es nicht. Frauen, junge, begehrenswerte Frauen lebten jetzt zwischen ihnen. Die Gefühle wurden bei den Gedanken daran vollkommen aufgepeitscht. Es hatte schwere Überwindung gekostet, sich zur völligen Enthaltsamkeit durchzukämpfen. Die Arbeit, der Sport und Brom schlugen wohl die Gefühle zum Teil nieder, aber es stellten sich immer wieder Wünsche ein, die in Begierde ausarteten. Die Zeit hatte den Begriff Frau verwischt. Nun war alles mit einem Male verändert. Die Gefühle, die man unterdrückt hatte, brachen sich Bahn. Mit brutaler Gewalt. Heiß und kalt wurde den Männern. Man roch das Weib. Blähende Nüstern in aufgewühlten Mannesgesichtern. Starre und glänzende Augen, die zum Teil irr sahen. Die Blicke wurden langsam von Gehässigkeit durchglüht. Mordlust blitzte teilweise auf.

Die Woche verging und diesmal wurde keine Ausfahrt gemacht. Nur *U. 10* war mit den Technikern eines Nachts ausgefahren, um zu fischen. Ulitz führte das Boot.

Im Dom 9, ganz abgeschlossen von allen anderen Wohnräumen, hatten Rinseler, Herdigerhoff, Göbel und Maxstadt für ihre Bräute Quartier gemacht. Die Frauen blieben eingeschlossen und durften nur zweimal am Tage auf dem Sportplatz spazieren gehen. Offiziere bewachten während dieser Zeit den Zugang zu dem Dom. In der Nacht, als *U. 10* auf Fischfang war, hatte der Schmied einige Anhänger in einer Ecke von Dom 4 versammelt und tuschelte eifrig mit ihnen. Rinseler, von einer inneren Unruhe geplagt, stand plötzlich im Dom und sah verwundert auf die Gruppe. Der Schmied erblickte ihn und lief auf ihn zu. Rinseler erkannte, daß Gefahr im Verzuge und rannte rasch zurück. Mit einigen Worten alarmierte er die Kameraden.

Mader lief mit zwei gespannten Pistolen, gefolgt von den vier Männern, einigen Offizieren und Technikern nach Dom 4. Der Dom war leer. Im Laufschritt ging es weiter. In Dom 8 lag die Wache, der immer ruhige Kadett Loitner auf dem Gesicht. Tot auf der Erde. Aus der Schläfe tropfte Blut. Vorn hörte man schreien. Im Galopp stürmte Mader mit den Seinen vorwärts. Schweißtriefend langten sie in Dom 9 an. Dort bot sich ihnen ein grauenhafter Anblick. Möller schwang eine große Eisenstange und verteidigte die Wohnung der Frauen. Sein Gesicht war blutüberströmt. Der Schmied hatte die rothaarige Linda gepackt und trug die sich heftig Wehrende auf den Armen, während er sie in Ekstase zu küssen versuchte. Zwei Techniker kämpften wie die Löwen gegen sieben Mann. Von allen Seiten kamen die Männer herbei und griffen in den Kampf ein.

Als Ulitz mit *U. 10* und einigen Zentnern frischer Fische zurückkehrte, war er sehr erstaunt, lauter verbundene Köpfe am Plateau zu sehen. Er brachte Nachrichten, die der Funker aufgefangen. Die ganze Gegend war wegen des Verschwindens der Frauen in Aufruhr. Überall waren Streifen unterwegs. Man sprach von einem geheimnisvollen Mörder à la *Jack the ripper*.

Am Grabe Loitners hielt Mader eine kurze Ansprache. Er ließ die gefangenen Meuterer herbeibringen, hieß, ihnen die Fesseln abzunehmen. Die Männer standen mit scheu gesenkten Blicken. »Hier könnt ihr sehen, was Aufreizung für Unheil anrichtet. In der Heimat sind es die gewissenlosen Agitatoren, die Deutsche auf Deutsche hetzen und unser armes Vaterland innerlich zerstören. Hier in unserer Abgeschiedenheit, wo wir für die Heimat im stillen ohne ihr Wissen wirken, hier lebten wir wie eine große Familie, bis ihr das Band zerrissen und in blinder Ekstase einen Kameraden gemordet habt. Wir können euch nicht bestrafen und wollen es auch nicht. Ihr müßt diese Missetat mit eurem Gewissen abmachen und dies ist Strafe genug.«

Rinseler, Maxstadt, Göbel und Herdigerhoff zimmerten eine kleine Kapelle mit einem Altar. Die frommen katholischen

Italienerinnen knieten dort häufig nieder und baten Gott um Verzeihung, daß sie ohne priesterlichen Segen mit ihren Männern zusammenlebten. Mader hatte die Nähmaschinen aus der Schneiderei nach Dom 9 schaffen lassen, und die Frauen fertigten aus den alten Wäsche- und Uniformvorräten allerhand neue Dinge an. Marietta und Linda halfen Möller in der Pflege der Tiere und Reinhaltung der Ställe, während die andern zwei in der Küche beschäftigt wurden.

Mader hatte wiederholt den Frauen versprochen, daß bei der ersten Gelegenheit die Trauung durch einen Priester stattfinden werde. Alle vier hatten zu dem Kapitän großes Vertrauen und waren in den schönen Mann ein wenig vernarrt. Die Männer hänselten sie oft mit der heimlichen Liebe zum Kommandanten. Überhaupt der *Capitano!* Ununterbrochen wurde sein Lob von den Frauen gesungen. Ob sie freiwillig den Männern gefolgt wären? Selbstverständlich. Natürlich habe man nicht gewußt, daß man unter das Meer gehe. Aber man wäre glücklich, und da sei es gleichgültig, wo man sich befände.

»Da ist ein Mensch in dem Sack!« Schröder lief mit der Last über das Plateau. Möller sprang ihm nach und wollte ihm den Sack entreißen. Schröder wehrte sich wie ein Wilder. Andere sprangen hinzu. Möller öffnete den Verschluß des Postsackes und griff hinein. »Eine Frau ist in dem Sack,« rief Möller. Alles blickte erschrocken auf. Glaubte doch jeder, es könnte nur eine Leiche sein. Zuerst wichen die Männer zurück, dann drängten sie näher, neugierig, mit großen Augen.

»Hände hoch! Wer einen Schritt tut oder Miene macht, die Hände zu bewegen, den knalle ich nieder wie einen tollen Hund.« Die Matrosen blieben in der Mitte des Felsendomes mit erhobenen Händen stehen. Kapitän Mader stand mit schußbereiter Parabellumpistole an einem großen Steintisch. »Schröder! Sind

Sie des Teufels?! Haben Sie Ihren Schwur vergessen? Hindert
Sie irgend jemand, in die Welt zurückzukehren?!«

»Ich dachte, Herr Kapitän, weil doch die vier anderen Mädchen
– – – !«

»Sind wir denn Menschenräuber?!«

Am folgenden Vormittag waren alle Bewohner, außer den Frauen,
in Dom 6 versammelt. Mader gab das Zeichen, daß er sprechen
wolle. »Wie Ihr gestern nacht gesehen habt, hat Schröder im
Weinrausch eine große Missetat, ein Verbrechen begangen. Die
anderen vier Frauen sind freiwillig den Männern gefolgt. Hier
aber ist eine wider ihren Willen verschleppt worden. Man wird
alle Kräfte mobil machen, um die Räuber zu finden. Wir sind
nicht mehr so sicher hier. Sobald sich der Lärm oben etwas gelegt
hat, in drei bis vier Wochen, müssen wir sie irgendwo an Land
setzen.«

Kaiser Wilhelms Glück und Ende

GROSSER HISTORISCHER FILM IN SECHS ABTEILUNGEN
VERFASST VON FERDINAND BONN
REGIE: WILLY ACHSEL
HAUPTDARSTELLER: FERDINAND BONN
ALS WILHELM II. UND SCHUHMACHER VOIGT
GENANNT »DER HAUPTMANN VON KÖPENICK«

FILMGESELLSCHAFT VÖLKERBUND
FRIEDRICHSTRASSE 249 / TELEPHON NOLLENDORF 3419

Am Ende des unglückseligsten aller Kriege, inmitten einer revolutionären Umwälzung, stehen wir erschüttert vor den Trüm-
mern einer entschwundenen Zeitepoche. Je nach der politischen
Gesinnung mag sich jeder einzelne zu der Person des Exkaisers
stellen wie er will, zugeben werden alle, daß er einen der inter-

essantesten Charaktere der Geschichte darstellt, der wie kein anderer dazu reizt, im Bilde wiedergegeben zu werden. Diese Aufgabe hat sich unser Film: *Kaiser Wilhelms Glück und Ende* gestellt. Wir sehen in der Darstellung des Schauspielers Ferdinand Bonn wie Wilhelm II. im weißen Saale des Schlosses, umgeben von den Bundesfürsten und Würdenträgern die Thronrede verliest. Der neue Kurs führt zu der hochdramatischen Szene der Entlassung Bismarcks, der am Sarkophag Wilhelm I. im Mausoleum zu Charlottenburg Abschied von seinem Herrn nimmt, und bringt die bekannte Schießaffaire des Grenadier Lück. Nach einer Reihe naturnäherer Bilder, die den Reisekaiser auf der Yacht *Hohenzollern* in fernen Ländern zeigt, sehen wir die Episode eines Attentats und einen bei Bismarck unternommenen Versöhnungsversuch, dessen Zeuge Maximilian Harden wurde. Im Verlaufe des Kampfes um die sozialistische Idee erscheint die Person Karl Liebknechts, desgleichen erhalten wir Kenntnis vom Einflusse der Liebenberger Tafelrunde auf den Kaiser. Neben den für seine Politik bezeichnenden Vorfällen, wie die Krügerdepesche, die Reise des Kaisers nach England und die Zusammenkunft mit König Eduard am Sterbelager der Königin Viktoria, der Affaire des Interviews mit dem Korrespondenten des *Daily Telegraph*, die aufsehenerregende Reichstagsdebatte im November 1908, dem Fall von Casablanca, der Reise nach Tanger, der Übersendung der Admiralsfangschnüre an den Zaren usw. sehen wir noch manches, was der breiten Öffentlichkeit bisher wenig bekannt war. Eine für die Charakteristik Wilhelm II. bedeutsame Tatsache ist seine Betätigung in allen Künsten. Man sieht ihn als Regisseur bei der Inszenierung von Sardanapal, als Dirigent des Orchesters, als Komponist beim Fürsten Eulenburg, als Maler beim Entwurf des Bildes *Völker Europas, wahrt Eure heiligsten Güter,* usw. und sieht die Affaire der Lehrerin Hedwig Jaede aus Stettin. Einen heiteren Einschlag erhält der Film durch die Episode des *Hauptmanns von Köpenick*. Gutgelungene Bilder zeigen uns den Kaiser bei Abnahme der Parade. Im Manöver nimmt Hindenburg den Kaiser gefangen, worauf er den Abschied einreicht. Das Regierungsjubiläum 1913 zieht in abwechslungsreichen Bildern vorüber. Die politischen Ereignisse des Jahres 1914 stellen Wilhelm II. vor die folgenschwerste Entscheidung seines Lebens. Nach der Unterzeichnung des Mobilmachungsbefehls beginnt der Wahnsinn des Völkermordens. Wir sehen die deutschen Heere in Feindesland, die deutsche Flotte zieht im Bilde vorüber. Hindenburg kann trotz aller Feldherrnkunst das Unheil nicht mehr abwenden. Der uneingeschränkte U-Boot-Krieg und die Versenkung der Lusitania veranlassen den Eintritt Amerikas in den Krieg. Durch die Verschärfung der Hungerblokkade wachsen Not und Entbehrung des deutschen Volkes ins Ungeheure. Die Widerstandskraft des tapfersten Heeres wird im jahrelangen Ringen zermürbt und der unvermeidliche Zusammenbruch eines veralteten, militaristischen Systems führt zur Revolution. Mit der Erkenntnis, daß die Armee nicht mehr hinter ihm steht, bricht die letzte Hoffnung des Kaisers zusammen. In einer Vision sieht er seine Ahnen, den Großen Kurfürsten bei Fehrbellin, Friedrich den Großen bei Leuthen und Wilhelm I. bei Sedan. Die Abreise nach Holland bildet den Schluß.

Eine Polizei-Musikkapelle spielt flotte Weisen

War denn nicht der Krieg längst zu Ende? Hatte nicht die Reichsregierung mit Hilfe einer überlegenen Truppenmacht über die immer wieder aufflackernden Aufstände gesiegt und gewissermaßen die Revolution beigelegt? Schaffte sie nicht überall mit eiserner Energie geordnete Zustände? Arbeiteten nicht die Ämter, Post, Bahn, Telegraph, Polizei und Justiz wieder wie ehedem? In den Hotels und Pensionen herrschte allerdings gähnende Leere. Meist logierten dort nur Offiziersstäbe. Im Hofgartencafé und um den Chinesischen Turm im Englischen Garten saßen die besseren Bürger mit ihren Frauen. Selbstbewußte Leutnants und geräuschvolle Studentenrudel bevölkerten die sonnigen Tische.

Schreiend elegante Schieber und Damen mit Schoßhündchen nahmen ihren gewöhnlichen Nachmittagskaffee hier ein. Eine Polizei-Musikkapelle spielte flotte Weisen. Die Unterhaltungen der Gäste verschmolzen zu einer einzigen Lautwelle. Gesprächsfetzen lösten sich manchmal los, und ein heftiges Gelächter stieg da und dort auf. Von Geschäften, von den Ausverkäufen in den Warenhäusern, von Lebensmitteln und vom sinkenden Geld redeten die Leute. Politik interessierte nicht.

Abends schmetterten die Militärmärsche der *Befreier-Regimenter* in den dichtbesetzten, riesigen, schattigen Bräugärten über die Köpfe hinweg. Eine laute, wirre, völlig gleichgültige Lustigkeit tobte rundum. Es sah aus, als suchten die Menschen nur noch den stumpfen Rausch.

In den Bars und Nachtlokalen traf sich die elegante Welt. Hier saßen Halbweltdamen mit ihren Kavalieren, hier zechten Offiziere und Verschwörer, hier tätigten prassende Schieber ihre dunklen Geschäfte.

Aber dieses alles schwamm sozusagen nur an der Oberfläche wie etwa die Fettaugen auf der Suppe. Der Alltag sah ganz anders aus. Der Krieg war nicht zu Ende. Er war ganz in die Nähe gerückt. Vor den Ministerien und öffentlichen Gebäuden standen sogenannte spanische Reiter, und verrostete Stacheldrähte waren gezogen. Da und dort drohte ein leichtes Feldgeschütz oder ein Maschinengewehr in die Straße. Stur dreinschauende, stahlbehelmte Wachen tappten auf und ab, und gewichtig flitzten Offiziere ein und aus. Die Soldaten machten ihre üblichen Ehrenbezeugungen. Wie eine quirlende Etappe sah alles aus. Die Uniform regierte.

In den Gerichtssälen wurden Tag für Tag ehemalige Räterepublikaner abgeurteilt. Hier und andernorts saßen Hunderte und aber Hunderte in den Gefängnissen. Ihre Frauen liefen den ganzen Tag, um irgend etwas Eßbares für sie zu ergattern. Abgehetzt und verstört kamen sie auf die Polizei oder in die Amtszimmer, wurden zurückgewiesen und fingen mit einer verzweifelten Heftigkeit zu schimpfen an, zu weinen und zu schreien. In den Gängen der Wohlfahrtsämter warteten diese hungernden, verratenen, verlassenen Frauen stunden- und stundenlang. Zum Schluß wurden sie von einem überanstrengten, cholerischen Beamten abgefertigt oder einem anderen Amt überwiesen. Sie rotteten sich zusammen und demonstrierten tollkühn. Sie wichen nicht, wenn die Schutzleute auf sie einschlugen. Um und um blutend, mit aufgelösten Haaren, am ganzen Körper zitternd wurden die Wildesten abgeführt. Sie hörten nicht auf zu bellen, warfen die Fäuste, fluchten und verwünschten und wurden noch mehr geschlagen. Empörte spieen aus den Fenstern auf die Polizisten. Kinder liefen schreiend hinter den verhafteten Müttern her. Ewig wogte dieses Heer der Verbitterten. In jedem Arbeitergesicht stand die Rache.

Militärherrschaft, wo man hinsah. Die rücksichtslosesten Sicherheitsmaßnahmen waren angeordnet. Die Fremdenkontrolle wurde äußerst streng gehandhabt. Jeder Zivilist war von vornherein verdächtig. In aller Frühe trampelten Kriminalbeamte in Begleitung von schwerbewaffneten Soldaten treppauf und treppab und klopften die zufälligen Gäste rücksichtslos aus dem Schlaf. Die geringste Unregelmäßigkeit im Paß zog eine Verhaftung nach sich.

An allen Ecken und Enden roch der Vagabund die Gefahr. Er wanderte ziellos herum und vermerkte jeden Vor- und Nachteil für sich. Endlich setzte er sich in ein Musik-Café, um sich über seine weiteren Entschlüsse klar zu werden.

»Verdammt und zugenäht!« knurrte er plötzlich ganz unvermittelt, und seine Miene wurde starr. Da und dort hob ein Gast den Kopf und lugte nach ihm.

»Zahlen!« winkte er der Kellnerin und hatte unruhige Augen. Schnell trank er das dünne Gesöff von einem Kaffee aus.

Die Sache vom psychologischen Standpunkt aus

»Grüß Gott, Herr Hitler!«
Hitler erschrak. Er war in Gedanken versunken und hatte ganz
vergessen, daß er auf jemanden wartete. Es dauerte einen Augenblick, bevor er sich des Namens entsinnen konnte: »Grüß
Gott, Herr Drexler!«
Es war im Münchener Hofbräuhaus. Kurz vor fünf Uhr nachmittags. Zehn, zwanzig besetzte Tische.
Von Zeit zu Zeit das Geräusch der Drehtür; Freunde treffen sich
hier; ein flüchtiger Händedruck wird gewechselt. Man spricht
über die Börse, die wirtschaftliche Lage, über Versailles. Wovon
sollte man auch sonst reden! Wo sind all die Menschen mit ihren
Hoffnungen geblieben? Der Krieg hat sie zertreten und vernich-
tet. Auch Hitler hatte gehofft – und wurde enttäuscht. Wieviele
Illusionen hatte er sich gemacht! Mußte nicht einmal die Stunde
der Erfüllung anbrechen?!
In den letzten Tagen war ein Ereignis in sein Leben getreten. Mit
Späherblick verfolgte die Regierung jede freiheitliche Bewegung,
in der sie eine Verschwörung vermutete. Als eine Versammlung
der Deutschen Arbeiter-Partei angekündigt wurde, – eine Partei,
deren Namen man bis jetzt noch nie gehört hatte – sandte die
Militärbehörde einen Soldaten hin, der sich über die Absichten und das Streben der neuen Bewegung informieren sollte.
Es war nicht ausgeschlossen, daß wiederum eine Revolutions-
gefahr im Anzug war. Schon der Name der neuen Partei klang
verdächtig. Der beauftragte Soldat aber war Adolf Hitler. Als er
abends frühzeitig das Sterneckerbräu betrat, war der kleine Saal
etwa zur Hälfte gefüllt: vielleicht von 25 dem Arbeiterstande
angehörenden Männern. Vorsitzender war ein gewisser Anton
Drexler. Gelangweilt hörte Adolf Hitler den einleitenden Worten
zu. Doch die Mitteilung des Vorsitzenden, daß Herr Gottfried
Feder über die Brechung der Zinsknechtschaft sprechen werde,
weckte sein Interesse. Und Feder begann seine Rede. Er sprach

flott und mit Überzeugung. Seine Worte entflammten: »Nicht die Feinde Deutschlands aus dem Weltkriege sind für uns die größte Gefahr, sondern das internationale Kapital! Das Börsenkapital ist der Anlaß zum Kriege gewesen, – dieses Börsenkapital trägt aucht die Schuld daran, daß der Friede zu einer Höllenqual geworden ist! Das internationale Kapital ist die größte Gefahr für die nationale Ehre und Größe.«

Der Soldat Hitler, der Mann, den seine Vorgesetzten gesandt hatten, um Bericht zu erstatten, war der einzige, der sich durch Feders Rede begeistern ließ. Also der Internationalismus, der marxistische Sozialismus, war die größte Gefahr für die nationalen Interessen! Das Börsenkapital befand sich in jüdischen Händen. Feder kämpfte also gegen die Juden und Marxisten! Gegen dieselben, die an dem Treubruch, an der verbrecherischen Entthronung des Kaisers Schuld hatten. Hitler klatschte begeistert; applaudierte wie ein Wahnsinniger! Er mischte sich in die Debatte. Einige Tage später erhielt er die Mitteilung, daß er als siebentes Mitglied in die Deutsche Arbeiter-Partei aufgenommen sei. Es war ein schwerfällig und schlecht geschriebener Brief, der gleichzeitig die Aufforderung enthielt, kommenden Mittwoch die Mitgliedskarte in Empfang zu nehmen. Aber Hitler kam nicht. Er beantwortete den Brief mit einigen Zeilen, in denen er den Vorsitzenden Anton Drexler bat, in genau vierzehn Tagen, nachmittags um fünf Uhr im Münchener Hofbräuhaus mit ihm zusammenzutreffen. Eher konnte er sich leider nicht freimachen. In Wirklichkeit wollte Hitler sich mit den wesentlichen Unterschieden der politischen Parteien vertraut machen.

Gerade in diesem Augenblick erschien Drexler. »Ich habe mich verspätet,« begann er nervös. »Im letzten Moment noch wurde ich von Harrer aufgehalten.« Er sah nach seiner Uhr. »Ich hoffe, daß Sie es mir nicht weiter übel nehmen werden.«

Hitler sah den Anderen an. »Ich liebe Pünktlichkeit,« sagte er trocken.

Drexler stutzte. Was bildete dieser Kerl sich ein? Nicht nur, daß er ihn hierher beorderte, – er wagte es sogar noch, ihm Vorwürfe zu machen!

Keinen Augenblick stand die Drehtür still. Kellner eilten geschäftig hin und her, machten ihre Bestellungen am Buffet; unangenehm klang das Geklapper von Tassen und Tellern.

»Herr Drexler,« begann Hitler, »ich werde mich so kurz wie möglich fassen. Sie verstehen wohl, daß ich Sie nicht hierher gebeten habe, nur um die Mitgliedskarte in Empfang zu nehmen. Ich hielt es für angebracht, ruhig und unter vier Augen mit Ihnen zu sprechen. Es bleibt dasselbe, ob die Deutsche Arbeiter-Partei sechs oder sieben Mitglieder zählt. Bedeutender wird sie dadurch nicht. Mit Ausnahme eines Mannes – Feder – gehört auch Ihre Partei zu den vielen, die durchweg aus Rädelsführern und leeren Köpfen bestehen. Als ich vor vierzehn Tagen Ihre auserlesene Schar versammelt sah, konnte ich mich gerade nicht daran begeistern. Etwas wurde mir besonders deutlich: mit wenigen Ausnahmen vielleicht wissen Ihre Mitglieder nicht, was sie wollen, und besuchen wahrscheinlich die Versammlung mit dem einzigen Zweck, für einige Stunden den Zank und Streit in ihren Familien zu vergessen.«

Drexler stand auf. Eine unerhörte Frechheit! In der ersten Aufregung wollte er der Unterredung ein Ende machen. Doch Neugier hielt ihn zurück.

»Es ist nur ein Anfang ...,« brachte er heraus. »Vergessen Sie nicht, daß die Deutsche Arbeiter-Partei kaum vier Wochen besteht! Außerdem sind wir jetzt, wenn wir Sie mitzählen dürfen, unserer zehn.«

Hitler schwieg einen Augenblick. Er winkte dem Ober und bestellte.

»Gerade darum wird Ihre ganze Bewegung zu keinem einzigen Resultat führen,« sagte er trocken. »Besonders im Anfang sind Männer nötig, welche genau wissen, was sie wollen. Vergessen Sie nicht, daß die ersten Mitglieder die Träger, das Fundament sein müssen! Wie wollen Sie für eine Bewegung werben, deren Pioniere ins Blaue hinein schwätzen? Mein lieber Herr Drexler! Sie haben zehn Mitglieder, auf die Dauer werden es wahrscheinlich zwanzig oder dreißig werden, möglicherweise hundert, zweihundert, doch welches Ziel hat Ihre Partei? Ich denke nicht daran, mich anzuschließen, – es sei denn, daß wir uns heute nachmittag einigen können.«

Drexler überlegte. Als er Hitlers Brief empfing, hatte er sicherlich nicht gedacht, derartiges zu hören. Mit unverhohlener Bewunderung sah er den andern an. »Wie meinen Sie das?«

»Das will ich Ihnen sagen, mein lieber Herr! Wenn ich mich einmal dazu entschlossen habe, der Deutschen Arbeiter-Partei beizutreten, – dann gibt es für mich nur noch eins: das Ziel! Dann gibt es einen Kampf auf Leben und Tod! Was bisher gefaselt wurde – mit Ausnahme von Feder –, zeugt nicht von einem scharf durchdachten Feldzugsplan. Und der muß die Voraussetzung einer jeden neuen Bewegung sein, die darauf Anspruch erhebt, zu existieren. In den letzten Monaten sind die neuen Parteien wie Pilze aus dem Boden geschossen, doch wieviele sind wieder eingegangen? Und wo liegt die Ursache? Weil die Gründer meist keine Ahnung davon haben, wie man aus einem Verein eine Bewegung und aus einer Bewegung eine Partei macht. Feder hat durch seine Rede den Abend noch gerettet, doch ist es himmelschreiend, daß in der darauffolgenden Debatte, kurz nachdem Feder über nationale Interessen und Nationalgefühl gesprochen hatte, ein Idiot – verzeihen Sie mir diese Titulierung für einen der Träger Ihrer Partei – für eine Trennung zwischen Bayern und Preußen plädierte! Ist das nicht ein Beweis dafür, daß Ihre Partei keine Zusammenarbeit und Eintracht kennt? Praktisch läuft alles darauf hinaus, daß der eine nicht weiß, was der andere will.«

»Sie dürfen nicht vergessen ....«

Aber Hitler unterbrach ihn. »Verzeihen Sie, lieber Herr Drexler! Meine Zeit ist nur kurz bemessen. Hier auf diesem Zettel habe ich Ihnen ganz kurz die Voraussetzungen niedergeschrieben, unter denen Ihre Partei sich überhaupt behaupten kann. Vor allem muß man die Sache vom psychologischen Standpunkt aus betrachten. Gerade Menschenkenntnis habe ich mir im Laufe der Jahre angeeignet. Wir müssen vor allem die Mittel benutzen, mit denen sich die große Masse suggerieren läßt. Wenn Sie sich mit diesem vorläufigen Programm einverstanden erklären können, erwarte ich Bericht, wann die nächste Versammlung stattfinden soll. Ich werde dann selbst sprechen und meine Ansicht so deutlich und verständlich wie möglich auseinanderlegen. Nur in diesem Falle kann ich mich anschließen und noch mit der ausdrücklichen Versicherung, daß Sie mir die Führung übertragen. Sie können natürlich Vorsitzender bleiben. Doch die ganze Organisation und Propaganda überlassen Sie mir. Sind Sie mit diesen Bedingungen nicht einverstanden, so höre ich nichts mehr von Ihnen, und unsre Wege trennen sich. Grüß Gott, Herr Drexler!«

Mensch, ist ja, wie wenn man ins Ausland fährt!

Durch viele Landschaften rüttelte der Zug und schien in immer gleichem, unverzagtem Rhythmus die Flächen auseinanderzuhämmern. Am Morgen, in München war es noch regnerisch gewesen. Weite Ebenen mit abgemähten Feldern kreisten vorüber, stoppelige Getreideäcker zogen sich hin, in langen Reihen standen da und dort noch verspätete, tropfnasse Kornmännlein und ständig noch rauschte ein wolkiger Schauerregen drüberhin. Über der Donau klärte sich der Tag mehr und mehr auf. Das Land stieg gemächlich an.

In Nürnberg war es bereits so drückend heiß, daß die Reisenden die Fenster herunterließen. Auf den dunklen, lärmenden Bahnsteigen ging es bewegt zu. Leute mit und ohne Koffer stiegen aus und ein, hastendes Gerede flatterte ineinander.
»Mensch, ist ja, wie wenn man ins Ausland fährt! Skandal sowas! In Hof werden die Pässe revidiert, hör' ich eben«, sagte jemand.

Ein mitteljähriger Mensch, barköpfig und in hellem Regenman-
tel, war es. Sein Hintermann, welcher halbwegs militärisch gekleidet war und einen silbernen Totenkopf auf Mütze und Arm
angeheftet hatte, verzog sein blasses, blondes Gesicht und sagte
beschwichtigend: »Na, laß man! .. Bayerische Eijenart ... Wat jeht
uns die Schoose an. Unsre Formation deckt uns.« Der Vagabund
horchte unvermerkt auf und sah den beiden flüchtig nach. Sie
verschwanden im Gedränge des schmalen Ganges. Andere Reisende schoben sich vorüber. Eine geschwinde Blässe huschte
über das Gesicht des Vagabunden. Er wollte rasch aufstehen,
aber schon pfiff es draußen, und fauchend dampfte der Zug aus
der rauchigen Halle.
Nach und nach buckelte sich das Land zu einem lieblichen Gebirge und glitt sonnenheiter vorüber.

Der Vagabund sah nichts. Er saß unbewegt da und las andau-
ernd in der aufgeschlagenen Zeitung. Kein Satz interessierte ihn
mehr, mechanisch reihten sich die Buchstaben vor seinen Augen
aneinander und sahen zuletzt alle gleich aus. Die Worte, die er
gehört hatte, brodelten in seinem Kopf.

In München war ein dicker, gemütlich aussehender, pustelgesichtiger Mann mit hurtigen Schweinsäuglein und einem spärlichen Schnauzbärtchen mit ihm ins Coupé gestiegen, der ihn öfters aufmerksam musterte. Einmal, als der Vagabund wie zufällig über seine Zeitung hinwegblickte, trafen sich die Augen der beiden. Ganz gleichgültig stellte sich der Vagabund, aber – weiß der Teufel! – der Mann ihm gegenüber hatte etwas aufdringlich Schnüffelndes, das auf die Nerven ging. Immer, wenn draußen eine besonders schöne Partie vorüberschwamm, zog er seine Mitreisenden ins Gespräch.

»Ein herrliches, ein prachtvolles Land, unser Deutschland!« brach er des öfteren fast unnatürlich lobend aus sich heraus: »Ich kann nicht verstehen, wie es den Leuten immer wieder einfällt, nach Italien zu gehen und dort ihr gutes Geld hinzutragen! ... Schauen Sie sich bloß mal so ein Stück Nadelwald an! Einfach himmlisch!« Der Vagabund zündete sich erneut seine Pfeife an und verbreitete dicke Rauchwolken um sich. Nicht ließ er von seiner Zeitung.

»Tjaja, der Deutsche liebt fremde Länder. Sein eigenes mag er nicht«, hörte er die Dame mit dem Stäbchenkragen, die neben ihm saß, gouvernantenhaft sagen.

Das Ehepaar vorne am Fenster schaute gleicherzeit mit unbestimmtem Ausdruck auf die Sprechende. Der Mann zeigte etwas wie grantige Ablehnung auf seinem leeren Gesicht, die rundliche Frau mit dem blonden Wuschelkopf maß die Dame von oben bis unten und wandte sich wieder dem Fenster zu.

»Sind wir nicht schon bald in Hof?« fragte sie ihren Mann halblaut. Der sah auf seine Uhr und antwortete ebenso: »Eine halbe oder dreiviertel Stunde vielleicht noch.« Der Pustelgesichtige und die Dame kamen auf die Politik zu sprechen, redeten von der deutschen Uneinigkeit, schließlich von den Unruhestiftern und vom starken Mann, der kommen müßte, um Ordnung zu schaffen.

»Jetzt kommen wir ja schon langsam in die Gegend, wo dieser Räuberhauptmann Hölz haust«, mischte sich der zaundürre, schäbig elegant gekleidete Konfektionsreisende ins Gespräch, welcher neben dem Pustelgesichtigen saß. Siebengescheit sah er drein, spielte den gewiegten Weltmann, rauchte eine Zigarette um die andere und schlug fort und fort die dünnen Beine übereinander.

»Hölz? Den? ... Den sollen sie ja jetzt endlich haben«, wurde der Dicke lebhafter: »Da, lesen Sie mal ... Wenn man das glauben darf ... Wenn sie nicht wieder einen Falschen haben ...« Die Dame und der Konfektionsreisende beugten sich interessiert über die Zeitung, die ihnen der Dicke hinhielt.

»Der Spartakistenführer, Eisenbahnbautechniker Max Hölz ist in Ilten bei Hannover verhaftet worden und wurde ins Kreisgefängnis nach Burgdorf überführt«, las der Reisende laut vor. Der Vagabund lauschte genau. Wieder merkte er, daß der Pustelgesichtige ihn musterte und hüllte sich in Tabaksqualm. Die Eheleute vorne nestelten ihre Pässe aus den Taschen und legten sie auf dem Klapptischchen bereit.

»Na, dann ist ja der Rinaldinizauber auch vorbei«, spöttelte der Reisende: »Ich hab' mich schon auf so einen kleinen Eisenbahnüberfall gefaßt gemacht ...« Er lächelte gesellig. Seine zerfressenen Zähne wurden sichtbar.

»Ich danke!« meinte die Dame etwas pikiert: »Solche Verbrecher gehörten sofort an die Wand gestellt.«

»Ein Momentchen, bitte«, rührte sich da endlich der Vagabund und erhob sich unauffällig langsam. Er trat vom Coupé auf den Gang hinaus und zog die Türe hinter sich zu.

»Gottseidank! Dieser Qualm ...«, murmelte die Dame und fächerte sich mit dem duftenden Taschentuch. Der Zug verlangsamte sein Tempo.

Draußen stand der Vagabund eine Weile vor dem Fenster, räkelte und streckte sich. Niemand beachtete ihn weiter. Er tappte langsam den Gang entlang und kam auf den hinteren Vorplatz des Waggons. Der Bahndamm war hier abschüssig, glättete sich aber alsbald, das Gleisgewirr des nahenden Bahnhofes fing an und blinkte in der roten Abendsonne. Die ersten Häuser von Hof tauchten auf und waren schon von der leichten Dunstschicht des ersten, schüchternen Dämmers umwoben.

Die Kontrolleure ließen noch auf sich warten. Der Vagabund drückte sich vorsichtig an die Waggontüre und drückte die Klinke abwärts. Derart führte er diese Manipulationen aus, daß zuletzt auf beiden Waggonseiten die Türen nur aufgestoßen zu werden brauchten.

»Los! Los!« hörte er jetzt eine Stimme durch den Verbindungsgang des Waggons dringen und wußte: Das waren sie.

Ganz ruhig, mit gleichmütigem Gesicht blieb er in der Mitte stehen und sah den Schutzmann und den Kriminalbeamten auf sich zukommen.

»Ausweis bitte! Paß vorzeigen!« sagte der Beamte, trat auf die eine Seite, und der Schutzmann nahm gegenüber, nahe an der anderen Wagentüre Aufstellung.

»Wie ... Bitte?« fragte der Vagabund ein wenig schwerhörig.

»Paß vorzeigen! Ausweise!« wiederholte der Beamte lauter und barscher.

»Aso, entschuldigen S' ... Bitte schön!« lächelte der Vagabund kaltblütig und fuhr in seine Jackettbrusttasche. Im nächsten Augenblick aber stieß er mit aller Gewalt mit seinen beiden Armen stemmend auseinander. Ganz hart und eisern boxte er gegen die Brust der ihn flankierenden Männer, daß sie beide stumm taumelten. Blitzschnell stieß er noch einmal und dumpf brüllend sackte der Schutzmann aus der aufbrechenden Wagentür. Der beleibte Kriminaler war umgebrochen, schrie erstickt und suchte vergeblich einen Halt, dann rutschte auch er kraftlos über die Stufen, und krachend prasselte der Zug über ihn weg. In aller Hast schloß der Vagabund die Türen. Niemand schien bis jetzt von diesem Kampf etwas gehört und gesehen zu haben. Ohrenbetäubend sauste der Zug über die sich kreuzenden Schienen. Kaum fünf Minuten war er noch vom Bahnhof entfernt, draußen tanzten schon die bunten Einfahrtslichter, die dunklen Maste ragten auf. Schnell, aber doch ziemlich gefaßt und unverdächtig wanderte der Vagabund den Gang entlang, immer weiter an den Coupés vorüber, bis fast zur rauchenden Lokomotive. Während er ging, zählte er unausgesetzt stumm vor sich hin. Bis fünfzig, bis hundert, bis hundertfünfzig – zweihundert, dreihundert – – In den Gängen wurde es schon lebendig. Der Zug rollte auf einmal hohler, tackte langsamer.

»Was? – Wie! Anschlag? ... Wie? Wasss! Mord!« schlug es aufgeregt an das Ohr des Vagabunden, und die Gesprächsfetzen wurden erregter, lauter. »Überfall! – Was, wie? O Gottogott – wie, was denn! Um Gotteswillen!« lief daher. Frauen schrieen, ein wildes Durcheinander entstand in den Gängen. Jäh blieb der schnaubende Zug stehen, und draußen hörte man erregte Schreie. Die Reisenden drückten und drängten lebensgefährlich und quollen gleich dem Brei aus der Fleischmaschine aus den Wagentüren auf die Gleise. Alles schrie und regierte durcheinander, fuchtelte und polterte verworren, keiner verstand den anderen. Dahin und dorthin stob ein Menschenrudel. Viele rannten einfach kopflos mit ihren Koffern auf den hellen Bahnhof zu. Kein Zuruf der kommandierenden Bahnbeamten brachte sie zum Stehen. Wie von einem schaudernden Entsetzen gepackt, liefen sie die Gleise entlang. Andere wieder folgten truppweise den Beamten und knäuelten sich weiter hinten auf der Strecke. Rat- und entschlußlos warteten die Resthaufen vor dem Zug und umstanden raunend und diskutierend ein blutbreibeschmiertes Waggonrad. Diejenigen, welche zum Bahnhof gelaufen waren, brachen wild durch die Perronsperre und jagten durch die Gänge in die dunkelnde Stadt. Unter ihnen war auch der Vagabund.

»Halt! Halt!! Nicht weitergehen, halt!« schrie plötzlich ein Kordon Reichswehrler vor dem Platz, und wieder schrieen erschreckte Weiber auf. Der Vagabund bog hastig um eine Hausecke und fing zu laufen an, lief kreuz und quer Gassen lang, weiter, immer weiter.

»Halt! Halt!« hallte drohend hinter ihm her, und ein wüstes Getrampel klapperte übers Pflaster. Erschrockene Leute blieben starr stehen und glotzten. Ein Geschrei von allen Seiten erhob sich. Der Vagabund lief und lief, sprang und sprang und schoß auf einmal besinnungslos rückwärts. Da knallte es auch hinter ihm, und eine Kugel pfiff an seinem Kopf vorbei. Er duckte sich und rannte noch rasender, Zäune übersprang er, nachgiebiger Wiesengrund kam, Hunde bellten da und dort, Nacht war es, und die Häuser hatten aufgehört. Noch immer spürte er vor Laufen kaum die Füße unter sich, erreichte endlich einen ansteigenden Wald, warf sich in peitschendes Dickicht und keuchte bergauf und bergab, bis er endlich nichts mehr hinter sich hörte. Als er nach langer Zeit anhielt, befand er sich auf einer stockdunklen Waldlichtung und merkte, daß er immer noch seinen Revolver umkrampft hielt. Sein Herz trommelte, seine Glieder flogen zitternd, kaum mit dem Atmen kam er noch nach und dampfte vor Schweiß.

Der Boden war feucht, und diese Feuchtigkeit drang durch seine Kleider. Er fing zu frösteln an, warf sich auf die andere Seite und zog seinen Mantel fester zu. Endlich schlief er bleiern ein, und es war ihm, als falle er unausgesetzt in eine immer enger werdende, dunkle Tiefe. Sein Körper fing zu kreisen an, so etwa als habe er einen schweren Rausch. Seine Ohren surrten und plötzlich erwachte er wieder. Er hob den Kopf und stieß sich dabei einen nadeligen Ast ins Auge. Ergrimmt knurrte er und rieb daran. Immer mehr schmerzte dieses Auge und rann fort und fort. Er lag da und konnte trotz aller Müdigkeit nicht mehr einschlafen. Hinüber und herüber wälzte er sich und erinnerte sich an alles. Warum mußte er auch hierher? Mit Hölz mitmachen? Gut.

Aber was sprang denn schon Großes dabei heraus für ihn? Kalamitäten und kein greifbarer Nutzen. Ja, vielleicht gelang's, dabei einen guten Schnitt zu machen und abzuhauen, aber –
»Dummer Hund, dummer!« schimpfte er sich selber: »Saudummer Stiefel!«

Zweifellos hat auch Ihr Betrieb unter Arbeitsunlust und Streiks zu leiden gehabt

Die beifolgende Broschüre: *Wie werden wir wieder reich?* soll den Arbeitern zeigen, daß die Arbeit die Quelle des Reichtums für alle ist. Sie soll ihnen weiter klar machen, daß der durch die Streiks erkämpfte Lohn ein Scheinlohn ist, weil dadurch die notwendigen Bedarfsartikel eine ständige Preissteigerung erfahren usw. Sie haben sicher ein Interesse daran, daß diese Schrift unter den Angestellten und Arbeitern Ihres Werkes verbreitet wird. Wenn Sie nicht selbst den Vertrieb einigen hierfür in Frage kommenden Personen Ihres Betriebes übertragen wollen, so bin ich gern bereit, mit diesen Persönlichkeiten in Verbindung zu treten. Ich bitte Sie jedoch, mir geeignete Namen zu nennen. Den Verkäufern könnte ich bei einer Abnahme von 100 Exemplaren an 25 % Rabatt auf den Verkaufspreis gewähren. Ihrer geschätzten Rückäußerung sehe ich gern entgegen und zeichne hochachtungsvoll
Deutscher Schriften-Vertrieb.

Irgend jemand verließ den Saal

Ungefähr dreißig Mann waren erschienen. Nach Drexlers kurzer Einleitung sprach Hitler. Seine Worte zündeten. Er hatte sich gut vorbereitet, und doch wunderte er sich darüber, daß das Reden flotter von statten ging, als er erwartet hatte.
»Die National-Sozialistische Deutsche Arbeiter-Partei will in erster Linie eine Volkspartei sein!« Seine Worte dröhnten durch

den kleinen Saal. »Wir wollen das Heil des deutschen Volkes! Der marxistische Sozialismus ist eine Lehre von Lug und Trug! Der Jude Marx hat uns lange genug verblendet! Durch ihn kam die Revolution, durch ihn die Republik. Und was war der Erfolg? Nie ist unsre wirtschaftliche Lage schlechter gewesen als jetzt! Die Marxisten sind samt ihrem Führer ein ehrloses Gesindel. Welchen Dank erntete Kaiser Wilhelm dafür, daß er den Marxisten einst die Hand zur Versöhnung reichte? Sie haben ihn belogen, erniedrigt und verstossen! Hatte er im Kriege nicht das Heil Deutschlands und seines Volkes gesucht? Und warum haben wir diesen Krieg verloren? Durch den Verrat der Marxisten und durch die entmutigenden Berichte, mit denen die Juden die deutschen Zeitungen vergifteten. Unsre Presse ist Lüge und Verrat! Sie liegt in den Händen der Juden, die nur verdienen wollten und persönliche Interessen am Ende des Krieges hatten. Juden haben kein Nationalgefühl! Sie haben Flugschriften unter die kämpfenden Truppen verteilt, voll von Lug und Trug! Sie haben das Selbstbewußtsein, das Selbstvertrauen unserer Soldaten untergraben!«

Sie hörten Hitler an, – diese einfachen Männer. Sein Pathos hielten sie für wahre Begeisterung und ehrliche Überzeugung.

»Ich werde Ihnen beweisen, daß die Sozialisten ehrlos sind!« fuhr er fort. »Sie haben einen Verrat auf dem Gewissen! Sie haben ihren dem Kaiser und dem Vaterlande geleisteten Treueid gebrochen! Sie haben sich am 9. November vorigen Jahres das Gemeinste, Niederträchtigste, Feigste, dessen ein Mensch fähig sein kann, zuschulden kommen lassen: Verrat an einem Freund – an dem Freund des ganzen deutschen Volkes ...«

Im Publikum wurde es unruhig. Monarchistisch war man nicht gesinnt.

»Wenn wir auch den Verrat des 9. November als eine ehrlose Tat betrachten, so wird unsere Partei doch ebensowenig monarchistisch wie republikanisch sein. Wir wollen das Glück des deutschen Volkes, und die Zukunft wird lehren, ob wir das Heil in einer Monarchie oder in einer Republik suchen müssen! Aber wir müssen nicht nur gegen die Marxisten kämpfen! Unser Kampf gilt auch den Juden! Sie sind die Parasiten der heutigen Gesellschaft!« Irgend jemand verließ den Saal. Der Einzige, der denken konnte. Aber als er etwas sagen wollte, begegneten seine Augen denen des Redners. Er sagte nichts, er flüchtete. Der Redner sprach weiter. Er war übermütig geworden, da ihm niemand widersprach. »Hörte man jemals von einem Skandal, an dem nicht ein Jude beteiligt war? Mit ihren Lügen haben sie die Presse verseucht; doch nicht genug damit! Auch die Kunst, das Theater und die Literatur haben sie beschmutzt. Sie sind schlimmer als der schwarze Tod. Je niedriger das geistige Niveau dieser ›Kunstfabrikanten‹ ist, desto unbegrenzter ist ihre Schöpferkraft. In der Natur kommen noch stets auf einen Goethe zehntausend dieser Parasiten, Parasiten, deren Bazillen das Leben der andern vergiften.«

Er wartete einen Augenblick. Er ließ seine Augen durch den Saal schweifen, um zu sehen, welchen Eindruck seine Worte auf die Hörer gemacht hatten. Unbeweglich saßen sie da, etwas vornübergebeugt, den schweren, breiten Rücken gekrümmt, die stämmigen Arbeitshände auf die Knie gestützt. Er sprach über die Friedensverträge von Versailles und St. Germain, die eine Schande für das deutsche Volk waren. Nein, – nicht nur Schmach und Schande – eine unerhörte Frechheit, ein gewissenloser Raub. Seine Augen blitzten fieberhaft; er häufte Forderung auf Forderung, stolperte dabei über seine eigenen Worte, verstrickte sich in seinen eigenen Anklagen. Anschluß aller Deutschen an ein Groß-Deutschland! Gleichberechtigung mit andern Nationen, Annullierung der Friedensverträge von Versailles und St. Germain! Kolonien für die Abwanderung des Bevölkerungsüberschusses! Ausschluß der Juden von der Volksgemeinschaft! Aufhebung der Zinsknechtschaft! Einziehung der gemachten Kriegsgewinne! Verstaatlichung aller Trusts! Todesstrafe für Mörder! Gewinnbeteiligung des Arbeiters! Kaum waren die letzten Forderungen verhallt, da hatte man bereits wieder die ersten vergessen. Er wird seine Forderungen doch wohl aufgeschrieben haben? Jemand, der so reden konnte, war sicher imstande, etwas zu erreichen.

An diesem Abend ging Hitler befriedigt nach Hause. Man hatte ihm andächtig zugehört; man würde natürlich auch zur nächsten Versammlung wiederkommen. Vielleicht noch andre mitbringen. Mit feinem psychologischen Verständnis hatte er gerade jene Losungen eingehämmert, die für einfache Leute leicht verständlich waren. In seinem fieberheißen Gehirn bildete er sich ein, zu einer großen Masse geredet zu haben, nicht etwa vor dreißig einfachen, unwissenden und leichtgläubigen Männern, sondern vor Hunderttausenden! Sie hatten ihm zu Füßen gesessen, ihm zugejubelt, einen Applaus gebracht, der über die tausendköpfige Menge hinwegbrauste und an den Mauern des riesigen Saales widerhallte. Sie sahen in ihm einen Propheten, einen Mann, der Millionen Unterdrückten das Glück brachte. Sie betrachteten sein Wort als ein Evangelium. Sie verehrten ihn wie einen Gott. Und da begann es in ihm zu dämmern, daß es nur Göttliche Vorsehung sein konnte, die ihn zur Versammlung der Deutschen Arbeiter-Partei gesandt hatte. Auch Christus war gesandt, dem Volke eine wichtige Botschaft zu bringen.
Er trat ans Fenster, schlug die Vorhänge zurück und schaute hinaus. Seine Augen durchbohrten die endlose Finsternis. Nur ein einziger Stern erglänzte silbern im Dunkel des Horizonts. Es unterlag keinem Zweifel. Er, – Adolf Hitler – war von Gott gesandt, gerade wie Christus vor zweitausend Jahren. Seine Stimme war heute abend beseelt gewesen, beseelt durch göttliche Kraft. Er murmelte leise vor sich hin. Worte, die in dem immer mehr anschwellenden Jauchzen der ungeheuren Masse verloren gingen. Er richtete seinen Blick empor; er sank aufs Knie.
»Ich danke Dir,« stammelte er leise. »Ich danke Dir, mein Gott, daß Du mich auserwählt hast.«

So ist der alttestamentarische liebe Gott Alles in Einem: der Schöpfer und das Geschaffene, Dichter und Hauptperson, der Regisseur und der Puppenspieler, der heimliche Drahtzieher, in dessen unsichtbaren Händen alle Fäden der Handlung zusammenlaufen; und überdies noch sein eigener Kritiker »und siehe, es war sehr gut«, und der strenge Kritiker seiner eigenen Geschöpfe: »es reut mich, daß ich sie gemacht habe.« Und der unsichtbare König eines theokratisch regierten Volkes und Diktator und ein strenger Richter, der da ahndet die Schuld der Väter an den Kindern bis ins dritte und vierte Geschlecht und ein alttestamentarisch harter Vater. Das Alte Testament ist ein hartes und grausames Buch und der alttestamentarische Gott ein harter Gott. Gewiß, er verspricht Nachsicht bei denen, die ihn fürchten und seine Gebote halten, bis ins tausendste Geschlecht. Aber über diese Erhaltung seines Volkes als Ganzes geht seine Milde nicht hinaus: Versprechungen, milde Trostmittel, Balsam auf Wunden kennt er nicht. Dieser einig-einzige Gott ist ein eifervoller, ja eifersüchtiger Gott, der keine anderen Götter neben sich duldet. Dabei ist die Größe seiner Rolle eigentlich eine scheinbare. Er wird viel öfter genannt als er in die eigentliche Handlung miteinbezogen wird. Die wichtigsten und schönsten Kapitel spielen sich fast ganz ohne ihn ab, er dient nur als grandioser Hintergrund, als Atmosphäre gewissermaßen. Vielleicht war es ein Entgegenkommen der entscheidend einflußreichen Priesterschaft gegenüber, die über die Kanonizität der Bücher zu bestimmen hatte, vielleicht ein künstlerischer oder massenpsychologischer Trick, eine Fiktion des Dichters oder der Dichter, denen offenbar sehr viel daran gelegen war, sich der werbenden Popularität des populärsten Begriffes zu bedienen, die aber im übrigen den lieben Gott einen guten Mann sein ließen und ihm keine andere Rolle gaben als etwa die des Vaters, des Richters, des Weisen, des Meisters in gewissen neueren Weltanschauungsdramen.

Ist ein Volk religiös, das seinen Gott so sieht? Liebt es ihn? Oder fürchtet es ihn bloß? Wenn es ihn liebt, warum fürchtet es ihn? Wenn es ihn fürchtet, warum lehnt es sich gegen ihn auf? Denn dieses Buch ist, soweit es Gott anlangt, ein Buch der jüdischen Auflehnung gegen Gott und der göttlichen Strafen dafür. Von Adam bis zur Zerstörung des Tempels und bis zum Exil des Golus. Die Geschichte der Juden ist eine Geschichte von Exodussen: der Exodus aus dem Paradies, der Exodus aus Ägypten, der Exodus ins Exil. Eine Wanderschaft von Exil zu Exil. Die Heimat der Juden war immer das Exil. Gibt es noch ein zweites Volk, dessen Schicksal ein Buch ist?

Hausordnung der Strafanstalt

Du bist nun ein gefangener Mann!
Die eisernen Stäbe Deines Fensters, die geschlossene Tür, die Farbe Deiner Kleider sagt Dir, daß Du Deine Freiheit verloren hast. Gott hat es nicht leiden wollen, daß Du länger Deine Freiheit zur Sünde und zum Unrecht mißbrauchst; darum rief er Dir zu:
»Bis hierher und nicht weiter!«
Die Strafe, die der menschliche Richter Dir zuerkannt, kommt von dem ewigen Richter, dessen Ordnung Du gestört und dessen Gebot Du übertreten. Du bist hier zur Strafe und alle Strafe wird als ein Übel empfunden; vergiß nie, daß Niemand daran Schuld ist, als Du allein!
Aber aus der Strafe soll für Dich ein Gutes hervorgehen. Du sollst lernen, Deine Leidenschaften zu beherrschen, schlechte Gewohnheiten ablegen, pünktlich gehorchen, göttliches und menschliches Gesetz achten, damit Du in ernster Reue über Dein vergangenes Leben Kraft gewinnest zu einem neuen, Gott und Menschen wohlgefälligen! So beuge Dich unter Gottes gewaltige Hand, beuge Dich unter das Gesetz des Staates! Beuge Dich auch unter die Ordnung dieses Hauses; was sie gebietet, muß unwei-

gerlich geschehen. Besser also, Du tust es gutwillig, als daß Dein böser Wille gebrochen wird! Du wirst Dich wohl dabei befinden und die Wahrheit jenes Wortes wird sich an Dir bewähren: »Alle Züchtigung, wenn sie da ist, dünkt uns nicht Freude, sondern Traurigkeit zu sein. Darnach aber wird sie geben eine friedsame Frucht der Gerechtigkeit denen, die dadurch geübet sind.« Das walte Gott!

Gewaltsam aus der Gefangenschaft befreit

wurde in letzter Nacht aus dem hiesigen Amtsgerichtsgefängnis der Spartakistenführer Eisenbahnbautechniker Hoelz, gebürtig aus dem Vogtlande, der am Sonnabend voriger Woche durch Gendarmeriewachtmeister Tanisch aus Ilten dortselbst verhaftet worden war. Gegen ihn war von der Staatsanwaltschaft Plauen ein Steckbrief wegen Landfriedensbruches erlassen und auf seine Ergreifung eine Belohnung von mehreren tausend Mark ausgesetzt. Als in vergangener Nacht gegen 12 Uhr der Gefangenenaufseher des hiesigen Amtsgerichts unter dem Vorwande geweckt wurde, ein Hilfsgendarm Müller habe einen Arrestanten einzuliefern, trat diesem ein in Gendarmerieuniform gekleideter Unbekannter in Begleitung eines Zivilisten entgegen, der die Auslieferung des politischen Gefangenen Hoelz forderte. Im selben Moment drängten etwa zwölf weitere fremde Personen in das Gebäude ein, forderten unter Bedrohung mit einem Revolver die Schlüssel, und als der Beamte die Herausgabe verweigerte, entrissen sie demselben die Zellenschlüssel und befreiten den Gefangenen. Bevor der Beamte Hilfe herbeiholen konnte, waren die Eindringlinge mit ihrem befreiten Genossen verschwunden. Vermutlich haben sie bei ihrem Vorhaben ein Auto benutzt. Wie wir erfahren, ist der Entführte, der in nächster Zeit nach Plauen überführt werden sollte, bereits dreimal auf die gleiche Weise befreit worden.

Gedeckt durch die Wälder des Zaren

Herbststürme brausten über das Land zwischen Düna, Memel und Ostsee. Als der kalte, regennasse Wind die letzten Blätter von den Bäumen gewirbelt hatte, da standen auch die letzten kämpfenden deutschen Truppen in fremdem Lande wie die zerzausten und nackten Baumstämme und Äste der entlaubten Wälder verlassen und allein da. Noch viele von den Männern, denen der schimpfliche Befehl der Novemberrepublik die Zornröte ins Gesicht getrieben und die Fäuste zum Zittern gebracht hatte, waren schwach geworden. Es war ein aussichtsloses Unternehmen, ohne Zufuhr, ein paar tausend Heimatlose, der ganzen Welt zu trotzen, von der Heimat verraten!

Die Etappen waren leerer geworden. Es gab nichts mehr zu verdienen in dem Lande, über das sich jetzt die kalten Nebel senkten.

Ein russischer Fürst hatte den Oberbefehl auch über die Deutschen übernommen. So mancher Landsknecht steckte die fremde Kokarde an. Das sei besser wegen der Entente, sagte man. Russische Westarmee hieß das Ganze. Die Regierung hatte ihre Drohung wahrgemacht. Es kam nichts mehr von Deutschland herein. Selbst Mäntel und Decken wurden nicht durchgelassen. Die Depots wurden leerer und leerer. Geld war keins mehr da.

Der Russenfürst wußte sich zu helfen. Er setzte Schnellpressen in Bewegung und druckte neues Geld. Die Scheine, hübsche Dingerchen, lauteten auf Mark. Auf der einen Seite war die Inschrift russisch, auf der anderen deutsch. Da stand zu lesen, daß das neue Geld gedeckt sei durch das Heeresgerät der westrussischen Armee, das russische Staatseigentum und die Wälder. Man schien großzügig zu sein mit der Ausgabe dieses Geldes. Wenn der Soldat Löhnung erhielt, waren die Scheine fast noch naß.

Über Nacht wurden die Läden und die Auslagen in den Teestuben der Juden leer. Nur wer heimlich alte Geldscheine blicken ließ, bekam hintenherum etwas. Die Juden, so kulturlos und dürftig sie hier lebten, hatten den seit Jahrtausenden in ihrer Rasse wachen Sinn für gutes und für schlechtes Geld nicht verloren. Die Kanonen und das Gerät des Fürsten Awaloff konnten morgen in den Händen der Bolschewiken und der Letten sein. Und die Wälder des Zaren waren durch den Versailler Vertrag längst an die russischen Randstaaten verteilt. »Gott der Gerächte, wos soll mer mache, dös Geld is e Dreck!« Die Soldaten kamen von den Schlachtfeldern ganz Europas. Was war da schon Geld, wo es um Tod und zerschossene Glieder ging! Aber wenn man Geld hatte, dann mußte man auch etwas dafür bekommen. Der Bauer nahm zuerst die neuen Scheine. Als er aber merkte, daß der Jude sie ihm nicht mehr abnahm, da wollte auch er nichts mehr geben. »Der Jud steht mit dem Feind im Bunde«, sagte dann wieder der Soldat. Das Recht des Kriegers setzte ein: Der Soldat nimmt sich, was er braucht, er lebt von dem Land, in dem er kämpft! Jahrtausendealtes Kriegerrecht gegen jahrtausendealten Händlerinstinkt! »Hier ist der Requisitionsschein, Bauer – her mit der Kuh! Her mit dem Zeug, Jude; ehe wir krepieren, krepierst du!«

Ins absolute Dunkel

Wir hefteten die russische Kokarde an unsere Mützen, nicht ohne verschmitzt die deutsche darüber anzubringen. Wir nahmen erheitert das Papiergeld, das Bermondt kurzerhand drucken ließ – Deckung: das Heeresmaterial, das wir erbeuten würden –; wir tranken mit Ingrimm den russischen Schnaps und lernten, russisch zu fluchen. Also waren wir, da wir nicht mehr Deutsche sein sollten, Russen geworden.

Wir disputierten über unsere Möglichkeiten. Wir hockten rund um das Feuer, das die Hamburger am Waldrand lodern ließen, und viele Stimmen schwirrten durcheinander. Und lustiger noch als die Flammen, sprühten die tollen Spiele unserer Phantasie, nun, da wir Gefechte witterten. Leutnant Kay hatte schon ein russisches Lied gelernt und sang: »Wohin rollst du, Äpfelchen?« Ja, wohin rollst du, Äpfelchen?

»Nach Riga!« schrie ein Hamburger.

»Nach Moskau!« gröhlte Leutnant Wuth und lachte.

»Nach Berlin!« versank die gelle Stimme Kays im jauchzenden Gebrüll der Hamburger.

»Nach Warschau?« fragte Schlageter, und trotzdem er leise sprach, verstand ihn jeder und es war plötzlich still.

Da warf der Leutnant Wuth eine Münze hoch und rief: »Kopf oder Adler – Mission oder Abenteuer?« – Der Adler fiel nach oben.

In den ersten Tagen des Oktober kam die Nachricht, der Lette rüste zu einer Offensive. Das konnte uns nicht überraschen, denn wir rüsteten auch. Um dem Feind zuvorzukommen, wurde der Angriff auf den 8. Oktober festgesetzt.

Ich griff zur Handgranate und lief vor. Wir sprangen in einen Graben. Ich trat auf weiche Leiber, die merkwürdig nachgaben, an dunklen Höhlen, von Stoffetzen verdeckt, vorbei; Gewehre, wirr in Haufen, querten den engen Weg. Geschrei kam uns entgegen, hinter Erdmauern scholl die dumpfe Detonation von Handgranaten. Plötzlich war Schmitz über mir, warf sein Gewehr wie eine Brücke über den Graben und sprang hinüber. Ich wuchtete ihm die Knarre nach und kletterte an der Grabenwand hoch. Da lag die Lücke des Verhaus vor mir. Wir stolperten über Leichen. Einer trat ich auf den Kopf. Hinter dem Verhau lag die zweite Stellung, etwas höher und betoniert.

Dunkel und massig standen die Schattenrisse einer Häusergruppe am Wege. Aus ihnen blitzte es auf. Ich warf mich gegen eine Tür, hängte die Handgranate an die Klinke und zog ab. Der Knall ließ das Gemäuer beben. In die dunkle Öffnung schoß ein Pionier eine Leuchtrakete. Fast im gleichen Augenblick loderte das Haus. Aus dem Gang stürzt schreiend, die blutenden Hände hoch, ein junger Kerl und schlägt lang hin. Die Flamme leckt nach ihm und bläst uns glühheißen Dunst entgegen. Noch einer taumelt aus dem Haus, Qualm und Sprühen mit sich reißend. Da schnellt ein Trupp sich von der Straße los. Wir greifen zu – der eine Lette, hochgerissen, wird gepackt, geschleudert, wirbelt längs zurück, fällt in die Glut, schreit einmal auf, die Flammen schließen sich. Der zweite rutscht auf Knien, doch wie sie nahen, springt er auf, schlägt sich die Arme um den Kopf und wirft sich von selbst in das Feuer.

Der Oberleutnant jagt an mir vorbei. Ich sehe noch, wie tausend feine rötliche Spritzer sein Gesicht bekleckert haben. Taghell flackern die Häuser. Ein dumpfer Krach reißt eines auseinander. Aus der Glut kommt wirres Knattern, die Balken fliegen quer über den Weg. Der Oberleutnant kreist die Peitsche über seinem Haupt und schreit nach seiner Kompagnie. Ich rase zurück, mir mein MG zu suchen. Aus Unterständen kriechen Kerls, der eine schwingt ein leuchtendes Kochgeschirr. Ich breche in einen Unterstand und stoße einen Pionier beiseite. Ein Haufen wunderbarer englischer Gummizeltbahnen sticht mir in die Augen. Ich nehme eine, breite sie beglückt im kargen Schein des Feuers, sie ist ganz neu, kann auch als Umhang dienen. Der Pionier zieht langsam einer Leiche die Schuhe aus. »Auf der Straße sammeln«, schreit einer, ich laufe weiter. Überall plündernde Gruppen. Schnapsflaschen stopft sich einer in den Brotbeutel. Ein anderer greift mit allen blutbekrusteten Fingern in einen Topf gelber Marmelade, schleckt sich gierig, das Gesicht bekleckernd, die Pfoten ab.

Wir stießen ins absolute Dunkel. Wir stießen direkt auf das schwarze Tor zu, das auf einmal den Rachen öffnet und uns aus spritzenden Rohren Feuer entgegenknallt. Der Gaul neben mir kracht hoch, der Kasten fällt, die Deichsel knirscht und bricht, ich werde beiseite geschleudert, stürze, rolle in den Graben – was ist das, was ist los – Überfall? Die Pferde donnern schnaubend zurück durch brandendes Geschrei. Auf der Straße wälzen sich Leiber, eine glühende, zuckende Schlange züngelt nach vorn – durch die Schwärze zieht sich eine Reihe flimmernder Gedankenstriche – ah, denke ich, Leuchtmunition, zwei, drei, vier solche Schlangen, hoch oben zwitschern sie über uns weg, es rattert nervös. »Ich bin verwu–u–undet«, lang hingezogen stöhnt es neben mir, ich stoße gegen eine weiche Masse; – da ist mein Gewehr, den Kasten habe ich noch in der Hand. Einer greift zu, wir wuchten das Gewehr hoch, schieben es auf den Grabenrand. Da steht das dunkle Tier, ein schwarzes Ungeheuer, dicht vor uns sprüht es feuerrot und knatternd – wir sind im toten Winkel, blitzschnell freut es sich in mir, wir haben ja SMK-Munition, den Gurt hinein, der Lauf fliegt rum, ich drücke los, es knallt – da ist das Ziel, hinein in die dunkle Masse – schon ist es still, das Vieh; nun sehe ich, daß Schmitz es ist, der mir half, er drängt mich weg. Ich verstehe ihn sofort, er wird mich mit dem Gewehr decken. Sofort setzt das Ungetüm wieder feuernd ein. Ich krieche ein Stück rechts, stoße auf einen Kerl, der mir, begreifend, fast zuvorkommt. Schmitz knallt los, wir springen auf, einen, zwei, drei Schritt vor – abziehen, weg damit, abziehen, Nummer zwei, es kollert, rollt, tänzelt, stößt gegen hartes Eisen – ich reiße die Leuchtpistole raus, Rakete aus der Hosentasche, der Lauf schnappt ein, Arm vor, los – es zischt – weg, zurück, ein metallenes Bersten, auf mich purzelt der Kerl, schlägt in den Graben – blendend weiß sprüht es auf. Im Nu öffnet sich ein Vulkan, schneeweiße Qualmballen stößt die Erde aus, eine weißglühende Wand baut sich auf, eine Hitzewelle dörrt uns den Atem, der Panzerwagen brennt. Ein irrsinniger, gurgelnder Schrei, zwei torkelnde Gestalten, brennend, schlagen mit fuchtelnden Armen, purzeln in den Graben. Es ist taghell. Es ist totenstill. Gespenstisch steht die glühende Wand allein.

Meinen Gummiumhang vermisse ich erst dicht vor der gestürmten Stellung. Und ich wollte um den einzigen materiellen Gewinn dieses Tages nicht betrogen sein. Der Umhang war meine Beute. Am Panzerwagen muß das Ding noch liegen. Die Kompagnie soll auf dem Friedhof in Bereitschaft liegen bleiben. Zwischen den Grabkreuzen stelle ich mein Gewehr auf, die Leute hauen sich völlig erschöpft sofort hin, zwischen die zerwühlten Gräber. Ich rüttele den knurrenden Schmitz am Arm und sage ihm Bescheid. Dann stapfe ich auf der dunkeln Straße dem glühenden Punkt zu. Der Gummiumhang nahm den ganzen Raum meines Denkens ein. In ihm verdichtete sich ein Traum von Wohlleben und Bequemlichkeit. Seine sammetweiche Innenhaut, die zeitweilig meinen bloßen Nacken streichelte, hatte mich erregend beglückt. Ich dachte mit Freuden daran, daß er schmiegsam war, daß ein Umhüllen mit ihm der Umarmung einer gepflegten Frau gleichen mußte. Das Bewußtsein, daß er aus England stammte, ließ mir gleich die Vision der pfirsichzarten Haut einer englischen Schauspielerin erstehen, die ich in Deutschland als Kind einmal gesehen hatte. Sicherlich hatte der Umhang einem Offizier gehört. Der Unterstand, in dem er lag, war recht geräumig gewesen. Vielleicht hatten englische Offiziere in ihm gehaust. Die Engländer stellten eine große Anzahl Führer für die Letten. Wie der Tommy aus dem Panzerwagen mich so tot und leer angesehen hatte! Teufel, das muß ein peinliches Gefühl gewesen sein, in den dumpfen Stahlkammern des Panzers, als die Geschichte glühheiß aufbrannte. Da lag das Ungetüm wieder vor mir, seine Wände glühten noch schwach.

Ich näherte mich der ungeschlachten, viereckigen Kiste, schon im weiten Umkreis stank es nach verbrannter Farbe und nach verkohltem Fleisch. Ich griff ein Gewehr aus dem Graben, das dort lehnte, und stieß mit dem Lauf sachte gegen die heißdünstende Wand. Ich ging rund um den Wagen, da war auf der anderen Seite die Panzertür offen, hing in zerbogenen Scharnieren. Ich sah vorsichtig hinein. Ein Wirrwarr von Gestängen und Eisenteilen. Auf dem Boden eine schwärzliche, verkrustete, verkohlte Masse. Dies war wohl ein Mensch. Ich stieß mit dem Lauf des Gewehrs unsagbar neugierig hinein. Es zischte etwas, die Außenhaut brach, das Gewehr fuhr tief hinein, – es war, als bewegte sich der Klumpen.

Ich machte mich daran, meinen Umhang zu suchen. Da kommen von hinten Schritte aus dem Dunkel. Eine Gruppe versprengter Bayern macht im schwachen Lichtschein Halt. Sie suchen ihr Bataillon. Das liegt als einziges weit vorn. Einer sagt, sie hätten den Bescheid gekriegt, bis zum Bahnwärterhäuschen vorzumarschieren, dort müßten Teile des Bataillons liegen.

Einer kam um die Ecke geschossen und schrie keuchend, wir sollten am Bahndamm weiter vorstoßen, dort müßte etwa 300 Meter weiter noch ein Haus sein, das sollten wir besetzen und den Letten in der Flanke packen, damit das Bataillon an der Straße etwas Luft kriege.
Ich lief gleich los, meine Bayerngruppe nach rascher Verständigung hinterdrein. Die Bahn machte bald eine sanfte Schwenkung nach links; ich wußte, daß sie etwas weiter vorn, dort, wo sich das nächtliche Gefecht am lautesten gebärdete, die Straße kreuzen würde. Unschlüssig stand ich eine Weile still, indes am Walde hallend die Schüsse krachten. Da sah einer halbrechts vorn ein Licht. Das mußte das Haus sein; wir schlichen darauf zu, über eine Lichtung, durch eine karge Baumreihe, über freies Feld. Ein Kranz aufleuchtender blauer Punkte zeigte, wo etwa der Feind zu suchen war. Der Waldrand war wohl zum Teil von den Unseren besetzt. Wir schlichen auf die dunkle Masse zu, aus der verlassen und verloren ein rötlich erleuchtetes Fensterchen in die Nacht blickte. Am Wegrande flitzten wir auseinander zu kurzer Schützenlinie und rannten dann los, stießen gegen eine Hofmauer, fanden ein Tor; ich donnerte mit den Absätzen gegen das Holz. In sekundenlanger, atemloser Pause hörten wir eilige Schritte sich entfernen, eine schwache Stimme rief. Wir brüllten:

»Aufmachen!« Aber nichts rührte sich mehr außer der Stimme, die »Hilfe« stöhnte. Da warf sich einer gegen das Tor, einer hieb mit dem Spaten ein ungefüges Schloß herunter, bis das Holz zersplitterte. Mit vorgehaltenen Gewehren drangen wir in den Hof. Auf einem Misthaufen lag, vom schwachen Lichtschein des Fensters getroffen, ein Soldat mit offenem, blutgetränktem Rock. Er brabbelte stöhnend und bewegte schwach die Hand. Das ganze Haus schien von dumpfen, bebenden Geräuschen erfüllt zu sein. Ich wurde auf einmal todmüde und wußte mit eisiger Klarheit, daß an dieser Stätte Entsetzliches vorgefallen sein mußte. Ganz stark spürte ich den lähmenden und betäubenden Dunst, der mir bei Beginn des Tages als der Atem dieser Landschaft und dieses Krieges erschienen war. Aber jetzt war er mit süßlich-fauligem Blutgeruch untermischt. Ich stützte mich auf mein Gewehr, und es war mir, als könne ich zu keiner Bewegung mehr erwachen. Ich hörte das Aufbrüllen des einen Bayern, der plötzlich mit pfeifender Stimme an mir vorbeilief, auf die Haustür zu. »Schweine«, keuchte er, »Schweine, diese Schweine«, und warf sich mit Wucht gegen die Tür, die sofort nachgab. Sein Schreien – ein wildes, langgezogenes Gurgeln aus fast gewaltsam zugeschnürter Kehle – tönte aus dem Haus, Gepolter und Stoßen, als taumele er umher. Und dann noch ein Schrei, der sich aus dumpfer Tiefe zum höchsten Diskant erregend hinaufschraubte und den dunklen Haufen vor der Tür in wirre Bewegung brachte. Mir war, als platze mir eine Ader an der Schläfe, als koche mein Blut plötzlich auf. Wir stürmten in die Tür, ein widerlicher Gasdunst schlug uns entgegen und hüllte die Lunge wie in einen feuchten Lappen. Es war, als risse mir eine in den weitgeöffneten Mund gestoßene Faust den Magen zur Kehle. Im Flur lag eine Leiche, ich stolperte über ein Paar Stiefel und sank mit den Knien auf ihren Leib. Da tastete die vorgeschnellte Hand in ein Geschling feuchter, klebriger, glitschiger Gedärme. Entsetzt fuhr ich zurück. Aber der brandende Ruch des Blutes, das nun meine Hand netzte, schlug wie eine Welle über mir zusammen und wischte alle Hemmung weg. Ich raste auf plötzlichen Lichtschein zu. Da lagen sie – ja, da sah ich, was ich wußte, da lagen sie, auf stinkendem, blutbespritztem Stroh, mit zerhauenen Schädeln, aus denen glasig verdrehte Augen stierten, mit zerfetzten, schwärzlichroten Kleidern, mit zerschlitzten Bäuchen, verrenkten, abgedrehten Gliedern, – hier lag allein ein Kopf, aus dessen einziger, scheibenförmiger Wunde schwarzes Rinnsal eine zerschluchtete, schwammige Masse schuf, dort klebte graues, von feinen roten Äderchen durchzogenes Hirn in dicken Platschen an den Wänden. Aus offenem Schlund tropfte das Blut in den Rachen, und das gab einen schnarchenden Ton an die Stille ab, an die tödliche Stille, in der wir erstarrt standen. Wir standen und sahen, schauten mit harten, gebannten Augen auf die Leichen, aus deren jeder eine furchtbare Wunde blühte – dort, aus dem Wust und Schwulst herabgezerrter Kleider und Wäsche, im Zentrum jedes Leibes, zwischen Lende und Schenkel.

Dies alles, dies und noch unendlich viel mehr ballte sich in einem einzigen Bild, zwang sich in eine Sekunde, hämmerte sich mit einem Schlage für alle Ewigkeit in mein Hirn. Und nun schrien wir alle los. Ich sah durch rote Schleier, wie der eine einen Schmiedevorschlaghammer packte, der blutbesudelt in der Ecke lag, aufbrüllend auf die Tür stürzte, wir wandten uns hinaus, wir quetschten uns in die Tür, scheuchten in den Hof. Draußen knallte in der Nacht noch immer das Gefecht. Wir aber kümmerten uns nicht darum, wir stellten keine Posten aus, wir legten uns nicht in Deckung, wir vergaßen Auftrag und Befehl, wir rannten durch den Hof und stießen in jeden Winkel hinein, durchrasten jede Kammer des Hauses, fegten durch den Stall und die Scheune, bereit, alles zu morden, was uns lebendig in die Finger fiel, alles kaputtzuschlagen, was sich unseren Blicken bot. Da zerrten sie unter Wagengerümpel einen Kerl hervor, einen alten, langen, wimmernden Panje, und ehe der taumelig auf beiden Füßen stand, schmetterte ihm der Vorschlaghammer auf den Kopf, daß er zusammensackte wie ein Tuch. Da fiel die Kuh im Stall nach einem sinnlos hingeknallten Schuß, da traf ein Kolbenschlag den kleinen, struppigen Hund und zermalmte ihn zu blutigem Brei – es klirrten Bilder von den Wänden, ein Spiegel fiel, die Töpfe krachten scheppernd auf den Stein, die Türen der Kommoden barsten, daß Stoff und Plunder quoll. Die Stühle splitterten gleich wie der Tisch.

Erst als der Lärm des nächtlichen Gefechtes wieder lauter zwischen das Klirren der Zerstörung tönte, erst als der rote Rausch im Fusselregen auf dem Hof sich dämpfte, besetzten wir die Mauer, fiebernd, heiser, mit schlagenden Pulsen, und jagten sinnlos, nur um unsere wilde Spannung zu lösen, Schuß auf Schuß in die Nacht, dorthin, wo das Geknatter nicht abreißen wollte, wo der Feind liegen mußte.

Wo war denn nun eigentlich da der Aufruhr?

Nach langen, einsamen Märschen kam der Vagabund unbehelligt über die bayerische Grenze und gelangte ins Vogtland. Anfangs ließ er alle erdenkliche Vorsicht walten. Obwohl er noch Geld hatte, wagte er nicht, in irgendeine der zahlreichen Ortschaften zu gehen und Einkehr zu halten. Er litt lieber Hunger. Jeder Begegnung mit Menschen wich er aus, alle Hauptstraßen mied er und verirrte sich viele Male in dieser waldbuckligen Gegend. Unablässig wanderte er hügelauf und hügelab; zu einem sanft ansteigenden Gebirge schwoll das Land, liebliche Täler schlossen sich auf, durch welche klare, heitere Bäche rannen, und wolkenlos strahlte der hohe Herbsthimmel. Die paar Laubbäume zwischen den dunklen Fichten verfärbten sich schon, und wenn am tiefen Nachmittag die ersten feuchten Nebel aufstiegen, fiel rasch eine ziemlich kalte Nacht hernieder. Der Vagabund fror, wenn er im Freien schlief und war froh um jede Heuhütte, die ihm Unterschlupf bot. Alsbald sah er wieder verwahrlost wie ehedem aus.

Jetzt marschierte er auch auf den Hauptstraßen und erkundigte sich arglos frech bei Landjägern und Wegwärtern nach der Richtung. In kleinen Dorfwirtshäusern machte er Halt und aß, was es gab, und in Arnoldsgrün blieb er zum erstenmal über Nacht. Kein Mensch fand etwas Verdächtiges an ihm, als er in der netten, blankgetäfelten Wirtsstube sein Abendessen verzehrte. Die paar Gäste da und dort lasen friedlich die Zeitung, und der Stammtisch in der Ofennische war vollauf beschäftigt mit einem heftigen Skat.

»So, bloß noch zehn, elf Kilometer ist's hin? In zweieinhalb Stunden kann ich dort sein, meinen S'?« verwunderte er sich, als er sich am andern Tag beim glatzköpfigen, kleinen Wirt über die Entfernung von Falkenstein erkundigte. Er hörte kaum noch, was der Befragte antwortete. Siegesheiter und weit griff er aus mit seinen Beinen. Ganz entspannt atmete er, schier wie neubelebt. Auf der Straße nach Korna, über Werda, Poppengrün, Winnknock und Neustadt kam er nach Falkenstein und wurde immer erstaunter.

Wo war denn nun eigentlich da der Aufruhr? Trieben sich Banden herum? Rebellierten die Arbeiter und Erwerbslosen in diesen dichtbevölkerten, fabrikdurchsetzten Kleinstädten und Flecken? Nichts von alledem! Bieder und ruhig, ein wenig mürrisch und bedrückt, aber im großen Ganzen alltäglich und gewohnt wickelte sich das Leben ab.

Sah man etwas von Brandstiftungen oder Plünderungen? Humbug! Nicht einmal eine Auslagfensterscheibe der besseren Geschäfte war eingeschlagen.

Und Furcht vor Hölz? Zittern und Bangen vor dem großen Räuber? Dummes Zeug!

Kein Haar war den Reichen gekrümmt, kein Kamm gestohlen. Unverängstigt lebten sie wie woanders. Die Armen standen vor den Lebensmittelläden Schlange, wer Arbeit hatte, arbeitete, die Sonne schien über alle, die Fabrikschlote rauchten.

Vom Staunen geriet der Vagabund in eine grollende Wut.

Enttäuscht durchlungerte er Falkenstein. Für nichts und wieder nichts war er hierhergekommen. Am liebsten hätte er die Stadt an allen vier Ecken angezündet.

Durch Plakatanschläge erfuhr er von einer Erwerbslosenversammlung im Schützenhaus und suchte sie auf. Der Saal war gepfropft voll. Ausgehungerte Erwerbslose, rachitische Kinder mit ihren Müttern und Arbeiter hörten dem Redner zu. Es war eher eine mürrische als eine gespannte Stimmung auf allen Gesichtern. Der dürre Mensch auf dem Podium überbrachte dem »Falkensteiner Proletariat heiße Kampfesgrüße des widerrechtlich eingekerkerten Genossen Max Hölz«, welche mit lautem Beifall aufgenommen wurden. Dann befaßte sich die Rede mit der erbärmlichen Kommunalwirtschaft in Falkenstein. Von zu wenig Kartoffeln, vom Verschleudern der städtischen Mittel, vom ungenießbaren Fraß in der öffentlichen Volksküche und von der notwendigen Selbsthilfe aller Proletarier sprach der Referent und erging sich in hitzigen Angriffen auf den Bürgermeister Queck, dessen ganze Kunst der Verwaltung darin bestehe, jedesmal das Militär aus Plauen hierherzubeordern, statt der dringendsten Not Abhilfe zu schaffen.

»Mal wieder durch die Stadt spazieren lassen!« schrie ein blonder Mensch in einer Windjacke und fand allseits heitere Zustimmung. Der Vagabund saß ergrimmt da und langweilte sich. Ganz zufällig suchte er mit seinen Augen den blonden Zwischenrufer. »Überhaupt, Genossen, Max muß befreit werden!« erhob sich dieser jetzt:»Und wenn's mit Gewalt sein muß! Das Proletariat darf seine bewährten Führer nicht im Stich lassen! Raus mit Max!« Der Redner auf dem Podium hatte abgebrochen, alle jubelten dem jungen Blonden zu.

Der Vagabund furchte die Stirn. Er sah schärfer auf den Mann mit der Windjacke. Hager, sehnig und braungebrannt war der Bursch. Der Vagabund wurde unruhig und musterte ihn immer wieder. Allem Anschein fiel ihm irgend etwas ein. Er suchte in seiner Erinnerung.

»Ick schlage vor, Jenossen, daß sich sofort ein Kampfausschuß zur Befreiung von Max konstituiert!« forderte der Blonde und setzte energisch dazu: »Und nich bloß konstituiert – er muß auch sofort handeln!«

»Verdammter Spitzel!« schnellte der Vagabund plötzlich von seinem Sitz auf und dolchte mit seinen Blicken auf den Blonden ein. Einen Augenblick stockte es jäh, alle glotzten auf den unerwarteten Zwischenrufer.

»Wat! Wat denn! Wat denn!« erfing sich der Blonde als erster und deutete frech auf seine Brust: »Ick'n Spitzel? Dia hamse wohl – –«

»Wer isn der?« fragte es aus der Menge, und viele Männer stiegen bereits auf die Tische. Schreie, Geschimpf wurde laut. Drohend stellte sich der ganze Saal gegen den steil dastehenden Vagabunden.

»*Er* isn Spitzel! Raus! Raus!« brüllten etwelche. »Haut ihn in die Fresse!«

»Wo ist denn deine Formation, he?!« plärrte der Vagabund den Blonden an, aber es ging unter. Ein Schieben und Drängen begann. Ruhig, die Hand in der einen Hosentasche, blieb der Vagabund stehen. Sein Unterkiefer schob sich etwas vor.

Da geschah etwas Unerwartetes.

Am Mittwoch, den 22. Oktober 1919, hatte die Kommunistische Partei eine Versammlung im Schützenhause Falkenstein einberufen. Ich empfand kein Bedürfnis, dieser Versammlung beizuwohnen. Gegen 8 Uhr abends, als die Versammlung schon längst begonnen hatte, wurde mir die neueste Ausgabe des Falkensteiner Anzeigers gebracht. Aus dieser Nummer glänzte mir mein erneut veröffentlichter Steckbrief entgegen. Die Kopfprämie war wieder um mehrere tausend Mark erhöht worden. Das reizte mich, die Falkensteiner Spießer, die Spitzel und Gendarmen ein bißchen in Aufregung zu bringen. Ohne einen Freund oder Genossen zu benachrichtigen, – es galt, rasch zu handeln –, sprang ich während der Versammlung von der Gartenseite des Schützenhauses durch ein Fenster auf die Bühne.

»Halt! He! Hoch! Ruhe! Hö-ölz!« schepperten plötzlich Stimmen vom Podium in die durcheinandergeratene, geballte Zuhörerschaft. »Max spricht! Ma – Max!« Im Nu wandte sich der wirbelige Haufe dem Rednerpult zu, und ein schriller, unbeschreiblicher Jubel erdröhnte im Saal. Aus dem Qualm vorne tauchte ein untersetzter, dunkelhaariger, breitschulteriger Mensch auf und schrie fuchtelnd mit heiserer Stimme: »Genossen, Genossinnen! Die hochwohllöbliche Polizei und ihre Achtgroschenjungs glauben mich einschüchtern zu können! Man hat mich verhaftet – ich bin wieder da! Ja, ich bin's! Ich steh da, ich – Max Hölz, ich – «

Seine weiteren Worte gingen unter in einem wilden Freudengebrüll. Vergessen war der Blonde, vergessen der Vagabund, alles stand – teilweise noch auf den Tischen – mit gerecktem Hals und gespanntem Gesicht da und lauschte.

»Die Kopfprämie auf mich ist wieder erhöht worden! Genossen und Genossinnen, mit Feuer und Schwert versucht dieses Mördergesindel das Proletariat niederzuhalten!« schrie Max Hölz und schwang dabei seine kurzen, sehnigen Arme. Er stemmte die Faust und einzelne Satzfetzen wurden deutlich: »Wir Proleten sind viel zu nachsichtig!« Hastig sprach er. Seine Stimme klang eigentümlich hell. Er beugte den Oberkörper nach vorn, machte wilde Gesten.

»Nu äbn, der Maags, der is stirmsch! Den gönn' se nich an!« hörte der Vagabund einen gelbgesichtigen Arbeiter sagen. Ein anderer setzte ebenso dazu: »Der fird uns durch digg und dinne!« Einfach durch das Fenster sei er hereingesprungen, der Max, ging das Gerücht um.

»Spitzel im Saal!« schrie jemand, aber es versank im Lärm.

»Laßt die ganze Polizei kommen, wir fürchten sie nicht!« schrie Max Hölz, und ein frenetischer Beifall rauschte auf. Eigentlich beherrschte dieser hitzige, brodelnde Mensch nicht mit seiner Rede, nicht mit seiner Stimme die Zuhörer. Sein Dasein, sein Ruf und seine Keckheit steckten jeden an.

Der Blonde bohrte von weither seine Augen durch den rauchigen Dunst und entdeckte den Vagabunden. Er beugte sich etlichen Genossen zu.

»Mögen sie Kanonen, Maschinengewehre gegen uns auffahren, unsere Idee ist stärker!« bellte Hölz wiederum. Jetzt aber tauchten behelmte Polizisten unter den Türen auf und wurden mit Schmährufen empfangen, Flüche schwirrten und eine Panik entwickelte sich. Weiber plärrten jammernd auf, Männer brüllten, Hilferufe ertönten, Stühle krachten, alles lief in- und durcheinander, und Menschenknäuel fielen übereinander. Wer zu Fall kam, wurde zertrampelt, die Schutzleute kamen in Bedrängnis, ein Stoßen und Schreien prallte an die Wände, und auf einmal klirrte der Kronleuchter in tausend Scherben auf das Gerumpel und Gerenne des stockdunklen Saales herab. Der Vagabund warf sich unter eine Tischplatte, faßte die massiven eichenen Spreizplatten darunter und hielt sich klammernd daran fest. Da blieb er, während sich mit Gepolter, Ächzen und Krachen der Saal leerte.

Die Laternen leuchteten trüb. Da und dort war eine kaputt, wahrscheinlich zerschossen. Der Mond stand hoch im sternigen Himmel. Hin und wieder trappelten aufgeregte Schritte, männliche Gestalten huschten über die Straße, drückten sich um eine Hausecke und waren weg. Dann knallten wieder etliche Schüsse und liefen scheppernd an den dunklen Wänden der Häuser empor, abermals trappten Schritte und verebbten.

Der Vagabund beschnupperte gleichsam alle Seiten rundum und ging weiter. Sein Schritt wurde mit der Zeit entschlossener. Er stieß mit dem Fuß auf etwas Weiches, und als er schärfer hinsah, war es ein Toter. Er stieg darüber hinweg, ging schneller und fing merkwürdig froh zu grinsen an. Er schnalzte wie neubelebt mit der Zunge.

»Haut schon! Also doch noch!« jubelte er halblaut vor sich hin und reckte seinen eckigen Körper.

In den darauffolgenden Wochen ereigneten sich in Plauen, in Oelsnitz und Reichenbach Einbrüche und Überfälle, die die ganze Bevölkerung aufs höchste beunruhigten und eine wahre Pogromstimmung gegen Hölz erzeugten. Die Prämie auf seine Ergreifung wurde immer höher hinaufgesetzt, die schauderhaftesten Gerüchte über ihn liefen um, da und dort wollte man ihn gesehen haben, von Keckheiten sondergleichen wußte man zu erzählen und von blutigen Zusammenstößen seiner Schar mit Polizei oder Regierungstruppen. Eine Zeitung brachte sogar die Nachricht von seiner Erschießung. Niemand kannte sich aus. Ungehemmt geschahen neue Räubereien, und allmählich wurde aus Hölz etwas wie eine unbegreifliche Legendengestalt.

In der Neundorfer Straße in Plauen erschien am hellichten Tag ein Mann in einem kleinen Bankgeschäft und wollte einen Fünzigmarkschein gewechselt haben. Der Beamte, welcher sich um diese Zeit allein im Geschäft befand, zog die Schublade auf griff nach dem Wechselgeld. Im selben Augenblick bemerkte er die auf ihn gerichtete Revolvermündung und brach fast um vor Schreck. Er brachte keinen Ton aus sich heraus.

»Ganz ruhig, bitte! Das ganze Geld raus, marsch!« befahl der Fremde: »Einen Laut und du bist hin!« Dem Beamten blieb nichts anderes übrig als zu folgen. Der Verbrecher steckte die Banknotenbündel ruhig in seine Taschen, ging, unentwegt mit seinem Revolver zielend, langsam rückwärts zur Tür und entkam. Seine Beute betrug fast hunderttausend Mark.

Zwei Tage darauf wurde in einem Juwelierladen am oberen Graben vom Kellergewölbe aus eingebrochen. Die Diebe mußten dies aller Berechnung nach schon tagelang vorbereitet haben und erbeuteten Gold- und Schmucksachen im Werte von fast zweihunderttausend Mark. Es war auffällig, daß sie billige Uhren, Anstecker und Broschen liegen ließen.

Eine Woche später geschah ein besonders frecher Überfall in Oelsnitz. Der Kassenbote eines großen Kohlengeschäftes wurde im Hausgang von hinten angefallen. Ein hochgewachsener, breitschulteriger Unbekannter schlug ihn nieder, entriß ihm die Mappe und rannte auf die Straße. Auf die Hilferufe des Überfallenen sammelten sich sofort Leute an und wollten den fliehenden Dieb stellen. Dieser aber griff, ehe man sich's versehen konnte, blitzschnell in die Mappe und streute einfach eine Menge loser Banknoten unter die hinter ihm herlaufenden Verfolger. Die Wirkung war geradezu grotesk. Statt die Verfolgung fortzusetzen, fingen die Leute im Nu ein wildes Geräufe untereinander an, schrieen, kugelten übereinander, balgten sich um die Scheine, und so gelang es dem Täter zu entkommen. In Lottengrün entdeckte der Inhaber einer Lebensmittel- und Kolonialwarenfirma, daß in der vorhergehenden Nacht bei ihm eingebrochen worden war. Sonderbarerweise aber mußten die Diebe überrascht worden sein, denn es fehlten nur einige Konserven, Würste, Schokolade, Rauchwaren und Brot, aber keine Gelder in der Kasse. In der Nähe von Reichenbach wurde ein Gutsbesitzer beim Ausritt von einem Fremden mit vorgehaltenem Revolver angehalten, und, weil er weiterreiten wollte, durch einen Schuß in den Oberschenkel verwundet. Er fiel vom Pferd und verletzte sich am Kopf. Der Fremde zwang ihn, sich bis aufs Hemd auszuziehen, und entkam trotz der Hilferufe des Überfallenen. Das reiterlose Pferd fing ein Reinsdorfer Arbeiter ein und brachte es zurück. Den beklagenswerten Gutsbesitzer fanden Leute und schafften ihn ins Krankenhaus. Trotz genauester Angaben desselben wurde man des frechen Räubers nicht habhaft.
So ungefähr lauteten die Berichte der Lokalblätter. Und immer wieder stand am Schluß das Schreckenswort: »Hölz!«
Der und kein anderer mußte es gewesen sein.

Man steht wie ein starker Säemann
und streut seinen Samen in alle Welt

Volker war der letzte, der vom Felde kam. Er schritt an den Hausungen vorüber und suchte die Wohnung seines Sohnes auf. Heute abend, dachte er, hol' ich mir auf dem Dülkinger Hof ein paar Jagdflinten. Die Rebhühner schwirren in Völkern. Weidmannslust macht blanke Augen. Er trat ins Haus und pochte einen Jägermarschtakt gegen die Wohnstubentür. »Du stöberst mir zu viel in den Büchern. Wir wollen lieber das alte Wunderbuch des Herrgotts aufklappen und uns ein Tannenreis auf den Jägerhut stecken.« Er griff in den Bücherstapel auf dem Fensterbrett. »Was sind denn das für dickleibige Schmöker?« Er blätterte auf, blickte hinein, stutzte. Ergriff dann schweigend ein zweites, drittes Buch. Legte sie still auf ihren Platz zurück. »Deine medizinischen Lehrbücher. So, so.« Er zwang sich zu einem freundlichen Lächeln. Er sah seinen hageren, auf den Kampfplätzen halb Europas über seine Jahre gealterten Jungen in jäher, heißer Vaterliebe an. Und dann wußte er, daß er ihn hergeben müßte. »Vater – es braucht nicht heute zu sein.« »Doch, Fritz. Welche Stadt hast du gewählt? Bonn?« »Ich stelle keine großen Ansprüche. Und es sind Zwischensemester für Kriegsteilnehmer eingeführt.« »Aber zu hungern brauchst du nicht. Wenn du frische Luft nötig hast, kommst du zu mir zur Jagd heraus. Weidmannsheil.« »Weidmannsdank, Vater.« Und dann warf er sich wie ein Junge an des Vaters Brust. In den endlosen Feldzugsjahren hatte es ein Händeschütteln tun müssen.

Hanna Westerland kniete mit aufgerafftem Kleid neben ihm am Boden und legte im Kamin ein Feuer an. Herr von Dülkingen sei noch im Städtchen, hatte sie wohl gesagt und ihn gebeten, seine nebelnassen Kleider zu trocknen. Das Feuer knisterte und sprühte. Das Mädchen kauerte ganz im roten Schein und schichtete das Spaltholz.

»Ihr Herr Sohn will zum Studium zurückkehren? Sein ernstes Streben wird Ihnen Freude machen.«

Auf seiner Stirn erschien die Steilfalte.

»Das können Sie nicht verstehen, Fräulein Westerland. Da löst sich Fleisch und Blut von mir ab. Mein Bestes.«

»Sie tragen Abschiedsweh, es muß etwas Schweres und doch Schönes sein, sein eigen Fleisch und Blut hinaussenden zu können, damit es wieder ein Neuland gründet.«

»Ein Neuland. Das hört sich gut an. Man steht wie ein starker Säemann und streut seinen Samen in alle Welt. Aber er kann auch in die Disteln fallen oder in den Straßengraben.«

Sie lächelte ihn an, als ob er sie nur versuchen wollte.

»Es kommt doch auf den Samen an, Herr Volker. Guter Samen ist stärker als schlechter Boden.«

Der Oktoberwind blies. Schon glitzerte am Morgen Frühreif auf den Schollen. Volker stand in seinen langschäftigen Stiefeln, an denen die Erdklumpen hingen, und hielt Umschau über das Geschaffene. In den Augen der Männer, die ihn umringten, brannten die Lichter der Genugtuung.

»Der erste Angriff ist geglückt,« sagte er. »Wir haben der Heimat ein gut Stück Neuland erobert. Nörgler könnten höhnen: Was wollen die paar Hektar Neuland gegen die tausend Meilen deutschen Bodens, die wir auf Befehl der Feinde fahren lassen müssen? Ihr wißt die Antwort selber. Die tausend Meilen deutschen Landes bedeuten das schreckliche Ende, die paar Hektar Neuland – den fröhlichen Anfang. Und nun wollen wir unsere Winterkartoffeln herausbuddeln.«

Es waren unter den Ansiedlern Vater und Sohn, die in derselben Kompagnie vier Jahre lang Seite an Seite die Schlachten geschlagen, Seite an Seite im Grabenkrieg bei Tag und bei Nacht den

Tod gesehen hatten. Peter und Paul hatten sie in der Kompagnie geheißen.

»Wir könnten noch ein Dutzend Mann gebrauchen,« sagte der alte Peter. »Der Angriff kann auf breiterer Linie vorgetragen werden.«

»Hab's schon überlegt. Jeder von euch kann ein oder zwei Mann aus der Freundschaft nachziehen. Aber ausgesiebte Leute, Peter.«

Die Grenzen der Kultur gegen Asien

Die Gesichter der Männer, die über die Felder ritten, waren verbissen. Deutschland hat uns verraten, brannte es in ihnen. Aber wir kapitulieren nicht, klapperten die Hufe, die zur Front strebten. Patsch – patsch marschierten die Kompanien über die regennassen Herbststraßen. Wir sind die letzten Stoßtruppler! Die letzten Freiwilligen!

Das Freikorps Roßbach war in der Stunde der höchsten Not zu Hilfe gekommen. Mit geladenen Gewehren waren sie durch Ostpreußen marschiert. Mit Pistole und Handgranate war der Weg freigemacht worden über die Memelbrücke. Mit frischem Tempo marschierte die unverbrauchte Truppe zur Front. Da war manch schneidig Lied hochgestiegen aus den Kolonnen. Nichts mehr von Rosen, Soldatenliebe und spießerischer Reserveruh. Von Trotz und Treue, von Sieg und Schlacht, vom Vaterland, das uns verraten, und vom Soldatentod singen die letzten Stoß-truppler. Im Anfang war der Kampf!

Dichte Nebel krallen sich in die Erde fest und füllen die Täler und Dorfstraßen. Da werden die Jodler der Bergsteiger zu Parolerufen und die Pfiffe der Soldaten zu Erkennungszeichen.

Eines Tages sind die Pfützen auf den Wegen hart geworden von dickem Eis, und Schneeschauer hüllen die Fluren unter ihre weiße Decke. Wenig Mäntel, keine Decken! Als die ersten Posten erfroren aufgefunden werden, ballen sich die Soldaten in den Dörfern und Gehöften zusammen. Schon längst hat das Pardongeben zwischen den Fronten aufgehört. Was heißt überhaupt noch Front? Lettische Divisionen haben rote Fahnen aufgezogen. Im Rücken stehen die Litauer. Durch die Wälder streifen die Partisans. Die Grundbesitzer deutschen Blutes flüchteten zurück. Die jüngeren Männer standen in der baltischen Landeswehr. Frauen und junge Mädchen, Nachkommen der Schwaben und Rheinländer, der Niedersachsen und Bayern, die vor Jahrhunderten hoch oben an der Ostsee die Grenze der Kultur gegen Asien errichtet hatten, schritten mit Karabinern über der Schulter einher. Weit hinter der vordersten Front der Eisernen Division war ein Zug der Flüchtlinge überfallen worden. Die alten Männer, die Frauen und Mädchen aus deutschen Rittergeschlechtern hatten sich den Angreifern mit ihren Büchsen entgegengeworfen. Tod und Schändung oder Kampf!

Rolf sitzt auf einer umgestülpten Kiste im kleinsten Zimmer einer armseligen Bahnstation. Jedesmal, wenn die Tür des Haupteingangs klappt, fährt er hoch. Die Meldung von der Nachbarkompanie, die fast fünf Kilometer entfernt liegt, kommt und kommt nicht. Seit Tagen ist der zusammengeschrumpfte Kern der einst so stolzen MGK ohne jede Nachricht. Die Streife, die in Richtung Koschani vorgeschoben war, hat am Abend da noch Schießen gehört. Wenn die Polin nur durchgekommen war!

Ein Prachtweib, diese Polin! Eine, die über die wilde Liebe hinaus ihren Nervenkitzel haben mußte. Eine geborene Abenteurerin, die nie ihren Humor verlor, sehnig und klug. Ihre Augen, die kokettierend alles verheißen konnten, blitzten in temperamentvoller Glut, wenn es nach Kampf roch. Und ihre Beine, die sie mit den faltenlosen hohen Lackstiefeln übereinanderschlug und so tun konnte, als merke sie es gar nicht, daß die Blicke der ausgehungerten Männer an ihnen klebten, regierten im Herrensitz jedes Pferd.

Vor Wochen hatte Rolf sie kennengelernt. Sie galt als Geliebte des zaristischen Obersten, mit dem er damals zusammen war. Der Kaukasier hatte Rolf seine Damaszenerklinge gezeigt. »O Gott, du tapferster aller Soldaten, steh uns bei im Kampfe«, hatte vor Hunderten von Jahren ein Schmied in lateinischer Sprache auf dem Stahl eingebrannt. Rolfs Augen blitzten vor Freude an der prächtigen Waffe. Da hatte das dunkeläugige Polenweib ein Schnapsglas gepackt und es mit heißem Blick auf den Gast leergetrunken und hinter sich geworfen. Und als sich Rolf im Dunkeln in den Sattel schwang, hatte eine feingliedrige Frauenhand die seine gefaßt und sie heftig gedrückt, wie eine schnurrende Katze, die plötzlich die Krallen ausstreckt.

Vor drei Tagen aber, als sie draußen am Bahndamm die drei Kameraden begruben, rollte auf einmal ein Panjewägelchen heran: die Polin! Sie werde hier bei ihm bleiben, hatte sie ganz einfach erklärt. Wenn schon Soldat spielen, dann lieber bei den Deutschen und nicht bei den Russen. Und die letzte Nacht war es Rolf im Taumel ihrer wilden Küsse klargeworden, daß auch dieses Leben noch wert war, gelebt zu werden, in dem elenden Loch zwischen den Fronten. Die Polin wollte Verbindung mit der Nachbarkompanie aufnehmen. Ob sie wiederkam?

Draußen erhebt sich Stimmengewirr. Fremde Männer fragen nach ihm. Da sind sie schon in der Tür, drei frische Burschen mit erhitzten Gesichtern unter den russischen Pelzmützen. Rolf öffnet den Befehl, den sie ihm reichen:»Rückzug. Die Truppenteile ziehen sich möglichst zusammen und brechen durch die feindlichen Linien hindurch. Sammelpunkt am Schloß!«
Er muß wegsehen, als er die Soldaten das Fleisch verschlingen sieht. Seit sechs Tagen, seit dem Sturm da draußen auf das Dorf,

gibt es kein Brot mehr. Sechs Tage Fleisch und nichts als Fleisch. Rindfleisch, Schweinefleisch, Schweinefleisch, Rindfleisch! Die ganze Kompanie hat Durchfall. »Der Führer der Deutschen Legion ist gefallen. Sein Generalstabsoffizier leitet den Rückzug. Er hat einen Beinschuß und gibt Befehle von einem Panjewägelchen aus. Wir werden wohl Weihnachten in Deutschland sein.«

Rolf träumt von Badewannen und sauberen Hemden. Das Förstermädel aus der Mark ist bei ihm. Es lacht und packt ihn um den Hals. Jawohl, sie küßt noch so wie früher. Aber jetzt, die beißt ... oh! Über ihm kichert es, während schneekalte Tropfen seine Wangen treffen. Jetzt ist er wach und begreift. Die Taschenlaterne blitzt auf. Die Polin! »Komm her, du süße Bestie, noch einmal!« Er faßt die naßkalte Pelzjacke und zieht den heißen, klopfenden Busen zu sich herunter.

»So, nun Licht an! Was sollen die draußen denken!«

»Eine serr schöne Gruß von deine Freind. Und hier!«

Kurt schreibt: »Spätestens um zehn Uhr hoffen wir da zu sein. Dann stoßen wir durch. Das Mädchen ist unerhört. Ich habe keine Angst, daß du diesen Brief nicht bekommst. Denn sie ist verliebt – bis auf weiteres in dich!« – Na also!

Die Panjewagen waren zur Stelle. Den ganzen Tag hatte Rolf sich daran zu schaffen gemacht. So mußte es klappen! Je ein Maschinengewehr für knieenden Anschlag nach rechts und links montiert. Und eines, das nach hinten feuerte! Die besten Richtschützen für diese Wagen.

Vorsichtig schlängelt sich die Kolonne durch die dunkle Schneenacht. Jetzt mußte sie bald an den feindlichen Linien sein. Auf der Höhe vorn links geht eine Tür auf, und ein Lichtschein fällt heraus.

»Das sind die Postierungen der anderen! Wenn keine Pferde ab-geschossen werden, klappt's«, flüstert Rolf, »also in zweihundert Meter Trab!« Die Soldaten greifen nach ihren Waffen, und die Fahrer nehmen die Zügel fest in die Hand. Ein einziger Schuß pfeift über die Kolonne. Das heißt Alarm. Aber jetzt knattert's von den Wagen los. Schüsse peitschen nach rechts und links. Die Panjepferde rasen in wildem Galopp dahin. Ein Fahrzeug schmeißt um. Die Kolonne reißt auseinander. In den Gehöften werden die Fenster hell. Jetzt knallt's von drüben. Rolf schreit den Feuerbefehl für die Maschinengewehre heraus. Ein Höllen-lärm hebt an. Wildes Geschrei tönt in das Geknatter. Die Lenker halten die Zügel fest in den Händen. An vereisten Stellen rut-schen die Wagen herum. Es ist eine tolle Jagd.

Die Küchengäule gingen zuerst ein

Wir strichen an der Düna entlang und wir versteckten uns in bröckelnde Erdhöhlen. Wir hatten nichts zu kochen; die spärli-chen, erfrorenen Kartoffeln waren nur geröstet genießbar. Un-sere Verwundeten bekamen den Brand und starben. Wir hatten zwar einen Arzt, doch der lag mit im Gefecht, und wir hatten we-der Verbandszeug noch Medikamente. Drüben die hatten alles.

Wir lagen des Nachts in Igelstellung um irgendein Gehöft. Jede Kompagnie in einer Stellung für sich und die Kompagnien je drei Kilometer weit auseinander.

Wir hatten keine einzige Nacht Ruhe. Die Pferde magerten ab, denn woher sollten wir Futter nehmen; die Küchengäule gingen zuerst ein, schwerer belgischer Kaltschlag, dann die Pferde der Bagagewagen. Nur die Panjegäule blieben munter. Die lettischen Bauern hungerten und froren wie wir, doch waren die meisten Gehöfte unbewohnt.

Wir hätten jeden wegen Verrates totgeschlagen, der uns auf-gefordert hätte, dem Befehl der Reichsregierung gemäß nach Deutschland zurückzukehren.

Gegen die Mitte des November begann die Düna zuzufrieren. Nun kamen die Letten ungehindert über den Strom.

Die deutsche Regierung sandte fürsorglich einen General, der die Baltikumer nunmehr an den mütterlichen Busen der Heimat zurückbringen sollte. Unter seinen Salonwagen flogen Handgranaten.

Die Letten folgten uns sofort. Kaum hatten wir einen Wald verlassen, dann bewegten sich schon die schneestäubenden Zweige der Bäume hinter uns, und es knatterte uns um die Beine. Wir hieben nach rechts und nach links, wir verhielten an jeder Ecke, an jedem Waldstück, an jedem Bach. An der Eckau krochen wir in brandgeschwärzte Ruinen und wendeten alle Rohre dem nachdrängenden Letten zu. Und es schneite, schneite, schneite.

Wir machten den letzten Stoß. Ja, wir erhoben uns noch einmal und stürmten in ganzer Breite vor. Noch einmal rissen wir den letzten Mann mit aus der Deckung und stießen in den Wald hinein. Wir rannten über die Schneefelder und brachen in den

Wald hinein. Wir knallten in überraschte Haufen und tobten und schossen und schlugen und jagten. Wir trieben die Letten wie Hasen übers Feld und warfen Feuer in jedes Haus und pulverten jede Brücke zu Staub und knickten jede Telegraphenstange. Wir schmissen die Leichen in die Brunnen und warfen Handgranaten hinterdrein. Wir erschlugen, was uns in die Hände fiel, wir verbrannten, was brennbar war. Wir sahen rot, wir hatten nichts mehr von menschlichen Gefühlen im Herzen. Wo wir gehaust hatten, da stöhnte der Boden unter der Vernichtung. Wo wir gestürmt hatten, da lagen, wo früher Häuser waren, Schutt, Asche und glimmende Balken, gleich eitrigen Geschwüren im blanken Feld.

Als ich kein Hemd mehr am Leibe hatte

und der Hunger mein ständiger Gast war, da stieg ich durchs Kellerloch und holte mir Wäsche, Brot und Wurst. Ein »guter Freund« verriet mich, und ich wanderte für acht Monate ins Gefängnis. Nach fünf Monaten Strafhaft schickte man mich aufs Arbeitskommando. Schwer war die Arbeit nicht, aber naß. Mich zog es wie mit tausend Armen fort. Ich lief weg. Bei nüchternem Verstande hätte ich mir gesagt: Wenn du bei einem so kleinen Strafrest laufen gehst, dann gehörst du glatt ins Irrenhaus. Durch eine Baracke geschützt, glückte es mir, den nahen Wald zu erreichen. Ich kannte die Gegend nicht, hielt mich darum in der Richtung, in der ich den Rhein vermutete. Ein Paket Butterbrote hatte ich bei mir. Bis Duisburg würde es wohl reichen. Der Kleidung wegen konnte ich mich auf der Straße nicht sehen lassen. So lief ich denn einsam über Berg und Tal immer gerade aus.

Einige Mitgefangene waren aus der Anstalt entlassen worden. Ich traf sie auf der Straße. Sie wußten um meine Entweichung. Irgend ein Lump konnte mich verraten. Daher schüttelte ich den Staub Duisburgs von den Füßen und dippelte los. Wollte ich ganz sicher sein, so mußte ich ins Ausland. Den Rucksack auf dem Rücken, den Stab in der Hand, wandere ich über die Landstraße, Richtung Düsseldorf. Ich bin noch nicht weit gegangen, da stoße ich auf zwei Walzbrüder, die im Chausseegraben sitzen und eben einen Angriff auf ihren Frühstücksvorrat machen. Der alte Speckjäger, von seinem jüngeren Weggenossen August genannt, zieht eine Schnapsflasche aus der Tasche und legt sie zu den Eßwaren.

»Servus! Seid gut verproviantiert«, rede ich die beiden an.

»Wer auf der Landtraße verreckt, verdient nicht besser«, gibt mir August zurück.

»Ja, ja, August, so ist es, zu essen gibt es genug. Bloß an den Fusel ist schwer zu kommen.« So Grieß, der junge Kunde. Tabak haben die beiden nicht. Sehnsüchtig äugeln sie nach meinem Päckchen. Ich rolle mir eine Zigarette zurecht.

»Wohin machst du denn?« fragt mich August.

»Vorläufig nach Düsseldorf.«

»Dann können wir zusammen gehen. Übrigens, hast du Kohldampf?«

»Das nicht, aber Durst.« Ich fühle wirklich Verlangen nach einem Schnäpschen.

»Dann mal ran.«

Wie ich die Flasche absetze, prüft August den Rest: »Du hast 'ne gladde Rinne.«

Jeder rollt sich eine Zigarette, und dampfend gehen wir auf der Straße weiter. August ist ein alter Speckjäger. Er weiß um jeden Weg und Steg, um jedes Kloster und Haus, um jede Scheune und Platte. August kennt auch noch andere Häuser, Gefängnisse und Arbeitsanstalten, in denen er wegen Bettelei ein dutzendmal Aufnahme fand. Augenblicklich hausiert er mit Klebpflaster und billiger Seife. Das Geschäft bringt allerhand ein, zumal der Geschäftsinhaber ein gerissener Junge ist. Zuerst steigt er zu den Dachwohnungen empor und arbeitet dann von oben herab. Wer von ihm kauft, zahlt zuviel. Wer nicht kauft, muß sich gefallen lassen, daß er angebettelt wird. Findet er auf dem Flur der Häuser etwas zum Mitnehmen, dann zögert er nicht lange. Kollege Grieß verstaut das Diebesgut im Rucksack.

Im Schanklokal der Penne trinke ich ein Glas Bier. Ein Nebel von Tabakrauch hüllt Tische und Menschen ein. Habe einige Minuten später ein Abendessen vor mir stehen. Da setzt sich ein Mädchen neben mich auf die Bank. »Willst du nicht auch essen?« »Ich möchte gerne, aber ich habe kein Geld.« Ich bestelle ein zweites Essen. Das Mädel setzt sich mir gegenüber und arbeitet fleißig mit Messer und Gabel. Stirn, Backen- und Nasenknochen treten eckig und kantig hervor. Das Kinn ist spitz. Die Knöchel der Hände scheinen durch die Haut zu dringen. Das arme Menschenkind ist nur Haut und Knochen. »Krieg nahm mir Vater und Mutter. Ich kam nach Düsseldorf als Dienstmädchen in Stellung. Eines Tages fand meine Herrin die Briefe meines Liebsten. Sofort mußte ich das Haus verlassen. ›Eine Herumtreiberin‹ wollte die Frau in ihrem Heime nicht dulden. Mein Liebster staunte, als er mich mit dem Koffer beladen vor sich stehen sah. Er war selbst unerfahren und wußte mir keinen Rat zu geben. Vor allen Dingen mußte ich für die kommende Nacht ein Dach über dem Kopfe haben. Er war mir behilflich. Ein Mädel der Herberge machte sich am selben Abend zu meiner Freundin. Am nächsten Tag erwartete ich meinen Liebsten. Er kam nicht. Er blieb verschwunden. Meine Freundin lachte mich aus: ›Er hat dich verlassen. Das alte Lied!‹ Nun kam das Schlimmste. Meiner Freundin war es geglückt, in meiner Abwesenheit auf mein Zimmer zu kommen. Den Koffer mit all meinen Sachen hat sie mitgenommen. Ich klagte dem Wirt mein Leid. ›Ich kann Ihnen nicht helfen. Machen sie es wie andere Mädels.‹ ›Was soll ich denn tun?‹ ›Trinken, essen, leben und lieben Sie in meinem Hause; dann können Sie hier bleiben.‹ Nie wollte ich ein solches Leben führen.«

Das Mädel weinte wie ein kleines Kind. Ich hatte Mitleid. Rucksack und Stock lagen neben mir auf der Bank.

»Laß mich mitgehen.«

Ein Stich geht mir durchs Herz. Das arme, zertretene Ding setzt seine letzte Hoffnung auf mich.

»Das geht nicht.«

Solch eine Traurigkeit sah ich nie auf einem Gesicht. Ich kann das Bild des Jammers nicht mehr länger ertragen. Die Tränen steigen mir auf. Ich gebe mir einen Ruck, greife in die Tasche und schiebe dem Mädel etwas Geld zu. Tröste mit einem unbeholfenen Worte und verlasse das Lokal. Auf der Straße fühle ich mich am Rock gepackt. Da steht das Mädel wieder neben mir. Ich möchte es doch mitnehmen, fleht es mich an und weint und weint. Ich versuche dem fassungslosen Mädchen klarzumachen, daß das nicht gehe. Es versteht nicht, will nicht verstehen und bleibt, wie ich weiterschreite, an meiner Seite. Was soll ich mit dem Mädel? Habe selbst nichts zum Leben. Mit einem Mädel über die Landstraße, das geht nicht. Wir verkommen beide. Versuche noch einmal, ihm seine Gedanken auszureden, umsonst. Da mische ich mich unter das Volk und stürme davon.

Wir waren mit Kay noch fünf intakte Kämpfer

Der erste, der fiel, war Gohlke. Er lag hinter seinem Gewehr und bekam einen Kopfschuß, der ihm die ganze Hirnschale wegriß. Dann fiel ein Hamburger; ein Ratscher zerschlitzte ihm den Bauch. Als der Abend sank, wurde der dritte, ein Minenwerfer, schwer am Bein verwundet und verblutete unter langanhaltendem Stöhnen, da keiner ihm helfen konnte. Wir hatten längst keine Verbandspäckchen mehr, und jedermann wurde an der Waffe gebraucht.

Da kam Leutnant Kay angepprescht, hoch zu Roß. Er stürzte in den Hof, indes das Dach des Hauses in Flammen aufging und die Mauer bröckelte. Er schrie uns zu:»Sofort zurück! Mitau ist von den Letten besetzt! Wir können noch am Bahnhof durchstoßen und die Straße nach Schaulen erreichen. Das Bataillon ist längst abgerückt!« – der Melder, der uns holen sollte, war nicht angekommen.

Wir gingen nicht eher, als bis die letzte Mine abgeschossen war. Wir schleiften den Werfer auf das Eis des Flusses, und indes die Gewehre und die Munitionskästen auf die Wagen flogen, feuerte der Werfer nach allen Richtungen. Ich überzeugte mich, daß nicht ein Knopf liegenblieb. Die Toten luden wir auf einen Wagen. Die Verwundeten, vier an der Zahl, setzten sich dazu. Wir schoben die gleitenden Pferde und rutschenden Karren mühsam über das Eis und hoben sie fast an der jenseitigen Böschung hoch. Wir waren mit Kay noch fünf intakte Kämpfer. Die Geschosse peitschten mit widerlichem Pfeifen das Eis. Als die letzte Mine triumphierend in den Waldrand hieb, steckte ich eine Handgranate in den Lauf und zog ab. Dann rannte ich los. Der Werfer barst mit heulendem Knall. Den Wagen mit den Verwundeten nahmen wir in die Mitte. Vorne und hinten lag schußfertig ein MG auf dem Gestänge. So lösten wir uns vom Feind.

Es sind hier Verbrecher am Werk

Das letzte Bataillon bezieht Quartier in armseligen Hütten an der großen Straße. Draußen stehen die Posten in der kalten Winternacht und spähen nach Norden und Osten, nach dem verlorenen Kurland.

Rolf reitet allein vor, um die Quartiere sicherzustellen. In dem Städtchen ist ziemlicher Betrieb. Zwei Juden stehen vor ihm.»Herr Offizärr, e schoines Quartier? Mit e Bett und e heiße Tasse Tee?« Nanu, denkt Rolf, wie entgegenkommend hier die Juden sind! Fünfzig Meter weiter drängt sich schon wieder ein Kaftanträger an den Steigbügel heran, ein alter Mann mit langem Bart. Er malt mit beredter Stimme dem Reiter ein schönes Bild vor von sauberen Betten, Abendessen, ja sogar einem Mädchen, das bei ihm schlafen kann. Und das Erstaunliche auch hier: Es kostet nichts! Der Feldgendarm vom Standort zeigt Rolf eine Straße. »Hier sind die Quartiere für Ihr Bataillon. Bis zur nächsten Querstraße. Es ist allerlei Gesindel in der Stadt, das Uniformen trägt, aber zu keinem Truppenteil gehört.« Ein älterer Offizier mit Begleitung redet Rolf an. Es ist der Standortälteste. »Kompanien müssen gut zusammengehalten werden. Es sind hier Verbrecher am Werk!« Aha, denkt Rolf, daher die Liebenswürdigkeit der Juden!

Das Standgericht tagt. Der Standortälteste hat den Vorsitz, aber es gehören auch Unteroffiziere und Mannschaften zu dem Gericht. Es gibt nur zwei Urteile: Tod durch Erschießen oder Freispruch. Die Fälle liegen heute klar: Vollendete Plünderung mit Mordversuch. Neun Angeklagte sind geständig und überführt. Das Urteil lautet einstimmig auf Tod. Ein Chargierter ist dabei. Ihm werden zunächst die Abzeichen heruntergerissen. Den zu Tode Verurteilten wird die Mütze mit den Kokarden weggenommen. Befehl des Standortältesten: Die Delinquenten werden bei Morgengrauen erschossen. Die Leichen werden zur Abschreckung während des morgigen Ruhetages auf dem offenen Marktplatz ausgestellt. Die Verurteilten sind bleich. Sie nehmen sich zusammen. Nur der frühere Chargierte, der Älteste von ihnen, jammert. Scheußlich!

Hagen kommt vom Markt. Er geht erregt durch das Zimmer. »Das Ausstellen der Erschossenen ist ekelhaft. Da liegen die Toten und sind teilweise nur mehr halb angezogen. Die perversen Judenweiber schleichen herum mit widerlichen und schadenfrohen Gesichtern. Es ist nicht anzusehen!«
Gleich darauf kommt König. Er hat die Knöchel seiner Hand mit einem Taschentuch umwickelt, in dem kleine rote Stellen zu sehen sind. »So ein Lausejunge«, flucht er und ruft nach Wasch-

wasser. »Also das ist Mist mit dem Ausstellen auf dem Markt! Steht doch da eben ein Soldat und fängt an vor versammeltem Volk laut auf die Erschießung zu schimpfen. Ich habe ihn den Feldgendarmen mit Mühe entrissen, sonst stünde er heute nachmittag auch vor dem Standgericht.«

»Und davon blutest du?« fragt Hagen.

»Quatsch«, sagt der Lange und taucht seine Hand in die Wasserschüssel, »ich habe den Bengel in einen Hausflur mitgenommen, und habe ihm dabei ein paar in die Zähne gelangt, ehe ich ihn zum Hinterausgang des Hauses hinauswarf. Ein Jud hat gegrinst. Da hab ich dem gleich noch ein paar mit in die Visage geklebt.«

Der Marsch geht durch Tauroggen. Hier also hat vor mehr als hundert Jahren der alte York mit dem Russen Diebitsch das Bündnis geschlossen gegen den großen Korsen. In der Mühle dahinten in Poscheruny! »Ich bin der letzte Offizier meines Regiments in Feindesland – ich, Rolf Weigand von der deutsch-russischen Legion! Vor 107 Jahren ist mein Regiment gegründet worden. Es stand damals bei der russisch-deutschen Legion. 1812 – Korps York!«

»Der alte York war ein Rebell wie wir, aber er hat Preußen hochgerissen zum Freiheitskampf. Ob sich für uns ein Führer findet, der dasselbe riskiert«, spricht Kurt.

»Einmal wird er sich finden«, meint zuversichtlich Rolf und hebt den Kopf. »Ich glaube daran!«

Am Ortseingang sitzt ein langer Ulan auf einem Pferde. Der Reiter hat eine schwarzweißrote Fahne in der Hand. Sein junges Gesicht ist verzerrt, und Tränen laufen ihm die Backen herunter. »Hierher, Ulan!« schreit Hagen laut, »hierher, zwischen uns mit Ihrer Fahne!«

Die Nacht bricht an. Vorn rechts brennen die Lichter des ersten Hauses an der deutschen Grenze. Noch einmal werden die Uniformen in Ordnung gebracht und die Helmriemen fester angezogen. Die Offiziere reiten vor ihre Kompanien. In strammem Gleichschritt mit angezogenen Gewehren setzen sich die Formationen in Marsch. Das Kampflied der Heimatlosen klingt noch einmal auf. Dann fängt es vorne an und pflanzt sich in der Kolonne fort und geht durch Mark und Bein: »Deutschland, Deutschland über alles!«

Das letzte Bataillon marschiert aus fremdem Land über die Grenze. Jetzt erst ist der Krieg aus! Jetzt, in der Nacht vom 17. zum 18. Dezember 1919. Die Soldaten des Grenzschutzes stehen am Straßenrand und schauen still auf die eiserne Marschkolonne. Hinter denen kommt niemand mehr. Der Himmel ist klar, und tausend Sterne glänzen. Die ewigen Stoßtruppler aber werfen den Kopf in den Nacken. Sie ahnen den kommenden Kampf.

Wie schön war die deutsche Welt

Baus!! – Baus!! Zwei Schüsse erschütterten in kurzen Zwischenräumen die Luft. Die Jäger horchten auf. Hei – das Geläut der Juno! Es überschlug sich fast in seiner stürmischen Heiterkeit. »Das war ein Pärchen,« lachte Dülkingen in den Wald hinein. Und aus dem Knieholz kroch der Niklas hervor. In jeder Faust einen Hasen am Hinterlauf. Mit einem Satz nahm er das letzte Hindernis, legte die Hasen vor den Herren nieder und stand straff mit lustig funkelnden Augen. Der Graubart wandte das Pärchen mit der Stiefelspitze um. »Alle Achtung. Beide vor die Plauze. Sie dürfen sich morgen bei mir einen Jagdschein holen.«

Der Schnee bog die schwankenden Zweige und wölbte Kreuzgänge durch den Wald wie in einem mittelalterlichen Dom. Die Freude an einem Köstlichen und Unnennbaren durchrieselte Volker. Wie schön war die deutsche Welt, selbst in diesem abseitigen Winkel. Das Geläute des Hundes. In der Ferne. Näher schon. Immer näher. Ein brauner Schatten huschte über den

Schnee, hockte nieder vor Schreck, jagte gestreckt dahin. Aus Volkers Rohr blitzte es. Der Hase überschlug sich im Lauf und lag. Neue Patronen in den Lauf. Achtung. An Dülkingens Stand knallte ein Schuß. Dort lag der zweite Krumme im Schnee.

Ein Fasanenhahn schwirrte auf, strebte über die Wipfel weg, bot sein buntschillerndes Gefieder wie ein jähes sonnenfunkelndes Aufleuchten dar. Dülkingen ließ dem Freunde den Schuß. Der holte den Hahn mit Kopfschuß nieder. Wie ein Stein plumpte er aus Wipfelhöhe ins dichte Unterholz.

Die Sonne stand im Mittag, als sie weiterschritten und noch ein paarmal zum Schuß gelangten. »Wir wollen heim,« sagte Dülkingen. »Ich hab's dem Hannamädchen versprochen, um drei Uhr zu Tisch zu sein und Sie mitzubringen.«
»Sehr freundlich von Fräulein Westerland, auch an mich dabei zu denken.«
»Ja, Volker, glauben Sie denn, ich bildete mir ein, sie dächte in erster Linie an mich? So ein fein Jüngferlein mit dem roten Herzen in der schneeweißen Brust an mich ruppigstruppigen Rübezahl?«

Der letzte Schuß sollte getan werden. Volker stand an einem Moorwasser, in Deckung hinter schwer niederhängendem Gesträuch. Irgendwo mußte die Juno die Fährte gewechselt haben. Ihr Geläut kam nicht mehr auf ihn zu. Es klang fernhin und rechts ab. Und er träumte, mit offenen Augen. Er dachte an den Willkomm, den er gefunden hatte, er und Hagen und die Ungezählten, die über vier Jahre im Siegesjubel und im Rückzugselend der Fahne die Treue gehalten hatten. War ein Treuschwur ein anderer im Sieg und im Elend? Gestalten tauchten vor ihm auf, die er zu erkennen glaubte. Der stille, blanke Mittag versank. Es wurde ihm dunkel vor den Augen. Und in das Dunkel hinein vernahm er Dülkingens Stimme, die ein Bild malte wie eine Volksliedstrophe: »So ein fein Jüngferlein mit dem roten Herzen in der schneeweißen Brust ...« Er summte die Zeile vor sich hin, und es *war* ein Volkslied. Ein fein Jüngferlein mit dem roten Herzen in der schneeweißen Brust ... Da ging sie vor ihm her und wandte sich nach ihm im einsamen Walde. Horch – sie rief ihm zu! Das war – ein Hilfeschrei! Das selige Lächeln um seinen Mund verzerrte sich zur Wut. Werwölfe sprangen die Feine an. Jäh riß er die Augen auf. Er stand am dunklen Moorwasser, unter schneebedecktem Gezweig. Und seine Augen bohrten sich in die grünen Lichter eines starken Fuchses. Um eine Sekunde ging's. Das Gewehr in Anschlag – Blitz – Knall – und der rote Schleicher brach im Feuer zusammen.

Gib mir die Wahrheit, stammelte der Kranke

Nun wallen die blutigen Nebel des Fiebers vor Thors Augen auf und nieder und nur von Zeit zu Zeit ist es ihm, als wiche der Vorhang und gäbe ihm den Ausblick frei. Ein wütender Schmerz sitzt in seinem Haupte, als sei es von mächtiger Faust zerschmettert worden. Er fühlt den quälenden Durst, er versucht, nach Labung zu schreien. Dann hat er das Gefühl, als flöße ihm jemand kühlenden Trunk ein, aber er vermag den Barmherzigen nicht zu sehen. Eine zarte Hand streicht über sein schmerzendes Antlitz. Doch gleich darauf ist die Linderung wieder vorüber und weiter wallen die roten Nebel, wie ein Katarakt von Blut und Dunst. Er sehnt sich nach dem Ende, aber er vermag dieser Sehnsucht keinen Ausdruck zu geben. Und nur ganz selten sind die Augenblicke, in denen er zu hören und zu sehen glaubt und wahrnimmt, wo er ist und was um ihn vorgeht. Ganz sicher: er ruht auf einem blütenweißen Lager in einem hellen, sonnigen Raum, der das Licht durch zwei dem Bett gegenüber liegende Fenster erhält. Ganz sicher: um ihn bemühen sich ebenso helle Gestalten, die zur Farbe seiner Umgebung passen, als seien sie selbst ein Stück davon. Was mit ihm geschieht, er weiß es nicht. So sieht er einmal in ein bärtiges, gütiges Greisenantlitz und hört, wie jemand neben dem Lager sagt:»Ich glaube, er erwacht, Herr Professor.« Und der Graubärtige, der ihn prüfend betrachtet, schüttelt das Haupt und antwortet:»Sie irren, Kollege, das sind nur schwache Reflexe des Bewußtseins.«

Mehr vermag Thor von Tornten nicht zu hören oder zu sehen. Wenigstens in diesem Augenblick ist es wieder mit seinem Ichsein vorbei, die Nebel wallen um ihn empor und er versinkt ins Wesenlose. Er sieht ein von blonden Locken umrahmtes Frauenantlitz, er blickt in ausdrucksvolle, von Mitleid erfüllte Augen. Er erkennt Carry Bolton, die Engländerin. Aber es kommen auch andere Gestalten, fiebergleich, wie Schemen an das Lager des Kranken. Er sieht sie alle vor sich, die sein grübelnder Verstand in den letzten Stunden vor seinem Sturz umfangen hat: den Kaiser, Jakob Grotthauser, die Kapitänleutnants, Anton Künst, sein Weib, das er auch träumend haßt und verachtet, sein Kind und den falschen Freund, der ihn, den Rächer, mit sich in die Tiefe gerissen hat.

Jakob Grotthauser saß neben Thors Lager. Ganz deutlich sah ihn der Verwundete, denn die Schleier waren plötzlich geschwunden und klar stand die Erscheinung des Jugendfreundes vor seinen Blicken. Die Hände des Kranken und seines Besuchers ruhten ineinander, und dann wandte sich Grotthauser zum Fenster hinüber, an dem eine schlanke, helle Gestalt abwartend stand, und rief:»Er erwacht, Miß Bolton!«

»Erkennen Sie uns, Herr Kapitänleutnant?« fragte sie mit ihrem weichen Organ.

»Oh, ich habe Sie schon seit langem gesehen und gefühlt,« gab er mit mühsam stockender Stimme zur Antwort,»aber es versagte mir die Zunge. Jetzt glaube ich, bin ich über das Schwerste hinweg.«

»Ganz sicher, so meint auch der Professor,« erklärte Jakob Grotthauser,»deine Kopfwunde heilt und die schwere Erschütterung, die du erlitten hast, ist im Weichen.«

Thor von Tornten schloß wieder die Augen und versuchte, sich die Ereignisse ins Gedächtnis zurückzurufen, die ihn auf dieses Krankenlager geworfen hatten. Er kam nicht weiter als bis zu dem Augenblick, da er Fritz von Unstett umfaßt und auf die Brüstung des Balkons gehoben hatte. Er blickte wieder auf und suchte auf den beiden Gesichtern, die sich zu ihm neigten, ihre Kenntnis seiner Schande zu erkennen. Und er täuschte sich wohl nicht, Carry Bolton errötete wieder so lieblich wie an dem Abend, da er sie zum erstenmal gesehen, und Grotthauser wandte sein bärtiges Gesicht zur Seite, als wolle er diesem fragenden Schauen ausweichen. Sie wußten also alles, alles ...

»Sie müssen sich schonen, Herr Kapitänleutnant.«

»Schonen?« entgegnete er voll Bitterkeit, »wozu? Vielleicht für dieses Leben?«

Jakob Grotthauser sagte: »Unser Vaterland braucht in diesen Tagen jeden Deutschen, jede Faust ist wertvoll, die arbeiten kann. Weißt du denn, wie lange du hier im Sanatorium gelegen hast?« Grotthauser blickte fragend auf Carry. Sie warf einen Blick auf den Kalender, der zwischen den Fenstern über dem kleinen, weißlackierten Tischchen an der Wand hing und antwortete beklommen:

»Länger als drei Monate.«

Thor schrak zusammen. »Drei Monate«, wiederholte er tonlos.

»Draußen ist der Winter eingezogen und Weihnachten steht vor der Tür,« sagte wieder Grotthauser mit dumpfer Stimme, »du warst ohne Besinnung, hattest eine schwere Kopfwunde davongetragen. Die Kunst der Ärzte hat dich gerettet, in erster Linie aber Miß Boltons aufopfernde Pflege.«

»Wie werde ich Ihnen je danken können«, rief Thor mit inniger Herzlichkeit. »Wo ist mein Kind?«

»Daheim in guter Obhut.«

Carry Bolton war wieder an das Fenster getreten und blickte hinaus in den sonnenhellen Tag, der seine Strahlen bis in das Krankenzimmer sandte. Umflossen vom Lichte der Wintersonne schien sie Thor erst recht ein Engel, dem er sein Leben verdankte und für den er all seine Innigkeit sammelte.

»Was erzählt man sich von dem Ereignis, dessen Opfer ich geworden bin?«

»Die Eingeweihten wissen es nicht genau, die Fernstehenden sehen sich einem Rätsel gegenüber,« erwiderte der Jugendfreund, »natürlich bestätigt das Verhalten deiner Frau jede Vermutung. Denn sie ist mit Unstett nach München gegangen.«

Eine kleine Pause trat ein, bis der Kranke plötzlich fragte: »Hat die Zeit irgend etwas an politischen Ereignissen gebracht, Jakob?«

Da neigte der Fabrikant mit dem Gelehrtengesicht das Haupt und gab langsam zur Antwort: »Eine neue Schande, Thor.«

Der Verwundete horchte auf. »Wovon sprichst du?«

»Vom Kaiserprozeß in London.«

»Sie haben es also doch gewagt?« schrie der Kapitänleutnant so heftig auf, daß Carry sich umwandte und kopfschüttelnd auf den Erregten blickte, während Jakob Grotthauser erschrak und meinte: »Siehst du, es geht noch nicht.«

»Nein, Jakob, ich muß es erfahren, gib mir die Wahrheit«, stammelte der Kranke.

Grotthauser zuckte die Achseln. »Alle Deutschen wissen es, sie haben ihn nach England geschleppt, sie haben ihn vor einen Gerichtshof von Feinden gestellt und ihm den Prozeß gemacht, aus dem er nicht anders hervorgehen konnte, als beladen mit dem ›schuldig‹.«

»Wie aber denken die Deutschen über ihn?« fragte der Verwundete.

»Er hat viel Liebe wiedergewonnen. Sie haben einen Märtyrer aus ihm gemacht. Die Reaktion im Reiche schlägt daraus Kapital.«

»Was wird nun aus dem Verurteilten werden?« fragte Thor von Tornten nach einer kurzen Pause.

»Es heißt, daß die Verbündeten eine Insel suchen, auf die sie ihn verbannen wollen.«

»St. Helena?«

»Nein, sie kommt nicht in Betracht. Sie wollen nicht Vergleiche zwischen dem aufkommen lassen, der dort gestorben ist, und dem Mann, den sie wahrscheinlich ebenso abgeschlossen von der Menschheit absterben lassen wollen.«

»Oh, wie berechnend sind unsere Feinde«, stöhnte der Verwundete. Und plötzlich war ihm, als lege sich zwischen ihn und die Gestalt des Jugendfreundes wieder der rote Nebelvorhang, den er überwunden zu haben glaubte. Er blickte noch einmal hinüber zu Carry Bolton, hörte zuletzt noch, wie Jakob Grotthauser ihr irgend etwas zurief, und sah sie auf sein Lager zueilen. Ein Bild nur tauchte vor seinem Auge auf, das des Kaisers, wie er ihn zuletzt graubärtig und gealtert in Amerongen vor sich gesehen hatte. Ihm war, als nicke ihm der Mann, an dem er mit ganzer Seele hing, lächelnd zu, ganz so wie damals, als er von ihm Abschied genommen hatte. »Grüßen Sie mir die Heimat, Tornten!« Es klang in seinen Ohren wieder, aber nur ganz kurz, wie ein Wehruf, um dann in ein langgezogenes Rauschen und Brausen überzugehen, als stürzten die mächtigen Wogen des Blutkataraktes vor seinen Augen auf ein felsiges Bett herab.

»Na, Tornten, fühlst du dich wieder stark genug, um meine Anwesenheit zu ertragen?« erkundigte sich Graf Kammitz, der nun neben dem Lager Thors saß und ihm freundlich lächelnd, zugleich aber prüfend ins Gesicht schaute.

»Soll ich denn immer teilnahmslos daliegen?« gab der Verwundete zur Antwort, dem zumute war, als sei Jakob Grotthauser vor Sekunden erst aus dem Gemach getreten, nur um dem Grafen Platz zu machen.

»Volle vierzehn Tage sind verstrichen, seit du zuletzt bei Besinnung warst.«

Thor von Tornten starrte in das kluge Antlitz des Kameraden.

»Unmöglich«, stieß er fassungslos hervor.

»Aber leider wahr. Morgen ist das heilige Fest.«

»O Gott, schon Weihnachten?«

»Dein Junge soll das Fest hier bei dir verleben.«

Thors Seele war von reiner Freude erfüllt. Er lachte wie ein Kind, dem etwas ganz Gewaltiges, Überraschendes bevorsteht. »Wenn ich nur bald wieder auf den Beinen wäre«, seufzte er dann.

»Wer so lachen kann, wird nicht mehr lange liegen,« erwiderte der Kamerad, »der Professor ist der Ansicht, daß du schon in wenigen Wochen geheilt sein wirst. Dein armer Schädel hat zwar bei dem Sturz stark gelitten, aber ist gottlob wieder zusammengeflickt.«

»Sag' mir, wie es dir und den anderen Freunden geht«, bat der Kranke.

Kammitz zuckte die Achseln. »Wenn es so weitergeht, so ziehe ich mich auf mein Gut zurück und widme mich seiner Bewirtschaftung.«

»Warum sollte es nicht so weitergehen?«

»Glaubst du etwa, der Kaiser wäre schon erledigt, ein für allemal abgetan? Er reist in den nächsten Tagen von Liverpool ab.«

Thor zuckte zusammen. »Er reist ab?« wiederholte er, »wohin?«

»Man bringt ihn in die Verbannung.«

»So sage mir, welche Insel sie für ihn bestimmt haben?«

»Juan Fernandez«, stieß Kammitz tonlos hervor.

»Die Robinsoninsel?«

Es war minutenlang still in dem hellen Krankenzimmer.

»Und was hat seine Peiniger gerade zu dieser Wahl veranlaßt?« forschte Thor von Tornten nach einer Pause, die ihm Grauen und Zorn auferlegt hatten.

»Die weite Entfernung von unserer deutschen Heimat, in der Millionen Freunde des Verbannten leben, die leichte Möglichkeit, diese Inseln, die nur einen einzigen Landungsplatz besitzen, zu bewachen, und der Wunsch des Königs von England, den Aufenthaltsort des Exkaisers einigermaßen menschlich zu gestalten. Der Vetter von jenseits des Kanals hat dem entthronten Verwandten auf Mas a Tierra ein Landhaus bauen lassen, von dessen Vornehmheit die englischen Blätter nicht genug zu melden wissen. Aber von der Einsamkeit erzählen sie nichts ... gar nichts ...«

»Wie wird er dort leiden, sich nach der Heimat sehnen«, preßte Thor in dumpfer Verzweiflung hervor. Er fühlte, daß er wieder am Ende seiner Kräfte angelangt war. Er glaubte nur wahrzunehmen, daß Kammitz seine Hand erfaßte. Aber alles, das Bild sowohl wie die Worte des Besuchers, sie gingen abermals im Nichts unter.

Feiert man wohl an Bord ebenso das heilige Fest wie hier in dem stillen Krankenzimmer?

»Hast du noch Schmerzen, Papa?« Otto kauerte auf dem Rande des Lagers. Thor zog seinen Jungen dicht an sich heran. Beide blickten hinüber zu dem Christbaum, an dem soeben Carry die Lichter anzündete. Es war Abend. Thor dachte wieder an daheim, nur sah er diesmal das Bild von einer anderen Seite. Draußen war es dunkel und der Schnee lag wohl auf der winterlichen Erde, er aber ruhte im Warmen hinter dem Fenster, durch das er früher auf das strahlende Weihnachtszeichen geblickt hatte. Ihm war so wohl zumute. Bei ihm weilte, was er auf Erden an Glück begehrte: sein Junge und das Mädchen, das er liebte. Denn für ihn gab es keinen Zweifel mehr, Carry Bolton gehörte sein Herz.

»Wo ist Mama?« hörte er plötzlich neben sich den Knaben halblaut fragen. Thor gab es einen Stich ins Herz und er preßte die Kindergestalt noch fester an sich.

»Deine Mutter ist tot, mein Junge«, entgegnete er nach kurzem Zögern. Otto begann leise zu weinen. Thor versuchte, ihn zu trösten. Aber es gelang ihm nicht. Bis Carry hinzusprang und fröhlich den Knaben in ihre Arme schloß und emporhob. Denn die Lichter am Weihnachtsbaum brannten und lenkten die Aufmerksamkeit des Kindes von dem ab, was ihm Thor gesagt hatte.

»Sieh nur, Papa, Fräulein Bolton zieht gerade das Automobil auf, das sie mir geschenkt hat.«

380

Carry und das Kind schritten aus dem Gemach und Thor von Tornten blieb sich selbst überlassen. Er starrte hinüber zu den Fenstern, an denen die Gardinen dicht geschlossen waren. Aber ihm kam es so vor, als vermöchte er durch die Vorhänge zu schauen und als blicke er auf die winterliche Landschaft, die sich dort draußen ausbreitete. Er sehnte sich nach Freiheit. Das lange Liegen war ihm eine Qual, ihm, dem Naturmenschen, dem als das Liebste das freie Meer in seiner Unendlichkeit erschien. Und von diesem Gedanken wanderte sein Sinnen plötzlich in weite Fernen. Er sah den Kaiser vor sich und gedachte seiner wie eines Vaters, dessen Leid auch das Leid des Sohnes war. Die Freude der letzten Stunde schien Thor wie weggewischt von diesem düsteren Bild. Denn er sah noch mehr, die Umgebung des Mannes, den er liebte, und für den er zitterte: das Schiff, das ihn in die Verbannung führte. Feierte man wohl an Bord des Fahrzeuges ebenso das heilige Fest wie hier in dem stillen Krankenzimmer? Aber das Glück, es war gewiß nicht in den Raum getreten, in dem Wilhelm von Hohenzollern in dieser frommen Stunde seine Andacht verrichtete.

Da war er wieder daheim ... Ihm war ganz unklar, wie er in sein Arbeitszimmer gekommen, denn plötzlich saß er in dem bequemen Luthersessel neben dem Schreibtisch und fühlte von seiner Verwundung nichts mehr als einen dumpfen Druck in den Schläfen. Er war angekleidet und hatte das Empfinden, sich erheben zu können. Es war Abend und auf dem Schreibtisch leuchtete die elektrische Stehlampe. Ringsum schien tiefster Friede zu herrschen, eine wohltuende, herrliche Ruhe erfüllte den Raum. Thor blieb nur kurze Augenblicke allein und Toman führte einen Mann in das Arbeitszimmer, der in einen weiten Mantel gehüllt war, und den Thor nicht erkannte, solange sein Gesicht im Schatten blieb.
»Lassen Sie uns allein, Toman«, befahl der Kapitänleutnant.
»Guten Abend, Herr von Tornten«, sagte der Besucher, als sich die Tür hinter dem Diener geschlossen hatte. Thor horchte auf.

Die Stimme kannte er. Er mußte sie irgend wann vernommen haben, als seine Erregung hochgegangen war, denn sein Herz pochte plötzlich rascher und ihm war, als habe ihn ein Peitschenhieb aufgeschreckt.

»Kennen Sie mich nicht mehr, Herr Kapitänleutnant?«

Und der Fremde trat einen Schritt vor, so daß das Licht der Schreibtischlampe seine Züge überflutete.

»Künst«, sagte Thor voll Entsetzen. Er starrte den Mann, der ihm die Augen über sein unseliges Eheleben geöffnet hatte, sekundenlang an, ohne ein weiteres Wort zu finden. Dann erst preßte er hervor: »Was wollen Sie?«

»Ein Auftrag meines Herrn führt mich in Ihr Haus, Herr Kapitänleutnant,« erwiderte der Sommersprossige, »ich bin jetzt Diener beim Grafen Kammitz, Ihrem Freunde. Er schickt mich mit einer Botschaft zu Ihnen. Herr Kapitänleutnant, Sie müssen mir folgen.«

Künst hatte die letzten Worte leise ausgesprochen, nachdem er sich nach allen Seiten argwöhnisch umgesehen hatte.

»Ich ... Ihnen folgen? Und wohin?«

»Das weiß auch ich nicht. Draußen aber steht das Automobil des Grafen, das uns dorthin bringen wird, wo man Sie erwartet.«

»Ich bin noch leidend, ich werde die Fahrt nicht aushalten. Außerdem bürgt mir niemand dafür, daß Sie auch wirklich vom Grafen Kammitz gesendet sind. Sie waren jahrelang vertrauter Diener des Rittmeisters von Unstett«, setzte Thor fast drohend hinzu.

»Für diesen Fall hat mir mein Herr einen Brief an Sie mitgegeben, Herr von Tornten,« antwortete Künst und hielt dem Kapitänleutnant ein geschlossenes Kuvert entgegen. Thor öffnete den Umschlag und entfaltete ein Blatt, auf dem er zu seiner grenzenlosen Überraschung nur drei Worte erblickte. Er las sie und seine Erregung wuchs. Zugleich aber wurde ihm klar, daß es nun keine Weigerung für ihn gab, daß er dem Wunsch des Freundes folgen mußte, auch wenn er damit seine Gesundheit aufs Spiel setzte. Denn auf dem Papier stand in der wohlbekannten Schrift der lakonische Satz:

Der Kaiser ruft!

Drei Worte waren es, die Thor von Tornten bewogen aufzuspringen, als habe er nie zuvor etwas von einer Verletzung gespürt. Drei Worte veranlaßten ihn, sich an Künst zu wenden: »Ich komme!«

Gleich darauf war Toman zur Stelle. Er mußte dem Kapitänleutnant Mantel und Hut holen. Es war ganz so wie damals, als er zu Schwanbach gefahren war. Wieder lag eine laue Nacht über der Großstadt, wieder stand ein Automobil vor dem Hause am Kurfürstendamm und wieder stieg Thor von Tornten in das Gefährt. Künst war ihm behilflich und setzte sich auf den Wink des Kapitänleutnants ihm gegenüber. Das erinnerte Thor an eine andere Fahrt, die er in jener Nacht zurückgelegt hatte, und erfüllte ihn mit Trauer. Er lehnte sich zurück, suchte sich all die Ereignisse dieser Stunden ins Gedächtnis zurückzurufen und quälte sich mit den Schreckensbildern, bis ihm die Tränen des Zorns in die Augen traten. So entging ihm, wohin ihn das Automobil trug.

Und wieder ein neues Bild: Der Bahnhof, auf dem er damals aus Hannover angelangt war und um ihn das Gewühl von Reisenden, Trägern, Beamten und Zeitungsverkäufern. An seiner Rechten Carry, die leise weinte, an seine Linke geklammert sein Kind. »Papa,« sagte der Knabe mit seiner hellen Stimme, »Papa, du fährst gewiß zu unserem Kaiser?«

Thor von Tornten hob ihn vom Boden empor und preßte ihn fest an seine Brust. »Ja, mein Kind,« flüsterte er ihm zu, »ich fahre zum Kaiser!«

Der Träger mit dem Gepäck kam vorüber. Thor erschrak beinahe, denn er erkannte ihn wieder, den breitschultrigen, bärtigen Mann, der ihm auch an dem verhängnisvollen Abend die Koffer zum Automobil gebracht hatte. »Zweiter Klasse Frankfurt am Main«, rief er ihm nach. Der Träger wandte sich um und nickte. Er setzte den Kleinen zu Boden und legte seine Hand auf das blonde Haupt. Schrille Pfiffe gellen über den Perron hinweg. Die Schaffner drängen zum Einsteigen. Thor von Tornten schließt zuerst das Kind in die Arme und küßt es, dann umschlingt er Carry, die zu weinen beginnt, und drückt seine Lippen so fest auf die ihren, daß seine Innigkeit jede Klage erstickt, die sich ihr entringen will. Und nun reißt er sich los und springt in das Coupé. Hinter ihm fliegt die Türe zu, er findet kaum noch Zeit, sich aus dem Fenster zu neigen, um die beiden geliebten Menschen dort unten noch einmal mit seinen Blicken zu umfangen. Denn schon setzt sich der Zug in Bewegung und entwindet sich der Halle.

Thor von Tornten sieht ein helles, flatterndes Tuch in den Händen der schlanken Frau, die neben seinem Kinde auf dem Bahnsteig steht, er winkt, selbst von dem Gedanken plötzlich erfaßt, es könne doch vielleicht kein Wiedersehen geben, und sinkt dann kraftlos auf die Polster seines Platzes zurück. Er ist nicht allein. Vor ihm sitzt ein Mensch, der sein Haupt hinter einem Zeitungsblatte verbirgt. Er sieht, daß es der *Vorwärts* ist, den der Fremde liest. Dann verliert Thor von Tornten plötzlich das Bewußtsein, die Nebel umwallen ihn, denen er schon entflohen zu sein glaubte, und er versinkt in eine Unendlichkeit. Jetzt ist ihm nur noch, als lasse der Mann ihm gegenüber plötzlich den *Vorwärts* sinken und als tauche hinter dem Blatt das wohlbekannte Haupt Jakob Grotthausers auf. Doch er hat sich wohl getäuscht, denn gleich darauf erhebt sich der hellgekleidete Mann mit dem gütigen, von einem Vollbart umrahmten Antlitz, beugt sich über ihn und streicht mitleidig mit der Hand über seine Stirn. Und dann sagte jemand, den Thor bisher noch nicht erblickt hat:»Ich glaube, er erwacht, Herr Professor.«

»Sie irren, Kollege,« antwortet der Greis in dem hellen Mantel, »das sind nur schwache Reflexe des Bewußtseins.«

Filmvorstellung im Gerichtssaal.
Privattelegramm

Bei der siebenten Strafkammer des Landgerichtes I wurde heute über den Antrag auf Einziehung und Vernichtung des Films *Kaiser Wilhelms Glück und Ende* verhandelt. Die geplante Vorführung in der breiten Öffentlichkeit, und zwar zunächst im Sportpalast, wurde durch Verfügung des Oberbefehlshabers in den Marken verboten. Auf Antrag des ehemaligen deutschen Kaisers ist durch das Amtsgericht Berlin-Mitte die Beschlagnahme des Films sowie der den Film betreffenden Prospekte und Drucksachen angeordnet worden. Die dagegen von den Betroffenen erhobene Beschwerde ist durch Beschluß der siebenten Strafkammer zurückgewiesen und die angeordnete Beschlagnahme bestätigt worden. Der Antragsteller hat beantragt, die Negative und alle Kopien des Films sowie die die Filmbilder zum Teil wiedergebenden, der Reklame dienenden Prospekte und andere Druckschriften zu vernichten. In rechtlicher Beziehung geht der Antrag davon aus, daß durch die Verbreitung und Schaustellung des Bildnisses des früheren Kaisers ein berechtigtes Interesse desselben verletzt werde. Der Kaiser sei zwar eine Person der Zeitgeschichte und deshalb dürfen an sich Bildnisse von ihm ohne besondere Genehmigung verbreitet werden. Im vorliegenden Falle werde aber das berechtigte Interesse des Kaisers verletzt, insbesondere mit Rücksicht auf verschiedene Teile der Darstellung, so zum Beispiel wo der Kaiser als *Hauptmann von Köpenick* bezeichnet wird, ferner beim Friseur Haby, wo er sich die Barttracht herstellen läßt. Unter diesem Bild befindet sich die Unterschrift »Es ist erreicht«. Verschiedene Darstellungen seien darauf berechnet, den Kaiser lächerlich zu machen und ihm eine oberflächliche Auffassung seiner Regierungspflicht zu unterschieben. Um dem Gericht den Film vorführen zu können, war es notwendig geworden, den Gerichtssaal zu einem Kinotheater auszubauen. In dem Zuschauerraum wurde eine aus imprägniertem Papier hergestellte große Projektionsfläche aufgestellt. Hinter dem Richtertisch stand der ratternde Projektionsapparat. In dem Zeugenraum waren für den Oberstaatsanwalt Krause, Staatsanwälte, Richter und Juristen Stuhlreihen aufgestellt. Zweiter und erster Platz. Das Gericht saß lose, das heißt an dem erhöhten Richtertisch. In wenigen Minuten hatte die Heimlicht-Gesellschaft es fertig gebracht, einen ernsten Gerichtssaal, in dem eben noch ein Spitzbub zu neun Monaten Gefängnis verurteilt worden war, in ein richtiges Kintopp zu verwandeln. Es herrschte vollste Dunkelheit. Plötzlich zischte der Strahl der elektrischen Projektionslampe auf und die erste Kinovorstellung im Gerichtsaal nahm ihren Anfang. Dieser ersten Kinogericht-Sitzung werden noch bald andere folgen, denn schon in nächster Zeit wird ein angeblich unzüchtiger Film *Die Austernkur* dem Gerichte auf gleiche Weise vorgeführt werden.

Grüßen Sie mir die Heimat, Tornten!

»Sehen Sie etwas, Paul?«
»Nein, Herr Kapitänleutnant, nur dasselbe wie in den beiden anderen Nächten. Dort rechts flackert gerade wieder der Scheinwerfer eines der Bewachungsfahrzeuge auf, in der Mitte türmen

sich die felsigen Ufer von Mas a Tierra und links blitzt der optische Telegraph vom Fort durch die Nacht. Sonst nichts, rein gar nichts.«

»Auch ich vermag nichts zu erblicken, was unsere Erwartungen erfüllen könnte«, seufzte Thor von Tornten und ließ das Nachtglas sinken.

»Ja, das grüne Licht will nicht auftauchen«, bestätigte der Seekadett Paul von Walding mit seiner leicht mutierenden Jünglingsstimme.

Es war kühl und der Westwind, der gegen die Küste von Chile fegte, dieser Wind, den Thor von Tornten schon an Bord des Schulschiffes kennen und fürchten gelernt hatte, blähte die Mäntel des Mannes und des Jünglings auf, ging ihnen durch Mark und Bein und machte den Aufenthalt auf dem Verdeck des Tauchbootes zu einem unerquicklichen Erlebnis. Er warf auch die Wellen gegen den Stahlleib des Fahrzeuges, das träge, regungslos wie ein großer Kadaver auf dem Wasser trieb, ließ sie eintönig plätschernd wieder ins Meer zurücksinken und schuf so ein Lied, das wie eine wohlbekannte Melodie in die Ohren der beiden Beobachter klang. Thor von Tornten kannte die alte Weise, welche die Wogen sangen, aus so mancher Nacht, die er ähnlich an anderen Küsten verbracht hatte.

»Es erinnert mich an meine schottischen Fahrten,« wandte er sich nach einer Weile wieder an seinen Gefährten, »und das ganze Bild gleicht dem der Nächte, in denen ich die Briten in ihren heimischen Meeren belauert habe. Ganz so stand ich am Turm meines Bootes gelehnt, ganz so ließen wir uns treiben, sahen in der Ferne die felsige Küste Schottlands, sahen die Scheinwerfer der Küstenwächter und suchten die Zeichen der Telegraphen zu entziffern. Ach, es war stets ein Nervenkitzel.«

»Was aber war es gegen unsere Fahrt?« gab der Seekadett stolz zur Antwort, »hier sind wir unendlich weit von der Heimat entfernt, belauern eine von den Briten, Franzosen und Amerikanern bewachte Insel und haben nichts geringeres vor, als einen Kaiser zu befreien. Gott strafe mich, Herr Kapitänleutnant, wenn ich so nicht tausend Nächte für meinen Kaiser stehen würde.«

Hinter ihm kletterte jemand keuchend aus dem Turm auf das Verdeck herab. »Die Ablösung, Paul,« sagte Jakob Grotthauser, der neben den beiden Männern auftauchte, »gehen Sie hinunter in die Wärme.«

Der schlanke Körper des Seekadetten schwang sich in den Turm und Thor von Tornten war mit Jakob Grotthauser auf dem weiten Meer allein. Es wurde nun still auf dem Verdeck des Bootes und die Wogen begannen ihr altes Spiel weit schärfer und deutlicher. Bis plötzlich ein Ruf von den Lippen Jakob Grotthausers tönte. »Das Licht ... das grüne Licht«, schrie er. »Unterhalb des Yunque.« Er deutete dorthin, wo die deutlich umrissenen Schatten der Insel aus dem Meere emporragten. Es blitzte aus der Tiefe des Schattens hervor, den der Cerro del Yunque bildete, der einem gewaltigen Amboß gleich zum nächtlichen Himmel emporragte. Dort, wo sich die hügeligen Abhänge dieser höchsten Erhebung von Mas a Tierra dem Meere näherten, flammte das grüne Licht, das Signal für die Harrenden. Grotthauser stürzte davon. Aus der Tiefe des Turms vernahm man bald seine Rufe. Und nun quoll es aus dem Inneren des Tauchbootes und fast alle kamen empor an die kühle Nacht, Graf Kammitz in blauer Bluse und Hose, über und über mit Öl beschmiert, Sellenkamp, Rittersdorf und Heinz Walding in ähnlicher Verfassung, der Rittmeister von Unstett in Hemdärmeln, wie er es sich bei den Motoren bequem gemacht hatte, und Paul, verschlafen, aufgescheucht von der Botschaft, daß das sehnlichst erwartete Zeichen gerade nach seinem Abgang vom Verdeck aufgetaucht sei. Rieth hatte unten bei Künst und den beiden anderen Leuten bleiben müssen, um für jeden Fall die Aktionsfähigkeit des U-Bootes zu ermöglichen. Thor von Tornten zeigte den Freunden das verheißungsvolle Zeichen. Nun bedurfte es keines Befehles mehr. Was jetzt geschah, man hatte es hundertmal erwogen, besprochen, sogar eingeübt. Das Boot lag wenige Minuten später längsseits des Kreuzers. Tornten stieg zuerst ein, nachdem er noch hastig einige Worte mit dem Grafen Kammitz gewechselt hatte, der an seiner Stelle den Befehl an Bord innehatte, solange der Kapitänleutnant an Land ging. Hinter ihm sprangen Unstett, Sellenkamp und die beiden Waldings in das Fahrzeug. Diese Fünf sollten den nächtlichen Ausflug zum Fuße des Yunque unternehmen, wo sich das Landhaus des Kaisers erhob. »Gott sei mit euch, lebt wohl«, tönte es von den Lippen des Grafen Kammitz, als das Boot vom Kreuzer abstieß.

Thor von Tornten und seine Gefährten waren allein. Schweigend ruderten Unstett und die Waldings in der Strömung dahin, welche das Fahrzeug gegen die Küste antrieb und ihre Arbeit erleichterte. Die Hügel von Mas a Tierra wuchsen aus dem Meere empor. So schien es wenigstens den Männern im Boote, je näher sie dem Eiland kamen. Die Meeresströmung wurde immer kräftiger und riß das Boot heftiger mit sich fort. Bis es plötzlich in ruhigem Wasser trieb und Thor von Tornten erkannte, daß man sich zwischen zwei Landzungen befand, die sich, von Felsen gekrönt, ins Meer erstreckten. Das grüne Licht aber leuchtete im Hintergrund des Einschnittes, der durch diese Felsen gebildet wurde. Da knirschte auch schon der weiche Sand unter dem Kiel. Vergeblich suchten die Ruderer, das Fahrzeug noch ein Stück nach vor zu bringen. Aber der Seekadett sprang rasch entschlossen in das kniehohe Wasser und zerrte das Boot an der Kette so weit hinter sich her, daß es an einem steil aufragenden Felsen von etwa zwei Metern Höhe anlangte. Paul wurde emporgehoben und zog seine Begleiter nach sich auf die Höhe des Felsens. Dort ließ Thor eine elektrische Taschenlampe aufleuchten. Sofort zuckte das grüne Licht mehrmals auf, ein Zeichen, daß das Nahen der Befreier bemerkt wurde. Die Deutschen schritten langsam tastend über das Geröll dahin, welches das Ufer bedeckte. Als sie bis auf wenige Meter an das grüne Licht herangekommen waren, verlöschte es. Aber zwei dunkle Gestalten traten den Männern entgegen und einer der Harrenden fragte in englischer Sprache: »Herr von Tornten? Ich fürchtete schon, daß Ihnen unser Zeichen entgangen sei. Wir warten seit fast einer Stunde.«

»Wir mußten zuerst das Boot zu Wasser bringen und hatten lange zu rudern.«

»Von hier aus führt ein schmaler Pfad in das Innere der Insel,« begann der Fremde, »Sie gelangen zum Yunque und finden dort den Eingang in den Stacheldrahtverhau, welcher die Kaiservilla umgibt. Das Tor ist offen, der Posten liegt besinnungslos daneben. Ebenso wenig lassen Sie sich durch die Hundekadaver aus der Fassung bringen, wir haben die Tiere vergiftet. Auf dem Wege nach der Villa brauchen Sie keine Überraschung zu fürchten, die Patrouille Nummer drei, welche jetzt vor Mitternacht ging, bestand aus unseren Leuten. Auf dem Rückweg aber sehen Sie sich vor, denn die Franzosen stellen die Patrouille Nummer vier und es ist nicht ausgeschlossen, daß sie sich in der Nähe befindet, sobald Sie zum Ufer gelangen.«

Thor sah den Fremden mit seinem Begleiter, der kein Wort gesprochen hatte, in der Finsternis verschwinden. Stumm schlossen sich dem Kapitänleutnant die Kameraden an. Sie gingen hintereinander, denn der Pfad war tatsächlich schmal, aber glücklicherweise leicht zu verfolgen. Trotz der Dunkelheit konnte man kaum abirren. Er stieg gleich danach steil zur Höhe der Felsen an und brachte anfangs große Schwierigkeiten, denn die Steine unter den Füßen der Männer lösten sich los und kollerten in die Tiefe. Gerade als man die Anhöhe erklettert hatte, kam der Mond hinter dem Gewölk hervor und die Nacht wurde wieder so hell wie vor einer Stunde, da sich die Deutschen noch an Deck ihres Fahrzeuges befunden hatten. Die Männer sahen den Pfad nach abwärts führen, wo er zwischen Bäumen und Gesträuch verschwand. Vom Rande des Waldes an wurde der Weg schwieriger. Nur hie und da fand das Licht in schwachem Schimmer Einlaß zwischen den Kronen der Bäume. Dann erblickten die Wanderer mächtige Farne, deren Blätter die wundervollsten Formen aufwiesen, und sie kamen an Erhebungen vorüber, in denen die Natur tiefe Grotten geschaffen hatte. Denn überall war das Land hügelig und selten einmal schritten Thor und seine Begleiter auf ebenem Wege dahin. Ringsum herrschte tiefe Stille, die nur der Schrei eines Käuzchens oder ein anderer Vogelruf unterbrach. Über den Pfad huschten schlanke Nager und verloren sich raschelnd im Gebüsch. Einmal nur war es den nächtlichen Besuchern des Eilands, als hörten sie in der Nähe verdächtiges Stimmengewirr, aber es verlor sich gleich darauf, als sie stehen blieben und lauschend den Atem anhielten. Endlich leuchtete vor den Deutschen der Draht auf, der sich quer über den Weg spannte. In mehrfachen Reihen zog er sich hin und hätte unfehlbar Tornten und seine Freunde aufgehalten, wäre nicht das Tor offen gestanden, welches sonst jedem Fremden den Einlaß verwehrte. Auch sahen die Deutschen das Massiv des Yunque dicht vor sich. Es war zwar nur ein Schatten, der ihnen entgegenfiel, aber die Felsen waren zu einer Wand geworden, die den Blick hinderte, den Himmel zu erspähen. Es dauerte nur noch kurze Zeit und die Blicke der Fünf fanden das Landhaus. Es erhob sich auf einer Lichtung des Waldes, die sich mit einer leichten Neigung am Abhange des Berges erstreckte. Ein Garten umgab das einstöckige Gebäude, hinter dem ein Dienerhaus und ein Stall sichtbar waren. Thor schien es, als habe er dies alles schon einmal gesehen. Aber wo? Glich dieses Kaiserheim vielleicht dem freundlichen Häuschen in Nordfrankreich, in dem er lange Zeit gewohnt hatte? Schon hatte er die Gartentür aufgeklinkt und hinter sich gelassen, schon stand er am Tor des Gebäudes und fand es ebenfalls offen. So betrat Thor von Tornten mit seinen Gefährten das Haus. Tiefes Dunkel empfing sie. Ein Licht flammte vor ihnen auf, sie glaubten sich entdeckt.

»Lassen Sie, bitte, die Pistolen stecken,« sagte derjenige, der sie hier unten erwartet haben mußte, denn sie hatten keine Tür gehen hören, »es könnte eine von den Waffen versehentlich losgehen.«

»Wer sind Sie«, fragte Thor den Mann, der sich gleichfalls der englischen Sprache bediente und dessen Züge er nicht zu erkennen vermochte, denn die Blendlaterne in der Hand des Fremden sandte nur einen grellen Strahl in die Finsternis.

»Ich bin der Kammerdiener des Kaisers«, war die Antwort.

»Unmöglich, den kenne ich doch.«

»Ich bin Amerikaner. Den deutschen Kammerdiener hat man dem Verbannten genommen.«

»Dann führen Sie uns zum Kaiser.«

Der Diener schritt voran und die Deutschen folgten ihm. Er ging eine Treppe empor, ein Stück durch einen Gang und blieb vor einer Tür stehen, an die er leise klopfte.

»Wer ist es?« fragte eine Thor von Tornten wohlbekannte Stimme, bei deren Klang er ebenso zusammenzuckte, wie seine Begleiter.

»Ich bin es, Sir. Ich bringe den Besuch, von dem ich heute abend gesprochen habe«, rief der Diener.

Die Türe wurde aufgerissen und der Kaiser erschien auf der Schwelle. Sekundenlang war es still in dem Korridor, denn die Deutschen standen tief ergriffen vor dem Manne, demzuliebe sie aus weiter Ferne hierher nach Juan Fernandez geeilt waren und dem sie mit Einsatz ihres Lebens die Freiheit zu geben wünschten. Noch sahen sie nichts von ihm als die Umrisse seiner Gestalt. Aber das Licht, welches aus dem einfach eingerichteten Arbeitszimmer in den Gang flutete, es ließ Wilhelm von Hohenzollern den erkennen, der neben dem Kammerdiener in mühsam unterdrückter Bewegung stand. Zuerst schien der Verbannte seinen Blicken nicht zu trauen. Er zögerte, den Namen des hochgewachsenen Mannes zu nennen.

»Tornten?« fragte er dann ungläubig, voll aufkommender Hoffnung.

»Majestät«, brachte Thor stammelnd hervor. Und wieder blieb es still. Bis plötzlich der Kaiser zur Seite trat und leise rief: »Schnell, kommen Sie, meine Herren! Sie kann nur mein guter Stern hierher geführt haben, den ich seit langem nicht leuchten sah.«

Der Amerikaner blieb vor der Tür, die er hinter den fünf Deutschen schloß. Wahrscheinlich bewachte er das kurze Gespräch zwischen dem Kaiser und seinen Befreiern. Nun durften die Männer, die unwillkürlich in Reih' und Glied getreten waren, als läge zwischen dem Einst und dem Jetzt kein Verzicht auf den Thron, kein Untergang des Kaisertums, das Antlitz des Einsiedlers von Mas a Tierra sehen.

Thor, der es zuletzt und allein unter den fünf Offizieren häufig aus größter Nähe geschaut hatte, er fand wenig Veränderung in den Zügen des Kaisers gegen damals, als er ihm die Hand gedrückt und zum Abschied gesagt hatte:»Grüßen Sie mir die Heimat, Tornten.« Vielleicht täuschte er sich nicht, wenn er zu erkennen glaubte, daß der Bart Wilhelms von Hohenzollern heute von weit mehr silbernen Fäden durchzogen war, als in den Tagen von Amerongen. Der Verbannte, noch immer seiner selbst in Überraschung und Freude kaum mächtig, drückte die Hand des Kapitänleutnants.

»Sie hier auf Mas a Tierra, Tornten,« rief er kopfschüttelnd,»wie soll ich mir diesen Besuch deuten? Und wer sind die anderen Herren?«

»Majestät,« gab Thor zur Antwort,»wir sind hier eingedrungen, um Euerer Majestät die Freiheit zu bringen.«

»Die Freiheit?«

»Ich bitte Eure Majestät, mich anzuhören. Vorher aber will ich, wenn Eure Majestät gestatten, die Herren vorstellen, die sich in meiner Begleitung befinden.«

Er tat es. Der Kaiser reichte jedem einzelnen die Hand und staunte nur, als er vernahm, daß es deutsche Offiziere waren, die Thor hierher begleitet hatten. Gleich darauf erstattete der Führer der Fünf seinen Bericht über das Unternehmen, welches sie auf die Robinsoninsel geführt hatte. Er schilderte ohne Hehl die Mithilfe der Amerikaner; allein der Verbannte ließ sich nicht täuschen, er erkannte, was er seinen Befreiern zu verdanken hätte, wenn die kühne Tat gelang. So stand er tief bewegt vor den fünf Männern, und Thor entging es nicht, wie es um den Mund des Kaisers lebhaft zuckte.

»Man hat mich also nicht vergessen«, stieß er leise hervor, wohl mehr für sich selbst berechnet als für die Offiziere.

»Majestät,« rief da der ältere Walding lebhaft, »das deutsche Volk wird seinen Kaiser niemals vergessen!«

Wilhelm von Hohenzollern blickte dem jungen Kapitänleutnant in das hübsche, von Eifer gerötete Gesicht. »Ist das nicht nur Ihre persönliche Meinung?«

»Nein, Majestät, so denkt der größere Teil des deutschen Volkes.« Thor biß sich auf die Lippen, aber er entschuldigte Walding mit der Erregung des Augenblickes. Jedenfalls aber schnitt er das Gespräch ab, indem er sich an den Kaiser wandte und sagte: »Majestät, wir haben keine Zeit zu verlieren. Jede Sekunde ist wichtig.«

»Sie haben recht, Tornten. Eilen wir.«

Keinen Moment lang dachte der Gefangene der Entente daran, vor der Gefahr zurückzuschrecken, welche die Flucht auch für ihn bieten mußte. Was mochte er in den Wochen seit seiner Ankunft auf Juan Fernandez erlebt haben, daß er so ruhig entschlossen alles auf eine Karte setzte? Thor empfand für ihn wieder die Bewunderung, die ihm der Kaiser auch in den Tagen des Zusammenbruches abgerungen hatte.

»Ich werde meinen Diener rufen und mir einige Kleinigkeiten für die Flucht in eine Tasche packen lassen«, fuhr der Kaiser fort und öffnete die Tür. Aber draußen stand der Amerikaner mit einer schwarzen Ledertasche in Händen.

»Sir, es ist alles vorbereitet«, meinte er mit einem Lächeln auf seinem bartlosen Dienergesicht.

Sellenkamp übernahm die Tasche. Der Verbannte eilte noch einmal zu seinem Schreibtisch zurück, raffte dort aus den Fächern mehrere Papiere zusammen und bat den Kapitänleutnant, diese Aufzeichnungen in das Behältnis zu stecken. So geschah es. Der Kaiser blickte sich noch einmal prüfend um, als wollte er dieses Bild, vor dem ihm wohl grauen mochte, in sein Gedächtnis aufnehmen. »Gehen wir, meine Herren«, sagte er dann und wieder sprach die Entschlossenheit aus seinem Wesen, die stets in seiner lebhaften, beweglichen Art lag. Der Kammerdiener leuchtete bis an das verschlossene Tor. Dann verlöschte die Blendlaterne.

Da erkannte Thor von Tornten, daß er selbst nur ein Gedanke war.

»Er ist tot«, sagte der Professor, während er sich emporrichtete und die Hand Thor von Tornens zurücksinken ließ, an der er das Schlagen des pulsierenden Lebens gesucht hatte. Und als Carry Bolton aufschluchzte und die Tränen freien Lauf nahmen, die sie in dieser Sterbensstunde des Verwundeten mühsam zurückgedrängt hatte, fuhr der greise Arzt voll Herzlichkeit fort: »Sie weinen, Fräulein Bolton, als wäre Ihnen jemand geraubt worden, den Sie sehr geliebt haben.«

Er verließ den hellen, luftigen Raum des Sanatoriums, in dem Thor von Tornten die letzten Stunden seines jungen Lebens verbracht hatte. Und er hätte, wäre ihm die Neugierde nicht fremd gewesen, wohl noch beim Zurückblicken sehen können, wie sich Carry Bolton neben dem Sterbebett des Kapitänleutnants auf die Knie niederließ, die Hände vor das Gesicht schlug und fortfuhr zu weinen.

So aber trat der alte Herr in das Vorzimmer, in dem Jakob Grotthauser und Graf Kammitz in leisem Gespräch am Fenster standen, zwei Menschen, die sich hier vor einigen Tagen erst kennen gelernt hatten, zusammengeführt von der gemeinsamen Sorge um das Leben des Freundes. Erwartungsvoll blickten sie auf das ernste Greisenantlitz des Professors. Es war, als fühlten sie die schreckliche Botschaft voraus, die er ihnen überbringen mußte.

»Meine Herren,« sagte er ergriffen, »Kapitänleutnant Thor von Tornten hat das Schicksal erlitten, vor dem ihn keine menschliche Kunst bewahren konnte. Er ist vor wenigen Minuten sanft ins Jenseits hinübergeschlummert. Ich mußte, als mir Ihr Freund vor fünf Tagen nach seinem verhängnisvollen Sturz vom Balkon des Hauses in Dahlem übergeben wurde, sofort auf den Ernst seines Zustandes aufmerksam machen. Die Hoffnung, diesen komplizierten Schädelbruch durch eine Operation zu heilen, war so gering, daß ich es vorzog, der Natur zu überlassen, ein Wunder zu vollbringen. Es ist leider nicht eingetreten, Kapitänleutnant von Tornten verfiel in ein heftiges Wundfieber und ist daraus nicht mehr zum Bewußtsein erwacht.«

Er öffnete die Tür und ließ die beiden Männer über die Schwelle schreiten.

Wir vom Internierungsverband Scapa Flow

Im Lager bildete sich nun unter dem Hauptmann Gillmann eine Kommission, die mit vielem Geschick, Takt und Energie in der deutschen Presse Propaganda für unsere Heimsendung machte. Jeder Insasse des Lagers mußte zwei Briefe an die Presse seines Heimatortes und an den Reichstagsabgeordneten seines Wahlkreises senden, in denen er sich bitter darüber beklagte, daß die Regierung und die Presse nichts für die Heimsendung der Kriegsgefangenen übrig hätten. So ergoß sich eine Flut von Beschwerden über Regierung und deutsche Presse und entfachte den Sturm im deutschen Blätterwald. Er hat dann vielleicht mitgewirkt, Lloyd George zu veranlassen, entgegen der französischen und eigenen Hetzpresse die Freigabe der Kriegsgefangenen zu gewähren. Der Abtransport der Kameraden aus Donington Hall verzögerte sich durch den in England ausgebrochenen Verkehrsstreik noch um mehrere Wochen. Nur wir vom Internierungsverband Scapa Flow hatten noch auf unbestimmte Zeit englische Gastfreundschaft über uns ergehen zu lassen. Gegen unsere Ausschließung von der Heimsendung legte ich beim englischen Ministerpräsidenten Protest ein.

Zweieinhalb Monate haben wir noch einträglich in Donington Hall zugebracht, und ich habe noch einmal in vollen Zügen den

Zauber genossen, den ein in sich geschlossenes, durch gemeinsame Taten verbundenes Offizierskorps in seinem Geist, in seinem Kameradschaftsgefühl und in seiner ungeschwächten Begeisterung für seinen Beruf gewährt. Das Offizierskorps der Marine ist mir dabei als die letzte und edelste Blüte erschienen, die der so verschriene und doch so überaus segensreiche Militarismus der Hohenzollern getrieben hat.

In den letzten Januartagen schlug uns die Stunde der Befreiung. Am 29., kurz nach Mitternacht, öffneten sich die Gefängnistore von Donington Hall. Ein Sonderzug brachte uns nach Hull. Dort lag der deutsche Dampfer, der uns aufnehmen und nach Wilhelmshaven bringen sollte. – Schroff und unvermittelt war der Übergang, der aus dem siegreichen England, dem Staat, wo Vaterlandsliebe, Ordnung, Sauberkeit herrschten, und wo Achtung der Stände untereinander selbstverständlich war, hinüberführte nach dem besiegten Deutschland. Schon der Dampfer bot ein Abbild von den Deutschland beherrschenden niedrigen Gewalten. Doch es ging der Heimat entgegen. Am 29. Januar abends wurde Anker gelichtet und Hull verlassen.

Am Steuer von U-Vaterland stand Kapitän Mader

Alles war jetzt zu einer Ausfahrt bereit. Es war beschlossen worden, daß Mader *U-Vaterland*, Ulitz *U. 10* und Neugebauer *U. 1000* auf der langen Reise kommandieren sollte. Mader gab die letzten Anordnungen zum Verlassen der *Stadt unter dem Meere*. Die Einstiegluken der Boote schlossen sich. Schwer lag es ihm am Herzen, daß er die Bürde auf seine Schultern genommen und eine große Männerschar der Welt entzogen hatte, die er nun verpflichtet war, einer glücklichen Zukunft entgegen zu führen. Als man vor mehreren Stunden Reste der alten U-Boote, die Kleinbahn und vieles Unnütze und Überflüssige im Domsee versenkt hatte, nahm Mader dies für ein Symbol. Das alte Deutschland mit

seinen Fehlern ist in einer Untiefe auf ewig verschwunden. Hier
stand er auf *U-Vaterland*, das als Symbol des neuen kommenden
deutschen Reiches in die Welt zog und sich seine Stellung und
sein Recht erringen werde.

Möller hatte es durchgesetzt, daß seine Menagerie mitkam.
Für die Tiere waren im *U-Vaterland* im Heck geräumige Käfige
und Volieren angebracht worden. Liesel und die Hunde durften
sich frei im Boot bewegen. Der Ziegenbock, Liesels langjähriger
Gatte, lag eingepökelt im Kühlraum.

Es war im Morgengrauen, als *U-Vaterland* aus dem Höhlentunnel
ins offene Fahrwasser kam. Von Albenga bis kurz vor Genua lag
ein Minenkranz. Eine neuartige Mine fand hier zum ersten Male
Verwendung. Die Tauchmine, die an einem gasgefüllten Behäl-
ter hängt, der sich fortwährend in Kugellagern dreht. Fährt ein
U-Boot dagegen, so reißt die Mine, die bei geringer Berührung
explodiert, ein großes Loch in den Schiffskörper.

Mader ging mit *U-Vaterland* so weit hoch, daß er mit dem Periskop über Wasser stand. Im Sehschlitz erkannte man die Scheinwerferstrahlen von der kleinen Insel und von drei oder vier Schiffen davor. Ulitz, der mit *U. 10* aufgestiegen war, meldete, daß Minen unweit der Insel auf dem Wasser tanzten. Sofort erschallte das Kommando, die Parabolspiegel-Quarzlinsenscheinwerfer einzuschalten. Die Strahlen der vielen Lampen an den drei U-Booten erhellten nicht nur unter Wasser, sie erleuchteten die Oberfläche des Meeres und durchdrangen die Wellen mit weißbläulichem Licht. Ein Flieger bemerkte den mysteriösen Schein auf dem Meere und funkte die Nachricht dem Flaggschiff. Die Tauchminen schwankten, wurden sichtlich geschoben, doch explodierten sie nicht. Batterie *Eins* am Hügel der Cisterna war schußfertig, der Feuerkanonier stand am Abzug. Das Kommando erschallte, der Kanonier zog ab, – jedoch das Geschoß versagte. Mittlerweile gab es denselben Fall bei Batterie *Zwei, Drei* und *Vier.* Kein Knall! Kein Schuß! Zwei Geschwader von je acht Großkampfflugzeugen greifen an. Die Bomben fallen in rascher Reihenfolge und belegen ein weites Feld. Keine Explosion.

Weit ab von der Stelle, wo man die Piraten-U-Boote vermutete, steigen plötzlich kohlschwarze dicke Rauchschwaden aus dem Meer. Ein zäher, dicker, schwarzer Vorhang, weit über hundert Meter Länge und dreißig Meter Höhe über dem Wasserspiegel immer an derselben Stelle. Jetzt erhielten die Torpedobootzerstörer den Befehl, die Rauchstelle sofort zu befahren und die dort fahrenden oder sich versteckenden U-Boote zu rammen. Die Richtkanoniere nahmen die Rauchwolke als Ziel. Da erschütterte ein ferner Knall die Luft. »Ah!« Mitten im Fluge krepierten Geschosse in der Luft und streuten einen Regen von Eisen und Stahl über Schiffe und Meer. Denn während alle angreifenden Schiffe ihre Augen auf den Rauchvorhang gerichtet hatten, war Mader mit *U-Vaterland* drei Kilometer entfernt so weit aufgetaucht, daß die silberne Senderantenne an der Einstiegluke über

Wasser ragte. Nun wurden die elektromagnetischen Starkstrom-Kreuzstrahlen ausgesandt, die Geschosse der Schlachtschiffe in der Luft zum Krepieren bringend.

In Paris, Rom, London, New York und allen größeren Städten der Welt arbeiteten die Rotationspressen der Zeitungsdruckereien mit Hochdruck. Zeitungsjungen und Frauen rasten mit Extrablättern durch die Straßen. *Das verräterische Verhalten Deutschlands, Der Vertragsbruch von Versailles, Deutsche U-Boote im Mittelmeer, Deutschland bricht einen neuen Krieg vom Zaun, Die grauenhaften Erfolge neuer deutscher Erfindungen, Kein Schuß im Kriege, Zweitausend Tote durch Schwarzgas der Deutschen.* Der Friede war gebrochen. Diese gemeinen Deutschen!

In Berlin wurden die Vertreter der alliierten Regierungen vorstellig. Der französische Botschafter sprach vom Einmarsch in Deutschland und Besetzung der Hauptstadt. Der englische Botschafter stellte die Besetzung Bremens, Hamburgs und des Kaiser-Wilhelm-Kanals, sowie die Blockade des Restes der deutschen Küste in Aussicht. Die Tschechen hatten an einigen Stellen sogar die Grenze überschritten und in der Gegend von Eger war es zu ernsten Zwischenfällen mit deutschen Grenzern gekommen. Teufel nochmal! Hatten diese verdammten Deutschen wirklich solch eine Erfindung gemacht, dann nützten ja alle Mobilisierungen nichts.

Es war am zweiten Tage, kurz vor Einbruch der Dämmerung, als Mader mit *U-Vaterland* auftauchte. Der Horizont westlich von den Booten war offen. Kein Fahrzeug in Sicht! Sofort wurde den beiden anderen U-Booten telephonisch mitgeteilt, daß sie auftauchen sollten. Östlich lagen die hohen und kahlen Gebirge der Insel Korsika. Die Luft war klar und sichtig und im Schein der untergehenden Sonne konnte man den Monte Renoso sehen. Den Frauen in *U. 10* hatte man den Kampf wohlweislich verschwiegen,

aber ein unbedachtes Wort Rinselers verriet ihnen die Beschießung. Sie gerieten in große Aufregung. Marietta lag in starken
Wehen. Linda und der Heilgehilfe hielten sich in Bereitschaft.
Nach sechsstündigen Wehen gab die junge Frau einem hübschen
blonden Mädchen das Leben. Das Baby war beim Auftauchen
des Bootes bereits neun Stunden alt. Mader war die Nachricht
hinübergefunkt worden. Nun lagen die drei Boote still auf den
sich wenig hebenden und senkenden Wogen. Den Frauen wurde
zum ersten Male gestattet, auf einem aufgetauchten U-Boot die
salzige Seeluft einzuatmen. Mader ruderte mit zwei Mann im
kleinen Beiboot nach U. 10 hinüber. Die junge Mutter erglühte
vor Stolz, als er in ihre Kabine trat.

Mader besichtigte das Boot. Die neuen Erfindungen hatten sich
glänzend bewährt, insbesondere die navigatorischen. Es wurde
gescherzt und gelacht. Die gesamte Besatzung war auf den drei
Decks versammelt. Möller erschien zum Gaudium aller mit seiner Hundefamilie und Liesel. Hätten Mader und die anderen
gewußt, daß ihre Erfindungen einen Grund zur vollständigen
Vernichtung Deutschlands geben sollten, hätten sie geahnt, daß
Frankreich bereits große Truppenverschiebungen vornahm,
Belgien mitmarschierte und England seine Atlantikflotte gegen
deutsche Häfen rüstete, würde die Harmlosigkeit auf den drei
Booten grenzenlosem Entsetzen gewichen sein.

In Italien hatte man die unbrauchbar gemachten Geschosse auf
das genaueste analysiert. Welche Folgen die Erfindung für die
ganze Welt nach sich ziehen würde, konnte man schon jetzt vor-
aussagen. Das Deutsche Reich würde unantastbar sein. Alle Ar-
meen, alle Kriegsflotten der Welt waren dem Reiche gegenüber
macht- und wehrlos. Sämtliche Kanonen, Minenwerfer, Granaten, Gewehre, überhaupt alle Geschosse, die auf Explosion durch
Abschuß beruhten, hatten den Wert von Altmaterial oder waren
Ausstellungsgegenstände für Museen geworden.

Die deutsche Regierung teilte mit, daß sie von den Unterseebooten nichts wisse, weder ihre Beschaffenheit noch ihre Besatzung oder die sogenannten neuen Erfindungen der mysteriösen Flotte kenne. Die U-Boote wären nicht in Deutschland erbaut worden, hätten auch niemals deutsche Häfen angelaufen und verlassen.

Wie eine Bombe schlug Maders Funkspruch ein.

An die Regierungen sämtlicher Staaten! Die italienische Regierung veröffentlicht über die im Mittelmeer aufgetauchten Unterseeboote wissentlich falsche Nachrichten. Zur Orientierung diene folgendes: Wir sind eine Gemeinschaft von Männern, die keinem bestehenden Staate angehören. Wir sind keine kriegführende Macht, haben keine Waffen und sind friedlich gesinnt. Wir besitzen Abwehrmittel, die jede Beschießung verhindern können. Wir greifen niemand an und wollen auch nicht angegriffen werden. Wir haben mit dem Deutschen Reich keine Gemeinschaft. Die von uns gemachten Erfindungen sind unser alleiniges Eigentum und setzen die Geschosse sämtlicher Kaliber außer Kraft. Jeder Angriff auf uns ist wirkungslos. Die Stadt unter dem Meere wird von uns zeitweilig aufgegeben. Sie ist unauffindbar und daher jedes Suchen zwecklos. Der Kapitän.

U-Vaterland, gefolgt von *U. 10* und *U. 1000*, fuhr in geringer Tiefe der Straße von Gibraltar zu. Mader kannte den Weg genau. In den ersten zwei Jahren des Krieges hatte er ihn öfters befahren.

»The Germans! From the submarine City!«

»The Germans? What Germans? And where?«

Ein scharfes Geschoß!

»Nothing doing.«

Das war die zweite Kraftprobe der neuen U-Boot-Erfindungen.

Der Völkerbund beriet. Die Botschafterkonferenz tagte. Die einzelnen Regierungen beratschlagten. Es gärte überall. Die Weltrevolution war im Gange, aber nicht in dem von den Kommunisten erwarteten Sinne. Nein! National, rein national war die

Strömung in allen von der Revolution ergriffenen Ländern. In Rußland wurden die Bolschewiki, trotz der großen Wachsamkeit der Tscheka, aus ihren Ämtern vertrieben. Die Fahnen der *Internationale* verschwanden rasch und machten den seit langem heimlich angefertigten neuen nationalen Bannern Platz. Das Nationalgefühl hatte überall den Weg zum Siege angetreten und war auf dem Wege, sein Ziel in Kürze zu erreichen. Nur in Deutschland war es anders. Deutsche gab es nicht. Preußen, Bayern, Württemberger, Hessen, Badenser, Schlesier, Hamburger, Sachsen, Mecklenburger und viele, viele Nassauer gab es im Deutschen Reich. Aber keine Deutschen!

Es fehlte dem Deutschen Reiche eines: Der große, der neue Mann! Der imstande war, die Deutschen zusammenzuschweißen. Ihr Nationalgefühl zu wecken. Sie zu nichts anderem als sie sein sollten: zu *Deutschen* zu machen.
Wo bleibt der deutsche Führer?

Geheimnisvoll wurde zuerst der Name Mader in Deutschland von Mund zu Mund geflüstert. Schließlich drang die Sache in die Öffentlichkeit.

Lauter und immer lauter erscholl der Ruf nach Mader. Das Echo drang ins Ausland. Und plötzlich, ohne daß man wußte, woher die Nachricht kam, verbreitete sich das Gerücht: Die U-Boote sind in Deutschland eingetroffen!

Im Westen des Reiches verschwanden die französischen Militärs, heimlich und nachts. Beamte, Schmarotzer, Renegaten und alles sonstige zugezogene Gesindel raffte zusammen, was es konnte und folgte. Und was alle Reden nicht vollbrachten, die unüberwindlichen geheimnisvollen Quarzlinsenstrahlen hatten es vermocht, die Deutschen zusammenzuschweißen.

Die Einigkeit der Deutschen war vollzogen. Weder die Sozialdemokraten noch die Kommunisten waren imstande, das Abbröckeln in ihren Reihen zu verhindern. Das Volk hatte seinen Weg zurückgefunden. Zuerst die Heimat! Zuerst das Vaterland!

Und genau sechs Monate, nachdem die *U-Vaterland* mit den zwei anderen U-Booten die *Stadt unter dem Meere* verlassen, genau an diesem Tage wurde das neue Deutsche Reich in Berlin gegründet. Auf ewig unbesiegbar. Fußend auf seiner Kraft. Jedem das Seine gönnend und ohne angreifenden Charakter. Das Land, das jeder Nation als vorbildliches Beispiel diente. Das einige große Deutsche Reich.

Die größten Ehren, die je einem Deutschen zuteil wurden, erfuhr Kapitän Mader. Er war der Abgott der Deutschen geworden. Der unsterbliche Nationalheros seines Volkes.

Des Jubels war kein Ende, als die U-Boote in den festlich geschmückten Hafen von Kiel einfuhren.

Hunderttausende säumten die Ufer, um als Erste die Befreier zu begrüßen. Tausende von kleinen Fahrzeugen folgten. Die Sirenen der im Hafen liegenden Schiffe heulten ihren Freudengruß in den Äther. Im magischen Schein der sie umgebenden bläulichen Strahlen zogen die mit Wimpeln geschmückten drei U-Boote dahin.

Am Steuer von *U-Vaterland*, stand Kapitän Mader und blickte glänzenden Auges auf die brausende Menge, auf die ihm so bekannten Bilder des alten deutschen Kriegshafens. Er hätte die Arme ausbreiten mögen, um die ganze Heimat in seine Arme zu schließen.

Eine Schar Tauben flog von *U-Vaterland* auf und umkreiste die U-Boote in raschem Fluge.

In Dörfern und Städten, in allen Kirchen des Landes von der Nordseeküste bis in die südlichste Steiermark, erklangen die Kirchenglocken und verkündeten die Ankunft des größten Deutschen aller Zeiten und die unbesiegbare

V.

Im April 1945

beschloß in Stargard in Mecklenburg ein Papierhändler, seine Frau, seine vierzehnjährige Tochter und sich selbst zu erschießen. Er hatte durch Kunden von Hitlers Hochzeit und Selbstmord gehört.

Im ersten Weltkrieg Reserveoffizier, besaß er noch einen Revolver, auch zehn Schuß Munition.

Als seine Frau mit dem Abendessen aus der Küche kam, stand er am Tisch und reinigte die Waffe. Er trug das Eiserne Kreuz am Rockaufschlag, wie sonst nur an Feiertagen.

Der Führer habe den Freitod gewählt, erklärte er auf ihre Frage, und er halte ihm die Treue. Ob sie, seine Ehefrau, bereit sei, ihm auch hierin zu folgen. Bei der Tochter zweifle er nicht, daß sie einen ehrenvollen Tod durch die Hand ihres Vaters einem ehrlosen Leben vorziehe.

Er rief sie. Sie enttäuschte ihn nicht.

Ohne die Antwort der Frau abzuwarten, forderte er beide auf, ihre Mäntel anzuziehen, da er, um Aufsehen zu vermeiden, sie an einen geeigneten Ort außerhalb der Stadt führen werde. Sie gehorchten.

ZUR FIKTION

1919

setzt sich aus Texten zusammen, die zwischen 1918 und 1938 veröffentlicht worden sind – ausgenommen die Zeilen von Heiner Müller. Alles ist Zitat, bis auf etwa fünfzig Wörter, die in der Titelei von mir eingefügt wurden. Orthographie, Interpunktion und Grammatik wurden unverändert beibehalten, Auslassungen, Umstellungen, auch innerhalb einzelner Sätze, nicht gekennzeichnet. Für diverse Hinweise danke ich Michael Farin. Mein ganz besonderer Dank für elementare Mitarbeit in der ersten Konzeptionsphase sowie für wertvolle Anregungen, notwendige Korrekturen und ungezählte gute Gespräche während der ganzen Entstehungszeit gilt Lisbeth Exner.

Quellen

Die Aktion. Hg. von Franz Pfemfert. Neuntes Jahr. Berlin-Wilmersdorf:
    Verlag Die Aktion 1919. (= Aktion 1919)
Die Aktion. Hg. von Franz Pfemfert. Elftes Jahr. Berlin-Wilmersdorf:
    Verlag Die Aktion 1921. (= Aktion 1921)
Das Buch vom deutschen Freikorpskämpfer. Herausgegeben im Auftrage der
    Freikorpszeitschrift ›Der Reiter gen Osten‹ von Ernst von Salomon.
    Berlin: Wilhelm Limpert-Verlag 1938. (= BFK)
Der Bücherwurm. Monatsschrift für Bücherfreunde. Fünftes Jahr.
    Dachau: Einhorn Verlag 1919/20. (= Bücherwurm)
Die Freie Zeitung. Unabhängiges Organ für Demokratische Politik. 2. Jg.
    Bern 1918. (= FZ 2)
Die Freie Zeitung. Unabhängiges Organ für Demokratische Politik. 3. Jg.
    Bern 1919. (= FZ 3)

Stephan Berghoff: Von Stromern und Vagabunden. Nach ihren eigenen Geständnissen erzählt. Freiburg: Herder Verlag 1931. (= Berghoff)

C. W. Burrows: Scapa and a Camera. Pictorial Impressions of Five Years spent at the Grant Fleet Base. London: Country Life 1921. (= Burrows)

Karl Matthias Buschbecker: ... wie unser Gesetz es befahl. Berlin: Buchmeister-Verlag 1936. (= Buschbecker)

Theophil Christen: Aus den Münchener Revolutionstagen. Zürich: Buchdruckerei des Schweizer. Grütlivereins 1919. (= Christen)

Hermann Cordes: Bericht des Führers der Torpedoboote über die Versenkung. In: Ludwig von Reuter: Scapa Flow. Das Grab der deutschen Flotte. Leipzig: K. F. Koehler 1921. (= Reuter)

Joseph Delmont: Die Stadt unter dem Meere. Roman. Leipzig: Verlag Fr. Wilh. Grunow 1925. (= Delmont)

Frateco: Der Don Quijote von München. Roman. Amsterdam: De Nederlandsche Keurboekerij 1934. (= Frateco)

Gregor Gog: Vorspiel zu einer Philosophie der Landstraße. Aus den Notizen eines Vagabunden. Stuttgart: Verlag der Vagabunden 1928. (= Gog)

Oskar Maria Graf: Einer gegen alle. Roman. Berlin: Universitas Deutsche Verlags-Aktiengesellschaft 1932. (= Graf)

Agnes Harder: Die Präsidentin. Zeitroman. Berlin: August Scherl 1919. (= Harder)

Georg Hermann: November achtzehn. Roman. Stuttgart, Berlin: Deutsche Verlags-Anstalt 1930. (= Hermann)

Rudolf Herzog: Kameraden. Roman. Stuttgart, Berlin: J. G. Cotta'sche Buchhandlung Nachfolger 1922. (= Herzog)

Sophie Hoechstetter: Scheinwerfer. Roman aus dem Berliner Revolutionswinter. Stuttgart: J. Engelhorns Nachf. 1922. (= Hoechstetter)

Max Hoelz: Vom »Weißen Kreuz« zur roten Fahne. Jugend-, Kampf- und Zuchthauserlebnisse. Berlin: Malik-Verlag 1929. (= Hoelz)

Richard Huelsenbeck: Deutschland muß untergehen! Erinnerungen eines alten dadaistischen Revolutionärs. Berlin: Malik-Verlag 1920. (= Huelsenbeck)

Nathanael Jünger: Volk in Gefahr. Deutschvölkischer Roman. Wismar i. Meckl.: Hinstorffsche Verlagsbuchhandlung 1921. (= Jünger)

Arthur Kahane: Das Judenbuch. Berlin: Tiergarten-Verlag 1931. (= Kahane)

Emil Ludwig: Wilhelm der Zweite. Berlin: Ernst Rowohlt Verlag 1926. (= Ludwig)

Erich Mühsam: Gerechtigkeit für Max Hoelz! Berlin: Verlag Rote Hilfe Deutschlands 1926. 3. Aufl. (= Mühsam)

Heiner Müller: Germania Tod in Berlin. Berlin: Rotbuch 1977. (= Müller). Aus Heiner Müller Werke 4 Stücke 2. © Suhrkamp Verlag Frankfurt am Main 2002. Alle Rechte vorbehalten durch Suhrkamp Verlag Berlin.

Gustav Noske: Von Kiel bis Kapp. Zur Geschichte der deutschen Revolution.
Berlin: Verlag für Politik und Wirtschaft 1920. (= Noske)
Karl Polenske: Gesell, Christen und Compagnie, eine Revolutionstrilogie. Erster
Teil. 10 Tage Rätefinanzminister. Lustspiel in drei Aufzügen. Umsturz und
Aufbau. Drittes Heft. Oranienburg-Eden: Freiland-Freigeld Verlag 1919.
(= Polenske)
Ludwig von Reuter: Scapa Flow. Das Grab der deutschen Flotte. Leipzig:
K. F. Koehler 1921. (= Reuter)
Hans Roselieb: Die Fackelträger. Roman. Kempten, München, Coblenz:
Jos. Kösel'sche Buchhandlung 1920. (= Roselieb)
Ernst von Salomon: Die Geächteten. Berlin: Rowohlt 1930. (= Salomon)
Werner Scheff: Juan Fernandez. Roman. Wien, Berlin: Wiener Literarische
Anstalt 1920. (= Scheff)
Eduard Stadtler: Als Antibolschewist 1918-1919. Düsseldorf: Neuer Zeitverlag
1935. (= Stadtler)
Ernst Toller: Eine Jugend in Deutschland. Amsterdam: Querido 1933. (= Toller)
Völkerbund-Filmgesellschaft: Kaiser Wilhelms Glück und Ende. Berlin: [1919].
(= Filmprospekt)

Nachweis

I. *So sei hier eine Geschichte aus dem Jahre 1897 so wiedergegeben* Aktion 1921 Sp. 71;
Abb. Nordlandfahrt, Norwegen, Sognefjord: Kaiser Wilhelm II. (Mitte) und Gefolge
auf dem Torpedoboot Sleipner, Foto: Theodor Jürgensen. **II.** *Gott als Verfasser* Kahane 34-36; *Einwandfreies, ausgesuchtes Menschenmaterial* Delmont 12, 13; Abb. U-
Boot, Reparaturschiff, Kaiserliche Marine; Delmont 13-15, 16, 17, 18, 19, 20-21, 22, 25,
26-27, 30, 31-32, 40, 33, 34-35, 40, 42, 43; *Millionenheere können nicht an einem Tag
erledigt werden* Hugo Ball: Eine Kaiser-Rede. In: FZ 2, Nr. 42, 25.5.1918, S. 171; *Begriff
der Propaganda* Hugo Ball: Propaganda hier und dort. In: FZ 2, Nr. 70, 31.8.1918, S.
281; Abb. Mädchen mit Matrosenmütze des U-Boots U 9: Kapitänleutnant Otto
Weddigen-Propaganda; *Nun endete der Krieg mit einer zerschmetternden Niederlage*
Noske 9-10; *Sie brauchten keinen Fahnenjunker mehr* Hoechstetter 5, 6, 8-9, 10, 11-12,
13-14, 15-16, 17; *Unsinn! Die Truppe steht zu mir* Ludwig 472; *Niemand kann das alte
Preußen mehr retten* Hoechstetter 17, 18-19, 20, 21, 20, 19, 20; *Keine Disziplin mehr*
Hermann 198-199; *In einem fernen Rückblick war vielleicht diese Stunde einmal schön*
Hoechstetter 35-36, 37-40, 41-45; *Also, nu gibt's erst Mal zur Abwechslung son bißchen
Revolution* Hermann 45, 46; *Unsere Zukunft liegt auf dem Wasser* Hoechstetter 47, 48,
51-52; *Deutschland muß untergehen!* Huelsenbeck 3; Abb. Waffenstillstand: Freuden-
feuer in Wilhelmshaven am 10. November 1918; Huelsenbeck 3-5; *Schamloser, empö-
render Verrat!* Ludwig 476; *Wir schießen die Hafenstädte in Grund und Boden und ster-*

ben einfach mit unseren Booten Delmont 46, 47, 48, 45, 48-49, 50, 51-52, 54, 55; Abb.
Matrosen, Großer Kreuzer Derfflinger, Kaiserliche Marine; Delmont 55-56, 56-57,
119, 121; *J'attends, antwortete sie lässig* Hoechstetter 61-62, 63, 64-66, 67, 68-69, 70,
97, 98-100; *Hanebüchen* Jünger 339-342, 343-345; *Die deutsche Flagge ist um 3,57 nachmittags niederzuholen* Reuter 9-10, 11, 12-13, 14, 21-24, 25, 26, 27, 29, 30, 31; *Die Bucht
von Scapa Flow* Reuter 33-34, 35, 36-37, 38, 43, 44, 47-48; *Die neue Zeit* Hugo Ball:
Die neue Zeit. In: FZ 3, Nr. 1, Neujahr 1919, S. 1; *Das Volk mit Bajonetten wieder zur
Arbeit treiben* Hoechstetter 134-136, 136-138, 138-139, 139-140; *Freiwillige für M.G.-Ss.-
Abteilung* Aktion 1919 Sp. 466; *In Berlin, der Stadt wovon man bisher wohl sagen hörte,
daß sie das Hirn wäre* Roselieb 2-5; *Wir sind jung, sagte Waldemar Ring. Zerbrich, was
hinter dir liegt* Hoechstetter 143-144, 187-188; Abb. Säulen des Nationaldenkmals
nach Straßenkämpfen, Berlin, Dezember 1918; Hoechstetter 188-189, 194-195, 210,
212; *Die Braut des wahren Revolutionärs! Hebt sie nach vorn!* Roselieb 5-15; *Es ist eine
Freude zu leben* Huelsenbeck 7-8; *Aber vielleicht verstehen Sie, daß manches schlimmer
ist als sterben* Hoechstetter 227-228, 229, 230, 234-235, 236-238; *Am 8. Januar starb
den Heldentod* Bücherwurm 22; *Aber Edu! Das war für mich Weltgeschichte!* Stadtler
44-46, 46-48; *Zivilisten waren nicht zu sehen* Aktion 1919 Sp. 129-130, 84, 130, 84, 130,
84, 130, 84, 130-131, 84-85, 131; *Ich war 16 Jahre alt und Obersekundaner der Königlich
Preußischen Hauptkadettenanstalt* Salomon 35, 45, 48-50, 50-51, 52-53, 54, 56-57; Abb.
Freikorpskämpfer der Stadtwehr Bremen in Zivil und Uniform mit Ringkragen,
1919; Salomon 57, 58, 58-59; *Die Kultur der Verlogenheit* Huelsenbeck 8-10; *Was gehört
auf Deutschlands Rumpf?* Roselieb 18-21, 21-22, 22-25; *Kein Platz für Schweinekerls*
Herzog 7, 8, 9, 10, 11, 12-13, 14, 15, 16, 17, 18, 20, 21, 22, 23, 24, 25, 27, 28-29, 30, 31, 32,
33, 34, 35-36, 37, 38; *Wegen seelischer Einsamkeit im fremden Lande* Harder 166, 167,
168; Abb. Junge Frau mit Blumensträußen, um 1919/1920; Harder 168-169; *Ich werbe!
Ich werbe!* Roselieb 164, 174-175; *Truppenparade und Tingeltangel* Roselieb 251, 253,
254-255, 255-256, 257-258, 259, 260, 262-263, 264-266, 267-269, 270, 271-272, 274-
275, 280-282; *Wenn man sein Weiberzeug gut an der Leine hat* Herzog 40, 41, 44, 50-51,
52-55, 56, 58, 59-60, 62, 63-64, 66; *Alles ist frei! Auch die Liebe! Hurra!* Roselieb 282,
283-285, 294, 284-285, 331-332, 338-340, 345, 349-354, 369-370, 371-373; *Im
Hauptzentrum der rheinisch-westfälischen Industrie in Essen* Stadtler 90-93; *Mit einem
Sturmangriff ist nichts getan* Herzog 76, 77, 80, 85, 83, 84, 85, 88, 89; *Der Atem des
Verbrechens weht* Roselieb 373-375, 378, 380, 381-384, 385, 386-387, 389-391; *Am
Fenster Hanna Westerland, den kleinen Karlmann hoch auf dem Arm* Herzog 110, 111, 112,
113, 114, 115, 116-117, 125, 126-128; Abb. Vömmelbach bei Oberbrügge, Hofschaft von
Halver; Herzog 128, 129; *Preußen und Kant* Hugo Ball: Preußen und Kant. In: FZ 2,
Nr. 33, 24.4.1918, S. 134-135; *Da warf das Nordlicht scheinwerfergleich seine Strahlen über
die Wolken* Reuter, Anhang: Mitteilungen über die Seelsorge in Scapa Flow. Von
Marinepfarrer Ronneberger 148, Reuter 54-55, 60, 81, 83-84, 85; *Vorbei die Tage, wo
der Kampf fein wie Liebe war* Roselieb 391-392, 407, 408-409, 409-411, 414, 416, 417-

418, 419-420, 421; *Leutnant Kay hatte eine Mischung erfunden, die nannten wir den Geist von Weimar* Salomon 59; Abb. Gruppenaufnahme, Magdeburg 1919; Salomon 59-60, 61-63, 64; *Meine Gedanken sind meine Kinder* Roselieb 435-437; *Nach Neuland* Herzog 131, 129-130, 133, 134; *Guter Rat ist Goldes wert!* Aktion 1919 Sp. 295; *Waldemar Ring fliegt über einer Dunstschicht nach Dresden und weiter nach München* Hoechstetter 260-262; Abb. Straubing (von Südost), Flugzeugaufnahme, 22. Oktober 1919, Foto: Adam Hofmann; Hoechstetter 262-263; *Ernst Toller startet bei südlich blauem Himmel von München Richtung Leipzig* Toller 141-144, 146, 147. **III.** *10 Tage Rätefinanzminister, Lustspiel in drei Aufzügen* Polenske 4; *Eins, Donnerstag, den 10. April 1919, vormittags 10 Uhr* Polenske 6; *Für Anfänger in Finanzsachen* Polenske 6, 7, 8, 9, 10-11; *Aber's hat'n Haken!* Polenske 12-13, 14, 15, 16, 17-18; *Der preußische Pflichtbegriff in uns Bayern* Polenske 20, 21, 22-23; *Zwei, Sonntag, den 13. April 1919, nachmittags 3 Uhr* Polenske 24; *Seit zwei Stunden stehen wir hinter der Regierung* Polenske 24-25, 25-26, 27, 28, 29-32, 33; *Heimlichkeit und Freigebigkeit* Polenske 34-35; *Wer Schutzhaft kennt und sich nicht drückt* Polenske 35, 36, 37-38, 38-39, 40-41; *Drei, Mittwoch, den 16. April 1919, vormittags* Polenske 42; *Umsturzeleganz* Polenske 42-43, 43-44, 45, 46, 47, 47-48; *Einwand des Lotsen* Polenske 48, 49, 50-51; *Von schnellen Entschlüssen* Polenske 51, 52, 53, 54-55. **IV.** *Du hast mich auf der Landstraße getroffen, basta!* Graf 7-10, 10-11, 11, 11-12, 13-14, 15, 15-16, 16, 17; *Mittlerweile war es auch dunkel geworden, berichten Leutnante zur See von München* Straßenkampf in München. Von Leutnant z. S. Grothe und Leutnant z. S. Kern, gefallen am 17. Juli 1922 auf Burg Saaleck. In: BFK 122, 123, 124, 125; *Aber das Unheil nahm seinen Lauf, so Dr. Christen, nicht: Dr. Kreß* Christen 12-13, 17, 18-20, 32, 33-34, 34-35, 36-37; *Geht doch zu Hoelz* Mühsam 21, Hoelz 55, 56, 57, 58, 59, Mühsam 21-22, Hoelz 60, 61; *Dem einsamen Köhler im Walde* Mühsam 7-8, 8-10; *Lehrbuch des deutschen Bürgerkrieges* Hugo Ball: Der Bürgerkrieg des Herrn Lüttwitz. In: FZ 3, Nr. 56, 19.7.1919, S. 221; *Triumf des Spießer* Huelsenbeck 11; Abb. Foxtrott Club, 1919; Huelsenbeck 11-12; *Worauf es ankommt* Huelsenbeck 12-13; *Gehirnerweichung* Bücherwurm 240; *Die ganze Nation ist Soldat* Hugo Ball: An unsere Freunde und Kameraden. In: FZ 3, Nr. 18, 1.3.1919, S. 69; *Nach Ostland wollen wir reiten!* Buschbecker 7-8, 12, 13; Abb. Freikorps, Ludwigsburg, 1919; Buschbecker 13, 14, 15, 16; *Steif stand die Knarre auf ihren Insektenbeinen* Salomon 65, 66-69, 69-70, 71, 71-72; *Die zehn Gebote* Aktion 1919 Sp. 445-446; *Da hinten das verbrannte Gut* Buschbecker 17, 18, 19, 20, 26, 28, 29; Abb. Mitau, Lilienfeldstraße; Buschbecker 29-32, 32-35; *Es gibt nichts auf der Welt außer mir* Salomon 73, 74, 75-77, 78, 79-80, 80-81, 82, 83-85; *Die letzte Enttäuschung, die Deutschland der Welt bereitete* Hugo Ball: Die Revolution und der Friede. In: FZ 3, Nr. 43, 31.5.1919, S. 169; *Bericht des Führers der Torpedoboote über die Versenkung in Scapa Flow* Cordes, in: Reuter 141, 142-143; Abb. Besatzung eines versenkten deutschen Zerstörers beim Besteigen der Boote, Scapa Flow, 21. Juni 1919, Foto: C. W. Burrows, Burrows 115; Cordes, in: Reuter 143-147; *Im Hintergrund kämpfen die großen Kreuzer ihren Todeskampf* Reuter 105, 106-109, 110;

Abb. Das sinkende Schlachtschiff Bayern, Scapa Flow 21. Juni 1919, Foto: C. W. Burrows; Reuter 110-111, 112-113, 115; *Handlung wie für einen Film gestellt* Reuter 116-117, 118-119, 120, 121-122, 123, 129-130; *In der Stadt unter dem Meere herrschte eigentlich der wahre Kommunismus* Delmont 61, 57, 58, 61, 62, 63, 95, 96, 65-66, 67, 117, 118; *U-Vaterland, Schiff der tausend Wunder!* 121-122, 123, 124; Abb. Ruderpartie, Ostseebad Dahme, August 1919; Delmont 124, 143, 142-143, 164, 165, 166, 167-168, 213, 214-215, 216-217; *Philosophie der Landstraße* Gog [5], [3], 7, 12, 13, 15, 18, 19, 20, 23, 24, 25, 26, 34, 35, 36, 41, 49, 53, 55; *Ich war jetzt Penner* Berghoff 98, 99, 100, 101, 102-103; *Das Gewehr bebte zwischen meinen Knien wie ein Tier* Salomon 86, 87-88, 88-90, 95, 97, 98-100; *Heimatscholle unter den Füßen* Herzog 134-135, 135-136; *Herr Nachbar, waren Sie auch im Feld?* Graf 37-40, 41-42; *Die letzten Deutschen überhaupt* Salomon 110-111; Abb. Mitau, Anenpforte; Salomon 111; *Man schreibt uns aus Riga* Die Marodeure in Kurland. In: FZ 3, Nr. 71, 10.9.1919, S. 281; *In verlausten Panjebuden von der Düna bis zur Grenze* Buschbecker 36-38, 39-40, 41-44; *Papa, kommst du vom Kaiser?* Scheff 7; Abb. Kaiser Wilhelm II. auf dem Schnelldampfer Hamburg; Scheff 7-9, 10, 11-12, 12-13, 14-15, 16-17, 18-19, 20-22, 23-24, 25-27, 29-30, 30-31, 32; *Die Rolle als Mensch* Verfilmte Geschichte. In: Salzburger Chronik, Nr. 219, 27.9.1919, S. 5; *In Kino veritas!* Bücherwurm 196; *Ein Kreuzverhör mit dem Verfasser* Artur Siebert: Das Recht des Volkes auf den Kaiserfilm! In: Filmschau Nr. 18, [Ende August / Anfang September] 1919, Sonderdruck; *Befriedigung des Instinktes* Scheff 33-35, 37, 38-39, 40, 41, 42-44, 45, 46, 47-49, 50, 51, 52-53, 54, 55, 56, 57, 58, 59-65; *Mio sposo, mio sposo!* Delmont 99, 100, 101, 102, 103, 104, 106, 107, 108, 109, 110, 113, 113-114, 114, 116, 9, 119, 126, 127, 145, 134, 11, 12, 136, 137; *Kaiser Wilhelms Glück und Ende* Filmprospekt [5]-[7]; *Eine Polizei-Musikkapelle spielt flotte Weisen* Graf 60-61, 62-63; *Die Sache vom psychologischen Standpunkt aus* Frateco 11-13, 14-18; *Mensch, ist ja, wie wenn man ins Ausland fährt!* Graf 71, 71-72; Abb. Falkenstein, Vogtland, Lohbergbrücke; Graf 72, 73, 74-75, 76-79, 79-80; *Zweifellos hat auch Ihr Betrieb unter Arbeitsunlust und Streiks zu leiden gehabt* Aktion 1919 Sp. 551; *Irgend jemand verließ den Saal* Frateco 34-35, 35-37, 37-39, 40-41; *Gott als Kritiker* Kahane 36, 36-37, 37-38, 38-39; *Hausordnung der Strafanstalt* Hoelz 219-220; *Gewaltsam aus der Gefangenschaft befreit* Hoelz 75-76; *Gedeckt durch die Wälder des Zaren* Buschbecker 44, 45-46; *Ins absolute Dunkel* Salomon 113-114, 114, 122-124, 125-126, 126-127, 127-128, 129-132; *Wo war denn nun eigentlich da der Aufruhr?* Graf 83-84, 84-88, Hoelz 77-78, Graf 88-90, 91; *Einen Laut und du bist hin!* Graf 94-96; *Man steht wie ein starker Säemann und streut seinen Samen in alle Welt* Herzog 138, 139, 140, 141, 142-143, 143-144, 145, 146; *Die Grenzen der Kultur gegen Asien* Buschbecker 46-48, 49-50, 51, 52-53, 54; *Die Küchengäule gingen zuerst ein* Salomon 141, 141-142; Abb. Düna, zugefroren, Lettland, Foto: Hans Mehlert; Salomon 144; *Als ich kein Hemd mehr am Leibe hatte* Berghoff 1-2, 3-4, 4, 5-6, 6, 7, 8, 9; *Wir waren mit Kay noch fünf intakte Kämpfer* Salomon 146, 146-147; *Es sind hier Verbrecher am Werk* Buschbecker 88, 89, 90, 93-94, 94-96; *Wie schön war die deutsche Welt* Herzog 151,

Inhalt

© Verlag Antje Kunstmann, München 2019
Covergestaltung, Typografie und Satz:
Heidi Sorg und Christof Leistl
Druck & Bindung: CPI – Clausen und Bosse, Leck
ISBN 978-3-95614-283-3